中国科普作家协会资助项目

王晋康文集
第12卷

血 祭

王晋康 著

科学普及出版社
·北京·

图书在版编目（CIP）数据

血祭 / 王晋康著. -- 北京：科学普及出版社，2023.2
（王晋康文集；12）
ISBN 978-7-110-10466-8

Ⅰ.①血… Ⅱ.①王… Ⅲ.①幻想小说 – 小说集 – 中国 – 当代 Ⅳ.① I247.5

中国版本图书馆 CIP 数据核字（2022）第 122143 号

策划编辑	王卫英
责任编辑	王卫英
封面题字	张克锋
装帧设计	中文天地
责任校对	焦　宁　张晓莉　邓雪梅　吕传新
责任印制	徐　飞

出　　版	科学普及出版社
发　　行	中国科学技术出版社有限公司发行部
地　　址	北京市海淀区中关村南大街 16 号
邮　　编	100081
发行电话	010-62173865
传　　真	010-62173081
网　　址	http://www.cspbooks.com.cn

开　　本	710mm×1000mm　1/16
字　　数	7460 千字
印　　张	470.25
插　　页	1
版　　次	2023 年 2 月第 1 版
印　　次	2023 年 2 月第 1 次印刷
印　　刷	北京中科印刷有限公司
书　　号	ISBN 978-7-110-10466-8 / I·641
定　　价	2888.00 元

（凡购买本社图书，如有缺页、倒页、脱页者，本社发行部负责调换）

目 录

血 祭

代序	/ 003
第一章　血色	/ 005
第二章　血警	/ 051
第三章　血祭	/ 123
第四章　血脉	/ 171
后记	/ 204
附录　人类Y染色体谱系树及人类迁徙路线	/ 205

上帝之手

第一章　梦与上帝	/ 215
第二章　上帝的诱饵	/ 224
第三章　众生相	/ 284
第四章　命案	/ 315
第五章　子阴之西	/ 362

血 祭

代 序

忘记和记忆

羊 路

俯视又仰望,在时间的分水岭上,
我是祖先最后的牧人,
放牧头顶上空的云。
脚下大地尽情无边,像心愿,
盛开祖先歌声飞扬的牧鞭。

那些牛羊一样自在悠闲的云,
带走我灵魂的目光,向着远方,
将我生命的身体留存在这个人世间。

早已忘记牧场的羊群从羚羊走来,
早已忘记婉转的流水从雪山走来,
早已忘记哪一座雪山是神山昆仑,
早已忘记谁的心中点亮白石的信仰,
岷江乳汁的渊源,山羊吃掉的经文。
早已忘记大地上的太阳是同一个太阳,
早已忘记夜夜星月看护的梦乡。

我左手的前世传递着祖先的心田,

我右手的后世发育着儿孙的想念,
而我的心,正在身体的里面,
今生今世丰茂在诗句的里面。

水晶天空和汪洋大地看得见,
潜伏四季的风声听得见,
遥远广袤的一片片曾经的家园,
谁又能分得开千万年的回想与血缘?

第一章 血 色

一、老王的记述

秋风萧瑟的日子，我去成都参加世界华人科幻协会主办的星云奖颁奖活动。今年我得了星云奖中分量最重的"最佳作家奖"，与大刘并列。这个奖对于我 20 年的创作生涯、64 年的人生生涯来说，差不多算是盖棺论定了。颁奖典礼结束，科幻迷们蜂拥上来求各位作家签名，其中大刘的粉丝最多。我的座位与大刘挨着，为了给他的粉丝们腾出位置，我起身离去，站在墙边等着，难免回忆起上世纪九十年代我所享受过的同样的狂热。也许是看出我的落寞，一位年轻的科幻迷走过来，真诚地安慰着：

"王老师，开拓者常常不是最辉煌的。"

我为这位 90 后的体贴感动，笑着说："谢谢，但你不必安慰我。我这把年纪，已经把身外之物看淡了。"稍停我又补充，"而且我也算不上开拓者，郑文光、童恩正、叶永烈和刘兴诗等老一辈才是。"

晚上入住在博尔特酒店，住的是单间。半夜被轻轻的敲门声惊醒，我没有拔下保险链，拉开一条门缝。外边是一个衣着暴露的年轻姑娘，很漂亮，左臂上挎着风衣，问我需要不需要服务，我客气地谢绝了。回到床上，但睡意已经被赶跑，便睁着眼睛想心事。

此前我对那位年轻科幻迷说的是真心话。我这把年纪，对身外之物确实看淡了。现在萦绕在我心头的是另外的心事——对遗忘的恐惧。

来前我刚刚接到医院的体检单。

我父亲高寿而逝，但在去世前十年患上了脑萎缩，深受其苦。我在病榻前伺候了十年，亲眼看着他一天天失去记忆，失去智力，蜕变成一个裹着衰朽躯壳的懵懂孩童。他还能认得老伴和儿子，但忘了所有孙辈的名字，他曾那么宠爱过的孙辈。有时我能看出他在苦苦回忆，想不起来，便陷入苦恼和自责，那种含着苦味的目光是我心中永远的痛。他神志糊涂后，能在朗朗白日下"见到"死去的亲人。那天他责怪我，为啥不留姥爷吃过饭再走，我说姥爷已经去世 40 年啦，父亲恼火地说："胡说八道，我刚和他唠了半天嗑，俺俩还说起前天赶庙会的事哩。"他说得如此真切，那会儿我不由浮出个想法：也许父亲看到的是另一种真实？

脑萎缩是不治之症。美国总统里根晚年便是罹患此症，他的国务卿舒尔茨来探望他，客人走后他问夫人南希"那人是谁"。后来南希告诉了舒尔茨，两人在电话上相对唏嘘。脑萎缩有遗传因素，以致很长时间我不敢去做脑CT，害怕自己走上或者已经走上父亲的老路。这次是单位退休办组织的全员体检，我不便缺席就参加了。体检单上赫然写着：

轻度脑萎缩。

亲眼看见了老父的慢性死亡，我已经看到了自己的归宿。

其实我对此早有预料，因为我的记忆力急剧衰退已经颇有年头。可叹的是，记忆力急剧衰退的同时，思维仍保持着以往的清晰明快，二者拼出一种怪异的组合。有时我觉得自己已经蜕变成了世人中的异类。一般人的眼中是细节丰富的世界，而我因为记忆力太差，不得不主动模糊了大多数的细节，世界在我眼中只留下一个疏离的骨架——不过也许正因为如此，我能看到被繁复细节所掩盖的清晰筋脉。上天曾经对我很宠爱，给了我一个聪慧的大脑，无论是求学还是工作，我的业绩都是出类拔萃的。在工厂里当工程师，我与其他大多数技术人员不同，不光长于在纸面上搞设计，同样善于处理生产一线的疑难杂症，这一点在全厂名声显赫。有一次钻机的气控换挡系统出了故障，车间一位叫党茂正的技师一向是排障的好手，这次实在找不到毛病，便来请我出山。我分析了乱挡的原因，说："估计是个小毛病，六个梭阀中第三个梭阀的问题，你去检查一下。"那些梭阀位于车架下，发动机的侧部，空间逼仄，非常难于维修。党技师亲自钻到车下，忙活一个小时，把第三个梭阀拆下，解体检查，没有发现毛病。但把梭阀装复之后，乱挡的故障依旧。我再次分析了图纸，抱歉地说：

"老党啊，恐怕你还得再到车下钻一次。只可能是那个梭阀的问题，不会错的。"

党技师一向信服我，没有多说，又钻到车下。半个小时后他在车下喊："毛病找到了！阀里有很小一丝密封胶带，把阀芯卡住了。车下太暗，我刚才没看见。"梭阀装复后，故障顺利排除。党技师兴奋地拍我的肩膀："王工，你真神了！"

不久后他和我有过一次长谈，他说："世上的事都是相通的。可惜啊，你这辈子落在一个普通工厂。凭你的脑袋瓜，如果研究火箭原子弹同样会是一流专家，去搞破案也是一流侦探。"他的揄扬让我感动。我一生素以智力自负，没想到这位蓝领工人是我的知己。我笑着说：

"火箭导弹什么的这辈子不想了，我倒真盼着能撞上什么破案的机会，让我去试巴试巴——怕是这样的机会也撞不上啊。最多写一篇推理小说，过过干瘾。"

但现在，我最珍视的这件珍宝快要失去了。脑萎缩发展下去不可能只影响记忆力，也会影响到分析能力。也就是说，我的人生大幕已经拉上，舞台上的壮丽已经过去，以后只剩下后台的琐碎平庸了。从本质上说，"人"只是信息的集合，记忆的集合。如果失去了一生的记忆，肉体即便存在，也没有了存在的价值。

而且，这是无法逆转的，丝毫无法可想，我只能劝自己看开一点儿，等着那天的到来。

我在苍凉的心态中入睡。

第二天，《科幻世界》姚副总编在澳门豆佬宴请几位作者，我和他是20年的老朋友了。宴席就要开始时，我接到北京名扬影视公司一位女秘书的电话。此前该公司一位导演于洋同我联系过多次，想购买我一篇小说《七重外壳》的电影版权。女秘书说，现在公司张总正好在成都参加四川电视节，入住在世纪城假日酒店，中午想请我吃个便饭，见上一面。我说："这会儿正在宴席上，你那边的宴请就免了，饭后我会立即赶往假日酒店。"想了想我又问，

"正好科幻界几位重量级作家都在这儿，"我报了大刘和何公子的名字，"是否带他们一块儿去？"

那位秘书小姐似乎略略犹豫后答应了。

饭后，姚总编派车把我们三位送到世纪城假日酒店，张总在一楼咖啡厅等我们。假日酒店是五星级的，咖啡厅宽敞漂亮，真皮沙发把厅内隔成一个个小的区隔，戴着白围裙的服务员在各个隔间中穿梭往来，身材窈窕，步态轻盈。张总起身迎接我们，刚才打电话的女秘书为我们点了咖啡。坐定之后，我为他介绍了大刘和何公子。从张总眼神里飘过的一丝茫然中，我忽然悟到——张总完全没有听说过这几个人的名字，包括声名最显赫的大刘。他对科幻界是完全陌生的，此次见面之前也没有做最起码的准备。显然，此次见面是热心的于洋导演一力促成的，但张总答应见面仅仅是照顾于洋的面子，他本人并未打算进入科幻影视领域。

而我还满怀希望，一下子拉来几位科幻"天王"，想让科幻影视有个大的突破呢。

当然，既然来了，该说的话还是要说的。我们介绍了一些有关科幻影视的情况，说中国科幻影视已经到了大突破的前夜，各种条件包括文学上的积淀、拍摄手段等都已经具备，就看哪位影视界的先知先觉者抢先射门了。轮到大刘说话时，我已经不把心思放在谈话上，便随意观察着咖啡厅内的各色人等。各个沙发区隔中都坐着人，大都是衣着精致的商界人物，以男性居多。我以旁观者的眼光看出，每个区隔内的人员大概都是两拨人马，是来谈生意的双方，因为他们的热情中透着生疏。邻近一个区隔内只有一个老人，中等身材，体态稍胖，皮肤白腴，白须及胸。他坐在沙发上，一根金属质地的手杖倚在旁边，显然是在等人——正好他等的客人到了，同样是一位白须老者，中等身材，同样挂着一根金属质地的手杖。后来者比较瘦，肤色黑黄。胖老人起身迎接，瘦老人先把手杖倚到沙发边，两人长时间拥抱，然后坐定，唤来服务小姐点了咖啡，开始倾身交谈。

胖老人的穿戴像是港台人士或外籍华裔。瘦老人显然是大陆的，衣着普通，似乎是工薪阶层。依我粗粗的印象，觉得这二人不大像是生意上的伙伴。

也许他们是多年不见的发小，来这儿重拾儿时的友谊？我摇摇头，结束了这些随意的想法，回头参加到同张总的谈话中去。

但片刻之后，某种力量又把我的目光拉回到那儿。因为刚才我的视野中扫视到了某种东西，潜意识中感觉到某种异常。是什么呢？两位老人仍在倾身交谈，看来不是太亲密，但也没有其他沙发区隔中那种客气的生疏。那么，是什么引起我潜意识中的注意？也许是因为两位耄耋老人都无人陪伴？不，这不算异常，因为两人的步伐还相当硬朗，并不需要家人照顾。那么是手杖？两人都带着一根手杖，现在并排靠在沙发端部。手杖都是金属质地，稍粗，上端有弯把，而且都不是可伸缩式的。这也不算异常，老人更注重手杖的结实稳当，不注重其便携性。那么，又是什么呢？

此后，在同张总的交谈中，我不时把目光溜过来观察着这边。我这样做并没什么用意，只是一种智力体操，是对作家观察力的下意识的锻炼——我忽然想到异常出在何处：是手杖的高度。两根手杖都比较高，超过一米。还有一个半圆形弯把。人们拄手杖时一般是手臂稍弯，这样便于用力，那么，依二人的身高，手杖应该再短十厘米比较合适。刚才瘦老人拄着手杖进来时，右臂弯曲较大，动作稍显不自然，我的潜意识中记录了这一点。

如果只是一根手杖偏长，也许只是意外，但现在两根手杖并排靠在一块儿，高度完全相同，这就有点意思了。两人身高相仿，那么对胖老人来说手杖也应该偏长吧。那么这是为什么？为什么正好两根偏长偏粗、不可伸缩的金属手杖会碰到一起？当然也许完全是偶然，但——也许手杖中装着某种需要掩护的条状东西，很可能是金属的，这样在过海关的 X 光检查时，手杖的金属外壳就是一个很好的掩护。

我自嘲地想，自己真的是想入非非，走火入魔了。不过其实这个想法很好验证——如果这个局面出自刻意的安排，那么肯定是为了在不露形迹的情况下把某种东西比如赃物倒手。这么着，我只需盯紧他们，看他们走前是否会交换手杖，一切都一目了然了。至于哪根手杖是哪个老人的，我不敢相信自己糟糕的记忆力。但一个人坐到沙发上时，肯定是顺手把手杖倚在自己这一边，不可能放到另一人的沙发上，所以各自的归属也好分别。好的，既然这是一个不必费力就能验证的假设，那我不妨拭目以待。

我一边这样想着，一边嘲笑自己的神经质。据说旧时的刽子手哪怕碰到老友，也会下意识地观察对方脖子骨节上的刀缝。当作家的人是另一种刽子手，他们要解剖社会，解剖人性，所以也时刻在观察"刀缝"。作家如果过度投入会走火入魔的。

但不管如何自嘲，此后在这边的谈话中，我始终拿目光罩着邻座。既然这是个"很容易验证"的猜测，我不妨把它完成。两个老人起身了，没有拥别，但双手相执，依依不舍地说着什么。谈话中他们的位置略有移动，由平行于沙发变为垂直于沙发，这样子，哪根手杖属于谁就不如过去明显。我知道关键时刻到了，便聚拢精神，一眼不眨地盯着他们。他们告别了，各自拿起自己的手杖——我浑身一震，因为两人确实不动声色地交换了手杖！我在脑海中紧张地回忆着刚才两人的位置，虽然我的记忆力很糟糕，但几分钟前的东西还是忘不掉的。我可以肯定，两人确实交换了手杖，而且这样做肯定不会是出于无心的错误，因为按常理推断，一个人用惯的手杖，如果拿错了，上手一攥就会知道的。

那边两人平静地告别，瘦老人拄着手杖——对方的手杖出门走了，胖老人返回，拄着杖进了电梯。我那时真想立即跟上去，看看胖老人住的房间号，再探知他登记的名字。当然这只能是一种意淫。依我的平民身份，肯定不会把侦察工作继续下去。就是去警方报案，警方也会以为我是个多疑症患者。其实连我自己心中也不大相信——这么巧地让我撞上一桩案子。但无论如何，有一件事是肯定无疑的——两位老人确实交换了手杖，那两根同样偏长偏粗、金属质地的手杖。我在工厂排除机器故障时，最大的长处是思维明晰，凡事善于抓住关键。那么今天这点情况就是关键——只要两人互换手杖这点事实确凿无疑，那这两位老人就确实有猫腻。

我摒弃了一切无关的细节，把有关手杖的前后过程在脑海中重放一遍，结论仍然是：两人确实交换了，绝对没错。

我不由暗暗惋惜。我的敏锐观察力让我在大千世界中偶然发现了一个案件，至少是案件的苗头吧，但鉴于我的平民身份，我只能听任两个"疑犯"

与我擦肩而过，在人生中永不相逢。我们这边的谈话也完了，张总起身送客，与我握手时态度比较冷淡——他一定注意到了刚才谈话时我的频频走神。这不能怪他，今天我的表现确实不够礼貌。我们走出酒店，用手机通知了杂志社的司机，然后在广场上等候。周围人流如涌，百头攒动，三教九流，五方十界，人人皆为利来，个个都为利往。我先给于洋导演发了个短信："谢谢你的引线搭桥，但看来张总暂时没打算进入科幻影视。以后保持联系。"于洋很快回了信："好事多磨。"我笑着说：

"与张总一见面，我就知道今天是白来一趟，这位张总竟然一点儿不知道大刘的名声！"

大刘笑着自我贬损："我这人最大的优点是，一向知道自己是哪根葱。别看在科幻界有点小名气，出了这个圈连屁都不是。"

我笑着说："你的最大缺点是过度谦虚。"何公子问我："刚才我看你有点儿走神？"我说："是的。我一直在观察邻座的两位老人，你们注意到他们没有？"大刘和何公子都说看见了，但他俩是侧身对着那边，所以看得不清楚。我问："那你们注意到他俩的手杖没？"大刘说："看见了，两人都带着手杖，是金属的，但我没太在意。怎么啦？"

我笑着说："也没怎么，但提请你们记住，我对你们说过这件事，算是立此存照吧。"

杂志社的车来了，我们上车，也把这一页就此掀过。我刚才对大刘和何公子说"立此存照"是有想法的。一般来说，今天见到的一切就如滴入大海的一滴水，从此我不会看到它的任何踪迹。但——如果有万分之一的机会、百万分之一的机会，让我知道了有关这件事的消息，那么至少有两位科幻界的名人可以为我作证，证明我确实曾事先发现了它的异常。

我也可借此小小地夸一次口。

那时我绝对想不到，此后我会深度介入一个带有灵异色彩的案件。虽然我的记忆力糟糕透顶，但毕竟我曾在 20 分钟内仔细观察了两个老人，对他们的面容和身形有相当的印象。正因为这一点，几个月后我很不情愿地介入了这个案件，也很不情愿地做出了"出卖朋友"的举动。

半年之后，这个案件基本上真相大白，我所邂逅的那两人的身份都被确定。但由于后文会说明的原因，对于当天两人见面时的细节，警方其实一直未能掌握。后来，我用想象把它填充了。其中当然少不了虚构，但我想应该与真相误差不大吧。

瘦老人进来了，胖老人起身迎接，两人友好地拥抱，然后在沙发上坐定，平静地打量着初次见面的对方。他们向对方倾过身子，低声交谈。在这儿见面其实比在房间里安全，不会有秘密镜头和录音。瘦老人说：

"谢谢邝先生能亲自前来。我知道你一诺千金。"

胖老人平淡地说："我答应过的事肯定会照办，何况是这么重要的生意。你看，我带来了手杖，尺寸质地都是按你的要求。"

"谢谢。两个博物馆都参观过了吧。"

"嗯。"

"感觉如何？"

"非常震撼！虽然早就看过图片，但只有亲自置身于实地的氛围中，才能感受那种神秘怪异的历史意蕴。想来令人感叹，两处偶然发现的祭祀坑复活了两个辉煌的朝代，就像安阳小屯村发现的甲骨让商朝的历史传说从此变成信史。如果这些窖藏地因为某种原因在历史中被破坏，那么这些辉煌朝代会不会在后人记忆中彻底失去？或者换个角度说，到目前为止，还有多少个辉煌朝代仍然埋藏在历史的沉积中？真不敢想象。"

"邝先生很有历史沧桑感啊。"瘦老人微笑着说。

"我是个钻到钱眼里的俗人，不过，一辈子和文物打交道，潜移默化吧。"

"我说的那件东西，你肯定也看了。"

"当然。"

"如何评价？"

"当然是精品中的极品。纹饰非常精美。更重要的是，它是中国文物中的孤品，物以稀为贵嘛。"

"值多少？"瘦老人自嘲地说，"对不起啦，本来是一场高雅的谈话。我突然让它带上了铜臭味。"

"如果它以合法手续出现在苏富比拍卖行中，肯定价值连城。如果是在黑市，也值……十位数吧。"

瘦老人轻轻颔首："这个价钱很公道。"他把目光转向自己的手杖，"真品就在这里，你看到的展厅中的那件是西贝货。"

胖老人微微一笑，没有接话。瘦老人说："当然，我们是第一次打交道，我不指望因为我这一句话，你就掏出一张余额有十位数的银行卡。不妨坦率告诉你，我还是首次干这种事。在策划行动的初期，我花费心血最大的，就是通过各种途径深入了解你这个人。虽然咱俩素昧平生，但据我的了解，你为人慷慨豪爽，很讲义气，无论在白道黑道都以守信践诺著称。我这回打算赌一次，赌我能够相信你。我打算这样办：真品你带走，不需预付任何费用。等你何时确认它是真品，就立一个账号，打入你刚才说的数目，随后我会去找你。如果你确认它是假货，这件东西就算我白送了。这样一来，你不用担任何风险。"他苦笑着说，"没准我会被警方抓住，掉了脑袋，所以也许是我的后人去找你。我相信不论是谁去找你，也不论过了多长时间才去找你，你都会如约付讫。"

胖老人痛快地说："没问题。但既然如此，你为什么不在暴露之前离开大陆？如果是护照问题，我可以帮你。"

瘦老人凄然一笑："不，我在这边还有未了之事。此后也许你会知道，我干这件事并不纯粹是为了金钱。不过这是我的事，与你无关，还是回头说咱们的生意吧。我想，如何确认真品你自有办法的，比如可以做碳14检测，以验证它是不是4500年前的东西。其实我建议你用另一种更简单更可靠的办法——拨草驱蛇。你只用在圈内透出它的消息，被惊动的博物馆馆方肯定会立即检测馆藏的那件。不管鉴定结果是否向外透露，我想凭你在内地文物界的人脉，肯定能听到真实的消息。"

胖老人认真打量着他，说："对，这两个方法都可行。但若采用后一种办法，你就危险了。"他解释道，"我并非想猜测你的身份，但既然你能在严密的保卫措施中偷梁换柱，肯定能方便地接近这件文物吧。如果消息早早透出去，你会首先被警方划入嫌疑人的圈子。"

"谢谢邝先生能首先考虑到我的安危。这事你就不用管了，我自有筹划。而且，刚才我说过，我有一件重要的未了之事，它比我的安全更重要。"

胖老人认真考虑了一会儿。两人是初次合作，没有信用基础。来这儿之前，为了"在保障本方利益的前提下也要让对方放心"，他考虑过种种办法，但没料到对方会这样痛快。对方说得不错，这样一来，自己一方不用承担任何风险，风险都由对方承担了。看来对方确实是真心想做成这笔大生意。他想了想，还是掏出一张预先准备的信用卡，说：

"先生是个痛快人，我也来个痛快。我还是预付一点，也许你这段时间用得着。"他没把话点透，因为他说的"也许"并非吉言——是指对方将在警方的追捕下亡命天涯。"这是一张内地的银联卡，金额有七位数。活期，这样你用起来方便一些。"

瘦老人想了想，痛快地接过去，说："谢谢你的情意，我收下了。"

"密码是781230，很好记，记住两句古诗就行了：辛弃疾的《西江月》，七八个星天外，两三点雨山前。"

瘦老人稍一思索，知道密码是与"七八个两三点"对应，便开了一个玩笑："你拿0来对应诗中的'点'，那一定是落地四溅的大雨点啦。781230，我记下了。"

"请你也给我一个密码。不管是不是你本人来取，反正我见这个密码付钱。"

"好的，密码是1704082425，也很好记。"他见对方有点儿茫然，解释道，"很简单的一个转换。你只用记得一句古诗就行：羌笛何须怨。把这句话的汉语拼音首字母 QDHXY 看成英文，再把英文26个字母编成从01到26的编号，依次填入就是了。"

胖老人点点头："我记下了。羌笛何须怨。"

这是从王之涣的名句"羌笛何须怨杨柳"中截得的五个字。这会儿胖老人有一点儿猜想：也许对方选这句古诗的出发点与自己有所不同。自己选

"七八个星天外，两三点雨山前"纯粹是帮助记忆，而"羌笛何须怨"除了有助记忆，也许有某种特定的含意？它截去了原诗中"杨柳"二字，也就把重点落到"怨"字上。手杖内的这件文物是蜀文明的，而蜀文明一般被认为是羌人创造的。这或许与对方说的"重要的未了之事"有关？不过他只是随便想想而已，没有过多深究，因为他的兴趣点在另一处。他顿了顿，笑着说：

"先生，我刚才说过，你给我的东西是一件极品，价值连城。但我其实更属意另一件，"他用两手的拇指和食指比了一个小小的圆形，"那甚至不是一件极品，而是神品。"

瘦老人点点头，表示知道他指的是哪件文物。"没错，那确实是一件神品，但对我来说有点儿鞭长莫及啊。"他认真想了想，"容我想想办法吧。也许我能让你满意。"

胖老人满意地笑了："好的。我相信你的能力。盼着你的好消息。在价钱上我也会让你满意。"

生意谈完，两人起身告别。胖老人握着对方的手，感觉到虽然手指细长，但骨节坚硬，像是经常劳作之人。但此人气度淡泊，目光深处微含苍凉忧郁，又像属于知识阶层。他说干这件事并非完全是为了金钱，如果这些话不是自我粉饰，那么他又是因为什么原因而决然跳进火坑，干这种掉脑袋的勾当？他猜不出答案。

两人在酒店大门口分别。此后，胖老人再没见过他。

星云奖颁奖活动之后，我还要参加一个成都市政府组织的写作活动："用科幻宣传金沙和三星堆文明"，给我分配的任务是写一部长篇。追根溯源，这件事其实是《科幻世界》原副总编谭老师撺掇起来的。这位老兄退休后仍精力充沛，兴趣广泛，搞什么古建筑保护、熊猫保护、古蜀文明宣传和考证等，用他自己的话，整天忙得"小腿都跑细了"。老谭父子两代都对古蜀文明情有独钟，儿子胡小鸥创作的《金沙组曲》早在国内外公演，广受欢迎。当老爹的还不过瘾，又撺掇出这个活动。我开始不想接这个活儿，我觉得两处文明虽然奇异瑰丽，但作为实实在在的历史，不好和"科幻"对上号。谭老师问我：

"你去参观过没有？"我说很惭愧，虽然来成都多次，但每次都行色匆匆，没能抽时间去参观。不过相关资料倒是看过不少。"那你必须去亲眼看看。我告诉你，两个博物馆展出的绝对都是真品，一件赝品也没有。我的好友、成都博物院的王易院长说，只有真品文物才有灵性。你听清了，灵性！那里有几千件真文物，它们的灵性聚在一起，肯定形成了强大的气场。你置身于那个气场中，能够瞬间穿越时空，回到四千年前的古蜀时代。说不定你还能返老还童，找个漂亮的古蜀妹子轰轰烈烈地恋一场。而且会留下一条血脉，一直传到今天。去吧去吧，去看过一遍后回来再说。"

谭兄一向以极富煽惑力著称，在几代科幻迷中那是有口皆碑的。我却不过他的煽乎，笑着答应了。

于是有了这一次采访之行。《科幻世界》杂志派了一辆依维柯，小侯师傅开车，办公室李主任负责一路的行程起居。成员除我之外还有著名科幻作家大郑。这位老弟的婚姻很科幻。他是天津人，隔着大半个中国与一位大十几岁的重庆女子恋上了。婚后定居在重庆，如今算是半个四川人。夫妻两个喜欢自驾游，这一带的山山水水他们都走遍了。还有一位南方都市报记者姬明雪，一位九段级别的科幻迷，性格活泼开朗，精力过人，每次科幻界有活动她是必不可少的一位。她并不参加这个写作活动，只是搭便车参观。其实她已经参观过，但非要再看一次，因为"那些纵目的青铜面具绝对是外星人的形象！"小姬还是一位顶级美女，看着她的面容，你会悟到有一句很俗的形容词其实一点儿都不俗："如鲜花般娇艳。"她的美貌绝非冷艳，而是热力四射的鲜亮娇艳，能让周围感受到她的热度。现在是深秋天气，她穿着白色的保暖衣，帽子上一圈雪白的绒毛，活脱一只娇憨可爱的小白熊。我笑着说："小姬，你知不知道羌人有尚白的习俗？你到了羌人区，一定会被他们当成雪山女神膜拜。"小姬笑嘻嘻地接受了我的恭维。

车先开到成都理工大学宿舍区，80岁的诗老已经等在路边，手里挂着一根可伸缩的金属手杖。诗老是中国科幻界和四川地质界的元老，一生著作等身——这句话并非文学的夸张，他已经出书300本，垒起来确实有等身之高了。最近他刚刚因为科普上的贡献获得"国家科学技术进步二等奖",这在科普界是最高荣誉。诗老今天神情有点委顿,说话声音也有点喑哑,说他今天身体不大舒服。我们都忙说,"诗老不舒服,这一趟就不要去了。"诗老说:"不行,你们都是远道来的贵客,我这个东道主不去怎么行。再说,这一带的地质文物谁有我清楚?我的身体没关系,上车睡一觉就缓过劲了。"

诗老一向自称是"80后",确实,他虽然年过八旬,但一直童心盎然,为人热心直率,绝对是性情中人。我们劝不转他,只好扶他上车,把第一排座位上的活动座放下来,拼出一个简易的床铺。诗老一辈子搞地质,跑现场,已经习惯了因陋就简,躺在这张狭窄的床上很快睡熟了。

客车又拐到金沙博物馆附近接两个人。此次行程是先到山中,自北向南走一趟,最后才回来参观三星堆和金沙。因为学界一般认为蜀人即羌人。羌人是从西北的黄河上游草原被战争驱赶着进入山中,大致上自北向南留下了一串踪迹,像6000年前的波西遗址,5500年前的营盘山遗址,5000年前的姜维城遗址,4500年前的沙乌都遗址等。以后羌人很可能是沿两条路线继续南下,一支经都江堰到了成都平原,创造了宝墩文明。但宝墩文明一直没有发展出青铜文明而保留在石器时代,后来这条文明之河就逐渐干涸了。另一支羌人越九鼎山、轿顶山、头岗、红龙池、半截河等地出山,到达彭州一带。他们有幸在沿途遇到了大宝铜矿,从而发展出了灿烂的广汉三星堆青铜文明,又延续为同样灿烂的成都金沙文明。我们这次采访的行程就是重走古羌人(蜀人)历史的足迹。

在金沙博物馆接到了胡大姐,她是金沙的金牌讲解员,从北川、茂县到广汉的各个博物馆,绝大多数讲解员都是她的学生。大家都尊称她"胡妈",年纪大一点的则尊称"胡大姐"。我虽然年纪比她大得多,一路上也是用这个官称。她绝对是这一带的活地图,王易院长派她来陪同,是给足了我们面子。胡大姐带的耳环和项坠都是金沙著名的太阳神鸟图案,据说自她的首创之后,四川讲解员们大多带这种首饰,形成一种特有的行业时尚。而且据传说这种吉祥图案颇有法力,虽然它不能带来升官发财交艳遇中大彩,但凡是长久佩戴者,都能保障平凡而美满的爱情婚姻。她一上车,小姬就亲热地偎上去说:

"胡妈我上次听你讲解过。参观前别人就告诉我，听胡妈讲解得带足纸巾，她一定会把你讲哭的。我上次就哭得痛快淋漓！"

胡大姐笑着把她拥在怀里。

我们的车又去附近一个小区接了一位女作家赫妮。这是一位成熟的白领女性，衣着淡雅得体，颧骨稍高，两道弯眉，一双月牙形的眼睛永远带着笑意，使她的面容呈现出一种古典之美。说起话来慢声细语，声音如少女般甜美。她原姓王，赫妮是她的笔名。我听老谭介绍过她，说她既是一位虔诚的佛教徒，又是一位激情型的才女，丈夫也是一位文化界的名人。金沙遗址刚刚被发现、还没对外公开展出时，她偕夫君去参观了，深受震撼，当即辞了原来的工作，在某座山的山顶隐居两年，创作了一部小说《黄金之面》，小说凄惋动人，但也不乏浓重的血腥。看过《黄金之面》的大郑笑着说，他粗略数了数，书中被杀或横死的人物不少于50个！不过，这样的血腥应该是四千年前奴隶社会的生活真实。我觉得这是很难得的，她并未因信佛而粉饰历史的真实。

老谭当时说，她参加这次写作活动是要写第二部了。我听后颇有些感慨，虽然我与她的年龄只相差20年，但对我来说，她已经是"新新人类"了，远比我活得潇洒。比如我，绝对不敢因为一时的创作冲动而辞去铁饭碗的工作。

接她上车后我们正式开始了行程，沿成灌高速向都江堰方向开去。寒暄中得知赫妮的祖籍是南阳，我惊喜地说："那咱们是老乡啊。你是南阳哪个县的？"赫妮说："镇平。"我更为惊喜，问："镇平人？那咱们的老乡更近了。我原籍也是镇平，汉姓王家。你是蒙古族还是汉族？"

赫妮从座位上侧过身认真看看我，笑着说："你问了这句话，我就知道你确实是镇平人了。别人不知道这些典故。"

镇平的王姓是大姓，有汉族王姓也有蒙古族王姓。蒙古族王姓的根儿在镇平晁陂，元朝行将灭亡时隐居于此，改姓王。为了避祸，前四代先祖的墓碑都只敢书"王公之墓"而不敢署名，家谱中也只敢记"始祖号二老"，所以其谱系晦暗不明，但肯定是忽必烈的直系后裔，一般认为是元末监国帖木儿不花第二子佛家奴的后代。赫妮说她在中央民委见过镇平王姓的家谱。据她所知，镇平蒙古族王家原属蒙古脱尔脱部落，最早的祖先追溯到成吉思汗四子拖雷，最近的祖先是托托木耳，家谱中所记的祖籍是吉林省经县。她指着自己的颧骨，笑着说：

"你看我的颧骨是否比较高？这是蒙古人的特点。我的笔名赫妮就是蒙语，是'朋友'的音译。"

"赫妮我很羡慕你啊，知道自己血脉的由来。镇平汉族王姓没有族谱，所以我完全不知道自己的根。"我说，情绪上没来由地浮过一波黯然。自从得知自己患了脑萎缩之后，我常有这样的情绪波动，也许是缘于对遗忘的恐惧吧。"中国汉族中，王姓是第二大姓，也有资料说是第一大姓。王姓大致说来有四大来源：妫姓之王，为虞舜后裔；子姓之王，为商王室后裔；姬姓之王，为周王室后裔；还有虏姓之王，来源比较杂，来自很多少数民族。他们大多都曾在中土建朝立国，属于皇族血脉，所以灭国之后改姓王。像赫妮这种情况就属于虏姓之王。"我笑着说，"其实前三支王姓归根结底来自姬姓的黄帝，都可算做姬姓后代。所以说，小姬，咱俩六千年前是一家呢。"

小姬笑着说："王老师得罪了，那姬姓是不是王姓的长辈？"

满车人都笑了，我笑着说："只能说咱们都是姬姓后裔，至于辈分嘛，那是无从考证了。顺便说一点，姬姓的族望就是在南阳市郊，所以你这个西安人的根也在南阳扎着。"

过了都江堰，两旁的山势开始变得险峻，公路一直紧傍着湍急的岷江。两侧山坡上出现了大堆的乱石，这是汶川大地震留下的景观，再往前走就是大地震的中心地带了。我前边的诗老仍然睡得很香，能听见他均匀的鼻息声。这时小姬忽然站起来，笑着大声说：

"眼下我们正在经过中国最重要的一处名胜，你们知道是什么吗？你们能猜到吗？"

我们一时愕然。最重要的名胜？著名的都江堰刚刚过去；前边是汶川地震遗址，但看她兴高采烈的表情，不会是指那儿，因为那儿埋有太多沉重的记忆。而且这两处虽然有名，恐怕也算不上"中国最重要的名胜"。大郑想了想，摇摇头说："这一带我很熟，除了都江堰和地震遗址外没有什么著名的名胜。你不妨把谜底揭开吧。"

"那我把刚才的话改一下：是'未来'最重要的名胜，而且与'龙门'这两个字有关。你们努力猜一猜，发挥科幻作家的想象力！"

我们此刻所处位置是龙门山，即著名的横断山脉的一部分。这是一片从东北方向延伸到西南方向的山系，从地质构造来说是西藏板块和扬子板块的结合部，巨大的断裂带造出几道平行的山脉，其最东边紧邻成都平原。但小姬说的"龙门"显然不是指龙门山，龙门山本身并不算什么著名名胜。我考虑一会儿，说：

"你是不是指'鱼跃龙门'？我是说，华夏民族的鱼跃龙门。"

"对，王老师我太佩服你了，你怎么猜到的？"

"我并不是这会儿猜到的，"我笑着说，"正好不久前我在北京参加'蝌蚪五线谱网站'举行的一个活动，与国家双古所，就是古脊椎动物与古人类研究所，所长周忠和院士在一块儿。我特意向他请教了人类非洲起源说。周院士说这个假说已经有了强有力的基因学证据，基本得到科学界的公认。我也刚和复旦大学生命科学学院的李辉教授通过邮件。他说，大致说来，华夏先民就是从南亚到云南再沿龙门山的山谷北上的。其后羌人正是沿着同样的路逆向南下，建立了蜀文明。所以嘛，你这个想法，在我心中已经提前埋下一颗小种子了。"

"是吗？这更难得了，这就叫英雄所见略同！"

小姬来了兴致，干脆从后排走到车前，兴致勃勃地讲下去。她说她不久前刚刚采访过复旦大学的金力、李辉教授。世界科学界正在以基因位点为线索，合力绘制人类的迁徙路线图，金力他们负责东亚部分。科学界基本已经形成共识，现代人类是数万年前从非洲迁徙而来。他们先在中东停留，又在南亚分化。一万多年前，有一支带 M175 基因位点的人群从南亚来到云南，再艰难地穿越此处的龙门山，到了广阔的黄河上游草原，在那儿有了一个爆炸式的发展，形成以羊为图腾的先羌族群。此后先羌又有了分流。留在原地的大致为羌族，包括此后重进龙门山所建立的羌蜀文明；一支向西南，成为藏族的主干；一支向东到了河套地区，学会了农业技术，从此异常迅速地向东向南扩展，占领了整个黄河流域及此后的长江流域，这就是汉族的主干。"所以嘛，这片龙门山的确是华夏民族鱼跃龙门之处。先民们闯过了这道狭窄崎岖的山路之后，从此由一道小小的山溪变成波澜壮阔的大江，浩荡东流，不可阻挡！"小姬笑着说，"现在到处都在争古代名人和名胜，咋没人想到这儿？咱们搞科幻的，有责任给成都市政府提个醒。我有个伟大的创意，你们想不想听？"

大家都说，当然想听，快说。"我的创意是：用超高性能的太空材料，建一道跨度上百千米、形若彩虹的长桥，海拔高度至少3000米，一下子横跨龙门山几道山谷。桥上镌一行百米见方的大字：华夏民族鱼跃龙门之地。这么一来，这儿一定成为全中国最著名的旅游景点，6A级的！"

全车人哄然大笑，都说这个创意够科幻，够刺激。应该赶快正式提交成都市政府，尽快实施。之后全国人民都会来这里拜祖寻根，每年会有上百亿的旅游收入。还建议，小姬立了这么大的功，又是黄帝的嫡系后代，理当任命为龙门的"门长"，享受正部级待遇。小姬一下子被擢升到这样的级别，当然高兴啦，笑得"娇艳如花"。开车的小侯师傅听得上劲儿，扭回头问一句：

"咱们老祖先真是从这儿过去的？"

我说："玩笑归玩笑，但小姬说的基本是事实。这和华夏先民的神话也能合拍。华夏神话中留下了很多西来的痕迹，像昆仑崇拜、西王母、禹生西羌等。还有，古文献都说'炎帝姜姓'，古时姜羌通用，姜字从羊从女，羌字从羊从人，明显说炎帝族群来自一个牧羊为生的部落。还有些神话甚至指向蜀地，像黄帝之妻嫘祖生于四川盐亭，黄帝之子昌意娶蜀山氏等。远古神话当然不是信史，但里面常常透露一些宝贵的信息，是真实历史的变形。"

"那我就有一点儿想不明白了。古人路过这片天府之地时，为啥不留在这儿，还要往荒凉的大山里钻？大家该知道那两句话：人到四川不想家，下一句嘛，我作为四川人就不说了。"小侯说。

"那时候四川可不是天府之地，而是一片沼泽和水面。一直到四千多年前的宝墩文明时期，地面才露出来。当然，虽然环境恶劣，肯定也有一些族群会留下来。你们知道羌族史诗《羌戈大战》吗？诗文中说当地的土著戈人长着尾巴，憨愚少智，但矮壮有力。羌人开始打不过土著，就用了一些智谋，最终胜利了。"我笑着说，"我浏览过这部史诗，里面说羌人借神灵之助，用白石头代替雪团，以木棒代替麻秆，用草人装成羌人，将戈人一次次打败，甚至灭种，让羌人取得最终胜利，从而立足岷江上游，繁衍生息。依我看来，这些愚鲁的戈人很可能就是先民们当年从云南北上时沿途留下来的族群，因为地理环境闭塞，文明发展得比较迟缓。不过这只是我随意的想法，没有实证，你们听听，左耳进右耳出也就是了。"

小侯说："哎哟我的妈呀，那不是说羌人把自己的祖先至少说是堂兄弟给杀了？"

大郑说："这倒一点儿不稀奇。全人类其实都是至亲的血亲，但分手几万年后，互相之间都忘了，谁也不认谁。在蒙昧时代，你杀我我杀你，谁杀到最后谁就是胜利者。咱们一会儿要看的营盘山遗址我已经参观过。那儿的房屋基址坑中就发现过五处人殉坑，坑中有完整的男女骸骨。他们像是在痛苦挣扎，腿被砍断，肯定当时是被活埋的。不知道这些人是不是就是羌族史诗中说的'戈人'。再拿羌汉藏三族来说，那是关系更近的血亲，分流只有五六千年，可以说还没出五服呢。但在商朝，羌人是最大的祭祀用人牲来源，以至于形成一个专门的名词：只羌。著名的商朝贤王武丁时期，一份祭文中明确记载杀了三百羌人，'今夕用三百羌于丁'。那时用'人牲'比用'畜牲'更普遍，殷商甲骨文中共有 305 个'羌'字，大多和祭祀与奴隶劫掠有关。"他叹道，"鲜血淋淋的人类史啊。"

我也叹息着重复："鲜血淋淋的人类史啊。这是人类的原罪，无可回避。不过人类走到今天，大恶的粪堆上已经长出来苗壮的善之花。咱们一会儿看到的大地震遗址，还有倾全国之力重建的灾区，就是最好的例证。"

赫妮一直在侧耳倾听。这时问我："基因证据说华夏先民是从云南过来，沿龙门山北上。但基因证据之外有没有考古证据？"

我摇摇头，"我为此确实查过资料，四川也有旧石器时代的遗址，像资阳人头骨和鲤鱼桥文化，但为数不多。大多数遗址是新石器时代的，而且其分布规律是自北面和东面向盆地中心发展。也就是说，这应该是华夏先民在西北大发展之后的反向扩张。至于第一次'鱼跃龙门'时留下的考古证据好像没有。"

一直在前边长椅上睡觉的诗老忽然接口说："龙门山一带不容易考古，那儿地壳变化剧烈，有大幅度的抬升。"

我们还在等他往下说，但他已经响起了均匀的鼻息声。我们都很好奇，这老先生莫不是在睡梦中也能与人对话？为了不影响他睡觉，我们都不约而同地压低了声音。我说："看了金力教授他们绘的人类迁徙图之后，我发现咱们从前可是犯了两个大大的认知错误，错得不能再错了。"杂志社的李主任饶有兴趣地问：

"啥错？"

我说："第一个错是认错了祖宗，比如中国各地的巫山猿人、蓝田猿人、元谋猿人、北京猿人，还有我家乡的南召杏花山猿人。咱们为这些猿人投入了那么多的心血和感情，但如果新理论是对的，如果我们都是六万年之内从非洲迁徙来的，那么，世界各地凡是历史超过六万年的所有猿人和直立人，都和现代人没有直接的血缘关系，只是很远的远亲。"

"是啊，采访李辉教授后，我还没来得及联想到这一点呢。一直说北京猿人是中国人的祖先，如果这是错的，感情上还真有点接受不了。"小姬说。

"不过，虽然感情上不好接受，我个人比较相信非洲起源说。如果人类是在各大洲独立进化，那么互相之间在进化树上的分流至少是200万年。200万年哪，黑猩猩与人类分流也不过600万年。经过这么漫长的独立进化，各人种肯定不会这样相似。"

大郑非常赞同："你说得对！这么明白的道理，过去咋就没想到？"

我接着说："第二个错是咱们蒙古人种选错了代表。据新理论，一支带有M130基因位点的古老族群从五六万年前离开非洲，从中东到南亚，其中一支沿着中国的沿海地带向东北方向迁徙，在西辽河流域形成阿尔泰语族，又向西分化出蒙古人、突厥人、布里亚特人等，向东分化出日本阿依努人等。也就是说，蒙古人和咱们的分流非常早，甚至远在黄种人和白种人分流之前。

既然这样，黄种人怎么能被称为蒙古人种呢，咱们完全把代表选错啦。"赫妮你不会介意吧，我纯粹是就事论事，一点不牵涉民族意识。"我笑着对赫妮说。

赫妮平和地说："我当然不介意。"小姬说："王老师你还不知道？科学界现在确实已经提出了新的人种分类！"

"真的？我不知道这个消息。是怎么分的？"

"新分类总共有八个人种。采访李辉教授时他对我介绍过，但我不知道能不能背下来。"她努力回忆，"非洲黑人分为布须曼人种、班图人种和俾格米人种。你看光黑人就分出三个人种，这不奇怪，非洲人谱系最古老，在人类进化树上属于第一级分岔，所以新分类法肯定得向非洲人倾斜。其他人种有欧洲人、澳洲人、东亚人、美洲人。"小姬扳着指头算，"我数了七个，还有哪个呢？噢对了，还有亚洲小黑人。亚洲小黑人是指基因位点为 YAP 的一个族群，以印度安达曼岛上的安达曼人为代表，安达曼人百分之百是这种基因位点。此外在日本人、朝鲜人、满洲人、缅甸人、克钦人中也有一部分。不过以我看来，新分类法虽然考虑了基因位点因素，但仍以地理分布和历史沿承为主，比如东亚人种还是把蒙古人包括在内，其实从父系的基因位点上说相隔很远的。"

我沉默了，心中颇为感慨。过去的白、黄、黑、棕四大人种的分类法，曾经是看似非常坚固也非常合理的大厦，没想到它会因分子生物学的进步而一朝崩塌。新分类法对大家都是新知识，引起了热烈讨论。讨论中赫妮基本没有参加，后来她慢声细语地说：

"佛家没有人种的概念。佛家认为尘世众生都来自光音天，因贪食地蜜而使身躯沉重，不得不堕落凡尘。"

我忽然警醒。谭老师曾介绍过赫妮是一位虔诚的佛家信徒。刚才聊得高兴，不知道是否有伤害她宗教感情的地方。我当然不会认可她的观点，但我在这个年纪已经学会尊重别人的观点，尤其是别人的宗教信仰。我们把话头扯开了。

血祭

　　我们经过地震遗迹，但急于赶路，没有停留。这儿的山岩更为破碎，交通也比较拥堵，因为沿途正修着一条与旧公路平行的高等级新公路。下午我们赶到茂县以北，参观了营盘山遗址。诗老已经养足了精神，领我们下车，挥着手杖为我们讲解。他说这是5500~5000年前的遗址，位于一块舌状的五级阶地上，地下埋有密密麻麻的石棺。诗老强调说，一般讲解材料上都说是二级台地，那是错的！因为当时只发掘了一小部分就进行了保护性的回填，所以其数量无法统计。至于石棺主人，有人认为是戈人，较多人认为是羌人，诗老也持后边的观点。汉文史书中有记载的古蜀五王：蚕丛、柏灌、鱼凫、杜宇和鳖灵，每个王都持续几百年，所以其实应为五个历史时期。其中前三个朝代是一脉相承的，是羌人创造的蜀文明，后两个朝代比较复杂，因为统治者并非蜀人，杜宇来自云南朱提，鳖灵来自楚地。营盘山遗址应该对应着蚕丛时期。蚕丛发明了养蚕缫丝，所以这个时期以蚕命名。这一带还有很多与蚕有关的地名，可以作为佐证。

　　诗老的讲解让我浮想联翩。自古以来丝绸就是华夏族的代名词，比茶和瓷器更为古老，南阳的方城县就有一个古老的名字：缯关。原来羌人的先王也发明了养蚕技术！那么，更可能的情况是：早在羌汉分流前这项技术就已经发明，然后分流为向东和西南的两道支流。诗老笑着说，他有个伟大的考证，那就是：中国的古名"支那"不是转音于"茶""秦""瓷器""昌南"这些名字，而是来源于"丝"！"支那"这个名字最早出现于印度，而印度在公元前11世纪就与川地有丝绸贸易，那时川地正处于辉煌的三星堆文明时期，也即鱼凫时代。所以，"支那"这个古名也许来自蜀文明。只是后来蜀文明很快同化于华夏文化，两者也就不分彼此了。"这个观点猜测多于实证，你们姑妄听之吧。"诗老坦率地说。

　　大郑说过的营盘山房屋基坑中的人牲祭祀，我们没有见到实物，只见了图片。图片上是两个人的尸骨，残缺扭曲，似乎他们惨烈的呼喊声穿越了五六千年的时空，一直延续到今天。我们默默凭吊，心头沉重。"始作俑者，其无后乎！"那么，比俑殉远为血腥的人殉是谁发明的？但历史是吊诡的，人殉的发明也许恰恰基于人类对自身生命的崇拜——认为只有以高贵的人血和人命——哪怕它们属于卑贱的奴隶——来供奉于祭坛，才更能为神所悦纳。

我们又到北川石纽山下参观了传说是大禹的出生地——禹穴，这是条清幽小沟，流水淙淙，崖壁刻有颜真卿手书的"禹穴"。小姬问：

"诗老，史书说禹生西羌，是不是说他就是羌族人？"

诗老笑着说："你这个问题把时代弄混了。诸夏诸夏，有了夏朝才有诸夏和戎狄蛮夷的区别。大禹出生的时候，夏朝的开国之君、禹的儿子启，还在外婆的大腿肚上转筋呢。民族的分野，越向远古追溯越没办法截然分开，那时本来就是一家嘛。如果非要给大禹定族别，可以说他是属于先羌族吧。"

当天我们在北川住宿。这次有胡大姐跟着，确实一路绿灯，到处都有人热情接待，安排向导，免费安排住宿，各博物馆或文联的领导还要出面宴请。晚宴上我们向主人敬了酒，也向胡大姐敬酒，诚心感谢："借花献佛。胡大姐我们都沾你的光。"

胡大姐说各地的解说员都是她带出来的，确实相处得很好。"就拿筹建中的北川地震博物馆来说吧，馆中小解说员很多都是地震孤儿。馆舍筹建期间非常艰苦，娃娃们一点儿不畏苦，每天乐呵呵的。但有一天几个娃娃从外边回来，都含着泪。我问他们为什么，原来外边有些游客要爬地震中留下的残楼，娃娃们制止，那些人不听制止还说难听话，说：'当年我们都捐了钱，看看废墟你们也不让？'"胡大姐说，"我气得当时就冲出去了，厉声对他们说：'娃娃们是为了你们的安全，你们真不知道好歹。我告诉你们，就是你们踩着的这些废墟，这里的娃娃儿们每人都有亲人还压在那儿！现在你们前面有两条路，一条是跟娃娃们道歉，一条是说说你们当年捐了多少钱，我双倍还你，从此你们和灾区就两清了！'我当时太冲动，话说得狠了一点儿。那些游客其实都不错，红着脸过来，向孩子们道了歉。"

胡大姐回忆起这段往事，动了感情，眼睛红了。席上小姬、赫妮都在悄悄抹泪，我也觉得喉咙中发哽。

奔波一天大家都累了，晚饭后各自回屋睡觉。我冲了澡，躺在床上梳理今天的见闻。我想，看来我要接下谭老师给的这个活了，因为一天的见闻中，我已经对蜀文明的源头有了强烈的兴趣。蜀人来自羌人。在世界民族树上，羌族是相对不幸的一支。他们极盛时，西羌之地有一千多万丁口，现在只余30万。他们被战争逼迫进入岷山区域，从此又和地层深处的恶魔——地震结下不解之缘。后来他们离开山区到四川盆地，也曾有长时间的繁荣，创造出面貌特异的三星堆文明和金沙文明，但最终也干涸了。如果不是两处祭祀场地的偶然发现，这两个文明至今还埋在历史的沉积层中。其实羌人（蜀人）最不幸的是他们没有文字，没有文字的民族就没有历史的根，祖先的历史只能活在释比的口耳相传中，活在异族的文字中。

相对而言，汉族就相当幸运。汉族先民凭着农业技术，凭着上天赐予的地理环境，可能还要再加上独特的汉字，迅速发展起来，以极迅猛的态势覆盖了整个东亚，成就了世界第一大民族。汉字肇始于商，应该肇始于夏或更早，但至今没有发现实证，所以夏之前到三皇五帝的历史只存活于神话中，更早的族群记忆干脆湮灭在时间的长河里，连神话中也难觅踪迹。华夏神话中透出不少"西来"——从黄河上游草原西来的影子，但只留下很少"北上"——从南亚经龙门山北上的痕迹，而完全湮灭了更早的"西来"——从非洲和中东西来的记忆了。这些记忆一旦失去就永远失去了，按说绝对不可复活，没想到科学的发展竟然能追溯出已经湮灭的人类血脉之河。虽然我是无神论者，但有时候我宁可相信这来自神力。冥冥中有一位大慈悲的神，他怜悯人类，怕人类忘记本原，怕人类彼此相忘，特意在DNA的深处悄悄镌下了永远的标识。

就像儿女远行时，母亲含泪在儿女颈上挂上祖传的连心锁。

人生有三大问题，可以说是人类的终极追问：我们是谁，自何处来，向何处去。就我而言，虽然尘世碌碌，蝇营狗苟，差不多已经失去了对终极追问的兴趣，但今天呢，也许是一路的见闻，也许是因为得知脑萎缩病情而提前看到了自己的归宿，我萌生了强烈的寻根意愿。这可以说是一种感恩，是对祖先的感恩——那些艰难地闯过龙门山的祖先，那些更早年代勇敢地走出非洲的祖先。也是对命运之神的感恩——我既然能来到人世，也就是说，我属于一支艰难存活下来的血脉。这件平凡的事其实就是命运之神的无上眷顾啊。

第二天我们赶到茂县，参观了茂县羌族博物馆。又到一个羌族村寨——

牟托寨，观看了气势宏大的村民的羊皮鼓舞。胡大姐很善解人意，下午对我们说："这些景点都不错，但坦白说它们都带着'旅游味儿'，是进行过现代包装的羌族风情。而作家们常常更愿意看原汁原味的羌寨。附近倒是有个黑虎寨相对古朴一些，只是稍远，路况也不好，回来可能天就黑了。你们去不去？"大家商量一下，劝诗老留在县城休息，其他人随胡大姐和一位本地讲解员，一个姓余的羌族妹子，一块去了。

下了公路之后是一段简易公路，宽窄只能过一辆车，路面是碎石杂着虚土，车开过后留下一路烟尘。依维柯车身较大，不大好走。最后几里地我们只能弃车步行，弄得满鞋浮土。赶到寨子时天色已经发暗，众多羌碉耸立在灰暗的天空中，其中一些在地震中坍了半边，还没有修复。寨子位于山中高高的台地。往远处看，无数山峰默默簇拥着，山头上都有郁郁葱葱的松林。但到了某一等高线之下，松林全都消失了，代之以不整齐的梯田和块状田地。几千年来，羌民就是靠这些土地活下来的。我们遇见的寨民们都穿着羊皮坎肩，女性的帽子之后拖着白色的长巾，据说这叫"万年孝"，是纪念一位带领羌民反抗清军的英雄。我们参观了几处羌民的民居，房屋的檐部和屋顶都有白石，这就是羌族的白石崇拜。屋外的山墙上嵌着或画着羊头，正面墙上挂着玉米、辣椒和大蒜。与房屋紧邻的小块田地里种着白菜、土豆等。不少屋里的正间还保留着火塘，那是羌族所称的"万年火"。这儿的村民没有旅游景点那儿过于满溢的热情，只是平淡地同我们点头问好，然后埋下头去忙自己的事。小余一边走一边介绍着羌民的风俗，最后带我们去访问一位有名的释比。

到了释比家，光线晦暗的房子中有两个人，正坐在火塘旁谈话。不，不是谈话，而是一人的自语。他的自语很投入，随说话的节奏而摇头晃脑。说的应该是羌语吧。一种对我们而言完全陌生的语言汩汩地向外流淌，充盈了暮色中的时空。虽然我完全不知道他说的内容，但在刹那间我似乎觉得，这些话语是从远古流淌出来，一直流淌到今天，几千年的时空在这儿接合了……看见客人来了，两人起身迎接我们。小余介绍说年纪大的那位是释比，有60岁左右。不过他今天并没像图片中那样头带猴皮帽、身穿豹皮衣、手持羊皮鼓，所以与一般羌民并无区别。另一位是瘦削的男人，年龄不足40岁，中等个子，衣着普通，肤色稍黑。手里一个小物件上闪着一点儿红光，原来是一支录音笔。小余认得这人，正要介绍，大郑已经惊喜地迎上去同他握手：

"是羊路先生？真巧，在这儿遇到你。"

原来他们在成都的一次文学沙龙上遇见过。大郑向我们介绍，说他是一位土生土长的羌族诗人，羊路是他的笔名，老家在汶川，就在地震的中心地带。一首很有名的歌曲《美丽的九寨》就是由他作词的。小姬惊喜地说：

"是《美丽的九寨》的作者啊，我听过那首歌，很美。也刚刚读过你的诗《一只凤凰飞起来》。今天真是幸会。"

大概那位诗人没想到在偏僻的山乡遇上粉丝，微笑着，认真打量这位白衣姑娘。大郑用玩笑的口吻向他介绍："这位顶级美女是南方都市报的名记者姬明雪，姬是'黄帝姬姓，以姬水成'那个姬，所以毫无疑问她是黄帝最嫡系的后代，皇室公主。因为她显赫的身世，昨天她还想当这位王老师的长辈哩。"

我们都笑了，小姬也笑着说："我正要和诗人谈论神圣的文学呢，郑老师你别油嘴滑舌，坏了气氛。羊路先生，我确实读过你的诗，我想还能背诵一段哩。"

她略想了想，背诵道：

俯视又仰望，在时间的分水岭上，
我是祖先最后的牧人，
放牧头顶上空的云。
脚下大地尽情无边，像心愿，
盛开祖先歌声飞扬的牧鞭。

她笑着说，"我背得对不对？"又背一段：

你是羌人。你是羌人最后的歌谣，
走出大平原的平，迈过大盆地的盆，

> 跨出岷江大峡谷的幽暗与辗转，
> 你走进圣山目光中的大高原大草原。
> 你的眼睛你看见，你的羊群你看见。
> 嘹亮在甲骨文中的呐喊，
> 冰雹一样覆盖而来的征战和厮杀，
> 在你呼吸的中央递进古老的悲壮。
> ……

她不好意思地说："背不下去了，下边的我忘了。这些诗句写得真好！我能感受到来自远古的神秘。"她衷心地夸奖着。

羊路沉默地看着她，很久才说："谢谢。"

基于作家的观察力，我觉得这不是羊路的真心话。不错，小姬能随口背诵出羊路的诗句，看来她确实喜欢。但这位 80 后的快乐姑娘，这朵绽放在阳春三月的娇艳鲜花，恐怕不一定能真正理解诗句中的苦味儿吧。这种苦味儿不算浓酽，但它把诗句整个浸透了，入肉入骨，你把诗句冲洗后再晒干，也去不掉其骨子里内蕴的苦味儿。所以羊路恐怕并没把小姬当成真正的知音。

我们问羊路，刚才和释比在谈什么。原来释比在用羌语讲述羌人史诗，羊路在录音。羊路说他小时候能说羌语，但长时间不用，已经生疏了，这次来采风，也算是对羌语的复习吧。停了停他主动说："很巧，释比刚才讲的正是我那首诗里的内容。羌人先祖原来生活在北方的草原，那儿草肥水美，羊群像白云一样飘荡，羊奶像小溪一样流淌。但忽然魔兵来了，就像是从地下冒出来。他们非常凶恶，肆意烧杀。羌人抵挡不住，只好仓皇地向深山逃窜。魔兵一路追赶，多亏始祖木姐珠投下三块白石化成雪山，才把魔兵挡住。"

时间不早了，胡大姐催我们返回。小余问羊路搭不搭便车，羊路说他不回，他的采访还没完成，今天就住到寨子里。不过他很热情，陪着走了几里路，一直把我们送到停车处。暮色苍茫，万籁俱静，群山沉默着，听不到松涛水声。我和羊路并肩走在队伍最前边，我说：

"羊路先生，我能感受到你诗句中的苦。"停停我又说，"原谅我的冒昧，我觉得更深层的苦在于：羌族没有文字，你只能用'甲骨文'的文字来抒发心中的痛，所以痛苦是双倍的。"

羊路由衷地说："谢谢你的理解。"

"我浏览过羌族史诗。客观地说，它是一种俗文化，俚俗稚拙，比较粗糙。羌族就整个民族而言可以说完全没有雅文化，我觉得很可惜，因为俗文化无法承载你诗中的黍离之痛。"我抱歉地说，"我说这些话，可能冒昧了。"

他在暮色中看看我，沉沉地说："不，你的评价很准确。"过一会儿他突然问，"王老师，你相信神灵吗？"

我想了想，没有正面回答："来这儿之前，在北京和一位周院士一块儿参加一个活动。活动中有人问及我们的信仰，周院士非常坦诚，说，他是99%的无神论者，但在心灵中保留了1%的宗教信仰。因为他觉得，如果人死后完全没有灵魂，死者无论对这个世界，还是对健在或亡故的亲人，都不能有任何感情上的维系，这个结论未免过于冷酷，所以他想留下1%的宗教信仰，在心中给自己留下一片温馨。说实话，听了他的自白，我非常感动。"

羊路两眼灼灼地看着我："王老师，我相信神灵。因为我确实听到过始祖神对我的秘语。而且不止一次。也并非是在梦中。我只要处于幽静群山的怀抱之中，并且在精神上入定，就能听到神的声音。它低沉，遥远，音节缓慢，就像是大山的腹语。"

我沉默了片刻。不禁想起赫妮的话。这两天她认真地告诉我们，佛家相信极乐世界，修行深厚的人可以"虹化"而往登极乐。虹化后肉身可以完全化为空无，也可以留下一些坚硬的舍利。我是彻底的无神论者，不相信这些说法，但我这把年纪已经学会了尊重别人的信仰。四野茫茫，视野中没有一点儿灯光，就像回到了远古，回到了神灵创世的时代。在这种氛围下，羊路的话似乎也有其真实性。我正要回话，听见后边有人在曼声说：

"佛家相信因果轮回。比如，科学家说地震是因为板块碰撞，佛家说是因为历史上杀孽太重，怨气积聚。"

声音离我们比较远，但在这静谧的山中，我能清晰地听见。我知道这肯定是赫妮的话，不由一惊，这句话让羊路这位几年前刚经历过地震的羌人听见，显然很不妥当。此时我心中不由生出感慨，佛家讲究因果报应世道轮回，尽管在我看来是虚幻的迷信，但从本意上说是向善的，是为了劝人行善。但这种本意良善的信仰，如果错用于解释地震原因，则对死者有点儿冷酷。其实无神论何尝不是如此，甚至更甚于此。在我心目中，无神论具有清晰的理性和强大的逻辑力量，但它也会导出很多相当冷酷的结论。比如，既然不相信天谴神谕，也就抛弃了"善恶有报"的信仰。且不说进化论中的"生存竞争，适者生存"本质就是冷酷的。世上之事都有两面性，我已经学会不拿自己的观点来充当天地的裁判。

我但愿羊路没有听见那句话，但他肯定听见了，而且显然激起了强烈的反应。他回过头，直直地盯着后边几位女性，最后把目光盯在小姬身上。我猜想，可能是因为刚才的声音很甜美，像是年轻姑娘的声音，让他误以为是小姬所说的吧。但这种情况下我不便于向他解释。好在他没有更过分的动作，很快就扭回头，平静地和我继续闲聊。

身后几位女性一直热烈地聊着，大概没注意到他片刻的情绪异常。

一路上我和羊路聊得很投入，话题很广泛，他也像忘了刚才片刻的情绪波动。我们在客车前与羊路告别，他独自回头，沿着弯弯曲曲的盘山路走着，逐渐隐于暮色之中。

第二天我们往回赶，经过汶川时我们多停留了一会儿，凭吊了灾区特意保留的地震废墟。小姬采了一把白色的细碎野花，轻轻放在废墟上。赫妮合掌默祷，几位女士的眼角都挂着泪珠。这场地震既是一场泼天灾难，也是普通人仁善良知的大激发。我一个姓洪的朋友是祖传骨科世家，年过七十。在地震的第二天就带着两个儿子，包租了一辆车急如星火地赶往灾区。七天后洪兄回来了，很不乐意，说武警不让他们进灾区中心，只在外边帮着做了一点杂事，没能真正出上力，白跑了一趟！还有一点让他愤愤不平：大灾之时，路上竟然还有人打麻将！……

离开这儿后大家情绪比较低沉。再次经过小姬说的鱼跃龙门之处时，没人重提她那个很科幻的设想。

中午 11 点半赶到广汉三星堆博物馆。这儿中午不闭馆，我们打算先在外边吃过午饭再去参观。这边馆长也姓王，胡大姐为下午参观的安排先和王馆长打了一个招呼。但一联系，王馆长说一定要招待我们。王馆长说："诗老和胡大姐来了，成都的王易院长也打过招呼，我们必须得尽一尽地主之谊，宴请就在馆内的饭店。"盛情难却，我们只好恭敬不如从命。

进了博物馆，离午饭还有半个小时，王馆长请我们先到凉厅，说他正在那儿陪一个博物馆的元老谢老。凉厅风景优美，傍着一条小河，王馆长在门口迎接我们。他是位身高一米九的帅男，非常年轻，我在各地的博物馆还没见过如此年轻的馆长。馆长请我们在藤椅上坐下，那儿已经坐着一位老人，应该就是他说的博物馆元老，满头白发，藤椅旁靠着一支粗大的金属手杖。他面前是一位身体偏瘦的男子，背对着我们，这时扭过头来——原来是羊路！小姬惊喜地问：

"是羊路先生？你怎么也来这儿啦？你咋赶到我们前边啦？"

羊路没有起身，招招手算是见了面，简短地说："我师傅打电话说想见我，我就提前下山了。"他回头对谢老解释了一句，"昨晚我和他们在黑虎寨见过面。"

王馆长笑着说："这位美女问的问题很古怪啊。你问羊路怎么到这儿了？他就是本馆的工作人员啊。羊路是文物修复中心的，是这个行当的一把好手。对了，这位谢老是他的师傅。你们待会要参观的青铜器啦，陶器啦，出土时都是一堆破烂，经了他们的巧手，才恢复成眼前的样子。"

"真的？羊路先生，你是文武双全啊。"小姬真心地恭维。

谢老接上她的话头："不错，羊路确实文武全才，诗写得好，在文物修复方面也是高手，是我最得意的徒弟。你们看，这就是他亲手制作的鹰翅骨骨笛，今天特意拿来让我看的。"他拿起面前一件东西，那是一个弯曲的双排竖笛，每根上有六个音孔，挂着两根流苏，外观比较粗糙，看不出有什么出色之处。"你们是不是觉得它比较粗糙？不是的，骨笛外观完全是仿照出土的原物，仿得非常出色，完全可以乱真。我刚试过，音色也不错，羊路你吹一曲吧，让客人听听。"

羊路没有推辞，接过骨笛，说："骨笛只能在远处听，我到河对岸去吹吧。师傅，吃饭时我有点事，饭后我再来陪你。"他与谢老握手，与我们几个点头作别，带着骨笛离开。

王馆长和诗老、胡大姐聊得很热乎，我们则和谢老寒暄着。谢老听说我和赫妮都是南阳人，便说他是福建人，但谢氏的老根听说是在南阳？我说没错，古谢国遗址在南阳市区以南四十多千米，世界谢氏宗亲会常到南阳来祭祖。河南是夏商两朝的中心，汉族很多姓氏起源于河南及附近，即所谓的河洛之地。闽南和台湾的黄陈林郑四大姓全都来自河洛，所以陈水扁那小子绝对是一个不认祖宗的狼崽子。那边王馆长听见，也插了一句：

"你们两位是南阳人？我也是，南阳社旗的。"

"是吗？"我觉得与王馆长的关系一下子拉近了，"社旗可是著名的千年古镇，原名赊旗，赊店大曲是很有名的。"

这时我们听见了笛声，吹笛人在小河对岸，距我们几十米。骨笛不像竹笛那样悠扬清亮泛音丰富，而是高亢尖利节奏跌宕，令人想到九天传来的鹰唳。那只鹰时而一飞冲天，时而俯冲而下。在那双鹰目的视野里，一定能看见先羌生活的黄河上游草原，羊群像白云一样飘浮在碧绿的草地；能看见岷山河谷中一片片高山台地，那儿"土地刚卤，不宜五谷"，纵目的蚕丛居住在石室里；看见越山而过的羌人建立起灿烂的三星堆文明，也许此刻我们的脚下还有没有发掘出来的遗留……

我偶然瞥一眼小姬，见她的眼中泫然有光。我知道小姬是个感情丰富的女孩，有一颗柔嫩易感的内心。几天前的星云奖颁奖典礼上有一项精心安排的活动，是三个科幻迷给他们最喜欢的科幻作家写一封信。给我写信的是川大的孙悦同学。信文追述了在他的少年时代，科幻作品如何为他打开了全新的一道门，写得非常感人。我听后嗓子发哽，以至于无法致答辞。过后听说《科幻世界》副总编杨枫当时哭得稀里哗啦，而杨枫身旁的小姬开始还在笑，说："你们看杨姐哭得多投入！"不过很快她自己也是热泪满面。

今天她又为羊路的笛声落了泪。她默契地进入了笛声的意境。

笛声没有持续多长时间，看见羊路远远向我们挥手，离开了。谢老看着他的背影，喜爱之情溢于言表。他说："羊路有一双难得的巧手，更加上心窍玲珑，是文物修复工作的一把好手，考古界的宝贝。你们大概已经知道，三星堆文物出土时都被砸得稀烂，还被火烧过。至于古人这样做的原因，一般认为属于燔祭方式而不是敌国的破坏。这些乱糟糟的东西，经过文物修复才恢复了原来的面貌。我搞了一辈子文物修复，知道搞修复很不容易，需要空间想象力、文物知识、对美的敏锐感受，还有对文物的挚爱！这不光是一门技艺，而且是一门艺术。特别是羊路，他常说他和这些文物能够心灵相通。我觉得这不是迷信。一个人如果全身心投入某件事，他就会'入魔'，能达到常人难以想象的高度。"

大郑插话说："谢老说得对。就像我一位朋友是微雕艺人，能在米粒大小的象牙上雕出一整部《般若波罗蜜多心经》……"赫妮看看他，温和地低声纠正：

"郑老师，那两字不念'般若'，念'波惹'。还有一句经文一般人也常念错，'南无阿弥陀佛'，不念'南无'，应该念'纳莫'。"

大郑笑着说："多亏今天碰见个内行，要不这几个字我会错一辈子。"

赫妮笑着说："这不算啥，一般人常念错的。"

大郑接着说："我有幸赶上一次机会，亲眼看那位朋友做微雕。我说'有幸'不是夸张，因为搞微雕并非每天都能做，要在身心俱佳的状态，心情要好，精力要好，感觉要敏锐。一般干活时都是闭门独处，所以外人能有一次目睹确实不容易。外人可能认为微雕要借助放大镜显微镜什么的，其实根本不用，而是完全靠本人的意念。雕刻中途不能中断，万一因某种原因中断，那就是废品了，因为他绝对无法再在中断处接续下去。雕刻时他的双眼紧闭，身体一动不动，而且我觉得最邪门的是：连他的手指也没有任何动作！我当时紧盯着他的手指，一直没看到任何细微的动作。他就这么一动不动地坐了一会儿，微雕就完成了。完成后那位朋友十分疲惫，就像刚完成一次登山。这样的技艺简直超出了人类的能力，只能说'如有神助'。"

谢老听见这句话笑了，说："你说起神助，我这个徒弟就有点神神道道。有次他完成了一次高难度的文物修复，快得让我都吃惊。我问他，面对一堆碎片,他咋能这么快拼出文物的模样。他简单地说:'我能与它对话。'"谢老笑着摇摇头,"我刚才已经说过,他还是一位羌族诗人,他在诗中常写羌人始祖神与他的会面,写得活灵活现。当然我知道那叫虚构,但后来发生的一件事叫我觉得,也许那不是'虚构'能解释的。"

小姬非常感兴趣,连声问:"什么事?发生了什么事?谢老你讲讲嘛。"

"姑娘你别急,我会讲的。这件事讲起来似乎是迷信,不过我一个退休老头,也不忌讳。"

谢老说,三星堆和金沙博物馆早在2004年就与吉林大学边疆研究所合作,想对墓葬中的尸骨做DNA检测,以最终确定古蜀人的脉系是否源自羌人。按说,化石只要在十万年以内就有可能做出DNA检测,而蜀人尸骨只有三四千年,即使营盘山遗址也只有5500年。但我们送去的骸骨可能是因为埋藏较浅,再加上南方酸性土壤的破坏作用,一直没能检测成功。"下面就要说到我这个徒弟了。"谢老说,"就在不久前,有一次他偶然接触了馆藏的一根骨殖。当时——那时我早就退休,是听另一个徒弟说的。这个徒弟说,羊路当时的表情没法子形容。他把那根腿骨握到手里,双眼紧闭,身体微微晃动,就像释比做法事时神灵附体。好久他睁开眼睛说:这根骨头他感觉有灵性,建议送去做DNA检测。"

"后来呢?后来你们送检了吗?馆方相信他的话吗?"小姬性急地问。

"馆方当然不相信这种神灵附体的鬼话。"谢老有意停下来,笑着看看小姬,后者显然对他的话很不服气,正在措辞以便"礼貌"地反驳。谢老这才把包袱抖出来,"虽然不信,馆方还是送检了,毕竟这属于已经正常开展的项目嘛。后来——"

"怎么样?后来怎么样?谢老你别卖关子啦。"小姬央求着。

谢老简单地说:"后来真的做成了。"

"成功了?"我们几位都问。

"成功了,得到了完整的SNP报告——SNP,这个词我没记错吧。后来馆方又到最原始的羌寨中收集了羌民的DNA样本,包括羊路本人的,以便做对比检测。"

"后来呢？后来呢？"小姬连声问。

"姑娘，这次要让你失望了。对比结果还没出来呢。我说过，这是不久前的事。"

那边王馆长说时间到了，唤我们到餐厅吃饭，谢老借助手杖站起来，小姬扶着他，我们一块儿去餐厅。餐桌上小姬挨着我坐，大家正在闲聊时，她忽然转身向我，低声说：

"我相信谢老说的那件事是真的。我想那是基于血缘关系的一种心灵感应，一种超能力，就是科幻小说中经常提到的第五种力。"

虽然我是写科幻的，但我的作品中一般不写超自然力。原因很简单：我不信。当然我也不会扫小姬的兴头，她可是个骨子里的科幻迷。我只是笑着说：

"是吗？那我不妨做一个预测：博物馆将要做的对比检测将证明，羊路就是蚕丛、柏灌、鱼凫这条血脉的直系后代，或者干脆说，是蜀国王族的直系血亲。你信不信？"

小姬眉开眼笑："我信！"

那边赫妮听见了这句话，笑着问小姬："你们在说什么？王老师做出了什么样的预言？"我笑着打岔："天机不可轻泄，吃饭吃饭。"

二、小姬的记述

吃过午饭，胡妈留下来同熟人聊天，诗老、王老师、郑老师、赫妮姐和我开始参观，一位姓杨的解说员给我们讲解，很巧，上次我参观时就是她讲的。诗老常常自称80后，他确实是性情中人。参观中只要听讲解员讲错了——实际不是讲错，只是和诗老的观点不大一致——他就老实不客气地要过讲解员的微型话筒，说：

"这个问题我的看法不同，我来讲一下……"

讲解员很尊重他，笑着避到一边。

不过说实话，听了诗老的讲解，包括几天来王老师、郑老师的闲谈，我颇有点扫兴。为啥说"扫兴"？要知道，三星堆博物馆中充盈着数千件真品文物的灵性，充盈着神秘和神圣，是科幻自由飞翔的天堂。特别是那些面目诡异的青铜面具，双目像望远镜筒般向外凸出，面部线条如刀劈斧凿，根本不像是人类的面容；还有通天的青铜神树，人头鸟身的神像，纹饰精美的玉璋、玉璧、玉瑰，都富含浓郁的异族风情——甚至说它们来自异星文明也不为过。而这三位呢，他们都是著名的科幻作家，按说该有天马行空的思维，偏偏他们在现实生活中的观点却十分——用褒义词是"脚踏实地"，用贬义词是"老古板"，一点儿也不科幻。比如说到这些面具的纵目，诗老说：

"古代神话和古代文献绝对不可全信，但其中常常含有宝贵的信息，是真实历史的变形。比如，常璩的《华阳国志》中明确记载：'有蜀侯蚕丛，其目纵。'唯物主义的史学家们一向把它当成荒诞不经的传说。纵目是嘛玩意儿？除了二郎神杨戬，谁的眼睛是竖着长的？地球上也有眼睛向外凸伸的生物，那是横着走的螃蟹，不是人。但三星堆文物出土后，这个荒诞不经的传说一下子被证实了，原来历史上确实有过这么一个崇拜纵目的文明！那么，常璩在写《华阳国志》时就肯定不是胡说八道，而是有所本，不排除他当时见过流传到内地的纵目面具。至于这种纵目崇拜的由来……小姬，听说你坚决相信它们来自外星文明？"

我笑着说："对，我就是坚信！我坚持这个观点，不怕你们的讽刺打击。"

"这是个好的科幻题材，但历史真实可能一点也不科幻。蚕丛部落生活在岷山中的台地，那里'土地刚卤，不宜五谷'，'地有咸土，煮以为盐'。但这种盐严重缺碘，长期服用后会得甲亢或地方性甲状腺肿大，显著的特点就是眼球凸出。当然，绝不会达到面具的那种程度，吃多少缺碘盐也达不到那种程度。那只是把生活中的现象在宗教中加以合理夸张。你们可以想象一下，当眼珠微凸的蚕丛部落到达三星堆，征服了正常眼珠的当地土著后，凸眼珠就成为高贵的象征。就像在白人殖民时代，白皮肤成了高贵的象征一样。所以凸眼珠在宗教活动中被大大地强化，就成了眼下你们看到的纵目人。小姬，你说我说得有没有道理？"

我没回答他，转过头问王老师和郑老师："你们呢，你们也不相信它来自外星文明？"

血祭

王老师笑着摇头，郑老师笑着说："小姬，我得让你失望了。如果是外星文明来到此地，那他们即使不传授宇航技术和电脑技术，总得传授冶铁技术吧。那样的话，蜀人肯定会越过青铜时代而直接进入比较先进的铁器时代。"

从逻辑上说，他们说得确有道理，符合"坚硬的理性"，我没办法辩驳，便气哼哼地说："你们啊，真是有愧于科幻作家这个职业，脑袋瓜儿太僵化太古板。煞风景，真是煞风景。"

这群人中，只有赫妮姐的观点和我有相通之处。她是个虔诚的佛教徒，她认为这些古人的祭神之物都有灵性。灵性比灵魂更高，魂是迷，性是觉。这是她的原话，我听不大懂。她还相信"凡所有相，皆是虚妄"，"心、佛、众生，皆无差别"。众生只要抛弃内心的三大障碍，即妄想、分别与执着，秉持戒、定、慧，便可抛却肉胎，随心所欲地穿越时空，因为"这是众生的真心自性中本来具足的能力"。一路上，她热心地向我们宣扬佛家教义，诗老、王、郑三人常是笑而不言，显然佛家教义战胜不了他们坚硬的无神论。而我觉得，实际上宗教信仰和科幻，甚至科学，就其本质上是相通的，只是表述方式不同而已。比如，佛陀说"一切法从心想生"，翻译成现代话就是"一切物质都可随念而生"，而现代物理学说"物质具有波的本质"，"真空中可以凭空生出粒子"，两家说法在本质上其实是一致的嘛。

前边是著名的青铜大立人。解说员说，这是当时世界上最大的青铜塑像之一，不算底座，人像高 1.7 米，正是普通人的高度。塑像高度写实，有人猜测它正是依据鱼凫的真实形象而雕塑的，是神、巫、王三体合一。铜像的面部尤为逼真，浓眉阔目，眼珠微凸，神态威严。头戴圆平硬冠，身穿三层衣服，衣纹洗练，纹饰精致。在这个写实风格的铜像中，只有双手和双足的尺寸大得不成比例。双臂是平举的，巨大的双手握成一个大大的圆形，有人猜测他握的是一根巨型象牙，有人猜是一条大蟒蛇。不管是什么，肯定跟祭祀有关。巨大的双脚稳稳地立在底座上。这位巫王衣冠楚楚，唯独下面是一双赤足，这肯定有宗教含义，比如沟通天地之灵气。

诗老对我们说，蜀文明与中原文明相比有其特殊性。由于地理上的区隔，从西北来的羌人（蜀人）在战胜了当地土著后，基本没有外部的威胁，享受

039

了千年和平。诗老笑着说:"小姬,你只需想想改革开放30年中国有多大的变化,就可以想象,一千年和平是什么概念!《左传》说,'国之大事,在祀与戎'。但在蜀文明中,'戎'的部分差不多完全淡化,蜀地出土的兵器都是礼器性质,各地城墙的作用都是防洪而不是防兵。而'祀'则被极度强化,发展到了极致。可以说,蜀人积累财富的唯一目的就是向神供奉,宗教信仰已经化入他们的血脉。"

诗老口若悬河时,我看见羊路和谢老也来了,立在我们身后。两人仰面观看,羊路指着铜像说着什么。谢老带着他那根又粗又长的手杖,但并没有拄着,而是像军刀一样斜挎在臂弯里。诗老来了兴致,再次要来讲解员的微型话筒,用手杖当教鞭指点着铜像,笑着说:

"请注意这个铜像的病理特征。他身体极瘦,眼珠微凸。我曾陪几位医学界人士参观,请他们对这位4000年前的病人做出诊断。他们异口同声地说:是甲亢!我还要告诉诸位一点:重度甲亢患者常常患神经质,而宗教先知们大都是比较神经质的人。正是这样的人才有勇气做出极端的举动,比如像摩西和柏灌那样率部众举族迁徙。那个时代没有地理知识,不知道前方有没有魔怪地狱,是不是到了陆地尽头,所以敢于这样做的人一定相信自己得到了神谕。"

诗老讲解时,我瞥见羊路和谢老离开了。在这一刹那中,我忽然心有所动,拔步追过去,喊:"羊路先生!"羊路停下了,疑问地看着我。我拉他回到青铜立人像边,再次对比了他和大立人的面容,笑着对大家说:

"你们看,羊路先生和这尊铜像是不是很相像?"

羊路和铜像的体型相似,都是中等身材,因为体型瘦削,显得比实际身高要高一些。至于面容,大立人铜像与本馆其他大多数塑像一样是戴着面具,按说不好与羊路对比,但两者之间肯定有某种神似之处,让人打眼一看就能得出这样的印象。大家端详了两者之后,都笑着点头,这让我颇为自得。但我没想到羊路会说出下面的话。他深深地看看我,然后平静地说:

"说我和青铜大立人相像,你并不是第一人。我师傅在多年前,就是这尊铜像刚刚修复出来的时候,就这样说过。"

血祭

我看看人群后边的谢老,他听见我们的对话,笑着扬扬手,表示认可。

"是吗?"我的兴致更高了,"那更说明我没看错。现在我更相信王老师午饭时做的预言了。他说,博物馆正在做的DNA对比检测将会证明,羊路就是蚕丛、柏灌、鱼凫这条血脉的直系后代,是蜀国王族的直系血亲。难怪你诗中说你能听见始祖神的神谕,他们和你有直接的血缘嘛。"

但羊路显然不愿谈论这个话题。他只是笑了笑,简短地说:"对不起,我要陪师傅去了。"

说完就陪谢老离开了,谢老仍然像挎军刀一样,在臂弯中挎着那支粗长的手杖。

我很遗憾,也觉得自己多少有些孟浪。也许在他看来,这样的话题很神圣,不宜在尘世中随便谈论吧。我盯着他的背影,对这个人充满了好奇。

我们又到玉器馆里看了各种玉璋、玉琮和玉璧。小杨介绍,三星堆的祭祀使用了杀牲、血灌、焚燎、瘗埋等多种祭祀方法,是对天、地、山、神、祖先一起祭拜,即古人所说"兼有天地宗庙""兼有上帝四望"的大祭祀。置身于这些文物的灵性中,我仿佛穿越时空,体会到古人对神灵的虔诚膜拜。我们又到了金器馆。这里有很多薄如蝉翼的金面具,都贴在青铜面具的表面。前面到了金杖展柜,诗老再次要过解说员的话筒,兴致勃勃地说:

"注意看!你们面前的这根金杖也是本馆的镇馆之宝之一。它长1.42米,重480克。是由自然金捶揲而成,肯定是当年的巫或王所用的权杖。它原来是包裹在一根木杖上,木杖已经完全腐朽,对其残渣做过碳14年代检测,具体年代我记不清了,大致为4500年吧。作为文物来说,它绝对价值连城。为什么?因为它是中国文物中的孤品。中原文化从没有权杖的概念,用作王权象征的都是九鼎之类四平八稳的重器。倒是在古埃及文明、爱琴海文明和西亚文明中,权杖比较普遍,所以也有人持'蜀文明西来说'。"诗老摇摇头,"不过我个人不相信。道理很简单嘛,你如果想做出这个推理,就得首先证明所有的有权杖文明都是一个源头,再来推断蜀文明西来,这才符合数学归纳法的推理程序。我相信它仍是土生土长的,只是与上述文明巧合而已。对不起,小杨,又占用你的讲解时间了。"

他把话筒还给小杨,小杨笑着接过,继续往下讲。她说:"金杖上有精美的纹饰,请看图板的放大图。金杖下部的纹饰是两个头戴五齿巫冠、笑口大开的头像,头部四周有放射状纹,应该是太阳神崇拜的表现,是巫、神、王三位一体。金杖上部则是相同的四组图案,两两对称。图案是一鸟一鱼,中间叠压着一枝箭状物。"小杨还说,"听说你们今天还要参观金沙博物馆,金沙文物中没有权杖但有金冠带,而金冠带上的纹饰是完全相同的鱼鸟图,强烈表示两个文明是一脉相通的。多数专家相信这种一鱼一鸟的图案就是鱼凫王的象征。鱼凫鱼凫,就是一鱼加一鸟(鱼鹰)嘛。"

小杨讲解时,我远远瞥见羊路和谢老也逛到了金器馆,正向这边走来。这时我忽然注意到王老师神态有点儿异常,他紧紧盯着展柜中的金杖,下意识地喃喃自语着。我侧耳倾听,他说的是:

"金杖。1.42米。说不定就是它。"

我奇怪地问:"王老师,你在说什么?什么就是它?"

王老师从遐思中醒过来,看看我,明显犹豫片刻,解嘲地说:"没什么,走神了。人老啦,就爱自言自语。"

我笑着说:"有诗老在这儿镇着,你就别卖老了。按新的年龄分类法,60岁只能算是中老年。快坦白吧,刚才你一定有什么重要的感触。"

王老师再次看看我,似乎要说出来,临时又打住了。"不,说了你也不会相信。"他笑着摇摇头说,"这样吧,不妨给你留一点儿悬念,什么时候,比如下次笔会时,等大刘、何公子、你、我四人聚到一块儿时,我再向你披露这个秘密。"

我很奇怪,什么秘密还牵涉到大刘和何公子?科幻文坛四大天王中的三个?我不甘心,还想追问下去,但这时我的注意力被羊路吸引过去。小杨正领着我们这群人离开金杖展柜,羊路和谢老走过来,立在展柜前。羊路紧紧盯着金杖,目光炽热,嘴唇微微翕动着,似乎也在默默念诵什么,恰像王老师刚才一样。而谢老像是见怪不怪,微微笑着旁观。我有这个印象并非神经过敏,羊路的神情确实异常。在那个瞬间,我觉得他是在抚摸金杖的灵性,

血祭

他借由金杖这个外在之物正与祖先神合。我想这也不奇怪吧，一个感情炽热、极度投入的诗人，常常会神游物外的，就像是赫妮姐所说的"莲花化生"。

我们的那一群走远了，听见赫妮姐在叫我，我赶紧追过去。

下午赶回去参观金沙博物馆。路上有点堵车，赶到金沙时已经是晚饭后。胡妈与馆方联系，那边说成都博物院王易院长要在金沙元年酒店宴请我们。又让胡妈趁着天色还未黑定，先带我们去看院内露天的乌木林，因为那儿没有照明。胡妈说：

"金沙从来没有在晚上开馆，为你们是破例了。"想想又说，"不过汶川大地震期间，博物馆曾大开门户，让成都市民来这儿过夜。"

我眼前立即出现了这样的场景：在地魔肆虐的那天，成千上万成都百姓涌向这里，躺卧在草地上，度过一个无眠的夜晚。也许，伴着先人的神灵，伴着无数文物的灵性，他们受惊的心灵能够很快平静吧。大难来临，蜀人的先祖们地下有知，肯定也不能安眠吧。那晚他们也许飘荡在龙门山的上空，默默注视着这片多灾多难的山地，注视着聚集在博物馆里避难的后代子孙……赫妮姐看出我的感情激荡，悄悄触触我，笑着说：

"小姬，你是个感情丰富的姑娘。"我不好意思地笑了，悄悄抹去眼角的泪珠。赫妮姐半玩笑半认真地说，"我决定了，一定要度你皈依佛门，你天生慧根，有一颗慈悲心。"

我们参观了乌木林。乌木又名阴沉木，是古代的树木倒在河里后，一直处于缺氧状态而形成的。眼前这片乌木林生前俱是参天巨树，在苍茫暮色中默默耸立，直指夜空，犹如一群被魔法定身的巨人。很多树上遍布卵圆形的凹坑，那是乌木形成时被河流中的鹅卵石挤压而形成的。匆匆参观乌木林后，我们赶往金沙元年酒店。王院长在门口迎接，先与诗老握手，热情问好。王院长是已故四川考古界前辈童恩正的学生，而童先生作为当年科幻文坛四大天王之一和工作中的伙伴，与诗老是多年好友，所以王院长对诗老执礼甚恭。诗老是搞地质的，但地质与考古有千丝万缕的联系。

同席的还有金沙博物馆的朱昌玉馆长，中等个子，肤色中带着现场工作的沧桑。还有姚玉容馆长,一位风度雍容的女士。谭老师也特地从家里赶来了,他不管到哪儿,都会打诨斗趣,或者激情宣泄,使谈话的温度立马上升10度。王院长准备出国访问,晚上要赶飞机,不能终席。他向我们敬了酒,祝各位作家创作丰收。郑老师代表我们向王院长敬了酒,说:"我们走这一路,有一点印象很深,那就是各地博物馆对金沙博物馆的感激,都说你们是四川各家博物馆的老大哥,无论在员工培训上,还是在物资和资金上一向有求必应。尤其是5·12地震发生后,你们第二天就派出了一辆专业的救护车奔赴灾区,车上装着食品衣物,还带着修复文物的工具,派了最好的技工。这对灾区的博物馆来说真正是雪中送炭。"王院长笑着说:

"相互的,相互的。各家博物馆对我们也有很大帮助。不过有一点我可以夸口:我们的胡大姐确实是行业的一面旗帜,各地的解说员大都是她带出来的,门下桃李三千。"

他不能再耽搁了,向我们又敬了一巡酒,告了罪,请朱、姚两位馆长和胡妈陪我们,然后匆匆离开。

谭老师问我们,跑了一路观感如何,又说:"今晚你们将看到古蜀文明的绝唱。说绝唱是两种含意,第一,古蜀文明发展到金沙,达到了极度的精致。就像最著名的太阳神鸟,"他指着胡妈的耳环说,"就是它!它已经成为中国文化遗产的国家级标志。它被发现时只是泥土中一个不起眼的金黄色小团,但展开后人们全都惊呆了!它是那样灵动飘逸,既抽象又洗练,完全是现代艺术的杰作,而且达到炉火纯青的水平。你们刚刚参观过的三星堆同样有很多国宝级文物,像青铜大神树、青铜大立人和金杖,它们象征着古蜀人心目中的神、巫、王。而金沙的太阳神鸟则升华为艺术,象征着人们对性灵和自由的追求。几年前我曾陪一些西方艺术家参观,我谎说太阳神鸟是一位西方的伟大雕塑家为我们设计的,请他们猜猜是谁。他们猜着,是意大利的迪奥尼西奥?英国的亨利·摩尔?我说都不是,是三千多年前一位无名的蜀人!把他们一下子都震住了。"

谭老师哈哈大笑。接着说:"我说它是绝唱的第二个含意,是指金沙文物虽然极度精致,但偏于文弱,没有三星堆文物所具有的睥睨万古的气势。我总觉得这种精致的神韵也预示了它的衰亡，就像北宋王朝，精致的文学艺术挡不住金人的马蹄。不久前我曾在飞机上观赏新疆风光，那里的河流，除了额尔齐斯河流往北冰洋，其他像塔里木河、伊犁河都是有始无终。河流越来越细，逐渐消失在无边的黄沙中。那时候我不由想到金沙。古蜀文明发展到金沙之后就干涸了，消失在历史的黄沙中。实在让人感叹唏嘘！"

我忽然问，"谭老师，你认识诗人羊路吗？"

"没有见过面，但我知道这个人，是《美丽的九寨》的词作者，四川和北京都开过他的作品讨论会。噢，对了，这儿的商品柜里就摆放有他的诗集。怎么了？"

"没啥。我们在黑虎寨与他巧遇，在三星堆博物馆又碰上他。正好此前我也读过他的一本诗集。依我的印象，这个人……"我仔细斟酌着用词，"他的诗就像是一首绝唱，他身上好像背负着整个羌族的历史。苍凉忧郁，夹着沉重。有一件事很吊诡，我偶然发现他的相貌与青铜大立人很像，他说别人早就说过！所以，我总觉得他很神秘，就像是一个古羌人的巫王，穿越历史到了现在。"

"一次反向的穿越？"谭老师机敏地说，"金沙遗址公园里常年上演的音乐剧《金沙》中就有穿越情节。一个叫沙的历史学家穿越到古代，遇到一个叫金的美丽古蜀女子，演绎出一曲跨越时空的爱情。你现在让一个古蜀的男性巫王穿越到今天，肯定也会遇上一位美丽的现代女性，演绎出跨越四千年的爱情。那么，"他促狭地看着我，"这位女主人公会是谁呢？"

王老师笑着说："那不用怀疑，肯定是我们这位美丽的小姬啦。"郑老师也跟着凑趣，说那将是中国历史上最早的、最高规格的和亲，因为小姬是黄帝最嫡系的后代，是血统最高贵的公主。他们这么一起哄，弄得我有点难为情，笑着说：

"你们这些文人哪，全都一肚子坏水。不和你们说了。"

此后我就和旁边的赫妮姐和朱馆长低声闲聊着。喝酒半酣时，王老师端着酒过来，向朱馆长敬了酒，说，"朱馆长，向你请教一个问题。"

朱馆长笑着说："别说请教，咱们只是闲聊。你说吧。"

王老师说:"我相信,各民族的创世神话中和史诗中都有历史的真实影子。羌族史诗《羌戈大战》中,说羌人原来生活在黄河上游草原,后来魔兵突然从天而降。在魔兵的追杀下,羌人不得不逃到岷山的深山中。我相信历史上确有此事。但这些魔兵是谁?是不是惯于使用羌人做人牲的商朝军队?"

朱馆长想了想,说:"羌人没有文字史,历史中缺环太多,你的问题无法给出确定的答案,只能说一点儿猜想,如果羌人是在商朝军队逼迫下逃亡,那就发生在 3700 年之内,远远晚于营盘山遗址的纪年。这也就是说羌人至少有两次大规模入川,但眼下还缺乏羌人两次入川的可靠证据。如果关于魔兵的传说发生在 5500 年前的营盘山时期,也即一般公认的蚕丛时代,那么,能在黄河上游草原对羌人部落形成强大压力的只有两家——黄帝部落和炎帝部落。炎帝的势力范围比较偏北,而黄帝部落偏南,从理论上说黄帝部落更有可能与羌人发生冲突。"

朱馆长可能是看到了我的吃惊——其实作为"黄帝的嫡系后代",我的内心感受远比吃惊更复杂,我想不到在异族的传说中,我成了魔兵的后代——笑着解释说:

"小姬,是不是不大相信,或者感情上不好接受?一个成熟的民族不会讳言自己在历史上的罪恶。人类文明史上,所有民族处于游牧时代时都嗜用武力,用武力为本族争取生存空间。这是人类文明的原罪,所有民族概莫能外。华夏历史上的炎黄之战,炎黄与蚩尤之战,都是同样的性质。只有当游牧民族转化为农耕民族后,野性才逐渐弱化。所以,说什么某个民族天性爱好和平,只能是诗人的美好想象。对不起了小姬,我可能损伤了一个年轻姑娘心中的绯红色世界。"

我勉强笑着,"那个绯红色的心灵早就扔到大学啦,"我想了想,"不过,在内心深处,那些还没有翻动过的地方,确实还保留有绯红色。现在呢,"我耸耸肩,没有说下去。

"对不起啦,我没想到你的内心这样……柔嫩。"朱馆长再次道歉。

王老师插话:"朱馆长说得对,人类文明史的基色绝不是绯红色,而是浓重的血色。"

他们说得没错，他们的观点符合坚硬的理性，让你不得不信服。不过这些观点过于冷酷，往轻了说也是过于冷静。我扭头笑着对赫妮姐说：

"赫妮姐，为了保住我内心里的绯红色，我已经决定要皈依佛门了。"

赫妮姐笑着搂住我说："那我当然欢迎啦。"

饭后我们参观了金沙的文物。今天我们确实是享受 VIP 待遇，偌大的展厅中只有我们一家参观者。在静谧空旷的氛围中与文物对话，更能感受到远古的意蕴，领悟到文物的"灵性"。谭老师说得对，金沙文物极度精致但偏于文弱。这儿展有很多纹饰繁复的玉璋，3000 多年前的工匠们用线切割的办法在玉璋周边切出精致的锯齿状纹饰，在玉璋表面刻出几乎无法看清的阴刻细纹。我总觉得这些极为精细的加工，除了取悦神灵外，也是工匠们对自身技艺的一种炫耀。文物中还有极为玲珑精致的玉珠，体现了当时的"时尚女性"对美的追求，而且这种追求已经很精致了，和今天女性的美甲、淡色唇膏、眼晕、透花文胸、透明连体袜等没什么不同。

当然最精致最神奇的文物是最著名的太阳神鸟。幽暗的灯光照着穹顶形的水晶罩，罩内立着一根透明的圆柱，顶端削为斜面，铺着红色的衬布，太阳神鸟就躺卧在上面。圆柱缓缓转动着，向各方展示着太阳神鸟的神韵。它的器形不大，外径只有 12.5 厘米，由非常薄的金片錾刻而成。内圈的空白形成太阳的图案，象牙形的光芒依顺时针方向旋转。外圈是四只抽象化的神鸟，伸着长脖，拖着长腿，组成逆时针飞翔的圆形鸟阵。两者结合，使画面极具动感。它的构图很简单，但高度凝练，极富韵律美。胡妈激情地解说着："……它象征着古蜀人对太阳的崇拜，象征着万物的生生不息，周而复始，是古蜀人宗教思想、非凡的艺术创造力和精湛的工艺水平的完美结合。"但我已经没有余力来欣赏它深层的象征意义，因为单只表观印象已经使我震撼。它太美了，美得超出我们的言辞，美得让人心悸。我们在观看时都不由自主地屏住了气息。没人说话，在肃穆和敬畏中体会着艺术的力量。那会儿我想，人类不愧是万物之灵，人类能把自然界的具象之美升华为抽象之美。比如,"大漠孤烟直,长河落日圆",这极平常的十个汉字的奇妙组合就成就了一首千古绝唱,让诗人的名字流芳百世。太阳神鸟也一样啊,一块小小的金片经过一位古蜀人的錾刻,同样成为光照千秋的绝唱。可惜,太阳神鸟的作者没能留下名字,但没关系,这位无名蜀人的"灵性"已经依附在这件神器上,在天地间永存了。一滴水见大千世界,现在,我们仅仅通过这一件小小的文物,就能想象出当时是何等灿烂的时代。想到这件天下至宝曾经是泥土中一个小小的团块,几乎消失在历史沉积中,不由让人后怕。

上次参观金沙时,我很陶醉于文物的精致。但这次不同。听了朱馆长和王老师的对话,包括诗老、谭老师、郑老师等人的"男性"的谈话,我的敏感点似乎也变了。现在,我更能感受到的是弥漫在展馆中的历史的苍凉。成吨的象牙和成堆的野猪獠牙——它们当然牵连着血腥的猎杀,玻璃地板下干枯的榕树巨根,夜幕下默默耸立的乌木林,一块只锯了一半不幸折断的玉璋残片——那位失败的工匠会不会杀身以殉,几乎湮没在土层中的太阳神鸟……我甚至有了谭老师在飞机上的视野,看到了一条越来越细最后消失于漫漫黄沙中的内陆河……

我的灵性,或者按赫妮姐的佛教用语是"神识",已经跨越数千年,同古羌人(蜀人)交织到一块儿了。

参观完各个展馆回到接待室,已经晚上十点半了。刚才吃饭时几位作家提出想购买一些有关资料,可惜文物商店已经关门。姚馆长很细心,在我们参观的时间,已经找来了管钥匙的工作人员,打开了文物商店的门,让我们进去挑选。大家挑了黄剑华著的《古蜀金沙》、赵殿增著的《三星堆考古研究》、德国罗泰等著的《奇异的凸目》等,还有诗老本人写的《古蜀文明探秘》。这儿也有少量与蜀羌文明有关的文学著作,我挑了赫妮姐写的《黄金之面》,羊路的诗集《三重天》,他的另一本诗集《一只凤凰飞起来》我已经有了。我们要去付费时,姚馆长笑着说:"免了,你们是宣传金沙,这是我们力所能及的支持。"大家真诚地向姚馆长表示感谢。

十一点,我们乘车离开金沙博物馆,返回下榻的酒店。

三、羊路的记述
神要我记住

文字之外的羌人，心跳是沙漠风暴，
起起落落，远远近近地澎湃，
被苍茫的手指悄悄抹去，
被候鸟的翅膀轻轻熄灭。
岷山的海拔一高再高，远离视线，
行走的岷江声声缥缈，而且呜咽。

仿佛最后的眼神看见我拔地而起，
所有的伤痕汇成瞩目的金色，
照耀族群的季节草色青青。
透过梦境，诗句的眼睛看见天神，
天神的微笑紧紧攥住我的手。

永远记住，你的身体就是心，
永远坚信，你的通灵就是神。

你是羌人。你是羌人最后的歌谣，
走出大平原的平，迈过大盆地的盆，
跨出岷江大峡谷的幽暗与辗转，
你走进圣山目光中的大高原大草原。
你的眼睛你看见，你的羊群你看见。
嘹亮在甲骨文中的呐喊，
冰雹一样覆盖而来的征战和厮杀，
在你呼吸的中央递进古老的悲壮。

你是雪山生长的雪花。你是阳光的光芒。
你穿行的世界是神灵同行的世界。
天空越近，你的身心越蓝，
族群路上每一代帝王都来成全你，
直至神灵一一归位，殷殷雪山，
直至山河浩荡羌的朗朗，
羌的史诗句句高昂，神美如金杖。

第二章 血 警

一、老王的记述

春节之前，小姬邀我去参加广东科学中心小谷围讲坛活动，这是南方都市报和广东科学中心合办的。借此机会我到深圳待了两天。一是看看在深圳工作的儿子，二是办一件以我的年纪来说颇不着调儿的事——为自己做一个基因检测，看看能否探知一点儿有关祖先的信息。

这个决定确实有点儿神经质。从前不知道自己的基因谱系，我也好好地活了60多岁，现在就是知道了又能如何？而且从内心讲我其实畏惧知道真情，这种心理颇为迂曲，不大容易给别人讲清。64年来，我一直生活在一个叫做中国的地方，浸润在用方块字承载的历史中，喜爱唐诗宋词、中国古典音乐和中国小吃；读张孝祥的《六州歌头》和文天祥的《正气歌》时"忠愤气填膺，有泪如倾"；看到清兵的"留发不留头"、扬州十日和嘉定三屠的史料时切齿痛恨。总之我是一个地道的中国人，是一个很"汉族"的汉族人。但我也知道，经过了五胡乱华、宋灭明亡，汉人尤其是北方汉人，血脉中也杂有太多胡人的血统。我们现在称的普通话是糅合了少数民族语言的汉语，最"正统"的中原正音反倒是难懂的福建话。美国旅行者一号飞船上录有向外星人的问好，用的是人类比较古老的几种语言，其中就包括中国的闽语。这没有什么，汉人胡人的血统并无贵贱之分，历史上的恩怨也早已随江河东去。古人说"夷入夏则夏，夏入夷则夷"，马列主义历史学家范文澜说"中华民族历来注重文化之大同，而不计较血统之小异"。我在入住博尔特酒店时无意中联想起一个叫西西弗·博尔特的西方人的一句话，却回忆不起他的身份，他说："美国两百年来的民族合流，中国人在五六千年前就做过一次。"作为一个早就知晓天命的科幻作家，我对此持完全开放的态度。但我内心很深很深的一小片地方对血统问题仍然不能完全释怀，就像"99%无神论"的周院士还保留着"1%宗教信仰"一样。这么着打个比方吧，男女性别同样没有贵贱之分，如果硬要区分的话，女人应该高贵一些吧。曹雪芹老人家说，男儿的骨肉是泥做的，所以浊；女儿是水做的，所以清。此生我生而为男人，站着撒尿，说男人的粗口，倾慕着女性的美丽性感温柔可人……可是忽然医生说，"王先生啊，经过检查，其实你体内是女性器官，应该算做女人。"那时候，即使再豁达，心理上也会有突然的失落吧。

所以，我其实对做基因检测抱有隐隐的恐惧——就如我长时间不敢去做脑CT一样。但现在呢，既然脑CT的结果已经出来了，我决定索性把基因检测也付诸实施。脑萎缩的恶魔已经守在前边的路口，它在杀死人的肉体之前会先杀死人的灵智，对于我来说，灵智死亡比肉体死亡更可怕。所以，我想赶在心智沉沦之前，知道一点儿有关我"前生"的真情。

走前我检索和复习了有关基因检测的知识。

科学家们已经能利用分子人类学这个利器来追溯人类的谱系。研究方法有两个基本点：

一个基本点是利用非基因。DNA序列中除了基因之外也有大量的非基因。谱系研究只利用后者，因为非基因没有生理功能，突变后不会形成遗传压力，这样才能形成稳定的遗传谱系；另一个基本点是利用单倍遗传。女性遗传给后代的线粒体DNA，和男性遗传给后代的Y染色体DNA，都是单倍遗传分子，不会在两性繁衍过程中混合，所以可以方便地用来追溯母系或父系。比如此前媒体上广泛报道过的"全人类的夏娃"，即人类的母系祖先，就是利用线粒体DNA追溯的。不过近来科学家更注重利用Y染色体来追溯父系祖先。

在Y染色体的非基因序列中，有两种突变类型非常有用。一种叫做单核苷酸多态（SNP）突变，它的突变很罕见，也很稳定。同一个突变历史上不会重复出现，也不会变回去。所以可用来构建人类Y染色体各种类型的结构关系。另一种叫做短串联重复（STR）突变，这种突变不断变长变短，而且变化是匀速的。所以只要知道突变的总量，再除以突变的速度，就可以得到

Y染色体各种突变类型的产生时间。

中国科学院昆明动物研究所研究员宿兵等人发展了一套Y染色体的单核苷酸多态性标记研究理论，简称Y-SNP理论，可用来研究追溯人类的父系谱系。复旦大学生命科学学院金力、李辉在研究人类迁徙史时就是运用这个方法。

据金力小组的研究，人类走出非洲后，先在中东停留，又在南亚和东南亚分化。那里是一个民族分化中心，共有数千个民族，占世界上民族的四分之一，几乎一个岛、一座山就是一个民族。华夏先民是从南亚过来的。据目前发现，南亚语先民进入中国有两个入口三条路。

一个入口是珠江流域。北部湾的澳泰语族从这儿向中国扩散，走的是两条路。

第一条路：在两万多年前，澳泰语系刚形成时，就有一支部落沿着东亚海岸线往上跑，几乎没有留下沿途停滞的痕迹。他们跑到西辽河流域停留下来，形成阿尔泰语系的核心。阿尔泰语系也与东西伯利亚森林居民有关，这里且不说它。后来夷人上去了，华人也上去了，在那里进行了一次大融合，形成兴隆洼文化。这是目前发现的中国最早进入新石器文化的地方。之后那些阿尔泰语系的先民又朝周边迁徙，往西分化成蒙古、突厥，往东进入朝鲜、日本，向北穿过白令海峡踏上美洲。

第二条路：带着M119突变的澳泰语族从越南、广西方向进入中国，沿着海岸线往东北走，建立了河姆渡文化，形成百越民族的核心，建立了山东大汶口文化，但尚未最后确认。

上面说的是第一个入口的两条路线。第二个入口在云南。南亚先民沿云贵高原西侧，经过龙门山，即小姬说的"鱼跃龙门"之地，北上到黄河上游草原，形成先羌族，即汉藏语族。昆明的宿兵于1996年发现，汉人和藏人在M122及其分支M134上都有相同的突变。在藏缅语系的诸多民族中，汉藏在Y染色体上的突变频率最接近，这意味着藏族和汉族分流最晚，在五六千年前才分流。其中的汉族向东扩散，建立了仰韶文化，发明了汉字。他们进入东亚比较晚，但发展迅速，成为此后汉族的主干。强大的汉字文化覆盖了华夏族的其他支流。北方汉人的基因位点其实相当纯，因为很多胡人其实也属于汉藏语族；而南方汉人从父系上说与北方汉人基本同源，从母系上则半数为当地少数民族。这不奇怪，说明汉人向南方扩散时以男性为主。

据复旦大学的李辉教授讲，他家是上海奉贤的原住民。在研究中发现他们属于澳泰语族，语言与傣族、水族非常接近，基因中都有 M119 位点。

那么，我这个王姓子孙是黄帝的后代吗？

广州深圳之行的日程安排得很紧。从南阳坐班机抵达深圳已是夜里零点多，儿子接上我，走高速回市区，到家已经凌晨两点。我打了个盹，第二天儿子上班了，我也一早就出门，乘出租车去盐田区的华大基因公司。那是个年轻的公司，员工平均年龄为 27 岁，也是科幻迷集中的地方。去年来深圳探亲时，华大两位科幻迷昌宇奇和余玄听说后，专程跑到家里与我见面。这次听说我想做基因检测，他们非常热情地做了安排。

车走到盐坝高速的立交桥上，已经能看见位于北山道的"华大基因"的 LOGO。小昌小余在门口热情地接上我，沿着一个慢上坡，走进公司大门。大门远说不上气派。虽说早就过了上班时间，上班的员工仍络绎前来，全都是些非常年轻的雅皮士，走得安适自在。小余介绍说，华大的管理比较弹性，有点类似微软的风格。只要员工能够如期完成本职工作，公司不管你何时上下班。他俩先领我参观了公司展厅，说华大原是中科院一个下属单位，后来深圳以非常优惠的条件拉他们入驻深圳，办公大楼就是深圳盐田区政府无偿提供的。华大起家的第一步，是硬挤着参加了国际人类基因组计划，当时只承担了工作总量的 1%。但这个机遇抓住以后，华大也就赶上了现代基因技术的巴士，现在已经发展成全球最大的基因公司之一。小昌指着图板上的一份杂志，封面是一个小孩抱着满满一碗米饭，米饭热气腾腾。他笑着说：

"看见这张图没有？这里还有一个小故事呢。"

原来领导华大的杨焕明院士是个很有性格的人。虽然科学无边界，但科学家有国家，有民族意识，有那么一点虽然不脱幼稚但也很可贵的民族争胜心。当时听说日本人正在破译水稻组基因，杨院士说，作为水稻的祖国，怎么能让日本人抢先？便立即组织人马全力攻关，搞了个较粗的基因序列，抢到了日本人的前面。日本科学家不服气，讥笑华大把没煮熟的饭端了出来。但华大已经开始了延伸研究，不久就把真正煮熟的米饭也端出来了。此后华大又抢着做了蚕基因组研究，过程与之类似。"呶，你看这碗热气腾腾的米饭，显然已经做熟了嘛。"

我们都大笑。

两人领我去三楼看了测序仪器，是美国 Illumina 公司的二代机，每台 80 万美元不包括软件，全世界也就几百台，华大就有 120 台。机器外貌毫不起眼，就像一台大的复印机。我笑着说："听说以写机器人闻名的阿西莫夫从未接触过机器人，有一次美国 NASA 邀他去看，他拒绝了，说看了实物后有可能失望，有可能限制他的想象。我今天也不该来看，虽然我的作品中常常描写神奇的基因技术，但这些机器太平凡了，无法想象它们能够解读上帝的核心机密！"

隔壁房间里是几十台 PCR 扩增仪。小昌介绍基因检测的程序是："基因样本先用超声波做一个随机打断，根据一定的片段长度，将整个基因组打断成片段。然后经过一个琼脂做成的筛子，筛孔自上而下逐渐变小，也就把样本按长短分开。截取某一段琼脂，也就选出了合适长短的片段。这道工序俗称'跑胶'。然后再为这些基因片断加上人工设计的接头序列，其实就是人工设计的 DNA，它们的作用相当于条纹码，给待检的 DNA 做上标记，此后就可混放在一个管子里做测试了。再用 PCR 链式反应将这些片段扩增若干倍，以便增强测序仪读取序列信息时的荧光信号。接下来就是上机测序。测序完成后会得到无数的片段序列，形式如：GATCATCGATGGCCTA……这就是我们用来分析的数据。"其实更主要的工作是在测序之后的分析，要用到很多数学知识和计算机知识，小昌说他的专业就是搞分析的。

随后两人把我领到五楼会议室。两人说，"关于您想做基因检测这件事，过去我们一直是用邮件联系，有些话不一定说得清楚。今天再问问王老师，你这次做基因检测，到底想达到什么目的？"我笑着说：

"真的没什么明确目的，就是想看看自己的生身之秘。复旦的李辉教授在研究中得知自己的民族属于澳泰语族，和傣族、水族等亲缘很近，基因中都有 M119 位点。这种 M119 位点在中国的分布有一个显著的特点，就是两头大中间少，这很可能是黄帝蚩尤大战造成的后果。有 M119 位点的蚩尤部落原来生活在山东一带，战败后向北向南逃窜，向北的融入阿尔泰语族，向南的形成百越民族。现在华北地带有 M119 位点的几率近似为零，而有 M117 位点的比率很高，后者全部是自西北过来的炎黄部族的后代。这么说，如果只考虑父系血脉，李辉更应是蚩尤的后代。我也希望像他那样弄清楚自己的血脉由来。"我补充一句，"这里完全没有什么狭隘的民族意识。炎黄蚩都是华夏的人文先祖，其后代都是龙的子孙。从更宽广的视野看，所有民族乃至所有人种都是同源的，都是直系血亲。我只是想了解一下，仅此而已。"

我又说："而且我估计很可能做不出什么结果，北方不少胡人，尤其是氐羌体系的胡人，与汉族主干是非常近的同源关系，5000 年的分流不一定能在基因位点上有所反映。但不管最终是什么结果，做一次看看吧。"

两人商量后说："那就对你来个基因深度扫描吧。一般来说，个体做测序需要 30× 到 40× 的深度，才能得到较为可靠的结果。30× 的意思是指同一个基因组做 30 次扫描。人的基因组大小是 3Gb（30 亿个碱基对），30× 的扫描就有 90Gb 的数据。"

我问："大概需要多少时间？多少费用？"

小昌说："做 30× 扫描及分析大概需要 60 天。至于费用，你知道美国国家地理协会和 IBM 联合，正在全球搞'基因图工程'，每个想知道自己基因谱系的人都可参加，费用为 99.95 美元，实际加上隐性费用为 200 多美元。但那种检测比较简单，不是完全可靠。前不久就有一则新闻，说一个白人会计被确定为成吉思汗的后代，后来又被更深层的基因扫描推翻了。30× 扫描的费用要高得多，2000 美元以上。不过王老师你将享受 VIP 待遇，凡是我俩能做的部分完全免费，这样下来，费用也就差不多是上边那个数，200 美元。"

"那就多谢了。今天可以做吗？"

"当然。"

他们领我去交了费，然后去抽了血。小余说美国国家地理协会的检测是采集口腔黏膜细胞，用两支刷管刷刷口腔就行。不过那种简易方法有时候会混有杂质，还是抽血最为可靠。抽完血，工作人员说我可以走了，我还意犹未尽——抱了这么大的劲头来做基因检测，就这么抽一管血，还不用空腹，比做血常规还容易！我笑着问：

"真的完事了？"

小昌小余笑着说："真的完事了。"

中午我要请两人吃饭以表谢意，两人执意不肯，非要由他们来做东道。吃过饭，两人送我到马路对面等公共汽车，因为盐田比较偏僻，来往尽是集装箱大货车，基本见不到出租。我们等公交等了很久，这是我此次华大之行唯一的缺憾。

第二天赶往广州大学城的广东科学中心参加了活动。活动由科学中心的人主持，起串线作用的小姬只在活动后来了，与我匆匆见了一面。当晚我飞往成都。去成都是办一件家事——为外孙办户口，说白了就是高考移民。河南省人口最多而好大学较少，升学率低，所以河南的学生们学得最苦，苦到外人无法想象的地步。河南人无法改变现实，只有逃出家乡。听说广汉西区有可能划归成都市区，女婿于两年前在四川广汉买了房子，夫妻户口也已迁去，以便让孩子在四川上高中。但他们因无知而犯了一个低级错误：为了确保孩子在南阳上初中时有户口，孩子的户口当时没有随父母迁出。等孩子考上重点初中，用不上本地户口了，他们马上赶去广汉补迁。去后却懊丧地得知，这时再给孩子迁户口已经不属于"购房入户"而属于"亲人投靠"，而投靠必须是户主入户五年之后——那个时间点正好比孩子上高中晚了一个月。

上次进山考察途中，无意间谈起此事，赫妮说她丈夫有一个朋友是广汉公安局的，姓周，好像是刑警大队一位副队长，她可以帮我问问。赫妮很热心，不久前来电话，说她丈夫已经和周队说过，周队说最好让本人带着户口和房产证来一趟。所以这次出门时，我就带了相应的证明文件。

第二天一早我赶到赫妮家。赫妮怕我不好找，在小区门口等我。这是个高档小区，绿树成荫，环境很好。赫妮家在顶楼，进了门，首先听到若有若无的念诵声和背景音乐，给人以遥远宁静的感觉。赫妮看出我的疑问，笑着说："是诵经声。播放器放在楼顶小花园里。我家每天 24 小时播放。"

屋里正面是一个大大的"佛"字，右边挂着手书的条幅：般若波罗蜜多心经。我在屋里浏览一遍，倒是没看到具象的佛像。屋里异常整洁雅致，当然这与家中没有小孩有关，我刚刚知道，赫妮夫妻是丁克主义者。赫妮领我看了屋内摆设，又领我顺着室内木梯上到顶楼。顶楼上半边是房子，半边是幽静的独立小花园，花园基本被绿色覆盖了。一个小盒子挂在墙上，诵经声和梵乐就是从那里传出来的。房顶周围密密悬挂着密宗的白色经幡，在微风中飘飘摇摇。我问："原来你信仰的是密宗？"赫妮说："不是，我是信大乘佛教。这些经幡只是装饰。"我说："真羡慕你这儿的环境啊，结庐在人境，而无车马喧。问君何能尔，心远地自偏。是一个修行的好地方。不像我家，最典型的市井生活，只要外孙不去幼儿园，家中随时都是海啸刚过的惨象。"赫妮笑着说："那也是一种乐趣。"

赫妮送我几本佛教小册子，还有两盘印光大师的讲经光碟。我们没有多停，随即出发了。赫妮在城市白领丽人中应该是很少见的不会开车的人。我想，以此推断，她应该属于小鸟依人型的妻子吧。她丈夫这几天不在家。好在我带着驾照，便开上她家的别克，沿成绵高速向广汉开去。路上我硬塞给赫妮一个信封，里边是 5000 元现金，我说："不管这事能不能办成，今天中午都要好好宴请一下周队。这儿我不熟，宴请的事就由你张罗吧。"赫妮笑着说，"估计用不着你来宴请，依周队和我丈夫的关系，该他宴请咱们。不过我先收下吧。"

十点过后赶到了位于广汉市汉口路的市局，找到周队。他大约 40 岁，个子不高，肤色较黑，警服笔挺，看起来很精干。他同我俩握手后立即给管户籍的同志打了一个电话，说："我前些天给你说过的那件事，户主来了，东西也带来了。你看是让他们去找你，还是你下来？"随后他嗯了两声，放下电话，说李科长这就过来。很快李科长下来了，同我们稍事寒暄，便要过我拿来的本市户口和房产证，摊在茶几上与周队仔细察看。看完后他说：

"很抱歉，像你们这样的情况，只能按'亲人投靠'来办理，入户时间必须是户主落户五年之后。关键是全省户籍已经全部纳入省厅的计算机管理，更改权限在省厅。这儿实在无能为力。"

赫妮看看我，显得很失望。周队也有点难为情，对李科长又砸实一次："一点儿办法都没有？"

"确实没有。要想解决必须去省厅。而且据我所知，即使到省厅也难度颇大。"

李科长工作忙，没有多停，向我们再次致歉后走了。周队咕哝道："这事怨我，不该让王老师跑这一趟。都因为当时是通过赫妮传话，孩子和户口的情况她说不清楚。"想想又说，"这样吧，王老师着急办户口不就是为了孩子上学？依时间算，孩子能办入户的时间只比学校开学日期晚一个月。这点小事好解决，在我的能力之内。到时候你来找我，我给学校做工作，让他们先收孩子上学。等一个月后办好入户，再办正式的学籍。怎么样？"他笑着补充，"虽然这是三年后的事，但我承诺一管到底。即使那时我调离了，这事仍由我管。怎么样？"

赫妮用目光征询我的意见，我点点头。既然如此，也只有这么办了。我对周队说："那就先谢谢你了，三年后我再来麻烦你。为表谢意，今天中午请周队吃个便饭。需要邀请哪些客人，比如刚才的李科长，都请周队安排。"

周队笑着说："你这顿宴请放到三年后吧。今天你们到了我的地盘，该我来做东。否则哪天见了赫妮她老公我会挨骂的。这样吧，时间还早，你们先去逛逛街，等我安排好饭店通知你们。"

赫妮略微思忖，没有征求我的意见便说："既是这样，王老师别请客了，周队你的宴请我们也不去了。你这么忙，我见这一会儿就打来四五个电话，不耽误你的时间了。我们呢，也想趁早赶回成都，王老师下午的飞机。"

她撒了个小谎，实际我是第二天的飞机。周队想了想，痛快地说："那也好！以后有的是机会。"

他再次致了歉，送我们下楼。我们开车出了市局大院，赫妮歉然说："对不起，怪我事先没把情况说透，害你白跑了一趟。你看周队说的办法可行不？"我说："赫妮你千万别客气，不管事办成没办成，我只有感谢的份儿。

而且他们说的看来也是实情。至于提前入学的事，时间还早，三年中不一定有什么变故，到时候再说吧，需要的话我再来麻烦你。"

时间已经将近 11 点，我说："咱们还是在广汉吃过午饭再返回吧，反正今天下午没什么事。不请周队，也得请你啊。"赫妮笑着答应了，把刚才我给她的装现金的信封还给我。

开车找饭店的时候，我忽然想到一件事，便说："赫妮，是不是把羊路也喊上？我有几个有关三星堆文物的问题想请教他。而且我对这个人很感兴趣。这些天我读了他的诗，觉得他身上似乎笼罩着一种……神秘主义。"

赫妮也很乐意。我拨通了羊路的电话。他听说我和赫妮这会儿在广汉，很高兴，说他这就到博物馆门口等我，今天中午得由他做东……我打断了他的话，说：

"你别客气了，今天是我邀请，肯定是由我做主人。等以后见面的话再叨扰你吧。"

电话中顿了一下，然后痛快地答应了。他说他把手头的事略做安排，十分钟后在博物馆大门口等我们。但一两分钟后他又打了一个电话，笑着说：

"王老师，看来你今天注定当不了主人。这会儿我和王馆长在一块儿。他听说两位老师来，一定要做东。哦，他要和你们说。"

电话中换了声音。王馆长笑着说："二位是远道而来的贵宾，是来宣传三星堆的，又是两位南阳老乡，所以今天一定由我做东。不要推辞了，赶快来吧，还在馆内的饭店。我们在老地方等你们。"

却之不恭，我们只好答应了。赶到博物馆内的酒店，王馆长和羊路已经候在那里。我们握手，入座。今天主宾只有四位，所以王馆长定的是一个小房间，这样的环境最适于闲聊。我笑着说：

"谢谢王馆长的盛情。去年 11 月份来这儿参观，没想到两三个月后又见面了。羊路，那次你坐在河对岸吹羌笛，就是鹰翅骨做的那支羌笛，那乐声至今还在我耳边萦绕哩。"

王馆长笑着看看羊路："是吗？有一个成语说'绕梁三日'，羊路你的笛声已经达到'绕云百日'的境界了。"

赫妮说:"我对羊路的笛声也有很深的印象。我觉得乐曲旋律比较怪异,但它有……"她斟酌着用词,"一种诗性、神性,含着很有穿透力的痛苦。"

她的用词也是相当怪异的,诗性、神性、有穿透力的痛苦。这个评价初听似乎有点玄虚,但听后咂一咂味道,觉得它相当贴切。而且我觉得,这个评价不仅适用于他的笛声,也适用于他的诗作。羊路显然很受感动,深深地看赫妮一眼,简短地说一句:

"谢谢你的评价。"

闲聊中我说,"我刚在深圳华大基因公司取了血样做基因检测,想看看能否追溯到一点祖先的信息。"王馆长和羊路都很感兴趣。王馆长说,"看来我也需要去做一次,追溯一下社旗王姓的由来。"又说,"三星堆此前做的有关古蜀人DNA检测及与现代羌人的对比,虽然是和吉林大学边疆研究所合作,其实真正的技术性工作也是在深圳华大做。不久前华大来电话,说测序和分析已经完成,再来一点后期的整理,就可以出结果了。"我不由想起自己曾对小姬说过的预测——羊路可能是古蜀王族的血脉。当然这只是玩笑。羊路籍贯汶川,属于没有变成蜀人的羌人,同柏灌、鱼凫的关系较远,只能算做蚕丛的后代吧。

闲聊中我不由想起自己的创作。我已经决定接下这个活儿,但对小说怎么写还没有明晰的概念。今天我提出与羊路见面是有想法的,虽然想法还相当模糊。我总觉得这个人的身上有某种特殊的气质,也许会成为小说的一个人物,所以想再次就近观察他。但我绝对想不到,在这场偶然凑成的酒席上竟有突变风云,时空节点在这儿突然塌缩。一道洪流破堤而出,裹挟着我随波而下。我本来应是虚构性的创作变成了对真实生活的记录。而更为吊诡的是,真实生活中又含着"灵异"事件。

宴席快结束时,雅间门被推开,一个显然是馆内工作人员的年轻姑娘立在门口,急急地向王馆长招手。她的表情十分惊慌,所有在座的人都立时感到了异常。王馆长走到门口,姑娘交给他一张纸,急急地低声说着什么。王馆长显然也很吃惊,但他倾听时已经在下意识地轻轻摇头。姑娘说完,他大幅度摇头,笑着说:

"不可能，根本不可能，肯定是好事者的谣言。走，咱们马上去查看。"

他简短地向我们告罪，说有急事要去处理，如果不能及时回来，就请我们自便。然后和那位女工作人员一块儿匆匆离开。但只走几步就停住了，折回来，笑着对我们说：

"两位作家既然赶上了，干脆一块儿去吧。我倒希望有一个第三方的观察和证明。到那儿看完后再回来吃饭。还有羊路，你也去吧。"

我和赫妮小心地问："馆长，发生了什么事？"

"网上的消息。说本馆的一件镇馆之宝，那根金杖，在国外文物黑市上出现了。还说现在展出的是一件赝品。"他补充一句，"只是网上的消息，不是警方的通报。"这句话的潜台词是：他丝毫不相信这则消息。"以博物馆的保卫工作，这根本不可能，不可能悄无声息地移花接木。"

他把那张纸递给我们。上面确实是金杖的彩照。不是在展柜内，而是直接放在一张长桌上，下面没有惯常的天鹅绒之类的垫布。这根身份高贵、金光闪烁的金杖就这么"赤身裸体"地放在光桌面上，给人以亵渎的感觉。我、赫妮和羊路仔细观察着图片。它很像馆中那个真品，包括清晰可辨的鱼鸟箭杆的纹饰和巫王图。两个月前我在这儿参观时仔细观察过真品，但我对自己的记忆力有自知之明，不敢说能把金杖的细节记准确——而且如果真的掉包，也许两个月前就发生了，谁知道我当时看的是真品还是假货？于是我把注意力转到羊路身上，依他的身份，应该是金杖最权威的鉴定者吧。但他的表情让我的心一下子沉落。他面色惨白，默默地盯着王馆长，目光中是焦灼的绝望。

王馆长虽然根本不相信这件事，但羊路强烈的情绪反应显然影响了他的信心。他不再说话，领着我们匆匆去金器馆。路上他问女工作人员，这个消息是否扩散了。姑娘说没有，她从网上看到这则消息后，把它打印出来，马上就来了。但网上的消息很快就会传开。馆长点点头，未置可否。

此后在同馆方和警方的交往中，我逐渐了解了博物馆的保卫措施，知道王馆长当时的信心并非盲目乐观。博物馆的保卫措施非常严密，特别是几件国宝级文物。既设置有区域防护，又有针对特定文物的目标防护；有主动红外报警和被动红外报警；有空气扰动报警和微动报警，它们对玻璃破碎的声音和波长特别敏感。展柜上装的是防爆玻璃，有低压电防侵入系统。当然，故宫的文物保护比这儿更严密，那儿还多了武警和警犬，不也照样被盗过？但王馆长说，在这样的保卫措施下再发生被盗，只能是工作人员出了严重过失。比如，自动报警系统如果太灵敏，会因落枝或小动物经过而频繁发生误警。有些工作人员为省事，就把报警系统的敏感度大幅调低，以致狼真的来时警报不起作用。但在三星堆，这样的疏忽是不存在的。

但在当时，羊路的表情显然影响了王馆长的信心。作为一个文物修复工作的好手，羊路的表情说明，那个照片上的金杖即使不是真的，至少是仿得足以乱真。我们一行匆匆来到金杖展柜。那根价值连城的文物孤品好端端地躺卧在原处，显得华贵而沉静，金光中闪耀着历史的余蕴，散发着文物真品所独具的灵性。王馆长仔细观看了金杖，观看了金杖的周围情况，包括侧门上的门锁，松了一口气。他对我们说：

"没有任何异常。单是网上一张照片说明不了问题，它很可能是拿真品照片加以修改而已。依咱们的保卫措施，你说有人砸破展柜抢走文物我还可能信，但绝不可能来一个狸猫换太子，事后还不留下任何痕迹。再说，如果眼前这根金杖是西贝货，谁能伪造得如此逼真？"他笑着对羊路说，"除非是羊路你，再加上你谢师傅。"

我、赫妮和那位姑娘都笑了。羊路也勉强笑了，含意不明地摇摇头，没有说话。王馆长说：

"但这张照片恐怕也并非只是好事者的玩笑。有人既然处心积虑地放这个风，肯定有后续的阴谋。我看最有可能的是'李代桃僵'。"他向我们解释，"这是文物行当的故伎了。清朝末年的太监常常偷宫内的文物出宫来卖。他们事先向外边放风，说宫内最近发现什么玉器或金器丢失，让外边的文物商人有一个心理预期。然后盗出相应的文物来卖，文物商人就不会把它当成赝品。但到后来，他们不再盗窃真品而只放风，然后与造假者勾手，造出相应的高仿来骗钱。"

听了他的解释，我松了一口气，笑着说："馆长拉我们两个外人来，是否想让我们替你辟谣？其实不必辟谣，有这么一个悬念放在那儿，说不定能多引来不少参观者。"

"好啊。说实话，三星堆博物馆亏就亏在离成都比较远，游客虽然不少，但相比三星堆文物的价值和内涵来说还是太少了。你说的是个吸引游客的好办法。"说笑归说笑，他还是郑重地对那姑娘说，"小李，让办公室把有关情况向警方通报一下，网上流传的东西，他们不一定比咱们见得早。再安排人把金杖区域的监控录像调出来检查，先调半年之内的吧。"

"好的，我这就去。"

王馆长变了主意："不，还是我去吧，我直接向警方通报，更慎重一点。对了，我还要向金沙馆通报一声，如果真的有后续的阴谋，也许会牵涉到那边。"

他同我们告别，请我们回去把饭吃完，然后让羊路代他送我们。他离开了。我们仍留在原地，羊路定定地盯着展柜内的金杖，长久地沉默。我担心地发现，初听噩耗时的惨然表情，这会儿仍然凝固在他的面部，丝毫不见减弱。赫妮显然和我有同样的担心。过了一会儿，我小心地问：

"羊路，你是不是仍有担心？"

羊路回过头，面色惨然。"王老师，赫妮老师。我不知道照片上的那根是真是假，但对这一根，"他指指柜内，"我感受不到它的灵性了。"他补充一句，"但往常我总能感受到。"

我和赫妮都不由黯然。虽然我一向不信灵异之事，但羊路此刻的沉痛如此真诚，无形中影响了我的判断。至于赫妮，作为虔诚的佛教徒，她对羊路的话显然是相信的。我俩无法安慰和宽解羊路，只能沉默。在这样的心境下，我原计划的"对羊路的近距离观察"不想再进行了，没吃完的饭也无心再吃了。我们与他在黯然的气氛中告别。羊路的心情更为恶劣，他送我们到博物馆门口，一路上都沉默着。

我们开车返回，一路上聊着这件事。赫妮说：

"我相信羊路对灵性的感觉。作为一个文物修复工作者，一个土生的羌族诗人，他完全浸泡在羌人的历史中，浸在一道血脉之河中。所以，他说对某件文物有心灵感应，我信。你呢？"

我开玩笑地说："我在写小说时相信。"

我开得很慢，因为一个念头一直萦绕在心头。赫妮看出我有心事，不再问话，在邻座悄悄打量着我。十几分钟后我下了决心，对赫妮做了个抱歉的手势，把车停在路边，然后掏出刚才王馆长给的名片，要通了王馆长的电话。对方问了一声是哪位。我说：

"王馆长，是我，刚才离开的老王和赫妮。打这个电话很冒昧，因为我在文物行当是一个完全的外行，所以，我的担心很可能不值一哂。但不把这个担心告诉你，我总觉得于心不安。"

对方干脆地说："王老师别客气。我对你的古道热肠只有感激。请尽管讲。"

"馆长你刚才说，可能有人想搞'李代桃僵'。恕我坦率，这虽然有可能，但可能性不大。原因很简单——馆内的金杖展品一直处在公众视野内。在这样的情形下，没有足够的把握，不会有人去买黑市上那一件。这与清朝时的宫内文物不同，那时宫内的情况对外界是不透明的。"

对方沉吟："你说得有道理。"

"是不是请馆长考虑另一种可能？"

"什么可能？请讲。"

我用重音节念出，"拨草驱蛇。"

我没有详细解释，但对方机敏地理解了。"我知道了，谢谢王老师的提醒。"

"所以，以后无论有什么事态变化，但凡需要让金杖出馆做鉴定的话，一定要百倍地慎重。"我歉然说，"冒昧了，我肯定是班门弄斧。"

"哪里话，再次谢谢二位的责任心。祝二位一路顺风。"

我挂断电话，与赫妮长久对视。赫妮说："你担心有人想'拨草驱蛇'？"

"对。依我们看到的保卫措施，想在馆内来个狸猫换太子非常困难，可以说完全没有可能。但一旦文物出馆，想做手脚就相对容易了。"

赫妮认真想了想，说一句："你说的也是可能性之一吧。王老师，你是个热心人。"

我笑着说："人老了都是这样，有时热心过度，反而添乱。不管怎样，尽我的心吧。"

尽了这个提醒的义务，我放下心，开车向成都返回。车上了成绵高速，忽然一片疑云在心中倏然升起，而且瞬息之间就变得相当浓重！高速路上开车容不得分心，我努力想驱走它，以便专心开车。但是不行，这团疑云自打升起之时就呼啦啦地扯满了天空，我能感受到云层铅一般的沉重。在这种心境下不敢再开车了，我观察了右视镜和后视镜，放慢车速，从快车道换到慢车道，然后把车停在临时停车区。赫妮奇怪地看看我，问：

"怎么啦？"

我歉然说："对不起，先让我静一会儿。"

便闭上眼，仰靠在驾驶椅上，让大脑高速运转。几件不相干的事这会儿凑到了一起。我想起三个月前世纪城假日酒店的偶遇，那两根偏粗偏长的手杖被不动声色地交换……羊路的相貌和身形似乎从前见过……我努力回忆假日酒店中那位瘦老人的面容和身形。我的记忆力太他妈糟糕，凭着这样的记忆力甭想当侦探。记得看过一本回忆录，作者名字已经忘了。他是二战时盟国方面著名的反谍人员，一次在审讯一个嫌疑人时，觉得有点儿面熟，而且这印象肯定来自某种不愉快的回忆。他努力回想，终于想起是在三十几年前，纳粹兴起早期的一次纳粹游行队伍中见过此人，后来就顺利侦破了对方的间谍身份……想远了，把思路收回来。虽然我记忆力糟糕，但毕竟我对瘦老人有20分钟的仔细观察，还是有印象的。这些印象在我的强迫式回忆中慢慢复活了。现在我有80%的把握认出那个伪装的老人是谁。

羊路。

那次偶遇中有很多水面下的情节我不清楚，但有一点无可怀疑，即两人的手杖确实被交换了。这一点事实，再加上金杖在文物黑市上的出现，加上羊路刚才的异常表情，加上羊路与瘦老人面貌的相像，肯定不全是巧合。它已经形成了有足够分量的证据链。我必须把有关情况捅给王馆长，否则我的良心不会安宁。这牵涉到一件国宝级文物，它可以说是蜀羌文化的结晶啊。

但这就相当于在背后捅羊路一刀。我与他交往不多，只见了三次面，但我已经在内心深处把他视为朋友了。他那些带着郁愤之气的诗作，他那跌宕高亢的笛声，还有那晚他对小姬愤怒的逼视——虽然是缘于误会，都昭示着这是个血性汉子。如果向馆方披露我对他的怀疑，实在是对友谊的亵渎。但天平另一端的分量更重，那是一个公民对国家的责任。

我在内心中交锋，犹豫不决。而且，在上述思维推理的深层，还有另一个怀疑的声音在低声问："对这个推理你拿得准吗？"我苦笑着摇头，自嘲地想：如果这是部推理小说，那就是天下最臭最蹩脚的一部。看吧，故事刚刚开始，各种场面和线索还没有从容展开，便因为一个过于巧合的偶遇，一下子揪住了嫌疑人，把他的特写近景推到读者面前。

但我把此前的思路再捋一遍，仍觉得我的猜疑可能是对的，而且有足够的分量……赫妮在轻轻唤我：

"王老师，怎么啦？这儿不能多停。"

我睁开眼。众多车辆刷刷地从左边超过。我说："很抱歉赫妮，恐怕咱们得返回，我有重要的信息必须对王馆长讲，刚刚想起来的。"赫妮狐疑地看看我，然后笑着说："那就返回吧，反正时间早着呢。"但我并没有立即行动，而是闭上眼，又思考了三分钟。在这三分钟内，我最后一次淬硬决心，然后拨通了王馆长的手机。对方没把我的号码输入手机，但对我的手机号有印象，问是哪一位，是不是王老师？我说：

"王馆长，是我，刚刚离开的老王。你那里……说话方便吧？"

对方略略停顿。"方便。请讲。"

"我再次冒昧了。我们已经上了高速，但不得不折回去。因为我刚回忆起一个重要情况，我想我有责任告诉你。那件事比较烦琐，电话上恐怕说不清。王馆长，打扰了。也可能只是一个外行的胡思乱想。"

对方没有犹豫："哪里话，不管最终结果如何，对王老师的热肠我们只有感激。你们现在在哪儿？"

"上高速没多久，但只能到新都再调头了。王馆长，"我加重了语气，"这次过去，我们想与你单独见面。"

我用重音念出最后四个字。对方略微停顿。我想以王馆长的机敏,应该知道我这句话的含意。我和赫妮在三星堆博物馆除了羊路外没有任何熟人,既然明言要单独见面,那么我意欲躲开谁是不言而喻的。片刻之后那边说:

"好的。那就这样安排吧,我驾车去高速路口等你,这样你们还可以少跑一段路。或者,你们今天干脆住在广汉?住宿由我安排。"

"不用,谢了。我今天必须赶回成都,是明天上午的班机。好的,我这就返回,高速路口见。"

我驾车进入快道,加速向新都开去。路上我没有对赫妮细讲,只是说见了王馆长再说吧。以后便专心开车,不再说话。到新都折回头,再开回广汉高速出口,已经是一个小时之后了。老远就看见路边停着一辆黑色汽车,车旁有一个高高的身影,是年轻的王馆长在等我们。我把车停到他的车后边,探出头说:

"王馆长,到车里说吧,外边太吵。"又说,"到我们的车里吧,让赫妮也听听。"

按说,我将要说的话应该尽量缩小扩散的范围,但把赫妮隔在圈外显然不合适。个子高大的王馆长挤进后排,我也下车,坐进后座。赫妮在右前位上回过头,胳膊架在座椅上。没有说话前,我先看看车内凑在一起的三个脑袋,不禁苦笑:

"看这个氛围,倒像是我们在搞密室阴谋。"

王馆长虽然年轻,但世事洞明,理解我的心情对朋友的负罪感,笑着拍拍我的肩膀作为安慰。我定定神,开始讲解。回来的路上我已经把思路理得差不多了,所以讲得很顺畅。

我首先回忆了世纪城假日酒店的偶遇,讲了那两根偏粗偏长最后又被交换的手杖。我强调说,我的记忆力非常糟糕,但这件事因为我事先有预警,是主动观察形成的主动式记忆,因而绝对不会记错。其后在我参观金杖时就联想到,那样的手杖用做夹带金杖出海关的工具,再合适不过。再加上金杖此后在黑市上出现——暂不管金杖本身的真假,这不可能是巧合。

"那两人中的瘦老人中等身材,比较瘦,体型和贵馆内一个人很相像。至于容貌，如果去掉胡须，应该也和那个人相像。我不敢说有百分之百的把握确认是他，但应该有八成把握吧。"

我没说那个人就是羊路。即使到了这会儿，这个名字我也实在不想亲口说出来。但我指的是谁，对眼前的两位已经不言而喻了。前排的赫妮吃惊地瞪着我。听到这个过硬的证据，她才理解我为什么非要半途折返来见王馆长，并且不惜"出卖朋友"。她下意识地摇头：

"凭我三次见面的印象，羊路绝不是这样的人。"

我苦笑着，没有辩解。王馆长不动声色思索片刻，也轻轻摇头：

"我和羊路认识已经近十年了。我觉得他不是这样的人。"

"对。虽然我，还有赫妮，只和羊路见过三次面，但我们也对羊路印象甚佳。我觉得他不会为了卑鄙的目的来干这件事。"我在"卑鄙的"三个字上加了重音。"但如果是为了高尚的目的？比如——他相信他听到了神谕？羌族始祖神的神谕？"

王馆长笑了："羊路那家伙神神道道的，诗里面老写些白日撞鬼的话。你说他相信神谕，我信。但羌人的始祖神会这样干吗？教唆他把祖先的金杖偷出来，卖到国外？"

我迅速说："不，也许那只是个烟幕，这一点我一会儿再说。我看过羊路写的一首诗，题目好像叫'神器'。原诗句我记不住，大致意思是：羌人的神器，如今孤独地关在钢化玻璃囚笼中。神器的灵性被冷硬的工业品隔断，再不能与天地相通，因为这些工业品没有自然之物的毛孔，那本是灵性往来的通衢。神器本应该被供在雪山之巅，享受着日精月华和雪水的滋养。或者是回到原来的祭坑，以享受古人的血祭。对，我想起来了，最后几句诗的原文是：神器该回到它的祭坑，在那儿／千年的人血化为血竭／万年的骨殖化为舍利。"传说血竭是千年之血化成的宝物，能治百病。我对馆长说，"我对最后一句诗印象最深，因为我想不到羊路在谈及古代血腥的人祭时，会陈述得如此平静，甚至是以肯定的语气。这首诗馆长是否见过？"

"好像见过吧，但印象不深。不过诗人常做惊人之语，不必苛求也不必认真。就如5·12震灾之后，他用很短时间写了一部长诗，写得感情激越，汪洋恣肆，是和着泪水写就的。但诗中也有一些不合时宜的话，比如，说起那些倾全国之力援建的羌族新村，他却说'钢筋水泥的冷硬锁死了羌的灵性'，等等。诗人嘛，我们一向不做苛求，睁一只眼闭一只眼。"

"你们的宽松做得好，我非常欣赏——如果没有近来这些意外的话。馆长，你不妨把'神器'这个词换成'金杖'，再仔细揣摩一下诗的意味。"馆长默然不语，但显然内心已经受到震动。"还有，羊路与我们分手前曾说过，他感觉到馆藏的这件金杖是假的，因为他再也感受不到它的灵性。据我推测，这话他也会对别人说。"

王馆长默然，没有否认。那么我的推测是对的，就在这两个钟头内，羊路不光对我和赫妮，也对其他人散布了这句话。至于其内在的动机……王馆长认真思索后，说：

"王老师，你说的这些迹象单独看起来不算异常，但合到一块儿，确实形成了足够分量的证据链。不过我仍然想不明白。我无法理清羊路的心理脉络。比如，如果他真的是那个伪装的瘦老人，已经把掉包的真品送出国外，为什么还要散布馆藏的是赝品呢？从逻辑上说不通啊。"

"王馆长，开始我也想不通。但在这一个小时车程中，我大致理清了。不是说我已经有了明确答案，只是理出了几种可能。不揣冒昧，我就讲讲吧。"

"请讲。"

我说："上述情况还要再加上重要的一条，那就是：巧手慧心的羊路最有可能复制一根金杖，能复制得足以乱真。我觉得他能做到，因为他的'心劲儿'已经全部投入到文物中去了，而且那是他祖先的文物，与他有血脉之亲。而且以他的条件，他也能弄到一些有4500年历史的木材残屑塞进在金杖中，在碳14检测中骗过国外文物贩子。关于这一点，王馆长你是否同意？"王馆长点头同意。我说："那么综合考虑，有这么几种可能：

第一种可能：不管金杖是否已经被掉包，羊路都清清白白，与此毫无关系。他说他感受不到金杖的灵性，那只是他当时的真实感受，而这感受可能符合事实即金杖确已被掉包，也可能不符合事实；羊路的清白是我们最愿看到的，只是坦白说：可能性不大。

第二种可能：羊路确实就是那个拄手杖的瘦老人。他也确实已经把金杖掉包并送到国外或大陆之外。至于他今天脱口说出'感受不到金杖的灵性'只是一时感情失控，毕竟他与金杖有很深的感情。

第三种可能：羊路是那个瘦老人，但送出的金杖是假的……第三个可能比较迂曲，我说慢点吧。先问一句，假如馆藏金杖要送出去做检测鉴定，按正常的工作程序，有可能派羊路去吗？"

王馆长点头："完全有可能，那是他的分内工作。"

"那我的推理就能说圆了。第三个可能是这样的：依博物馆的保卫措施，即使是羊路这样能十分接近文物的人，想把金杖掉包也完全不可能。"王馆长点头。"但羊路自从得到神谕后，便一门心思，非要把真品金杖从所谓的钢化玻璃囚笼中解救出来。他为此竭尽才智，不惜自掏腰包花费重金，甚至不惧法律的严厉惩罚。这件事一定是从若干年前就开始筹划，在这段时间里，他精心制造了一件足以乱真的赝品；又悄悄与国外文物黑市商人联系，把赝品送出了国外。"

王馆长轻轻摇头："国外文物商人不会轻易相信这是真品吧。"

"当然不会，但这正中他的心怀。于是他建议：'你们可以把这个风放出去。等三星堆博物馆听到这股风，必然会对馆藏文物重新做鉴定。其鉴定结果难免会透出去，这样你们就知道手头那根的真假了。'但实际上羊路用了一个计中计，国外文物商人只是他的一枚棋子而已。至于羊路的真正目的，其实我今天已经说过，虽然我说那句话时还没怀疑到羊路。那就是：拨草驱蛇。随着他精心制造的怀疑之云越积越厚，馆方最终会下决心，把金杖送到权威单位重做鉴定。那时，他将争取成为具体经办者。其后他捣鬼就容易多了。"

王馆长在认真思索，我又补充一句："至于复制金杖的材料也不难解决。原金杖的材质原本就是本地的自然沙金，对吧。羊路可以到四川的金矿，从民间收集一些。当然花费不菲，480克的沙金，单是材料费就有十万吧，但真正的信徒都乐意向神奉献。"

我把三个可能分析完，车内陷入沉默。王馆长和赫妮在努力思索我的推理。我个人的感觉是：这三个可能中，尽管第三个最迂曲，但其实它的推理最圆，其中没有生硬的接茬。他们俩应该会慢慢接受吧。在这个设定中，羊路并非动机卑鄙唯钱是图的盗贼，而是为了高尚的目的，他认为的高尚。他是一个殉道者，走火入魔了。这也符合我们对他的直观印象。而且，以他的巧手，以他的智力，他完全有能力实施这个计谋，也会从中享受到强烈的快感。

我该说的都说完了，王馆长的思索也告一段落。他应该是认可了我的第三个推理，但他是做领导的，即使此刻心中对羊路有了怀疑，也不会轻易说出口。他只是一再向我们表示感谢，感谢我们的责任心。至于金杖，他说，以他的判断，金杖还安全地待在博物馆的展柜内。但此后他们会更加警觉，宁可把事情考虑得复杂一些。最后他说，随时欢迎我们再去博物馆参观，"随时检查金杖是否被掉包。"他开玩笑地说。

我们下车，握手告别，然后分头上路。回成都的路上，我和赫妮话不多，各自在思维隧道里细心敲打着洞壁，努力寻找它的逻辑漏洞。但我多少有点自得地想：我的推理很圆通，没什么明显的漏洞。七点钟赶到成都，到了赫妮所在的街区，我说："本来中午要请你的，没有请成，晚上总该让我还愿吧，赫妮我很难为情地告诉你，我在生活琐事上非常低能。比如到饭店里点菜，在别人是举手之劳的事，但我会非常头疼。所以，选饭店和点菜的事都完全由你代劳吧，我只管掏钱。"赫妮温和地笑着说："人人都有弱项啊，比如我，一直不敢学开车，连想都不敢想。"

她没有客气，选了一家格调雅致的饭店，是她常去的怡莱连锁店。点了几样精致的菜肴，要了两个汤。我让服务员添了一瓶干红，说晚上不开车了，放开喝它个醺然一醉。我确实想浇一浇心中的块垒。今天"出卖"了羊路，我心中有挥之不去的负罪感，甚至在并非苦主的赫妮面前也有点儿理屈情怯。所以我自我感觉今晚有点儿话多，有点儿管不住舌头，有点儿借酒掩面、未酒先醉的样子。闲谈中我说：

"赫妮，有一句话我几次想对你说，但觉得太唐突，所以都压下去了。今天我还是说出来吧，唐突之处事先请你原谅。"赫妮笑着说，"有什么话你尽管说。""就是那天在黑虎寨你说的一句话。你说佛家认为，凡有地震之处，不是因为地壳的板块撞击，而是因为历史上杀孽太重，冤魂不散，冤气积聚所致。我知道佛家的这个说法其实是向善的，是劝人行善事。但用它来解释地震原因，对受害者而言有点……至少是容易引起误解吧。羊路当时听见这话时就很受震动。不过，他可能误以为是与你并行的小姬说的，曾回头长时间逼视着她。不知道当时你是否注意到这点细节？"

赫妮恍然道："对，好像有这么回事。记得在夜色中，走在前边的羊路曾突然回头，目光炯炯地盯了小姬很久，我还以为那是一个男人对一位美女的倾慕呢。谢谢啦，王老师，不是你的提醒，我真的想不到这上面。佛家的说法只是针对地震成因，并不涉及当下的人，但确实容易引起误解。"

"不必谢。我知道你是无意的，以后注意点就行了。"

赫妮仰面思忖片刻，忽然一笑："王老师，我来个投桃报李吧。其实我今天也有句话想告诉你，但一直怕唐突。"

"是吗？请尽管讲。"

"你今天对王馆长谈了对羊路的怀疑，对此你一直有很重的负罪感，对吧。但依我旁观者的目光来看，你其实也有一种与之完全相反的感觉——享受感。因为你从一次很偶然的相遇中敏锐地发现异常，又敏锐地把它与其后的事联系起来，向王馆长明确指出了嫌疑人。能做到这一点确实不容易。你把它看成是智力体操，享受着其中的快感。"她笑着说，"真的唐突了。只是我随便的印象，你不必放心里去。"

我很受震动，沉思有顷，才说："你的解剖非常锋利啊，疼得我都受不住了。但仔细想想，不能不承认你说得对。的确，我在有负罪感的同时，也在悄悄享受智力的快感，就像我在工厂里当高工时，每当排除了一个其他人都无能为力的故障，那时就有这样的快意。赫妮，谢谢你，不是你说，我想不到这上面。"

赫妮温和地说："随便说说而已，你别往心里去。"

随后她就转了话题。她问我是否已经决定要接下写作任务，我说是的，可能是一部科幻小说，也可能是一篇新闻小说。又问她的打算，她说也打算写一部，但目前还没有明晰的构思。"我这人很懒，一定要在有了真正的灵感后才写，否则宁可放弃。"她笑着说。

我请她尽可能注意有关金杖的进展，她在四川人头熟，又正好认识广汉市公安局的周队，有什么情况请及时向我通个信，可能对我的写作很有用的，拜托了。她认真地点头答应。

九点前我们离开饭店。我要把车开回赫妮的小区后再走，赫妮说我喝了酒，不要开车了，酒店有代驾业务。然后我们在酒店门口告别，我拦了一辆出租，回到博尔特酒店。

回到家乡后，我一直在网上关注着有关金杖的情况。关于这件事并没有太大动静，短时间的哄传之后就风平浪息了。看来网民们都认为这个炒作过于离奇和拙劣——三星堆的金杖还好好地在那儿展出呢。赫妮来过一次邮件，说她问过广汉的周队，周队说网上的消息不必认真对待，广汉警方没有对此立案。

但我并不认为我的推断错了。凡事在爆发前都有一个酝酿期，大概现在就属于酝酿期。且耐下心来，拭目以待吧。

我闲暇时也查阅了一些有关镇平蒙古族王姓的资料。他们在隐居镇平晁陂的初期，对自己的出身讳莫如深。不过到明朝嘉靖年间他们就立了墓碑，公开记述了本族的历史。之后也没听说汉族人曾对他们进行过仇杀和迫害。汉族在民族的整体记忆方面，历来——用褒义词是宽厚，用贬义词是麻木。前不久去鄂尔多斯参观了成吉思汗广场，那真叫一个气派！成吉思汗骑着骏马，立在21米高的石柱上，手持苏勒德——著名的黑神矛，它曾享受过数千万死者的鲜血供养——睥睨着如蚁般的草民。而众多游客——他们多半应是受害者的子孙从全国各地蜂拥而来，瞻仰这位气吞山河的王者，游客个个笑容灿烂，没有一点儿黍离之悲、亡国之恨。又想起韩国在国家光复一个甲子后忽然兴起一个运动，在全民范围内严厉追查日本占领时期的韩奸，查得鸡飞狗跳。反观中国，事情过去也就过去了，没人想起再把当年的汉奸，尤其是有汉奸行为的普通人，从历史中扒出来，重新抖搂一遍。

有时我觉得，汉族的集体性善忘不值得夸奖，有点儿没心没肺的味道。但从另一方面看，它也是汉族自信心的表现，这种自信基于它庞大的人口基数和悠久的文化。吊诡的是，也许正是缘于华夏民族的漫不经心，使这片土地成为世界上最有效的民族同化器。比如，犹太人虽然在全世界各地迭遭迫害，但都顽强保持着民族的独特性，唯独在中国破了例。河南开封从北宋就有大批犹太人聚居，有社团、教堂和宗教典籍，但现在已经彻底融化在汉族人中了，而且绝非因为迫害。

这是历史。历史即存在，存在即合理。无所谓对错，就像生物的进化无所谓对错。有人说，华夏民族对外来文明的同化趋向从鸦片战争后就反转了，因为我们遭遇了更先进的西方文明，并大声疾呼要警惕我们被西方文明同化。我觉得这完全是杞人忧天。一个占世界人口五分之一的民族会被同化？即使同化，也只能出现一种被"土黄色"深深浸润了的新文化，而绝不是原来的西方文化。换句话说，也许那时已经世界大同啦。

我在这样的闲思中，开始搭建小说的框架。既然已经有了这么多有关金杖的素材，我肯定要把金杖失窃作为主要故事线，这是没说的。这件事目前正处于"现在进行时"，这更好。克拉克在写《2001 太空漫游》时，是与库布里克的同名电影同步进行，最终完成的文学故事和电影故事既有相似也有相异，既有合流也有分流，两者相映成趣。我愿意效仿克拉克的故智，先按我的推理挖出一条文字的河道，看它与真实的案件侦破有多少相合和相异之处，那应该别有味道吧。

不过我没想到，我的故事框架还没搭成，又有一次风云突变。两个月后的一天，我突然接到小姬的电话。她用的是西安的座机，所以这会儿应该是在父母家里。我笑着抢先说：

"是小姬？我正想有一个机会向你道歉呢。"

"道什么歉？"小姬迷惑地问。

"为一次科幻界的活动，那回我太格涩啦。"成都一次科幻界活动中，美女小姬照例是主持人。好多参与者问台上的几位科幻作家，是否到 2012 年

12月21日世界真的要毁灭。最后把我惹急了。我说：宇宙和人类肯定要灭亡，不过那是多少百亿年之后的事；2012年肯定也会有灾难，但那只是一个几率问题，和去年前年明年后年都没什么不同，绝对和什么玛雅历的第五太阳纪结束扯不上。谁再问这个弱智问题我就拒绝回答。后来仍有人问，我真的下台去了。弄得小姬有点窘，笑着问台下的我：

"王老师你真的不再上台了？"

我到底没再上台。事后想想我有点过分。本来就是娱乐性质的活动，我这么认真，倒显得太格涩。小姬笑道：

"那件事不必道歉，其实让大家看到作家的真性情也不错，算是活动的一个小花絮吧。我今天打电话是因为另外一件事，可不是想兴师问罪。王老师，你还记得那个羌族诗人羊路吧。"

由于此前的经历，她提到这个名字时我心中陡然一震："当然记得。怎么啦？"

"他今天突然给我打电话，邀我去成都，采访三星堆博物馆金杖失窃的案件——网上曾传过这个消息，说馆内现在展出的金杖是被掉包的赝品，不过这个消息过于离奇，一阵风就过去了。"我沉默着，停一会儿她问，"王老师？王老师你能听清我说话吗？"

"我听着呢。你知道我不大上网，没听说金杖失窃的事。"我对小姬撒了个谎，"你接着讲。"

"但羊路的看法不同。他埋怨馆方太麻木，一直不报案。羊路说，尽管目前展出的金杖酷似真品，但当他立在展柜前时，再也感受不到金杖的灵性，而过去他一向是能感受到的。王老师你信不信他能心灵感应？我知道你一向不相信灵异之事，但我信他的话。"

我没有直接回答，问："然后呢？"

"羊路说，在他的多次催促下，馆方终于把金杖送到北京大学文博学院做鉴定，包括碳14鉴定和金属成分鉴定。"

"他们已经做了？"我有点儿吃惊，也暗暗恼火。这么说，王馆长完全没有重视我的事先警告？！

"对，羊路是送金杖的两人之一。"

我更为震惊和恼火：羊路竟然是经手人！我急急地问："结果出来没有？"

"出来了，是假的！原来金杖真被掉包了！而且，他透露的这则消息绝对可靠。我在北大文博学院有个关系很好的同学，我刚刚探问过。那个朋友先说她不知道三星堆金杖来做鉴定的事。我不饶她，逼着追问，是真的不知道，还是知道但对外保密？她犹豫一会儿说：无可奉告。王老师你想想嘛，她使用这样的外交语言，已经足以说明问题了。"

我异常震惊，简直不敢相信自己的耳朵。尽管我对此事已经提前知情并有所介入，但"故事情节"如此迅猛地向前推进，仍远远超乎我的意料。时间只过去短短两个月，局势竟然有这么大的变化，金杖不仅送出去做鉴定，甚至得出了"赝品"的结论。我就像在观看一部老式的胶片电影，胶片破损了，剪掉很长一段后重新粘接，于是我看到的是一个情节不连贯的故事。我无法知道缺失的内容是什么，只知道肯定遗漏了重要情节，因为前后内容有生硬的接茬。

在这一瞬间，我对三星堆的王馆长，那位年轻帅气的南阳老乡，滋生了强烈的不满。我曾郑重建议他在金杖出馆这个问题上一定要慎重，甚至在高速路上半途折回，同他郑重地面谈，为他分析了几种可能。但他仍顽固地我行我素，根本不把我的话放心上，不仅让金杖出馆，甚至让羊路参与——不过，我想到这儿时，反向的怀疑已经暗暗滋生。虽然我与王馆长是初识，但依我的印象，那是一个思维敏捷的人，处事干练，不至于在如此重大的事情上如此草率吧，还偏偏让"嫌疑人"经手此事？而且，羊路对小姬说馆方一直没有报案，但我在场时，王馆长已经说要去向警方通报啊，甚至还想到向金沙博物馆发出警告。那么，他把金杖送检而且让羊路经手，也许是警方有意的安排，是针对对方的"拨草驱蛇"，来一个"将计就计""引蛇出洞"？但这种办法对一件国宝来说，未免太冒险吧？我又觉得不像。

"王老师，你在听我讲吗？"

"听着呢，听着呢。我只是太吃惊了。小姬你接着讲。"

"羊路说，馆方想瞒住这件丑闻，已经严令所有知情人对外保密。但他不想听从这个荒谬的命令,这样的大事也根本保不住密。他想尽快把这件事公开,以便引起社会关注,促使警方尽早介入。他请我去就是这个目的。"

我揶揄地说:"那他是找对人啦。"我素知小姬是位"好事之徒",交际广,热心,正义感强烈,此前科幻界一个著名事件中,她就充分显示了自己的巨大能量。羊路如果想把"金杖失窃"这件事闹得人人皆知,小姬肯定是不二人选。"而且你肯定已经同意去了,对不对?"

小姬笑了:"当然,这么热闹的事,这么难得的新闻来源,你想我会放过吗?"

"那你给我打电话的意思……"

"我怕一个人太孤单,想诚心邀请王老师一块儿去。我知道你对这件事肯定也很关心。如果你去,路上食宿交通都由报社负担,我已经跟报社领导说妥了。报社社会部主任陈姐和我的关系特铁,对这件事一路绿灯。"

"你恐怕不光是想让我参加采访,而且想让我当护花使者?"

小姬笑着说:"没错。虽然只是一株狗尾巴花,也希望有位骑士护着。"

"哪是狗尾巴花啊,绝对是珍贵的雪莲。我倒是很乐意当护花使者,只是这位骑士已经太老了,施展不了拳脚了。万一真的碰上危险,只能是你的累赘。"

"王老师甭担心啦,不会出现武打场面的。我请你去,只是想借助你那颗很科幻的大脑,关键时刻帮我拿拿主意,用不上你动拳脚。"

我想我能猜出小姬邀我去的隐秘心理。那晚在黑虎寨,羊路曾突然回头,在夜幕中久久地凝视小姬。对此我是知道原因的,羊路是出于误解,但小姬不会知道。那么,站在小姬的角度想一想,也许她会认为这个男人的目光过于火热。所以,在羊路突兀地发出邀请时,小姬在兴奋之余也会生出一点儿疑心吧。所以她想找一个老人来全程陪伴,那会安全得多。"好吧,我很乐意去。不光是乐意扮演护花使者,对有关金杖的事我也确实感兴趣。"

在电话中能感到小姬眉开眼笑:"好,那就说定了,不许反悔!"

"不反悔。你放心。可我这样不请自来,等见到羊路该怎么说?"

"这个你不用管,我会和他讲妥的。"

"那好，就这样说定了。"

"还有一点，其实不用我交代，就是对外保密，不能让别人抢到这则大新闻。"

"这个无须交代。"我当然不会对外宣扬。我在心中想，"其实关于这件事，我还知道你不知道的很多情况呢。"这事挺复杂，结局如何还真的难以逆料。那么，在事件最终落槌之前，我当然不会向任何人透露，因为那牵涉到羊路的名誉。

她约我两天后在成都见面，她将从西安乘机，在下午四点到达双流机场。我想了想，说："我直接到广汉吧，顺便办点儿私事。我早去一天，实地考察一下外孙将来的上学环境，上次忘看了。"

"也行。我知道你外孙去成都上学这件事，赫妮姐对我说过。那咱们广汉见。"

我赶紧定了机票，安排了家事。我定的是明天下午的机票。南阳到成都的航班刚开通，还在优惠期，票价290元，比火车票都便宜。第二天，在飞机上度过两小时行程时，我仰靠在座椅上，在脑海中再度把这件事细细过了一遍。这件事的发展太过迅猛，也太过异常，各种可能，以及某可能之下的后续可能，纷繁纠结，我这个业余老侦探的智力已经不够用了。我艰难地梳理一遍，梳出如下的大致眉目：

在我已经得到的信息中，其真实性有些是可以肯定或基本可以肯定的，有些是目前无法肯定的。

羊路说金杖已经送检，这则消息可确认属实。但王馆长为什么会决定送检则有两种可能：一，这位年轻帅气的王馆长是个草率颟顸的官僚，根本没把我的警告放心上。二，他是和警方合谋引蛇出洞。毕竟，想盗取一件国宝级文物可以说是胆大包天，警方不会坐视的，一定会撒大网捕大鱼。

至于羊路说金杖已经鉴定为赝品，这则消息也可确认属实。但其原因有多种可能：一，馆内真品已经被某些人盗走，甚至已经送出境外，所以送检的金杖本身就是赝品；二，送检的是真品，但在警方的安排下，北大文博学院给出了一个假报告，以便继续引蛇出洞。三，送检的是真品，但在路途中被羊路设法用另一个赝品掉了包——这正是他处心积虑想要达到的目的啊。在这个计谋的实施过程中需要第二件仿品，这也不算什么。他既然已经做出一件，就能做出第二件。三种可能中，我觉得第三种的可能性最大。

至于羊路在这个事件中是否有嫌疑，自打羊路向小姬主动透露消息之后，可以说我的猜测已经升格为事实——否则他不会公然违抗馆方严令；至于他是因"卑鄙的动机"犯罪还是因"高尚的动机"犯罪，也可以基本确定是后者——如果动机是金钱，他拿到真品后肯定立马逃出境外，不会再从容不迫地待在原地。甚至横生枝节，把与此无关的小姬再扯进来；但如果他的动机是来自"神谕"，则他把小姬拉进来就合乎逻辑。因为他偷盗金杖是对神祇的履约，也可以说是现代艺术家的行为艺术。他不会为此逃命，反倒想把"演出效果"搞得越轰动越好。这种心理超乎常情，警方大概不会认可吧。这正是我作为"文人侦探"的优势，因为文人与文人的心容易相通。

把思路梳理到这儿，我觉得已经比较全面了，各种可能都考虑到了。等到我与羊路见面后，我会不动声色地观察探询，用老猎狗的鼻子东嗅西闻，一步步趋近最终的结论。

但此后我会知道，我这个业余老福尔摩斯的沾沾自喜是何等可笑。

我在成都住了一晚，第二天上午到科幻世界见了见姚副总编、杨枫、刘维佳等几个熟人，对他们只说是为了外孙上学的事。当天下午乘大巴赶往广汉。路上，我开始把思路转向另一点——这几天如何同羊路相处。我在内心已经把他认作犯罪嫌疑人——即使犯罪动机是高尚的，甚至向馆方"出卖"了他，那么，今后同他相处时，我肯定不会像过去那样心地坦荡了。而且我这么不请自来，"做贼心虚"的羊路也会对我抱着强烈的戒心。两边的疑心叠加，相处起来绝对不会轻松，我得事先做好心理准备。

手机响了，是羊路的号码！对方说：

"王老师，你已经到成都了吗？我专程来成都接你和小姬。"

这么说，小姬已经把我也加入采访的事和他讲妥了。我笑着说："羊路，没想到这么快又要见面了。我已经在来广汉的路上。我提前半天来，想实地看看外孙将来上学的环境，上次没来得及看。"

"噢，那很遗憾，我不能接你了。请你到广汉后，直接去东西大街的五洲商务酒店，我已经为你和小姬定了房间，用的是你的名字。我去双流机场接上小姬就回来，肯定赶得上吃晚饭。"他笑着说，"这次总该让我做东了吧。"

"好的，这次由你做东。晚上见。"

"晚上见。"

挂断电话，我仔细回忆他说话的语气——以及我自己的语气。他的语气似乎没有什么异常，略显平淡，没有上次热情，但也没有流露出明显的疑忌或敌意。当然这说明不了问题，我自己的语气也把握得很好，相信对方也听不出什么破绽。想到今后同羊路的相处中，这样的互相疑忌将成为常态，我不由叹息一声，而且不仅是两人之间的斗智，有些情况连小姬也得暂时瞒住。这就像一个三玩家的攻防游戏，想来颇具挑战性吧。

我到了广汉，先在女儿购房的广汉西区的瑞和园附近实地察看一番，又入住到五洲酒店，等着羊路和小姬赶来。一直等到下午六点钟，接到小姬发来的短信：

"王老师，飞机晚点，我刚下机，正在等行李。羊路说这个时段最容易堵车，你不要等我们了，先自己吃饭吧。"

我回了个短信："好的，你们不要急，路上开慢点，安全第一。"

我独自吃了晚饭，回到宾馆看电视。半个小时后又接到小姬的短信：

"王老师，真倒霉，羊路的车发动不着了，什么破车！今晚只好留在成都了，明天赶去同你会合。"

我摇摇头，不再等他们，看了一会儿电视后洗漱睡觉。年纪大了，精力不济，我必须养好精神，随后几天中得时刻同羊路斗心眼啊。我很快入睡，而且睡得很香甜。此后我一直为此自责。平素我自诩思维敏捷，但这晚我的表现实在迟钝麻木，辜负了小姬的信任。第二天一直没接到小姬和羊路的电话，我知道现在不少年轻人很贪床，不想打搅小姬的美梦，就耐着性子等对方的电话。一直等到将近九点，还是没有电话。我心中渐次升起了不祥的预感——这会儿已经不能说是预感了，只能说是感觉。昨晚似乎有一个疑点，我本来应该抓住它的，但我忽略了，是什么呢？……我不再犹豫，连忙打小姬的电话。电脑声音说：对不起，对方已关机。我再打羊路的电话，仍是那个平静的声音：对不起，对方已关机。我忽然悟出昨晚我心中模糊的疑点是什么——小姬是给我发的短信而不是打电话。此前同小姬的接触中，我早就知道她最爱煲电话粥，煲得山高水长的，我都替她心疼话费。所以依她的习惯，昨天更有可能直接给我打电话，而不是连发两条短信。

当然，她发短信也属正常行为，只是这里有一个重要区别——短信不一定是她本人发的！

我心急如焚，再次给两人打电话，仍打不通，这就很不正常了，他们该知道我在等他们的电话啊。我忽然心有所动，把电话打到双流机场，询问昨天西安到成都、应该下午四点抵达的那个航班是否晚点。接线员很奇怪我为什么会查问头天的航班，但仍热情地帮我查询后回答：那个班次是海航HU7855，昨天准点到达，在下午3点50分到达成都。

我的心在瞬间沉落。原来昨晚小姬的短信是在骗我！但她没有任何理由这样做啊。那就是说，也许是羊路偷用她的手机发的短信？不，连发两条短信不大像是偷用，那么——也许小姬已经被羊路控制？！朗朗乾坤繁华都市，这种假设实在太离谱。我不相信羊路会劫持小姬，他没有这样做的理由。但那两条骗我的短信及此刻两人的关机是无法解释的疑点。我怕自己刚才没问清，再次向双流机场问询。这次好像是另一位服务员，同样回答：昨天的HU7855航班准点到达。那么不用怀疑了。只要这封短信是谎言，不管是谁发的，不管是什么原因，都可以肯定其中必有猫腻。

一时间我不知道该怎么办。我在这儿人地两生，无法找人打听情况和商量对策。我想同三星堆博物馆的王馆长联系，但想了想，还是压下这个念头。目前把情况捅给他还为时过早，有点儿冒失。还有，此前羊路曾透露王馆长想瞒住金杖已被掉包的丑闻，我相信王馆长绝不会这样做，没人会在信息自由时代干这样的傻事。但不管怎么说，在事情弄清之前，我对这位南阳老乡也存了一分戒心。

那么，直接打110报警？我觉得同样太早了。虽然有了那两条短信，可以确定其中必有猫腻，但要真的向警方做出正式指认，说羊路在光天化日下和繁华都市中公然劫持人质，还是有点太科幻。警方破案都要先考虑作案动机，那羊路的动机是什么？此前我找出了他"行窃"的动机，但根本找不到"劫持"的动机。所以，很可能眼前的情况只是误会，是某几种偶然情况的巧合。过一会儿小姬就会把电话打来，笑嘻嘻地说："王老师对不起，你等急了吧……"

我苦笑一声，驱走了我的自我安慰。还是那句话，谎言短信再加俩人的异常关机，不可能全是偶然因素。不要再抱幻想了。为小姬的安全考虑，不能再犹豫了。至于报警，我想了一个比较圆通的办法——赶快与赫妮联系，让她把这些情况以私人名义捅给广汉警方的周队，他们经验丰富，知道该如何妥善处理。这样，即使我是谎报军情，也不至于把娄子捅得过大。再说赫妮本来就属于知情人，我这样做并没把知情范围扩大。

对，这个方法比较稳妥。我从手机中调出赫妮的号码，犹豫了最后十秒钟，开始点下通话键……就在这时我的手机响了，竟然是小姬！是小姬清脆的声音：

"王老师真对不住，你等急了吧。"

我一时愣住了。我刚刚艰难地翻过一座推理之山，所见所思都阴暗凶险；但此刻忽然换成小姬清脆无邪的声音，两者完全无法衔接！我强使自己镇静，用平缓的语气问：

"怎么回事？打你俩的电话，几次都打不通。"

小姬的声音很难为情："王老师真对不住，实实在在对不住。是这样的，我事先已经告知羊路你也参加采访，当时他没说什么。但昨天见面后他很生气，把我劈头盖脸地数落一顿，说只能让我一人采访，否则就请我打道回府。我当时没办法对你交代，只好谎说飞机晚点，又谎说车坏了，以便挤出一点缓冲时间，尽量劝转他。但从昨天劝到今天，他执意不听，刚才向我下了最后通牒。没办法，我又不想放弃这个重要新闻，只好听他的。王老师太对不住你了。你可以借机会到附近玩玩，费用仍由报社负担……王老师，你是不是生气了？"

"哪里，我没有生气。"我确实没有闲心生气，此刻我唯一关注的是小姬的安危。虽然我正与她通着电话，她说的情况也基本合乎情理，但我拿不准电话那头的小姬是否受控制。我侧耳辨听着她的语调，揣摩着她是否有被人控制的迹象，猜测她的话中是否藏有暗示。但我没察觉出有任何异常。我仔细辨听手机的背景声，什么也听不到，此刻他们应该是在宾馆房间中。我问：

"没关系，我参加与否没关系的。那你们是不是正在回广汉的途中？"

"羊路说先不回，有一些外围的证据他想先让我看看。"

我想，也许羊路是不想回广汉同我见面吧。其实恐怕昨天他就在躲我。既然他已经知道我要来，想来也会知道我的日程吧——我比小姬提早半天来广汉，但他迟至昨天下午才打电话，说他已经去成都接我，应该只是虚晃一枪。他如此坚决地反对我参加采访，这种态度令我生疑，因为，如果他邀请小姬来是想把金杖失窃的事儿闹大，那么多一人有何不可？也许……他确实对小姬怀有某种个人的意图？

但不管怎么说，我曾有过的那个猜想——小姬被羊路劫持——实在是太可笑了，算得上走火入魔。我笑着对小姬说：

"那你不要护花使者啦？"

对方也笑："只好不要了。王老师你放心，这是朵蔷薇花，本身就带刺。"

小姬既然有心开玩笑，我也放心了。我说：

"那好，附近还有几个景点我没看过，我好好玩几天，狠狠让你出点血。小姬这只能怪你，谁让你把我大老远拉到这儿，又突然给我一个闭门羹？"

小姬笑着说："怨我怨我，你尽管逛景点，让这个不守信的小姬多出点血。"

我想让小姬把电话转给羊路，和他讲几句场面上的话，但犹豫一下，还是免了。"好，我就不和羊路通话了，我想，在这种情况下和我说话，他多少总有些尴尬吧。"我讥刺地说。"对了，打听一件事。还记得去年星云奖颁奖仪式上给我写信的那个川大学生吗？他是叫陈悦吧。我找他有点事，但我手机中怎么查不到他的手机号。"

我有意说错了名字，然后屏息听着小姬的回答。小姬是个聪明女孩，如果此刻她处在羊路的劫持下，肯定会抓住这个机会向我传递消息。这并不影响她的安全，因为羊路不会了解科幻圈内的类似细节，也就不知道她是否撒谎。小姬的回答略微停顿片刻，然后说：

"不是陈悦，是孙悦。但我手头没有他的联系方式。"

她没有借机传递危险信号，我彻底放心了。"不用，我的手机里有。只要知道他的名字我就能查到。那好，再见。有事及时联系。"

我挂断电话。心中的担心退潮，微微的恼火就泛上来。没想到这回让小丫头给涮了一次，真是"嘴上没毛办事不牢"，她当然没有啦，这辈子都甭想有胡子。其实我这个嘴上有毛的老家伙也太草率，我应该在得到羊路同意后再决定行程。说到底，是金杖的诱惑让我失去了谨慎。现在我怎么办？我不想立即回家。原因很清楚：即使"小姬被劫持"这事纯属我神经过敏，但此前种种迹象并没有得到解释，尤其是羊路这次的大动作，无疑又使事件的"可爆炸性"大大增加。我想在近处留几天，看它有无发展。也趁机在龙门山区域再转一转，为我的创作多搜集一点儿素材。上次是团队活动，虽然交通食宿方便，但不大自由。何况我还可以顺便办一件"大事"呢，小姬说这儿是华夏民族鱼跃龙门之处，建议在这儿修一个横跨数百里的彩虹桥，我得为她的伟大设想实地考察一番，找出两座合适的山峰来做桥基。

我与旅行社联系，先用两天时间游览了著名的九鼎山。"山有九峰，四时积雪，晨光射之，灿若红玉"。现在是早春，九鼎山著名的花海还没有显现其魅力，但大大小小的海子——当地人称所有的海子都叫龙池——已经美不胜收了。海拔3200米的白龙池尤其美，湖水或绿或蓝，清澈见底，倒映着蓝天白云和戴着雪帽的山峰。四川确实是美景荟萃的地方，随便一个景区都让你惊叹。

这两天小姬和羊路一直没有同我联系，我也不会不识趣地主动联系他们。其实小姬让我扮演护花使者本身就属多余，即使那位多情诗人真有什么绮念，这朵"带刺蔷薇"也足能保护自己吧。第三天我赶往汶川县威州镇的姜维城遗址。这儿四面环山，堡子关雄踞杂谷脑河与岷江之间，所谓"三山雄秀，二水争流"，即使以我这样的外行，打眼一看，也知道这应是古来兵家必争之地。堡子关的城墙是用土夯筑的，眼下残存有八九十米，虽然经历两千年风雨，垛口仍然棱角分明。附近有残破的点将台，也有几座散布在山坡的羌族碉楼。导游介绍说，这儿也有新石器时代彩陶文化遗址，位于威州镇南沟左侧二级台地的北半部分，出土有各种陶器、石器和骨器等，与西北地区马家窑彩陶文化既有关联性，也有差异。

姜维城据说是蜀汉大将姜维为平息羌族反叛而修的。自夏商以来，羌与汉的融合历经了至少3000年，其中有和平融合，但多半是通过残酷的战争。我立在城墙边，远眺着绵延的群山和交汇的河谷，似乎能看见远方的兵马顺着河谷如洪水般涌来，也能听见一片杀声……一群衣着高雅的女性游客走近了，都是40岁左右，一色的毛料套裙外罩一件风衣，显然是旅游前统一过服装。风衣颜色各不相同，有米色、酒色、蛋青色和咖啡色，潇洒飘逸，显得与众不同。听见其中一位在向同伴介绍：

"姜维是羌族人，可以说是三国时期少有的少数民族高干。刘备的五虎上将之一马超也有羌人血统……"

声音甜美，似乎比较熟悉。我扭头一看，原来是赫妮！赫妮也看见了我，异常惊喜：

"王老师，你怎么也在这儿？"

我不想扯出小姬，含糊应道："来四川几天了，想为我的小说再搜集点素材。你呢，陪朋友来玩？"

"对，是我几位外地朋友。"

"随团？"

"不是。自驾游。"她笑着补充，"我的车，她们当司机。"

她介绍了几位朋友，说是浙江来的。我同她们寒暄了两句。赫妮对女友说："你们去看景吧，我和王老师说件事。"

等她的朋友一走远，她就急急地说："真巧，在这儿碰见你。我正着急找不到一个人商量呢。"

"怎么啦？"

"今天早上，在汶川西边，离天盆山不远的一家农家旅馆，我碰见小姬和羊路了。他们正在前台退房。"

我漫应一声："是吗？"一时不知道该不该把此前情况告诉她。她表情复杂地看着我：

"王老师，按说我不愿窥探别人的隐私，只是……"

我笑了，"你是说两人有私情？不会的。"

她看看我，轻轻摇头："这瞒不过我的眼睛。但我担心的并不是他们的私情，而是比私情更复杂的事情。正如你此前说的，羊路与金杖失窃案可能有牵连。"

我觉得该把实际情况告诉她了，否则会造成更深的误会。我笑着说："赫妮，我本来不想告诉你的，以免自己掉面子。是这样的……"

我告诉她，羊路如何邀小姬来采访"金杖失窃案"，小姬如何邀我来当护花使者，羊路如何让我吃闭门羹等等，只是瞒住了"金杖鉴定为假"的这部分。听我说完，赫妮的表情丝毫没有释然，摇头的幅度更大了：

"不，不会这么简单，不会的。"她突兀地问，"那你是否发现小姬怀孕了？"

我一惊之后不禁失笑。此前我曾神经过敏地猜想小姬被羊路劫持，但赫妮的想象力比我更丰富，竟然说这位未婚姑娘怀孕了！我在广州见过小姬，刚与她分别两个月，广州天热，她穿得较薄，能看出她那时绝对是杨柳细腰。如果赫妮现在隔着厚衣服能看出她有腰身，两月前她就该怀孕了吧。我笑着摇头：

"不会吧，虽然这次来没同她碰面，但我不到两月前见过她。"

但失笑的同时，反向的疑虑也慢慢浮上来。赫妮尽管是个丁克主义者，没有生育过，但女人在这方面的眼光总要比我准吧，她怎么会凭空得出这样的印象？赫妮沉重地说：

"我不关心小姬的隐私，我只是怕这女孩搅到金杖失窃的案件中，她太年轻，太纯洁，心地太善良。"她往下说时非常犹豫，最后还是说出来，"再告诉你一件事吧，他俩昨晚肯定是同宿一屋的。"

我非常吃惊，"你怎么知道？他们退房时是退的一个房间？"

"是的。他们退房时我只看到背影，还没认出他们，也没太在意。但过后回想，他们应该是只退了一个房间。"

我的心忽然沉下去，开始认真对待赫妮说的情况。虽然我不相信小姬的"怀孕"，但只要两人昨晚同宿一屋，事情就大大地不对头！因为我敢断定，依我所知道的小姬的思想脉络——她曾邀我当护花使者，绝不会与羊路同宿，除非——她处于暴力威胁之下！这曾是我匪夷所思的猜测，但从现在看，它也许并非是匪夷所思。我问赫妮：

"小姬和羊路的表情怎么样？"

"王老师这正是我担心的原因！小姬的表情相当奇怪，她似乎想要告诉我什么事情，但又显得很迟疑。她最终没机会说，羊路说急着赶路，很快把她拉走了。这也是异常征象之一，按说，他乡遇故知，羊路怎么也得和我聊一会儿吧。所以，从撞上他俩之后，我心里就七上八下的，总觉得哪里有蹊跷。但如果想报警，又远远不够分量。还好，在这儿与你巧遇。"她补充了一句，"还有，此前羊路曾侧面问过我小姬的爱好和习惯，也许他早有用意。"

我久久沉默。赫妮还不知道"金杖鉴定为假"的消息呢，如果知道她会更担心的。我在大脑中努力把已经知道的信息碎片拼合复原——羊路主动向小姬透露金杖的鉴定结果；小姬在北大文博院朋友的证实；小姬邀我当护花使者而羊路粗暴地拒绝我参加采访；小姬"怀孕"，与羊路同宿一室；再加上此前在世纪城假日酒店的偶遇，羊路得知金杖失窃时的表现……但碎片太多太碎，眼下我没能力拼复完整。即使可以假定羊路出于"高尚的动机"意图盗窃金杖，但他劫持小姬却没有任何说得通的理由。

虽然无法拼复，但至少可以肯定一点：这里有严重的不正常。我迟疑地说：

"赫妮，我开始觉得你的担心有道理。为稳妥起见，我想赶到那家农家旅馆，认真查证一下。你能否带我去一趟？至于你的客人，能不能让她们自己游玩？你的车留给她们，我在附近想办法租一辆车，咱们尽快赶过去。我知道这对你的朋友很失礼的，但这事……也许只是虚惊，也许很严重。"

赫妮非常干脆地说："没说的，这事不弄清，我同样寝食难安。我这就和她们说去。"

她追上那群人，说着什么。仅仅几分钟后她们就一块儿回来了，表情都很关切。赫妮说："她们说没关系，那是大事。汽车也让咱们开走，这样更能抓紧时间。她们可以坐公交车回成都。"

我衷心地说："太抱歉了，太感谢了。"

她朋友中一位穿咖啡色风衣的微笑着说："不必客气。救人一命，胜造七级浮屠。"

这句中国人常说的话其实是佛家偈语。我询问地看看赫妮，赫妮点点头："对，她们也都是佛门弟子。"

我再次感谢，与她们告别。我向旅游团的导游告了早退，和赫妮步行到山下，开上赫妮的别克。然后由赫妮指路，急急向天盆山方向开去。上车后才想起这次出门没带驾照，但此刻顾不上了，真要撞上警察就认罚吧。路上我不再对赫妮隐瞒，讲了这几天来我知道的所有情况，包括金杖已经送检而且结果为假；又问她的相机中存没存小姬和羊路的照片，一会儿到那家旅馆可能用得上。她在相机中查了查，还好，两月前那趟采风时照的照片还没有删，但只有小姬的，没有羊路的。我说没关系，有小姬的照片就管用。而且那个旅馆肯定能上网吧，我记得科幻世界编辑部李主任给我发的邮件中，有我与羊路等人的合影，如果需要可以调出来。

别看赫妮不会开车，但在记路上天赋很高，我们一点儿没走冤枉路。两个小时后赶到那家农家宾馆，房屋是按羌族风格建的，房檐也有一圈白石，山墙上嵌有羊头。旅馆不大，但相当正规，进屋是登记台。老板娘有四十多岁，不大像是羌人。她当即认出了在这儿住过一夜的赫妮，热情地说：

"回来啦？今晚还在这儿住吗？"

赫妮说："我先打听一件事，早上我退房时巧遇的那个姑娘，小姬，哎，就是相机中这个，你还记得不？"老板娘看看相机，说："记得，这姑娘长相穿着都很漂亮，我印象很深。"赫妮问："昨晚她和男朋友住的哪间房？"

她问得很聪明，不是问"他俩是否住一间房"，而直接问"他俩住的哪间房"。老板娘果然上当了，说：

"是楼上 2 号客房。"但她随即生出一丝警惕,问,"怎么啦?"

我和赫妮心照不宣地看一眼:原来他们确实是同居一室。问清了这一点,我们来这儿的目的基本已经达到。赫妮对老板娘说:"小姬给我打电话说,她的一个 U 盘可能落屋里了,让我回来时顺路问一下。"

老板娘摇摇头:"没有。房间都是我亲自打扫的。要是客人落下什么东西,我都会保管好的。"

"既然来了,还是让我们上去看看吧。"

老板娘委婉地拒绝了:"那不合适吧。你们在这儿等着,我上去替你们再看一次。"

我知道老板娘对我们的来意已经有了疑虑,因为小姬和羊路年龄悬殊较大,明显不是正常的夫妻,她不想因我们的查看引出什么风波。但我们没办法,我们不是警察,本来也没权利来这儿查看。我懒得和她磨牙,说:

"那就给我们开间房吧,就要楼上 2 号客房。"

还是金钱的力量大,老板娘看看我,没再说话,顺当地办了手续,收了押金,领我俩上楼。她走后我们把门关上,在屋里仔细查看。房间面积不大,一张双人床,两张椅子,一张小圆茶几,一张书桌。床上的被子已经整理,茶几上的杯子也清洗过了,罩着纸杯罩,茶盘里放着两袋袋装茶叶。床头柜抽屉里没有任何东西。卫生间已经打扫过,一次性盥洗用具已经摆上了新的,浴巾和毛巾整齐地叠放在镀铬浴巾架上。这儿没有留下任何羊路和小姬的痕迹,更不说可疑迹象了。其实我专程来这儿一趟,主要是落实昨晚两人是否同居一室,这就足够坐实我的怀疑了,并没奢望在屋里找到什么蛛丝马迹。毕竟这是旅馆,每天客人走后都要打扫。查看完毕,我说:

"本来不指望找到什么的。咱们休息一下,商量商量往下该咋办。"

我坐到茶几前,泡上茶。赫妮坐在书桌前,顺手翻着桌上放的一本旅游宣传册。还没等我坐稳,她忽然惊呼一声。我被惊得一乍,立即起身问:

"怎么啦?"

她显然十分震惊,目光痴痴地把旅游宣传册递给我。在她摊开的一页上粘着一张名片。我的眼睛已经老花,取下近视镜凑近看看,竟然是我的名片！而且名片正中有一片明显的血渍！血渍已经干了，但显然很新鲜，基本呈圆形，边缘整齐。

我们俩震惊地看着那张名片。赫妮说："名片是你送给小姬的吧？"

"对。两月前在广州见面时我给过。不过，上次来广汉时我也给羊路送过。"

当然，这张名片只可能是小姬留下的，是在向外人示警。很可能她已经被羊路严密控制，手机和钢笔都被没收，无法打电话或留下纸条，只好偷偷留下一张带血迹的名片，祈求旅馆服务人员可能产生怀疑并向名片主人打电话求证。那么，已经知道部分内情的我不难猜出她眼下的处境。有了这个示警，可以肯定小姬处于危险之中。我小心撕下名片，然后是更大的震惊，名片背后同样有血迹，小姬是用鲜血来做胶水！再看宣传册，黏合之处是一幅太阳神鸟的彩照，而且那片用做胶水的血渍准确地滴在太阳的中心，此刻名片被撕下后，留下了一片白色残痕。残痕也大致呈圆形，如同太阳花的花蕊。赫妮的目光同样被这片血迹吸住了，就像那儿是吞噬光线的黑洞。她喃喃地说：

"是小姬的血？"

"恐怕只有这种可能。"我沉重地说，"赫妮，不能再犹豫了，必须立即报警了。你直接打给周队吧。"我愧疚地说，"我的嗅觉太迟钝了，早该从羊路的诗句中嗅出血腥味儿来。"

"血腥味儿？羊路不像是残暴的人啊。"

我不忍心把我的阴暗猜测告诉这位一心礼佛、心地良善的女居士，就含糊地说：你先报警，我再理一理思路，等警察来后再详细说吧。赫妮犹豫片刻，拨通了周队的电话，说：

"周队，是我，赫妮，我这会儿在汶川以西，与上次你见过的那位王老师在一块儿。他有话对你说，不是为他外孙的事，是要报警。事情牵涉到三星堆，所以我们直接找你报警。"

然后她把电话递给我。这件事的头绪太复杂，我尽量按清晰的脉络叙述了整个始末，不知道能否让周队听明白。对方认真听着，看来完全听明白了，只是简单地说：

"我知道了，你们候在原处，很快就会有人去处理。"

警察到来之前，我们到楼下等，同时对老板娘进行了询问。老板娘知道警察马上要来，有点儿惊慌。虽然她不知道出了什么事，但毕竟警察上门就不是好事。她不再瞒我们，问什么说什么。但总的说也没问出什么，只落实了一点：对赫妮怀疑小姬已经怀孕这件事，老板娘证实了，说那姑娘虽然年轻，比她的男朋友年轻得多，但明显有腰身，三四个月吧。她看看我们，言外之意是说：她也估计那两人不是真夫妻。赫妮低声问我：

"怀的孩子是羊路的？"

我很肯定地摇头否认。如果两人关系已经到了这一步，从心理脉络上说，她绝不会主动邀我当护花使者。但反过来说，两个中年女性同时看错这一点的几率也不大。那么，如果小姬确实有"腰身"，那也许并非怀孕，而意味着——另一种可能。这个可能太阴暗，我不想过早说出，免得赫妮心惊。

同时我下意识地暗自摇头，觉得自己的猜测过于离奇，过于荒诞。问题是——此前一些离奇荒诞的猜测已经变成了事实。

周队没有食言，20分钟后警察就开车来了，为首的——竟然是周队本人！不过他今天身着便衣，不像上次见面时那样警服笔挺。同来的有一位便衣助手小杨，还有一位身着警服的本地警察。周队能在20分钟内就赶到，当然不是从广汉赶来的，也就是说，打电话时他就在本地，这未免太巧合了。周队没有刻意解释这一点，只简单说了一句：

"我正好在附近办一件公务。"

我看看赫妮，不知道她是否已经悟出：周队的公务很可能与羊路有关？如果是这样，那么我曾猜测过的、王馆长和警方共谋"引蛇出洞"的可能性就很大了。看赫妮的表情，她也想到了这一点，轻轻向我点头。我想，周队肯定知道我俩不会信服他是"赶巧在附近"，但他不揭这个盖子，我们当然也不便追问。

那位本地警察向老板娘出示了证件，请她配合周队的询问。周队见老板娘有点儿惊慌，笑着安抚：

"只是随便问问，不用担心。这儿又没出案子。"

问了几个问题，然后示意我们上楼。老板娘要带路，周队谢绝了。进了房间，周队直接说：

"让我看看那张名片，还有那本宣传册。"

我把两样东西都给他。他仔细看看，放鼻子前嗅嗅，然后对本地警察说：

"麻烦你立即把名片上的血迹送检。正反面的血迹都检验。只验血型，DNA回广汉再做。"

那位警察接过名片，下去了，少顷听到院中车辆开走的声音。周队和助手小杨坐在椅子上，我和赫妮坐在床上，先聊了几句闲话。周队问了我外孙的情况，再次表态说："等孩子上高中时你尽管来找我。"我说："谢谢周队一直牵挂着这件事。"然后谈话进入正题。周队请我们仔细回忆经过，越详细越好。我和赫妮站在各人的角度谈了有关情况，有些地方互相补充。周队认真听着，助手做记录，有时周队也记下一两笔。依我的印象，周队在听到"金杖已被掉包"时并没有明显的震惊，这更坐实了我的猜测：他们事先已经知道这个消息，他们来此地也正是为羊路而来。至于羊路此刻是否在警方监控之下，我拿不准，但至少警方已经知道羊路玩了失踪，也知道羊路到过这一带。

讲述中提到我与赫妮在这儿开房，我强调说："我们没打算在这家旅馆住宿，但我们想去小姬住过的房间内查看，老板娘不让。我懒得与她磨牙，干脆掏钱定了这个房间。"

说完我看看周队，看他是否理解我这句话的用意。我和赫妮俩人只开了一间房，容易让人误解。虽然我这把年纪已经进入安全范围，对桃色新闻有基本的免疫力，但凡事谨慎点好，尤其周队是赫妮老公的朋友。周队机敏地理会了我的意思，看看我和赫妮，再看看他的助手，笑着说：

"我理解，我理解。往下说。"

我们回忆完，周队开始询问。他的问题首先集中在一点：小姬是否真的怀孕。他说：

"我们暂时不想惊动小姬的家人或同事，不便向他们询问。赫妮和老板娘认为小姬有腰身，王老师你是什么看法？"

"两个月前我见过她，当时肯定没有腰身。我这次虽然是应她之邀而来，但一直没见着她，所以没有发言权。但从她主动邀请我来当护花使者这一点来看，她不大可能怀孕，更不会怀上羊路的孩子。我想问一句，"我盯着周队的眼睛，"你们能否确认小姬下飞机时有没有所谓的腰身？可以查机场的监控录像嘛。"

我其实是想问："你们对羊路的监控是什么时候开始的？羊路去机场接小姬时你们在不在场？"周队回避了我的问题，只是说：

"我派人去查了，还没有结果。"

那就是说，警方此前没把对羊路的监控实施到机场。我不知道何以如此。也许他们之前为了放长线钓大鱼，只实施了松散的监视，一直到羊路忽然带小姬玩了失踪，警方才开始收紧网线。这会儿周队如此重视小姬的"腰身"，说明他们同样作出了那个阴暗的猜测。因为它不光牵涉到小姬的安全，甚至牵涉到公共安全，这无疑是警方最担心的。我不想再捉迷藏，心想干脆由我来挑明这一点吧。我看看赫妮，沉重地对周队说：

"我想，警方恐怕不得不考虑另一种可能。"

"王老师你说。"

"那就是：小姬并没有什么腰身，而是羊路逼她戴上了一条炸弹腰带。周队，我不了解羊路是否有机会接触炸药，是否有自制炸弹的知识，所以纯粹是纸面上的猜测。"

赫妮异常震惊，下意识地摇头，喃喃地说："不会吧？不至于吧？我和小姬说话时，虽然她的表情比较古怪，但不像太恐惧呀。还有，羊路不会如此邪恶吧？"

我没有说话，与周队相对而视。他没有否认我的话，那么至少他认可我说的是可能性之一。他说：

"这点很好查证，等机场录像的查看结果出来就清楚了，这会儿咱们先不说它。至于这张带血的名片，你们认为是小姬的报警方式？"

我迟疑地说:"我在同赫妮报警那会儿是这样认为的,但这会儿有点儿……拿不准。"

"为什么?"

"我刚才说过,小姬被羊路带走后的第二天,曾同我通过电话。当时我有意识地辨听她的语气是否有异常,是否有受人控制的迹象,但什么都没发现。我甚至特意给她提供了用暗语向我报警的机会,她也没有利用。当然,有可能是她处在极度的暴力威胁下,心理近于崩溃,不敢向我透露。但仅仅两天后,她却用这种相当冒险的方式通知我?因为同在一室的羊路很有可能发觉。从心理脉络上分析,小姬这个转变转得过于陡峭,所以不大可能。再者,名片上的血渍很圆,特别是背面的血渍,恰在太阳神鸟图案的中心,说明滴注时很小心,很从容。这不大符合受害人的状况。"

周队点点头:"王老师的分析很对,我在看到名片时也有同感。那么依王老师的推测,这张名片是怎么来的?难道是羊路留下的?什么目的?"

我犹豫片刻,决定先不说出我的猜测。否则,一旦血型化验结果不是我的猜测,那我就成为笑柄了,因为这个猜测多少有点儿……自恋。我只是说,"血型化验快得很,等出来后再说吧。"

询问结束,助手让我俩看了一遍报警的笔录,并在笔录上签字。周队陷入沉思,手指下意识地敲打着椅子扶手。虽然他表情平静,但我能读出水面下的忧思。案件中突然加进了炸弹腰带这个邪恶因素,谁都不敢保证万无一失。这会儿周队身上担着多大的担子!

我也能反溯出这件事的大致过程:两个月前,在我和赫妮特意中途返回广汉、对王馆长作出警告之后,他立即报了案,警方也制定了相应的对策。他们的策略很可能是"引蛇出洞",放长线钓大鱼,抓住境外的主谋。但他们原来准备对付的是一桩文物盗窃大案,没有料到它会突然转化为暴力劫持案。这也难怪,谁能想到羊路这样的文人会使用暴力?至少我就压根儿没想到。所以警方的预案不管用了,得立即大幅度调整。现在就处于调整期间,难免有点应对失措。

几分钟后,周队走出沉思,问:"喂,你们两位,下一步有什么打算?"

我说:"我不能走。小姬处在这样的处境,我无法一走了之。赫妮你呢?"

"我也无法一走了之。周队,干脆让我的车跟着警车一块儿行动吧,也许我们还能帮一点儿小忙呢。"

这正是我的意愿。我非常想参与这桩案子的侦破,除了对小姬的关切和负罪感外,还有一点不自量力的想法:对于羊路这样的文人罪犯的心理,也许我这个文人业余侦探比警方更了解。周队没有明确拒绝,说:"我和局里商量一下吧。"

他和助手小杨出去了,在走廊里打电话,低声商量着。我和赫妮留在屋里。我负疚地说:"赫妮我非常内疚啊。此前我已经知道羊路涉嫌犯罪,但小姬对我说她要应羊路之邀来采访时,我没能考虑到事态恶化的可能。而且我的应急反应太迟钝,小姬遭劫持那天晚上,我没有一点儿警觉,竟然睡得非常香甜!我实在有负小姬的信任,小姬落到这样的境地,我有不可推诿的责任。"赫妮温和地劝慰我,说:"这些变化谁也料想不到,其实在有些地方你已经比别人早看了一步。"我摇摇头,仍在自责和焦灼中煎熬。

周队很快就回屋了。我和赫妮发现他的表情有明显的变化,这么说吧,如果说原来他是在百米起跑线上踱步,那么这会儿已经蹬上助跑器,正式进入临战状态了。他简捷地说:

"两个消息。第一,机场监控显示,小姬下飞机时肯定没有什么腰身。顺便说一句,三四年前羊路多次去过金矿,有机会接触炸药。不过那时他不在警察视野之中,所以,他是否私购了炸药,我们不得而知。"

我和赫妮沉重地对视。这也就是说,关于炸弹腰带那个荒诞猜想很可能要变成事实了,这将使警方行动起来顾虑重重。关于这一点我们仨都没再说什么。周队又说:

"第二个消息,名片上血型已经出来了,正反面的血都是 O 型。是羊路的。小姬的血型已经去报社查问过,是 A 型。"

赫妮露出喜色:"那么不是小姬要报警?"

我说:"当然不是啦,小姬不可能逼着羊路往名片上滴血。但是赫妮,这一点并没有让情况好转，或许更凶险了也说不定。"

赫妮没听懂我的话，迷惑地看着我。周队说："王老师我很佩服你，你事先就猜对了血滴的主人。"

"不，我不是猜对，我只是有怀疑。"

"比别人早一步的怀疑就很可贵啊。刚才你说有个猜测，说等血型化验结果出来时再讲的。这会儿请讲吧。"

"好吧。我猜测这张名片是羊路有意留下的，为什么？是为了向我挑战。至于此中缘故，请听我说下去。"我沉重地说，"此前我犯了个大错。我认出了在假日酒店邂逅的瘦老人是羊路化装的，却没有想到，羊路也许同样认出了我！毕竟当时他化装了而我并没有化装，而且我曾在长达20分钟的时间内仔细观察他们，难免不引起羊路的警觉。再说，羊路正当壮年，记忆力肯定比我好。那么，也许在黑虎寨或是在三星堆博物馆见面时，他就认出了我。"我想了想，"不，更有可能是在三星堆博物馆分手前认出的，因为在这之前的两次见面中，我同他的交谈一直相当投机。只是在三星堆分手前，他的态度突然变冷了。当时我以为他是因为'感觉不到金杖的灵性'而激起的情绪反应，所以没有在意。现在回忆起来，他应当是在那时突然认出了我。赫妮你是否有这个感觉？"

赫妮想了想，"没错，我们分手时他比较冷淡。不过，当时我也以为那是他对'金杖可能已经丢失'的情绪反应。"

"不过，那时他虽然认出了我，恐怕并不确定我是否认出了他。但至少在我这次不请自来之后，他会认为我知道了他的伪装经历，想来侦破这个秘密。既是这样，在他拉着小姬玩失踪之后，他相信我不会一走了之的。于是他有意留下一些足迹，作为对我的嘲弄和挑战。这是一个骄傲的罪犯，对他的智力自负，没把我这个业余老福尔摩斯放到眼里。不过，其实他把我的能力看得太高了，我能看到他留下的这张名片纯属偶然，是沾了赫妮的光。"想了想，我又补充道，"这张名片同样是对警方的挑战吧。他突出奇招，骗来一个人质作为护身符。从这点看，他已经觉察到警方对他的监控。"

此前，我虽然对羊路有所怀疑，甚至向王馆长"出卖"了他，其实对他印象不错，认为他是一个可敬的罪犯。这会儿，我心中第一次有了恨意。我面色冰冷地盯着《四川旅游》上那团狰恶的血渍，在心中接过他的挑战。

我沉默时间过久，周队笑着催促我："王老师你接着说嘛。你刚才说也许情况会更凶险。为什么？"

我把那本掀开的《四川旅游》推过去，让他看那团血迹。血迹中间是名片撕下时留下的残痕，衬着周边的太阳光芒，就像一朵血花围着白色的花蕊。我苦涩地说："我确实有一个凶险的猜测，是从这些血迹，以及羊路隐含血腥味儿的诗句，猜出来的。这个猜测相当荒诞，只有走火入魔的人才会干这种事。"

"是什么？"赫妮急急地问。

"羊路如此费尽心机盗窃金杖，并非为了金钱，而是为了一个匪夷所思的目的，"我停下来看看他们，下狠心说出那个我不愿出口的词，"血祭。"

我突然想起曾对小姬说过的一句话："这次让你多出点血。"那本是一句无心的玩笑，但此刻它就像一个血淋淋的凶签。我在心中狠狠地骂自己，真不该开这个该死的玩笑。

二、羊路的记述

祖先的神器

寸寸时光打造的精美的橱窗，
五色斑斓追随环绕着你。
从肤色，从容颜，从身段，
从灼灼的风华看守你。
唯有灵魂才能温暖祖先的神器，
唯有心性才能阐述。唯有复活。

朝朝暮暮随麦浪来来去去的目光，
带着新一轮千年的神情，
靠近你，隔着时光赞美你，

血祭

一次次深深考证，忽略你。

多么完美的时代想象着你，
而此刻，你的心思充实着我，
你的命运绵延着我，
唯一的意义呼啸着我。
轮回路上的音乐已经奏响，
神圣与亲和已经融进我的血液，
遗传的信仰已经开启我永生的门。

我愿把最高的敬仰奉献给你，
我愿每一条道路都通向你，
让一切禁锢都放生你，
每一天朝霞的初吻属于你，
前世今生的物质生命纷纷暗示你。

你在众山之巅，你在历史心上，
战争号角从未折断你的视线，
群山秘语放纵冰雪的呢喃。
八方境界汇流你的目光，
驰骋你生命的力量，让血液芬芳。

三、小姬的记述

HU7855 航班准时抵达双流机场。我背上马桶包，拉着一只小皮箱向出口走去。这次采访的时间估计长一点，除了身上这一套铅笔裤、紧身毛衣和机车皮夹克，我还多带了几套衣服。羊路在机场出口向我招手，接过我的小皮箱，说：

"我们不耽误，立即赶往广汉。王老师已经在那儿住下，我交代他等咱们吃晚饭。"

我们在停车场找到羊路的小菲亚特。羊路打开车门,问我:"你坐后边行不?王老师晕车,以后行程中,我想把前边位置留给他。"

我笑着说没关系,"我不晕车,再说后边还宽敞些。"车出了机场,加速向广汉方向开去。羊路在后视镜里对我说:"后排有一箱达利园罐装绿茶,专为你买的,我听赫妮说你只喝这种饮料,对不对?你打开包装箱后也给我拿一罐。对了,我的椅子后背杂物袋中有一把羌刀,你可以拿它来开包装箱。小心一点,刀刃很锋利的。"

我摸出羌刀,抽出刀身,果然寒光逼人。我用刀尖挑开包装箱,拿出两罐。先拉开一罐递给他。他单手接过来,仰起头,痛痛快快地长饮一气,看来是渴坏了。我打开另一罐,慢慢呷着,笑着问他:

"羊路老师,这次我自己做主让王老师也参加,你没生气吧。我打电话时觉得你有点儿勉强。"

"哪里哪里。王老师虽然年过花甲,但思维敏捷得很。我巴不得让他也参加呢,那样这趟行程会热闹得多。"

我从话里听出微微的讥讽,好像他和王老师有什么心结。我不便往下问,便换一个话题:"金杖真的被掉包了?馆方真的想瞒下这件事?网络时代,哪个会蠢得干这种事哟。"

"你不必怀疑,我会让你看一样绝对过硬的物证。"他简单地说,"不过你先别急,等见了王老师一块儿说吧。"

他不再说话,专心开车,不过我注意到,他会不时在后视镜里看我一眼。我没在意,把一罐绿茶喝完,随意浏览着外边的风景。不久困意涌上来,我想是因为昨晚赶稿子,睡得太晚了。羊路从后视镜里瞥见我在打呵欠,说:

"小姬你是不是困了?困了先睡一会儿,后座上有毛毯。"

凶猛的睡意一波一波涌来,我的意识已经有点麻木,便随口应一声,扯过毛毯盖住上身,然后就歪在后座椅上睡着了。开始我还能感觉到汽车的颠簸,再后来感觉到羊路把车停下,把我在后座上安置好,在我头下塞了个软垫,为我盖好毛毯,把我装手机的小提包从我身下拉出去。很快我什么都不

血祭

知道了。

尖利的寒气悄悄侵入我的梦境，我努力赶走睡魔，艰难地睁开眼。入眼是皎洁的月光，月光下是连绵不绝的群山。其实在看到群山之前，我已经意识到此刻是在山里，因为我的潜意识已经感觉到山的空旷和静谧。这种沉静极为浩瀚、博大和深厚，所有尘世的声音都被它吸收了，静得你能听见月华泻地的振荡，能听见时间流动的沙沙声。

我迷迷糊糊地支起身，看到我位于山坡上的一块台地，身下是一块厚厚的毛毯，身上裹着薄毛毯。往周围看，没有房屋，没有道路，更没有灯光，只有几株黑色的树影如剪纸般贴在夜幕上。不，其中一株不是树影，而是人影。听见我这边有动静，那个身影迅速走过来，俯下身子问：

"你醒了？"

他的目光清澈明亮，满盛着亲切的笑意。在沉睡乍醒的迟钝中，我习惯性地回他一个甜甜的微笑，说："醒了。这是在哪儿？"但我的警觉此时已经乍然苏醒，瞬间回忆起入睡前的事。我惊问道，"这是哪儿？！你让我喝的饮料中……有安眠药？"

羊路目光中的笑意更为跳荡："对。依我估计，你喝饮料时不会起疑的，但为了保险起见，我把那一箱饮料全都注进了安眠药，包括你给我的那一罐。你看见我喝了，但我没喝。告诉你吧，那是一个很容易玩的小把戏——把饮料罐仰高，但用舌尖把罐口封住就行。你上当啦。"

我极为惊惧，下意识地摸自己的衣服，想确定在沉睡期间是否遭受过他的侵犯。衣服完好，身体上也感觉不到什么异样。羊路对我的心理了如指掌，温和地说：

"放心，我对你秋毫无犯。"他开玩笑地说，"你在一位羌族诗人心目中是雪山女神，纯洁而高贵。我哪敢对你有丝毫亵渎。哦，那把羌刀我特意放在你身边，你可以用它护身。"

我看看身下，我在车上用过的那把羌刀确实在那儿。我下意识地抽出一半刀身，锋利的刀锋在月光下闪着寒光。我想了想，把刀慢慢插回刀鞘，放回到毛毯上。我已经意识到,从他邀请我那天起,我就掉进了一个精心设计的陷阱。我爱喝的绿茶牌子,茶中的安眠药……就连他让我坐汽车后排这种似不经意的行为都是精心策划的,是为了便于处置被麻醉的我,不致引起外人的怀疑。不过……也许是因为过去对他的良好印象,在这种状况下,我竟然仍相信他说的是真心话,他也确实没有侵犯我的身体。再说,在这荒山旷野中也不容我表现出敌意。我只能尽量安抚他而不能刺激他。眼下最强大的武器是女人的智慧和柔弱,而不是那把锋利的羌刀。我在十分之一秒内迅速认清了局势,强使自己镇静,笑着说:

"我相信你。因为我通过你的诗句早就很熟悉你了:一个大写的男人,心灵高贵,目光忧郁,诗句中浸透了对母族的感情……但你费尽心机把我骗来干什么?劫持人质可是刑事犯罪——不过你放心,只要这段时间你好好伺候我,哄得我高兴,我可以不指控你。"

他平静地说:"我会告诉你的,一切都会告诉你。途中我说过,我会让你看一件过硬的物证,你先看完我再讲吧。"

"什么物证?在哪里?"

他慢慢解开上衣衣扣,从腰间抽出一根厚厚的宽腰带,难怪我觉得他有点发福!他把腰带放到我身下的毛毯上,抻直。腰带大约1.5米长,材质是皮革。它其实是一件鞘状物,中央有空腔,但空腔不是一般刀鞘的扁形,而是近乎椭圆,所以长鞘的总体厚度要比刀鞘厚得多。他从长鞘中小心地抽出——在他抽出之前我就知道了答案:肯定是金杖,而且是真品。果然是它。因为它被保护在椭圆形的空腔中,所以虽然曾绕身盘绕,但抻直后杖身没有什么折痕。今夜月光皎洁,就如博物馆展柜中柔和幽暗的灯光。金杖在月光下散发着神秘,散发着一种触手可摸的灵性。我俯下身,鼻子几乎顶着金杖,努力在月光下辨认金杖上精致的纹饰,包括金杖中部的鱼鸟箭杆图和金杖下端的笑口大开的巫王图。没错,确实是它。我抬起头,迷惑地看着羊路。

"馆藏的金杖确实被掉包了,真品就在你面前。但行事者不是别人,而是我本人干的。"羊路语调平静地说。

"是你?为什么?"我惊问。

羊路没直接回答。"就是三天前，金杖送北大文博学院去做鉴定，在开车去北京的路上。我的同事开车，我捧着装金杖的木盒坐在汽车后排，悄悄完成了掉包。那要避开后视镜，还要把包装盒的封条复原，在颠簸的车上完成它，真是不容易啊……这个计划我整整筹划了五年，可以说是天衣无缝。要我从头讲讲这个计划吗？"

"你讲吧。"

他简略地介绍了计划的内容：他先到四川几家金矿附近，包括小鱼洞镇的梅子沟，新兴镇的海窝子，从民间悄悄购买了沙金，原金杖的材质就是自然沙金；又倾全部心血和毕生技艺，伪造了两根可以乱真的金杖。为了乱真，金杖空腔内还附着了4500年前的木材残渣；随后把一个赝品送出国外，以便利用国外文物商来"拨草驱蛇"；然后他在博物馆内散发"金杖已经被掉包"的怀疑，让怀疑之云逐渐浓厚；当博物馆最终决定把金杖送往北大鉴定时，他争取到这个工作。途中他把真品掉包，把赝品送到北大文博学院，鉴定结果当然是假的……我打断了他的叙述，喃喃地问：

"可是这是为什么？你为什么要这样做？"

他平静地看着我。"因为——我是在恭行始祖神的意旨。我在五年前听到了神谕。"他一字一句地说，用手指着群山。"就在这儿，我亲耳听到的。神谕化为大山的腹语，低沉缓慢，带着隆隆的轰鸣声。你信我的话吗？我带你来这儿，就是想让你亲耳听听。这事不难，只要你在精神上入定，肯定能听到的。你跟我来，试着做一次。"

我跟他走到山坡边缘，像他那样瞑目静立，屏神闭气，努力倾听。周围万籁无声，但我确实感到一种缓慢有力的律动。它无声无息，无边无际，在这片时空悄悄涌动着。也许这就是他说的"大山的腹语"？只是我听不出神谕的内容。我睁开眼悄悄看他，他在虔诚地聆听。不知道他能否听到？也许他能听到的，既然他和始祖神有血脉上的传承。我轻声唤：

"羊路。"羊路睁开眼。"我似乎听到了一种神秘的声音，但听不懂它的意思。也许是因为我不懂羌语吧，我想，既然是羌族始祖神的神谕，肯定是羌语嘛。"我笑着说，"但我相信你说的话。我是个虔诚的科幻迷，既相信有外星人、第五元素和心灵致动，也相信羌族祖先会向后代传话。甚至，说你是鱼凫王跨越时空来到今天，我也信。你记得不，我在博物馆参观时曾说过，你和青铜大立人非常相像。"

"当然记得。"

"往下说吧，神谕的内容是什么？"

在此后的一个小时里，我立在群山怀抱中，沐浴在夜的静谧中，沉浸在那种神秘的律动中，认真听了羊路的讲述。他语气平静，条理清晰，让你很难把他说的话看作狂人呓语。但他说的内容疯狂而离奇，又很难把他当成正常人。一半疯狂一半理性，一半火焰一半雪水，他给我的印象就是这两者的古怪拼合。

他说：始祖神是天神木姐珠和斗安珠，是蚕丛、柏灌和鱼凫，是众神一体。在他经常听到的"大山的腹语"中，始祖神总是在向他叹息，叹息羌人的血脉之河日渐干涸。始祖神总是在自责，他们没有为后代留下文字，使民族的记忆没有深长的主根。始祖神总是在忧虑，因为民族的灵根寄托在祖先的神器上，但神器如今被囚禁在没有毛孔的工业品囚笼中，不能与天地交通，灵性终将枯萎。始祖神令他盗出神器中一件重器——比如鱼凫王的金杖，把它供在神圣的昆仑雪山，用羌人子孙的血来祭祀。这样它就会恢复神力，带来羌人的中兴。于是他义无反顾地做了，哪怕这意味着现实世界中的犯罪。"这只是一个仪式。至于金杖本身，在完成雪山血祭之后，我会通知博物馆来把它收回。"

这些话虽然荒诞离奇，但我觉得是他的真实心声，因为我早在他的诗句中隐约读出过类似的意思，类似的心境。随着他的讲述，我对他越来越同情。中华民族曾经经历过沉重的苦难，至今老一代人，比如此刻在广汉等我的王老师，仍摆脱不了沉重的悲情意识。羌族的苦难则更为深重。王老师曾说过一句分量很重的话，他说：当一个羌族诗人用"甲骨文的文字"来抒发本族的苦难，苦难会加倍沉重，因为甲骨文中有太多"用羌"做人牲的记载。历史的基色是血色，所有民族在步入文明之前都是如此，有时他们是加害者，有时是受害人。羊路是在为他的民族祈福，尽管在现实世界里"盗窃国宝"

血祭

是犯罪，但"其罪难恕，其情可悯"。我说：

"听了你的讲述，我蛮同情你的。但我有一点不明白，你要奉行神谕，把金杖偷出来供到雪山上，那你干就是了，无缘无故把我这个外人拉进来干什么？还用了很不磊落的小伎俩。"

羊路的表情这会儿有了变化，似乎从神界掉回现实，神情从肃穆变得有点儿难为情。他解释说："你原来并不在我的计划之中。但也许是神的指引，让我在实施计划的过程中两次邂逅了你。特别是后一次，你敏锐地指出我与青铜大立人很相像，我觉得那是一种难得的缘分。你清丽绝俗，一身雪白，活脱一尊羌族人敬奉的雪山女神。而且我听郑老师在开玩笑，说你是黄帝最嫡系的后代。由此引发了我的灵感：如果能让你也参加对金杖的祭祀，羌汉合璧，阴阳合璧，也许更能让始祖神悦纳。但我清楚，我的想法太离奇，与现实根本不合拍，无法用正常手段让你同意，所以我只好来个'先兵后礼'，擅自把你拖进来了。小姬，我向你道歉。"

他说得很真诚，激起了我的好感。但在此刻，我忽然悟出他刚才说的四个字的含意：雪山血祭，便惊惧地喊：

"你要拉我去搞什么血祭？是不是要先杀了我然后你再自杀？不行不行，你想死尽管去死，我可不干。我爸妈要是知道我死了，笃定活不下去的。"我跑回去拾起那把羌刀，从刀鞘中抽出刀身，抖抖索索地指着他。其实我是用孩子气的惊惧来掩盖我内心的冷硬。我暗想，如果这个疯子真有什么疯狂的举动，我会一刀捅进他的胸膛，而且我的手决不会颤抖。

羊路看着我的刀尖失笑："小姬，看你穷凶极恶的样子，倒把我吓坏了。"他温和地解释，"不是你想的那样。血祭是象征性的，只用划破指尖，滴上几滴就行。"他开一个玩笑，"特别是你这样高贵的黄帝血统，一滴足矣。"

我笑着说："只用一滴啊，比做个血常规还少？那没问题，我可以慨然应允。"我想了想，把羌刀入鞘，说，"但我坦白告诉你，从此我要刀不离身。我对你要保持革命警惕性。"

"你尽管带着这把刀，我既然给你，就是让你护身嘛。这把刀由你携带，我还有一个用意，等到行祭礼那天你来扮演女祭司，由你亲自执刀放血。"

"放血的女祭司？这个角色很有趣。行，我干。"

他又说，"我把你拉进来，除了请你扮演女祭司，还有一件重要的事。"

我生出警惕，问："什么事？"

羊路把金杖小心地塞回长鞘。把它举给我看。"这根装金杖的腰带，我想在这几天都缠在你的腰间。"他笑着解释，"算是我的一个自我表白吧。如果警方突然抓住我，你可以为我辩解，说羊路本来就安排我把金杖送回博物馆，所以一直让我带着它。"他笑着说，"当然，戴上它有点儿影响淑女形象。"

我不满地说："那倒是。你干吗把皮鞘做得这么厚，旁观者说不定会认为我怀孕了，或者是戴了炸弹腰带。"我说后一句话是想敲打他。我想也许这才是羊路的真实意图吧，一个戴炸弹腰带的女人质，会吓得警方轻易不敢动手。至于他说的什么"自我表白"根本不可信。他既然"破釜沉舟"地干了窃宝、麻醉、绑架这些事，轻飘飘的自我表白管什么用啊。羊路听了我的敲打，笑着说：

"你说对了，我正是想请你扮演人质。是这样的，这趟行程大致五天，我不想这五天内受到警方的干扰。如果必要请你扮演人质，以便咱们能从警方的包围中脱身。"

我在心里想，我并不是"扮演人质"，我本身就是如假包换的人质嘛，是他用麻醉手段把我劫持到这儿的，而且正逼我戴上"炸弹腰带"。我摸摸那根带子。可以感觉到，里边除了金杖之外没有别的东西，不像有炸药。但也说不准，听说高爆炸药只用牛奶糖大小就能把人炸飞。也不见有电线、引爆器之类的东西，但同样说不准，也许这种东西已经集成化了，可以塞在金杖的空腔里呢。当然，这些怀疑我不会说出口。我只是问：

"那你有遥控器吗？"

"有啊，这个玩具遥控器就可以，反正是做做样子的。"他拿出一个黑色的遥控器，看来早有准备。我不由看看他，他的目光十分坦然。但……也许这个"做样子的遥控器"其实是真的，只要按下去，我会在轰隆一声中血肉横飞。不过，虽然有所怀疑，在眼前的形势下，我不会违逆他的吩咐。"行，你让我带我就带，装几天孕妇也不算啥。巩俐、刘若英为了艺术都能牺牲美貌，何况是我。"

我撩开毛衣，把它在腰间裹紧，扣上扣子，再把毛衣放下挡住。我的腰身变臃肿了，确实像一个怀胎几个月的孕妇。看着自己的腹部，我不由咯咯发笑。"行，人质就人质。"我笑嘻嘻地说，"道具齐了，演出可以开始。我在大学演过话剧，很有一点表演天赋。所以对演出效果你尽管放心。"

"这么说，你已经同意了我的计划？由'胁迫犯罪'转变为'共谋犯罪'？"

这句话让我稍稍一愣。我这么驯服地执行他的吩咐，当然主要是为了自我保护。但细想想，此刻我心中的恐惧确实不多，倒是好奇和好玩的心态更重一些。试想，哪个处在暴力威胁下的人质会有这样的心态？我想这恐怕与当下的环境有关。处在这远离尘世、天人合一的群山之中，神灵似乎就在静夜中游荡，在与我耳语，羊路这桩神神道道的筹划也有了可信性。我想且随他的安排吧。如果一切确如羊路所说，这只是一次行为主义的演出，那将会很好玩很刺激；如果事情真相并非如此，羊路其实是一个凶残的罪犯，那我也只有先答应下来，虚与委蛇，寻找机会脱身。当然，这把羌刀我会从此随身携带，必要时保护自己。我笑嘻嘻地说：

"没错，我已经同意啦，从此就由受害者转化为同谋了。"

既是同谋，气氛就轻松了。我考虑如何随身携带羌刀——我必须时刻对这位"同谋"睁一只眼，插在腰间不方便，我就塞到中筒靴中。夜间寒气逼人，我们各自裹上一张毛毯，就像彝族人露宿时裹紧斗篷那样。我俩坐在厚毛毯上，环望着群山和夜空。我发现这儿实际离羌寨不远，在月色中我能看到几座羌碉远远立在对面山上，也能听见一两声遥远的狗吠。朝下看，能看见不远处有一条简易公路，路上停着一个黑坨坨，肯定是羊路的小菲亚特。羊路说："你肯定饿了吧。"我说："当然，从昨晚到现在还没吃饭呢，刚才只顾紧张，把饿给忘啦。"羊路从背包中掏出食物，摆在我面前，有面包、牛奶、五香牛肉、火腿肠和两瓶罐装绿茶。我看见罐装绿茶，不由抬头看羊路一眼，他知道我的心理，笑着说：

"不是我做过手脚的那一箱,那一箱已经处理掉了。你放心喝吧。"

虽然内心深处对这家伙有戒心,但我相信他不会在这会儿麻翻我,否则,早在我昏迷时他就把坏事干完了。于是我开了罐盖,痛快地喝了几口,然后放开来大吃大嚼。吃饭中我问羊路:

"羊路,你有勇气、有能力来独力筹划这件大事,很不简单,很刺激,一定会在我的报纸上占几个版面。但你考虑个人的后果没?盗窃国宝,麻醉,绑架,暴力威胁。即使你最后把金杖还回去,而且受害者,就是本小姐,也不指控你,恐怕你还是少不了几年牢狱之灾。知道不久前报道的那个故宫大盗不?他判了13年。"

羊路简单地说:"既然做了,我不考虑个人利害。但我不会去坐牢。"

"那你怎么办?自杀?逃跑?隐居?"

"谢谢你的关心,我既不会自杀也不会逃跑。我自有筹划。"

"怎么筹划?回到鱼凫王那个时空?"

"也许吧。"他笑着说。

"羊路,既然你是在搞行为艺术,为啥不让王老师一块儿来?他会理解你的,说不定还会帮你出个好主意。他对你相当称许,曾对我说过,读你的诗,能触摸到一种凝固的苍凉。"

羊路停顿一会儿,问:"我正想问你,这次他不请自来,是你的主意,还是他的主意?"

"当然是我的主意。"我看看他的表情,说,"真的,我不骗你。我邀请他是因为——我对你实话实说吧。若有得罪之处,事先请你原谅。"

"有什么得罪我的?好的,我原谅。"

"你记得不?那次在黑虎寨,你突然回头,直眉瞪眼地盯了我半天,我觉得你的目光有点过于……贪婪,没有哪个绅士会这样盯着一个姑娘看的。所以嘛,我想请一个我信得过的老人来当护花使者。"

"是吗?那我误解他了。至于你说的这事,我不否认,我当时确实盯了你一会儿,不过那是因为你说了一句很伤人的话。你忘了?想想看,有关地震的。"

"有关地震的话？我没有啊——啊，对了，当时说过有关地震的话，但不是我，是赫妮姐说的。她是个虔诚的佛家弟子，她说，以佛家的说法，地震不是因为板块碰撞，而是因为历史上杀孽太重，冤魂不散，冤气积聚。你是不是指这句话？"

"是赫妮老师说的？对，我想起来了，应该是她的声音。那么，很抱歉，我误解你了。"

我笑着说："彼此彼此，我也误解了你，把你当成大色狼了。"我又说，"我觉得很对不住王老师，是我主动把他请来，又让他在广汉白等。你打算咋安排他？"

羊路又顿一会儿，笑着说："明天你给他打个电话，请他自便吧。我不会让他跟着咱们一块行动。但我敢跟你打个赌：他绝不会离开。他一定会跟在咱们后边，一路抽着鼻子嗅闻。那是个很敬业的业余老福尔摩斯，一定会把这件事闹腾得很热闹。"

"你的话里有很重的酸味啊。他怎么得罪你了？"

"不算得罪，只能说我俩很有缘。"

"有缘？什么缘？"

"我刚才说过，此前我曾化装成老人，在世纪城假日酒店与境外文物商见过一面。当时他也在场，是和另外的人谈什么事，和我应该纯属偶遇。但他的眼睛很贼，不知道发现了我的什么破绽，20分钟的时间内一直悄悄盯着我，盯得那真叫一个深情款款！后来在黑虎寨和他见面，天黑，我没认出他，估计他也没认出我，我们当时还谈得相当投机呢。后来在三星堆再次相遇，我直到临分手时才认出了他。我想，虽然我当时戴了假胡须，他肯定也能认出我吧。但他一直佯做不认识。看着他那么一脸坦然地跟我玩心机，我觉得这人深不可测。"

"不至于吧，你很可能是冤枉他了。我听王老师说，他在认人记路方面非常低能，他可能真的没认出你来。我不骗你，真的。王老师曾经自嘲说，猫记千，狗记万，老母猪只记二里半。他说他在记路认人方面就是老母猪的水平。"

这番话把羊路逗笑了，但他随即摇摇头，不信可我的解释。"后来我发现警方在监视我。据我猜想，肯定是他报的警。"

"他报了警？不会不会，我邀请他时，他一点儿不像知情的样子。"

他没有接这个话头，只是淡然一笑，明显是说我太嫩啊。"有他搅进来，这事好玩多了，我也想和他玩下去。依我的估计，他不会随便就被我打发走的，以后的行程中肯定还会出现。"

"昨晚他跟梢了？"我好奇地问。

"那倒没有。但依我的直觉，他一定会出现的。或者，咱们干脆有意给他留下几处足迹？"

我在心里迅速盘算一下，我当然希望王老师能跟在身后，万一遇到危难我好有个依靠。"行啊，那太好玩儿啦，我支持！你打算怎么留足迹？"

"到时候再说吧。"

我笑着问，"你不怕把警察引来？"

"反正甩不掉，咱们有意留几点疑踪，说不定会把他们搅糊涂。"

"好玩，这样很好玩……对了，我的手机呢？"

他掏出我的摩托罗拉彩壳手机。"昨晚我以你的名义给王老师发了两条短信，先说飞机晚点了，又说车坏了，说明天再与他会合。明天，不，应该是今天了，今天上午九点左右你给他去个电话，就说羊路坚决不同意他参加，看他会有什么反应。不过，此后你的手机要归我掌握，五天内不要与外边联系。"

"那怎么行！我五分钟都离不了手机。五天不通电话，我妈和报社都会急死的。"

羊路笑着，但态度非常坚决："很抱歉，五天不能通话。你想，哪有被劫持的人质还能随便通话的？一会儿你跟他们通一次话，提前打个招呼，就说要进山五天，信号可能中断，五天后再恢复联系。"

我无奈地说："那好吧，我是人质嘛，只能听你的安排。"我心中暗暗把羊路的言行梳理一遍，不敢断定他究竟是怎样一个人。我觉得，有八成的可能性他是个好人，这次盗窃金杖只是一种行为艺术，是用一次轰动性的演出来表达他对祖先的眷眷深情、他的悲凉、他对民族命运的祈盼与关切；有两成的可能性他确实是个凶残的罪犯，完成他的祭礼后会把我杀死灭口；甚至此刻我腰间戴着的腰带也可能是真炸弹，一声轰隆让我血肉横飞。他如此坚决地没收我的手机，这个行为虽然用他的道理说得通，但也比较可疑。但我也想，算是自我安慰吧：如果他是罪犯，早带着真品金杖逃到国外了，干吗还在岷山之中打转？还要带上我这个累赘？逻辑上说不通。而且，罪犯不可能有他这样清澈的目光，不会有他的诗句中所表现出来的深情。有些东西是装不来的，除非他是让·雷诺、汤姆·克鲁斯、周润发、葛优这样的影帝。这点我相信自己的直觉。我不情愿地说：

"那好吧，那我就准备蹲它五天的信息监牢吧。对了，说不定有了这次经历，我会在网上发起一个'五天告别手机'运动。"我眉开眼笑地说，"对了，就这样。广告词是：让我们暂别城市的喧嚣，给予心灵五天的宁静！很时尚的运动，肯定会有一百万人参与！"

羊路也笑了，看来对我在"人质生活"中还有这样的闲情逸致很是赞赏。我问他这五天的行程，他说没什么，只是想领着我，伴着祖先的神器，重走一遍羌人祖先走过的路，那将是心灵上的寻根。我问：

"你说要把神器供在神山昆仑，那咱们还要到新疆去呀。"

"不，不用去新疆。其实说昆仑山在新疆只是历史的误会。先羌族的先民们在漫长的北上迁徙途中经过了众多雪山，当然会把它嵌在民族的整体记忆中，所以羌族汉族都有昆仑崇拜。西汉张骞出使西域时，司马迁曾嘱他寻找这座神山，张骞在西域找到了一道雄伟的雪山山脉，汉武帝大笔一挥把它命名为昆仑，并从那时沿用至今。其实，按照华夏先民的迁徙路线，族群记忆中的昆仑更有可能是岷山中的雪山。不说这些了，时间还早，咱们再睡一觉吧，养足精神应付这五天的行程。"

他细心地为我展平地上的毛毯，让我睡下，为我盖好薄毛毯。我问他："我睡毛毯，你怎么睡？"他简单地说一句："我是羌人，是属于大山的。"然后蹲坐在地上，把毛毯在身上一围，两臂环绕双膝，把脑袋斜倚在臂弯上，很快就睡熟了。听着他均匀的鼻息声，看着他团起来显得很小的身影，我忽然滋生出强烈的怜悯。如果他说的都是真的，如果他真是为了什么始祖神的神谕把自己的生活搞得乱七八糟，甚至落得家破人亡，那他真称得上是一位殉道者。他的追求远离时代主流，一般人只会把他当成疯子和神经病。至于我，由于我"内心深处还残留的绯红色"，对他还是能理解的。

当然，这并不能排除我的戒心。圣战者中的人弹也都是殉道者，但他们为了自己上天堂，会心境坦然地拉上几十条无辜的性命。

我从毛毯上仰起头，再次看看那个团着的身影。以这种姿势睡觉一定很不舒服吧。按说厚毛毯上可以睡下两个人，但我不愿邀他睡在毛毯上。我无法和一个陌生男人挨在一起，也担心我施予的亲密会激起他的邪念。于是我怀着歉意独自睡了。腰间的"炸弹腰带"硌着我，很不舒服。我悄悄地解开，把它放在枕边，然后我真的睡熟了。

等我醒来，天色已经大亮。远处的羌碉和羌寨变得近了一些，寨子附近的路上晃动着人影。但周围仍然很静，几个人影和几声鸡鸣狗吠都打不碎这绵延万年的沉静。羌族的寨子都是在高山台地上，所以羌族被称作"云朵里的民族"。诗老曾说过，实际原因一点儿也不诗意。岷山一带是地震多发区，几千年前地层活动更剧烈，地震威力更大。四川曾发现两座由地震造成的飞来峰，即地震把山峰平推几十千米，现在的八九级地震也造不成这个结果。所以，在如此暴烈的地震带上生活，羌族先民住在高台地上而不是峡谷里更安全，至少可以避开地震的次生灾害。至于交通和用水的不便也不是大问题，自给自足的羌族并不需要便利的交通，生活用水靠泉水就能维持。

这会儿羊路不在这儿。我起来观看，他正从山下走来，皮鞋上满是浮土，手里拎着一个大的饮料瓶，肯定是从哪儿弄来的泉水。他说："你醒啦？来，洗把脸，刷刷牙，我为你备了一套新牙具。"我就着瓶子洗脸刷牙，然后吃早饭。羊路说：

"今天咱们回我家一趟。"我询问地看看他，他向右前方指指，"我家就在那儿，不远，但只能步行。"他又加一句，"以后我不一定能回家了。"

我触摸到他心头的沉重，但无法安慰。我又想起他的"结局"，他说不会

自杀不会逃跑也不会老老实实去坐牢,那他究竟是什么打算?吃完早饭,羊路指指我撂在毛毯上的腰带,平静地说:

"以后晚上也不能解下来。如果公安昨晚摸上来,那就来不及用它了。"

我脸红了,撒娇地说:"晚上硌着不舒服嘛。行,从现在起我不让它离身。"

羊路笑笑,掏出我的手机,向我示意。"小姬,该你给那位老福尔摩斯打电话了。"他笑着,笑意中仍含着讥刺。

"我怎么说?"

"反正就按我说那个意思,你自己斟酌吧。"他淡然说,把手机塞给我。

他这么一放手,倒让我不知道该怎么说。于是我先给妈妈打了电话,说要进山,五天内可能失去联系。妈没怀疑,只说一句:

"等出山后给我报个平安。"

我又给报社社会部的陈姐打一个电话,陈姐没那么好哄,怀疑地问:"四川啥地方能有五天没信号?九寨沟、四姑娘山都有信号。"

我只好说:"是线人的要求。也许他有特殊考虑吧。"

陈姐沉吟一会儿,严重地说:"你不是小孩子了,肯定知道安全第一,否则宁可放弃采访。"

"我知道的。"

"我可是认真的!可别让公安打来一个电话,通知我们怎样怎样,你陈姐会心疼死的。"

我心中很感激陈姐的情意,可惜她的话已经晚了。表面上我仍笑嘻嘻地:"多谢啦陈姐,你比我妈都知道操心。我会注意的。"

给她们打完,我也想好了如何对王老师说,那就是:先瞒住他,不给他什么暗示。道理很简单,如果羊路不是罪犯,那么何必向外报警;如果他是罪犯,那他主动给我提供的这个机会肯定藏有陷阱,我不会上当的。另外,想到王老师原来竟然是一个深度知情者,可在我邀请他当护花使者时,他竟然守口如瓶,未免太不哥们儿。我今天也还他一个守口如瓶,叫他也尝尝被骗的滋味。对,就这样办。

我按下手机的免提键,以便对羊路显示我的坦诚。我先酝酿一会儿情绪,进入设定的角色,然后要通了王老师的手机。对方肯定在焦急,惊喜地说:

"是小姬?"

我笑着说,"王老师真对不住,你等急了吧。"

对方稍顿,用平缓的语气问:"怎么回事?打你俩的电话,几次都打不通。"

我能从他的平缓语调中听出他暗藏的担心,便努力让语调中显出真诚的难为情:"王老师真对不住,实实在在对不住。是这样的,我事先已经告知羊路你也参加采访,当时他没说什么。但昨天见面后他很生气,把我劈头盖脸地数落一顿,说只能让我一人采访,否则就请我打道回府。我当时没办法对你交代,只好谎说飞机晚点,又谎说车坏了,以便挤出一点缓冲时间,尽量劝转他。但从昨天劝到今天,他执意不听,刚才向我下了最后通牒。没办法,我又不想放弃这个重要新闻,只好听他的。王老师太对不住你了。你可以借机会到附近玩玩,费用仍由报社负担……王老师,你是不是生气了?"

"哪里,我没有生气。"对,他应该没心思生气。作为一个深度知情者,他不会轻易相信我这些话,此刻一定在努力揣摸我的语气,猜测我的话里有没有报警的暗示。王老师说:"没关系,我参加与否没关系的。那你们是不是正在回广汉的途中?"

"羊路说先不回,有一些外围的证据他想先让我看看。"

对方又有个只可意会的停顿,然后笑着说:"那你不要护花使者啦?"

他的笑谑中仍含着试探。我笑着说:"只好不要了。王老师你放心,这是朵蔷薇花,本身就带刺。"

王老师可能真的放心了,笑着说:"那好,附近还有几个景点我没看过,我好好玩几天,狠狠让你出点血。小姬这只能怪你,谁让你把我大老远拉到这儿,又突然给我一个闭门羹?"

"怨我怨我,你尽管逛景点,让这个不守信的小姬多出点血。"

"好,我就不和羊路通话了,我想,在这种情况下和我说话,他多少总有些尴尬吧。"王老师的话中含着明显的讥刺。"对了,打听一件事。还记得去年星云奖颁奖仪式上给我写信的那个川大学生吗？他是叫陈悦吧。我找他有点事，但我手机中怎么也查不到他的手机号。"

我知道这句闲话乃是关键，王老师并没有完全信服我的这番话，他是在给我提供最后一个报警的机会，同时又不至于危及我的安全。说实话我很想利用这个机会。此后五天内我不会有同外面联络的机会了，事态究竟如何发展，是否会急转直下地恶化，都说不准。但羊路不是傻瓜，他同样能轻易猜出王老师的意图。而且，尽管羊路不是科幻圈内人，想查出这位学生的真实姓名也非难事，因为网络上对那次颁奖仪式有详细报道。在十分之一秒的时间内，我筛选了种种利弊，最后决定忍痛放弃王老师传给我的这个球：

"不是陈悦，是孙悦。但我手头没有他的联系方式。"

王老师看来彻底放心了。"不用，我手机里有，只要知道他的名字我就能查到。那好，再见。有事及时联系。"

我们互道再见，挂了机。我把手机还给羊路，得意地说："我的演技如何？把那位老福尔摩斯骗得一愣一愣的。"

羊路笑着说："不错。我最欣赏的是你最后一句回答。"他把我的手机关了机，装在内衣口袋里。

看来我做对了。羊路狡猾狡猾的，轻易猜出了王老师最后一句问话的意图。我在心中苦笑：我确实演得很好，让王老师相信了我的安全，让羊路相信了我的诚心配合，但也放弃了最后的报警机会。因为，有了我最后那句话，即使王老师再机警，也不会怀疑我的安全了。

但愿这件事我没有做错。

打完电话后他领我下山，向汽车走去。羌族山寨并非山清水秀，山头大都光秃秃的，这是几千年农业开发的结果。道路和黑虎寨的一样，都积着厚厚的浮土，鞋子一会儿就变成尘土的浅灰色。走到汽车旁，羊路从车中取出两瓶罐装绿茶给我，让我路上喝。他取了一个中号的旅行包，里面应该是给父母的礼物。然后他锁好车，带着我向远处的羌寨走去。那便是所谓"云朵中"的羌寨了。

道路越来越崎岖。羊路走在前面，我跟在后面。但道路傍着深沟时，他就转到我侧后边，不动声色地保护着。我心里带着几分好奇，几分轻松，好奇和轻松几乎把"惧意"全都淹没了。山路上泛起的尘土随风飘忽，偶尔也会形成一股旋风。我的好奇心就像旋风一样旋转爬升。难道冥冥之中，有一只神秘的手在牵引着我的命运？这个牵引者是一个诗人，一个绑架者，一个盗窃国宝的罪犯。这些多重身份为他平添了几分神秘。

"累了吧？"他回头看看我。

我笑嘻嘻地说："没事。好在我今天穿的是平跟靴。这路确实不好走。"

"这已经是村里最宽的大路了。你看，漫山之上纵横交叉的细细的白线，那些都是羊路。"顺着他的指向，我看见了千百年来羊群在山上踏出的经纬。"我小时候放羊，终日在那些路上奔跑，跑得就像一只山羊。"

"羊路？你的笔名就是从这儿来的？"

"对。"

他肯定是忆起了孩提生活，神情有些怅然。我笑着安慰他：

"没有白跑啊，你后来的诗句就是用这些白色的羊路串起来的。"

羊路惊奇地看看我，然后由衷地笑了："你的说法很别致，但很贴切，我还是第一次听见这样的评论。小姬，你也有一颗诗人的心。"

"是吗？羊路我告诉你，这是对我最好的恭维。可惜这颗本应做诗人的七窍玲珑心已经被世俗的肥油给糊住了，否则我也是个诗人。"

山路两侧是一层一层、一台一台的梯田，波澜一样起伏着。山路过于陡峭时我只能用余光扫视，不敢细看，细看了我会摔倒滚下山去的。羊路走得像一只山羊那样轻松，他那精巴干瘦的身体里似乎有用不完的力气，但我已经开始气喘吁吁了。渐渐地，前面的石头房子一簇一簇地近了，房门窗户屋顶都可以看见了。阳光下的这些群山，被赤诚的热情笼罩着。我心想这就是羊路的家乡啊，就是这些赤身裸体的山水，养育出这样一个神秘怪异的诗人。

阳光下有声音从村子里传来，从山谷对面的村子传来，隐隐约约，远远近近。山谷下的岷江，像一条银色的巨蟒蜿蜒在崇山中。进村之前我停下来，坐在陡崖边，想理一理发烫的思绪，也要酝酿一下情绪，以便面对进寨后询问怀疑的眼神。羊路也不声不响地坐下来，坐到离我一臂远的地方。他仍然在关注着我的安全。

寨子中没有遇到询问怀疑的眼神。村人们像黑虎寨的羌民一样，只是以平淡的亲切问："回来了？"他们都是说川味儿汉话，没有说羌语的，看来即使在这样偏僻的羌寨，汉化之风也相当浓厚了。羊路的爸爸出外打工，只有妈妈在家。妈妈满脸慈祥的笑意，和我一起坐在火塘边的上八位。本来我是要坐在院子里阳光下的，羊路的妈妈怕我被太阳晒晕了头，拉我进屋里，在火塘边烤火。堂屋里的火光跳跃着，勾勒出一种虚幻的氛围。身后的神龛有着一副朦胧神秘的面孔。羊路妈妈慈爱地注视着我，握着我的手放在她的膝上。羊路带着一个"怀有身孕"且年龄悬殊的年轻女人回家，却对我的身份没一句介绍。他的妈妈也没有问，只是把满腔慈爱倾注到我身上。我自然不会主动扯起这个话头，只是笑嘻嘻地和老人扯闲话。

羊路在屋子里窜来窜去，一会儿给我端来一碗山泉水，一会儿咚咚咚地走上木梯，取来核桃和软枣。自打我与羊路相识，由于他神秘的诗句和怪异的行为，他在我心目中的形象总罩着神秘。但在这儿，神秘消退了，还原成一个普通的人，甚至带着孩子气。他等我歇息过来，说："来，我领你看看羌人的居室。"

羊路领着我，一步一台地走上了独木梯，穿过烟熏火燎的二楼，前边豁然开朗，来到阳光灿烂的三楼。旁边是一座碉楼，紧靠着羊路的家，俨然一个身材瘦削、神态苍凉的老人。仔细看看，原来碉和楼是完全结合在一起的。放眼远望，整个羌寨依山而建，高高低低，错落有致，一个家族一群房屋，相依相靠，宛若城堡。碉楼如剑，向天挺拔，除了羊路家的，在寨子的东边和北边各有一幢，互为犄角。上次参观中我已经见过很多雄壮的羌族碉楼，但今天的感觉大不一样。今天的感觉是，我不再是游客，不再是观画者，而已经是"画中人"了。我成了羊路诗歌中的一个汉字，被光亮地镶嵌在羌寨的山水画中。

"这是白石崇拜。还有，碉楼上也有。你看。"

羊路登上三楼之上仅占房顶三分之一的罩楼，用手轻轻抚摸着雪白的石头。那白石像遥远的雪山，也像盛夏时节刚刚探出水面的一朵白莲花苞。我在松软的黄土屋顶上随意地转着身，惬意地迈步，放眼看着梯田簇拥的这个羌寨，还有对面山上一重一重的羌寨。它们在静谧远古的山谷中，就这么安心地凋敝着，苍凉着。一股股的柏枝香味随风飘来，我寻香望去，见羊路正在罩楼上，焚烧柏枝向白石神敬香。乳白色的浓烟向上飘浮，越来越远，越来越淡，最后融入山谷之上蓝汪汪的天空。

我走上独木梯，站在羊路的身旁。他顺手递给我一段干净的柏枝，我默默地接过，点燃，敬给了白石神。羊路再递来一炷香。我接过，再点燃，双手合十，内心宁静，虔诚地敬上。羊路又递来祭祀的黄纸，我好似曾经做过的那样，将黄纸一张一张地分开，点燃，敬放在羊路祭献的神龛土面上。接着，我像他一样深深地跪拜下去，将头抵在房顶的土地上，迎接着神灵的抚慰和祝福。我闻到了纯粹的泥土气息，它在瞬间传遍我的身心。

羊路眯上双眼，一边跪着，一边将合十的双手放在颔下胸前，口中好像在呢喃，但没有声音。我也学他的样，竟然做得十分熟练。跪毕，他站起来，向着遥远高耸的雪山，又一次无声地跪拜下去，这次没有焚香烧纸。我也跟着站起来，一样随他跪下去。我觉得，腰缠的神器已经与我浑然一体，也和我灵性相通。

晚上，入睡之前，在火塘边，羊路打开旅行包，拿出给父母的礼物。又把包里的诗集和文稿拿出来。羊路的妈妈找来一匹羌红，羊路把诗集文稿放在羌红上，包裹好，双手呈给他的母亲。

羊路的妈妈没有接，而是先点燃香烛，插在神龛的香钵里。这儿的神龛跟汉族神龛一样，神龛内部正中间镶着一张红纸，上面写着"天地君亲师"；左方写下神灵名谓，右方写下姓氏门宗。神龛两侧有两幅竖联，红纸金字写着："玉盏长明万岁灯，金炉不断千年火。"黄黑相间的神龛正上方是横联，写着"祖德流芳"。神龛上的字都是用金粉写成。

神龛被香火照亮之后，羊路的妈妈接过儿子递上的羌红包裹，轻轻地放

血祭

上去，双手合十，口中念念有词。羊路恭恭敬敬地站着，一语不发，眼睛里波光盈盈。我想，羊路把诗集文稿交妈妈保管，这是在交代后事了吧。妈妈用羌红来包裹儿子的物品，是否她已经知道儿子的用意？但回家后羊路一直和我在一起，没有见他向妈妈谈过什么。那么，羊路妈妈这样隆重地接过儿子的诗集文稿，也许只是出于对文字的敬畏？我猜不透，但在我这个外人的眼里，母子俩的行为表现出惊人的默契。

晚上我们都住在二楼，羊路妈妈把我单独安排在一个角落，说我肯定累了，早点睡吧。但母子俩没睡，一直在交谈，这次是用羌语。夜深人静，半夜醒来，我还能听见空中流淌着一种神秘的语言。

我们在羊路家待了一天，第二天下午赶回停车的原处。汽车上已经蒙上了一层浮灰，浮灰上有稚拙的涂鸦，有小人小狗也有汉字。看来这两天中有几个小孩光顾过这里。羊路从后厢中取出毛刷，掸净了浮土，我们开车去天盆山。

这次探家之后，羊路比较寡言。我悄悄打量着他，也不多说话。我想此刻他心中充盈着对家人的歉疚。因为，干了这件事之后，无论他的结局如何，反正不能守在家人面前，对家人尽孝尽慈了。我开始萌发一个意愿：如果羊路真的只是想把祖先神器在雪山上供祭一次，而没有别的邪恶行为，我就要尽量设法帮他脱罪。他绑架人质、下麻药、使用"炸弹腰带"这些很邪恶的行径都不算啥，只要我这个受害者愿意，都能帮他遮掩过去。但他把国宝文物盗出，已经构成事实上的犯罪，法律无论如何不会轻纵。只能劝他尽早归还，尽早自首，尽量减轻罪行了。

晚上赶到一家农家旅馆，生意比较冷清，在我们登记时只有我们这一拨客人。老板娘姓杨，是一位基本汉化的羌人。羊路登记时使用的是真名，只开了一个房间。关于这一点他事先已经向我告过罪，说为防意外，两人只能住在一个房间。他笑着说，劫持人质的罪犯都是这样做的。但请我放心，他仍然会像头天晚上一样坐在地上睡，不会侵犯我的空间，这是委婉的说法。他实际是想说，不会侵犯我的身体。我虽然觉得别扭，但也只有答应。

119

我们来到房间，关上门。四目相对，多少有点儿尴尬。虽然前天晚上我们也是单独相对，但那是在旷野，与在房间里大大不同。我笑着打破尴尬：

"羊路，我要先洗澡了。两天没洗，我已经受不了啦。喂，洗澡时，这根腰带只好摘下了。"

羊路笑着说："摘下吧。"

我把装金杖的长鞘扔到床上，脱下外衣，穿着长衣裤进了卫生间，关上门，准备加上反锁——但我想了想，放弃了反锁。如果羊路是只色狼，单凭这把门锁挡不住的，我们还要在一块儿待几个通夜呢。但我觉得，虽然对羊路究竟是什么人我还没有把握，至少我能确定他不会对我施暴。我放下这点担心，哼着歌，自知有作秀成分，是想向浴室外的他显示我的坦然，我痛痛快快地洗了澡。出卫生间后我对羊路说：

"我洗完了，你去洗吧。"

羊路也只脱下外衣，进了卫生间。趁他洗澡，我迅速拿来腰带，用触觉细细检查。我想知道，那里除了一根金杖之外是否有 TNT 和引爆器。可惜检查没有结果，皮革较厚，我摸不出什么异常。而且羊路洗得异常快速，最多五分钟，已经洗完了。等他出来时，我已经非常自觉地把那根腰带扣在腰间。他看到了，浮出赞赏的表情，但没有说话。

在旅馆房间里一对男女单独相处，总难免有暧昧的氛围。我们聊了一会儿，聊得有点儿滞涩。羊路说："明天还得爬山，咱们早点休息吧。"我说好吧。羊路检查了门上的反锁，拉上窗帘，又把茶几椅子归拢一下，腾出一片空地。然后拽过一条被子，仍像前天晚上那样席地而坐，把被子裹上准备睡觉。我犹豫片刻，说：

"羊路，那样睡觉太辛苦，还有好几天呢。"

羊路微微一笑："我说过，我是个羌人。"

我撇撇嘴："别显摆你的羌人身份啦。你在城市里生活了 20 年，肯定早就受不得苦了，所以用不着在我面前逞能。这样吧。"我把我的背包、小拉杆箱从墙角拎过来，放到双人床的中线，"这是楚河汉界，你睡楚地我睡汉邦，互不侵犯。上来吧！别惹我发火。"

血祭

　　羊路看看我，没有再坚持。他把背包和皮箱往他那边拉拉，把我的空间扩大一点，然后和衣躺在床的另一头，背朝着我，蜷缩在床的边沿，很快入睡。我把腰带理一理，让它尽量不硌着我，也背朝他睡下。很长时间我没睡着，仔细听着脚头若有若无的鼻息声，心绪很是复杂。回家后怎么对爹妈说这段经历？他们一定认为我被羊路的魔法魔住了，竟敢戴着"炸弹腰带"睡在一个陌生男人还是罪犯的身边，也没有处心积虑地设法逃走。我确实没打算逃走。内心反倒有一个强烈的意愿，想把这五天路程走完，看看到底是个什么结果，虽然明知也有风险，说不定"走完这段路"的最后结果是把自己整个赔进去。从一些细节看，羊路是个很朴实很自律的人，没有多少山民的野性，反倒带着三分文人的柔弱。但——柔弱的文人没胆量干出这样的大举动。也许，当他内心深处的野性大爆发时，会把他身边这口美味一口吞掉吧。

　　揣着这些可怕的想法，我竟然睡着了，还睡得很香。

　　第二天早上，被窸窸窣窣的声音惊醒，看见羊路已经起床，正撩着窗帘向外窥望。这让我一下子想起他的"罪犯身份"。我像一个"同谋"一样轻声问：

　　"有异常吗？"

　　羊路回头笑着说："至少我没看见警车。但昨晚又来了客人，我看见一辆白色的别克。既然你醒了，咱们洗漱洗漱就出发吧，今天要爬山。"

　　我们洗漱完毕，收拾好行李。羊路下边做的事看来早有筹谋。他掏出一张名片让我看，我辨出是王老师的名片，疑问地看着他。羊路说："请你办一件事，把那把羌刀拿出来，在我手指上割一道口子。"我惊问干什么？羊路说："权当是为你扮演女祭司提前排练吧。"他把左手中指伸出来，笑着等我去划。我抽出刀，确定他不是开玩笑，便狠下心割了一下。他的指肚划破了，鲜红的血滴慢慢津出来。等血滴积成大珠，他小心地滴在名片正面。他把这滴血吹干，又把桌上的《四川旅游》拿来，掀开一页，上面有金沙博物馆太阳神鸟的图案。他把血珠小心地滴在太阳的中心，把名片粘上。然后把《四川旅游》合上，放到原处。我递过去一张纸面巾，让他把指肚包起来。他笑着说：

121

"我说过的,要给那位业余老福尔摩斯有意留一点儿足迹——不,甚至不是足迹,而是新鲜的血迹,看他能不能嗅得到。"

我觉得他的笑意中含着点冷笑,含着点阴暗。看来他确实对王老师怀有敌意。我没把这些心思流露出来,而是笑着摇头:

"他在广汉怎么能嗅到这儿?那他就不是凡人,是二郎神的哮天犬了。除非是这儿的服务员按名片给他打电话,我想农家旅馆的服务员不会这样多事吧。"

羊路淡然说:"世上有些事是预想不到的。"

我们拉上行李下楼。羊路说世上有些事是预想不到的,果然立刻就应验了。羊路退房时,楼上又下来四位时尚的中年女性,一色的毛料套裙外罩风衣,比较扎眼。其中一位惊喜地喊:

"小姬?噢,还有羊路。怎么在这儿碰到你们,世界真小啊。"

原来是赫妮姐。一时我颇为尴尬。我怎么向她解释我与羊路跑到这儿,还同宿一室?我倒不在乎什么桃色新闻,而且我相信,虔心礼佛的赫妮姐也不会乱嚼舌头。说是这样说,一时的尴尬是难免的。我决定索性不加解释,便走过去,拉着赫妮姐,亲亲热热地聊了两句闲话。但我随即发现赫妮姐飞快地看了看我的腰身。她没有说破,但我知道她看出了异常。这让我遭遇了真正的尴尬。我又不能掀开衣服,说这儿有一条装着金杖的腰带,并不是我怀孕!

羊路已经退完房,走过来,与赫妮随便闲扯几句。他显然不想多谈,很快说:

"急着赶路呢,赫妮老师,告辞了。"

他与赫妮姐告别,领着我匆匆出门。出门后我没敢回头,但我感到赫妮姐狐疑的目光始终盯着我的后背。

第三章　血　祭

一、老王的记述

屋里很静，周队、赫妮和小杨都看着我，等我说出我那个"凶险"的猜测。我说：

"羊路如此费尽心机盗窃金杖，并非为了金钱，而是为了一个匪夷所思的目的，"我停下来看看赫妮、周队和助手小杨，然后说出那个我不愿出口的词，"血祭。"

他们一惊，然后是沉默，周队和小杨都有怀疑。我叹息道：

"其实，说匪夷所思是对现代人而言。对各族先民来说，用鲜血和生命来祭祀祖先的神器，是非常正常的事。赫妮你说呢？"

赫妮飞快地看我一眼，没有说话，但点点头。她虽然虔诚礼佛，一心向善，但在这件事上应该同意我的观点吧。从她的小说中可以看出，她对人类蒙昧时期的血腥历史有足够的了解。周队微笑着等了一会儿，说：

"王老师请继续说。"

"但对现代人来说，大概很难理解我这个想法。所以请周队原谅，我不得不把话头稍微拉远一点。"

"没关系，请讲。"

"人类各个民族的延续都是一条连续的血脉之河，包括生物学意义的血脉，也包括文化的血脉。文化血脉有渐进的变化，但几千年的渐进最终会累积成沧桑巨变。比如，四千年前使用甲骨文的商王朝异常虔信鬼神，人殉之风极炽，而且惯于用羌人来当人牲。四千年后仍然使用方块字的汉族则基本是无神论，提倡民族平等，以全国之力援助受大灾蹂躏的羌族兄弟。两者几乎不可同日而语，但两者是由甲骨文一脉串继的文明。羌族也一样啊。羌蜀先民同样笃信神灵,盛行人祭,而当代的羌民已经远非如此了。"

周队耐心地听我讲,不过我注意到他把手机拿出来放到桌面上。我知道这是无言的催促,他们出来干外勤的,现场情况瞬息万变,没有闲心来听我坐而论道。于是我加快了节奏:

"尽管文化血脉已经有沧桑巨变,但既然它是一脉相承的,祖先的习俗仍是一条强劲的潜流。所以,受这条潜流的影响,在现代社会中,出现几个返祖个体并不奇怪,比如——羊路。"

周队点点头,这不一定表示赞同,只是鼓励我说下去。

"古代各民族祭祀神灵的办法都大同小异,包括瘗埋、血灌等。后者也称灌注法,即把牲畜或人牲割颈沥血,灌注于地面,以此取悦神灵。古人相信血液有特别的灵性,因为血流光了生灵就会死去,所以他们认为血是灵魂的载体,对人血有特别的崇拜……"

周队的手机响起来,他马上接听:"是我。噢,他们动了?"

从这句话我立即判定,警方确实已经实施了对羊路的贴身监控,虽然可能晚了一些,可能是在他带着小姬玩失踪之后才开始实施。以警方的力量,想重新找到羊路并非难事,特别是在他开着车的情况下。周队在电话中说:

"继续跟着,我们马上就到。"他按断手机,看看我和赫妮,略略犹豫,显然是考虑如何安置我们。我看准时机,立即说:

"周队,赫妮说我们想跟着警车走,请你答应吧。我们只当旁观者,不该问的绝不多问,不该说的绝不多说。毕竟我俩对羊路和小姬比你们熟悉,也许警方有什么地方需要我俩呢。"我补充一句,"至于我们这一趟的费用,都由我们自理。"

赫妮也紧跟着敲边鼓:"周队,就让我们跟着吧。"

周队摇摇头:"你们开车去不合适,容易跟丢。再说我们去的地方可能比较荒僻,车多了扎眼。还有,羊路应该见过赫妮这辆车吧。"

赫妮马上说:"噢,是的,他见过。我和王老师曾开车一块儿去三星堆找过羊路,虽然他只在送行时扫了一眼,而且当时他还沉浸在'感受不到金杖灵性'的震惊中,可能注意不到我的车貌车号。但如果他当时的震惊只是表演……"她没把这句话说完,又说,"就在这家农家旅馆,他也见过我的车。"

我有些赧然。从周队对细节上的考虑来说,他确实经验丰富,比我强多了。我看来只能当个坐而论道的福尔摩斯。不过,从他的话中我也看出,他其实是在认真考虑我们的请求。果然,周队没有多犹豫,爽快地说:

"行,你们一块儿去吧,有些事我们确实得向二位求教。但你们不用开车,警车上有位置。赫妮的车可以留在这里,我安排人先送到汶川。"

我俩非常高兴,简直有点雀跃了。这么一来,我们就能时刻贴近小姬的安危了,不管我俩最终能否出上力,至少心理上有点儿安慰吧。我俩立即退了房,老板娘看在警察面子上,很干脆地退了全款。我们从各自提包中匆匆挑出必需的衣物牙具,凑成两个小袋,其他的放赫妮车上,随车送回汶川。我们拎着小包,上了周队的白色丰田面包。这是一辆普通的七座面包车,没有警方标志。车上除了已经上车、正在吃盒饭的小杨,还有一位穿羌族服装的姑娘,周队介绍说她是小余,一位羌族警员。我想周队让她穿着羌服,肯定是为了便于在人群中跟踪疑犯吧。车后堆着一箱矿泉水,一箱牛奶,一箱面包,大致是三个人一星期的干粮。还有一个大塑料袋里塞着三块毛毯,看来他们已经做了露宿的准备。前排座上放着两盒冒着热气的盒饭。周队向小余介绍我俩,说我们是"作家顾问",这一段时间将随队行动。小余没等招呼就匆匆下车,不久捧了两盒盒饭回来。周队安排我俩坐在司机之后的双人位上,说那儿颠簸较小,也最安全。小余给每人发了一份盒饭,周队笑着说:

"出来干外勤就得有丐帮的本事,有口冷饭就吃,窝在墙角就睡。你们两位我会尽量照顾,但照顾也有限,像今天吃的热饭菜就不一定能顿顿吃到。如果哪天受不住了,就坦白告诉我,没关系,你们本来就不是吃这碗饭的。"

赫妮微笑着摇头,但我对他的好意没敢拍胸脯拒绝。我倒不怕饭菜简陋,但自知年纪大了,毛病颇多:坐车晕车,受干扰会失眠,打熬两三天问题不大,如果时间长了,不敢说能坚持到底。所以嘛,我自嘲地想,这辈子就甭指望当个真刀实枪的侦探了。而且据我估计,赫妮这位都市丽人也多半受不得苦吧。于是我表示了感谢,说:"如果真坚持不住我们立马撤退,绝不拖累你们。"

小杨以惊人的速度扒完饭，发动了汽车。周队说：

"趁这会儿路况还好，大家赶紧把饭吃完。两位老师，你们接着说。"

我们四位头对头，在车辆的轻微颠簸中吃着盒饭，我继续着刚才的分析：

"从羊路的诗中，可以看出他虽然生活在现代，用现代语言写诗，用现代工具修复文物，但他最深层的人格还停留在羌的先民时代，生活在祖先与神灵、宗教与巫术的时代。所以，我们得试着用羌族先民的思维方法来理解他。"

周队点点头。

"周队，你是否感觉到，这次不是一般的文物盗窃案？羊路在作案过程中丝毫不留后路——不是指普通人的后路，他既然决定干这件事，当然就切断了普通人的生活之路；我是说，即使作为罪犯，他似乎也不为自己留后路！像他得手后不急于逃跑，反而绑架小姬，又留下带血滴的名片向追踪者挑战，等等。"

周队再次点头："对！这正是我这一段的强烈感觉，他的行事不符合一般罪犯的心理。"

听到周队最后一句话，赫妮迅速抬头看他一眼。我知道赫妮此刻的心理，因为我同样对"罪犯"这个词很敏感——从警方口中说出这个词，就把羊路的"罪犯身份"至少是"嫌犯身份"确定了。此前，虽然我俩已经基本认可了羊路的犯罪事实，但心理上总不愿把他与罪犯画等号，认为他是出于高尚的动机。但周队是对的，在法律中只关注犯罪是"故意"还是"非故意"，对动机的高尚与卑鄙最多只能做量刑的参考。

汽车慢慢减速，拐弯下了主路。路面开始颠簸。我们抓紧时间把饭扒完，小余把饭盒收走，装在车尾一个大塑料袋里，又给每人发一瓶矿泉水。我接着说：

"但也许这种反常恰恰是他的正常逻辑。他不是一个普通罪犯，而是一个带着诗性、神性的文人罪犯。"这个描述用上了赫妮此前对羊路的评价。"他准备恭行神谕，把金杖送到某个地方——或者是神圣的雪山，或者是文物出土的原祭坑——对这尊神器进行祭奠。他准备的是一场华丽的祭礼，只要祭礼能够举行，他并不在乎甚至希望它能在新闻媒体充分曝光。按这种心理轨迹，他对自身会是什么安排？最合理的安排是：以自己的血来灌注，把自己的生命供祭在神灵之前！只有这样，才能把事情做到极致，有如凤凰的涅槃，恒星的氦闪！不要忘了他是诗人，而诗人常以拥抱死亡作为自己最终的华丽谢幕。如果要列个自杀诗人的单子那就太长了，单只中国，'文化大革命'之后，就有海子、顾城、方向、徐迟、余地等人。"我苦笑着做了总结，"所以，如果他早就打算把自己作为祭坛上的牺牲，那他当然不用留后路了。"

听了我的分析，小余十分震惊，赫妮更多是沉痛——同样作为文人，她应该比较接受对"文人罪犯"的这番分析吧。开车的小杨看不见表情。周队认真听着，从表情看显然不大认同我的看法。我接着说：

"事情到这儿还没完呢。如果我不幸而言中，那当然是他个人的悲剧。但这是他自己的选择，并没有社会危害性。更大的问题是：他会如何对待小姬。"

我没把话说透，但他们当然能听懂。我实在不忍心说出这个凶险的可能，但说出口之后我的心里轻松多了，因为从现在开始，我的担忧能和警方共同承受了。赫妮原本大致同意我的分析，此时却反应强烈，异常震惊地应声反对：

"不会的，羊路绝不会是杀人凶手！"

我说："是的，我也不相信他是这样的人。但在事发之前，咱俩同样不信他会偷金杖，不信他会劫持小姬，不信他会留下带血的名片。"我忽然没来由地想起赫妮对我的评点：对智力的享受感。她当时的评点是正确的，但不适合眼前：在我说出这个凶险的预言时，我绝没有智力享受，而只有对小姬的深切忧心。我尽量委婉地补充一点，"而且，羊路这样做还有一个历史的原因，这个原因在正常人看来纯属扯淡，但对走火入魔者来说，也许是一个有足够分量的动机。那就是：他认为小姬是'魔兵'最嫡系的后代。"

我说得虽然委婉，但其内在的血腥是遮掩不住的。赫妮沉默片刻，勉强反驳说："我不相信。而且你和小姬通过电话呀，小姬并没送出危险信号。"

"这也是我最大的担心之一。"我叹道，"大家都应该知道'斯德哥尔摩综合征'吧。有些人质在孤立无援的状况下，反倒会对劫持者产生依赖。下意识地为对方的罪行开脱，为自己营造虚假的安全感，甚至痴迷地爱上绑架者。而且，这些人质还常常是文化层次较高的人。这些都是有案例的。何况，小姬遇上的是一个'动机高尚'的罪犯。"

赫妮无法反驳，沉默了。推想到这一点特别令我难过，如果果真如此，如果小姬在杀身之祸横亘眼前时还天真地相信羊路，不考虑如何脱身，以至于在糊糊涂涂中轻抛生命，那实在太令人惋惜了。周队问：

"怎么扯上了魔兵？是不是羌族史诗中的魔兵？"

我知道周队是文化圈外的人，要想把这件事说清——不是说清表面的事实，而是说清内涵的意义——不是几句话的事。不管怎样，我还是尽量扼要地说了一遍。我分析后讨论暂告一段落，周队以手支颊，思索了相当长时间，身体随着车辆而轻轻晃悠。汽车经过汶川时没有停留，从城外绕过，向西面开去。小杨虽然开着车，也一直向后竖着耳朵。这会儿他时不时地从后视镜中扫一眼沉默的队长，显然很想知道周队的想法。最后周队咳一声，转过身子向我，委婉地说：

"二位老师，我认真考虑了你们的意见，说说我的看法吧。王老师说羊路是特殊的文人罪犯，带着诗性与神性，与一般罪犯有不同的心理，这点对我启发很大。所以，非常感谢二位的指教。不过，对王老师最后的结论——羊路将以自杀和杀人来完成血祭，我这会儿还不能赞成，尤其是后一点。我觉得那种举动过于暴烈，不符合羊路一向的为人。我们对他是做过充分了解的。当然，周围人的印象并不完全可信，很多杀人犯在同事邻居眼里都是好人、好孩子，内向、羞怯、有礼貌，甚至心地良善，这样的案例举不胜举。而且，虽然我不信你的最后结论，但警方的责任是：只要有万分之一的凶杀可能，也要按百分之百去做准备。所以，你的分析，包括赫妮的反对意见，我们都会重视。我会向局里汇报，然后对行动预案做出必要的修改。再次向二位致谢。"

赫妮笑着说："已经在一口锅里吃饭了，以后甭把'谢'字挂嘴边。那样显得太生分。弄得以后我们有话也得掂量着说。"

周队说："好的好的，接受赫妮这个意见，以后不讲客套了。"

之后周队又陷入沉思。我十分理解他处境的艰难。原来这是一件文物盗窃案，虽然是牵涉国宝的大案，但毕竟是非恶性的。它忽然转化为恶性的劫持人质案，人质又是外地一位颇具影响力的记者，事件中还增加了炸弹腰带的因素。那么，即使只有万分之一的凶杀可能，此刻警方头上也悬了一柄锋利的达摩克利斯之剑。或许更为难办的是，羊路至今是一个"恶行未彰"的疑犯，除了金杖调包、血滴名片之外，其他如炸弹腰带、人殉血祭之类是推理多于实证，在这种情况下，你无法为了确保人质安全，派一个狙击手把他一枪毙命——想到这儿，我禁不住在心里哆嗦一下。我虽然对羊路已经有了很深的敌意，但连我也不愿这成为事实。

所以，此刻警方只能以静制动，尽量把羊路和小姬保持在视野里，视情况发展再做打算。

而我对小姬的担心又增添了几分：警方也并非万能啊。

这时，外边的景象已经有了大的变化。汽车经过桃坪羌寨，到了通化乡。这一阵汽车一直开行在乡间公路上，两旁的景色比较荒凉，车辆很少，行人也不多。车窗里掠过的一直是荒凉的群山。但这会儿前边突然出现了喧闹的人群，就像是把所有羌寨的百姓都倾倒出来了。他们都穿着鲜艳的羌服，尤其是女人们，她们的衣服多是粉红色、湖蓝色或绿色，衣襟和袖口饰着花边。裤子多是水红色，打着各色绑腿，穿着羌族人特有的云云鞋。大都围着围裙，上面铺满鲜花和吉祥的云纹。男人服饰相对简单，多是皮坎肩，蓝长衫，黑长裤，头上两根野雉羽或孔雀羽为他们增添了剽悍飘逸。他们满面笑容，簇拥在道路两旁。人群中也有锣鼓声，但时断时续，像是正式演奏前的试音。

我的印象是：这不是旅游团体组织的那种"群众秀"，没有我此前在牟托寨看过的羌族鼓舞那样整齐划一，但也没有那种过于满溢的商业性的笑容。这儿山民的笑容是朴实的，发自内心的。小余对我和赫妮解释说：

"今天是阴历二月十八，是还牦牛愿的日子。知道这个节日不？它就像我们的日麦节、瓦尔俄足节和转山会一样重要。"

我知道这个节日，在黑虎寨见羊路时曾经听他聊过。他说，这是最能代表羌族寻根心态的节日。羌人先民被魔兵赶往深山之后，放不下对水草甘美的草原的苦苦思念，便在每年此时由各寨凑钱，到群山北方的若尔盖草原买回几头健壮的牦牛，为它们挂红，对它们膜拜，并在锣鼓声中请上天盆山，在山顶白空寺举行迎接盛典，喂食五谷和神水，之后满怀感恩的心情将其放生，奉为"神牛"，任其在山野田畴自由往来，任何人不得惊扰驱赶。此时我忽然悟出，在羊路制定计划时已经把这个节日考虑在内了。这既有精神层面的意义——以此来表达他对先祖的眷恋和忠诚；也有实用层面上的意义——在成千上万欢乐的羌民中，他更容易做某些手脚。

汽车在人海中缓慢地行进。周队的手机响了："两人下车了？好，我让小余立即去。"他回头对小余说，"你去吧，羊路的车停在离这儿500米处。两人还是原来的穿戴，很好认。你做活时注意，尽量不要与羊路和小姬直接照面，以免日后再次照面时引起警觉。得手后尽快返回。"

小余应一声，跳下车，很快消失在人群中。这边小杨艰难地把车辆靠边，停在一个既不影响交通也能立即开上路的地方。我和赫妮都大致猜出小余是去干什么，周队看看我和赫妮的询问目光，主动解释说：

"小余是去他们车上粘一个GPS信号发生器，如果可以，也在小姬衣服上粘一个。只用手机定位我觉得不保险。"又对我们俩交代，"二位待在车上，不能下车，要避免与羊路照面。羊路应该估计到警方的跟踪，但他也会估计到警方不会贸然行动，这种情况下双方会相安无事。但如果他发现王老师在警车中，也许会因一时冲动而做出失去理智的举动。毕竟你是第一个报案者，你和警方同时出现，他可能断定为警方要采取大动作了。"

我点头答应："你的分析非常对。我们绝不露面。"

"如果羊路对外地的车辆生疑，也有可能来查看的。那时我会锁紧车门车窗，你们两个都躺在地板上，隔着加膜玻璃，外边看不到。"

我和赫妮认真地答应，暗暗佩服周队的缜密安排。

我们待在车里，焦急地寻找那两人的身影。外面的羌民越聚越多，但一直看不到小姬和羊路。自打三天前与小姬通过电话，这是同她距离最近的时刻。但我又不能与她见面，很有点"咫尺天涯"的味道。她这会儿怎么样？羊路既然敢带她下车，一定有足够的控制手段，应该就是凭借那根炸弹腰带。那么，小姬这会儿究竟是什么样的心态？是因"人质综合征"而丧失了清醒，还是在暴力威胁下清醒地忍受着煎熬？不管怎样，我都希望她不要冲动，否则会铸成不可挽回的不幸……小余回来了，拉开车门，轻快地跳上车，坐在右前椅上，回头对周队说：

"很顺利。车上，还有小姬衣服上都粘上了。小姬腰间有较硬的带状物，应该是那玩意儿。"

周队点点头。赫妮很想再打听一点小姬的详情，但大概想到此前我们的许诺："不该问的绝不多问，不该说的绝不多说"，所以犹豫着没有开口。但我忽然想到一个应该问的问题：

"周队，我们上车前许诺过，不该问的绝不多问。"我笑着说，"所以我下面这个问题，你就是不回答我也能理解。"

"你问吧。"

"能否告诉我们，那两人下车后，是否带着一条手杖之类的长东西？"

我解释说，"以金杖的重要性，羊路应该不会把金杖留在车上而远离他的身边。金杖虽然有1.4米长，但只是薄薄的金片，如果团揉在一块儿，完全可以装在口袋里。但我有个想法也许过于武断：依羊路诗中所表现的对祖先神器的虔诚，他不大可能让金杖这样"受屈"，他在把赝品金杖送出海关时就使用了手杖，这次也完全可以方便地伪装成登山杖之类。"周队让小余回答，小余摇摇头说："没有。两人下车时看来没打算远离，都空着两只手，连随身背包也没带。"

那么，金杖这会儿在哪里？留在车上？团在他口袋里？还是这趟旅程中根本没有携带？以我的感觉，这三种猜测都不大"顺溜"。之前我对羊路心理脉络的分析，虽然是推理多于实证，但至少从逻辑上是走得通的，没有明显的内在矛盾。这会儿出现了一个明显的生硬接茬。至于何以如此，我一时想不通。

既然我开了头，赫妮也抓住时机问："那小姬的表情呢？"

小余看看她。"很正常，甚至可以说喜笑颜开。"

赫妮和我不由苦笑。身处险境的小姬竟然这样"没心没肺"，看来她确实是患上了"人质综合征"，完全丧失了清醒！所以她的"喜笑颜开"只能让我们更忧心。

这时外边突然锣鼓声大作,人群熙熙地喧嚷着,有我听不懂的羌语,但更多人说的是川味儿汉语:

"来了!来了!"

人群簇拥着,把目光投向来路。那边走来一群队伍,队伍正中是三头体态雄健、毛色光亮的牦牛。几个年轻小伙子在前边引领,个个气势飞扬,步伐富于弹性。三头牦牛似乎也感受到周围的气场,同样气势飞扬。牦牛所到之处激起更响的喧嚷声。周队打电话问另一辆车:

"神牛来了,那边怎么样?"

那边自然是同样的气氛,我们从他的手机里都能听到锣鼓声和喧嚷声。不知道对方说了什么,周队嗯了两声,挂断手机。但从他平和的表情看,那边一切正常。我揶揄地想,也许此时此刻,羊路和小姬已经忘了自己的身份——罪犯身份和人质身份,正像兴奋的羌民一样,兴高采烈地挤在人群里等候三只神牛呢。依羊路大异常人的心理和小姬的"宝贝"性格,说不定真会这样的。

周队曾说我们要去的地方比较偏僻,车多了扎眼,这个预测至少在这儿不准确。空场里停了二三十辆车,四川各地的车牌都有。我们的车夹在其中毫不起眼。我知道这儿还有一辆警方的车,但我一直没发现。后来还是周队指认的。那是一辆米黄色的家用QQ,停在远远的角落。周队说那辆车里有两个技术员,配备有手机定位仪和GPS定位仪。在场的民众中有一些来自城市,我看他们不大像是纯粹的游客,而是在城市里工作的本地羌人,今天特意返回家乡来参加这个重要节日。这些人都没有穿羌族服装,所以周队、小杨他们混在人群里同样毫不扎眼。

外面的人群喧闹一阵,都随着三只神牛上山了,这儿一下子变安静了,只在黄土地面上留下层层叠叠的脚印。周队交代我俩待在车里,便带着小杨小余加入人群。那辆QQ一直待在原地不动,也没人下来。后来我发现车窗的开度有变化,确认那里有人留守。我俩严格遵守周队的交代,一直待在车里,只是小解时才下车,而且是快去快回。这样无所事事的等待特别让人心焦，好在周队体谅我们的心情，不时打过来一个电话，说说那边的情况：

"队伍已经到了上山路上的第一个寨子拉弯寨，寨里的百姓都在村口迎接。乡人说，从这儿到山顶白空寺，一路上共有六个寨子。"

"现在到第三个寨子了。"

"现在到白空寺了，释比们正在作法祈福。我们能看见羊路和小姬，他们的表情很正常，正像小余刚才说的：喜笑颜开。"但他补充道，"从望远镜里看，羊路的左手里始终握着一个小小的黑色物件，有可能是炸弹腰带的遥控器。"

他最后通报的这点情况让我和赫妮心头沉重。很长时间我俩没有说话，各自想心事。赫妮没有再说"我不相信羊路是这样的人"，看来，小余说的情况——小姬腰间有硬的带状物，还有周队说的情况，已经动摇了她对羊路的信心。我则瞑目仰靠在座上，进行着高强度的思考，想找出一个打开眼前僵局的办法，可惜最终也没找到。不管小姬的炸弹腰带是真是假，眼下我们只能按最坏的情况来对待。但有了这么个邪恶玩意儿，又是在拥挤的人群中，没有万全把握，警方绝对不敢采取行动。

只能继续监视，寻找合适的机会了。

天色渐渐暗下来，周队来电话说那边的仪式已经结束，人群已经开始下山，羊路带着小姬也在下山的人群中。周队让我们先吃饭，不要等他们。我们在车上吃了便餐，随后一个小时没有电话，暮色已经笼罩了山野。忽然，寂静的山野变得喧闹起来，随着人语声渐渐接近，人们络绎从暮色中钻出来，走近了，经过我们所在的地方下山。也有人是开车离开，一时车辆发动的声音响成一片，车灯在停车场里旋转交叉，最后汇成下山路上平行的灯光。我看见周队和小杨风尘仆仆的身影也在暮色中出现，他们拉开车门，跳上车，小杨立即发动车辆，逆着人流向山上开去。周队对我们解释道：

"羊路和小姬没下山，在最后一个寨子拉弯寨住下了，住在羊路的舅舅家。"

他从车后拿过一份饭，呼呼噜噜扒完。拉弯寨离停车场不远，很快就到了。小杨把车停在寨边隐蔽处。那辆米黄色的QQ也开上来了，停在寨门的另一边隐蔽处。周队给小杨递过去一份饭，小杨也呼呼噜噜地吃着，显然饿坏了。周队盯着寨门，似有等待。少顷暮色中浮出两个人，是穿羌族服装的小余和一个四十岁左右的男人，后者穿着汉族服装。他们上了车，小余说：

"周队，这是李村长。村长，这是广汉市公安局刑警大队的周队。"

周队与村长握手，请他坐下，回头吩咐小余赶紧吃饭。他突然想起来，问：

"村长你吃饭没？今天尽忙着还牦牛愿，你也没顾上吃饭吧。"

村长果然没吃饭，周队让小余给他也拿了一份，边吃边说。周队说，案情还不明朗，没办法向村长介绍详情。只能说有一个疑犯带着一个姑娘，可能是他的人质，住进了本村的何贵田家。据档案资料，这人应是疑犯的舅舅。他请村长介绍何家的情况。村长说，这家人不会有问题，父母都在家务农，家里穷一些，但绝对老实本分。儿子27岁，和媳妇在汶川工作，今天小两口儿也赶回来了。周队说：

"能不能请村长到他家查看一下，尽量了解一些情况？但必须有个好的借口，千万不能惊动疑犯。因为我们还拿不准他是否带有武器。"

村长不在意地说："用不着找啥借口，寨里的风俗，家里来了客，邻居们都要去问候一声。我当村长的去问候也是常事，不会引起怀疑的。你们等着，我这就去。"

"那就谢谢啦。村长你去谈话时小心一点儿，如果哪句话有可能惊动他，就宁可不问。对了，回来时麻烦村长给我们买两床毛毯，要便宜一点的。"

毛毯无疑是为我和赫妮置买的。周队要掏钱，赫妮抢先掏出钱给村长，不好意思地对周队解释，说刚才她就想到了这事，但周队交代让待在车里不能下车，所以没办法去买。周队不在意地笑着挥挥手。村长把袋装牛奶喝完，带着面包下车了，小余也下车跟着他。等待村长的时候，周队从手机里调出几张照片，让我和赫妮看。照片都是远距离拍摄，虽然可能使用了放大功能，也不是十分清晰，但能辨出照片中的羊路和小姬，二人挨肩擦背，一张照片上小姬还挽着羊路的胳膊，满面笑容，就像一对亲密的情侣，只是这对情侣的穿戴和年纪的反差大了一些。但小姬腰间明显臃肿，那自然是"炸弹腰带"。我和赫妮只有苦笑：戴着炸弹腰带的小姬竟然如此没心没肺？亏她还能笑得出来。周队又调出一张照片，这一张距离比较近，照片上是一只左手的近景，显然是羊路的。这只手虚握着，从指缝里可以看出，掌心中有一件黑色的物件。周队指着这张照片说：

"王老师，赫妮，你们仔细看这张照片，我觉得羊路的表现有点不合情理。"我认真看了，但看不出什么不正常，便询问地看着周队。周队解释道，"他始终握着这个黑色物件儿，按常理推断，应该是炸弹腰带的遥控器。一般来说，遥控器上都有保险锁，以免产生误动作。可是，如果保险锁处于锁闭状态，那么在众人身体密切接触的情况下，如果警方悄悄逼近，来一个突然袭击，疑犯就来不及反应，所以他一定会百般警惕。反过来说，如果保险锁处于开启状态，那么，为了在挤挤扛扛的人群中不产生误动作，他也会百般警惕。所以总的来说，无论他的遥控器有没有保险锁，无论保险锁是锁闭还是开启，他都会高度紧张。据我的经验，一个手握炸弹起爆器的罪犯，全部身心都会贯注于那只拿遥控器的手，甚至它常常会下意识地发抖！这种高度紧张的精神状态是无法延续几小时的。但依我们的观察，在这五个小时里，羊路始终很放松。"

"你是说，小姬腰里带的东西有可能是假的，是羊路用来吓唬我们的道具？"

"嗯，是有这个可能。否则羊路就是天字第一号冷血杀手，心如铁石，根本不在乎是否会因一个误动作引得血肉横飞。我觉得这个可能性不大。"

赫妮点点头，目光中露出真诚的欣慰。我却无法轻松。周队的观察可能是对的，他不愧是个老刑警，目光敏锐，对罪犯的心理吃得很透。但问题是——无论炸弹腰带是真的抑或只是一个邪恶的道具，都不影响羊路的最终目标。他完全有可能以一个假的炸弹腰带震慑住小姬和警方，然后从容不迫地完成他的"血祭"计划。而且——

"周队，尽管有这样的猜测，恐怕眼下还得按真炸弹来对待。"

周队苦笑："没错，你说得对。"

夜色中传来匆匆的脚步声，是村长和小余。村长跳上车，先把两床毛毯和零钱给赫妮，对周队说：

"周队，原来你说的疑犯就是那个诗人羊路？他在周围很有名，不会干劫持人质的事吧。"周队说："我说过了，案情还没有明朗，这会儿真的不好说。"村长说，"那儿一切正常，羊路、那位姑娘正和他舅舅一家唠嗑，唠得很热络，不像是受威胁。中间还来了几家邻居。我不知道羊路有没有老婆孩子，那姑娘好像有身孕，是不是羊路的相好？我对羊路说，难得来一趟，在舅舅这儿多住几天，说不定又能多写两首诗。羊路笑着说，很可惜，家里有事，明天早早就要下山，返回成都。我记着你的交代，怕引起羊路的警觉，没敢多问，也没敢多停，就离开了。"

周队问："他说明天早早就要下山，返回成都？"

"没错，是这样说的。"

"谢谢村长了，有什么事我们再麻烦你。"

"不客气，应该的，有事尽管打我的手机。不过——我觉得那姑娘不大像是人质。"

村长留下手机号，下车走了。

晚上要"蹲坑"，周队排了班，小余值前夜，周队值后夜，小杨因为白天开车比较辛苦，到凌晨之后再去换周队。值班当然没有安排我和赫妮，这让我俩相当难为情，觉得我们是吃闲饭的。但我有自知之明，知道凭我的老花眼和平时的拙手笨脚，如果单独去蹲坑，很可能把事情搞砸。我只能说："有啥能让我俩出力的，请尽量安排。"周队笑着说："你俩的唯一任务就是照顾好自己，关键时刻给我们出出主意。"

周队让所有人把手机调到振动，以免静夜中手机铃声惊动旁人。小余带上一条毛毯下车值班去了，我们也各自裹上一条毛毯，歪在座椅上休息。周队和小杨很快就睡熟了，赫妮随后也入睡，耳边听见她细细的鼻息声。她的头颅滑过来，斜倚在我的肩头。但我久久不能入睡。我不想在这儿只吃闲饭，但我能帮上周队的只有我的大脑。所以，我想尽量揣摩羊路的心理，努力画出他下一步的路线图。村长说，羊路和小姬明天早早就要下山，返回成都，我和周队都不相信。羊路为这场演出做了那么多的准备，甚至不惜无情地斩断了人生的后路，现在演出的大幕刚刚拉开一条缝，他会突然结束演出，下台走人？不可能。而且我有一个直觉：羊路已经带着小姬在附近转悠了三天，恐怕该到采取某种大动作的时候了。但究竟是怎样的动作，我绞尽脑汁也没能猜出来。

我在苦思中入睡，半睡半醒中听见周队起身，对小杨低声交代着什么，然后去换班了。驾驶椅上的小杨发现我醒了，友好地向我点点头，回过身准备睡觉。片刻后他忽然扭回头，笑着低声说：

"王老师，我也曾是个科幻迷，是看着你的作品长大的。"

"是吗？"我压低声音说，"九十年代的科幻迷现在都长大了，走上社会了，有很多干编辑，写小说，搞技术，参加登月工程。但当警察的，我还是第一次碰上。"

"不好意思啊，我这个爱好在局里是保密的。因为在一般公安眼里，科幻迷都是些不成熟的大孩子。"

"这个说法其实没错，科幻迷都是保持着童年幻想的人。"

"王老师，我觉得，其实你的不少科幻小说都含有推理小说的成分。"

"你说得不错，确实是这样。那么，以一个警察的视角，你对这些推理成分能给出个什么样的评价？别客气，尽管直说。"

"那我就直说了啊。你的作品中，凡牵涉到理性思维的地方常常有很绝的巧思，比如《豹》中的法庭论战，说田延豹为妹妹报仇，扼死了杀死妹妹的凶手谢豹飞。田的律师在辩护中突出奇兵，说身上嵌有猎豹基因的谢不能算人，因而田没犯杀人罪。写得简直绝了。但你的小说中，凡是牵涉到侦查细节或公安生活时，常常与真实生活有一定距离，这是我当警察之后的感觉。王老师，我是顺嘴说说，你别往心里去。"

我拍拍他的肩头："我只给你四个字：真知灼见。"

小杨对我的评价很高兴，笑着点点头，回身睡觉。我没有立即入睡，多想了一会儿。这次我们主动请缨参加破案，是在扮演顾问或参谋的角色。但正如小杨的评价，毕竟我没有实际侦查经验而只有文人的"理性思维"。最终我们能否帮上忙，还是不帮忙反添乱？我在心里为自己上了一把弦。

少顷小余回来，上车，睡觉。羌寨的灯光完全熄灭了，群山和碉楼都隐到夜色中，周围是极度的静谧，就像穿越时空回到了远古。后来我也睡着了，但噩梦不断。我梦见羊路把金光闪烁的金杖供在雪山绝顶，用目光向小姬示意。好像还有一件圆形金器，梦中我看不清。小姬笑嘻嘻地在自己手腕脉门上划了一刀，鲜血如泉，转瞬之间把金杖染成血红。金杖受到鲜血的供养，忽然活了，从血泊中钻出来，变成一条七彩闪烁的虹霓。羊路似乎对此早有准备，跨上彩虹上天，回头负疚地望着地上。在他下边，小姬伸着双手企盼地看着羊路，但最终气力不支，摇摇晃晃地倒在雪地上，身后拖着一行血迹……

我从噩梦中惊醒，发现小杨不在车上，而周队已回来，此刻在低声打电话："……两个手机信号和一个GPS信号都动了？对，小杨刚刚报告，说那两人已经出门。你们继续监控。"车上的小余和赫妮立时也都醒了，马上进入临战状态，目光清醒地看着周队。周队简单地说：

"那俩人已经出门，正往寨门走。"

外边虽然已见晨光，但夜色还很重。我看看手机，还不到六点。我们睁大眼睛盯着夜色中的寨门。没有多久，听见沙沙的脚步声。一男一女的模糊身影伴随着脚步声越来越近，走过我们隐藏在角落的汽车，离我们最近时有20多米，然后沿下山的路去了，逐渐消失在夜色中。随后一个男人的身影从夜色中浮出来，路过汽车时向我们挥挥手，跟着那两人下去了，这是蹲坑的小杨。

静夜中我们不敢发动汽车，只能等着。这儿离山下停车场不远，不久隐约听到山下传来汽车发动声，然后两道灯光刺破夜色，向下山的路去了。小杨打来电话，说羊路的小菲亚特已经开走。周队说："你等着，我们马上就到。"他恼火地咕哝着：

"这家伙狡猾狡猾的。"

羊路选择这个时机下山，使追踪变得十分困难。此时夜色还重，不开大灯很难行驶。但如果开灯，在这条偏僻的山路上，跟梢的汽车根本无法遁形。周队发动了汽车，但没开灯，在夜色中努力辨识着前边的路，小心地开行着。

那辆米黄色的QQ紧跟在后边。我们总算开到山下停车场，接上小杨，由他接着驾驶。等下边的灯光已经很远，这边才开了大灯。途中周队一直和后边的QQ车保持着联系，据那边说，所有信号——两个手机的信号、粘在羊路车上和小姬衣服上的GPS信号都在随那辆车运动，一切正常。这样的话，即使跟踪的两辆车拉得远一点也不要紧，可以等天色发亮不需大灯时再逼近它。

从信号上看，羊路的车下山后是向东偏南开行，大致是沿着杂谷脑河的流向，要去成都就是这个方向，到汶川后再转向西南。那辆车开得不慌不忙，有时还在路边停顿片刻。我们远远跟在后边，跟踪了一个小时。天色已经亮了，羊路的车已经绕过汶川，开上了通往成都的公路，路上车辆多起来。于是我们的车辆开始加速，逐渐缩短同那辆菲亚特的距离。这个把小时路程中，赫妮一直沉默着想心事，这时她突然说：

"周队，我越想越觉得不对劲儿。刚才小姬的身影经过咱们的车时，我怎么觉得她没有腰身了。是不是炸弹腰带被取下了？"

"是吗？"周队问跟踪过两人的小杨，小杨犹豫片刻后点点头，说："虽然夜色中看不清，但赫妮老师一提，我回忆着是有这么个印象。"周队又看看我，我摇摇头，表示没有注意到，那时两人离我们最近也有20多米，又是在暮色中，确实不容易辨认，何况我这双老眼是老花带近视。但依逻辑推理，我觉得不大可能。除非羊路突然决定"中止犯罪"，带着小姬返回成都或广汉投案，否则他不大可能突然善心大发，把炸弹腰带取下来。

我苦苦回忆着那两个身影在我们车前经过时的情景，可惜，实在回忆不起来有关小姬"腰身"的细节……但歪打正着地，我回忆起另外一点可疑之处。小姬是个活力四射的姑娘，我曾开玩笑说，这样的姑娘，身上各关节处都装有弹簧和轴承，走起路来弹性十足，带着一种特殊的舞蹈的韵味。这种弹性和韵味是不会被夜色遮住的，但刚才她经过车头时，我并没有看到那种熟悉的风度。虽然那两个身影与羊路和小姬身材相仿，似乎也穿着昨天的衣服……我忽然福至心灵，想到村长说过的一句话：

"何家的儿子27岁，和媳妇在汶川工作，今天小两口儿也赶回来了。"

刹那间我如梦初醒！我苦笑道：

"周队，说不定咱们上当了。"周队立即回头，紧盯着我，"从寨子里出来的俩人可能不是羊路和小姬，而是羊路的表弟和弟媳，换穿了他们的衣服，带着两人的手机。刚才那个女人经过咱们的视野时，从她的身影看，虽然身高胖瘦相仿，但走路时没有小姬那种弹性。"

周队明显一震，失口骂了一声，看来他立即认可了我的这个猜测。的确，这是个很简单的计谋，只要提前做好安排，执行起来一点儿也不困难。羊路只需事先安排表弟及弟媳在这天回家，然后随便编一个原因，让两人穿着羊路和小姬的衣服，包括小姬衣服上的GPS信号发生器，再带上两人的手机，早早出寨，趁着夜色骗过监视者，再开上羊路的汽车下山。这样，两个人影再加上四个信号同步离开，足以引走可能的跟踪者。然后羊路就可以带上小姬人间蒸发了。他也满可以事先租一辆汽车，候在某处接应他们。他甚至能估计到村长的访问与警方有关，所以故意对村长透出"明天早早下山"的消息，让警方有个心理预期，这样就更不容易对假羊路和假小姬的身影产生怀疑。一切碎片都非常简单，但拼合出的整体计划可以说天衣无缝。

算算时间，从假羊路和假小姬离开拉弯寨到现在，已经过了一个半小时；想重新找到真的羊路小姬至少还得一个半小时。在这三个小时之内，如果有车接应的话，羊路已经能逃到200千米之外了。

周队眉峰紧蹙，紧张地思索着，车内气氛紧张而沉重。如果我的猜测不幸而言中，那对于警方来说，确实是一个丢脸的错误。羊路用了一个简单的计谋干净利落地甩脱了跟踪者，同时甩脱了小姬身上的GPS信号发生器，从此就鱼入大海龙升九天了。虽然这个错误很丢脸，但其实也不能苛责周队。关键是警方和羊路之间有严重的时间上的不对称——羊路可能在几年前就开始筹划这次行动，自然干起来得心应手；而警方是在执行一个仓促的应急计划，难免考虑不周。周队思索了大约五分钟，下了决心：

"小杨，追上那辆车。赫妮，你准备好，在两辆车大致并行时，给小姬打一个电话——但你们两位暂时不要让他们看见。"

"如果是小姬接听，我该怎么说？"

"就说你仍带着朋友在游玩，但因为曾看见她似乎怀有身孕，一直放心不下，忍不住打电话问一下。该怎么说你自己斟酌，不外女性的友谊加好奇心吧。"

"好的。"

小杨猛踩油门，加速追上去。好在这段路上车不多，我们很快追上那辆菲亚特，小杨按了喇叭，亮了超车灯。赫妮已经调出小姬的电话号码，等周队做一下手势，就按了通话键。铃声响了几次，接通了。而在此时，右前方的菲亚特车中传出了手机铃声！这么说，小姬的手机确实在那辆车里。赫妮的手机中，一个女人用川音普通话问：

"喂，请问是哪位？"

声音很陌生，赫妮立即捂住手机对周队说："不是小姬！"

此时两辆车已经并行，从半开的菲亚特车窗中，能清楚辨认出司机也不是羊路。周队立即命令小杨：

"超过去，让菲亚特停车！"

小杨立即超车，然后拐到菲亚特的前边，开始放慢车速，并打着双闪示意对方停车。后面的车很顺从地减了速，两辆车缓缓停在路边。周队让小余和小杨准备好武器，他自己没有掏枪，跳下车，向那边走过去，一边摆着双手向对方示意。我和赫妮既然知道对方不是羊路和小姬，也不必躲藏了，便落下车窗看着后边。菲亚特的前排坐着一男一女两个年轻人，确实不是羊路和小姬，此时他们也落下左右车窗，好奇地看着走过去的周队。我们看清了，两人分别穿着羊路和小姬昨天穿的衣服，但无法看清那年轻女人的腰身。没等周队问话，他们先开了口：

"请问你们是广汉的警察吗？"

这话让这边吃了一惊。周队不再隐瞒，笑着说："对，我们是广汉的警察，你们……"

那男的打断了周队的话，又问了一句，这一句更是匪夷所思："请问，有一位写科幻的王老师，是不是和你们在一起？"

周队回头瞄了一眼，痛快地承认："对，是和我们在一起。"

"羊路哥料得真准啊。他对我们说，一旦碰上警察拦车，特别是如果王老师也在车上,就把所有情况如实告诉你们。"

周队干脆把我和赫妮喊下车,说:"这就是你说的王老师,你讲吧。"两位年轻人也下了车,来到路边。赫妮的观察是对的,那位女性显然没有腰身。我的观察也是对的,这位年轻女人走路姿势比较呆板,确实没有小姬那样佻脱飞扬的风度。他们不等周队询问,痛痛快快地说了全部情况。其实说起来很简单:一个月前,羊路哥让他俩在还牦牛愿那天回家,他要赠两人一件礼物。他们按时回去了,羊路哥也在晚上来到他家,带着一个有身孕的姑娘。羊路哥送他们一对结婚戒指,请他们换穿两人的衣服,把这辆菲亚特连同两部手机送到广汉羊路的家里。羊路的表弟说:

"我知道羊路哥是诗人。诗人行事难免古怪。我俩估计他是在男女感情上有了麻烦,想带着相好到外边躲一阵子,只是想不通为啥警察会管这种事。不管咋样,我们就帮他这次忙吧。"

"羊路和那位姑娘此刻在哪儿?"

"应该已经离开我家了吧。他说他也要早早出发,带那姑娘到神山昆仑去朝拜。"

"去神山昆仑?"

羊路的弟媳说:"嗯,他是这样说的。昆仑不是在新疆吗?但羊路哥还说过一句话。他说如果警方问起昆仑山的具体方位,请警方问那位王老师就行。在这之前羊路哥曾告诉过他。"

我,还有周队、赫妮,一时都蒙了。羊路告诉过我?什么时候?他会告诉我吗?此刻他仍在向我挑战?想让我难堪?我努力回忆,觉得他如果真的告诉过我,肯定是在黑虎寨与他初遇时。那时我们都没认出对方,谈得相当投机。我想起来了,那晚我俩确实聊过这个话题,说汉族羌族心目中的神山昆仑应该是先民时代留下的族群记忆,所以昆仑不应位于先民们从未去过的新疆,而更应是这个族群自南亚向北迁徙途中经过的川地的雪山。羊路还说,至于究竟是哪座雪山倒无须刻意考证,比如可以是……想到这儿,我心弦一抖,急急地问周队:

"这一带是否有一座名字叫'雪宝'什么的有名的雪山?"

周队马上说："你是说雪宝顶？很有名的，那是岷山主峰，海拔5000多米，具体好像是5588米吧。是岷江的发源地。在松潘县东面，离著名的黄龙景区不远。是国内地理位置最靠东边的雪山。"

"它是否位于由四川去黄河上游草原的古道上？"

"对，它临着这条古道。"

"雪宝顶，应该就是它了，羊路在黑虎寨与我第一次见面时，谈到过它。"

警方对两个年轻人的询问已经结束，显然他们不是羊路计划的知情者，只是受羊路的利用。周队让他们先回自己车上等着，我们则回丰田车上商量。周队拿出地图，给我指了雪宝顶。那座山离这儿不近，有200多千米吧，要想去那儿，须从汶川一路向东北，实际就是沿岷江河谷一路向上。这正是通往黄河上游草原的古道，也就是说，先民们经龙门山去往北方时，肯定能看到这座雪山。所以，依照羊路的心理脉络，他很可能选择这座"昆仑雪山"来做血祭。

羊路甩脱我们已经近两个小时，如果他另外备有汽车，如果路上不堵车，这会儿他差不多已经到达雪宝顶的山下了。但这是最极端的估计，这条公路上车辆很多，眼下又在修一条平行的公路，车速上不去，所以他们很有可能仍在半路晃悠。

现在我们该怎么办？调头追上去？可是警方已经失去了GPS信号发生器，也不知道羊路换乘的什么车，很难重新找到他们，除非大面积布网。但我怀疑警方是否会下这样的决心，因为局势发展好像还没到这个程度。对警方有利的是：这一带地势险峻，公路都是沿着岷江河谷和杂谷脑河谷蜿蜒，不是四通八达的路网。如果羊路从天盆山乘车逃离，只能有三条路：或者从天盆山南坡下来后向西走，去往薛城方向；或者向东到达汶川，再向西北去往松潘方向也即雪宝顶方向，或由汶川向西南去成都方向。所以警方如果决定在路口布控的话还是相对容易的。当然，如果羊路是步行，那他的选择余地就大多了，但步行的速度有限，何况还带着一个人质。即使这个人质很顺从，两三个小时他们也逃不了多远，也就方圆十数千米之内吧。

周队与我们商量着。羊路向警方暗示了实际差不多是明示了他的行程目标，问题是：这是他的"调虎离山"之计，还是因袭诸葛亮在华容道的故智——诸葛亮故意在关羽埋伏的华容道上举火，多疑的曹操反而上钩。我考虑良久，没有把握地说：

"周队，依我的看法，羊路的话是真的。咱们说过，羊路的心理大异于一般罪犯。他并不怕警方找到他，他需要的只是打一个时间差，确保在警方重新找到他之前，他能把该干的事情干完。"我觉得身旁的赫妮明显打一个寒战。羊路该干的事——这句普通的话里包含着太多血腥。但我只能硬着心肠把话说完，"从他毫无来由地留下那张带血名片来看，他在向追踪者，包括警方，也包括我，进行挑战，并由此享受智力上的快感。所以，从他一贯的思维脉络看，这次他说的话是真的。"想起小杨昨晚对我小说的评价，我认真补充一句，"周队，我是外行，这些意见仅供参考。不要因我的意见干扰了你们的正确决策。"

周队想了想，果断地说："在决定下一步行动之前，咱们先返回汶川吧，那儿是三岔路口，无论想去哪儿都方便。至于羊路的表弟弟媳，也让他们跟着咱们返回吧。"他到那辆车上说了这个决定，羊路表弟很顺从地服从了。周队让小余上那辆菲亚特，以便万一羊路给表弟打电话——估计羊路备有新手机，可以有所控制。两辆车在公路上艰难地折回头，向来路开去。路上周队和局里长时间地通话，首先是对这一段的失误做出检讨。听检讨时我脸上发烧，觉得这也是我这个"顾问"的失职。从周队与上级的对话中，大致能听出上边的意见。局里的意思是：虽然形势远未明朗，没有发展到恶化的程度，但为了人质万无一失，还是决定调集人马在三个路口布控。布控的首要目标是重新发现疑犯，但不要轻易动手，发现后仍放他们过关，然后派车秘密跟踪。汽车在回程中开了 20 分钟，快返回汶川了，周队和局里在电话中已经敲定了此后的行动方案。就在这时，我身边的赫妮忽然问我：

"王老师，不好意思啊。有一件事也许纯粹是我多疑，不过我还是想问清楚。"

"焦麦炸豆的当口儿，别来虚礼了，快说，快说。"

"当时羊路对你说的山名，究竟是'雪宝什么'，还是'雪什么包'？"她解释说,"我问这句话,是因为这一带有两座叫'雪隆包'的山。其中一座在理县北,海拔和雪宝顶一样,同样是5500多米;另一座就在天盆山的南面不远,海拔低一些,我记得是4964米。"

我在喉咙中痛苦地呃了一声,狠狠地捶一下脑袋,一时真恨不得一头撞到墙上。我这该死的记忆力!我努力回忆,回忆起羊路当时是这样说的:

"……至于究竟川地哪座雪山才是先民心目中的神山昆仑,完全不必刻意求证,反正是他们迁徙途中见到的雪山就行。比如我家乡附近一座雪×包,一座银光沸腾的雪山,它就正好位于先民的北上迁徙路线上。"

结合他的话意,他说的肯定是"雪隆包",而不是雪宝顶。雪隆包同样符合"神山昆仑"的定义。我急忙在周队的地图上找到了赫妮说的第二座雪隆包,马上明白了羊路为什么在天盆山下玩了失踪。天盆山与雪隆包几乎是对面而立,从天盆山南坡到雪隆包无须走大路,只用翻过一道深谷,即杂谷脑河的河谷,然后在山中走一段路,就可从雪隆包的北面上山。当然,雪宝顶同样符合"神山昆仑"的定义并且更有名,但那儿离天盆山太远。从羊路的角度考虑,他更有可能去雪隆包,那样更方便。我面红耳赤地看着周队,难为情地说:

"周队,可能是我记错了,羊路当时说的应该是雪隆包,不是雪宝顶。我刚回忆起他说过的一句话,说这是离他家乡不远的一座山。"

我非常难为情。我这个自负的老傻瓜,一向认为自己思维敏捷,认为"文人侦探"比警方更能了解"文人罪犯"的心理,老了还想扮演一次福尔摩斯。可惜我的老脑瓜不争气,尤其是记忆力太差。累得警方做出了错误的决策。现在,周队刚和局里商量好要去雪宝顶布控,转眼又变了,周队怎么向领导开口?反倒是凡事低调的赫妮心细如发,敏锐地发现了关键的疑点。我扭头看看她平和的神态,不由暗生敬意。

周队确实有些不怿,但很快恢复了笑容:"王老师不必自责。你只是我们的参谋,即使是错的意见,只要我采纳,责任就是我的。再说,虽然这件事你错了,但你此前已经提前发现了不少疑点,我们感激还来不及呢。"

我难为情地摆着双手:"周队你别安慰,再夸,我更无地自容了。"

"现在咱们得赶紧决定：到底是雪隆包还是雪宝顶？如果是雪隆包，是哪一座？"他笑着鼓励我，"王老师可别有什么顾虑，还要像过去那样大胆发表意见。"

我们认真讨论一会儿，认为理县北那座雪隆包不在先民北上迁徙路线上，不符合"神山昆仑"的定义，可以排除。最大可能就是天盆山对面的雪隆包，它既符合"神山昆仑"的定义，又离天盆山近，离羊路的家乡近，肯定在羊路的心目中更为亲切。此时我们的汽车已经返回汶川，周队要通局里电话，汇报新情况。我让小杨趁这个空当儿找一家户外用品商店，停下。我拉着赫妮下了车，对她说：

"赫妮，谢谢你了。你纠正了我的一次大错。"

赫妮不好意思地说："谢什么呀。这算不了什么，再说，此前你曾提前看出了好几个疑点，我对你的敏捷思维很佩服。"

"你不必安慰我，我这颗老脑瓜快报废了，我对它已经失去信心了。喂，你爬山怎么样？"我换了话题。

"没问题。我跟丈夫爬过5000米的山，雪线之上还要加几百米呢。而且并不觉得气喘，朋友们说，我的体质可能特别适应高海拔气候。怎么了？"

"下一步警方肯定要上山了，我想跟着去。我没爬过高山，只到过4200米的山口，当时感觉还可以，但不知道在4964米的雪隆包上能否适应。但不管怎样我都要去。小姬处在危险之中，她来这儿我有脱不了的干系。我必须冒险一搏。你去不去？"

"我去。但我建议你慎重考虑，毕竟年过花甲了。"

"我慎重了一辈子，这次就让我冲动一次吧。现在我得提前做点准备，买一批登山器械。"

我对商店老板说，我们一行五人，要爬一座5000米以下的雪山，请他斟酌着挑选一批实用的登山器械。我们只是一次性使用，所以在保证质量的前提下要尽量便宜，不要名牌。老板很内行，按我的要求很快列出了清单：五个人的个人用品，包括冲锋衣裤、排汗内衣、登山靴、背包、羽绒睡袋等；三套登山器械，包括高山帐篷、铁锁、快挂、绳套、冰镐、冰爪、冰锥等。

另外还买了五个氧气袋,五盒医治高山反应的红景天,五人三天的食物饮水,后两项是托老板到外边买的。登山器械虽说都不是名牌,但合起来总价也不低。好在这儿能用信用卡付款,我掏出中行卡付了款,让老板把东西送到车上。

周队见一大堆东西上了车,一时愣住。我抢先说:

"周队,我知道今天肯定要上山了。我也知道警方的行动经费其实很有限,而且批准手续相当烦琐。这笔钱就让我来出吧。条件是,"我笑着说,"让我们俩跟着去。至于我俩的身体你不用操心,我的腿脚很好,历届笔会中组织爬山我向来是第一名,年轻人都赶不上。"这点我说的是实话。"而且我和赫妮都爬过5000米的雪山,你光看我买的东西,就知道我很内行。"这句说的是假话。"而且我和赫妮商定,万一我们俩中有一个人发生高山反应,两人就留在原地等救援,绝不耽误你们的行动。周队我强调一点:我们只是跟着警方走,不需你批准,也不需你为我们的安全负责。"

小杨和小余都笑着看周队,目光中分明是赞成。周队看出我和赫妮决心已定,痛快地说:"那好,你们'跟着'去吧。万一有高山反应就留下不动,我安排人救援。"

我和赫妮非常高兴,忙着把器械往车上装。周队没有耽误,吩咐小杨说:"局里已经同意了,咱们回天盆山,从那儿向南去雪隆包。那辆QQ没用处了,让它暂时留在汶川待命。王老师,赫妮,恐怕很快咱们就得弃车步行了。"

我从他的目光深处读出了忧虑。并不是忧虑山路难行,而是说,这样的话我们比羊路至少落后五六个小时,靠体力很难立即追上他们的。这正是羊路的狡猾之处。他不怕我们知道他的行踪,但他以严密的筹划确保了一个对他有利的、足够的时间差。除非警方使用直升机,但我知道,劫持行为和炸弹腰带都没有过硬的实证,以眼下案情的发展,周队无法申请到警用直升机。没办法,我们只有尽力而为。

那辆QQ留下了,我们的丰田面包离开汶川,返回天盆山下的通化乡。路上我忽然想到一点,问周队:

"周队,问一句闲话。金沙博物馆那边……有没有什么异常情况?"

"没有听说。怎么啦？"

"没啥，随便问问。"

周队看看我，可能不太相信我最后的粉饰，但没有追问。其实我心中有隐隐的疑忌。我想起在那家农家旅馆中，羊路把带血名片粘在太阳神鸟图案上。这可能只是巧合，但他细心地把血滴在图案的正中，这个举动是不是有什么象征意义？但我压根儿不相信他能把太阳神鸟也盗出来。他能以移花接木的手法盗得金杖，只是因为他有"近水楼台"的便利，就这已经勉为其难了。太阳神鸟作为中国文化遗产的国家级象征，是国宝中的国宝，其守护更加严密。他虽然是一个高智商的罪犯，但毕竟没有超自然力。所以，我想了想，把这点疑忌压下了。

我们从一座桥上过了杂谷脑河，从这里到雪隆包不止一条路，但都是低质量的便道。我们尽量往前开，一直到汽车无法通过。周队把汽车留给一家小杂货店照顾，五人背上各自的行囊，开始步行。不久我们打听到，清晨时分有一男一女从这里经过，肯定是去爬山的，因为男的背着一个很大的背囊。周队问那位老乡，女的是不是很年轻漂亮，带着身孕？老乡说：

"对，又年轻又漂亮，比男的年轻得多，好像是有身孕。我当时想，她怀着孕还敢爬雪山？"

那就是说，即使到了这片人烟稀少的深山，羊路仍让小姬戴着那根腰带。这是解救人质的最大障碍，但此时我们无法可想，只是摇摇头，加快了脚步。

二、小姬的记述

羌民们跟着三头牦牛上山了，羊路说，"小姬咱们也要上山，走前先到车里拿几样东西。"我们回到车上，羊路关上车门，立即把我拥到怀里。这是几天来他第一次拥抱我，我下意识地推拒着，低声喊："羊路你干什么？"但我很快停止了推拒。因为我发现羊路并不是在拥抱，而是在检查我的衣服，从上到下，细细地捏一遍。他很快在我的机车皮夹克后摆里揪下来一个小圆片，放到我手里，然后继续检查。等把裤脚捏完，他直起身说：

"看见了吗？警方悄悄给你贴上的。我原担心会有窃听器，但没有，只有

血祭

GPS示踪仪。"

我好奇地看着这个小圆片："警方装的？什么时候？"

"估计就是神牛刚到时，有一个穿羌服的姑娘在你身边蹭了一下，很快就离开了，我没看清她的长相。"

"现在怎么办？扔了它？"

"不。我还把它粘回原处，就让警方继续跟踪吧。"

他把小圆片粘回原处。然后直起身，平静地看着我。我想了想，笑着说："羊路，刚才我是一时受惊，并不是讨厌你耶。"

他知道我是解释刚才推拒他的事，笑了："多谢啦。有了这句话，下次我会胆大一些。好了，现在说正经事。"他认真地说，"现在可以肯定，警察已经跟在咱们身后了，只是他们混在人群中不好分辨。所以，这几天我的安危就交到你手上了，你把'身缠炸弹腰带的女人质'这个角色演像一点，他们就不敢动手。"

"没问题，相信我的演技吧。"

"这个遥控器我也得时刻攥在手里。"

我看着他手中那个小小的黑色物件，忽然笑着问："羊路，我身上这根玩意儿，确实不是炸弹腰带，对吧。"

羊路平静地直视着我："当然了。"

"那我想试一下遥控器，可以吧。"羊路看看我，没有说话，平静地把遥控器递给我。我用右手接过来，上前一步，用左手揽住羊路的腰，把戴着腰带的腰部挨着他，然后右手伸平，把遥控器举到羊路面前。"那我就要摁下它了，好吗？好，我摁下了……怦！血肉横飞，咱俩同赴黄泉。"我笑嘻嘻地把遥控器还给羊路，"吓你的。我才不会按下它呢，万一它是真的，那对我可是大大的不利。因为警方会在血泊碎肉中发现一只捏着遥控器的女性残臂。他们会判断女方是主动者，是女方逼着男方一块儿殉情。我才不愿受这样的冤屈呢。"

羊路接过遥控器，下意识地摇头："你真是一个……胆大包天的姑娘。你血腥的想象把我都吓住了。"

"彼此彼此。你的策划才是胆大包天呢。"

"好，咱们走吧。"

我们下车前羊路有一个短暂的停留，用留恋的目光看着车内。之后我才理解他此时的心情，他是在向正常的尘世生活告别了，而这辆小菲亚特此刻就是他与尘世生活最后的联系。我们下了车，以后再也没见过它。不过当时我没有多想，笑嘻嘻地挽着他的胳膊，汇入人群中。我努力寻找人群中的便衣，但始终没发现。不过，即使确认了便衣警察，我也不会高喊着"救命"向他们跑过去。现在我有了浓厚的兴趣，想和羊路一块儿把这场大戏演完。

我们随着拥挤的人群上了山，来到山顶的白空寺。寺里吹起了几把长号迎接三头神牛还有三只神羊，是那种有两人多长的羌号，低沉的号声震荡着群山，也震荡着我的心灵。我忽然没来由地想起羊路那句话：大山的腹语。这样低沉的号声恰恰就像那种腹语。一位60多岁的老释比正在做法事，他穿着豹皮衣，戴着猴皮帽，左手握一根蛇形木杖，右手高举，摇着一个响铃，围着神牛神羊行走，一步一顿，神色忘我，如癫似狂。老释比的后面紧跟着几个手执羊皮鼓的年轻人，他们敲打出来的鼓声应和着老释比的步伐和响铃声，形成一个个汹涌的水浪，冲激着围观群众的神情。我总觉得这位释比就是羊路在黑虎寨采访过的那位，但当然不是，只是这些羌族老释比都有些神似，都是那样瘦削而结实。据说羌族的释比必须过60岁，才能公开做法事，所以至少所有释比在年龄上都相仿。在以后的活动中，这位老释比还为众人表演了他的全套"神通"：舔红热的犁铧，赤脚在火堆上行走。群众的情绪也近乎沸腾，欢呼声不断。但我敏锐地察觉羊路对这一切并不痴迷。我知道何以如此。还牦牛愿是羌人对逝去生活的强烈追忆，应该饱含宿命的悲怆。但这个仪式延续千年之后，羌人已经忘了仪式的原意，而仅仅把它当成节日的狂欢。就像汉族，把纪念屈原的悲凉的端午节变成了赛龙舟的狂欢和口腹的享受。但正像诗老还是王老师说过的一句话，汉族毕竟有雅文化，那些悲怆苍凉的感情还能在雅文化中得到继承。而羌族由于民族体量不足，只有俗文化，而就如刚才的舔犁铧走火堆的俗文化承担不了羊路的黍离之悲。

血祭

羊路陷入轻度的抑郁，左手松松地握着遥控器，似乎已经把它完全忘了。我小声提醒他："羊路，别忘了你手里有遥控器，能让人血肉横飞的玩意儿！你握着它不能那么轻松，演得像一点！"羊路这才回过神来，把遥控器握紧，向我点头致谢。

狂欢延续到接近傍晚，该放神牛归山了。释比在三头牛的角上披了羌红，念了经，喂了五谷和神水。从现在起，它们就真正成神牛了，以后将在羌人的昊天后土中任意行走，到哪里都会受到爱戴，任何人不得驱赶。和神牛一同放生的还有三只神羊，都是体型剽悍、毛色雪白的公羊。它们也被挂了红，念了经，吃了告别饭。现在，它们该离开这里，到自由的山野中去了。但牛羊们并不明白这点，仍在人群中逡巡着，转着圈，不解地盯着欢腾的人群。此刻它们已经"超凡入圣"，不能用鞭子驱赶了，人们哄笑着，劝说着，引诱着，推着它们的屁股，总算把三牛三羊劝离了人群。它们好像对人们的"撵客人出门"很是不满，气哼哼地摇着尾巴，漫步向山野中去了。

仪式结束，天色也暗下来，人们该下山了。大家匆匆离开，特别是家在外地、乘车回来过节的人们。他们从这里下山回城，时间已经够紧迫了。山头转眼间变得一片空荡，空中浮动着狂欢之后的孤寂。但羊路没有急于离开。他独自站在薄暮中，目送着山背后远去的三牛三羊，直到它们的身影完全融入夜色。有一点令人欣慰，牛羊们似乎已经习惯了群居，离开时也没分散，这样它们可以互为慰藉吧。我在羊路身边默默立了一会儿，轻声喊：

"羊路。"羊路扭回头，我笑着说，"我觉得此时的羊路先生已经灵魂出窍啦。羊路的灵性附着在神牛和神羊的身上，正辨认着数千年前留下的蹄印，回归数千里外的草原。"

羊路惊奇地看我一眼，失笑道："小姬，你和我很有缘啊。"我说："怎么啦？""你总是能在不经意中说出我的内心隐秘。"

"是吗？说给我听听。"

"我十岁那年第一次来这儿还牦牛愿，回去后大病一场。其实不是病，而是你说的灵魂出窍：我的身体躺在床上，灵魂却附在神牛神羊身上，四处游荡。我用牛羊的眼睛低头看羊路，抬头看陌生的群山。我苦苦地思念着，想返回我熟悉的大草原。我嗅着前生的记忆往前走,走啊走啊,路却永远不到头。"

我饶有兴趣地问:"真的?后来呢?"

"后来病好了。我妈说是请释比把魂招回来了,但我不记得具体的情形。以后天盆山成了我魂萦梦绕的地方,每年二月十八我都要来这儿还牦牛愿,一年又一年,从没间断过。我的心在天盆山装了太多太多的东西,苦于无法向外人倾诉,向天地倾诉。直到有一天,我发现这些东西可以变成汉字的羊群,我驱赶着它们排成一队,沿着……"

我忽然想起此前我俩说过的一句话,便笑着说:"沿着群山之上白线似的羊路!"

他也笑了,"对,沿着白线似的羊路,回到我回不去的祖庭。是文字代替我的肉体回去。后来我就开始写诗了,并用'羊路'做笔名。"

"你应该写的,你有一颗天生的诗人心灵。"

"小姬你也是啊,你同样有一颗柔嫩易感的诗人心灵。"

我盯着他一动不动的侧影,笑着说:"我越来越觉得你不像嗜血杀手。"

他扭头微笑着看我:"越来越不像,也就是说曾经像?"

"没错。我曾经以为你是一个残忍的巫王,跨越数千年回到这片时空。为了祭奠祖先的神器,为了取悦你的始祖神,你会把我劫持到雪山上,倒吊起来,割开喉咙,把鲜血灌注于白雪之上。"

"是吗?"他笑着说。"我不会的,要割也是割我自己。"

他这句话当然是玩笑,但不知怎的,我忽然觉得心中烦躁,生气地说:"我不想听这样残忍的玩笑!"想到这个残忍的玩笑恰恰是由我引的头,我缓和了口气,笑着说,"咱俩都不许再开这样的玩笑。你说过我的血统高贵,只用滴一滴血足矣。你这位蚕丛后代同样血统高贵,也只用一滴足矣。"

"好,听你的。每人只一滴。"

"你带我上山,也得带我下山。不能突然走了,把我一个人撂在山顶。"

我心中有隐隐的担心,觉得血祭的事情不会只是"滴一滴血"那样简单,因为旁观他精心策划的这项计划,觉得它总体上带着"破釜沉舟"的蛮劲儿。

我倒不再担心自己的安全，只是担心他真的走火入魔，以自己的生命来践行对始祖神的承诺。羊路听出我话中不祥的味道，默默地看我，目光中有太多的苦味儿。最后他说：

"好，我答应你，不让你一人下山。"

我靠近他，拥着他的腰部，把头靠在他肩膀上。他也环着我的腰，两人静静地享受着心灵的平静。

我越过他的肩头环视四周，没有发现可疑的身影。周围已经没有人了，如果仍有盯梢者应该很容易发现。但我相信警方仍在暗处，他们不会轻易放弃的。我们随即也离开了，羊路领着我追上人群，随大家走过一个寨子又一个寨子。到第六个寨子时，羊路说："这是拉弯寨，我舅舅在这儿，咱们今晚就住他家。"我笑着说："随你安排，我是人质嘛。"我们去了羊路舅舅家，家里有老两口和他们的儿子儿媳，小两口在汶川工作，今天是回来过节的。看见羊路进来，他们丝毫不惊奇，看来是早就知道羊路要回来。儿媳对我的到来比较好奇，悄悄打量着我，打量着我的"身子"，我只装没有看见。有几家邻居来看望羊路，可能主要用意是看我吧，但羊路和家人一直没有正式介绍我，他们也没问。后来村长来了，扯了一会儿闲话，邀我们多住几天。羊路说："家里有事，明早早早就要下山，回成都。"村长和邻人都走了，羊路笑着对我说：

"知道吗？村长和别的邻居不同，很可能是受警方委托，来这儿探虚实的。"

"真的？那你是有意向他透露明天早早动身的消息？"

羊路点点头。他对舅妈说明天要赶远路，让她安排我早早睡下。他在另一个角落里向表弟交代着什么。那应该与明天的行程有关，但我没兴趣听，反正我一切听羊路的安排就行。后来偶尔听到羊路说"写科幻的王老师"，引起了我的注意。我侧耳聆听，羊路正在说：

"如果警察问昆仑在哪儿，你就请他们问王老师，我告诉过他。"

那就是说，明天要去昆仑了。当然我知道这不是新疆的昆仑，而是华夏先民们北上迁徙途中经过的川地的某座雪山。羊路过来，要我脱下外衣外裤给表弟媳换穿。还说要把我们俩的手机送给表弟夫妇，这样可以用手机信号引走警方。我不乐意地说：

"可是，我的手机里有几百个电话号码哪。"

羊路笑了："你放心吧。警方那儿有手机定位仪，绝不会让这部手机丢失的。等事情完结，到广汉公安局领回就行。"

"好啦好啦，反正一切听你安排，我是人质嘛。"

我不再倾听那边的动静，放心地入睡了。

第二天凌晨羊路把我叫醒，说表弟夫妇已经离开，警方的"蹲坑者"也被引走了，我们现在出发。羊路舅舅为我们备了羊奶，我们匆匆喝完，穿上羊路表弟夫妇留下的外衣。羊路舅舅从顶楼拿来一个相当巨大的背包，是羊路提前存在这儿的，里面是登山的全套家什。羊路背上背包，我们告别舅舅舅妈，从小路出了寨门。一辆提前候在这里的农用车把我们送过一座桥，过了杂谷脑河，又向南开了一段。道路开始变成很窄的山路，连农用车也不好通过。羊路和我下车，给车主付了钱，农用车突突地开走了。

我们正式开始了爬山之旅。眼前仍是熟悉的羌寨风光：过度开发的山地，不太整齐的梯田，高低错落的村寨，挺拔而立的羌碉。山头上，到了某条水平线之上，梯田被绿色的松林所代替。松树都不高，但也许这只是远观的缘故。羊路指着半秃的山头叹息道：

"几千年来，羌人没有善待我们的父母之山、父母之河。不过，这是为了生存，没办法。"

我悄悄打量着他。在这一瞬间，他又变回那个目光忧郁的巫王，正代表整个民族向岷山岷水忏悔。

羊路有一副自小放羊练出的铁脚板，虽然他精巴干瘦，但走得很轻快，那个超大的背囊也没影响他的速度。我说："你的包太大，分一部分让我背吧。"羊路摇摇头，笑着揶揄我，说："你只用照顾好自己，不给我添乱就行啦。"他瞄一眼我的腰部，说：

"噢对了，警察已经甩掉了，你带着腰带不好走，可以取下来放我背囊中。"

我看看他，促狭地说："那你的遥控器呢？"

羊路从口袋中掏出来："在这儿。"

我说："我要真的试按一次，行不？"

他平静地说："随便。"

我接过来，多疑地问："你这么放心地让我按，是不是把电池取下来了？"

羊路仍平静地说："你按一下不就知道了嘛。"

我说："那我按了啊，我真的按了啊。"

羊路微笑不言。我真的狠下心，按下去，遥控器上的小红灯亮了，证明里边确有电池。紧接着是轰的一声巨响，我俩血肉横飞——当然没有巨响。我腰间平静如常。我悻悻地说：

"弄了半天，原来真是一枚假炸弹啊。太没刺激性了，我太失望了。"

羊路给逗笑了："原来你才是个嗜血的女巫王啊。"

我说："腰带我先不取下吧，遥控器也放我这儿，万一警察追上来，我就以自杀要挟他们——哎哟完了，我的羌刀忘带了！"

羊路讽刺地看着我："当官的丢了印，放血的女祭司忘了刀。我看你到时候怎么放血，用牙咬吗？"他举起右手，从头顶拉开背囊的拉锁，摸出一样东西递给我，"在这儿哪，你搁床上了。"

我接过羌刀，以嬉笑掩饰我的难为情，"多谢啦。这把刀可不能丢。要知道，它最重要的功能还没有完成呢——防御我身边的大色狼。"我把它仍旧插到中筒靴中。

我们停下来吃了午饭，有牛肉干、巧克力、罐装绿茶，吃完把垃圾装回袋中，继续前行。渐渐地，熟悉的羌寨风光被抛到身后，换成真正的深山风光。在大约海拔3300米时我们经过了最后一个寨子，一条河流绕寨流过，水质极为清澈寒冽。羊路说这条河的河水不是来自山泉，而是直接来自雪隆包的冰川积雪。村子外是一片混交林，有圆柏、落叶松和云杉。我想这个寨子应该是藏寨吧，因为寨子外有青稞田和水转经轮。羊路摇摇头说，不一定是藏寨，因为羌人的藏化和羌人的汉化一样普遍。在本地，有时候因某个寨子该划入羌民区还是藏民区，地方政府之间常常会闹出一些小矛盾。

他边走边介绍说，岷山与西边年轻的青藏高原不同，非常古老，远在八亿年前——那还是藻类与水母繁盛的时代，连三叶虫还没有出现哩——就已经成为陆地，被称为"康滇古陆"。此后虽然沧桑巨变，但这儿始终是陆地。即使发生海侵，这些山头也是耸立于海面之上的岛链。又过了两亿多年，寒武纪生命大爆发，康滇古陆成为地球上陆生生物的重要发源中心。比如在云南就有著名的澄江古生物群。

"是吗？"我说，"上次过龙门山时我曾提出一个很科幻的建议，要在这儿修一座3000米高的彩虹桥，上面大书着：华夏先民鱼跃龙门之处！看来我的设想还不够大胆，应该写上：寒武纪生物鱼跃陆地暨华夏先民鱼跃龙门之处！"

又走了一会儿，林木开始稀疏，直到消失。这一带的林线是3700米，所以我们此时已经越过了3700米的高度。我开始气喘，不再说话了。林线以上是丛生的灌木，像锦鸡儿、小檗、绣线菊、鲜卑花、金露梅等。再往上走，灌木丛也开始稀疏，只剩下暗绿色的高山草甸，还有裸露的碎石形成的流石滩。山坡上缀满野花，以黄色、紫红、蓝色和白色居多，这是高山花卉的典型特点。最多的是一种很有特色的花，花冠分为上下两唇，下唇铺开来成为三瓣，而上唇特化，像是鸟喙，羊路说这种花叫马先蒿。

天色逐渐暗下来，向上看，只剩下垫状的草本植物，一窝一窝地趴在地上。严酷的环境中，强风、低温和暴雪逼着植物们只能抱团取暖，它们相互挤靠着，以保住宝贵的温度、湿度和土壤。不过，这一片一片"菌落"上仍然绽放着斑斓的色彩，彰显着它们顽强的生命力。羊路说，这些不连续的草垫说明海拔已经到了4300米。再往上看，就是海拔4964米的银光沸腾的雪隆包顶峰了。羊路说："今晚咱们就在这儿休息，明早登顶。"

他找了一块儿比较平坦的坡地，让我休息，他从巨型背包中取出高山帐篷，麻利地固定好。然后又挑出几件登山服扔进帐篷里，对我说：

"这是为你准备的，你进帐篷里换上吧。内衣裤都要换，因为爬山要穿排汗内衣，我都为你备齐了。明天咱们要抛弃所有辎重，轻装上山。"

我问他："这些东西是什么时候准备的？"

"一年前。我置办后，在去年还牦牛愿时送到我舅舅那儿的。"

"一年前？一年前你还不认识我，那你老实说，这套小号登山服你是为哪个姑娘准备的？"

对这个刁钻问题他只是平和地笑笑："怪我没说清。其他东西是一年前准备的，只有这一套衣服是刚刚托我表弟带来的，特意为你买的。"

"噢，特意为我买的啊，那就谢谢了。"我笑嘻嘻地说。

我在帐篷中尽快换了登山服，到帐篷外喊羊路进来换衣服，免得他在外边挨冻。我掀开帐篷门时发现已经晚了，羊路已经在雪地上脱光衣服，穿好了排汗内裤，正在套内衣。上身赤裸着，袒露着他精巴干瘦但很结实的肌肉。我惊奇地发现，他胸前有一个圆圆的东西，似乎是原色的木板，很薄，用两根带子十字交叉地跨过肩部，固定在双乳之间，就像古代武将的护心镜。那是什么？是什么东西如此珍贵，让他贴肉收藏？莫不是始祖神给他的文字化的神谕？没等我看清，他的内衣已经穿好，把那件东西盖住了。他显然知道我看见了那东西，但神态平静，没有做任何解释。

既然他不说，我也抑制住自己的好奇，没有问他。我回到帐篷，把我换下的旧衣服叠好，放在角落里。叠衣时我努力揣测那个圆盘中可能是什么东西，但不得要领。这时羊路已经换好衣服，钻到帐篷里。帐篷是双人的，空间很宽敞。我帮他把换下的衣服叠好，与他面对面坐在充气垫上。羊路说：

"早点休息吧，到山顶的垂直距离还有700米，从路程上说有千把米。这千把米是最难爬的。"

我确实累了，两人钻进各自的睡袋，背靠背睡下，不过我们暂时没有拉上帐篷的拉链，透过山形的帐篷门欣赏外边的星空。高山的夜空特别纯净，像用雪水洗过。月亮还没升上来，但天色并不晦暗，我想它是被山顶的雪光映亮的吧。周围是凝固般的安静。在我被羊路劫持的第一晚就已经体味到深山的宁静，但这儿的宁静比那天的更深，更冷，更古老。这里的安静像水银一样，能渗到骨头缝里。我俩都没睡，羊路的眼睛在夜色中灼灼发亮。我忽然问：

"羊路，我问你一个问题。也许有点难以回答，但你要坦率回答，不许用外交辞令。"

羊路侧过脑袋，"行，我会如实回答。"

"那天在金沙博物馆的宴席上，王老师曾问朱馆长，《羌戈大战》中说的魔兵，在真实历史中可能是谁。朱馆长说羌族没有文字史，历史上缺环太多，只能推测。如果史诗记载的是5500年前蚕丛入川的事件，那么魔兵很可能就是黄帝部族。"我笑着加一句，"也就是说，是我姬家的直系祖先。羊路，朱馆长说得对不对？"羊路没有马上回答，我笑嘻嘻地说，"不要顾忌我的面子啦。朱馆长和王老师都说，远古先民的所有族群都是从血泊中杀出来的。这是人类的原罪，华夏也不例外。"

羊路扭过身，认真地说："我不会隐瞒的，我也相信人类史的基色是血色，尤其是在蛮荒时代。但据我的推断，《羌戈大战》中说的魔兵肯定不是黄帝部族。"

"为什么？"

"汉族先民与羌族都源出先羌，历史上关系非常紧密，一直到夏朝都是如此。整个夏朝'西线无战事'，除了一次平叛，夏羌之间基本没有战争。既然如此，如果说在此前的黄帝时代，华夏先民和羌族发生过严重的战争，有血腥的世仇，那就解释不通了。中原政权同羌的冲突从商朝才开始，商部族是从东夷分化出来的，是东夷与黄帝部族的混血，所以商在灭夏之后，西线一改往日的平静，一直蔓延着惨烈的战事。甲骨文中记载的商王武丁'伐土方''伐鬼方'，据郭沫若先生考证，土方并非氐羌，而正是夏朝的残余势力。还有，商人为什么偏好用羌人做人牲，也有'羌夏一体，俱为敌国世仇'的因素。所以，《羌戈大战》中说的魔兵，更可能是商朝军队，甚至是时间更晚的秦国军队。"停停他又说，"我这个推断还有一点儿佐证：我读《羌戈大战》有一个强烈的印象：它只是'我'的历史，而不是'我们'的历史。也就是说，它涉及的只是由阿巴白苟所率领的羌人的一根树枝，而不是羌族的主干。从这点上也可推出一个结论：它所指代的历史肯定比较晚近，绝不会是5500年前的蚕丛时代，因而魔兵也绝不可能是黄帝部族。当然了，我这个假说也有说不通的地方，那就是蚕丛部族如果没有受战争逼迫，为啥要从大草原重回龙门山。这一点姑且存疑吧。"

"是吗？那我心里就踏实了，不用替我的黄帝祖宗向你道歉了。那就为我的商朝祖宗向你道歉吧。"我笑着说。"其实历史真是一笔糊涂账。你刚才说夏人和羌人都是商人的世仇，那你说，今天的汉族应该算夏人后代、商人后代还是周人后代？分不清了，无数条血脉的支流已经汇成一条大河，永远分不清了。要说只能说：汉族是汉文化的后代。"

"你说得不错。正如范文澜所说：华夏民族历来注重文化之大同，不注重血统之小异，说得非常精辟。"

"那就很遗憾，王老师的预言要落空了。"我笑着解释，"那次王老师见谢老后，曾开玩笑地提出一个预言，说三星堆博物馆正在开展的 DNA 检测将会证明，你是蚕丛、柏灌和鱼凫的直系后代，是蜀的王族血统。但如果依你刚才的说法，今天的羌民只是比较晚进入龙门山的，那你同蚕丛鱼凫的血缘就比较远，可以说跟我是同一个级别——黄帝的后代同样和蚕丛有亲缘关系啊。"

"不，我仍然自认是蚕丛、柏灌和鱼凫的直系后代。我与你有大大的不同——我一直扎根在这片土地上，也就汲取了历代先祖们留在这片土地上的灵性。我认为灵性是比基因更深层的东西。灵性虽然听起来虚无缥缈，但也许某一天科学会证明它也有物质载体；正像人类的血脉传承也曾是虚无缥缈的东西，现在已经知道 DNA 是它的物质载体。"

"所以你能听见始祖神的神谕，也准备要恭行它。"

我的话中不带丝毫的谐谑，而羊路也庄重地点头。

月亮从山坳里升起来，今天是阴历十九，月亮还很圆，静谧的月光透过帐篷门洒在我们身上。从黄帝蚕丛以来，六千年人世沧桑，但月光没有变。六千年前，同样的月光照耀着原始风貌的龙门山地，照着艰难求生的先民，肯定也会照着一对对热恋的男女——不，最后一点我说错了，那时还没脱离群婚制吧，在群婚制的年代可没有"一对对"情侣。所以，如果羊路带着我回到远古，我不愿回到六千年前，只愿回到人类有了固定配偶制的年代……

我在心里取笑着自己的胡思乱想，说：

"不说了，睡吧。"

"好的，睡吧。"

我突然说："羊路，我想要你搂着我。"

羊路对我的要求有点儿意外，他没有说话，从睡袋中伸出右臂，伸过来。我枕上它，让身体靠羊路更近一些，在寒冽的空气中，放心地睡了。那把锋利的羌刀卧在我的枕边。

我睡得很熟。早上醒来时，朝阳已经抹红了东方的云霞。羊路可能早就起来了，在帐篷外面活动身体。听见帐篷内的动静，探过脑袋说：

"天气很好！对今天的登顶很有利。我是托你的福啦，雪隆包用最好的天气来欢迎它的贵客，一位美丽的雪山女神。"

我从睡袋中钻出来，钻出帐篷，先往山下极目观看，没见有人影。我问：

"警方没有跟来？也许他们已经跟烦了，撤退了？"

"他们不会放弃的，何况我还特意留下了地址。但昨天咱们玩了那招金蝉脱壳，会让他们落后半天的路程。所以今天咱们还得抓紧，在他们追上之前把事情干完。"

我们用湿巾擦擦脸，草草漱口，吃了早饭，清理了垃圾。羊路把登顶必用的东西单独理出来，装进一个背包，包括两人一天的干粮和饮水，其他的全部留在帐篷里。我把金杖腰带仍缠在腰间。这次我不用他提醒，去枕边拎过来羌刀，塞进冲锋衣裤中，一边向他吹嘘：

"你看这次我没忘带刀吧。女祭司已经提前进入角色了。"

我们开始了登顶。窝状的草甸很快消失，地面上开始覆盖着薄薄的冰川。这一带的雪线是4700米，而冰川一般在雪线之下。因为冰川有流动性，在融化之前会向下蠕动一段距离。雪线也称粒雪线，准确位置是松软的粒雪和冰面交界的地方。雪线之上就是生命禁区了，我们看到的最后一个生物是一只红嘴鸦，样子和内地的乌鸦差不多，但毛羽特别黑，闪闪发亮，嘴巴是鲜艳的红色。它停在冰川之上，歪着脑袋，明亮的眼睛严肃地打量着我们，颇有点降尊纡贵的表情。然后"呱"地大叫一声，飞走了，叫声和内地的老鸹声倒很像。在内地，清早听见老鸹叫被认为是凶兆，我默默目送它在下方消失，回头对羊路说：

"这是红嘴鸦，不是内地的老鸹。而且在这样的生命禁区，难得见到一只活物，它的叫声肯定应该算作吉兆。羊路，我说得对不对？"

羊路没有接我的话头。他在我的头顶十几米处，正认真固定着安全绳，他检查一遍，放心了，把绳索扔下来，让我拉着绳索攀上去。我在他的帮助下登上一层石阶。地下已经有了少量积雪，但不连续，只在岩石缝和凹陷处有一点儿，其他地方仍是裸露的黑色岩石。我气喘吁吁地问羊路：

"我看你使用登山器械蛮熟练的，以前登过山？"

"对。我登过5588米的雪宝顶，算是为今天做演习吧。你是第一次攀登雪山，对吧。"

"对，所以——生手上路，请多包涵。"

"甭客气啦。其实你也不错，虽然没登山经验，体力还行，我看至少不用我背你上山了。"

我笑着说："那可不一定。说不定一会儿我就会瘫到地上。你要完成你的什么羌汉合璧阴阳合璧，就得吃点苦，四肢着地地背我上去。"

话说多了有点喘，羊路说："别说话了，保存体力。对了。到雪线了，把墨镜戴上吧。"

这一千米登顶花费了我们半天时间。按资料上说此地雪线是海拔4700米，也就是说，按垂直距离算，海拔4964米的雪隆包应该有264米的积雪。但也许是雪线后撤了，我们所到之处的积雪一直不成气候，直到山顶才有连续的比较厚的雪层。雪层洁白晶莹，反射着明亮的阳光，显得"银光沸腾"，这是羊路的话。空气冷冽，尽管阳光灿烂，但在这5000米的山顶，阳光似乎也变成了月光般的冷光，柔柔地抚摸着我的面颊。今天登山途中山神施恩，风力一直不强，对我们的登山很有利。但到了山顶，风力突然加强了。头上的天空蓝得透明，几片轻淡的旗云在头顶上翻卷着。向下俯瞰则是一片深绿，那些不连续的草甸，暗色的灌木，以及更远的针叶林和混交林，此刻因距离的缘故全部浓缩了，挤成连续的绿色。我在强劲的山风中喘息着，忘情地喊：

"太美了！七仙女的瑶池，雪山女神的闺房！羊路，一会儿你一个人下山吧，我不走了，长留在这里了，要像赫妮姐说的那样，在这儿参禅悟道，虹化成仙。"

羊路没有说话。我突然发现这个人变了。在这一段接触中，尽管他是个"劫持犯"，但在我眼中他基本是个文人，举止风度中带着三分文弱。他的面部线条是柔和的，笑容也总是温和的。但现在呢，他就像带上金面具的三星堆铜人，面部线条如刀劈斧凿，表情也变得冷硬。此刻他在雪地上挑选，应该是在挑选一块平地作为祭台吧。羊路说过，古人认为，最重要的祭祀，祭祀场所反而最质朴，不用封土作坛，只把一块平地扫除干净即可，所谓"至敬不坛，埽地而祭"。而在这圣洁的雪山峰顶，连埽地都用不上。我收起嬉笑，悄悄走近他的身边。他挑选了一处积雪较厚的高台地，对我说：

"把金杖给我吧。"

我从腰间抽出带有体温的皮鞘，递给他。他小心地抽出金杖，押直，轻轻托放到平坦的雪层上。金杖衬着洁白晶莹的雪，映着灿烂的阳光，显得光彩夺目，气势逼人。羊路脱下登山靴，赤脚站在雪地上，双手抱在胸前，默默祷告着，一如三星堆博物馆中那个著名的青铜大立人。我也学他的样，悄悄脱下登山靴和袜子，像他那样赤足站在雪地上。雪的寒气透过足底的涌泉穴电射到大脑，冷得我一哆嗦。我觉得我在瞬间打通了体内的任督二脉，沟通了天地的灵气。金杖的灵性在雪山之巅弥漫，而羌人始祖的元神也在周围翱翔。

良久，羊路说："女祭司，把刀拿出来吧。"

我从怀中抽出那把羌刀，抽出刀身，刀身带着我的体温，又散发着凛冽的寒光。我下意识地用拇指试试刀锋，刀锋发出轻快的嗦嗦声。在羊路示意下，我们俩走近金杖，他默默向我伸出左手。我轻声问：

"割哪儿？手指？"

"随你的意。"

我想了想，没有割他的手指，而是扳过他的左手腕，在脉门附近划了一

血祭

刀。还好,在这个庄重的时刻我的手没有发抖,划痕深浅也掌握得很好。划痕先是发白,迅速转红,然后浸出血珠。我没有耽误,在自己左腕上也迅速来了一刀。然后把两人的左腕上下相对,十字叠放,置于金杖的上方。血滴从贴合处漫漫津出来,这时已经分不清它们是羊路的血还是我的血。鲜血一滴一滴,滴到金杖上,滴到金杖下的雪面上。金色、白色和红色糅合在一起,给人以强烈的视觉刺激。此时此刻,别说羊路了,连我也沉浸在浓厚的宗教情绪中。我觉得羌蜀先民的诸神正飘荡在圣山的山顶,默默享受着我们的祭祀。我强抑激动,笑着说:

"好了羊路,你的心愿完全实现了。在神圣的雪山之巅完成了对祖先神器的血祭,而且正如你所说的,是羌汉合璧,阴阳合璧。你的始祖神已经悦纳了。"

我的右手还举着那把羌刀,羊路说:"是的,对金杖的血祭完成了。把羌刀给我吧。"

他从我手中轻轻抽出那把刀,把它放到金杖旁边。我原以为这表示祭礼已经完成,但我错了。他立在原地,双手伸进自己的上衣,在胸前摸索一会儿,掏出来一个圆盘,就是昨晚他换衣服时我曾瞥过一眼的玩意儿。我好奇地端详着。它的确是木质的,是一个很薄的木盒,没有油漆,呈现着清晰的木纹。周边有四个孔,应该是穿绳索用的。他慢慢打开盒盖。在这一瞬间我突然猜到了里边是什么,立时停止了呼吸。那不会是羌人神灵赐予羊路的符咒,而应该是——果然是它,著名的太阳神鸟!此刻太阳神鸟脱离了幽暗静谧的展室环境,因而少了几分神秘。但它暴露在灿烂的阳光下,更突出了强烈的动感。四只飞鸟在阳光的闪烁下扑打着翅膀,似乎要飞离它们所在的平面。我几乎能听见它们穿越几千年时空的鸣叫声。

我惊呆了,一句话也说不出来,呆呆地盯一会儿太阳神鸟,再盯一会儿羊路。他盗取了三星堆博物馆的金杖,已经是惊世之举了,我绝对想不到他竟然同时盗取了太阳神鸟!还把这个惊天秘密不动声色地瞒着我!我毫不怀疑眼前这件是真品,因为它闪耀着真品的神韵。据说太阳神鸟出土后,文物部门为了某种特殊用途,曾让一家著名工艺厂仿造。该工艺厂为了这件小小的金品，用了整整半年时间才仿造成功。但文物专家们审察后无不叹气，因为仿品的造型呆板，失去了原件的灵动。当然，以羊路的巧手，应该比工艺厂干得好，应该能仿出一件精品，但经过这些天的接触，我对羊路的思维脉络已经非常熟悉了。依他对神灵的虔诚推断，他绝不会把一件仿品放到神的面前。

但他是怎么做到的？他能盗取金杖，那是使用了"移花接木"的智谋，归根结底是因为他有"近水楼台"的便利，而太阳神鸟远在他的工作范围之外，而且守卫更加严密……我叹口气，不再为此绞脑汁了。他能做到这一点，大概是缘于巫术和神力。是冥冥中的始祖神授予他法力，可以轻松跨越对太阳神鸟的一道道防卫。

在惊叹的同时，我心中也有了隐隐的不满。太阳神鸟是国宝中的国宝，是女皇王冠上的钻石。他纵然是为了"高尚的目的"，纵然在祭祀后会原物归还，但把太阳神鸟盗出来，做得也太过了……不知道此刻的金沙博物馆是否知道国宝被盗？那根缓缓转动的透明圆柱上此刻是否有一件赝品？……羊路捧着木盒来到祭台之后，那儿是一处比较低洼的雪地。他把木盒放到一边，从祭台上拿起羌刀。这次他没有喊我，而是独自割破了手腕，在原先的伤口上重重地划了一刀。鲜血大滴大滴地滴在雪面上，瞬间染红了杯口大的一片。血流的汹涌让我心悸，忍不住上前制止：

"羊路，够了，不要再滴了！你说过，血祭只是象征意义的嘛。"

羊路摇手止住了我。不过这时那片血迹已经闭合，他不再滴了，转身从木盒中小心地揭起那件神品，轻柔地平铺在染红的雪面上。现在我知道了他染红整个雪面的用意。太阳神鸟在金沙馆中展出时就是放在火红色的背景上，这样的背景使图案中的镂空部分形成了红色的火焰，四周是旋转的火舌，因而更具动感。羊路现在是用鲜血来代替红色天鹅绒。

金色的太阳神鸟平卧在红色的雪面上，外围则是白色的雪面，红白黄映衬着，比前边的金杖更醒目。羊路直起身，右手捏住割破的手腕，笑着问我：

"你愿意也滴上一滴吗？记住，一滴即可。"

我点点头，在太阳神鸟上滴了两三滴鲜血。然后我们双手抱胸，以更加虔诚的心灵重复了刚才的祷告。

祭祀完成,他的面容也轻松了。他用创可贴贴住了两人腕部的伤口,蹲下身,先为我穿上袜子和登山靴,自己也穿上,挽着我的胳膊退回。我们来到断崖处,环视着千里群山。此刻我心中异常轻松,刚才心中曾经泛起的不满也已淡去。羊路念兹在兹的血祭完成了,我担心的事并没有发生,这应该是最好的结局吧。忽然我瞥见远处的一条山背上有动静,是几个人,穿着红色的登山服,慢慢蠕动着。我极目细看,数出是五个人。我刚要向羊路指认,羊路已经看见了,冷静地说:

"那些人很可能就是警察。依距离估计,他们四五个小时后就会赶到这儿。"

我笑着说,"你根本不用担心他们。因为我并非被你劫持,而是自愿随你来这儿的。你虽然盗出了两件国家级文物,但只是完成一次祭祀后就原璧归还,也算不上多重的罪。咱们这就下山去迎上他们,可以算做自首情节,能进一步减刑。怎么样?"

羊路笑了。他的笑容是从内心深处浮上来的涟漪,把他的脸庞变得十分生动。他说:

"小姬,你下山吧。你下到咱们的帐篷里等着警方,他们很快就会到的。这段下山路不难走,你一个人可以对付。对不起,我说过要送你下山,但我只能食言了。"

"我下山?你呢?"

"你不必管我。我既然来了,就没打算再下山。"

我焦灼地喊:"什么傻话!你不下山在这儿干什么?"

羊路轻松地说:"神灵自有安排。神谕说,当我用血祭激活了神器的灵性,它就会带着我回到六千年前的草原。或者用你的话说,是一趟穿越时空之旅;或者用赫妮的话说,是虹化升天。实质是一样的。"

他的轻松更激起我的焦灼,但我知道无法说服他。这些年来,他全身心投入这个目标,已经走火入魔了,走火入魔的人是不可理喻的。虽然我是个虔诚的科幻迷,但在现实生活中,我并不相信眼前这家伙能够穿越时空、虹化升天或让灵性脱离肉体。刚才我曾想象他有法力，那只是出于游戏心态。最大的可能是：他准备以自己的生命来奉献给神器，只有这样才能表达他的虔诚。旁观他精心策划的计划，我早就发现它的异常之处——是一个不留后路的计划。看来他说得对：在他走上这条路时就没打算回头。

我迅速平静了自己的情绪，笑着说：

"这样也好。其实我早就觉得，单单几滴血的祭祀未免过于轻飘，你的始祖神可能不满意。最好能以两条生命来做牺牲，才有足够的分量，那才是真正的羌汉合璧、阴阳合璧。羊路我成全你，我也不走了，跟你一起行这件事。"

羊路看看我，冷硬地拒绝："不，这是我的事，不是你的事。"

"为啥不是我的事？你是奉行始祖神的神谕，对吧？六千年前，你的始祖蚕丛，和我的始祖黄帝，还是没出五服的兄弟呢。甚至我觉得他俩可能是发明养蚕技术的同一个人，只是在两支后代的记忆中有了错讹，被赋予不同的名字。所以嘛，这件事也是我的事，这既是我的义务也是我的权利。你说呢？"

我笑嘻嘻地看着他。羊路郁怒地说："我不允许你这样做！"

我惊奇地说："我干吗要征得你的允许？我留在这儿，你干什么我干什么，依样画葫芦就行。我跟着你经历了一次雪山之旅，走得很愉快，很刺激。但没有过瘾，还想跟着你再来一次虹化升天，或者穿越时空，那才真正神奇呢。"

羊路没办法应付我的"胡搅蛮缠"，郁怒地转过身，盯着那片祭坛，盯着金光、雪光和血光混杂的地方。不过他很聪明，也像我刚才那样迅速平静了情绪，问：

"你真的要这样做？"

"当然是真的。"

羊路平静地说："我巴不得这样呢。不妨向你透露一个秘密：其实我的初衷正是以两条生命献祭，只是无法横下心来实施。既然你心甘情愿，省得我动用武力，我当然乐意。"

血祭

"真的是你的初衷？那再好不过了。我确实是心甘情愿，不用你哄骗，也不需要你动用武力。"

"我想你也有足够的勇气？"

"这点你不必怀疑。这些天的接触，你应该了解我的脾性了。好了，这事就说定了，不用再啰唆了。来，羊路，"我挽上他的胳膊，"时间还充裕，咱们不妨向尘世，或者说这片时空，来一个最后的告别。"

我挽着他走到崖边，极目四顾。北边，隔着一条河谷就是天盆山，它现在俯伏在雪隆包的脚下，被放生的三头神牛和三只神羊此刻正在哪个山坳里吃草吧。天盆山再往北就是俗称"红原"的若尔盖草原，是黄河上游，是先羌的发祥地，不过这会儿它们都隐在山后。往西南是著名的卧龙自然保护区，熊猫的故乡。往东看的连绵群山都属于龙门山，就是我说的"华夏民族鱼跃龙门之地"。再往远处，隔着岷江峡谷，一座远山顶着洁白的雪帽。那是著名的九鼎山，柏灌可能就是从那一带走出龙门山，到了成都平原。羊路说他生活在这片土地，所以汲取了先祖留在这片土地上的灵性，灵性是比基因更深层的东西，我不妨相信这个说法。那么，有了这段难忘的经历之后，我想我也吸取了足够的灵性，算得半个羌人了。

羊路有点儿情绪，冷着脸不说话。我才不管他的冷脸呢，拉他坐在崖边，笑嘻嘻地说个不停。我说："这会儿咋看不见那五个人影了，他们真是追踪咱们的警察吗？咱们看见他们那会儿，他们是不是也看见了咱们？羊路，你老在说王老师不会轻易放弃，一定会用老猎狗的鼻子跟在后边嗅探，那他是否就在刚才的五人当中？"我又说："很快就要告别人世，羊路我给你一个盖棺论定吧，你这个人走火入魔，行事怪诞，和当今商品社会的芸芸众生相比，简直不是一个物种。不过也许正因为如此，正因为你的神神道道、特立独行，我已经喜欢上你了。我也知道你喜欢我。常言说，眼睛是心灵的窗户，一个男人的心灵是无法掩饰的。但你老摆着一副臭男人架子，不敢流露自己的真感情。我说得对不对？"

我又说："羊路，到了另一个世界后你可得好好照顾我。那儿我没一个熟人，又听不懂你们的羌语，也不会干那时女人们的活计，不会拧毛线不会挤羊奶，没办法养活自己。所以嘛我绝对是孤苦无依，只有靠你了。"

羊路讽刺地说："怎么突然变成一个弱女子了？这不像小姬的性格啊。"

"怎么不像？柔弱是女人的最本元的天性。"

"既然这样可怜，你就甭去了。"

"不，去还是要去的，有你在，我不可怜，倒是你该可怜。想着你的父母都被你撂下，撂在另一个遥远的时空，我免不了替他们难过。不过我也挺可怜的，"我笑着说，"我是一个人质，肉体层面的人质和感情层面的人质，是被你逼着，才走到这一步。"

"这会儿好像是你在逼我吧。"

"那我不逼你，你也别再操心什么虹化啦神谕啦，现在就痛痛快快带着我下山，行不？"羊路不说话。"所以嘛，最终还是怪你，是你逼我走到这一步。"我叹息道，"按说怎么也得给我父母道一声永别吧，你也该给父母道一声永别。可惜两部手机被你送人了。要不，我向雪山喊两声算做告别吧。"

我站起来，用手捂成喇叭，对着群山高声喊道："爸，妈，女儿与你们永别了！"想了想我补充道，"那边有个好男人照顾我，别为我担心！"

高亢的声音从山顶荡开，在群山中反射，变成模糊的回音。这样的"生离死别"把我自己都感动了，两行泪水悄悄淌下来。我擦干眼泪，对羊路笑嘻嘻地说：

"怎么样，我的心态还不错吧，真正的视死如归。"

羊路被我的装痴作傻弄得哭笑不得，只是摇头。忽然我发现远处有几个红点，此刻他们在另一条山脊上，离我们已经近多了。"看，他们在那儿！"羊路看见了，表情没有什么变化。"羊路，估计三四个小时后他们就会赶到。咱们不耽误了，早走一步吧。"

我拉着羊路返回祭坛，从雪地上捡起那把带血的羌刀，递给羊路。羊路接过刀，面无表情地看着我。我笑着说：

"咱俩咋个升天，是割脖子还是割腕？随你的意吧——且慢！羊路，一位鲜花般的姑娘自愿陪你到另一个世界，走前你总该吻吻她吧。"

我作势要扑到他怀中。羊路忙把羌刀远远避开，以免无意中刺伤我。我从他手中夺过刀，扎到雪地上，然后大笑着扑上去，搂紧他，给他一个透不过气的长吻。在我的拥抱中，羊路的身体很快有了反应，他也紧紧拥着我，还我一个热烈的回吻。我们搂抱着倒在雪地上。

三、羊路的记述

太阳神鸟

飞翔的风停落在雪山的高端，
四面是太阳金黄的歌声，
天堂鸟的欢姿翩跹飞舞。

你的心紧贴在我的心上，
放纵脚下的海拔一高再高，
任随翻卷的世界一远再远，
绝壁的威仪照亮整个的路程。

此刻，大地中央升起的心跳，
波动在双眼妩媚的深情中，
苍茫的神话绽放今生的花香。

你温暖在我的呼吸里，
我鲜红在你的血脉中，
沉默的心灵昂起新生的头颅，
所有道路托举一个最高的舞台。

千重四方的万物凝望着你，
你是银光沸腾中幸福的女人。
你的双眼遥远而宁静，

你的青春温柔而芬芳,
你的手臂宽广而无垠。

众神都在倾听你的歌唱。

第四章　血　脉

一、老王的记述

周队领着我们，一行五人向雪隆包方向追赶。差堪告慰的是，我虽然犯了一次低级错误——把雪隆包误记为雪宝顶，但这次没错。沿途遇见的几个山民都说，有一男一女经过这儿向山顶去了。我们沿途追踪，过了最后一个羌寨或者是藏寨，山路上基本没有人迹，所以周队他们已经能不时找到有人走过的新鲜痕迹了。

中午时分我们越过了海拔 3700 米的林线。这段山路不算难走，特意购置的登山器械中除了登山杖，其他物品还没用过一次。我和赫妮的身体也比较争气，没显得太吃力。我想这是因为心中的焦灼化为动力了。周队安排小杨和小余分别照顾我和赫妮，但我俩基本没让他俩费心。小杨小余一个劲儿夸奖，夸我"老当益壮"，夸赫妮是"登山老手"。

我们正在一条山脊上行走，周队突然喊：

"看，山顶上！"

顺着他的指向，我们看见在山顶上，衬着洁白的雪面，隐约有两个移动的小红点。周队取出望远镜，调好焦距，认真看了一会儿，然后把望远镜递给我，说，"面貌看不清，看身形是他俩。"

我和赫妮都观察了。镜野中，那两个穿登山服的身影正立在崖边，向下指点着，也许他俩也看见了我们？看着这两个点状的身影，我心中突然涌出一波感情的激荡。这趟龙门山之行中，虽然我和小姬是相约而来，到四川后我也曾收到过她的短信，与她有过一次通话，在天盆山时相距不过 500 米，但就"目睹"而言，这还是第一次。虽然只看到两个模糊的点状身影，也足以让我欣慰，因为总算亲眼见证了她此刻的安全，但欣慰之余我也更为焦灼。

他们已经到了山顶，羊路的那个什么"血祭"就要实施了，而我们离山顶还有四个小时左右的行程。谁知道我们上去后会看到什么场景？我不指望警方的出现会对羊路有什么震慑作用。他并不怕警方发现行踪，只是狡猾地策划出一个时间差，足以把他想干的事干完。

周队体谅我的焦灼，安慰我："王老师不必过于焦灼。依我的经验，也依我在天盆山观察到的羊路的举止表情，这不大像一桩恶性案件。咱们只是按最坏的情况努力。"

赫妮也微笑着安慰我："我赞成周队的估计。羊路不是丧心病狂的人。"

我叹道："但愿如此吧。"

我不敢相信周队的估计。他的估计是基于长期的破案经验，这种实际经验当然很宝贵。但他过去接触的是一般罪犯，而今天面对的是一个心理怪诞的诗人，一个走火入魔的殉道者。直觉告诉我，像羊路这样的人，既然用数年时间精心策划了这次大的行动，就必然设计有足够震撼的结尾，没有这样的结尾他不会轻易收手的。

只祈望这个"震撼结尾"不涉及两条宝贵的生命，尤其是无辜的小姬。

我们尽量加快了速度。越过灌木区后，小余最先发现了羊路留下的帐篷。我们赶过去。帐篷中扔着他们的辎重，包括两人换下的全套衣服，内衣袜子都在其内。两套衣服都叠得整整齐齐，放在帐篷的角落。小姬的衣服肯定是她自己叠的，至于羊路的衣服，恐怕也是小姬叠的吧。叠衣时她的心境肯定闲适从容，没有担惊受怕的成分。我们在帐篷内外仔细寻找一番，没有发现什么异常迹象，比如小姬留下的暗示或报警。这些情况，尤其是那两叠整齐的衣服，让周队更放心了。但我仍不敢乐观。因为——小姬也许从精神上也完全被劫持了，甚至死心塌地地爱上了罪犯。的确，从这套整整齐齐的羊路的衣服上，我能够触摸到小姬柔柔的情意。

赫妮看看这叠衣服，看看我，没有说话。但我知道，在这类问题上女性的目光要更敏锐一些，她无疑也看出了小姬对羊路的情意。

我们在这儿吃了午饭，也把辎重留下。我们离开帐篷，走过草甸区。前边有了零星的冰川。这儿离山顶已经很近，也就几百米的样子。如果他们这会儿在山顶，应该能注意到我们攀爬的动静吧。但此刻山上没有人探头张望，没有活动的身影，也没有任何声音，一片死寂。这样的死寂让我心中升起不祥的预感。

山路变得陡峭难爬，小杨在前边开路，碰见陡崖就往下放安全绳。小余和周队跟在我和赫妮的后边。赫妮的动作仍然保持着轻快，但我已经受不住了，呼吸困难，两条腿止不住发抖。赫妮避开周队，低声问我：

"王老师你怎么样？坚持不住的话就别勉强。我陪你留在这儿，让他们三个先上。"

我确实想好好歇一阵儿，也不愿因我而耽误其他人的速度，但我更想马上看到一个活蹦乱跳的小姬，要亲眼看见才放心。我咬咬牙说："我能坚持，继续爬吧。"

就在这时，山顶忽然传来一声高亢的呼叫，紧接着又是一声。距离太远，听不清喊的是什么，但肯定是女性的声音，也就是说，应该是小姬的声音。声音从山顶向四周荡开，化为遥远的回音。她喊的什么？是临死前的呼救？似乎不大像。因为虽然呼叫的内容听不清，但声音高亢明亮，并没有凄厉恐惧的成分。

我们都驻足倾听，但山顶上再没有声音了，也没有其他动静。

我们默默地加快脚步。最后的几百米地势陡峭，地面有了越来越厚的积雪，空气更为稀薄，攀登起来要艰难得多。不过，那声含意未明的女性呼唤就像一记鞭抽，催逼着我们往前赶路。终于，我借着安全绳和周队的托举，爬上了最后一道陡崖。前面就是雪隆包的山顶了。

周队他们三个抽出武器，警惕地观察着四周，我也在喘息中环视山顶。山风强劲。雪面上有一行行脚印，但没有人影，没有小姬，没有羊路，也没有横卧的鲜血淋漓的尸体，谢天谢地！为了尽量保护现场，我们沿着脚印的方向但与脚印保持一定距离，小心地往前走。小余先发现雪面上扔着一条皮带，不，不是皮带，而是皮质的鞘筒，长有一米半左右，两头有挂钩。厚度比较厚，内部是卵圆形的空腔。看着它，我们五人几乎同时猜到了它的用处：

"是用来装金杖的!"

我不由苦笑。原来金杖装在这里面啊,而且几天来它一定围在小姬的腰间。难怪小姬突然有了"腰身",而我们一直没发现可以装金杖的长形物品。这也就是说,所谓的"炸弹腰带"一开始就是障眼法,是个一石二鸟的低成本的小计谋,既实现了金杖的随身携带,也顺便对警方起到吓阻作用。计谋虽然简单,但很聪明,很实用。

在这趟破案之旅中,我已经犯了一个大错:把"雪隆包"误记为"雪宝顶"。现在我看见了自己的第二个大错:我最先"发现"的炸弹腰带原来只是装金杖的皮鞘。秘密揭开后,原来它如此简单。但在揭开之前,它让我们担了多少心!这两天一直没能猜透这个简单的秘密,很让我脸红,但其实也不奇怪。没人会想到羊路会把他最珍重的神器交给人质随身携带,这完全违反一般罪犯的心理定式,因为,既然没有炸弹腰带的约束,人质很可能设法溜走,从而让绑架者落个人财两空。除非绑架者有确切把握在精神上控制人质。

不管怎样,确认了不存在什么"炸弹腰带",我们都把心放下一半——但是人呢?

然后我们的目光都被前面吸引住了。在山顶的一个高台地,厚厚的积雪上,那根宝贵的金杖安静地躺卧着。金杖之上和雪面之上都洒着点点血迹,色泽鲜红,十分刺目。金光、雪光和血光映着下午的阳光,形成一幅唯美中含有狞恶的抽象画。这是谁的血,是羊路的,还是小姬的,或者是两人的?虽然血色让人心惊,但毕竟血量很少,流这点血绝不至于丧命。那么两人还活着?但愿如此啊。

再往前走,我们撞上了更大的震惊。在放置金杖的祭台之后,一处比较低洼的雪面上,平卧着一件金光闪闪的圆形器物。竟然是太阳神鸟!金沙博物馆的镇馆之宝,中国文化遗产的国家级标志,羌蜀文化的结晶,一个灿烂古朝代的象征。它平卧在红色的背景上,背景是用鲜血染红的雪面,所以这儿的血量比金杖那儿多得多,但也不至于让献血者丧命。不远处的雪面上有一只不大的圆形木盒,肯定是携带这件文物用的。

此前看到金杖时我们没有太吃惊,因为它的出现在我们的心理预期中。

血祭

但太阳神鸟如此突兀地跃入我们的视野，令大家十分震惊，小杨和小余可以说是目瞪口呆！我不禁联想到，在那家农家旅馆，带血的名片被羊路用鲜血粘在太阳神鸟图案上。也许那是羊路的炫耀和暗示，暗示他盗取的文物还包括太阳神鸟？

大伙儿面色阴沉，目光中交流着同一个想法：羊路竟然把黑手伸向太阳神鸟，做得太过分了。当然，此前他盗取金杖已经是重罪，已经是冒天下之大不韪。但缘于他"高尚的动机"，大家在内心中一直不想把他真正划入"罪犯"的范畴。但太阳神鸟是国宝中的国宝，是中国文化遗产的国家级标志。他竟敢把它也盗出来，实在太过分了！此时此刻，金沙博物馆那边不知道怎么样了，是否已经天下大乱？或者他们尚未发现这件国宝被调包？

由于此前羊路策划"血祭"过程中对"真品"的执着，压根儿没人设想这件太阳神鸟是一件赝品，包括我。但在电光石火的一刹那，我的脑海中突然蹦出一个完全相反的想法，不由脱口而出：

"恐怕它不是真品！是羊路仿造的。"

这个结论来得太突然，小杨小余赫妮都怀疑地看着我。只有周队嘴边掠过一丝微笑，笑着问：

"为什么？"

我已经后悔自己的孟浪了，只简短地答了一句："直觉吧。"

这个看法来得确实突然，连我自己也说不清来龙去脉，但它也不是凭空来的。它是意识边缘的一些模糊印象，此刻突然被思维之光聚焦和照亮。首先，我不相信羊路有能力盗取金沙馆内的文物，那里远在他的工作范围之外，守卫森严。他再厉害也只是一个凡人，毕竟没有超自然力。再者，眼前的祭祀显然是以金杖为主，这不对头。它们两个虽然都是极品文物，但以羊路的文人心态，应该更推崇太阳神鸟吧，因为前者是权力的象征，后者则象征着对性灵和自由的追求——但如果这件太阳神鸟只是仿品，那羊路以真品金杖为主祭就说得通了。还有，太阳神鸟下面为什么有那么多的血？这可以解释为：因为它是仿品，所以需要更多的人血来滋养，来赋予它灵性，羊路是以此来表达对神的歉疚。还有一个理由简直算不上理由，但我觉得它反而是最有力的——正如我们刚才的普遍心态,鉴于太阳神鸟在国人心目中的地位,如果把它也偷出来就太过了,所以,一个搞行为艺术而不是去犯罪的诗人不会这样做。他心中会有同样的分寸。

最后一条理由还牵涉着我的一个新发现,刚刚萌生的,还没有成熟。周队平静地说:

"王老师的看法是对的,这一件太阳神鸟是仿品。"

他同样没有详加解释,但想来一定握有足够的证据。大家都松了一口气,认真端详着它。当我们知道它是仿品时,越发感受到它的精致、灵动和神韵。羊路的手艺确实是出神入化,如有神助。周队提醒我们:

"先把它放下,继续找人吧。"

我们把目光从那儿拔出来,回到眼下最迫切的问题上——小姬这会儿在哪儿?羊路在哪儿?我们继续分散寻找。不久小余在喊我们,用手指着雪面上一串长长的脚印。那是两个人留下的足迹,大脚印显然是羊路的,小脚印是小姬的。脚印通向一处可以挡风的岩岬,并在那里消失。周队指挥着两个手下,三面包抄过去,我和赫妮跟在后边。原来岩岬后有一堵新砌的雪墙,不,不是一堵,而是一圈雪墙,墙高有一米多,围出一个圆形的避风区。脚印就是在雪墙处消失的。周队他们做好准备,示意赫妮喊话。赫妮喊:

"小姬,你在里面吗?我是你赫妮姐姐。羊路,你在里面吗?"

随着喊声,雪墙内慢慢升出一个带红色防寒帽的脑袋,额头上卡着墨镜,接着眉眼露出来了,是小姬!她没有死!大伙儿心中的石头一下子落了地,我和赫妮急忙向前跑去。小姬从雪墙中摇摇晃晃地站起身,似乎处在梦游状态,迷迷糊糊地看着外边的人。她看看这个,再看看那个,看到我和赫妮时目光仍十分生疏。不过她终于认出赫妮,突然哇的一声大哭起来:

"羊路不见了!羊路虹化了!赫妮姐,羊路虹化了!"她向山后指着。

虹化?什么虹化?我愣了一下,才想起这是赫妮说过的佛家用语:虹化,意思是说修行者在修行深厚时可以化彩虹而去。现在羊路竟然真的能虹化?顺着她的指向,我们在雪墙后发现一双中号登山靴,靴筒中塞着登山袜,随后是一长串赤足的脚印。在这冰天雪地的高寒地带,羊路竟然打着赤脚?但我随即想起三星堆博物馆中那个赤足的青铜大立人，也就明白了。羊路这样做，肯定也是因为某种宗教上的原因，比如以赤足沟通天地之灵气。

赤足脚印非常清晰，向前延伸不太远，有五六十米吧，就突然消失了，在那儿留下一堆红色衣服。赫妮越过雪墙，把号啕大哭的小姬搂在怀里，安慰着。周队让小杨小余留在原地监视四周，让我跟上他，沿着那行赤足脚印朝前察看。行走时两人仍与脚印保持一定距离，以便保护现场。我们到了衣服旁边，那应是羊路穿的登山服。周队小心地检查，衣服全套都在，包括内衣内裤甚至墨镜。诡异的是：衣服都扣得完完整整，而且层层相套，保持着穿在身上时的状态，最里面是内衣，然后逐层向外。我用手探进去摸摸，里层的内衣还多少有点温度。看衣服的状态，就像穿衣者突然气化，让衣服蝉蜕于地。衣服虽然层层相套，仍大致摆出一个方向，是指向脚印前方，墨镜处于最前端。就像是那人在气化瞬间还保持着向前的速度，因而把衣物向前带了一段短距离。

当然，我和周队都不相信"虹化"的神话。虽然衣服是"蝉蜕"状态，但这样的现场伪造起来一点儿不难。让我俩纠结的是那串赤足脚印。雪地上只有一串脚印，是从雪墙处向这边来，在这儿突然中断，没有离开的脚印。确实像是那人走过来，在这儿突然消失了！周队和我认真检查着雪面。除了赤足脚印和我俩走过来的脚印之外，雪面保持着完好的自然状态，可以肯定没有某个人离开的痕迹，因为即使用毛毯裹住身体从雪面上滚过去，也会留下明显的印痕。我在设想，羊路会不会先走过来，把衣服现场伪造好，然后小心地沿原脚印倒退行走，从而把回程脚印掩藏起来？看来周队在我之前就想到了这种可能，他仔细检查着赤足脚印，良久直起身，对我说：

"肯定是单程的脚印，绝不会错。如果是倒行脚印与前行脚印重复，印痕会加深，而且肯定不会这样边缘清晰。"

他说得不错。这串脚印太清晰了，前脚掌、后脚跟、中间的脚弓、五个脚趾，都印得非常清楚，甚至能看到脚弓处皮肤的纹路，绝不可能是两串脚印合成的。对这个神秘的谜团我俩面面相觑，依我们的无神论信仰，决不相信一个人会突然"虹化"。但现场的脚印太完美了，让你无法做出别的解释。

摆在我们面前的是最普通的证据——仅仅一串普通的脚印。但证据越是清晰简单，越是没有进行其他解读的余地。当然我心中不乏疑虑，因为这个证据太过完美，就像罪犯有意为警方留下的。但它作为证据来说确实坚硬完整，让你的怀疑没有任何生根之处。我们苦苦思索，无法解释这串诡异的"有来无回"的脚印。周队低声骂道：

"真他妈的邪门了！"

我们一时找不到答案，只好先把这个问题存疑，返回那边。赫妮已经劝得小姬不哭了，只是这可怜姑娘的头脑似乎仍不清晰，眸子中少了往日的灵气，满盛着茫然无助。看见我俩返回，赫妮把她交给小余，迎上我俩，低声说：

"她一直说羊路虹化了。她说，他们对金杖和太阳神鸟滴血祭祀后，羊路说要在山上守一夜，聆听新的神谕，就堆了这圈挡风的雪墙，两人坐在雪墙中休息。但在不久前，正在安坐休息的羊路像是突然听到什么召唤，话都没来得及说，只是跳出雪墙，快速脱下鞋子，向那边跑去。小姬喊不应他，就一直用目光追随着，所以看得很清楚。羊路跑了几十步后，身上突然出现五彩的光团。然后一道彩虹冲天而起。他的身体随即消失了，只留下一堆衣服。"赫妮认真地说，"周队，王老师，你们可能不会相信她的话吧，但我信。这种虹化在佛家典籍上有记载，称为'大迁转虹光身'，由修行大圆满者顿超所成，是修行之人最难得的成就。"

我和周队都没有正面反驳赫妮的话。我平和地问："羊路消失后，小姬没到他消失处查看一下？"

赫妮敏锐地意识到我话中的暗指，但没说什么，只是摇摇头。以情理推断，如果羊路突然消失，只在雪地上留下一堆衣服，小姬肯定会忍不住前去现场查看的。这是人之常情。但她没去。于是雪地上只留下羊路的一串单程脚印，证据完美得足以抚平任何怀疑。但如此"缺乏好奇心"不像小姬的为人，倒像是她在故意为警方留下"无瑕疵证据"。

可惜，虽然你明明觉得可疑，却根本找不到鸡蛋的裂纹！

如果我的怀疑是对的，那么小姬已经成了羊路忠实的同谋，她所说的话

血祭

以后我们都得打一个问号了。进而可以断定,她此刻的痛不欲生、茫然无助恐怕也不是真的,而是高明的表演。我悄悄打量着她的表情。也许是因为我心理上已经有了自我暗示,我确实在她目光深处发现了跳荡的笑意。

但也许只是我的多疑。

赫妮仍过去陪小姬,周队领着我仔细查看了留有脚印的全部区域,复原了羊路和小姬当时的活动路线:他们先到祭坛处滴血祭祀,祭祀时刻两人都曾短暂赤足,留下两对清晰的赤足脚印,雪面上还有放靴子的两处轻微痕迹;他们又到崖边停留,可能是在向下瞭望,也许我们听到的那两声呼喊就是在崖边发出的;后来两人偎依着坐在崖边,雪地上留有两个相邻的臀印;之后两人又回到祭坛附近。

小姬此刻仍在小余和赫妮怀抱里抽咽。我悄悄拉拉周队的衣袖,示意他跟我走开一点。等我们走出小姬的听力范围,我再也无法忍住笑意,笑嘻嘻地说:

"周队,首先我得向你道歉。"

"道歉?为什么?"

"我是一个自负的老傻瓜,年过花甲了,还想反串一次福尔摩斯。可惜志大才疏,把戏演砸了。昨天我就犯过一个愚蠢的错误,把雪隆包误记成雪宝顶,差点把大伙儿发配到二百千米之外。"

"那点错不算啥,很快就纠正了嘛。"

"又把装金杖的腰带猜测为炸弹腰带,让警方迟迟不敢动手,耽误了时间。"

"那不怪你,我当时也是同样的猜测,那时没人想到羊路会把他的心肝宝贝交给人质随身携带,这家伙的心理确实大异常人。我倒觉得你思维敏捷,在好几个问题上都比别人先看一步。"

"那只是几处小聪明,但错的是两处关键。而且,还有一个最关键的地方我也错了——我一再说,走火入魔的羊路会在祭祀时以生命献祭,甚至拉上小姬殉葬。事实已经证明,这个看法太可笑了!"

周队平和地说:"对于这一点,我倒是一开始就不同意。"

"尽管羊路有点走火入魔,神神道道,但他毕竟是现代人,是在仁爱的土壤中发芽成长的,他再怎么返祖,也返不到血腥的人祭习俗。所以我是彻底错了,不是他走火入魔,而是我走火入魔。但是周队,我虽然错了,把福尔摩斯的角色演砸了,心里却很痛快!很轻松!你看,小姬安然无恙,金杖和太阳神鸟安然无恙,连所谓'虹化'的羊路也有可能活得好好的。只要有这样圆满的结果,我掉一次老面子又有啥关系。"

周队笑着说:"我同样很欣慰,我一直提心吊胆的恶性案件轻松化解了,我也不用因为人质死亡等恶性结果写检讨了。"

"周队,虽然我已经犯过三次大错,按说没脸再发表意见,但我仍想觍着脸,向你提最后一个建议。"

"王老师哪儿的话,依咱们现在的关系,你这样自我贬低未免太虚伪了吧。"周队揶揄我,又笑着说,"不必客气,尽管说。"

"那我就斗胆了。我的建议是:警方对这桩案件的侦破到此为止。不要再追寻羊路的下落了,放他一马吧。毕竟这个案件只是一个诗人的行为艺术,没有炸弹腰带,没有绑架——即使他曾干过麻醉劫持的勾当,如果小姬不指控也无法追究——而且,也没有国宝失窃。"我用重音念出最后七个字。周队立即睁大眼睛直视着我。电光石火之间,我忽然改变了主意,便机敏地重复一句,"国宝也没有失窃。"我指指雪地上的金杖和太阳神鸟。

两次说的七个字完全相同,只是变了顺序,意思也变了。前者是说"根本没有国宝失窃这件事",后者是说"国宝最终被追回了,没有丢失"。换上别人,肯定不会注意这种精微字义的区别,但周队——如果他心中藏有某个秘密的话——会注意到的。周队长久地看着我,我坦然与他对视。最后,周队与我心照不宣地笑笑,什么也没说,把这一页轻轻翻过去。我接着说:

"羊路的行为虽然已经涉罪,但其罪难恕其心可悯,也没造成任何实际伤害和损失。你们就大人大量,放他一马吧,千万别弄出个通缉令来。反正眼下他已经'虹化'了,找不到了。如果他没有虹化呢,那也不要紧,总有一天,他自己会回到尘世中来的。"

周队说:"我个人倒没什么,其实我对羊路蛮有好感的,这个罪犯不抓也罢，我并不想拿这笔破案奖金。但只有民事案件可以撤诉，已经立案的刑事案件是不能撤的。"

我笑着说："县官不如现管，你总能想出通融办法的。这是特殊情况嘛。"

我们对这件事点到为止，不再多说。周队指指那边的小姬："这丫头咋办？你看她痛不欲生的样子。真痛苦也好，作秀也罢，警方得为她的安全负责。要不就偏劳你和赫妮吧，送佛到西天，干脆把她送回家或送回报社。"

我揶揄地说："这丫头你尽管一百个放心，她既不会寻短见，也不会精神失常。不过为了让你们放心，也让我们自己放心，我和赫妮送她回家。"

"那就有劳你们了。把她安顿好以后给我来个电话。"

"那是自然。"

"以后常联系。噢对了，还有你外孙的事，两年半后，他该上高中时尽管来找我。"

"好的。咱们有了这段交情，我不会跟你客气啦。"

我们往小姬那边走，但周队突然站住，懊恼地说："但那串单程脚印究竟是咋回事？那明显是个假证据，但实在太完美了。我知道其中有鬼，但眼下实在猜不透鬼在哪儿。终不成，他真的虹化升天了？"

"对，肯定是虹化了，所以你就别操心着通缉他了。"我看看周队，笑了，"当然我是开玩笑。羊路是给咱们玩了一个大型魔术，小姬则是他的助手。这会儿我同样不知道魔术的'眼'在哪儿，但我相信不会有超自然力。等回去后，静下心来慢慢琢磨吧。"

我们走回去。小姬被赫妮从雪墙中带出来，来到祭坛附近。这会儿她不哭了，但眼神麻木，像是灵魂还留在另一个世界。周队指挥手下把现场侦察的例行程序做完，为脚印和那堆"蝉蜕"的衣服拍了照。又在金杖、太阳神鸟和雪面上都取了血样。然后把羊路"蝉蜕"的衣服装到袋子中，又把雪面上的两件文物收回。我们原担心太阳神鸟被冻在雪面上，不好取，但它没有，揭开后它的背面也没留血迹。以此看来，羊路在铺放它时，雪面上的鲜血已经事先冻结了。太阳神鸟被装回那个木盒，周队把它小心地塞进背包。周队让小余把金杖仍装回那个鞘筒。我们都没料到这个活儿原来不好干，金杖太软,往里塞时一用力就折弯,小余试了几次都没成功。我说,我来试试吧。我先让小杨和小余一人握着鞘筒的一端,把呈自然弯曲的鞘筒用力拉直,方向垂直向下;然后我把金杖抻直,垂在鞘筒上方,让它依靠重力下落到鞘筒中。因为金杖的直径比鞘筒略细,所以顺利地落下去了。周队笑道:

"还是老姜辣啊。"

我虽然有点自得,但也表现了应有的谦虚:"不用夸奖,工厂里搞技术的,干这种技术活是强项。"

忽然联想到羊路的"掉包"。据周队说,他的掉包只可能是在金杖送北京途中完成的。那时是在颠簸的车上,还要防着开车的同事在后视镜里无意看见,羊路是如何完成掉包的?他是怎么把掉包出来的软塌塌的金杖装入鞘筒中的?不知道。只能说羊路这家伙确实不简单,心灵手巧,而且肯定事先演练过多少次。

只是,非常遗憾啊,就像这件太阳神鸟是仿品一样,他费尽心机掉包出来的"真品金杖",很可能——只是一件赝品。

我这个想法虽然纯属猜测,但我估计与事实差距不大。因为,有一点信息别人不知道,但我是知道的——王馆长已经预先得到有关金杖的警告。我当时认真告诫,为了防备罪犯以拨草驱蛇的计谋来盗取金杖,一旦金杖需要出馆做鉴定时要务必慎重,尤其不能让羊路参与其中。王馆长很重视我的警告,当时就报了案,还向金沙博物馆的王易院长尽了提醒义务。在这种情况下,除非王馆长是个颠顶透顶的家伙,才会派羊路带着金杖出馆做鉴定。但王馆长显然不是这样的人。

那么就只有一个解释,他这样做是警方的意思,是想引大蛇出洞,因为警方估计那个境外文物巨鳄才是案件的真正策划者。当然,这一点警方错了,其实那位境外文物巨鳄并非策划者,而只是羊路的一颗棋子,被羊路用过即弃,因而'引蛇出洞'的目标未能实现。而且后来羊路突然把小姬拉进来,给警方增加了不少麻烦。但是,即使是为了引蛇出洞这个目的,作为三星堆博物馆的馆长,王馆长也绝不会让国宝涉险啊。这一点我曾很长时间想不通,后来终于想通了——恰在认定太阳神鸟是高仿品的同时。因为这个矛盾其实很容易解决：既然羊路能造出高仿品，馆方自然也能如法炮制。虽然羊路是文物修复方面的顶尖高手，但也并非天下唯一高手。我恰巧就知道一个合适的人选：羊路的师傅谢老。

刚才与周队谈话时，我本来想把这个猜测说透，话已经出口了，我忽然变了主意，于是机智地变了语气。我这样做不为别的，只为羊路，为了他的一片诚心。他如此虔诚地奉行神谕，费尽心机地一定要把真品金杖盗出，送到雪山上供祭。如果忙到最后，被供祭的两件"神器"都是赝品，对他未免太残忍。我甚至后悔自己聪明过头，不该参透这个秘密。现在既然已经参透，那我就让这个秘密烂到肚里，对谁也不说，包括赫妮。

周队对这个秘密自然是了然于胸的，他对太阳神鸟的"失窃"毫不担心，一定还掌握有另外的情况。但我俩都不会把这层窗纸戳破。

金杖装好了，周队说："小余，为防意外，你也把它缠到腰里吧，那样最保险。"小余缠好腰带，放下衣服，看着自己明显的"腰身"，不由失笑。但她想起小姬在身边，赶紧把笑声截住了。

我对赫妮说："周队想让咱俩把小姬送回去。"赫妮很乐意地答应了，说反正她是一介闲人，就送小姬妹妹一趟吧。小姬没有说话，但看她的表情显然很乐意。我问小姬准备回哪儿，是西安家里，还是广州的报社，小姬低声说：

"先回西安吧。"

一行人准备离开。赫妮心细，悄声对小姬说：

"就要走了，和羊路告个别吧。"

小姬留恋地看着四周：留有金杖印痕和血滴的祭台，曾放置太阳神鸟的红色雪面，留有羊路手印的雪墙，雪墙后清晰的单程赤足脚印。她对着羊路消失的地方高声喊：

"羊路哥，我走了！"

声音高亢明亮，但没有凄厉的成分。

下山回到那顶帐篷时，赫妮让小姬换回了原来的衣服。小杨小余他们把帐篷拆卸,连同里边的辎重、羊路的一套衣服、小姬换下的一套登山服,全部分装到三个背包里。现在周队三人都背着一个颇大的行囊,我和赫妮要替他们分担一点儿,周队仍是那句话,说:"你们俩能照顾好自己,再把小姬照顾好,就是对我们的最大帮助了。"我俩只好怀着歉意,扶着仍然精神恍惚的小姬,随他们下山。傍晚时分我们赶回泊车的地方。然后坐上那辆丰田,一行六人连夜赶回汶川。路上周队问我这批登山设备如何处理。我说:"我这把老骨头折腾一次就够了,以后再不会登雪山了,登山器械我留下没用,就无偿赠送给你们吧。"周队笑着说:"我们去雪山出外勤的机会恐怕也不会有了,要这些东西同样没用。"他想了想,说:"这样吧,我去和那家商店的老板商量一下,看他能不能折价回收。如果能,我把退款汇给你。你给我留个账号。"

当夜我们宿在汶川。

第二天早上周队派小杨送我们去成都,车是赫妮的车,我们早先留置的行李仍在车上。小杨给小姬带来一件宝贵的礼物——她的摩托罗拉手机。按说,这部手机作为案件的物证,此刻不该解冻,所以周队肯定是做了某种疏通工作。我想这也意味着,我那个"到此为止"的建议,周队已经不声不响地采纳了。

小姬已经好几天没用这部手机了,想来应该有很多电话要打吧。但她只是漠然接过手机,没有开机就揣到衣兜中,简单地说了一声"谢谢",然后恢复了她的自闭状态。从昨天下山到现在她没说过一句话,就那么默默地坐着,默默吃饭,默默睡觉。目光倒是异常的明亮,似乎有火焰在里边超量地燃烧。有她在旁边,我们谈话都很小心,尽量不刺激她。赫妮私下对我说,她很担心小姬的精神状态,问我是什么看法。我有了前边的三次失误,已经不敢再当福尔摩斯了,但仔细想想事情的来龙去脉,还是对自己的判断有相当把握。我笑着说:

"不用担心。她现在是身中魔法的白雪公主,什么时候咳出一片毒苹果,立马就会痊愈的。"

血祭

小杨在机场入口同我们告别,随后他要把这辆车送到赫妮家,再坐班车回广汉。临分别时他特别对我说:"王老师,希望你继续写科幻,虽然我已经不看科幻了,但孩子们少不了它。"我对他的鼓励表示感谢。小杨看看小姬这会儿没注意这边,低声问:

"羊路到底怎么了?那串单程脚印把我和小余难住了,我看把周队这样的老刑警也难住了。到现在为止,我想不出半点眉目。"

我看看旁边的小姬和赫妮,半开玩笑地说:"以科幻作家的视角看,他可能是确实虹化了。这种灵异事件其实也能用科学来解释,比如宏观物体量子态的突然失稳。"我转了话题,"小杨我很赞成你那天对我的评价,我这辈子只能当个坐而论道的福尔摩斯,不指望干真刀实枪的侦探了。"

小杨笑着说:"哪里哪里,我可不是那个意思。"然后同我们告别。

飞往西安的途中小姬仍是一言不发,只是呆呆地盯着舷窗外的天空。我悄悄观察着她。可能还是我的心理作用吧,我总觉得在她那个冷漠的外壳之内,在她的目光深处,有喜悦的火星在不安分地跳动。到了西安,我们坐大巴来到市区,又打的赶往她父母住的东大街附近。赫妮扶她下车,我去后备箱取出她的行李。出租车走了,小姬立在路边,默默环视着周围的车水马龙,人来人往,忽然,她毫无来由地、毫无铺垫地哧地轻笑一声。虽然声音很轻,但我和赫妮都真切地听到了。那当口儿我想,莫非她真的精神失常了?赶快看她的表情。显然不是。她的笑容轻松,目光明亮而富有理性。看着我们的吃惊,她揶揄地笑了:

"放心吧,王老师,赫妮姐,我没有精神失常。这一次龙门山的五天之行,我像做了一个光怪陆离的梦。现在梦突然醒了,我也把所有的梦境全忘了。不过你们尽管放心,从此刻起,我已经完全回到正常人的世界了。"她从我手里不由分说夺过行李箱,笑着说,"既然不是病人了,哪能还让王老师帮我扛行李。走,我请二位吃顿便饭,感谢你们对我的关切和照顾。"

她不容分说,风风火火拉着我俩走,进了附近很有名的老孙家牛羊肉泡馍馆,要了一个小雅间。她对这里很熟,很快点了饭菜,除了泡馍,还有清真小吃、腊牛肉等,说这些都是这儿的招牌饭菜。点完菜她就去卫生间了,我对赫妮笑着说：

"我这次的预言没错吧。白雪公主嘴里的毒苹果已经很轻易地咳出来了。"

赫妮自然很欣慰，但也不免摇头，说："这个丫头啊，真是难以猜透。"

我多少有些发愁，不知道等她回来该如何交谈。按说刚刚经历了这么传奇性的事件，甚至可以说是生死之变，而当事人已经"从梦中清醒"，不来一点儿回味是说不过去的，何况我们很想知道其中的某些细节。但小姬非常聪明，已经提前把口子堵死。她说这场梦的梦境已经全忘了，那意思很明白，就是希望我们免开尊口，不要问及有关话题。我想她最不愿谈及的恐怕是两点：第一是有关羊路虹化的秘密，第二是她与羊路的感情纠葛。不能从她嘴里掏出这些秘密实在太遗憾了，但平心想想她的做法很对，很聪明。在那个光怪陆离的"梦境"中，她遇到一个不寻常的男人，跟随他做了一些不寻常的事，也产生了不寻常的爱情。这些东西放在那个不寻常的背景下是顺理成章的，至少是可以理解的。但回到正常人的世界之后，这些东西则最好忘却。毕竟她爱上的是一个神神道道的怪人，而那些"血祭"之类的东西也离现实世界太远，甚至为现实所不容。

所以，她想把这一切都打叠起来扔到梦境里，是一个聪明的决定。我们就成全她吧。

小姬这一去去了相当长的时间。她终于回来，入座，先把两个住宿牌给我们，说：

"我去附近的酒店为你们定了两个房间，好好休息一晚，明天我送你们回家。"她笑着说，"事先请两位老师原谅，由于可以想见的原因，我不想让你们二位护送我回家，那样太兴师动众了，会把我老妈吓坏的。至于我的身心健康你们尽管放心。我说过，我已经回到正常人的世界了，那一个五天的长梦我已经全部忘却了。"

我看看赫妮，笑着说："行，我俩听你的安排。不过，你说你做了五天的长梦，但依我的感觉，小姬姑娘未必在梦中，倒是我和赫妮此刻仍在梦中啊。"

小姬冰雪聪明，理解了我的话中之意，但机灵地躲开了："在梦中好啊，可以完全顺应内心呼唤，想干什么就干什么，不必顾忌正常社会中的规则和禁忌。我做梦时就很享受那个自由自在的梦境，只是这会儿全忘了。"

她又一次把口子堵死了。我也彻底放下探问秘密的想头，笑着说：

"忘了好，忘了好。不过，梦前的事你总还记得吧，比如你曾提过一个很科幻的建议。"

"当然记得。后来我知道那一带是'康滇古陆'，是地球水生生物最早登陆的区域之一。所以彩虹桥上的招牌应该修改成：地球生物鱼跃陆地暨华夏先民鱼跃龙门之处！"

她说因为梦境已经全忘了，报社要的那份采访报道肯定是写不成了，"我答应过要报销王老师的食宿费也没法子报销了。不过没关系，王老师你花的钱我个人来出，应该让这个不守信的小姬出点血。"她无意中重复了她早先说过的这句话——出血。但提及这个词，我们三人都同时有了明显的反应，因为马上联想到了羊路的"血祭"，联想到雪山顶峰上的点点血迹。小姬有点儿尴尬，因为她的反应说明，她并没有忘记"梦境"中的东西。我连忙打岔，说："免了免了，当长辈的哪能让晚辈花钱，这事以后不许再提了。"

赫妮半是玩笑半认真地说："小姬，有一件事你应该也没忘吧。我说过，一定要度你皈依佛门。你天生慧根，有一颗慈悲心，何况又有了不世际遇。"

我不由看一眼赫妮。无疑她最后一句话大有用意，但我猜不透究竟所指为何。也许她是真诚相信羊路已经虹化，因而认为目睹此事的小姬同样福缘深厚，值得度化；也许她是隐晦的试探，想让小姬说一说羊路是不是真的虹化了。小姬是个机灵鬼，再次轻松地滑了过去：

"赫妮姐我当然记得。其实我已经是佛门弟子了，即使不吃斋念经，我也是佛门居士，党外布尔什维克。"

对于赫妮提到的"不世际遇"她没说一个字。赫妮笑笑，不再深问。此后直到席终，我们没再谈及与五天"梦境"有关的事，只是扯一些闲话。好在小姬确实已经回到正常状态，恢复了开朗乐天、大大咧咧的性格，不必为她担心了。这会儿我挂心的只有羊路，这个离奇消失的怪诞诗人。此刻他在哪里，是穿越时空到了六千年前的黄河上游草原？虹化升天到了西天乐土？

还是玩了个金蝉脱壳，藏在我们这个尘世的哪个隐秘角落？以我的无神论信仰，我只能相信最后一种结局，但其实从内心来讲，我更愿意是前两种结局，它们更为诗意一些，温馨一些。

快终席时我说："小姬，有句话我犹豫很久，还是决定说出来。"小姬含笑看着我，我说，"如果以后你有机会见到羊路，还是劝他回到正常世界吧。"看着两人意外的目光，我忙笑着解释，"当然，小姬说过他已经虹化了。但你们要知道，肉体凡胎之人能虹化飞升是大境界，虹化之人能重新凝聚成肉体是更高境界。我相信羊路能在两种境间中自由往来。小姬，他此前的作为其实算不上犯罪，尤其把金杖和太阳神鸟原璧归还后，警方不会再找他的麻烦。所以，如果可能，还是回到正常世界中吧。"

小姬笑着点头："如果我能见到他，肯定会劝他的。谢谢你们二位对他的关切。"她很机灵地补充一句，"如果你们俩见到他，也记着劝他啊，也记住代我问声好。"

席中我始终没有透露我那个猜测——羊路费尽心机偷出来的金杖其实只是一件赝品。记得看过一部惊险小说《豺狼的日子》，写一个代号豺狼的杀手行刺戴高乐。因为写得太精彩，评论者开玩笑说，看完本书后最大的遗憾是戴高乐竟然没被杀死！同样，我现在心中的最大遗憾是：真品金杖竟然没被羊路盗出来！羊路曾说他"能感受到金杖的灵性"，看来也不可信了，因为他与假金杖相处这么多天，却始终未发现它没有灵性。这个结果实在太遗憾了。考虑到羊路的虔诚执着，考虑到他数年的努力，这个秘密我一定让它烂到肚里。其实依我看，只要有羊路精心仿制的那件太阳神鸟就足够了，羌人的神灵一定会悦纳的。

我们与小姬告别。她说明天要来为我们送行，我们坚决辞谢了，说："长梦初醒，你多和爸妈亲热亲热吧，报社积下的工作肯定也该赶一赶了。"小姬与我俩拥别时动了情，眼圈红红的，强忍着没有流泪。这儿离她家不远，她拉着行李箱步行回家。看着她弹性十足的背影消失在人群中，我和赫妮不由摇头，心中既有欣慰，也有点哭笑不得的感觉。

我们随即给周队打了个电话，说已经把小姬护送到家，而且小姬的精神状态已经恢复正常，请他们放心。周队表示了感谢。我又说："只可惜她对羊路虹化那件事绝口不提，说五天的梦境已经全忘了。"周队未置可否，笑着说：

"王老师，赫妮，有一个你们俩的熟人正好在我这儿，让他也说两句。"

我俩的熟人？我稍愣一下，猜到了是谁。我把手机换到免提，示意赫妮一块儿听。的确是三星堆博物馆的王馆长。王馆长笑着说：

"二位这一趟真是辛苦了！你们对国家文物如此关切，甚至以花甲之年攀登雪山，我无法表示感激之情。可以告慰二位的是，那根国宝金杖仍安全地待在馆内，请你们尽管放心。欢迎来三星堆参观，这儿的大门永远为二位敞开。噢对了，成都博物院的王易院长也托我向二位表示感谢，那件太阳神鸟同样安然无恙。"

我和赫妮很高兴，与这位南阳老乡说了几句话。挂断电话，赫妮说："你看，王馆长在周队那儿！"

她的意思是很明白的：看来我们的猜测，即警方和馆方曾合谋引蛇出洞，现在已经被证实，而且周队也不再对我们刻意隐瞒。这次行动虽然没引出大蛇，但基本也算功德圆满，王馆长此刻就是和周队商量如何结案吧。但赫妮随即有了心事，此后皱着眉头愣了一会儿神。我大致猜到了她的心事，只是佯作不知。刚才王馆长说"那根国宝金杖仍安全地待在馆内"，其中的"仍"字用得有点儿泄露天机，实际暗示了金杖一直未出馆。因为，如果羊路曾把真品掉包，王馆长只会说"真品金杖已经安全返回"。赫妮心思细密，对这句话当然会产生怀疑。

但她此后对这件事一直没说什么，我自然不会问。所以，我到底不知道她的想法。

很可能她和我的想法不谋而合吧——为了羊路的执着，让这个秘密烂到肚里。

我们买了返程机票，赫妮回成都，我回南阳，班次都是第二天，她是上午我是下午。我们逛了逛街，各为家人采购了一些东西。晚饭后，两人聚到我的房间，不约而同地重提有关五天"梦境"的话题。毕竟在这个事件中，还有不少谜没有解开，尤其是羊路的下落。赫妮说：

"我看你，还有周队，都不相信人能够虹化。"

我笑着说："我和周队都是市井中人，看问题非常实际，不大容易相信虹化这类玄虚东西。其实按照量子力学的理论，宏观物体，包括人，都是由量子组成，量子的行为是不可预测的，但大量量子的结合会导致量子波动性的塌缩。塌缩后，宏观物体的行为就只能遵照经典物理学的规律，比如说，一个人绝不会突然消失。但量子力学也说，这只是个几率问题，所以，在非常罕见的情况下，宏观物体的行为也是不可预测的。你看，我说这么一长串骨碌子话，说白了就是一句：从科学角度看，人的虹化并非完全不可能，只是基本不可实现。"

"但你和周队都解释不了那串单程脚印。"

"对，无法解释。但我们亲眼看见的许多魔术也是无法解释的。"

赫妮摇摇头，"不，魔术都要借助道具。"

我不由一震。"你说得对极了！"我应声说。"如果那串单程脚印是羊路和小姬共同完成的魔术，那就必须借助一件道具。而且……"我抓住这个思路进行延伸推理，"这个道具应该是事先备好的，不能太大，不能太重，必须能放到羊路随身带的那个背囊中。赫妮，谢谢你的提醒。"

"关于道具……你已经有了想法？"

"不，哪能这么快就有突破，我只是泛泛而谈。"我笑着说。

我没有说真话。实际上，借助于现代科技，想设计某种不太大、不太重的道具来实现那串单程脚印，绝非难事。作为一名工程师，我眼下就可以设计一个，还花不了几个钱。不过我此刻的兴趣点在另外的地方——赫妮关于道具的说法让我有了一个顿悟。这些天我有个问题一直拿不准，那就是羊路在整个事件中的思想脉络。我曾做过认真的梳理，觉得以下的思维脉络应该是清晰的：

——他听到了神谕，决定盗出祖先的神器——金杖，再加上自己亲手制作的太阳神鸟，以进行血祭；

——他精心伪造了两根金杖，其中之一送往国外，以实现"拨草驱蛇"

的计谋，另一根用来移花接木；

——实施过程中他认出了我这个不速之客，并由此怀疑或发现警方已经介入。于是他临时修改了计划，将小姬拉了进来，用"带炸弹腰带的人质"来吓阻警方。

以上的脉络应该没有什么疑义，但他的另一些思维脉络我曾经拿不准。比如：

——他的原始计划中对自己究竟如何安排，是打算奉献几滴鲜血，还是打算奉献自己的生命？

——在他决定把小姬拉进来之后，他对小姬准备执行哪种安排？

——后来他本人"虹化"、小姬安然无恙的良性结局是出自原始计划，还是受小姬柔情感化后做的变更？

我对后三条思想脉络很看重，因为它牵涉到对羊路这个人的善恶判定，那如同世界末日的最终审判。但现在有了赫妮歪打正着的提醒，一切都豁然洞开：

——羊路最后弄出的那个"单程脚印"的现场必须借助一件道具；

——这个道具必须是事先备好的；

——也就是说，现在的结局就是羊路的原始计划。

所以，即使在计划初期，羊路也并非一个走火入魔的宗教狂，妄图以一条或两条鲜活的生命来做祭品。他一开始策划的就是一次行为主义的演出，并精心设计了一个足够华丽的结尾，这倒符合我曾经的猜测：羊路的这个行动必须有一个震撼的结尾，让追上雪山的警察们面对一串单程脚印瞠目结舌，然后大幕就可以徐徐闭合。为了达到乱真的效果，他采用了很多实景拍摄，用了一些真人演出。如此而已。

我心中横亘的石头终于全部落地，对羊路残存的敌意完全消融，心中有说不出的轻松。赫妮看出了我的喜悦，笑着问：

"你想到什么了？看着你的表情，我有个感觉：你对这个事件的推理已经功德圆满了。"

我略微犹豫，没有把刚才的想法对赫妮披露。我并不想瞒她，但上述推理是基于无神论的框架——我认为世上压根儿没有虹化这玩意儿，与赫妮的信仰有冲突。我已经把世事看开了，不想在这上面过于拘泥。当然，我认为自己的无神论信仰是正确的，但我并不想做天地间的裁判。而且，就像欧氏几何和非欧几何的分野只是基于几条公理一样，如果把"人可以虹化"作为公理，也能为这个事件构建出另一种符合逻辑的框架。既然如此，我又何必太较真。我只是夸赫妮：

"赫妮你真了不起！你是个福将，常常以一句无意的话，一指点中正确的穴位。哪像我，自以为智商不低，凡事都要周吴郑王地分析推理，结果呢，虽然也有偶尔的闪光，但关键时候也常常会谬以千里。"

我的夸奖是真心的，几天来的事实证明，赫妮的直觉常常比我的推理更管用，至少是平分秋色吧。赫妮笑着臭我：

"过谦了吧。咱们已经很熟悉了，用不着这些外交辞令。"

"不是过谦，我真的很羡慕你。我这辈子活在理性、科学和规则中，活得比较累。我觉得你生活在感性、直觉和信仰中，活得比较潇洒适意。我真想换成你这种活法，可惜——老树不能移栽了。"

对这个评价赫妮倒是没说什么，因为事情明摆着——我活得确实比她累。那晚我们聊了很多，聊各自的家人，聊我俩共同的家乡，聊镇平蒙古王姓的历史。我嘱咐她如果回家乡探亲，一定提前知会一声，我全程接待。想到明天就要同她分手，颇有些恋恋之意。这种好感并不牵涉异性的因素——或者说，它并非没有牵涉到异性的因素，只是被年龄和经历磨圆了，沉淀了，净化了。古人说朋友有多种：密友、净友、腻友、旷友等等，赫妮应该算是一位异姓旷友。若在浮生营营之中偶得半日闲暇，与这样的朋友相对而坐，在若有若无的梵乐和诵经声中，倾诉一些不愿为俗人道的内心世界，也是人生之乐吧。

因为赫妮第二天还要赶飞机，无法做竟夜之谈，我们聊到 11 点分手了，赫妮回自己的房间。我洗了澡，想起这么多天没看邮件，就从旅行箱中抽出笔记本电脑，连通网线。邮件不少，我迅速浏览着，该回复的做了回复。最后看到昌宇奇的邮件，带着几个附件。

血祭

王老师：

　　你的 SNP 报告已经完成。小余做完这些工作就辞职了，他原来的邮箱是华大基因专用的，现在已经不能用。在他定下新邮箱之前，你有事就和我联系……

对小余辞职的消息我颇觉意外，因为据上次接触，他对华大基因的工作还是相当满意的，怎么说走就走了？但我自知以我的年纪已经不能理解年轻人的心理了，这就是代沟吧。

　　……附件中有你的 SNP 报告，也有一些参考资料，都是英文的，我还没来得及为你翻译，因为得出结论之后我想立刻告诉你。王老师，说实话我没想到是这样的检测结果。在我的印象中，你是一棵原生的中国水杉，在华夏文化的土壤里长大……

小昌可能是太激动了，邮件写到这儿还是没点出关键的信息，但我已经猜到了大半，心脏开始加速跳动。我赶快打开几个附件，匆匆看完。我的英文已经大半佐饭吃了，加上几篇英文资料中有关医学的生词太多，我看不大明白，但其中一份表格能看懂，而且单只这份表格已经足够了。看完后，我把目光移向窗外，努力平静内心的汹涌波涛。小昌说他没想到是这样的结果，我同样想不到啊。它给我的震动丝毫不亚于我看到"轻度脑萎缩"的体检报告。我很想同某一个人，比如隔壁的赫妮，来一番畅谈，宣泄一下心海波澜。时间已经很晚，但我犹豫片刻，还是拨通了赫妮的电话。我说："赫妮你睡了吗？我刚刚接到华大基因公司小昌的邮件，有一个惊人的消息，有关我生身之秘的，忍不住想同你聊聊。"赫妮温和地说："我没睡呢，你过来吧。"

我穿上衣服，带上笔记本电脑来到隔壁房间，赫妮已经打开房门，引我进去。她穿戴整齐，但头发湿着，显然刚刚洗浴过。我没有多说，把笔记本递过去，当前页面上是小昌发来的那个表格：

SNP	Haplogroup（YCC2008）单倍群	RefSNP ID SNP 编号	Y-position Y染色体上位置	Mutation 突变
SRY10831.1	BR	rs2534636	2717176	A->G
M42	BR	rs2032630	20326228	A->T
M94	BR	rs2032647	20397546	C->A
M139	BR		20165774	5G->4G
M299	BR	rs13447347	21157894	T->G
P9.1	CR		13435843	C->A
M168	CR	rs2032595	13323385	C->T
M294	CR	rs9341317	21154333	C->T
P143	CF	rs4141886	12707867	G->A
RPS4Y711=M130	C	rs35284970	2794854	C->T
M216	C	rs2032666	13946958	C->T
P184	C		7278128	T->C
P255	C		8745038	G->A
P260	C		15795400	A->C
M217	C3	rs2032668	13946727	A->C
P44	C3		13005259	G->A
PK2	C3		21078608	T->C

赫妮迅速浏览一遍，抬头询问地看我。这些内容太专业，估计她没看明白。我说：

"你重点看第五列的 Mutation 就行，那就是我的基因突变。这些突变是递进性的，有了表格上自上而下的突变，就能逐步圈定被检人所在的单倍群类型，一直归结到最后的 C3 类型。这就是所谓的'系统发育树'。一句话概括吧：我的基因是典型 C3 型的，也就是说，"我一字一句地说，"可以确定，从父系血脉上看，我是成吉思汗的直系后代。这是深度扫描结果，已经排除了任何错讹的可能。"

血祭

  这个突如其来的消息刚才震惊了我，这会儿也同样震惊了赫妮。她直直地瞪着我，很久才缓过劲来，笑着说：

  "虽然很意外，但也不是不可思议。看来你这个镇平汉族王姓其实也是蒙古族，只是在历史传承中有断档，不知怎么把这点渊源给忘了。就好比蒙古王姓这棵树偶然掉了一根断枝，扎到别处的土壤中又活了。王老师啊，这么说来，咱俩可能是血缘很近的叔伯兄妹啊。当然也许是堂叔侄女或姑奶侄孙的关系。哈哈，太有意思了。"

  她开心地笑着，我却笑不出来，心中塞有太多太沉重的东西。赫妮看看我的表情，体贴地说："消息太突然，一时感情上有波澜也是难免的。有什么心结，不妨敞开聊聊。"

  "赫妮，这正是我的打算，我确实打算敞开心扉和你聊聊。过去有些想法，因为你的蒙古族身份，我是话到嘴边留三分的。今天咱们都是蒙古族了，我也不必忌讳了。如果哪句话伤害到你，事先请你原谅。"

  "没关系啦，你尽管说吧。"

  "说实话，作为汉族人，"我苦笑着更正，"我是说，当我自认是汉族人的时候，作为受害者的后代，我历来对成吉思汗颇有腹诽。这位一代天骄、千古雄王，领导的蒙古铁骑可以说是历史上最黑暗的力量，他把血与火、死亡和灾难，播撒到当时有人烟的大半个世界。资料上说，蒙古铁骑在战场上杀人每过一千，就倒吊一具尸首来记数。一场战争下来，战场上倒吊之人如林！他征服花剌子模等地时，哪个城市若有抵抗就全城屠光，没有抵抗的也要把比车轴高的男子全部杀死。他不像汉谟拉比、亚历山大、恺撒、拿破仑这些铁血君王，那些人在统一世界时，仅是把血与火作为手段，而成吉思汗是以杀人为乐趣。普希金说，蒙古人对俄罗斯的统治'既没有给予我们代数，也没有给予我们亚里士多德'。他的子孙在征服中国之后，不像北魏孝文帝那样全盘汉化，也不像清朝统治者那样在'保护满族血统'的基础上推行汉化，而是坚持蒙古的野蛮风俗和落后文化，结果元朝不足百年就被推翻，正应了'胡人无百年之运'的话。但这个杀人如麻的君王如今并没有被钉在历史的耻辱柱上，而更多是被作为英雄来膜拜。这实在是对'善恶有报'这则天条的嘲弄。"

我喘口气,继续说:"我这些话是不是太愤世嫉俗?其实我知道,华夏族的先王,像黄帝、夏启,像商王武丁和妻子妇好,像周武王,也都武功赫赫,对异族进行过大规模的征服。我也知道,我上边说的历史都是已经过眼的云烟,过去也就过去了。我们该达观地看待历史,历史即存在,存在即合理。但是,话虽这样说,也难免有无法达观的时候。赫妮,如果这些话伤害了你的民族感情,务必请你宽容地对待。这会儿我已经知道自己的血脉啦,如果这些话有杀伤力,首先伤害的是我自己。"

赫妮微笑道:"你没有伤害我。王老师,你曾说诗老是80后热血青年,我看你也是。你外表上达观,似乎已看破红尘,但冷凝的地壳下仍是一片沸腾的岩浆。"

我想了想。"对,应该是这样的,你这个评价很准确。"我叹息道,"赫妮,这个消息确实把我的心搅乱了,让我一甲子修炼出的定力一下子破了。用一个《神雕侠侣》上的典故,仅仅一滴血就破了情人谷谷主公孙止用一生练就的神功。关键是我知道得太晚,64岁才知道自己的血脉由来。但人生的大幕已经开始合拢,感情的河道早已固定,我的人格也早就固化了。这个过于突然的消息把它震出了一条又深又长的裂缝,今生今世也难以弥合了。"

赫妮笑道:"你的人生还远未落幕呢。比比诗老,你至少还有15年的灿烂。"

我叹息一声,没有对她说我的病情。若不是有了那份体检报告,我也不会下决心做基因检测,也就不会有今天的感情波澜。但有关病情的个人痛苦只能由个人来咀嚼,用不着示人,哪怕是赫妮这样的朋友。

"那么,用不用我这个蒙古族人,准确地说,是一个终生沐浴在汉文化中的老蒙古族人,向一个新人讲讲处世之道?"赫妮笑着说。

"请讲,我诚心受教。"

"那我就斗胆了啊。"她笑着说,语气转为认真,"第一,铭记并尊敬自己的祖先,它只关乎血缘,不关乎善恶。那些善恶都与特定的历史有关,我们没能力评判。对它的评判应该留给历史,要不就留给佛祖或耶和华。第二,按自己的良知去生活。"

我认真想了想，体会到这两个告诫的分量，它确实是一种正确的处世之道，是保持心灵平静的好办法。我说：

"谨受教。谢谢啦，赫妮。"

我们聊了一会儿，我的心潮逐渐平静。时间已经很晚了，我起身告辞。告辞时我突然有一个欲望，很想同赫妮来个拥别。赫妮起身送我，可能是猜到了我的心理，笑着说：

"来一个拥抱吧，庆祝两个亲人在百年离散后的重逢，不管咱们是兄妹、叔侄还是奶孙。"

"最好是叔侄吧，比较符合咱俩的年龄结构。"我笑着说，把她拥到怀里，闻着她的发香，享受着恬淡旷达的友情。然后我们告别，各自回屋睡觉。

赫妮是第二天上午九点的航班。第二天早上六点半我起来送她，她已经悄悄提前走了。

二、小姬的记述

我恋恋不舍地告别王老师和赫妮姐，背着背包，拉着小行李箱步行回家。途中我拿出手机，犹豫着是否开机。已经五天没有开机了，肯定有上百个未接电话和短信等我处理。但我觉得，只要一开机，我就真正离开了"那个"世界而回到了"这个"世界。可是，"那个"世界……怎么说呢，它就像一出唯美的乡村傩戏表演，尽管远离现代生活的主流，但颇有令人留恋之处。

我想了想，决定还是把开机时间再推迟一下。

到了家，爸中午是不回家的，妈正要去上班。看见我回来，妈赶紧接过背包，高兴地说："回来了？你说进山五天，这次还算准时。"又说，"我下午尽量早点回来，做你爱吃的猫耳朵，你先把金针木耳用温水发上。"说完她就匆匆下楼走了。

听着妈下楼的脚步声，一时间我颇为失落。我刚经历了难忘的五天，被麻醉，当人质，带炸弹腰带，血祭，爱上一个神秘兮兮的男人……我24年的人生经历加起来都赶不上这五天！当然，这些经历爸妈都不知道，而且我打算永远要瞒着的。但尽管这样，女儿刚跨过"生死关"回来，当妈的却这样漫不经心，还是让我很失落。

楼寓门的通话器响铃了，我拿下话筒，是妈妈："小雪，差点忘了，报社你陈姐连着打来几个电话，肯定社里有急事，你赶紧回一个电话。"妈交代完就走了。我拿出手机，犹豫片刻，摁下了开机键。果然手机中有上百条未接电话和短信，以陈姐的最多，她最后的几则短信都是同样的内容：

"速回信，免我担心！！！"

我没敢耽误，拨通了她的电话。陈姐劈头就说："我的天，你总算回到人间了！"

我笑着说："陈姐你是瞎操心，我事先已经说过五天不能通电话嘛，今天才是第六天嘛。"

"你这会儿在哪儿？回家了？"

"对，我刚刚到家。"

那边顿了片刻，问："你知道不知道，三天前广汉公安局曾到报社了解你的血型？"

"警察问我的血型？我不知道啊。"我忽然想到，警方问血型，肯定是为了确定那张带血名片是谁留下的。难怪陈姐这样焦灼，这样的询问难免引发凶险的猜想。"陈姐，这事说起来话长……"

陈姐打断我的话："等我到了再详说吧，我就在机场去你家的路上，三四十分钟后就到了。"

"你来西安了？是出差？"

陈姐气恼地说："是为了你！专程来的！"

她挂断电话。我这才知道我捅了大娄子，想来陈姐如此焦灼并不奇怪，警方突然去报社问血型，那时肯定又对原因含糊其词，搁我是她也会吓坏的。但她为啥不直接去广汉公安局却来找我爸妈？我想了想，估计是这样：这三天来她肯定每天用电话骚扰警方，逼问我的安危。但在事情明朗之前，警方无法给出明确回答。直到昨晚周队才告诉她，我已经平安返回西安。但此后她仍一直打不通我的电话，打到我家里，父母又一直说我没回家，情急之下干脆飞来了。我有点儿难为情，也很感动，这个陈姐半是领导半是姐，确实是真心待我。我赶紧准备了水果和小吃，等着她来。

40分钟后，门铃响了。我跳起来打开门，先对她来一个熊抱。陈姐没有响应，把我推开，退后一步认真打量我。看来她是在确认我是否少了一只胳膊或一只耳朵。验证我完好无缺，她才放下心来。我殷勤地泡茶，削水果，拿小吃。我说："陈姐你真比我妈都操心。刚才我妈见了我，没等我说一句话就匆匆上班走了。比比她的冷漠，再比比你千里迢迢专程跑来，我真的热泪盈眶啊。"陈姐斜倚在沙发上，冷冷地看着我的做派，说：

"少来这一套。老老实实，捞稠的跟我坦白吧，这几天到底是怎么回事？"她又说，"特别是关于那个叫羊路的诗人。陈姐眼里不揉沙子，你是不是应了那句老话：爱上一个不该爱的男人？"

我叹息道，"陈姐你别急，我会说的。我即使不对我妈讲，也要讲给你。这世界上，我总得有个人倾吐心事吧，要不我会把自己的心憋炸了。"

陈姐体会到我心中的苍凉和苦楚，拉我坐到她身边，语气变得柔和了一些："说吧，给陈姐讲讲，心里会好受些。"

我靠在陈姐肩头，细细地讲了这几天的经历，包括我对那个男人从敌意到同情再转为爱恋的感情经历。仅仅五天啊，可在我的感觉中就像过了五年。估计陈姐已经从周队那里知道了大概，所以听我讲起麻醉、劫持、炸弹腰带、金杖掉包、太阳神鸟突现、滴血祭祀等经历时，都没有太强烈的反应。直到我讲起羊路的虹化，她才问：

"你说羊路突然化为彩虹了？"

"也不算是彩虹。当时他被七彩的光团围绕，等光团消失，他也彻底消失了。"

陈姐把我的脑袋推开，侧过身，怀疑地看着我，我坦然直视着她的眼睛，直到她转过目光。这时我生出一个猜测，陈姐此次来西安，既是她的意思，恐怕也有警方的因素——周队肯定想通过她，问出有关羊路消失的真相。陈姐沉吟一会儿，据我看她是在选择一种比较委婉的问法：

"你看清了？是不是因为高山缺氧，产生了幻觉？"

"那儿才4964米，缺氧没么严重。再说，那串清晰的单程脚印还留在那儿哪，周队和两个助手，还有两位作家，都认真地察看过。反正幻觉也罢，灵异也罢，羊路是从此就消失了。"

陈姐显然仍不相信，但没再问下去。我说：

"陈姐，看来这篇报道无法完成了。我和报道中的主人公有了感情纠葛，这犯了记者的大忌。再说，国宝金杖被馆内人掉包，又奇怪地被归还；太阳神鸟也出现在雪山祭台上，是真是假不好断定。这件事情过于敏感，最好别用报道这种形式。不过，这件事也不会虎头蛇尾，我已经有了替代方案。我刚才说过，同时参与这段经历的还有两位作家，其中至少那位王老师已经表示，要就此写出一部新闻体或报告文学体小说。陈姐，我建议你关注这部小说，一旦完成，可以在咱们的报纸上连载，也算是对这件事给出一个交代吧。"我笑着说，"那位王老师是位坚定的无神论，科学理性主义者。关于羊路虹化的灵异事件，他一定会辛辛苦苦地调查分析，给出一个逻辑严密的科学解释。这样的基调对报纸来说更适宜一些。"

"好的。这件事仍交给你，由你来关注吧。"

我抬头看看陈姐，又把头靠在她的肩头。"陈姐，我不能接这个任务了。我想从报社辞职。"

陈姐很吃惊。"辞职？为什么？"

"不为什么，只是想休息一段，让心灵有个休整。这段经历太……伤筋动骨，弄得我心乱了。"

陈姐沉吟良久，问："你是不是想回到那座雪山，叫什么雪隆包的，再去看看？"

她提到雪隆包，我眼前立即出现了这样的画面：天空蓝得通透，空气冷冽清新。雪面洁白晶莹，雪面上是金杖和太阳神鸟的异光，是鲜红的血滴。一串清晰的赤足脚印在雪面上延伸，然后突然中断……那儿确实对我有强大的诱惑，就像女妖塞壬诱人的歌声。我想了想，缓缓摇头：

"我不知道。也许我会再回去一趟看看，而且是一个人回去。陈姐你甭担心，那座雪山一点儿不难爬。不过，也许我永远不会再去，只把它保存在此生记忆中。"

陈姐体会到我心中的苦味儿，柔声说："小姬，听陈姐一句劝。你在这五天中有了一段难忘的感情经历，它很美好，很奇崛，将是你这辈子中一段很珍贵的记忆。但最好到此为止，不要再沉溺下去，否则，我说句不中听的话，恐怕美好会变味的。"

"放心吧陈姐，我已经从那个世界跳出来了，不会再跳回去。"我补充一句，"何况那个男人已经彻底消失了，连警方都找不到啦。"

陈姐不一定相信我的话，也不会真正放心，但她不再说这件事了。她只是劝我不要正式辞职，最好先请个俩仨月的长假，"理由嘛你自己找一个，我在社里做做工作，让社长准你的假。等歇完这个长假，如果你仍想辞职，我不拦你。"我笑着说：

"陈姐，我早就说过，你比我妈还知道操心。行，我听你的安排，先请一个长假。"

陈姐说："你这儿没事了，我就要走了。我虽是专程来，也顺便到洛阳办件公务。"我想了想，没有认真留她。我担心的是，如果她留下来，与爸妈见上面，难免无意中流露出什么而激起爸妈的警惕。我不想在爸妈面前把五天的经历再抖搂一遍。再说——我暗暗想，也许陈姐急着离开是和广汉警方有关吧。那边关于这个案件是挂起来还是追下去，恐怕也急着要做个结论吧。所以，他们肯定急于知道陈姐这一趟的结果。

因为有了这点小心机，我没坚持留陈姐，也没坚持把陈姐送到火车站。只把她送上出租，两人告别。等爸妈回来，我压根儿没提陈姐来过的事。爸妈都是大大咧咧的人，没把我五天的"手机关机"当回事，晚饭中爸只是闲问了一句："这次采访顺利不？"我说顺利，他们就不再问了，然后就打开电视看《甄嬛传》。他们看得很投入，但爸边看边批评：

"你看现在的电视剧，已经没有了道德底线。作为正面主人公的甄嬛，为了扳倒皇后，竟然拿肚子里的胎儿来搞阴谋。什么玩意儿！"

我陪爸妈看了一会儿，口不应心地聊了几句。后来我说累了，今晚想早点儿睡觉。妈说："一定是这几天的行程太紧，还没歇过来呢，你快睡吧。"

我回到自己房间，听见他们调低了电视的声音，说话也尽量压低声音。没多久他们也熄灯睡觉，但我却失眠了。我下了床，轻手轻脚来到客厅，从行李箱中掏出金沙博物馆赠我的那本羊路的诗集。回到床上，我把诗集摊开，其实没有看一个字。我抚摸着手腕上已经结痂的刀口，心想羊路的刀口比我深，不知道这会儿是否已经痊愈？他此刻在什么地方？今生我还能见到他吗？整整一晚我都睁着眼，看窗外清冷的星空。

三、羊路的记述

回

历史已经形成，未来已经形成，
一只神羊飞跃在人间的悬崖。
昆仑圣山从心海来到眼前，
从失落走上永生。
看啊，一片片草场一个个村庄。

天神木比塔含笑播下的神谕，
抚慰白云之下千山万水，
女人慈善心安，男人叱咤刚强。
深藏雪花的世界宽广而深刻，
道路温暖一代代东西南北的亲人。

记忆海水召唤的年年风雨日月，
是天庭降福阴阳的甘露琼浆，
诗的光亮，基因交响的乐章。
看啊，五谷香香，神鼓朗朗，
遥远回到身边，陌生回到亲切，
遗忘回到记忆，支脉回到主干，

血祭

羌红回到年年还愿的天盆山，
儿孙回到祖先的心坎。

啊，灵性的青春携带爱情的种子，
升腾人间最美的翅膀……

后　记

　　《血祭》是一个完全虚构的故事，只是它是从完全真实的场景中切入。小说的角色甚至借用了很多现实中的人物来做模特，相信读者尤其是科幻圈内的读者会从书中读到或猜到不少熟悉的名字。不过小说实际只是借船出海。当故事情节离开现实的港湾后，就完全展开了想象的风帆。所以，请读者不要将小说角色与真实人物一一对应，比如，两位作者就并非书中的老王和羊路，而书中的"彼小姬"也并非现实中的"此小姬"。无论是读者，抑或是被我们拉来做模特的人，读到相关内容时，付之一笑可也。

　　小说中牵涉到不少人类学、基因科学、历史学、民俗学等知识。对这些知识，作者倒是做了不少搜集和查证工作，以求尽可能不出硬伤。但作者毕竟不是上述诸多领域的专业人士，有一些错误在所难免。甚至我们摘引的某些专业性论文其本身也有个别错误，这在编辑工作中已经进行了部分勘误。对于人类学研究尚未做出定论的某些问题，作者也做了一些合理的虚构。总的说，这只是一部文学小说而不是科学论文，是一部科学的演义而不是信史。请读者在阅读时注意这一点。

　　谢谢读者。

（注：《血祭》由王晋康、杨国庆合著。）

附录　人类 Y 染色体谱系树及人类迁徙路线

本文依据复旦大学生命科学学院、现代人类学教育部重点实验室李辉教授在网上发布的科普文章编写，蒙李辉先生同意附于本书，并经李辉先生审阅。当然，如果文中有错误，仍由改编者负责。

需要说明的是，人类 Y 染色体谱系研究近年才开始，进展非常迅猛。截至本文交稿时，这个谱系树已经有了增添和修改。这些新的进展本文不能一一收纳了。

首先介绍一些基础知识。

科学家们已经能利用分子人类学这个利器来追溯人类的谱系。研究方法有两个基本点：

一个基本点是利用非基因。DNA 序列中除了基因之外也有大量的非基因，谱系研究只利用后者。这是因为基因有生理功能而非基因没有，所以非基因突变后不会形成遗传压力，这样才能形成稳定的遗传谱系。另一个基本点是利用单倍遗传。像女性遗传给后代的线粒体 DNA，和男性遗传给后代的 Y 染色体 DNA，都是单倍遗传分子，不会在两性繁衍过程中混合，所以可以方便地用来追溯母系或父系。比如此前媒体上广泛报道的"全人类的夏娃"，即人类的母系祖先，就是利用线粒体 DNA 追溯的。不过近来科学家更注重利用 Y 染色体来追溯父系祖先。

在 Y 染色体的非基因序列中，有两种突变类型非常有用。一种叫做单核苷酸多态（SNP）突变，它的突变罕见而稳定，同一个突变历史上不会重复出现，也不会变回去。所以可以据此构建人类 Y 染色体各种类型的结构关系。另一种叫做短串联重复（STR）突变，这种突变不断变长变短，变化是匀速的。所以只要知道突变的总量，再除以突变的速度，就可以得到 Y 染色体各种突变类型的产生时间。

中国科学院昆明动物研究所研究员宿兵等人发展了一套 Y 染色体的单核苷酸多态性标记研究理论，简称 Y-SNP 理论，可以用来研究人类的父系谱系。复旦大学生命科学学院金力、李辉他们运用的就是这个理论。按照 Y 染色体单倍群的不同，把全人类分为 18 个类型，用从 A 到 R 的字母代表。对于出现频率高、数量多的类型单独列出如 O、N，把小概率出现的类型列入上级母类如 F、P。

阅读本文时，请参照下面的附图——人类 Y 染色体谱系树。图中左侧的 M91、M60 等是 SNP 突变，右侧的 A、B、C 等为科学家划分的单倍群类型。另外，读者阅读时请注意，用 Y-SNP 理论建立的人类谱系树，与过去所沿用的黑、白、黄、棕人种划分并不完全一致。

以下按单倍群类型的顺序介绍：

A：它的 SNP 突变（以下均简称突变）为 M91，这是一种最古老的突变，时间在六万年前。有此突变的族群现在生活在非洲中南部，为布须曼人。

B：突变为 M60，发生在五万年前。其族群生活在非洲中西部，为班图人。

从这儿开始，此后的所有单倍群都具有 M168 突变，M168 突变发生在五万年前，人类是带着这个突变走出非洲的。也就是说，除了上述两个最古老的非洲族群，所有现代人的基因中都有 M168 突变。

C1—C5：它们共有的突变是 M130。这也是一个古老的突变，发生在五万年前。具有 M130 突变的族群是最早走出非洲的，迁徙路线大致是沿着海岸，阿拉伯半岛—伊朗—印度—中南半岛，此后分为两支系，向北进入西伯利亚，并最终进入北美地区；向南进入澳大利亚，并扩散到整个太平洋诸岛。M130 的后代又产生了以下的突变：C1—M8：在日本阿伊努人占 90% 以上。另外，现代日本人、朝鲜人、满洲人、阿穆尔人中，也有一定数量。C2—M38，主要分布在澳大利亚和太平洋诸岛屿。C3—M217，主要分布在北亚东部、日本、北美西部。外蒙地区比例非常高，达到 58%，成吉思汗的后代就是 C3。还有哈萨克人、吉尔吉斯人、布里亚特人，比例都在 60% 以

血祭

单倍群类型

```
东非起源 ─┬─ M91 ─────────────────────── A
         ├─ M60 ─────────────────────── B
         └─ M168 ─┬─ M130 ─┬─ M8 ──────── C₁
                 │        ├─ M38 ─────── C₂
                 │        ├─ M217 ────── C₃
                 │        ├──────────── C₄
                 │        └──────────── C₅
                 ├─ YAP ─┬─ M174 ─────── D
                 │      └─ M96 ──────── E
                 └─ M89─[F] ─┬─ M201 ─── G
                            ├─ M52 ──── H
                            ├─ M170 ─── I
                            ├─ M304 ─── J
                            └─ M9─[K] ─┬─────────── K*
                                      ├─ M177 ──── K₁
                                      ├─ M70 ───── K₂
                                      ├─ M147 ──── K₃
                                      ├─ M230 ──── K₄
                                      ├─ M11 ───── L
                                      ├─ M4 ────── M
                                      ├─ M214 ─┬─ M231 ─────────── N
                                      │        └─ M175 ─┬─ M119 ── O₁
                                      │                 ├─ M95 ─── O₂
                                      │                 └─ M122 ─┬─ M117 ─ O₃
                                      │                          └─ M134 ─ O₃
                                      └─ M45─[P] ─┬──────────────── P*
                                                  ├─ P36 ────────── Q
                                                  └─ M207 ─┬─ M173 ─ R
                                                           └─ M17 ── R
```

人类Y染色体谱系树

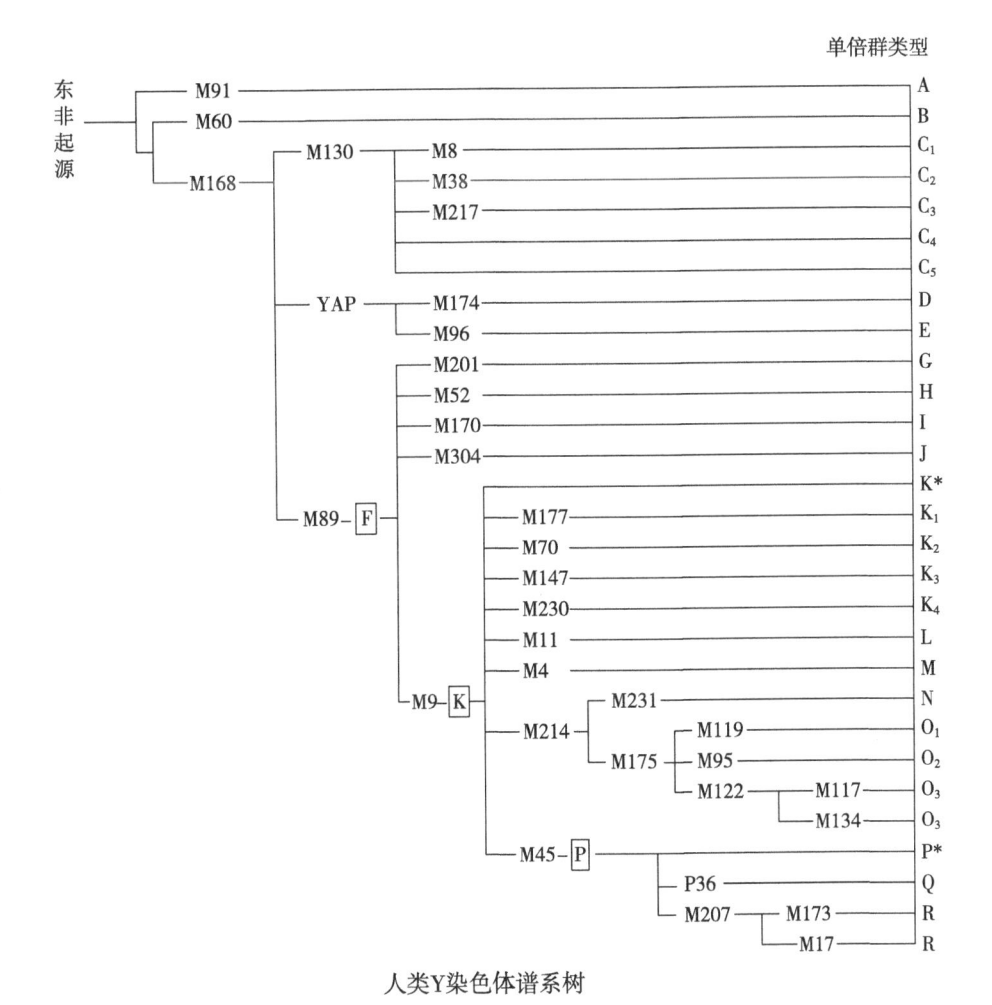

上。C4、C5主要分布在南印度地区，在当地民族中能达到20%。汉族人中，M130的比例很小，小于3%。

下面D、E两个类型共有的突变是YAP。

D：对应突变为M174，又被称为小黑矮人基因，是一支非常古老的基因，它在五万年前和C—M130几乎同时走出非洲。现在D—YAP主要包括印度安达曼群岛的安达曼人（100%）、藏族（58%）、土家族、彝族、瑶族、日本人（34.7%）、朝鲜人、满洲人、缅甸人、克钦人。在汉族人中，D—YAP出现的频率小于1%。

E：对应突变为 M96。它也很古老，大约出现在四万五千年前，其族群留在非洲，现在生活在非洲西南部，为俾格米人。其中一个分支迁徙到地中海。

以下所有单倍群都具有 M89 突变。该突变大约出现在四万五千年前，F—M89 形成了亚欧大陆的主干。全世界 80% 以上的人都有这个变异点。

G：对应突变为 M201，其族群生活在中亚东部。

H：对应突变为 M52，其族群生活在意大利北部。

I：对应突变为 M170，其族群生活在中欧。

J：对应突变为 M304，其族群生活在北非。

以下所有单倍群都具有 M9 突变。所以 M9 是人类最重要的一个支系，亚欧大陆上，除了上述小族群，世界上绝大部分民族都由 M9 的子孙构成，今天中国人中，96% 的人都是 M9 类型。

K：含五种子类型，对应的突变有 M177，M70，M147，M230。

L：对应突变为 M11。

M：对应突变为 M4。

以下的 N、O 部分的共同突变为 M214，大致对应着黄种人。M214 又分 M231 和 M175 两个分支。

N：对应突变为 M214—M231。其族群生活在乌拉尔山两侧，北欧北部，东欧北部，北极圈内比如爱斯基摩人。

O：对应突变为 M214—M175，它又含有多种子类型。其中含 M119 突变的族群生活北亚和东南亚，后者为百越民族，含黎、侗、水、仫佬、高山、壮、傣等民族。含 M95 突变的族群生活在东南亚，日本和朝鲜也有少量。含 M122 突变的族群为汉、藏、羌、彝、土家、景颇等，M122 中又含 M117 次级突变的族群是今天汉族的主体。

以下单倍群对应的共同突变是 M45，大致对应白种人。它和上边的 M214 是现代人类中最重要的两个突变。

P：略去。

Q：对应突变为 P36，美洲印第安人。

R：对应突变为 M207，又分为 M173 和 M17 两种子类型，二者被认为是原始雅利安人的基因。

对上述谱系树中有关汉族的内容，以下再做比较详细的介绍。

上面说过，汉族人占压倒性优势的突变是O—M175。它可细分为三个子支系：O_1—M119、O_2—M95、O_3—M122。

这三个子类型地理分布很有意思。

O1—M119广泛分布在北亚到东南亚，但在最中央的黄河流域几乎为零！在贝加尔湖畔的布里亚特人中O1—M119的比例最高，达34%。另外，北亚地区的外蒙、满洲、朝鲜、日本、堪察加等民族也有O_1—M119类型，但一般比例不超过10%，中国南方的浙江、上海、福建等省（直辖市），O_1—M119比例也较高。而在黄河流域的山东、河北地区的汉族人中，O_1—M119类型的比例小于0.5%，在陕西、山西、湖北等省，出现频率为零。M119的分布明显呈现两头大中间少的格局。

O_2—M95类型主要分布在东南亚地区，在泰国高达55%，从泰国向北向南都在递减，可以推断该突变最初出现在东南亚地区，向四周扩散。在东亚地区，只在朝鲜人、日本人、阿穆尔人中有一定分布，在山东、河北、甘肃的汉族人群中，出现频率为零。在南方汉族人中概率非常低。

O_3—M122类型是数量最多、分布最广的一种。北到北亚，南到爪哇、新西兰，东到日本，西到西藏、哈萨克，全部能找到O_3—M122。

从出现频率上看，O_3—M122的出现频率最高的地区为中国的云南、印度的那加邦，很多民族中出现频率为100%，如独龙族。在黄河流域的河南、陕西、山东，在长江流域的湖北、安徽、四川、江西等地区的汉族人中，O_3—M122超过80%。在北亚地区，O_3—M122数量比较少，外蒙人中超过30%，阿穆尔人超过40%，在日本人中为22%，朝鲜人中有一定比例，除此之外其他族群都比较少，艾温基人和布里亚特人中出现频率为零。在东南亚地区O_3—M122数量比较多，只有泰国、柬埔寨等地区略少，其他地区一般超过50%，出现频率从中国向南逐渐递减，到了爪哇人中出现频率只有20%，在汤加、新西兰的毛利人中也有出现，但比例都不大。

M175 这三个子类型的地理分布告诉我们一个信息，我们可以推论出东亚各民族的发展史。

东亚黄种人开始可能分为四个大集团：北亚人群、黄河上游人群、黄河下游人群、中南半岛人群。

北亚人群代表了阿尔泰语系的民族，由于生活在气候寒冷地区，无法种植农作物，其他人群都无法涉足，所以很难取代他们。

黄河上游集团代表了古代汉藏语系民族即先羌，标志性基因 O_3—M122；黄河下游集团也是一个古老人群，标志性基因是 O_1—M119。在五六千年前，古代汉藏语系先民开始分化，一支向西、向南发展，发展成藏缅语族，另一支向东发展，发展成汉语族。汉语族部落击败了黄河下游的古老居民，后者具有 M119 突变，失败者分化为两支，北支 M119 进入辽河流域，并深深影响了西伯利亚和北亚居民的基因构成，成为阿尔泰语系民族中普遍存在的基因；南支 M119 向南发展，成为后来的"百越"。从此，M119 基因从黄河流域消失，取代他的是带有 M122 的先羌人即汉语族部落。

这样的基因分布态势，也许就对应着民间口口相传的黄帝大战蚩尤的历史传说！我们虽然找不到当年的战争遗迹，但可以找到互相吻合的考古证据和基因证据：考古上，山东的大汶口文化从此消失了，取代它的正是从陕西河南来的龙山文化，此后山东存在的文化就是山东龙山文化！基因证据更加明显，山东、河北两省的汉族人中 M122 和 M119 比例悬殊，接近 200∶1，超过 99% 人以上都是随黄帝东来者的后代。而陕西、湖北的汉族人中 M119 干脆为零。

经过这次原始的部落战争，汉语族的各部族控制了整个黄河流域，建立了数量众多的方国，这种状态持续了大约 2000 年。大概在距今 3100 年前，一支小部落从甘肃天水迁徙到陕西周原，这就是周族人。他们在周武王的带领下灭了商朝。灭商后，周武王率领 300 辆战车和 5000 虎贲，用了三年时间，消灭了 99 个方国，征服了 652 个方国，俘虏了 410 万战俘，见《逸周书·世俘解第四十》。在此后的一百多年间，西周分封了大量诸侯国，周族也随着分封扩散到了全国。

周族人称自己国家为"有夏",此后各诸侯国都自称"有夏",对外统称自己为"诸夏",夏的本意是区域广大。周族自称自己的本民族为"华",称外族为"夷"(异),此后凡是与周族有同源关系的血亲部族都开始自称"华胄",称外族为"非类""夷(异)人",意思是非华族类,华的本意是高贵壮丽。从此"华夏"就成了这些诸侯国的统称,这也是中华人民共和国中"华"字的来历。周族人的语言叫"雅语"(夏语),在全国通行。孔子讲学,学生来自不同的诸侯国,但孔子的话他们都听得懂,因为孔子说的是当时的普通话"雅语",《论语》里有"子所雅言"。不说"雅语"就被称为"野言""非文"。由于有着交流需要和文学推进,"雅语"最终成了全国通用语言,也就是后来的汉语。到了公元前221年,秦始皇最终将诸多虽然割据但互相强烈认同的国家统一起来,后来又经历汉朝的统一和强盛,华夏族终于发展成为汉族。

先秦的发展,使得汉语族各支系语言全部统一到周族的"雅语"下,经过长期的融合及不断的人口迁徙,到今天,长江以北从山东到甘肃,汉族人的基因差异已经非常小了。

秦汉以后,中原王朝开始了对长江以南地区的军事和政治控制,大量的汉族移民迁往南方。今天,南北汉族在Y染色体上差异很小,有90%的相似性。也就是说,南北方汉族都是父系同源的,其差异主要体现在mtDNA上,也就是母系来源上。

基本上说,南方汉族=父系(北方汉族Y染色体)+母系(北方汉族线粒体mtDNA+很多南方民族的线粒体mtDNA)。在mtDNA上,南方汉族不但和北方汉族有差异,南方汉族之间也明显不同,比如湖南汉族和福建汉族在mtDNA上就不同,甚至同是广东人,广府人和客家人在mtDNA上也不同。

怎么解释11亿南北汉族人在父系上全部同源而母系上差异明显呢?其实道理很简单,看看50年代时内地人迁往拉萨的情况就清楚了。当时规定进藏人员只有团处级以上才可以带家属,年轻战士和工人娶的都是当地的藏族女青年。今天拉萨、日喀则等地有大量汉藏混血儿,清一色父汉母藏。

历史上汉族南迁也与之类似。迁往南方的汉族主要是服兵役、逃避战乱、因罪流放，基本都是男性，带家属的不多。所以他们娶当地女性，造成"父系相同母系不同"的结果。不过，总体来说，南方汉族中北方汉族的mtDNA还是占多数，也就是说南方汉族的母系祖先，一半以上是来自中原地区的。也有个别地区，如广东的一些地区，汉族中源出本地的mtDNA可以高达85%。

上帝之手

第一章　梦与上帝

许剑这半生做过许多梦，像所有人一样。大部分梦境第二天睁开眼睛就会忘掉，那些睁开眼时尚能记住的梦又大半被时间冲刷走了，最终保存在记忆中的只是极少数，是那些多次重复的梦，或比较有创意的梦。等许剑在中原医学院——如今改为中原医大——上学时，这类可称为经典的梦已经积累了几十个，可以做一番综合分类的研究工作了。

一类梦境明显与人类的本能有关。比如梦见坠落，从高高的树杈上或山顶或不知道什么地方，向深深的黑暗中坠落。坠呀，坠呀，你能清楚地感受到坠落过程中的恐惧，但也只限于过程，梦中不会出现肉体与地面接触的那一声闷响。据心理学家们说，所有人都会做这类梦，这是人类祖先几百万年的树上生活所留下的遥远的回声。或者梦见逃跑，跑得筋疲力尽，气喘吁吁，两腿发软，心惊胆战，至于是要躲避什么，也就是那个造成恐惧的主体，倒常常不在梦境中显现。专家们说，这同样是人类祖先几百万年生存的遥远回声，那时人们总是在猛兽爪下挣扎逃命，百万年的恐惧如今固化在基因深处。还有就是青少年时的绮梦，家乡话叫花梦，梦境当然与异性有关，在梦中你干了平时不大敢想更不敢干的事，最后常结束于一次快意的喷射，然后恍然从梦中醒来。不用说，这样的梦更是来自本能了，毕竟性欲是人类及所有有性动物最重要的本能。

另一类梦境则来自个人的社会经历。比如他常常梦见考试，梦境总是笼罩在焦虑之中，或者钢笔没水了，或者看不清考题，或者憋着尿，等等，反正绝不会顺顺当当让他把考题做完。即使他大学毕业并永远告别了考试，这些梦仍顽固地出现。偶尔也有轻松适意的梦，比如许剑七八岁时总梦见自己在池边玩耍，池水如镜，垂柳依依，一个可爱的小女孩拂开柳丝向他跑来，笑容像天使一样灿烂。这个梦多次重复，以至于许剑曾问过妈妈："我梦见的究竟是哪儿？是不是我上辈子去过的地方？"妈妈想了想，笑了，一语道破天机。原来很平凡，那只是他童年生活的倒影。四岁之前他生活在老家，那儿就有一个这样的水塘，也有一个同龄的玩伴，但小女孩的名字他们再也回忆不起来了。这类梦从表面上看，似乎和人的本能无关，但若仔细考究的话，仍能从中看到本能的影子，看到"恐惧"和"性欲"。

还有一些梦似乎归不到上述两类中去。在大学期间，许剑做过几次内容雷同的怪梦——竟然梦见他变成了上帝！并不是说他变成宗教画中的上帝，那个上帝是雅利安人种，高鼻深目，浅瞳彩发，许剑在梦中也变不来这种模样的。不过，他在梦中确实有了上帝——西方那个爱思考的上帝的目光，高踞云端，俯瞰尘世众生，包括一个叫许剑的医学院学生。

这当然是教马列哲学的张上帝害的。张上帝的名讳已经忘了，课堂上他口不离上帝，故在学子中落了这个雅号。他的话被学生们戏称为"上帝语录"。一个干巴瘦小的中年男人，其貌不扬，不修边幅，毛衣袖口和下摆总是散了边，散落的毛线如流苏一般，他就拖着流苏为学生们上课。他的皮鞋常常积着浮尘，而衬衣领口的颜色也十分可疑。看着他的尊容许剑总是免不了想：在这位上帝家中，后权肯定强于王权。

在大学里教马列哲学是件不讨好的事，但张上帝却因其不务正业而在学生中极受欢迎。在课堂上，他除了该讲的课本内容不讲外，什么都讲，天上地下无所不包，还常常有一些相当异端的观点，来几句十分闪光的隽语。很多老师上课都有独特的习惯，比如教外语的赵老师只在黑板的左边板书；教生理解剖的向老师在结束一堂课时，会准确地、动作潇洒地把粉笔头掷到粉笔盒里；而张上帝的习惯动作是抿围巾：身体微向后仰，脊背靠在黑板上，两手在胸前一左一右地抿着他的老式围巾，慢声细语、从容不迫地开始他的胡侃，黑板上一直是空白。下课铃响时他才匆匆让大家翻开课本，说：

"快，咱们把课本内容串一下。"

同学们很欢迎他的胡侃，但对他的拖堂啧有怨言。张上帝从善如流，很快改了他的教学流程。以后上课时，他先用三五分钟时间把授课内容匆匆串一下，然后合上课本，笑眯眯地向讲台下俯过身子：

"现在咱们开始？"

下边哄然同意："好！开始！"

这位口不离上帝的人其实根本不是宗教狂，而是一个真正的唯物主义者，非常彻底非常纯粹的那种。对这几代的中国人来说，"唯物主义"这个词天然带着褒义，但聆听了张上帝的教诲后许剑有一个感觉：过于彻底的唯物主义比较可怕，很有一点无君无父的味道。明朝李贽的《藏书》《焚书》是无君无父的典型，不过比起张上帝的言论，那是小巫见大巫了。

比如张上帝说：

"男女之爱，父母之爱，这是被诗人讴歌了几千年的东西，是文学作品永恒的主题。但实际上呢，它们既不神秘，也不高雅。男女之爱不过是上帝设的一个诱饵，去诱使两性生物完成交配和繁衍；父母之爱的本质是自私的，是为了通过后代把自己的基因永远延续下去。以上的解释是从进化论的远因而言，若从物理学的近因来看，那就更平凡了，'爱'不过是由激素、神经通路所完成的一套程序，与电脑下象棋的程序没啥区别。科学家做过实验，为雄鼠——听清了，是雄鼠，不是雌鼠——注射雌性激素，这些本来只会做父亲的雄鼠们立即充满母爱，衔草作窝，满洞乱跑，一副好母亲的做派。"

想起身受的母爱，许剑觉得张上帝很可恶，他亵渎了一个人心中最神圣的珍藏。

张上帝似笑非笑地盯着讲台下的少男少女。那时已经是八十年代了，人的本性已经从政治高压下复苏，姑娘们穿得鲜艳性感，面庞花一样娇艳，与讲台上衣着古板的张上帝形成强烈的反差。张上帝目光炯炯，隐含讥讽：

"当然，上帝是大能的，他设的这个诱饵绝对有效，没人能逃得出去。看看你们这些思春期的少男少女吧，你们看见漂亮的异性就心跳加速，肌肉战栗，你们渴望着异性之爱，认为那是天下最可贵的东西。但实际上你们都很懵懂，你们陷于过程而忘记了终极目标。爱的终极目标是什么？就是找到生命力强悍的异性基因,与之结合,从而把自己的基因延续下去。可你们呢?你们在热恋时,能不能清醒地知道这个目标?你们这些买椟还珠的愚人哪。"

男生们哈哈大笑。女生们红着脸笑,有些女生悄悄地呸他。不过这类羞怯或不屑的表情只是姑娘们必需的作秀,其实她们照样听得津津有味。

他还说过:"科学远不能说已经认识了人体自身,但至少已达到这样的阶段性结论:在人体包括大脑中,根本没有诸如灵魂、精神、感情、智慧、直觉之类实体性的存在,它们都是由普通物质所派生的,是由复杂的物质缔合所表现出来的高层面的东西。精神高于物质,但又完全基于物质。你我的精神行为都在冥冥中受自身物质结构的制约。所以——不要过于自大,万物之灵的人类仍然只是一群跳跳蹦蹦的提线木偶,身后有一束细线永远牵在上帝手里。"

"这么说吧,科学之神帮助唯物主义战胜了唯心主义,但人类仍然臣服在上帝脚下。"

他口中的上帝并不是牧师、阿訇、拉比所说的那个"他",其实只是一个方便的人格化代称。他也常使用一些同义词:造化之神,大自然,自然之道,进化之道,客观上帝,等等。

张上帝的一条著名语录:

"要学会以上帝的目光看世界。跳出你的皮囊,跳出人类的圈子,翱翔在尘世之上,想象着你已经经历了多少亿年的沧桑。"他认真地强调,"建议你们一定按我的话去试试,肯定会有一种全新的体验啦。你们将透过事物的纷繁外表,看到大自然的深层机理。当然,你们所看到的真相可能没有诗意,甚至相当冷酷,对此要有足够的心理准备。"

许剑真的照张上帝的话去做了,于是就有了前述的那些梦境。那确实是全新的体验:"上帝翱翔在尘世之上,平静地俯瞰许剑在尘世中的生活:吃喝拉撒睡、追逐异性、梦遗、嫉妒、做绮梦、恐惧、发怒。从医书上知道,所有哺乳动物,当然也包括人,脑中都有一个发怒中枢,只要对它来点电刺激,就会引起主体的狂怒反应。想想这事真有点他妈妈的,连人的怒火也在冥冥中受上帝的支配！……许剑活得很投入很认真，但上帝却注视着他背后的提线，怜悯着这个不知道身后有提线的木偶。"

由于学生们的揄扬，张上帝的大名甚至传到校外，比如宋晴所在的财经学院。宋晴和许剑是高中同学，从高二起就是恋人了，上大学后自然常常串门。一般都是宋晴来许剑这儿，因为财经学院的女生宿舍管得比较紧，看宿舍的大妈像王母娘娘似的，一双老眼犀利无比，能一眼看透来访男生的卑鄙用心，所以许剑不大愿去那儿。而医学院男生宿舍的门卫相对宽容，同宿舍的学生更是宽容而识趣，一见宋晴来了，就笑着来几句调侃，像"不要让良宵虚度啊"，等等，然后一个个离开宿舍，把封闭的空间留给这对儿恋人。两人随即关上门，急煎煎地干那些男女们不学自会的勾当，拥抱，亲吻，深吻，抚摸。经过从高二到现在几年的开发，宋晴的身体已经对男友全部开放，许剑的手指可以自由游走，上至高山，下至草原——不过她的开放仅是对抚摸而言，最后时刻她总是悬崖勒马，令行禁止，阻敌于国门之外。有时弄得许剑十分恼火，狗咬刺猬，干着急就是无法下嘴。

不过，恼火之余，他对宋晴的忍耐十分佩服，因为在两人的贴身肉搏中，其实她也被撩拨得情热如火了，她的坚守是非常艰难的，不啻是一种酷刑。但宋晴非常顽强地坚守着一个美丽的信念：把那一刻留到新婚之夜。

一个星期六的晚上，照例的一次幽会，在干了整一套"可笑的忙乱动作"之后，许剑突然扑哧一笑。宋晴怀疑地盯着他："你笑什么？你是不是在笑我？"许剑笑着说："怎么会单单笑你呢，是笑咱俩。"他对宋晴讲了张上帝的那句名言——人只不过是上帝操纵的提线木偶。他说："你看咱们这会儿又是亲又是摸又是搂又是蹭，手忙脚乱的，如果咱俩真是上帝的提线木偶，那他老人家这会儿够忙活了，手里得有多少根提线啊，得是千手观音才行。"

宋晴也笑了，说："在我们学校就听说过张上帝的大名，哪天轮到他讲课时你通知我，我也来听一堂。"

这天夜里许剑送宋晴回去，公交已经停了，他们在学校东门口等出租时，恰巧碰见了张上帝。一个瘦小的身影在马路牙子上慢悠悠地晃着，穿拖鞋，手里拎把蒲扇,太乙散仙般闲适。许剑说:"宋晴你快看,你看,前边那位就是张上帝。"宋晴借着路灯仔细端详,失望地说:"噢,原来是这么一副尊容啊,可不大像上帝。"她陡发童心,拉许剑藏到树影里,大声喊:

"张上帝!"

张上帝应声转过身子,寻找喊他的人。找了一会儿没找到,转身继续前行。宋晴忍住笑,又大喊一声。张上帝再度扭过头,仍不见人,知道是学生和他逗乐,便把右手的蒲扇交到左手,扬起右手,很有气度地向这边挥手致意,然后转身走了。宋晴笑得咯咯的,说:

"他倒不谦虚,真的自认是上帝呀。你看他的气度,像不像上帝立在云端里向子民施福?许剑,等他上课时记住通知我,我真的要听一堂。"

宋晴果然来听了一堂课,也就一堂而已。说实话,那时学生们乐意听张上帝胡侃,都是带着胡闹的心态。三点一线的校园生活太枯燥,听张上帝的胡侃权当是课间休息。其实内心里对他没有多少敬重,想想他这辈子身无长技,没有足以立身处世的专业造诣,只能以清谈玄谈混日子,未免可悲。同学们也奇怪,学校怎么能长期容忍他,一个不务正业又比较另类的人在这儿混工资,足见许剑的母校还是相当包容的。

许剑没想到,他在医学院学的几十门课程,除了谋生所必需的小部分外,毕业后基本都还给老师了,唯独张上帝的胡侃伴他终生。比如,他在欣赏女性的漂亮时,会下意识地简直迹近可恶地联想到她们的生殖力。因为张上帝说过,对异性美的评价其实只有一个客观标准:凡能表露其生殖力旺盛的性别特征就是美,如雄鸟羽毛的光泽,这个特征表现了鸟类对寄生虫的抵抗能力,这是一种非常重要的生存能力;如女人的细腰肥臀和丰满的胸脯。当然这样的审美观是无意识的,莫说动物,就连人类也是无意识的。男人喜欢女人的细腰肥臀,不会联想到大的骨盆易于分娩;喜欢丰满胸脯,不会联想到乳汁丰富。不会的,他们仅仅是从直觉上喜欢——但为什么会有这样的直觉?因为千百万年来,凡是挑选这种女人交配的男人才能更好地延续种族。进化无意识,但十分漫长的进化就形成了目的性极为明确的选择,好像世上真有个思路清晰工作高效的上帝似的。

大学毕业后,许剑和宋晴都没考研,也没到外地就业,相约回家乡北阴市了。北阴在历史上曾显赫过,西周时是朝廷南方重镇,周宣王派其舅申伯在这儿镇守,防止楚国北上,"于邑于谢,南国是式"。秦及两汉时这儿是全国一流都市,相信那时的北阴话肯定像今天的京腔粤语一样吃香。但唐宋之后北阴就衰退了,今天仍是一个不脱乡蛮之气的农业城市。这儿缺少机遇,对年轻人的发展来说不合适,但许剑和宋晴都不是胸有大志的人。他们只盼望赶紧建一个温馨的小家,三十亩地一头牛,老婆孩子热炕头,此生足矣——其实他们不必对自己的平庸而自卑,这些"低等愿望"恰恰暗合生物最重要的本能,即保存自己,繁衍后代。500万年前的猿人是这样,500万年后的超人类也不会改变。

回家乡后他们被分到同一个单位:北阴市矿山特种车辆厂。许剑在厂医院,宋晴在大厂任厂办会计。春去秋替,寒来暑往。结婚,怀孕,分娩,送孩子上学,这么波澜不惊、一帆风顺地过下来。他们的婚姻相当美满,夫妻两个潇洒漂亮,在全厂5000人中算得上人中龙凤。性格又都宽厚开朗,彼此相处甚洽,连婚姻专家们常常警告的"七年之痒"也没出现。经济上虽不富裕,勉强算得上小康。如今儿子戈戈已经12岁,而夫妻两人都近不惑之年了,没想到在这当口儿婚姻有了变故。

古人说四十不惑,对极。许剑的个人经历从反面证实了这句格言。39岁那年他"惑"了那么一次,被一个叫池小曼的漂亮女人所惑。这次被惑的代价颇为惨重:被妻子赶出家门,又被牵连到一场命案中。所以,四十岁以后他就"不惑"了,坚决地不惑了。

这次事变中许剑有一点体会:人的一生中,有些路径的选择并不能由你做主,比如他与小曼的私情,从一开始他就知道,男女私情难成正果,常常以悲剧或闹剧结尾……问题是理智斗不过欲望,凡人斗不过上帝,木偶强不过身后的提线。后来看了电影《手机》,影片中的费老对男女偷情有一句语重心长的教导:麻——烦。他对这句话感触良深。所以,当他开始剥下池小曼的高档文胸和内裤时,其实是在顶着麻烦上。

要命的是，这次惨败并非只留下黑色的回忆，倒是很有几抹亮色，让许剑铭骨刻心，欲忘不能。复婚后，在与宋晴行夫妻之事时，小曼仍然似嗔似怨地卧在头顶的黑暗中。他的人格甚至他的肉体已经残缺，一部分永远嵌入小曼的体内了，就像蜜蜂蛰人后必然把蜂刺留下。

毕业18年后，即许剑同宋晴离了婚尚未复婚的当儿，他回过一趟母校。母校已经大变样，路旁是修剪整齐的小叶黄杨，花圃里姹紫嫣红，树荫上边露出现代化的白色图书馆大楼。让他印象最深的是18年后的学生，迎面而来的少男少女比当年的学兄学姐更漂亮了，更性感了，更张扬了。记得他毕业那年，即1983年，班里曾搞了毕业纪念册，人手一份，那时的工艺水平和财力都有限，纪念册很粗糙，但他们干得相当精心。扉页上是许剑的题诗为这首歪诗他曾苦吟了几个通宵，其中有一段：

"或许有一天，你回来

一个白发老人，披着夕阳的橙色

梧桐林荫，石子路，年轻的男女身上

你劈面撞见二十岁的自己。"

现在可不正是这样？自己的头发倒还没白，但目光中已经满含沧桑。他就这么满目沧桑地看着学弟学妹们步态轻盈地走路，看着他们在林荫中热拥长吻，心中免不了过来人的感慨。

他这次回母校是为了查资料，以便为被疑为杀人犯的情人洗冤。上午他一直泡在图书馆查找资料，下午他去探望了专业课的老师们。大学生回校一般只看望专业课老师而不看望基础课老师，因为基础课是大课，老师和学生没有太多的私人接触。该看的老师都看完了，他告辞老师准备去火车站。但走出学校家属区门口时，总觉得意犹未尽，似乎有一个很该拜访的人给忽略了……是张上帝！他也是基础课老师，而且教的是学生们最不看重的一门课，但那些"上帝语录"给许剑留下的印象太深刻了，尤其是在男女之事上迭遭变故之后，痛定思痛，更能感悟到那些隽语的睿智。他返回家属区，辗转打听"18年前教马列哲学的张老师"。这番打听相当困难，因为他叫不出张老师的名字。"张上帝"这个名讳当然响亮,但它只在那几届学生中流传,家属区的老师们大概未受感化。

最后总算找到了,是在一幢老楼。楼房也是有年龄的,这一位已经是沧桑老者,面目灰暗,精气全无,楼道里贴满了疥癣般的小广告。一个老妪来开了门,问清来意,冷淡地指指屋内,就自顾回卧室了。客厅里的张上帝这时已经站起来,迎接难得来此拜访的往届学生,很有点受宠若惊的样子。他已经退休多年,头发全白了,皮肤枯黄,锁骨凸出。家中摆设与许剑拜访过的专业老师相比,明显低了几个档次,沙发是旧式的,只是新蒙了布面,显然是手工制作,比较粗糙。地上是较低档的小瓷砖。客厅里也都是面目灰暗的旧式家具。这不奇怪,如今哪个老师不赚外快,医学院老师赚外快更容易一些,但张上帝靠他的玄谈是赚不到钞票的。

许剑心中微微发苦,心想张老师这一生太失意了。不过两人一开始谈话,他就知道自己的怜悯弄错了对象。张上帝显然并没有因生活清贫而折了锐气,他照旧得意地生活在他的玄谈世界里,根本不在意尘世的荣辱。他的谈锋依然很健,像过去一样,"上帝"这个词在谈话中仍然有很高的频次。

许剑在这儿谈得很放松。他把对方看成了听取忏悔的上帝,而且这是"上帝"本人,不须牧师做中间人。他谈了毕业 18 年来经历的风风雨雨,谈了他亲历的偷情、凶杀、性怪癖,等等。最后他抱怨说:

"张老师,你的上帝语录害了我一辈子。"

张上帝笑问:"怎么害你了?"

"它让我太清醒了,看到了不该看到的东西。"

张上帝得意地笑了,说了一句新语录,言简意赅,足以流传千古:

"做上帝——是要付出代价的呀。"

第二章　上帝的诱饵

许剑同池小曼的私情是从一次诊病开始的，那是两年以前的事，也是上个世纪的事了。

上世纪末的一个星期一，许剑在新的医院大楼里值门诊。他是内科主任，平时在病房值班的时间多一些，但至少星期一、三、五是要看门诊的。新大楼是第一天使用，建筑相当豪华壮观，赶上三星级饭店的水准了。这正是医院门口挂的宣传横幅：欢迎你到三星级医院就诊。这个横幅是医院宣传科特意针对外行拟的，因为老百姓对医院的几级几等没有概念，但一般都知道饭店的星级。

特车厂是一个部属大厂，职工医院规模比较大，但远远大不到眼前这个份上。能有今天的规模，都是现任院长鼓捣出来的。十几年前曹院长打听到北京某研究所搞出一种烧伤药膏，正急于找一家医院做临床试验，他果断决定参与合作，上马烧伤专科。如今，这种"暴露式湿润疗法"已经成了烧伤的标准疗法，而特车厂烧伤专科在国内也有了名气，甚至常常被选派出国，执行国际紧急救助。当然，名气不是最重要的，最重要的是票子。烧伤治疗很费钱也很赚钱，病人只要进了医院，花费就以"万元"为单位。而且北京那个研究所照顾老关系，至今仍然按特价向这儿提供烧伤膏。如今医院的固定资产已经积累到一个亿，所以，许剑从心底里很佩服曹院长，他绝对属于新时代的弄潮儿。

医院门口新拉了一个巨型横幅：热烈欢迎市领导到我院检查指导。今天是市公安局牵头搞防火安全检查。那年是多事之秋，全国火灾十几万起，还有死伤上百人的特大型事故，包括死伤280人的烟台海难等。各级头头为保住头上的乌纱，对安全防范动了真格。不过，听说公安局局长的巡查原来不包括厂医院，是曹院长通过关系硬争来的。他是想借新大楼启用这个东风，和公安局局长拉上关系。本来新大楼半个月前就可以启用了，他特意推迟到今天。

特车厂位于城乡接合部，病人中除了本厂职工外，郊区农民占了很大一部分。这会儿许剑对面坐的就是一家农民。小病人只有九个月大，抱孩子的是奶奶，同行的是孩子爹。这家人明显没和财神爷攀上亲家，衣着寒碜，满面皱纹里嵌着灰土。小病号面色发黄，嘴唇发乌，有气无力，连哭声也十分细弱，没有同龄小孩应有的鲜嫩。他们上星期已经来过一次了，许剑诊断是先天性心脏病，让他们再做 X 光、心电图和超声心动图，今天他们把化验结果都带来了。许剑看了结果，对他们说：

"没错，可以确诊是先天性心脏病，室间隔缺损，而且症状比较严重，你看病人的嘴唇青紫，这说明缺氧相当厉害了，多普勒超声也探到相当重的收缩期湍流，必须尽快做手术，特车厂医院是做不了的，建议你们到市中心医院。"

孩子爹垂下目光，木然说："那就做吧，有啥法子哩，做吧。这种手术得多少钱？"

"三万元左右吧。"

"那俺们回去凑钱吧，三万块，对俺们可不是小数啊。"

孩子奶眼泪汪汪地说："小宝的命比钱关紧，回去想办法吧，砸锅卖铁也要治。老天爷呀，你咋恁偏心，偏偏让这病落到俺小宝头上。"

许剑天生心软，当了十几年医生，死人也见过几十个了，至今没把心淬硬。他尽力安慰道："这种病也算是常见病了，一百人中就有五六个，最近几年格外多，一百人中已经有七八个了，发病率的增加可能与环境污染有关。你们别担心，手术不算危险，而且术后效果很好，不会留后遗症。"他随便问一句，"孩子妈咋没来？"

这句话无意中戳着了这个家庭的痛处。孩子爹看看许剑，没说话。孩子奶咬着牙说："那贱货不算个当妈的，连人也算不上。小宝病成这样，你猜她咋说？她说别治啦，花那个冤枉钱干啥，这个死了再生个没病的。俺们知道她的心思，嫌咱家穷，结婚后就操心着往别家走，她怕有了孩子是累赘。"

男人低声说:"妈你别说了,丢人。"

许剑一时不知道该如何劝慰,而且刹那间心有所动——想起了张上帝。张上帝曾说过一种非常异端的观点,与那位狠心的孩子妈颇为类似。他说上帝主管着大千世界,但上帝的道德规范常常不符合现代人所珍视的人道主义,倒是更像古希腊时代的斯巴达人。斯巴达人生下孩子就丢在山沟里,几天后再去看,能活下来的证明生命力顽强,抱回去继续抚养,死了就喂野兽。正因为这种比自然选择更残忍的人工选择,所以斯巴达民族的体质极为优秀,其军队令人闻风丧胆。张上帝说现在不行啦,现在无论什么遗传病都要尽力救治,直到医学无能为力时才作罢。于是大量的社会财富被用于矫正上帝的工作疏忽。而且更糟糕的是,这样还会留下危险的隐患:让不良基因躲过自然选择,传给千秋万代。其实完全可以用远为简便的办法去解决——再生一个,仅仅耗费一颗精子和卵子而已。

记得张上帝这段话激起了学生们的同忾。他们都是明天的医生啊,救死扶伤是他们的天职啊。对着医生说这些话,不是指着和尚骂驴秃吗。课堂里义愤填膺,一片喧嚷,张上帝断喝一声:

"不要喧哗!我的话还没说完呢。"

他说,这些遗传病甚至可能并不是上帝的疏忽,而是有意为之。生物进化中时时存在着"自限",比如体细胞在长到与周围的细胞接触时,就会按照"接触抑制指令"而停止生长;生物体内的细胞分裂到一定次数就会死亡;北欧旅鼠在族群增殖到一定程度时就会大批跳海自杀。人类中有不能繁衍后代的同性恋,有先天性心脏病,有婴儿猝死症,谁说这不是上帝为人类设的自限?所以,医生的救助行为其实是逆天而行。张上帝对课堂中喧嚷的学生们嬉笑怒骂:

"你们穷吆喝什么?一群黄口小儿,胎毛还没褪净呢。别说你们,就是把整个人类文明全算上,充其量也只有一万多年,而上帝他老人家已经150亿岁啦!你们谁敢吹牛,说自己已经揣摸透上帝的用心?"

那堂课让同学更清楚了张上帝的狂悖。这会儿面对这对不幸的母子,许剑想,也许再生一个健康孩子真的是更好的选择。当然这种想法与医生的职业道德相悖，但如果救助这个病孩，其实也是掐断了另一个健康孩子出生的可能，这难道不是另一种残忍么？宇宙的规则太繁杂了，人类其实永远处于两难境地……病孩的爹轻声喊：

"许医生？许医生？"

许剑回过神来，自嘲道："走神了，我走神了。"病孩的爹说："许医生，没事俺们就走了？"

"你们走吧，如果决定做手术可以来找我。知道你们家境比较难，我给市中心医院的朋友交代一声，让他们尽量压低手术费。"

母子俩抱上病孩，千恩万谢地走了。

星期一病人较多，他一直工作到10点才出去解手。在楼道上碰见大厂焦副厂长和医院曹院长正陪着一帮人巡查。中心人物是一个高个子，穿着挺括得体的警服，肩上是一级警督的三星徽章。气势轩昂，其侧影既熟悉又陌生。他正在向随行者做指示，不时用手势来强调语气，随行人毕恭毕敬地不断点头。许剑认出这是仝宁，市公安局局长。他对仝宁非常熟悉，二十几年前有一段时间两人曾形影不离，今天听说公安局大领导来视察，他已经想到可能是仝宁了。但看着那个侧影，他却无法排除心中的陌生感，是为什么呢……对，是因为"这一个"仝宁的阳刚之气。

当年仝宁也很阳刚，十七八岁就长到一米八，宽肩膀，肌肉发达，走起路来咚咚响。但非常奇怪，那时仝宁身上也有一股女人味，这种女人味与他的阳刚非常矛盾地共处一体。他走路时臀部的摆动像女人；小手绢叠得整整齐齐，喷上香水；穿的白背心总是白得耀眼。而且他向来是自己洗衣服，这在中学男生中并不多见。有一个细节许剑记得很清楚，仝宁每次洗完内裤，总要放在鼻尖上仔细闻，看是否真的洗干净了。那时仝宁麾下有很多男性小跟班，而且大都知道仝哥这个怪癖，每当仝宁洗衣服时，他们就躲在旁边笑。

但这会儿他身上的女人味已经彻底消失了，或者被威武的警服遮盖住了。仝局长仍在做指示，一个跟班挟着皮包，手里端着老板杯，在仝宁说话的间断中，跟班适时地拧开茶杯盖，递过来，让局长抿几口，再接过去，旋上盖，做得娴熟有致。这是目前流行的官场文化，有这么一个跟班捧着杯子就表示主人有相当的等级。

许剑摇摇头，准备偷偷溜走。他历来很不感冒这些官场上的套路，而且他和仝宁在20多年前就断了来往，这会儿没必要去和大局长套近乎。但此刻仝宁正好转过脸，与许剑对上目光。看得出仝宁稍稍一愣，随即笑着向这边招手：

"那不是许剑吗，你在这家医院工作啊。"

既然这样，许剑只能过去了，同仝宁握手："仝哥你好，多年不见了。"

这声"仝哥"让旁边的曹院长印象深刻，忙问："小许你同仝局长很熟？"

仝宁代他回答："是的，上中学时我俩在体训队是哥们儿，好得割头换项。不过上大学后失去联系，算来也有20年没见面了。"

仝宁拉着许剑的手，问了分别后的一些事情，结婚几年了，孩子多大，是男孩女孩，爱人是不是也在这儿上班，等等。最后说："今天没时间好好叙谈，许剑，以后记着去找我。"

许剑笑着说："你是大局长了，我一个平头百姓，你那儿门槛太高不好进啊。"

仝宁威胁地用指头点点他："这就是当平头百姓的好处，可以胡说八道不用负责。你去找过我吗？哪个门卫拦着不让你进？我这个局长还没这么操蛋吧。"他拍拍许剑的肩头，"有空去找我玩。你只用说是我的老同学，谁敢拦你？来，我把手机号给你。"

他朝跟班伸过手，那人立即从皮包里摸出一张名片，仝宁掏出钢笔，在名片背后龙飞凤舞写了一行字，交给许剑。两人交接名片时，曹院长目光锐利地扫了一眼，这一眼没能把手机号看全，但从开头几个数字看，显然不是仝局长对外公开的手机号。现在的领导一般都有两个手机，一个是公开的，交秘书带着；另一个自己带，号码只让最亲近的人知道。这么说，这个小许确实同局长关系不一般？许剑没有意识到一个手机号还有名堂，随随便便把名片插到白罩衣的口袋里，同仝局长告别。

握手告别后，许剑回到门诊室。严格说来，仝宁和他算不上同学，既不同校也不同届，许剑上初二时仝宁上高三，高了四届。不过他们都是校体育代表队的，在市里集训时认识了。仝宁很有体育天赋，篮球乒乓球都不错，尤其擅长田径，百米短跑和跳高都是一流好手，他所创造的中学生男子跳高纪录保持了十几年。再加上为人友善，风度潇洒，很得女孩子的青睐。不过仝宁对漂亮女孩儿从来没有感觉，麾下倒是常集结着像许剑一样大的几位男孩子，而且全是长相俊朗、性格讨人喜欢的金童。许剑那年13岁，同仝哥的关系格外亲昵——许剑在回忆往事时，没有使用"亲密""亲近"这些字眼，而是说"亲昵"，这是有讲究的。仝哥对他确实有点……不说也罢。

仝宁上大学时是所谓的工农兵学员，上的中原师范大学数学系。毕业后按说该当老师，一辈子吃粉笔灰的，但他在分配时却直接进了北阴市公安局。这是因为他父亲的缘故，他父亲当时是省公安厅副厅长，这对仝宁的升迁相当有利。仝宁在公安系统如鱼得水，充分显露了才干。他把数学的逻辑思维能力用到破案上，连破大案，职位节节提升，刑侦队长、刑侦技术科科长、副局长，39岁当了正处级的局长。前几级提拔无疑同他父亲有关，但最后一蹦就全靠本人的才干了，他父亲那时已经退休。

这些情况许剑都不陌生，分手后他其实一直关注着仝哥的情况，正如仝宁肯定也关注着许剑的情况，所以刚才寒暄时仝宁说"不知道你在这儿上班"，大概是说谎。不过这些年许剑从没和他联系，除了地位和专业的隔膜外，毕竟仝宁给他留下的那段少年期的回忆不好启齿。

从窗户里看到仝局长一行走了，车队逶迤着开出院子。许剑低下头写处方，眼角余光中，似乎瞥见一个色彩鲜艳的女人身影在门外闪过，而且——在他感觉中不是第一次闪过。这个感觉没错，等最后一个病人离开时，那个女人进来了，带着微笑和肉香坐到他面前。

这是他同池小曼的第一次正式接触。过去也认识，只是路上相逢时的点头之交。一年前搬进厂家属区新建的"高工楼"后，两人成了前后楼的邻居，仍然没什么交往。这两幢新楼是特车厂家属区住房中面积最大的，除了厂级领导，住的全是高级工程师、劳模、厂子弟学校的高级讲师和厂医院的主任医师。池小曼本人只是劳保库的仓库管理员，蓝领阶层，但她丈夫葛玉峰是厂里最年轻的高工，所以也分到一套。

池小曼在特车厂里是一个很晃眼的漂亮女人，更准确地说，她并不是特别漂亮，但是非常性感。漂亮和性感绝不等同，哪个男人如果弄不清这一点，说明他根本不懂女人。比如许剑的妻子宋晴就很漂亮，绝不亚于池小曼吧，但……这么说吧，在许剑心里，妻子就如一张中国古典仕女图，美则美矣，可惜太平面化；小曼则是西方美女的裸体雕塑，骨头缝里都散发着女人的诱惑力。

池小曼的眼睛非常灵活，当她的目光从你眼前滚过时，你会知道"勾魂摄魄"是什么含义。其实她最要命的还不是眼睛，而是……背影！她走路像踏在弹簧上，纤细的腰肢如风摆柳丝，腰凹的曲线随臀部的摇摆一左一右地荡漾。那种妙曼，那种性感，无法用语言真切描述。她的背影总是吸引着很多男人的目光。在熙熙攘攘、摩肩接踵的下班人流中，许剑可以一眼挑出这个背影来。老实说，在认识她的相貌之前，许剑首先认识的是她的背影，是先醉心于她的背影才进而找准她的相貌。第一次看到背影时就能断定她的脸蛋也漂亮，否则那就太没天理了。

池小曼一般不和女伴同行，而是独来独往。她在前边走，许剑跟在身后欣赏，而上帝在云端里俯瞰他的两个造物。许剑常想起张上帝说过的进化论远因——异性间的吸引力只是上帝为完成两性繁衍所设的诱饵；想起他说过的物理学近因——异性的心旌摇荡其实只是激素和神经通路所设定的一套程序。诱饵也好程序也罢，反正造物主的设计实在精妙，为什么仅仅一个女人的背影就能如此撩动男人的心？从她的图像进入视网膜，到许剑体内的荷尔蒙加快分泌，这条程序的实施是何等高效快捷。

特车厂的厂规比较严，一线工人上班必须穿工作衣，机关人员和二线人员如保管员可以不穿工衣，但不能穿裙子、短裤和拖鞋，不能穿露背装、露脐装。这些规定当然极大地削弱了女人的杀伤力，心有不甘的女人们只有打擦边球，以致于有一段时间裙裤大行其道，是那种非常宽松飘逸的裙裤，从外观上看与裙子没有任何区别的。但池小曼的杀伤力似乎不受这条厂规的影响，她穿普通的长裤和短袖上衣，同样能穿出万种风情。一条洁白的女裤兜出浑圆的臀部，胸部高耸，头微向后仰，这种十足的女人味让后边的许剑心旌摇荡。他想，一只雌猫在墙头上行走的姿态也是非常妙曼的，那么"她"身后的一只雄猫是否也会心痒难熬？肯定会的，即使一只丑陋肮脏的雌屎壳郎，在异性眼里也是同样的曼妙……打住，再想下去对池小曼未免太不敬啦。

从厂生产区大门到小曼的宿舍楼大约有300米的距离，比模特表演的T台长多了。所以搬进新楼后，许剑近水楼台多得月，可以从容地跟在身后欣赏。请记住，许剑与池小曼是前后楼邻居，池家的后窗正对着许家的前窗，池是三楼许是四楼。许剑与她的私情缘起于这个特殊的地理环境，也算是天作之合吧。

池小曼的丈夫葛玉峰是厂设计处的主力，业务能力相当棒，几年来作为"首席设计师"，他的照片一直悬挂在厂大门口首席职工光荣榜的头一位。戴一副金丝眼镜，文质彬彬，人非常内向，走路时目光永远盯着地上，不大同别人交往。在许剑印象中，池小曼很少同丈夫一同出门，偶一为之，丈夫总是错后半步跟在妻子身后。可以看出，尽管丈夫的社会地位高于妻子，但在他家绝对是西风压倒东风，这是毫无疑问的。

这会儿池小曼坐在许剑面前，粉颈上挂着细细的白金项链，穿着纯白上衣，开胸很低，露出深深的乳沟，大波浪的长发散落在乳峰上；很短的绿色短裙，小腿筋腱清晰，大腿白而丰腴。她嫣然一笑：

"许医生你值班？我今天是特意奔许神医来的。"

这是许剑第一次近距离听她说话，不免在心里暗叹：多性感的声音！没错，像她这样的尤物就该是这样的声音：柔润的女中音，饱含露水，饱含磁力，单单听着这声音就是一种享受。当然，他不会让内心的涟漪显露出来，那个"好色而慕少艾"的许剑被藏到密室，外面坐着恪尽职守的许医生。他平淡地对病人说：

"别让我脸红啦，啥神医不神医的，都是我的酒肉朋友胡明山瞎吹。"他掀开池小曼的就诊卡，随口问："你今天没上班？"

"上班了，我10点半才请假出来看病。"

许剑扫一眼她的衣装："噢，看你的穿戴，我以为你没上班呢。"

就诊的员工大都不会盛装而来，都是上班中途出来诊病，不会再回家换一身衣服。池小曼的脸忽然红了，眼神有一刹那的慌乱，她随即笑着说：

"上班时我忘了拿就诊卡，回家去拿，顺便把衣服换了。我想看完病也该下班了，不用再进厂了。"

许剑问那句话纯粹是寒暄，是没话找话，但池小曼一时的慌乱和过分详细的解释，反倒让他有了想法：恐怕池小曼这身性感的打扮是有意的吧，也许就是为自己而穿的？对，她来看病只是借口，根本是来勾引自己的，否则她不会在门外闪过几次，一直等到病人散尽才进来。

许剑把这些不大磊落的想法藏起来，仍然公事公办地诊病。池小曼自诉了病情，无非是头疼脑热、消化不良等小毛病。许剑按池小曼的自诉开了处方，又多少聊了两句。池小曼该走了，她迟疑着站起来，分明对许剑的淡漠有点失望。

许剑知道这是个相当风骚的女人，据说与四五个年轻男人有私情，在厂里闹得沸沸扬扬，而她惧内的丈夫从不出头干涉……看来她眼下又瞄准了自己。这没什么好奇怪的，客观地讲，许剑的男性魅力在特车厂里属于佼佼者之列，年近四十，正是男人最成熟最潇洒的季节。医院的漂亮护士中不乏向他送秋波者。有一次值夜班，凌晨五点左右，护士小丁闯入他的值班室，许剑被惊醒，问了一句："病房有情况？"小丁没说话，好像刚从熟睡中醒来，眼中带着梦游的色彩。她走近许剑的床前，径直脱掉护士罩衫，原来里边一丝不挂！她站在那里，等着许剑的拥抱。要说那会儿许剑没受诱惑，那是假的，他全身的血液似乎在刹那间烧沸了，要爆炸了。小丁是护士中的人尖子，身段尤其好，茫茫晨色中的裸体油亮亮的，特别有质感。那时许剑真想彻底疯一次啊……但他最终只是吻吻小丁的额头，帮她套上罩衫，把她送走了。从进来到出去，小丁没说一句话，似乎一直处在梦游的状态，但她离开时，目光中分明是毒毒的怨恨。

许剑并没把自己当成坐怀不乱的柳下惠，只是小丁的诱惑不足以击溃他对妻子的忠诚。宋晴是个好女人，开朗，勤快，忠诚，漂亮……基本没什么明显的缺点。这辈子能找到这样的妻子，上帝对他已经很宠爱了。

所以，他是不会同池小曼这个风骚女人搅在一起的。麻——烦。他会把尺度把握在尾随欣赏和窗中窥视之内……

这是理性的许剑在做决定，但他的舌头却没有听从理智的命令。事后他没办法解释那当口的一时冲动，只能叹气说，在这么一个尤物面前，雄性的本能是无法抑制的。

小曼起身后许剑脱口说："小池，我们是前后楼邻居吧。"

她的眼睛立时亮了："当然啦，还是近邻呢，都是二单元。"

"你家后窗对着我家前窗，你三楼我四楼。"

"没错。"

"可是这样一来就有麻烦了。因为这个位置观察你家最清楚。"许剑用入木三分的目光犁过她全身，"今天我向你坦白，每顿饭前我有15分钟时间是在窥视你家，欣赏你的内衣模特表演，绝对的三点式。"

她的脸颊立时飞红，不过不是害羞，更大程度上是兴奋："啊哈，你竟然……"

"对不起，那么漂亮的身影，你想我能强迫自己闭上眼睛吗？办不到。"

"哼，偷窥癖……"

"我相信，我们那幢楼中偷窥的绝对不止我一个人。"

她重新坐下，脸上的晕红已经褪去，似笑非笑地瞟着许剑："我可没想到那边窗户里会有一双狼眼，"她改口道，"一双双狼眼。"

"没想到？言不由衷吧。"

她在这个话题中一直处于被动，狡猾地换了方向："哼，你每天看，宋姐知道吗？"

她点到软肋上了，许剑有点狼狈："宋晴当然不知道，没有哪个女人喜欢自己的丈夫欣赏别的女人，也没有哪个男人会告诉妻子他在欣赏别的女人。"

这段绕口令把她逗笑了："许医生，你真风趣。"她抿嘴一笑，"既然是经常欣赏，你给打个分吧。"

许剑笑着摇头，说："我可不是模特大赛的评委，再说，隔着窗玻璃的观察毕竟不够清晰。不过总的来说你在我眼中得分很高，甚至高于那些专业模特。知道是为什么吗？因为你的身形是典型女性化的，丰胸，细腰，肥臀。

而眼下的模特们过于中性化，太瘦削，胸脯不丰满，没有女人的性感。中性化是西方国家近年来的女性审美大趋向，把中国人也传染上了，中国社会的精英们如今对西方是亦步亦趋，但这种变味儿的女性美并不符合上帝的原意，是一种退化，是人类的审美走上了歧路。"

"唷，这可是个新颖的见解，我是第一次听说。"

"不算啥新颖观点，十几年前我的一位大学老师就常说。他说男女之美都美在异性所没有的性别特征上，而且凡是对异性有吸引力的性特征，一般也有利于生育后代，像女人的丰胸肥臀。不过，这些年来世道似乎乱了，比如T形台上中性化美女泛滥，比如西方国家越来越多的同性恋。我对这些趋势真的难以理解。"

"我就更不理解啦，尤其对同性恋，男人和男人、女人和女人搅在一起，你说那有多恶心。"

许剑笑着矫正她的看法："同性恋也是天然存在的一种性取向，不必去赞美它，也不必这样偏激。"

"对，我刚才第一次来你这儿时，听见你正在给那个得心脏病的小病孩看病。"她没来由地红了脸，解释说，"我看那会儿你忙，只在外边听了一会儿，没进来。我还听见你主动答应帮病人去市中心医院说情，尽量压低手术费。许医生，你是个好心人。"

"那是小事一桩，不值一提。不过，你说'好心人'，这是对我最高的赞赏。"

"说起好心人，我想起你的前任门主任，工厂的老人们都说他是'门菩萨'，医术高，对病人极好，尤其难得的是，看病时对当官的和平头百姓一视同仁。这样好的人咋是同性恋呢，听说他退休后还养着一个小'五少'，日子过得一团糟。真可惜。"

许剑顿感不快，心想池小曼毕竟是蓝领阶层啊，思想境界达不到某种层次啊，像这样谈论别人的隐私是很不恰当的。她说的"五少"是本地土语，据说此地历史上有一个显赫一时的黄家，其家五少爷是同性恋，非常有名，以后"五少"就成了对同性恋的官称，就像现在把同性恋称"同志"一样。

至于她所说的门菩萨是内科的老主任，许剑来职工医院就一直跟着他，对这位品德高洁、医术精湛的医生敬若神灵，用《哈姆雷特》上的一句台词："他是一个堂堂的男子，整个儿说起来，我再也见不到这样的人了。"但门医生确实是一个深度同性恋，一生也就毁在这种性取向上——在院长竞聘时被人揭出"老底儿"而惨败，不得不提前退休；终生未婚自然也无儿女；曾在一次同性恋集会上被警察扣押，丢尽了人；晚年养着一个游手好闲的年轻小伙，对他百依百顺，弄得自己生活相当困苦。许剑倒是冒着舆论的压力，时不时地去探望他，每次看望后都很难过。生活的困苦倒还是次要的，他知道老师一向不追求物质享受；让人难过的是老师的尊严和自信也被毁了，现在他看人的目光总是畏缩游移，让人不忍直视。

许剑真心为老师遗憾：如果他不是同性恋，一生该是多么美满啊。他为什么非要坚持这种性取向呢？当然，这事由不得他，这是上帝在基因中预先决定的天性，纵然门老师医术精湛，也改变不了自己。许剑抑住不快，对池小曼说：

"门主任医术十分精湛，一心扑在医学上，可以说他退休后职工医院再没真正的医生了。你刚才喊我许神医，那是一个酒肉朋友胡吹的，实打实说我连门主任的一半都赶不上。至于他的个人隐私，咱们就不要谈了。他的晚年比较困苦，真是好人没好报啊。"

池小曼看看许剑的表情，小心地说："许医生，我刚才说的话是不是不合适？你别见怪，我知道自己没文化，有时候说话很傻。"

她把话说到这份上，许剑还能再说什么？年轻姑娘以傻自居也是很管用的武器。许剑便笑着说："没关系，以后不要对别人谈论这件事就行。门医生已经够可怜了。"

他们丢开这个话题，聊起了别的，聊得很热络。后来是许剑想到了时间，看看表，提醒道："你该去取药了吧，已经 11 点 45 分了。"小池立即起身：

"哟，看我把时间都忘了，和你谈话真的很愉快。许医生再见。"然后一笑而去。

出于一种不大磊落的隐秘心理，许剑也跟着走出来，目送她的背影。正如他预料，池小曼根本没有去药房取药，而是径直奔大门而去。她今天果然不是来看病，而完全是冲着自己来的。

那个跃动的背影透着亢奋，因许剑而起的亢奋。

中午回家后许剑照例来到阳台，点起一支烟，准备观赏那边的表演。他家阳台是全包的，蓝色玻璃是窥视者的掩护。细究起来，实际是妻子促成了许剑的偷窥。她是个母性非常强烈的女人，认为女人侍候男人是天经地义的。如果丈夫不知道盘子味精袜子内裤放在哪儿而必须经她手去找，她会非常幸福。反倒是许剑只要一做家务，她会不停地挑毛病。比如许剑很尽心地拖了地板，但她一定能在地板上找到几根发丝，得意扬扬地举给许剑看。既然如此，做饭时许剑乐得在阳台上清闲。一闲百事生，后来便无意中发现了对面屋内的风光。

池小曼回来了，在楼门前与人打招呼，上楼，开门，关门，几秒钟之后，那具只穿三点式的胴体就出现在厨房窗上。许剑早就发现，只要天气不冷，这个女人一进屋就急于剥去身上的外衣，似乎那不是女人的包装而是束缚，只有脱掉它才能使活力飞扬。如果是晚上，她一般的程序是：开灯，脱衣，拉窗帘，而不是像一般人那样先拉窗帘后脱衣服。于是这个刹那中，那具胴体就会非常清晰地在窗玻璃上滑动，被金黄色灯光映着，显出诱人的质感。也让对面窗户里的偷窥者们肯定不止许剑一人心跳加快。许剑想，恐怕这正是那个女人的初衷吧。

他对每顿饭前的窥视已经上瘾了，如同吸食毒品。隔着玻璃或薄纱窗帘，她的身影一般不太清晰，忽隐忽现，但恰恰这样的朦胧更具美感，提供了可供想象的余地。看着活力过剩的她在屋内跳来窜去如同观看精灵之舞，连她炒菜端锅的动作也非常诱人。

回头再看自己的妻子，就没有这种……挑逗性。并不是说宋晴体形差，恰恰相反，由于保养得法，注意锻炼，39岁的她还保持着很好的身材，细腰盈盈一握，乳房也保持着丰满挺立。常有工厂的年轻姑娘们找她讨教保持美貌的诀窍。所以，有无挑逗性的根本原因是：这个女人是自己的，而那个是别人的老婆。

这便是上帝的险恶之处，他让偷情比合法婚姻更具刺激性。他把花心种到雄性的基因深处。

今天池小曼没有急于做饭，她站在厨房窗前，扬起目光盯着这边的阳台。两双目光在空中訇然相撞，许剑不由得后退一步。

那边得意地笑了。

对面的精灵之舞在继续，今天比往常更具挑逗性，那是因为小曼知道自己和许剑接上火了，她的表演从此有了一个特定的观众。小曼丈夫也回来了，穿着长衣长裤，与小曼的短打扮形成鲜明的对比。两个身影在厨房窗前晃荡一会儿，消失不见，估计是到餐厅里吃饭去了。这时厨房里宋晴喊爷儿俩吃饭，许剑从阳台回到餐厅，饭菜已经摆好。许剑喊在书房打电脑游戏的儿子："戈戈别打了，妈妈把饭已经摆好了。"戈戈不大情愿地出来，入座后先闻闻味儿，说：

"嗯，味道不错。不像我爸，向来不做饭，偶尔做一次非要把菜炒煳。爸爸你是个寄生虫，饭来张口衣来伸手，每顿饭都是让妈妈做。"

许剑笑道："你呢，你不是个小寄生虫？"

儿子的反诘张嘴便来："我才12岁，法律禁止使用童工。童工的年龄线是16岁吧，我还有四年时间好玩呢。"

他妈笑了，得意地说："你看戈戈的嘴头子，赶明儿当律师是好样的。"

许剑说："律师儿子，你说咱家谁的权力大？谁管着财政大权？当然是你妈嘛。所以她应该多干活，权利和义务不可分割。"

这句话戈戈不知道该如何反驳，翻着眼想了想，说："妈，反正你不能太惯我爸，弄不好会惯出毛病。"

许剑心里一惊：厉害，这小子常常在不经意间道出深刻，自己每天在阳台上那15分钟意淫，不就是因闲而生吗。妻子笑着听爷俩打官司，说："吃饭，吃饭。"

洗碗时妻子面向水池，似不经意地说："今天太阳能淋浴器的水很热，晚上洗澡吧。"许剑不由窃笑，知道这是她求欢的信号，夫妻13年，他已熟知这一点儿。宋晴是个非常传统的女人，她并不是性冷淡，性欲望恐怕并不亚于丈夫，但她从不表现出主动。她认为主动求欢的女人简直是淫荡。如果哪天她渴望房事，只会以类似的隐蔽信号通知许剑，比如邀他一同洗澡，或者在睡下后伸手到丈夫被窝里轻轻抚摸。许剑曾多次喻解，说："女人也可以主动，这绝不丢人，丈夫反倒更喜欢，可以把那件事做得更有激情。咱们十几年的老夫老妻啦，还有什么害羞的。"但不管他怎样喻解，宋晴只是笑，不反驳，也不改旧习。

曾有一次许剑想憋一憋她，夜里不管她怎样抚摸，许剑一直忍着笑装睡。后来她怏怏地抽回手，落寞地轻叹一声，不再打搅丈夫。那晚她的欲火一定很旺，睡不着，在床上翻来覆去地折腾。到底是当丈夫的于心不忍，长叹一声，揽过她的身体。

他想这便是男人和女人的区别吧：性欲来时，男人憋不住而女人能憋得住。时间一长弄得许剑有点性冷淡，对着这么一位修女，怎么能激发出男人的野性呢。

晚上戈戈睡觉后他们一块儿洗了澡，赤着身体钻到一个被窝。许剑抚摸时她仍然一动不动，只是用手臂环绕着丈夫的后颈，眸子晶亮而纯洁。许剑想今晚恐怕又不行了，对着这位女圣徒，再做下去简直是厚颜。就在这时眼前忽然闪出池小曼的情影：深深的乳沟，白而丰腴的大腿，在诊室里对面而坐时发出的女人肉香，富有磁力的女中音……如果这会儿身下是她，一定会像母豹一样撒欢……结果许剑变得异常凶猛，劈波斩浪，历久不辍。当晚的性生活非常圆满，宋晴欣喜地说：

"许剑你真行，今晚你相当勇猛啊！"

许剑很内疚。从这晚起，夫妻做爱时宋晴就被另外一个女人悄悄代替了，而女主角却浑然不知这场隐蔽的政变。许剑赶紧把话头扯开，说：

"咱们已经结婚13年了，定情则有22年了。你还记得咱俩的媒人不？那两只青蛙？"

宋晴装傻："什么青蛙？我不知道，我早忘了。"

初中和高中时代许剑与宋晴一直是同学，平时颇谈得来，但那时只类似于"哥们儿交情",尚未悟解到对方的异性身份。性心理的苏醒是从一次班级春游时开始的。那是1977年,两人上高二。政治上的冬天刚过去,自然界的春天姗姗而来。乡野的春天十分美丽,柳丝上缀着嫩绿的叶芽,田里的麦苗一片碧绿,空气中弥漫着一种软绵绵的叫人迷醉的气息。走着走着,班级的队伍拉长了,宋晴和许剑落在最后。两人像平常一样聊着,不过今天很奇怪,他们都有点亢奋,即使一个普通的话题也能引得他们纵声大笑。春天是繁衍和交配的季节,上帝在每个生物的基因内都种上叫做"性"的种子,包括这对少男少女,经过17年的雨水滋润,它们很快就要破土而出了。

那天宋晴忽然停住脚步,指着水边一对正在交配的青蛙:"咦,许剑你看那两只青蛙,干吗一个背一个?"

许剑给窘住了,啼笑皆非。竟然如此弱智!17岁的女孩子了,对自然界中两性之事总该有个起码的了解吧。他想佯装没听见糊弄过去,但为她着想,又不能糊弄。她已经是17岁的大姑娘,再拿这样的傻问题到处去问,那丢人就丢大了。他于是咳一声,看看左右无人,低声说:

"傻妞儿,那是一对儿,上边的是雄蛙,下边的是雌蛙。"

许剑没明白说出它们是在交配,但宋晴毕竟不是傻得不透缝,脸一下子红透了,咯咯笑着:"我还以为……我还以为……"然后笑着跑了,到底没说出她以为是什么。

这天,在随后的行程中,宋晴一直避免和许剑单独相处,偶尔目光相碰,她总是飞快地把目光转走。不过她的表情并不像是羞怯,而是一种莫名的亢奋。许剑心中也有了微妙的变化,他再也不能用过去那样"纯洁"的目光看宋晴的身体,现在,当他偷偷地看着宋晴已经突起的胸部,开始饱满的臀部,心中会禁不住升出"卑鄙"的欲念,无法弹压。有一根羽毛轻轻搔着身体的深处,痒酥酥的。

之后两人的关系就有了变化。在公共场合两人还是一如既往,单独相处时,宋晴的语调就带着娇憨和横蛮,常常使用不容置疑的命令口气,比如:"许剑,帮我修修自行车!""许剑,放学后在大门口等我!"许剑当然非常乐意地服从。这天宋晴说:

"许剑，放学后到我家换个水龙头！"

许剑爽快地答应了。那时社会服务还很不成熟，类似的修理活儿都是各家自己干的，宋晴的爸爸在外地工作，这类活儿对她家而言是个大难题。作为一个男子汉，作为宋晴的男朋友——他已经以男朋友自居了，许剑自然责无旁贷。其实他并没干过这类技术活，心里没把握，但他不能辜负宋晴的信任啊。那天他找学校水暖工用心讨教，借来活扳手和管钳。到水暖店买水龙头时，才知道有管径之分，但他俩都不知道要换的水龙头管径是多大。店家很热心，说："家用水龙头无非是四分的或六分的，你们各买一个回去试装，用不上的那个明天退给我就得，免得你们来回跑耽误时间。"

等到了宋晴家，发现还有一个大问题：她家的总水闸滑扣了，关不住，这样不得不带着水压换水龙头。至于这样能不能干成，许剑更没把握。宋晴担心地问：

"好换不？要不明天雇水暖工干吧，今天先把坏水龙头用铁丝捆捆，将就还能用。"

越是这样，许剑越没有退路，他硬着头皮说："能，没问题。"

当然他也尽可能做了准备：把两个新水龙头都事先用麻丝缠好——麻丝用于防漏，那时还没有生胶带——又找来木头，用菜刀砍成一个圆形的楔子，这是预防措施，万一换水龙头失败，就打上木楔子暂时堵漏。又把家里其他水龙头都打开，以便减少施工处的水压。然后，在其他龙头哗哗的水声中，他下狠心把旧龙头卸下来，水柱立即哗哗地飙出来，他忙把新龙头呛着水流塞进去，对准，旋转。在水压的冲击下，这个动作非常困难。其实主要是心慌，越慌越认不上丝扣，迸射的水流激得他睁不开眼睛。折腾了几分钟，总算把水龙头用手旋上了，再用扳手拧紧，渗出的水流慢慢变细，变成滴答的水珠，最后完全消失。

宋晴兴奋异常，就像他不是换了一个小小的水龙头，而是刚组装成功一架飞机。她拍着手笑："成了，成了，许剑你真行！"

其他几个水龙头还在哗哗地流水，他们只顾高兴，忘记关它们。宋晴继母过来，一个个关了水龙头，笑着说："看你们都湿透了，我找一身你爸的衣服，叫小剑换换。晴儿你也赶紧换，别感冒了。"

宋晴妈去找衣服了，许剑看看宋晴，她虽然没干活，也让水流浇了个浑透，薄薄的上衣紧贴在身上，显出圆圆的乳房轮廓。许剑心中有一团火忽地爆燃了，没有任何思考，他突然紧紧抱住宋晴，无师自通地把嘴唇向另一个嘴唇贴过去。宋晴大惊之余奋力挣扎，不过她的挣扎突然间失去了动力，不仅不再挣扎，反而也用力抱紧许剑，两人深深吻着，两只舌头伸到对方嘴里，急切地探索着，各自感觉到对方身上的热度和剧烈的心跳。

多少年后，许剑还能真切地回忆到当时的感受，初吻的感觉真是妙不可言啊。他们但愿世界就在这一刻崩坍，而两人就这样融化在一起。后来还是宋晴更理智一点，用力推开许剑，喘息着说：

"别……我妈就要来了……"

她的退却非常及时，妈妈正好过来了，手里捧着两身衣服。两人都很紧张，不知道是否被老人瞄见了，而且两人此刻的表情也令人生疑：面庞潮红，神情亢奋，眼睛闪闪发光。好在宋晴妈没有注意到女儿的异常，只是催他们去更衣。两人交换一下眼神，分开到两间屋子，放下门帘。宋家是老式房子，各个房间没有门。许剑刚脱下湿衣服，忽然感到剧烈的头疼，炸裂般的疼，疼得他抱着头，低声呻吟着，赤着身子蹲在地下。他不知道这是怎么回事，难道是上帝惩罚一个童男擅自迈过了一道禁区？

不知道这种疼痛持续了多长时间，它终于过去了。听到宋晴嬉笑着喊："许剑你换好了吧？"然后冒失地挑开门帘，她一下傻了，短促地惊叫一声，进退失据。男友还赤着身体，她自然不好进去；但他正抱着头蹲在地上，表情痛苦，她又不忍弃之不顾。好在许剑的疼痛已经过去，他赶忙向宋晴摇手，示意她噤声，然后尽可能快地蹬上裤子，穿上衣服。宋晴妈也过来了，诚心留他在家吃晚饭。这不仅是为了感谢他的帮忙，她已经看出了女儿对这个男生的好感，想招待招待未来的毛脚女婿。

许剑在这儿吃了晚饭。吃饭时宋晴一直关心地、疑虑地看着他，不过当着妈的面没办法问。饭毕她送许剑走，才有机会询问：

"你刚才是咋啦？头疼？把我吓坏了。"

许剑说:"不知道,我真的不知道。我只听说过女人在结婚时有破瓜之痛,不知道男人在初吻之后也有这一遭。"

"疼得厉害吗?"

"相当厉害,不过时间不长就过去了。"

宋晴嗔道:"肯定是老天爷罚你哩,看你还学坏不,以后老实点吧。"

许剑笑道:"那怎么可能呢?我已经尝到这样的妙处,怎么可能就此罢手?头疼算啥,只要死不了,我一定会继续不老实。"

以后两人一发而不可收,只要有机会,就躲到僻静处拥抱亲吻。不过许剑没再头疼过,看来那确实只是一次"破瓜之痛"。直到许剑上了医学院,他也没弄清这是怎么回事。文献资料中没见过相关的例证,日常交往中也没听见其他男人有这样的经历。他想只能归结于精神高度亢奋所引起的神经性头痛吧。

不久许剑就不满足拥抱亲吻了,他的双手继续深入。宋晴虽然也曾真真假假地抵抗,但在对方的攻击下节节败退。道德和本能贴身肉搏,互有胜负。宋晴最终只是坚守了那道底线,一直守到结婚。在新婚之夜的破瓜之痛后,许剑开玩笑说:

"这下好了,17岁那年我亲你一次,老天罚我头疼了很久,到今天咱俩才算扯平了。"

那时许剑绝对想不到,有一天他和宋晴做爱时会想着另一个女人。他想男人真不是东西,男人对爱情的忠诚经不起时间的消磨。张上帝说过,这是所有雄性动物的天性,凡是雄性都会四处留情,以便尽量撒播自己的基因,而雌性因为生理的限制无法四处留种,因而她们对爱情比较忠贞。

宋晴没有觉察到丈夫的走神,仍然用双手圈着丈夫的脖子,笑眯眯地向上仰视,显得快乐而满足。两人又缠绵一会儿,把余兴节目进行完。妻子披上睡衣去儿子房中,查看他是否把毛巾被蹬开。许剑解了手,踱到阳台,盯着对面三楼黑洞洞的窗户。他想自己对池小曼的意淫该打住了,得像那次对护士小丁一样果断。否则既对不起妻子,也挡不住此后的麻烦。不过许剑也知道这次不同了,如果野火真烧过来,他恐怕难以抵挡。

血祭

何况他又在干柴上扔了一个火种？

几天后，曹院长打电话让许剑去见他。进屋时曹院长正在接电话，用手势示意他先坐下。这个新的院长办公室很气派，正厅很大，放一张非常大的台湾老板桌，几只高档真皮沙发。办公桌上摆着水晶貔貅，白铜镇纸和笔筒，仿古式镀金电话，液晶屏幕电脑。屋里有小套间，有专用的卫生间。他不由想起十几年前医院的第一次改制，就是医院脱离大厂、在经济上独立核算的那次。那次改制同时进行院长选聘。曹院长当时还只是皮肤科主任，在院长候选名单上只能排在三四位。呼声最高的是门主任，虽然他从不善于钻营，但他的资历、专业造诣和人品明摆在那儿，他不争，院长也是他的。但就在这当口，忽然有人揭出了他的同性恋，那景象就像一次突发的雪崩，雪片般的匿名信寄向大厂和部里，医院大门口贴满了小字报，都是深夜偷偷贴上去的。过去被老职工们称为"门菩萨"的门主任一下子变得臭不可闻。许剑清楚记得，那天他去门主任办公室，门老师正在痛哭流涕：

"我不想当院长啊，我从来不想当院长啊，为啥要这样整我呀。"

最后他当然没当成院长，而且心灰意冷，不久就提前退休了。他落聘后，名单上第二人选也被悄悄淘汰。可能这种做法太卑鄙太缺德，人们在鄙夷门医生的"道德败坏"的同时，对玩这种小动作的人产生了敌意。最后反而是名列第三的曹院长得了便宜。

不过此后，那位被淘汰的第二人选大呼冤枉，赌咒发誓说他绝对没有诽谤门主任，说谁干这事叫他不得好死，生个孙子没屁眼。言外之意，是说曹院长策划了这个一石二鸟之计。这事真相如何成了悬案，也许永远不会见诸天日了。新上任的曹院长对那人的呼冤坦然对之，说：

"老天有眼的，咱们就等着看谁的孙子没屁眼吧。"

后来他免去了那人的职务，让他另谋高就了。

现在看着这幢壮观的大楼和气派的院长办公室，许剑想，如果当初是门老师当了院长，他肯定会把医院办得精益求精，循规蹈矩。但他恐怕没有曹院长的开拓性，医院也不会有其后的跨越式大发展。所以，当时的选聘其实是选对了，是歪打正着。人类社会的发展和动物的生存一样，仍然适用丛林法则啊。

曹院长打完电话，过来亲热地拍着许剑的肩头："小许，咱医院真是藏龙卧虎，没想到公安局局长的铁哥们儿还在我手下呢。"

许剑忙摆手："别，别，院长你可别往我脸上贴金。我和仝宁小时候在一块儿玩过不假，那时是小屁孩，啥也不懂，算不上交情深厚。再说后来俺俩吵了一架，彻底吵翻了。要不咋会二十几年没来往？我不是假撇清，真的和他不是什么铁哥们儿。"

他说的基本是实话，只有一点是撒谎：他和仝宁分手是真的，但并不是因为吵架，而是某种难以启齿的原因。院长佯恼地说：

"好嘛，你先把口子堵死，免得我开口求你办事了。"

许剑慌了："院长你千万别这样说，我这人胆小，经不得吓。我敢拒绝帮你办事？搪塞谁我也不敢搪塞你，我还指望年终分红时你的笔头歪一下，多给我们科室分点钞票呢。但我说的是实话，心有余而力不足。我怕你在我这儿耽误时间，误了你的大事。"

曹院长不再说话，笑眯眯地盯着他，盯了很长时间，直盯得许剑心里发毛。最后院长平静地说："仝局和你分手前给了你一个手机号码，对吧？"

"没错，你在旁边看着哩。那是当官的会来事，显得他重朋友情义，平易近人。"

院长忽然朗声大笑："小许呀小许，你是真傻还是装傻？"

"真傻，我是真傻。"

"告你说吧，我这次费老大劲儿把仝局请来医院，就是想拉上关系，想托他办件事。我托了好几个人，才知道了仝局的手机号，而且只是他对外公开的那个号码。但他给你的，我当时瞄到了，是一个不公开的号码。小许，你想想，如果你们之间的交情不是很深，他会随便给你吗？"

许剑愣了："真的？那个号是不公开的？"

他真的纳闷，二十几年不来往了，他同仝宁的交情确实已经如飘散的青烟。如果仝宁给了他一个不公开的手机号，那说明他还把当年的友情看得很重，也许是真心想恢复两人的来往。曹院长端详着他的表情，判定许剑不是在说谎，便拍拍他的肩头，平和地说：

"听我的没错，也许你没把你俩的交情放在心上，但全局确实很看重你。小许，别推托了，帮我一个忙吧。"

曹院长说，他爱人的二舅是公安局的法医，姓薛，今年58岁，人老了，可能知识也有点老化了。听说仝局长想劝他提前退休。但二舅家里的负担重，小女儿还在读研，他想干到退休年龄再退。"这不是什么大事，本来就可左可右的，局长松松口就过去了。小许你去求个情，一定灵的，我敢打这个赌。"曹院长又说，"我已经备了一份厚礼，但如今送礼也要看人，别人送，仝局长肯定让他吃闭门羹，只有托你送了。"

他在讲说时，许剑一直皱着眉头思索，等他说完，许剑也打好了主意：

"曹院长，你别让我送礼，我历来干不了这种事。再说，凭我和仝宁少年时的交往——那时人人心底都是一张白纸——他肯定不会收礼的。他收别人的礼也不会收我送的礼。他帮忙不帮忙都不会收我的礼。这样吧，我这就厚着脸皮给他打个电话，托他办这件事。他要是帮忙，你不用谢我；他要是不帮，你也甭怨我不尽力。你说行不行？"他苦笑着补充，"依我看办不成的可能性大一些，可别帮不上忙反倒坏了事。"

曹院长认真思索一会儿，果断地说："行！他一定会卖这个交情。你打电话吧，办成了我到金都饭店谢你，办不成我决不埋怨。"

许剑咬咬牙，让他干这类事真是难为他了。他从通讯簿中找到仝宁那张名片，拨了那个手机号。拨通了，手机内单调地重复着拨号音，但一直没人接。许剑难为情地按断手机，说：

"你看，我没说错吧，他连接都不接。"

曹院长摇摇头："你又没给他手机号，他怎么知道是你的电话？别急，再拨一遍。"

许剑只好又拨了一遍，这次拨号音响几声后，有人接了。那人平静地说："喂，哪位？"

许剑很惊喜，忙说："仝哥是我，许剑。"

"我猜就是你了。知道我这个号码，又没在我手机里登记的，只有你了。小剑你有事吗？"手机里平和地说，"有事尽管说。我马上有个会。"

许剑只有豁上了，苦笑着说："仝哥，不是你当着我们曹院长给我这个号码，我决不会开口求你办事，这件事硬是赶到这一步了。"他转述了曹院长的话，"仝哥，如果可能的话，适当照顾一下吧。"

手机里略微沉吟："这位薛法医我知道，原来是卫生员出身。"

许剑听出他的言外之意：薛的水平相当差劲。他说："仝哥你看着办，如果不好办决不要勉强，如果能通融就通融。"

"好吧，等我和班子里其他人通通气，再说吧。小剑，没事来找我玩。我要去开会了。"

"仝哥谢谢你了。"一时情急，他说了一句不算得体的话，"仝哥，我知道你处在那个位置有很多难处，以后决不会再麻烦你了。"

对方笑了，简单地说一声"再见"，挂了机。

曹院长一直注意地听着，从许剑的话音中猜测对方的态度。许剑挂机后苦笑着说："院长我可是尽心了，这辈子除了给我儿子办转学，我还从没有这样尽心过。刚才仝宁说，那件事要和其他领导商量，不知道是不是推托话。反正我是尽力了。"

"多谢你啦小许，我想仝局长一定会卖这个交情，你等着吃我的请吧。"

许剑突然想起，他刚刚又说了一句很不得体的话：竟然把曹院长和自己的儿子相提并论。他忍俊不禁地笑了："曹院长你今天把我逼得，乱方寸了，乱方寸了。刚才我说了句错话，你多担待，我绝不是想占你便宜。"

曹院长稍稍一愣，悟出他说的"占便宜"是什么意思，笑着捶他一拳，把他送出办公室。

第二天曹院长打电话致谢，说他二舅通知他，局里已经给他重新分配工作，看样子不会再劝他提前退休了。曹院长说：

"小许我没说错吧，你和仝局长的确是铁哥们儿。你不清楚官场情形，地方上各个衙门中属公安局最有实权，每天不知道有多少人求公安局局长办事，想见一面也难如登天。哪像你，一个电话就把事情办妥了。"

他再三请许剑去给仝哥补送一份厚礼，许剑坚决拒绝了。他不想用这类龌龊事去亵渎两人当年的交情，也想以此为象征，事先拒绝曹院长的"下一次"。别说没送礼，事后他甚至没有打一个电话向仝哥表示感谢。他想，实际上两人在人生之路上已经分手了，而且以后更会渐行渐远，这次只是在岔道口的一次短暂的偶遇，不必挂念它。

回家后许剑多少有点怏怏不乐。宋晴问："你怎么啦？什么事不顺心？"许剑讲了曹院长逼他向公安局局长开后门的事。宋晴没当回事，笑道："既然办过了，就别想它了。说不定你帮曹院长办了这件大事，年终分红他会对内科照顾一点。"

职工医院里最赚钱的是烧伤科，其次是最近几年才办起的不孕不育科和美容科。这些科很受宠，而内科一直是后娘养的。内科医护的年收入只有烧伤科的三分之一。许剑本人在金钱上倒不是太执着，但他手下的医护们已经快安抚不住了。说实话，许剑这次不敢驳院长的面子，这种世俗考虑是重要原因。

宋晴问："你说的仝局长是不是郑孟丽的丈夫？我在学校时和孟丽很熟。现在同学们对她很有意见，说她是官太太了，平素不与凡人搭话，和同学们完全断了来往。不过我知道，其实孟丽的婚姻并不如意，心里很苦。"

许剑平淡地说："哪家都有难念的经。你说得对，咱对人要宽厚一点。"

吃过晚饭，宋晴领儿子去理发，许剑的心绪仍没平复，一个人坐在阳台上想心事。他历来以太乙散仙自居，不对当官的趋炎附势。但今天与仝宁谈话时，那位公安局局长平和中所含的威势，从他身体里榨出了深藏的自卑。原来自己并不像自认的那样豁达啊。

心绪不宁还有一个原因，比较难以启齿。他想起二十几年前，仝哥同他，还有其他几位"金童"的"亲昵"。

20年前的仝宁是一个近乎完美的男孩子，有才气，风度潇洒，性格开朗，为人豪爽，天生是做领袖的材料，麾下总聚有五七个金童，隔三差五聚在一块儿玩。要是出去"撮一顿",一般都是仝宁付账。他父亲在"文化大革命"后恢复官职较早,那时已经是市公安局副局长或者公安局革委会副主任,许剑记不清了,家境比其他人殷实得多。仝宁有女人般的细心,能记住每个小兄弟的生日,常在那天带一份小礼物来,给当事人一个意外的惊喜。所以,他麾下的几个小兄弟都和他很贴心,很依恋,在少年的心目中,为他赴汤蹈火也是心甘情愿的。

不过那时许剑已经注意到一个奇怪的现象:仝哥麾下的"金童"是一茬一茬的,老的一茬逐渐散去,散去后就与仝哥基本不再来往。当双方相遇时,仝哥依然非常亲热,而那些旧日的金童则往往有些冷淡。

还有一点也很奇怪,那就是高大威猛的仝哥的身上有一种女人味儿。他常常催小兄弟们换内衣内裤,由他帮大家洗。同伴们以少年的狡黠感觉到:他非常乐意干这事,简直把它当成一种享受,一种特权。贾小刚有次开玩笑说:

"仝哥我们不再喊你仝哥了,喊仝姐吧。"

他一笑了之。以后真的有人喊他仝姐,他也不生气。

相对学校来说,体育集训队是个比较特殊的地方,在这儿,男孩女孩之间交往的欲望更强烈一些,更早熟一些。也许是因为异性之间身体接触较多,或者是因为经常汗流如雨,而据说汗里含有刺激异性的激素。不管到底是什么原因,反正有好几对在这儿谈上恋爱了。有几个女孩紧紧瞄上了仝哥,都是些娇嗲漂亮的女孩。但仝哥对她们的进攻非常冷淡。不是作秀,而是真正的冷淡。

这种对女性魅力的藐视让小哥们儿十分钦佩,包括许剑。许剑那年13岁,身体还没长开,属于味道青涩的小青杏。所以尽管眉目俊朗,女孩们不大把目光在他身上停留的。他对异性的认识尚属懵懂,只觉得她们很神秘,很纯洁,很邈远,是在仙泉中洗澡的七仙女之类的人物,只能隔着雾霭看,凡尘浊男子无缘亲近。所以,仝哥竟然如此冷淡地对待她们的追求,真是大长了男性的志气,仝哥无疑比七仙女还要令人敬畏了。

仝哥只喜欢身边这些小郎当,喜欢和他们勾肩搭背,晚上挤在一张床上睡,从不嫌弃他们的汗味和脚臭。

血祭

不久许剑就知道了原因。

1974年暑假,仝哥对许剑说,要带他到新邑县劳改农场玩。那时学校还没正经复课,暑假里更是无所事事,精力过剩的男生们早就快憋炸了,所以对仝哥的提议,许剑一迭声地叫好。他问仝哥去多少人?仝哥说:"那是劳改农场,管理很严,去的人多不好,就你、我和贾小刚仨人吧。"

农场离北阴市有60千米,仝宁找了一辆便车,是农场的解放卡车。司机让仝宁坐驾驶室,但里面坐不下三个人,仝宁也不坐驾驶室了,三人都站到车厢里,手扶栏杆,任疾风吹打着面颊。那时路况差,大多是石子路和坑坑洼洼的土路,两小时的车程把三人颠得散了架,灰土满脸,只有牙是白的。不过三人仍是情绪高涨,笑声不断。

劳改农场到了,高墙上架着铁丝网,角楼的哨兵端枪守卫着。但除此之外,这儿看不到什么特别之处,尤其是监狱外的农田中,黄牛照样慢吞吞地吃草,水牛卧在水里惬意地打滚,光着脊梁的犯人们在水田里插秧,因为没穿狱衣,犯人看上去和农民没两样。总的是一派农家乐的景象。场长是个胡子茂密的中年人,一见仝宁就把他搂住了:

"小宁子长成大人啦!十二三年没见了,你今年该是17岁吧。快洗洗脸,吃瓜,吃瓜。"

三人坐下吃瓜时,仝哥的"陈叔"一直在回味过去。他和仝宁爸是战友加同乡,一个营长一个教导员,关系非常近。那时他们团有个怪现象,凡是随军的家属,生下的全是丫头片子,没一个例外。大伙儿开玩笑说是军营里阳气太盛,老天爷专意送些丫头片子们来中和。直到仝营长妻子分娩时才生了这个"带把的",全团都轰动了。小宁在军营里长到四岁,在那茬孩子中是"百花丛中一点绿",再加上长得俊秀,军营里人见人爱,连同岁的小女孩都知道宠他。当兵的没事儿就来抱他,用手拨棱拨棱他的小茶壶嘴,说:"快长快长,再过18年又是一个好兵。"陈叔笑着说:

"小宁子,陈叔说的这些事,你还记得不?"

"记不大清了,我爸转业时我才四岁嘛,还不大记事。不过我记得有个黑胡子陈叔,老拿胡子扎我。"

陈叔放声大笑。

他们在农场玩了三天，彻底疯了三天。陈叔对全农场都交代过了，除了不让这三个孩子进监狱——陈叔已经领着他们进去，走马观花地看了看——外边的地方，他们想怎么玩就怎么玩。头天是骑马，据马倌说都是蒙古马，养得膘肥体壮，他们每人骑一匹，在林荫道上尽情驰骋。然后是骑牛，这儿的黄牛也不含糊，是全国最出色的南阳黄牛，个头长得像小象，浑身金黄色的皮毛像缎子似的光滑。在夕阳下骑着高大的黄牛，扯几嗓子山歌，也是很惬意的事。玩累了就去瓜田吃瓜，有西瓜、甜瓜和黄金瓜。看瓜的老汉儿没穿狱衣，听说是犯人刑满后留用的，不过行事仍像劳改犯那样唯诺。只要他们一去，他就笑着迎到路口，然后挑一堆好瓜抱过来，自己则低眉顺眼地躲到一边。那些天他们真正过了瓜瘾，怕是一辈子都吃不了这么多的瓜。特别是一种叫"牛角酥"的甜瓜，瓜瓤鲜红鲜红的，红色把瓜肉都浸透了，吃一口甜掉大牙。许剑以后再没有吃过这样的好瓜。

肚子吃得圆滚滚的，撑得受不住了，就去堰塘里洗澡。农场的堰塘是新开的，挖出的生土高高地堆在四周，上面种着大麻籽（蓖麻）。这种植物特别吃生土，在别处一般只有半人高，但在这儿长得像大树一样，为他们撑起巨大的伞盖。塘水异常清冽，水草还没长起来。三人脱得精赤光光，按贾小刚教的办法，各自把小鸡鸡向上弯，朝肚子上浇一泡热尿，说是防止拉肚子，然后跳到清冽的水里去，游泳，打水仗。仝宁游得很好，自由泳、蛙泳、仰泳和侧泳都会。许剑和贾小刚只会半生不熟的自由式，仝哥手把手地教他们。三天下来，两人基本上都出师了。

游一会儿，肚子里的瓜变成了尿，他们跳到土堤上，扯过机关枪横扫一通。这中间有个细节许剑记得很清，三个人并排撒尿时，贾小刚对仝宁小腹处那丛黑乎乎的茅草很感兴趣，笑嘻嘻地问："仝哥，俺俩啥时候才能像你这样长成大人？"仝宁笑着说："再有两三年吧，到时候你不想长都不行。"

第二天晚上仨人没在场里宿舍睡，抱着三张苇席、枕头和军绿色的薄被，来到堰塘塘堤上露宿。找一片没种蓖麻的平地，把三张席拼在一块儿。月色如银，远处的农场和村庄都泡在夜的静谧中，偶尔传来一声狗叫。塘里的蛙声被他们打断了片刻，不久就叫得如火如荼。仝宁笑着说：

"咱们都脱光睡吧，光屁股在广阔天地里睡觉，一定别有情趣。在这儿，绝不会有女人来打搅咱们。"

两人照仝哥说的做了，三个人挤在一块儿讲故事，厮闹着玩，对着月色扯着嗓子号叫。那天还有一个细节刻在许剑13岁的记忆中，赤身打闹时当然免不了肌肤相接，不定什么时候，仝哥的光滑肌肤会让许剑产生一种非常特殊的感觉。那时他还不知道什么叫性快感，只是觉得这种接触舒坦、惬意，有飘然欲飞的感觉。这种感觉很朦胧，形不成清晰的意识，但足以引导他更亢奋地打闹。

那天许剑实在玩乏了，睡得很死，连蚊子也没搅了他的睡眠。深夜里他做了一个花梦，梦见有人在拨弄他的小鸡鸡，使小鸡鸡昂然欲怒。这个感觉越来越真切，他急着想醒来看看，但挣不脱深深的梦境。不知道过了多长时间，他终于醒了，悄悄睁眼一看，是光身子的仝哥，侧身坐在他身旁，正聚精会神地干这事儿。许剑一时愣了，不知道该怎么办。那时他虽然懵懂，也知道这不是好事。他打算制止仝哥。但那个场面一定是非常尴尬的，想着仝哥平时在他们中的人缘，许剑下不了决心和他翻脸。另外，恐怕也是更重要的原因：被仝哥拨弄的那话儿这会儿异常灼热而坚挺，有一种从未体验过的快感之潮正急于向外迸发，已经冲到要道口了，他不忍让它中断。就在一愣神的功夫，堤坝冲溃了，一股精液狂喷而出。仝哥敏捷地拿出一张柔软的布，为许剑揩净，然后平静地翻过身，睡了。

这是许剑人生的第一次射精，是在另一个男人的帮助下完成的。高潮时的快感十分强烈，似乎全身都酥了，溶化了。但伴随快感而来的是深深的罪恶感，他觉得自己干了天下最丑恶的事，不仅是因为射精，而且因为它牵涉到另一个人，另一个男人！它究竟怎么不对，许剑说不清，他只知道这是不正当的。

他在席上辗转反侧，心绪纷乱。射精竟然能带来那样强烈的快感，让他觉得神秘、新奇，有一点畏惧，加上更多的渴望。男人的本能已经在13岁的身体里悄悄成熟，但他心理上还毫无准备。现在，是另一个男人帮他草率地提前迈过这道关口。

身边的仝宁像贾小刚一样，一直响着均匀的鼾声。他真的睡熟了？想来绝不可能。他在干那事时，不可能认为被狎者一直不会醒吧。而且许剑醒来时曾抬过头，虽然动作不大，但两人近在咫尺、肌肤相接，仝宁不可能感觉不到。所以，他那时肯定是装傻，而此刻肯定是装睡，目的是逃避与许剑的正面接触。

一定是的，正如许剑也在躲避与仝宁的正面接触。

在许剑强烈的负罪感中，还有一点看似平常的细节让他畏惧：刚才仝宁用软布擦去他射出的精液，干得非常熟练，有条不紊，而且软布是早就备好的，显然这不是第一次。也就是说，仝宁对他手下前几茬"金童"一定干过同样的事。

许剑已经知道了，为什么仝哥麾下的弟兄会频繁地更换。

他有一阵子没睡着，躺在席上想心事。后来他起来撒尿，但干急尿不出来，似乎刚才的射精把撒尿指令给暂时关闭了。很久他才把尿挤出来，刚才给了他快感的地方霍霍地扎疼。他愈加心情晦暗，心想这一定是老天对他的惩罚吧。

不过，13岁男孩的心事不会太认真的，撒过尿后他很快入睡了，朦胧中只有一个担心，担心第二天咋同仝哥相处，那一定会很尴尬吧。第二天早上，仝哥把俩人摇醒，高兴地说：

"小懒虫们，太阳晒着屁股啦，起来起来，今天农场水渠放水，咱们抓鱼去。"

太阳真的已经浮出地平线，东边天上漫天红霞，艳丽异常。小雀在树梢鸣唱跳跃，远处传来黄牛低沉悠长的哞哞声。在这样明朗的背景下，再看着仝哥的若无其事，许剑一时以为昨晚的事只是做梦。

当然不是做梦。许剑能清晰地回忆出昨夜所有的场景。贾小刚的表情有些怪，似笑非笑的，好像舌头下压着什么秘密。许剑想，莫非小刚昨晚也醒了，看到了自己的"丑事"？他不由得脸红了，不敢直视两人的眼睛。

他们毕竟是孩子，吃过早饭后，昨晚的事就撇到脑后了。他们在农场又玩了一天，在水渠的水闸那儿捉了很多鱼。在这儿捕鱼的有七八个劳改农场的职工，他们三个只是帮闲手的。鱼的习性是喜欢逆水游，水库放水时放出的鱼，被冲到下游后又逆水而上。等它们游到水闸这儿，由于落差太大，水流过急，游不上去，便在这儿聚集成群。过一段时间，四五十分钟吧，这片水洼里鱼儿挤得像下饺子一样。这时，把下游的水路用栅栏隔断，再把上游的水闸暂时关闭，水闸后的水位很快降下去，只剩下几十条鱼在浅水中扑腾，这时你就能轻轻松松地抓鱼了。有草鱼、鲤鱼、白条儿、鲢子，偶尔还能抓条乌头。人们抓了一茬又一茬，而下游的鱼仍然不顾死活地往这儿游，根本不管虎视眈眈的捕鱼人，让人想起"飞蛾投火"的成语。

万千生物都是某种习性的奴隶啊。

傍晚他们告别陈叔，仍坐农场的便车回城，每人提着一个颇为沉重的化肥袋，里面塞着七八条鱼，是捕鱼的伙计们分给他们的。仨人在市区的十字路口分手，各自回家。许剑正扛着袋子往家走，忽然听到贾小刚的喊声，扭头看看，他在寂静的街道飞快地追过来，肩上的袋子累得他气喘吁吁。许剑停下来，忽然意识到，实际在整整一天里，贾小刚一直像有啥话想对他说，只是没有两人单独相处的机会。现在一离开仝宁，他就拖着重袋子来追许剑。追上后他嘻嘻笑着，迫不及待地说：

"许剑你知道不，咱们仝哥有毛病，生理上有毛病！"

许剑脸红了，嗫嚅着说："你……什么意思？"

原来贾小刚并不是来揭穿许剑昨晚的"丑事"的，仝宁在折腾许剑那会儿小刚根本没醒。不过昨晚仝哥对他俩可是不偏不倚，前半夜是许剑，后半夜是小刚。天快亮时小刚被惊醒，发现一个光身子压在他身上，他慌得正想喊，发现竟然是仝宁。当时他很惶惑，没有勇气面对尴尬，也不想和仝哥翻脸。好在他有急智，装着是在睡梦中翻身，嘴里还哼哼哝哝的："谁呀，压着我啦，气都喘不过来。"然后把仝宁推下去，自己滚到席子的边缘去睡觉。仝宁被推下后，悄无声息地睡了，没再折腾他。过后小刚发觉自己裆部不对劲，用手一摸，冰凉精湿一大片，是仝宁留下的精液。

"许剑你说这是为啥？仝哥为啥喜欢和男娃儿干这事儿，不喜欢女娃儿？"

许剑只有摇头："不知道，我不懂这种事儿。"

"仝宁对你干了没？"

许剑又摇摇头："没有，真的没有。"

小刚没有怀疑，笑着说："那你可得防备着，说不定哪天他也会找你。依我看，他这次带咱俩来农场玩，一开始就打着这个主意。"想想又说，"他保准对前几茬小郎当们也干过，我敢打赌。"

面对小刚明朗的目光，许剑觉得自卑。他无法像小刚那样豁达坦然——他和小刚不一样啊，昨晚的事件里包含着他本人的"丑事"，怎么能向别人抖搂呢。

一个13岁男孩的心态是无法理清的，惶惑、负罪感还有按捺不住的好奇。毕竟仝宁帮他发现了自身的一个秘密，让他尝到令人筋骨俱酥的快感。性欲一旦醒来，就再也不会沉睡了。

这件事他一直深埋在心里，即使在医学院毕业又结婚后，是一个成熟的男人了，这件事也从未向任何人提起过。

在一种复杂的心态下，他们并没有立即同仝宁断绝来往，之间的友谊又维持了一段，然后慢慢中止，渐行渐远了。因为这种友谊总有那么一点儿不安全感，并随着年岁渐大而变浓。毕竟这种关系是单方面的，许剑并没有同仝宁干那种事情的欲望——虽然忆起两人肌肤相接时的快感，多少有点留恋。以后同仝宁在街上碰面，仝哥仍是亲密无间，但许剑及贾小刚都多了疏远和戒备。

直到从医学院毕业，许剑才知道，仝宁这种性怪癖可归结为轻度的同性恋。它既是心理性的，也是器质性的；与先天有关，也与后天环境有关。艾森克的变态人格理论中说，遗传因素造成的人脑生理特性差异是人格差异的重要基础，这首先表现在脑皮层兴奋性水平或称之为神经系统唤醒水平较低。变态人格一般是由于遗传和环境因素的不利，从而导致人格形成和发展中的迟缓，这种人格发育不全，和智能发育不全一样，是终生难以弥补的。

其实这些拗口的专业论述不如张上帝的大白话。他说上帝在造人时难免出点小差错，某根神经被连接错了，或者某处的内分泌水平稍有失调——这些细微之处的差错，现代医学还无法认识——或是人格确立前被置于一个错误的环境，于是世上就多了一个性怪癖者。

人类只是一群提线木偶，我们爱、恨、悲、怒、喜、愁、偷情、嫉妒、情杀、殉情、纵欲、自淫、兽奸、乱伦、性倒错……忙得不亦乐乎。人类自以为是大自然的主人，至少也是自己的主人吧，但实际上，我们的一切行为都听命于上帝手中的提线。

不同的是，一般人身后的提线是"正常"的，而仝宁身后的提线断了一根，或者是两根绞在一起了。与许剑后来认识的门老师相比，仝宁还是比较幸运的。他算是双性恋者，在对男性着迷的同时，还能勉强维持异性婚姻，生儿育女，维持一个家庭。但伤害还是有的，一根提线的异常足以影响一个家庭的一生。

那次诊病之后，池小曼没再找许剑。阳台上的观赏仍在继续，那边的三点式穿戴也一如往常。不同的是她常常仰脸盯着这边看，目光对上后，许剑总是心旌摇摇不能自制。

该来的突然来了。

星期天中午，妻子送戈戈去学琴，许剑在床上补瞌睡。电话响了，他拿起话筒，没有人说话，只听到轻轻的笑声。"喂，喂，请说话。"他忽然知道那边是谁了，"是你？"

"是我。"池小曼慢条斯理地说，"许医生，你怎么能猜到是我呢？"

许剑有点发窘。小曼问得对，他能一下子猜出是小曼，说明对她是念念在心的。他笑着说："你的嗓音很有特色，一听就能认出来。"

"可是我刚才还没说话呢。"

许剑更窘了，嘿嘿笑着："那是我嗅到了你的味道。怎么，有事吗？"

"我没事，一个人在家听音乐呢。你呢？也是一个人在家吧。"停顿，"我从窗户里看见宋姐带戈戈学琴去了。"

"对。你……"

小曼轻轻地笑。"许剑,我想看看你作案的地点。"

"什么作案地点?"

"那个阳台嘛,你偷窥的地方。"许剑一时窘住,无话可说。那边仍是轻声的笑,"怎么,不敢啊。"

"有什么不敢的,你来吧。"

许剑赶紧起床把屋内稍微收拾一下,等着她来。他知道某件事恐怕要发生了,但他还没决定该如何对待。心中免不了惧意,更多的是渴望。楼宇门的门铃响了。许剑用遥控开了门,听见楼宇门哐通一声,清脆的皮鞋声向楼上响来。还好,楼道中这会儿没人。皮鞋声响到四楼,许剑打开门,池小曼轻盈地闪进来,很自然地顺手把门带死。

今天她不是看病那天的性感打扮,穿一件高领长袖绣花衬衫,百褶长裙,很淑女的样子。肯定刚洗过澡,长发还湿着,松松地挽在脑后。许剑说:"你是稀客呀,欢迎,请坐。喝点什么?"池小曼没有坐,笑微微地看着许剑,说:

"直接带我去作案现场吧,我一直不信你的话,不信隔着窗玻璃能看到我屋里。"

许剑带她到阳台,她专注地看着对面……她后颈的皮肤光滑润泽,白中透红,铺一层细细的毳毛。映着中午太阳的逆光,毳毛是朦胧的金黄色,耳垂是粉红色的透明……来时肯定撒过香水,是气味清淡的茉莉花香……三十一二岁,正是女人最具成熟美的时候……她回过头说:

"看不见啊,我家窗户里黑洞洞的,一片模糊。"

许剑说:"那是因为你不在,你的身影只要一嵌进窗户里,光明就随之而来了。"

她回头瞟一眼:"哼,真会奉承人啊。"

许剑笑着说:"真的不骗你,这会儿屋里显得黑洞洞,是因为没人,但你只要靠近窗边,这边确实能看见,尤其是从你家厨房窗户看更清楚,那扇窗上是你新换的浅色窗纱。比如,昨天你穿的是浅色胸罩,大概是白色的或浅黄色的，不是今天这件黑色的，我说得对不对？"

她横过来一眼："哼，真是贼眼啊。男人们的眼都带 X 光的。"

现场查看完了，许剑不知道下边该如何进行，就说："请到客厅坐吧，我给你沏茶。"她随主人退出阳台，但在卧室里停下了，不说话，富有深意、似笑非笑地看着许剑。

许剑也看着她。静默。

"许剑，你说隔着窗玻璃看不清晰。这会儿你想不想看我？"她突然说。

许剑咽口唾沫。"……想！"

她示意许剑拉上窗帘，然后慢慢脱下上衣，再脱下长裙。显然她今天特意做了打扮，外边的淑女装与里边的性感内衣形成强反差。那是一套相当高档的黑色丝质内衣，乳罩是镂空的，透出乳房的浑圆和白嫩，只在乳头处有两朵小小的玫瑰。丁字裤则更要命，基本是几根细带，仅在隐秘处停了一只蝴蝶。这样的内衣比不穿衣服更让人想入非非。不久前许剑和宋晴逛商店时正好看中了这种款式，想给宋晴买一件，但宋晴嫌贵，抵死不让买。记得她还说一句："这种内衣是给情人而不是给太太穿的。"

"可怜的老婆，你不幸言中了。"许剑心想。

许剑围着这个尤物转了一圈，再一圈，尽情欣赏着，喉咙里发干，心跳加速，血液往头上冲。小曼显然知道自己对男人的震慑力，一言不发，嘴边挂着得意的浅笑，很有点以逸待劳的样子。不过许剑瞥见她颈部的血管在怦怦地跳，知道她的欲火其实早烧旺了。

许剑转到她的正面，停下来。她见这个胆小鬼仍迟疑着不敢动手，笑道："下边总该男人主动了吧。"

许剑解嘲地说："我不是不敢，是舍不得。剥下遮羞物前先得好好欣赏，不能暴殄天物啊。"

他为小曼解下乳罩，一对硕大的乳房滚出来。又脱下她的内裤，然后把她扔到床上。

不过许剑最终没有在床上做。那是他和宋晴的领地，在这儿做未免有心理障碍。他抱小曼到沙发上，拉上客厅的窗帘。在他的性史中，属这次做爱最为酣畅淋漓。半个小时后,两人都出了汗,池小曼眼神迷离,不管不顾地呻吟着,许剑在百忙中还得捂住她的嘴巴。

事后小曼紧紧搂住情人说:"许剑谢谢你,你让我飞到云彩里了,从没这样满足过。"

他们没敢多缠绵,毕竟是大白天,万一有人来呢。许剑催她穿好衣服,梳理好,打扫一下现场,拉开窗帘。又打开防盗门,虚掩上。这么着,即使宋晴此刻回来他们也安全了,可以对宋晴说小曼是来求诊的。不过这样说其实也有破绽,被爱水沐浴过的小曼眼神灵动,比才进屋时更为光彩照人,绝不像一个病人,宋晴如果细心是会看出蹊跷的。

现在两人隔着茶几坐在沙发上,许剑为她冲了一杯绿茶。小曼再次欣喜地说:"许剑你真行,你是天下最威猛的男人。"

许剑免不了有些得意:"比你的丈夫威猛吧?"

小曼不屑地说:"甭提他,他不是个男人。"

"性无能?阳痿?"

小曼闷声说:"倒不是那个。甭提他了,别败了咱们的兴头。"

这一下许剑知道了那位小葛在他妻子心目中的地位。小葛在厂里其实蛮风光的,设计的系列产品是工厂的当家产品。这些年头工资同贡献挂钩了,他的收入在工薪阶层里绝对属于一流。模样也不错,俊秀有书卷气。总之在外人眼里他是个相当完美的男人,没想到在妻子心里不值一提。许剑不禁对这位窝囊男人生出怜悯。

许剑没敢让小曼多停,她留下联系方式,不舍地同情人吻别,拿舌头在他嘴里猛搅一阵。许剑先打开门,听听外边没动静,小曼悄无声息地溜走了。许剑侧耳听着,直到她的皮鞋声出了楼宇门,楼道中一直没有旁人,悬着的心终于放下。

原来偷情非常容易,从一个忠诚丈夫迈出这一步并不如想象的那么难,许剑的心理障碍被打破了。

当然事后免不了后怕。一来是觉得对不起宋晴,二来是对小曼心怀畏惧。想想她刚才的呻吟吧!情热之时她根本顾不上隔墙有耳。扯上这样生猛的女人，麻烦大了，这场野火完全可能让许剑身败名裂。

他必须赶快下狠心，一刀斩断情缘……他知道自己的想法只是扯淡，这个尤物已经把他的魂勾走了，三魂六魄全勾走了。一个下午他都在回味小曼，小曼身上的每个部位尽在眼前晃动。刚分手许剑就开始想她了，那种苦念简直难以忍受。

晚饭前宋晴带着儿子回来了，许剑免不了心虚——万一邻居有人撞见小曼？万一有人告诉宋晴说池小曼来过？看来没有。母子俩像往常一样进屋，宋晴先换拖鞋，又把戈戈的拖鞋扔到地上。但戈戈没有换，扔下琴就跑了，出去找同伴玩。这个孩子比较听话，尤其是听妈妈的话。所以，尽管非常贪玩，不愿学琴，他仍顺顺当当地学下去。宋晴脱去外衣，换上家居服。她兴致很好，说："教琴老师今天特意挑戈戈单独表演，夸咱们戈戈悟性高，对音乐有天生的理解力，只要好好学下去，一定会出类拔萃。"许剑说：

"那不过是老师的心理激励，说难听点，是想拉一个长期主顾。知子莫如父，戈戈确实有点小聪明，但他那个生性，三天打鱼两天晒网，能学出什么名堂来？"

宋晴眼神黯淡了，气哼哼地说："就你会败兴。"然后钻到厨房里做饭。

职工医院的上下班没有大厂那么死，病人少了可以早走，病人多了就晚归，尤其是在病房值班的时候。不过，随后几天许剑有意掐着大厂的时间下班，以便能从人流中看到那个背影。看到那样的婀娜妙曼他就会心旌摇荡，小腹处涌出一股热流。他知道什么畏惧什么担心都是扯淡，不管将来有多大麻烦，他一定会蒙着眼和这个女人厮混下去。这是自然界最强大的雄性本能所决定，要怪罪就怪罪造物主吧。

这场婚外恋的来势太迅猛了，从池小曼打来电话的第一句交谈，直到上床，两人接触的净时间不超过10分钟，简直比嫖妓还快捷——找个小姐也得有10分钟的调情吧。

不过这样的过程更为刺激。

许剑有时难免问自己：这是怎么回事？漂亮的护士小丁主动投怀送抱

时，他虽然心中荡得厉害，想想那具晨色中的裸体，想想她当时梦游一样的眼神！但理智最终战胜了冲动。小丁觉得失了面子，此后对许剑很有些怨恨，一直对他洋洋不睬的，还曾找曹院长，坚决要求调离内科。许剑为人豁达随和，平素与同事们，尤其是内科的护士们相处甚洽，所以小丁的态度相当反常。曹院长何等精明的人，自然看出端倪，有一次私下打趣许剑，说："你是不是和那个小丫头有情况？你给我坦白，我保证不向夫人告发。"许剑当然不能吐露真情——说是小丁主动而遭他拒绝，那就太缺德了——只是对院长矢口否认。

在小丁的诱惑面前，他很有理智，但他的理智在小曼这儿咋会这么轻易地失效？也许是因为小丁的性诱惑力还透着青涩，而小曼的魔力已经熬到火候了，可以让任何一个男人销魂蚀骨。

晚饭后在厂门口与小曼夫妇劈面相遇，那男人仍是比妻子错后半步，眼睛看着地面。许剑稍稍一愣，小曼倒是大大方方地打了招呼：

"许医生，散步啊。"

他没有停下来寒暄，点点头应一声，匆匆走过去了。

第二天上午查病房时电话响了，拿出手机一看，是小曼库房的号码。许剑没有应，走到一边，拨了小曼的手机。那边笑着说：

"许哥，你难道不请我吃顿饭？"

旁边有病人和护士，他走得更远些，捂住话筒低声说："为什么要请你啊，你得说出个理由。"

那边轻声笑："男女之间的惯例嘛，要不显得那个……太快了一点儿。"

原来她也有同样的想法啊，许剑心头一荡，说："好吧，今天晚上，我定好地方再通知你。"他警告情人，"你刚才用的是库房的办公电话？"

"没关系，这会儿就我一个人。"

"那也不行！厂里的电话都要经过总机，告诉你，咱厂总机室里经常泄密的，常有人在值班时偷听电话。以后只能用手机给我打。"

"好的，我记住啦。"

晚上在"伊人"咖啡馆，幽幽的灯光下，小曼显得更为野性。咖啡馆里是火车座式的软座，两人坐在小包厢里，刚一落座，她就两眼灼灼地责问：

"许哥，昨天在厂门口你为啥不敢同我说话？嫌我是个风骚女人，名声不好，避之唯恐不及？"

"你胡说什么呀。老实说吧，我生怕你把我介绍给你丈夫，所以赶快离开了。"

"那有什么嘛，都是一个厂的人，又是前后楼，你们又不是没见过面。"

许剑摇头："不一样。如果同你丈夫熟识了再搞他老婆，我会觉得内疚的。现在咱俩已经有了关系，让我再若无其事地和小葛聊天，我办不到。如果他一直是个陌生男人，我心里会好受一些。当然这只是自欺欺人，但是没办法，人总得给自己设定一些禁行红线，即使它们毫无意义。"

小曼似乎受到触动，说："那我也不和宋姐亲近了，我原来真打算和她交朋友呢，我觉得宋姐心地好，和她特别投缘。"她加了一句，"咱俩好是好，我没打算把你从宋姐身边夺过来。我不会伤害她的。"

许剑对她的表态很高兴，说："别别，你千万别和她投缘，也别和她结识。"

于是他们商定，尽量让各人的家庭与对方绝缘。

两人隔着茶几，含笑打量着对方，他们之间的第一次云雨非常匆忙，几乎没留下互相熟悉的时间，但尽管这样，男女之间只要干了这事，彼此的关系就有了本质的变化，就是自己人了，说话就不必羞怯遮盖了。许剑笑着说：

"小曼你老实坦白，那次你精心打扮后去看病，是不是存心想勾引我？"

小曼抿嘴一笑，坦率地说："没错，我确实是想勾引你，但实际上还是你首先勾引我。我知道你总是跟在后边看我的背影，你的目光尖得很，刺得我背上火辣辣的。你盯我可不止一天啦，算起来至少一年前就开始了，搬到新楼后你就更方便了。"

许剑被揭出短处，只是笑："瞎说，瞎说，你别为自己的主动勾引找理由啦。你能感觉到背后的目光？"

她说那是当然！"女人都有这样的直觉，你以为女人们打扮是干什么的？不过你真沉得住气，只在背后偷看，没有进一步的表示，我等了一年没有动静,知道你有贼心没贼胆,只好主动找你了。"

咖啡送上来了,质量还不错,香气浓郁,腾腾地冒着热气。许剑用小勺搅着咖啡,忽然说:"其实我认识你丈夫小葛很早,说不定比你还早。是在一次车间事故中。"

"是吗?"

许剑说那是十几年前的事了,许剑在本厂医院刚刚实习期满。那天外面一阵喧闹,送来两个满身是血的伤者,一个是装配车间的天车工小袁。这天她的天车出了故障,开不到墙梯那儿。在这种情形下,天车司机一般要爬到牛腿柱横梁上,顺着窄窄的横梁爬到墙梯处,再沿墙梯下来。但小袁有恐高症,哭着不敢下。同跨还有一辆天车,司机小何把它开来,与小袁的天车并在一块儿,让小袁转移到第二架天车的驾驶室后,再开到墙梯那儿。就在这时出事了。小何天车上的扶手有点脱焊,小袁跨过来时要拉着扶手用劲,这么一拉,扶手完全断了,只听惨叫一声,小袁从八九米高的天车上摔下去。

那时小葛还是才进厂的大学生,在装配车间实习。听到惨叫声他第一个赶到,小袁已经昏死过去,口鼻流血,下体鲜血淋淋。小葛一刻也没耽误,抱上她往厂医院跑,后边跟着一群慌慌张张的工人。跑到厂门口,车间的铲车追上来,铲车上一位女工把病人从小葛怀里接过来,就在这时小葛却一下子休克了。

许剑说:"那天,门主任和外科医生一起,忙着处理重伤的小袁,让我照护小葛。开始我很紧张,不知道他有多重的伤。后来才知道他其实安然无恙,身上的血都是天车司机的,他休克只是晕血。很多人都晕血,不过他特别严重。他清醒后想去探望伤者,但走到手术室前脸色惨白,到底没敢去看。"他问小曼,"他现在还晕血吗?"

"还晕。你知道他为啥晕血?是从小种下的病根,听他大姐说,他是从死人堆里扒出来的。那是1967年,在体育场群众大会上发生了一场车祸,很有名的。他爹妈都在那场车祸中死了,后来他堂姐把他养大。"

"噢,是那次车祸!我知道我知道。你看多悬,差一点,特车厂就没这个首席设计师了,你也没这个丈夫了。"许剑笑了,"当然,没了他,你这么漂亮的女人也不会剩下。"

"不说他了，别在情人面前尽谈她的丈夫了。许哥你是不是有点傻？在这种场合，女人喜欢听什么话嘛。"

许剑笑着说："那我就说你喜欢听的话。小曼，从那天见了你的身体，我的魂就被勾走了。小曼你知道吗？你是我唯一的情人。更准确地说，是除宋晴外我唯一碰过的女人，这种说法把三陪女也包括了，我从不涉足那些场所。"

小曼迟疑片刻："许哥我不想骗你，我只能说，和你好上后我不会再去找任何男人。"

这么说，关于她有四五个情人的说法是真的了。许剑不免嫉妒，想想自己没有资格吃醋，毕竟小曼和他只是露水鸳鸯，又不是他的合法妻子。再说，她的诚实也让人感动，她完全可以胡乱应一声，把情人搪塞过去嘛。

但许剑还是无法排除心中的懊丧，男人的独占欲是无法克服的，哪怕是对野合的情人也是如此，这是所有雄性的本能。书上说，某些雄甲虫在性交后，会用一个塞子把雌甲虫的生殖器堵死；雄骆驼在发情期间会占领一大群妻妾，把它们带到一个山沟里逐个交配，然后十几天不吃不喝守在沟口，防止其他雄骆驼染指。动物尚且如此，何况是人？许剑用玩笑掩饰自己的懊丧：

"你说'从此不再找任何男人'？最好连小葛也算在内。以后别让他碰了，把整一个你全留给我。"

小曼哼了一声，冷着脸说："别提他。许哥，以后咱俩幽会时你真的别再提他，败兴。"

许剑看看她，她的表情像是真的。他不免疑惑，小曼对丈夫真的如此鄙夷？但看他俩结伴散步的情形，虽然不敢依此就断定夫妻恩爱，至少还维持着正常的夫妻关系啊。这里肯定有什么蹊跷。噢对了，许剑听过一些传言，说小曼在家曾掴过丈夫的耳光。虽然丈夫怕老婆已经成为时尚，但掴耳光这种行事未免太过分了。对这种传言许剑不大相信，当然也不会向小曼求证。他只是向小曼保证，以后再不提那人了。

小曼原坐在许剑对面，后来转过来，小鸟依人般偎在怀里，手开始不老实了。其他顾客的目光都隔在高座背之后，来往的服务小姐们对他们的亲热视而不见。两人揉搓一阵后，她伏耳呻吟道：

"许哥我忍不住了，真的，一挨着你身子，我的骨头就酥了，咱们去开个房间吧。"

她的眼神迷离，呼吸加粗，身上火烫。她拉着许剑的手到下身处，那儿已经潮湿了。许剑心头跳荡得厉害，总算控制住自己，低声说：

"不行啊，今天已经太晚了。我过去可是个标准好丈夫，从没有夜不归宿的。你等着，等我安排好了去找你。天不早了，咱们走吧。"

小曼很听话，没有勉强对方。她喘着气，趴情人肩头狠狠咬了一口，站起身来。

回家后已经11点，戈戈早睡熟了，宋晴偎在床上打毛衣，等着丈夫。许剑心里虚，目光不大敢与妻子对视，生怕她看出什么破绽，比如闻到另一个女人的香味、看到女人头发之类。但宋晴只是问一句：

"喝多没？"

许剑说："没有，今天的几个朋友都不是酒鬼。"

然后他就钻进卫生间洗浴去了。他努力冲净小曼的香味，看看肩头的牙痕不明显，不盯紧看是看不到的，便放心一些。等他回到卧室，妻子气哼哼地说：

"今天下午我气坏了，和司机祝运生吵了一架。"

一晚上她都憋着气，盼着丈夫早点回来倒苦水。许剑问是怎么啦？她说，下午祝运生拿着一堆白条来厂办财务报账，三万多元的白条啊，都是焦副厂长和他出差期间花的，已经由焦副厂长签批。宋晴不给他报，说："这样不合财务制度，你们两人一起出差，应该找其他领导签字。"祝运生就说难听话：

"你一个厂办会计比厂长还牛啊，有焦厂长签字你挡个什么劲儿。要不我拿到大厂财务去报，等我报回来，咱们再说个小老鼠上灯台。"

宋晴被激怒，也不再顾说话的分寸，大声说："有能耐到大厂报销那你去呀，反正想在我手里报吃喝嫖赌的花销，没门！你以为别人不知道你祝运生是个啥东西！"

厂里都知道焦厂长贪钱，而且贪得格外无畏，一点儿不带遮掩的。这个姓祝的司机则是他身边一条狗，两人合着伙儿捞钱。这些情形已经是公开的秘密。恼人的是，这种货色却稳稳当当做官，一点不担心现世报。许剑知道这些情形，也知道妻子的秉性。一般来说，不管哪个单位或部门，当官的至少会团结两个人：会计和出纳，因为很难绕开会计出纳去捞钱。用工人的话说，会计和出纳绝对是"上黑线的"，肯定能从当官捞的钱中分一勺羹。但宋晴这个会计几乎是唯一的例外，她从不贪钱，也不买领导的账，因而永远是线外的人，得不到好处还得罪人。许剑叹口气：

"你做的当然对，骂得也痛快。不过这样就把姓焦的得罪苦了。你说他是吃喝嫖赌的花销，焦厂长能饶了你？小心他给你穿小鞋。"

焦厂长是特车厂的三朝元老，今年已经五十出头，但在男女之事上依然朝气蓬勃，二十年如一日，隔三差五就有件花事出来。有人说，这二十年内在特车厂找对象，不能找太漂亮的，太漂亮的都被焦厂长用过了。而且他至少在一个情人家里培育出了下一代，那个孩子已经十五六岁，一点不像他爸，倒是越长越像焦厂长的尊容。

据说有一次焦厂长在外地嫖娼，被当地的公安抓获，罚款6000元。那次他身边没预带现金，于是被公安连夜押回来，在厂区外的阴影里蹲着，两手抱着脑袋。一个公安守着他，另一个公安拿着他的亲笔字条敲开他家门，逼他太太付了钱，这才放了他。

世上没有不透风的墙，偏偏一个小毛贼是本厂子弟，那会儿正好躲在附近，从头至尾听了个仔细，就把这事传开了。那个小毛贼在公安手下干惯了"下蹲抱头"这个动作，所以对焦厂长相当佩服，说一个威风八面的厂长，倒也能屈能伸啊。

但焦副厂长照样安安稳稳地当他的厂长。你说却是为何？原来他很幸运，有一个深明大义的妻子，知道一损俱损的道理。妻子听说这些传言后，到处为他叫屈。她说："那全是造谣！我从来没为他付过嫖金！俺家老焦光明磊落，不怕小人陷害！"当然，两人关起门后也是有战斗的，邻居听见她咬牙切齿地骂"老淫棍",说:"早晚把你那东西割了,让你再发贱!"但只要一出门,两人便相敬如宾。

许剑有时拿他和自己的老主任相比,特别不平。当然不是说门主任的同性恋多么高尚,不,从内心讲许剑是厌恶这种性取向的。但至少门主任没有像焦副厂长这样祸害全厂。如今,一个人已经身败名裂,一个人仍威风八面。这世道是怎么了?他再次告诫:

"宋晴你得小心他给你玻璃小鞋。"

"他敢?干这种龌龊事的人不敢见天日,只要你公开顶着,他在你面前老实着哩。听说姓焦的对池小曼——就是咱前楼那个漂亮姑娘——动过花心,在办公室里要亲她,被小池狠狠搧了一耳光。过后他也不敢怎么小池。"

突然听到小曼的名字从妻子嘴里说出来,许剑心头咯噔一下。侧身看看,宋晴表情如常,显然她是无意提及的。他问:

"真有这事?你听谁说的?"

宋晴不肯说出消息的源头。不过从她的话里猜度,是办公室打扫卫生的大嫂说的。这也是宋晴的长处,她对低阶层的人很有亲和力,老娘儿们都爱找她说心里话。许剑对这个消息十分感慨。全厂谁不知道池小曼是个风流女人,难听点说是个荡妇。他绝对想不到小曼还会有这样的烈性。他沉吟一会儿,扭头见妻子已经睡熟,枕头下露出匕首的刀把。这是她一人在家时的习惯,她说结婚后已经习惯男人睡在身边,哪天许剑不在家她就要失眠,还要备好匕首来防身。许剑曾笑她,"身单力薄的,真要闯进来一条色狼,凭这把小刀能挡得住啊,你还不如牺牲清白保住性命。"她笑着说:"宁为玉碎不为瓦全,这个身体是你的,绝不让别的男人碰,许剑我说的可是真心话。"

那时许剑很感动,把她搂怀里可劲儿亲热一番。

这个妻子真没什么好挑剔的。是个好女人,又是个正派人,心里亮堂,没有鬼鬼道道的玩意儿。张上帝语录:

"谈恋爱是一生中最大的冒险,因为你在挑选终身伴侣时,恰恰是很不成熟、最易冲动的年龄。一旦选错,你得用毕生时间为你的错误还债。"

感谢上帝，许剑想，"我选对了，或者是说我赌对了。"

这会儿，熟睡的宋晴十分安详宁静。看着她的面容，许剑想自己真不是东西。可能所有的男人都不是东西。他想："如果哪天宋晴知道自己与小曼的鬼混，说不定会用这把匕首捅进我的小腹。"而且，就是被妻子捅一刀，许剑也不会怨恨她。

许剑完全被那个尤物迷住了。两人之间算不上是爱情。那玩意儿不能说没有，但分量不大。小曼最强烈的动机就是性欲，许剑也一样，两人对此心照不宣。自从在他家沙发上那次突发的、带点冒险性质的做爱之后，很长时间两人没有实质性的接触。许剑不能再让她到自己家里幽会，因为邻居会生疑的，特别是她这样名声的女人；许剑更不愿到她家，还是那句话，若是到一个男人的家里睡人家老婆，他有心理障碍，小曼在这点上倒是放得很开。咖啡厅或夜总会的拥抱揉搓完全不能解渴，反倒是越弄火越旺。

不久他们就开始在外边开房间了。

他们约好，分别打车到某个偏僻旅馆相会，云雨一番再匆匆回来。每次做爱都十分酣畅，只可惜时间有限不能尽兴。不敢在外边过夜，至迟11点前要回家，弄得一次幽会后马上盼着下一次。慢慢地，许剑开始感受到偷情的辛苦：你要挖空心思为晚归找出有说服力的理由；要防着妻子闻到你身上的女人香味，或看到身上的牙痕及发丝；要预防在睡梦中喊出情人的芳名；要悄悄扣下私房钱，以便在两人世界里花销。还要在对妻子、儿子甚至情人之夫的负罪感中挣扎。

这些事偶尔为之可以，若每天如此，真的太辛苦了。

公平地说，小曼靠上许剑并不是为钱，她从不让情人买项链戒指之类贵重礼物，出外吃饭时也总是点最便宜的菜。但即使如此，房费饭费及必不可少的礼物也是一笔不小的开销，这当然是要男人付的，这是自然界的惯例。

那天许剑与妻儿一块儿看《动物世界》，原来动物也与人类一样啊，有一种花庭鸟，雄鸟求婚时要先搭好一座新房，还要在新房外堆上贝壳花瓣之类的礼物，待雌鸟审视满意后才轮得上做爱。雄蜘蛛和一种雄鱼也是这样。那么，为什么不反过来是雌性为雄性送礼呢？为什么动物的行为和人的行为完全雷同？这里边一定有深层次的生物学原因。

看着雄鸟兢兢业业地做这事，而雌鸟点着脑袋一本正经地视察，许剑突然失口而笑。他想，如果上帝在天上看着自己在小曼面前献殷勤，也会失口而笑吧。妻子奇怪地看看他：

"咦，你跑哪儿拾了一个笑？"

儿子大大咧咧地说："我知道，我爸是想给你准备贝壳花瓣哩。"

他是童言无忌，不知道这个行为的后续含意。当妈的脸庞红了："不许胡说八道，禽兽的事也拿来比你的爹妈。"

戈戈伸伸舌头，不说话了，许剑忍着笑，拉上妻子回到卧室。

也许是因为许剑的医生身份，在同小曼狂乱的情热中，他头脑深处始终有一个地方是清醒的。他再三警告自己：该勒住马了，前边有悬崖，再走下去肯定粉身碎骨。但是不行，做不到。即使有这样的危险前景也挡不住，即使对妻子有强烈的负罪感也挡不住。他无论如何忍不住对那具肉体的渴望，就像是一名陷得很深的瘾君子。

"其实性欲和毒瘾的本质是一样的，"有天幽会时他同小曼说，"二者都是内啡肽作用于大脑快感中枢所建立的强力联系。现在国内已经有了手术戒毒法，在瘾君子头上钻两个小洞，用冷冻法屏蔽掉快感中枢，毒瘾可以立马戒掉，而且非常彻底，绝不复发。当然这种手术有一定副作用，会多少影响手术者的人格和智商。至于性欲同样有快感中枢，雄性动物在下丘脑的前部有一个性行为中枢，称为性两形核，只要用电流刺激这儿，就会引起雄性的爬背行为。雌性动物的性中枢则位于下丘脑的腹内侧核，用电流刺激这儿会引起雌性的露臀行为。"

他看看小曼："人也一样啊，也许在咱俩的下丘脑上那么屏蔽一下就好了，今生再不会受欲火煎熬，不用提心吊胆地偷情。"

小曼撇撇嘴："那样子活着还有啥意思？老天生我是个女人，就得享受做女人的乐趣。"

许剑忽然来了兴致:"说起女人,你知道自然界中雌性和雄性的本质区别是什么?"

"你以为我弱智啊,雌性雄性,那玩意儿长得不一样嘛。"

那回是在一个郊区的家庭旅馆,许剑跑了很久才找到这家比较满意的旅馆。环境非常僻静。一个独院,高高的院墙,主人一家都在一楼,整个二楼只住他们两人。房间设备很简陋,周围是粗粗粉刷的白墙,碰一下蹭你浑身白灰。身下的简易铁床吱扭作响。但屋里和被褥还算干净整洁。窗外是一棵大梧桐,在风中飒飒响着。月光透过浓叶照在窗帘上。老板娘大约50岁,从面相看比较忠厚,让人放心——偷情不得不时刻小心,也许老板知道你的身份后会敲诈你呢。第一次携小曼来这儿时,老板娘说:

"别看这儿简陋,最大的好处是安全,保证不会有公安来检查。"

不用说,这个忠厚人也知道不忠厚的事:她知道这一对是野鸳鸯。俩人一笑了之。

这会儿他们已经彻底放纵过了,正赤身相偎看电视。是一台破电视,伴音沙沙地聒耳朵,图像老是跳荡扭曲。许剑干脆探过身关了电视,对小曼说:

"你说的只是雌性雄性表象的区别,算不上本质区别。地球上出现生物后,最开始是单性繁殖,后来发展到两性繁殖,因为两性繁殖更利于变异进化。但最原始的性交没有性别之分,双方都放出同样的性细胞受精,称为配子繁殖。不过后来因为一种既简单又深刻的自然机理,这个过程不可逆转地改变了。"

"什么机理?"

"是因为生物的自私本性。在配子繁殖中,凡是造出较小配子的父体就占便宜,因为它可以用同样的资源造出更多的配子,让自己的基因有更多的繁衍机会。所以,配子的进化趋向是个头越来越小。但在这个大趋势下,如果另一些配子越来越大,反而也容易得到受精的机会,所以这些配子在进化中越来越大。最终不可逆转地形成两极分化,这就是两性的起源。"

小曼皱着眉头:"你是在说天书吧,我怎么听不懂。"

许剑知道,以她的知识层次听懂这些道理确实比较难,便尽量浅显地说:

"这么说吧,两性的本质区别是:为繁衍后代所奉献的性细胞,也就是精子和卵子,雌性大而雄性小。不管性器官的形状是什么,只要性细胞小的就是雄性,大的就是雌性。所以自然界中的雄性天生就是占便宜的家伙。"

小曼笑了:"包括男人吧,你们就爱占女人便宜。"

"当然包括啦。两性的这种本质区别决定了各自的行为准则,雌性因为做出的牺牲大,所以对家庭,尤其是对后代,更有责任感,否则她那个比较大的卵子,要是胎生动物还要加上怀胎的时间,就全白费了。这就是人们常说的伟大母爱。雄性就可以四处留种,然后一走了之。因为只要留了种,他再奉献不奉献就差别不大了。"

"所以嘛,"许剑打着哈哈,"男人的花心是可以原谅的,雄性的本能嘛。"

小曼突然生气了,冷笑道:"这些谬理从哪儿来的?你的发明?"

"那可不是,这是西方生物学家说的。西方有很多这类著作,像道金斯写的《自私的基因》等。我那儿有不少这样的书,你想看我给你。"

小曼闷了一会儿说:"哼,这些什么学家都是男的吧?"

许剑到这时还没发现情人的情绪异常,说:"不一定,当然,男的肯定多些。"

小曼的身体僵硬了,扭过脸生闷气。许剑看她不说话,搬过她的脸,发现她竟然在垂泪,慌了:"哎小曼这是怎么了?我怎么惹你了?"

小曼怒冲冲地说:"许剑你要骂我就明着来。你说我不像女人,说我花心,淫荡,没有母爱。是不是?"

许剑只有苦笑:"这是哪跟哪呀。我说的是最玄妙的自然之道,咋能扯到你身上呢?"

他着实后悔。看来,对小曼的文化层次来说,说这些无疑是对牛弹琴。大学时他受张上帝的影响,看过不少西方进化论学者写的著作,对书中揭示的这些深层次的机理很有感悟。原来"人"并不是"精神"的,而在很大程度上是"物理"的人,人的行为要受冥冥中的本能约束,也就是说,要受肉体的物理结构的约束。比如刚才的话题:每个人都承认母爱比父爱更深,但谁能想到这与卵子精子的大小、与男女怀胎不怀胎,竟然有本质的关联?

而且，最重要的是，这些机理虽然极简单，但确实有说服力，从逻辑上讲很厚重，体会它就像嚼槟榔，越咂摸越有味道。许剑对这些机理感触太深了，老想有个交谈的对象。但与小曼说这些，显然是找错人了。

通过小曼出人意料的情绪爆发，他也看出来，在这个放荡女人的张扬外表下，实际上是很深的自卑。她肯定知道外界对她的非议，而且对此并非不敏感。她并不是一个只知卖弄风情、没心没肺的女人。许剑搂紧她，温声安慰，为她舔干眼泪，说：

"你别误会，我根本不是影射你。我疼你还来不及呢，咋能绕着圈来骂你？再说女人的四处留情也是符合进化论的——她要为后代寻找最强壮的基因源嘛。比如你找了我，因为我是一只优良的种牛，对不对？"

她哧地带泪笑了："不要脸。"

"不过一般来说，母爱要强过父爱，这是没有疑义的。拿我家说吧，戈戈那年到爷奶家过暑假，宋晴十几天没见他，想得那个苦哇，常常躲到房间里哭。我这个当爸的不是不想，但绝对到不了哭鼻子的份儿上——对了，"许剑顿一下，小心地问，"小曼，我想问句话，可别再惹你不高兴。你已经结婚五六年了吧，小葛三十五六了吧。"

"他三十六，我们结婚六年。"

"为什么没有小孩？小葛没有生育能力？"许剑看着她的脸色，"小曼，想说你就说，不想说就算了。我只是想帮帮你，比如给你俩做一次医学检查。"

小曼这次没有生气，轻描淡写地说："不是那个原因，是我不想要孩子，一直避孕。女人就像带着露水的花，太阳一出就失去光泽了，我想趁年轻享受享受。"她气恼地说，"哼，因为我不愿生育，小葛大姐把我当成仇人，说我成心要断葛家的香火。我说，'你又不是小葛的亲姐，更不是他妈，葛家的香火关你屁事。'"

许剑不由默然，心里拿她同宋晴做比较，宋晴绝不会为了享受青春而不要儿女。看来，目前的三人关系就是最佳结构，他绝不会拿小曼做妻子而让宋晴做情人。

所以——要格外谨慎。不能舍弃同小曼的欢情，也决不能因此而失去宋晴。

对小曼所抨击的小葛大姐，实际上他是同情的。他见过不少的家庭，出嫁的女儿反倒特别关心娘家的香火传承，这在动物界可是见不到的。于是他转了话题：

"你说的就是那个把小葛从死人堆里扒出来的堂姐？"

"对，她是本市人，'文化大革命'后期不是搞什么城镇居民上山下乡嘛，她们全家到了西川紫关镇，把小葛也带去了，一直养活到上大学。"

"噢，是这样。这段历史我清楚。"

"文化大革命"后期，北阴市出了一个全国有名的"革命领导干部"，时任北阴地区革委会主任兼军分区政委，此人按现在的标准就是十足的害民贼了。所谓居民下乡，全国范围内是他最先提出来的，搞得也最凶。他派人扒居民的住房，或派一群人住你家吃光存粮，生尽办法逼你下乡，闹得民怨沸腾。许剑说：

"这么说，小葛是在紫关镇长大？宋晴也是紫关人，不过她五岁前就离开了。"

两人扯了一会儿闲话，小曼忽然默然了。那会儿许剑不知道，小曼刚才说的不愿意生育的原因并非真心话。她沉默一会儿，突然脱口说出一句话，让许剑非常吃惊：

"许哥，实际这不是真正原因。"

许剑已经忘了刚才的话题，问："你说什么原因？"

"我不愿生育的原因。真正原因是——我怕生个儿子像他。"

这个"他"当然是指小葛。这句话太重了！不管怎样，那是她丈夫！是一个不失英俊的男人，是名列全厂首席职工榜的优秀设计师！但这无疑是她的真心话。许剑震惊地盯着她，她烦闷地垂下目光，没有再加解释。

也许她已经后悔脱口说出这句话。

那个老问题再次浮出水面：何以小曼对丈夫小葛如此鄙夷，却又维持着至少说得过去的夫妻关系？许剑能感觉到，这里肯定有什么不正常的东西，非常不正常的东西。但小曼不说，他也无法再深问。

虽然许剑的工作不在大厂，专业距离也比较远，但也听过不少对小葛的夸奖。那人是个优秀的工程师，脑瓜灵，肯钻研，肯吃苦，技术上非常有实力，无论领导还是工人都很器重他。三年前，工厂生产的一台大设备出厂，用户已经验收过了，送别的宴会都开过了，十几辆辅助车辆组成的车队整装待发，工厂领导也赶来送行。但就在这当口儿，主机设备上的美国卡特柴油机哑巴了，再也不能启动，可上午试车时还一切正常啊。十几辆车在等着，急如星火，车间赶快调来最棒的工人技师检查故障。但工人对这种进口柴油机不熟悉，查了很久查不出来，越是查不出来他们越心慌。后来把小葛请来了，小葛听工人们介绍了情况，略微思索一会儿，要了一把规格为17的开口扳手，爬上车，拧开机上一根铜管的接头，随便要了一团棉纱塞紧，再把接头上紧。对工人说：

"试试吧。"

工人一按电门——车上是直流电，机器喷出一大团黑烟，轰隆隆地起动了。

那阵儿工人们，尤其是急得满头冒火的用户们，简直把他当成神灵。小葛对用户解释说："这种进口柴油机上都装有限烟器，根据进气压力来限制供油量，保证机器在正常工作时绝不会冒黑烟。现在限烟器有毛病了，把油路彻底关死了，所以没法启动。这会儿来不及修理，我先把它断开，你们尽可开回去，绝不会出事，只是多耗些油、冒点儿黑烟而已。等你们到家后，直接喊美国公司的人去修就可以。"用户们豪爽地说："行！多费点油没关系，我们这会儿归心似箭了！"

小葛类似的闪光事迹还有很多。所以，听见小曼这样"恶毒"地骂他，许剑真的难以接受。他只顾想心思，没注意到小曼也在想心事。过一会儿，小曼忽然搂紧他：

"许哥，我给你生一个儿子吧。"

许剑大吃一惊，脱口说："不行！"他意识到自己口气太硬，立即放缓语气，"小曼我感激你的情意，但那是不行的。儿子出生后我无法养他，如果瞒着小葛让他当假父亲，未免太缺德。现在家家都是独生子女，我可不能学焦副厂长那样的畜生。小曼，别有这个念头，想也不要想。"

小曼冷冷地推开他："男人都是这样，想寻欢作乐，又不想负责任。你放心，如果生下你的儿子，我自己养，决不麻烦你。"她恶意地警告，"你赶紧把我甩了吧，要不，说不定哪天我就偷偷怀上了。甩了我也不行，说不定这会儿已经怀上了呢。"

许剑也生气了："小曼你不要逼我。我说的是正理，我是为两人着想。"

两人生了一会儿闷气，都仰着脸看天花板。许剑没想到小曼会这样不可理喻，开始对偷情懊悔。它会走到哪一步？很可能把他现在的生活搅得乱七八糟，家破人散也说不定。过去他一直对偷情的后果担着心，但只是缘于理性的推断，现在威胁开始变得现实了。

也许真该就此中断与她的来往。长痛不如短痛。

不过小曼很快平静了——按她刚才激烈的情绪，她的平静显得过快了。她打了一个呵欠，攀住情人的脖子，若无其事地说：

"别想那些烦心事啦，我只是开玩笑。心里不痛快，在你这儿发泄一下。许哥，时间不早了，你再要我一次，咱们该走了。"

他们又要了一次，许剑比往常更细心地采取了避孕措施。这最后一次做得还算尽兴，小曼似乎忘掉了所有的不愉快，骑在情人身上前后俯仰，尖声叫着，俩人很快攀上了快意的顶峰。

不过许剑知道这只是表象。他已经摸到小曼心中有一个硬结。这个放浪形骸的风骚娘儿们心中有一个苦闷的硬结，只是不知道它究竟是什么。这让许剑对她暗暗生出怜悯。

屋里没有卫生间，两人在楼道里的水池中草草梳洗一番。许剑内疚地说："这儿太简陋了，你看连镜子都没法儿照，下次咱们换个地方。"

小曼不在意地说："那有什么？只要房间干净僻静就行。还有，"她压低声音，"只要你在床上尽心。"

许剑心中一荡，搂住小曼说："我保证不光尽心，还要尽力。"

两人压低声音吃吃笑着，摸黑走下楼来。老板娘听见动静，开门出来打开院灯，热情地说："你们二位要走？欢迎再来啊，真的，我这儿最安全，又实惠。二位以后常来啊。"

两人笑着答应了。这儿确实很实惠，每晚只要30元，又不怕公安来扫黄，设施简陋一点也算不了啥，以后他们真的会常来。虽然两人只是偷情，不是嫖宿，从法律意义上说并不在公安的管辖范围内，不过碰上警察大爷是无理可讲的，何况做贼心虚，哪一对野鸳鸯敢和警察讲道理？

老板娘对正在做作业的女儿说："曼儿，去送叔叔阿姨，把大门关上。"

那个叫曼儿的应一声，送两人出门。听见她和小曼同名，许剑和小曼都不由多看了一眼。小姑娘很漂亮，瞳仁特别大，特别黑，表情生动，跑起来像花蝴蝶一样。关门时甜甜地说：

"叔叔再见，阿姨再见。外面黑，你们慢走。"

绝对是个讨人喜欢的小姑娘。许剑不由想，她妈妈为了每晚30元的收入，让女儿目睹一对对野鸳鸯在家里出入，潜移默化，也许她长大后也会变成这样的女人吧。

这种想法其实是悲天悯人，但又自我感觉比较无耻，曼儿还是个十岁左右的纯真孩子呢，他禁不住脱口骂一声。

小曼奇怪地问："怎么了？"

许剑说："没怎么，骂自己呢，男人都不是好货，爱想入非非。"

这儿比较偏僻，出租车不多。他们沿着路沿，边走边等，月光拖出两个长长的人影。小曼挽着情人的胳膊，她这会儿的情绪真正好转了，心情轻松地哼着歌，不时踮起脚尖吻一下。许剑想，"她是真的喜欢上我了，在心理上对我已经有很深的依赖。所以，她说'从此不再找情人'是真的，她说想给我生个儿子也是真的。也许只要我一句话，她会放弃放荡的生活，安心去我家做贤妻良母。"

当然这是不可能的。她不可能代替宋晴。所以，婚外恋真不是好东西，它会害苦一切相关的人：自己，小曼，小葛，宋晴，还有戈戈。

想起戈戈，许剑突然想起：此前小曼的谈话中一直没有用"孩子"这样的泛指，而总是说"儿子"。比如她说"怕生个儿子像小葛"，又说"许哥我想给你生个儿子"。她对"儿子"有一种特别的情愫，所以下意识中就流露出来了。为什么？也许是因为她的丈夫不能依靠，便把希望寄托在下一代的异性身上。这符合弗洛伊德的说法。

小曼见情人久久不说话，问他在想什么，"不是在生气吧。许哥，我刚才是一时的情绪失控，你别在意。"

许剑说："我没生气，我在想心事呢。"不过他不敢说出自己的真实想法。这个话题太敏感，贸然提出来，一定会割出一条新的伤疤。在他的印象中，小曼的脾气像水一样随和，但随和的水面下不定哪儿有个暗礁。他得时刻小心不要撞上。

总算来了一辆出租，司机是个中年男人，很热情地说："你们等久了吧，这儿的出租不好遇，以后再要车，提前打电话喊我。给，这是我的名片。"

许剑和小曼对望一眼，上了他的车。看来，司机猜到了两人的身份，大概常在此地做野鸳鸯们的生意吧。许剑揶揄地想，偷情也是于国有利的事，能多少拉动国民经济的发展哩。

两人在车上紧紧相偎，享受着离别前的温暖。离特车厂还有 500 米时，许剑让停车，他下了车，让司机往前开，把小曼送到厂门口。两人不能同时回去的，怕被人撞见。独自行走在寂无人影的路上，心中感叹：偷情真是麻烦啊。

许剑第二天上班时，听到走廊里吵成一片，出来看见一个瘦小老头捂着头，鲜血从指缝里渗出，后边两个中年女人还在追打，手里挥着火钳和锅铲，骂着："老不要脸！老扒灰！"老头则畏缩地闪避，低声辩解着，但不敢回骂。

许剑认出是在医院搞装修的民工老吕头。两个女人是他大小儿媳，都在厂门口卖菜，是附近有名的泼妇。两人都相当胖，胸前两个妈妈像山托，屁股之硕大肥厚，分成俩也不算小。她俩上演这种全武行已经不是第一次，有次许剑见大儿媳和一个买菜的老头吵架，把老头一脚踹倒，还骂着："就你个老螳螂敢和我操事？老娘儿 200 多斤，屁股墩一下，也墩死你老龟孙。"周围人大笑，把挨打的老头笑得没一点斗志，只好爬起来，狼狈撤退。

这会儿她们又朝自己的公爹开火了。许剑忙喝住那两个女人：

"出去，出去，医院不是你们撒野的地方，等你公爹回家，你们扒了他的皮我也不管。去去！"

他喊来护士小丁小高，用力把她们推出去，俩人还在不依不饶地往里冲。

老吕头有六十七八岁，干筋瘦巴，脸上深深的皱纹里藏着一辈子的积尘。受了一辈子的穷，眼下仍很困窘。他的身体很结实，油黄的皮肤像是镀了铜，干起活来跟小伙子一样生猛。他曾给许剑的旧家干过装修，十分健谈，特别可贵的是，谈话中常常对自己的苦难来一个自嘲式的剖析，而这种自嘲一般是文人们才具有的特点。记性尤其好，说起几十年前的事，能说得纤毫毕现，听他说话就像是听评书。这么一来二去的，许剑和他混熟了，称得上朋友。

一次闲聊中，他说他十二三岁被国民党抓兵，随军南下，在湖南长沙被解放。解放军问他是参军还是回家，他说回家，于是给了一点钱，让他走了。过了武汉又碰上一个大部队，后来听说是林彪手下的一个军部。他在一个小饭店里吃饭，军长碰见他，见他长得机灵，摸摸他的头顶说："娃子，别回家了，给我当通讯员吧。"他那时急着回家，吓得哇哇地哭。饭店老板娘可怜他，替他求情说："长官，放他走吧，你看他还没有拔节哩，回家长足了，早晚不是你们的苗？"军长没为难他，笑着摆摆手，让他走了。

出门碰见一个穿长衫的拾粪老头，老头说一番话让他记了一辈子。老头说："娃儿我告诉你，你这一辈子说不定只有这一个机会，让你扔掉了。回家吃你的窝头北瓜吧，等老了想想我的话。"

老吕头感慨地说："许医生，这句话我差不多已经忘了，到老才忽然想起来。那拾粪老头一定是个高人，刘伯温转世袁天罡投胎，不说他能后看500年，少说能后看50年。要是我当年留到军队，我又不傻不憨，虽说没文化，怎么也混个连长干干吧，顶不济也能混个离休，"新中国成立前参军的都是离休，那时还不到1949年10月。"混个医药费全报。你看这辈子我混得人不人鬼不鬼的。"

他又讲摆他家那两个泼妇。说他家绝对是女人法西斯，没男人过的日子。他的俩儿子全让自己老婆捏在手心里，苦胆吓破了，上床后那玩意儿都硬不起来。有一次两妯娌卖菜时窝里斗，吵架，扯上对方的人老八代骂，骂得七荤八素血糊淋拉。一个好心人听不过去，把二媳妇拉过去，说："你怎么敢惹她呢，那是远近有名的泼皮。"二媳妇说："我咋不知道，俺俩是妯娌我能不知道？我可不怵她，看谁泼过谁吧。"那人直咂嘴，说："不是一家人不进一家门啊。"

老吕头说："许医生，你想想我在家过的啥日子？我老婆死得早，小儿子两岁时她就死了，我辛辛苦苦把俩儿拉扯大，容易嘛。娶俩儿媳，更是生生剥了两层皮。没想到娶回家两个母夜叉，一个就够我受了，是俩！可我没法儿埋怨，又不是儿子自己挑的媳妇，都是我托人介绍的。瞧我这眼力多准，比古人伯乐的眼光还毒呢。"

许剑替老吕可怜。难得的是他在如此的水深火热中还不失幽默，有闲心自嘲他的一生。许剑对这一点很佩服。

他把老吕领到外科门诊，让护士小姜为他包扎伤口，逗他："老吕头你咋敢去扒这俩人的灰呢，活得不耐烦了？"

老吕头急赤白脸地说："听她们放屁，我敢碰她们？走路都绕着走，吐唾沫吐到她们影子上我都嫌晦气。"

这时两个泼妇已经转移阵地，从内科楼道门口绕到外科室窗外。大儿媳听见了这句话，大声说："老不要脸的，他偷我的奶子罩！"二儿媳也喊："他偷我的月经带！"老吕头脸红了，辩解道：

"放屁，全是放屁，给我天胆，也不敢偷她俩的东西。一对母夜叉，白虎精。"

不过他的辩解明显底气不足。许剑当然明白内中的曲折：老吕可能确实没偷两儿媳的亵物。但他肯定偷了某些女人亵物，让两妯娌发现，闹出这场风波。

这不奇怪。老吕已经光棍30年，依他的钱包看，这半辈子肯定找不到泄火之处。于是，长期的性压抑养成一种怪癖，那就是偷藏女人的亵物以自慰。这种病例很多，有人竟然偷来成箱的乳罩和女人内裤，把屋子变成了女人内衣店。不过这种淫物癖者以年轻人为多，没想到60多岁的老吕也有此雅兴。

老吕头这个毛病早就不是秘密，在许剑家装修时，他听过一些年轻民工起哄，追问老吕头："这两天又捞住没有？捞的东西新鲜不新鲜？腥不腥？"许剑原来听不懂他们的话中机关，后来才知道那是取笑老吕爱搜检女人的亵物，尤其是女人们刚离身的衣物。老吕头非常随和，不管年轻人如何起哄，总是笑眯眯的，不急也不恼。

装修工头是个50多岁的老头，他对老吕有一个精当的评价。他说："哪个搭帮的建筑队也离不了老吕头这样的人，家乡话叫'底子'——人群中垫底的人，人没本事，但打杂跑腿的事你尽管使唤，还能让大伙儿逗乐子。又好养活，孬好扔把草料就饿不死。"

不过许剑和工头都没料到这个"底子"也有爆炸的一刻。那天，许剑的房子装修已经算完工了，工头来检查，喝了点酒，说话有点啰唆，有点大舌头。他先夸了自己包工队的质量，又说自己的生意如何红火。不知怎的把矛头对准了老吕，说"你那个磨牛老婆"如何如何，磨牛是土话，指母牛。工头又取笑说："你个子低，听说得站个小板凳去操？"

许剑这次反应太迟钝，还以为他是取笑老吕三十几年前过世的老婆哩。工头取笑时老吕头一直没反应，许剑想，他大概仍是那副不急不恼的神态吧。但这时许剑无意中看了老吕头一眼，发现他竟然脸色惨白，眼神是那样可怕！然后，没一点征兆，老吕头拎起一把铁锨，抡圆了，照工头的头上砸过去！这个爆发太突然，屋里没一个人反应过来。咔嚓一声，铁锨落到门框上，断了。这时人们才醒过来，喊着："你疯了你疯了？"上来七手八脚抱住他。工头脸上没了血色，酒早醒了，打开门，兔子似的一溜烟逃走。

老吕头愣在那里，喘着粗气，眼神还是那样可怕。屋里的年轻工人没法儿劝他，都散开去默默干活，不时偷偷看他一眼，屋里的气氛像坟墓一样。不过没几分钟工头就回来了，进门就嚷：

"老吕头我操你先人，你差点让我老婆变成寡妇。老吕头你这王八日的，算老子错了行不行？老子给你服个软行不行？"

然后工头不再理他，开始检查被砸伤的门框，和许剑商量如何修复。这场风波就这样过去了，以后老吕头照样还在这个工头手下干活，照样是那个任人取笑、不急不恼的"底子"。

关于工头所揭露的老吕头的兽奸行为，许剑想有两个可能：一，是完全的糟践人，是看老实人好欺负，所以老吕头才会这样狂怒。二，是真的，老吕的狂怒只是因为被戳到疼处。后来没人再敢谈论这事，所以许剑一直不知道真相。不过他比较相信第二种可能。要知道，老吕当鳏夫时才三十几岁，正是精血两旺的年龄；那个时代又恰逢中国禁欲主义登峰造极，其实"文化大革命"中反而稍为松弛。禁欲主义的高压造成无性的真空，但男人体内的欲望却不会冬眠。那是上帝的指令，上帝不会理会人世间的事情。所以，老吕头在极度煎熬中偶尔"铤而走险"一次，并非不可能。张上帝曾转述过一些社会学家的说法：社会中卖淫的存在是男人欲望的溢流阀，可以减少强奸和其他暴力行为。所以存在即合理。

外科室的护士小姜肯定听信了那两个女人的话，给老吕包扎时，一直拿鄙夷的眼神翻他，对他说话恶声恶气。门外的两个恶妇还在骂街，等老吕头包扎完，许剑领他到门口，笑着说：

"好了好了，你们的官司回家去打吧。"

他过去挡住两人，护送那位败军之将安全撤退。

这以后老吕把许医生当成了恩人，经常来门诊室看望，送一些新鲜豌豆、新玉米之类土产，许剑也常把不用的衣物施舍给他。尤其是宋晴，施舍衣物时比丈夫更大方，许剑常笑她："你素来爱心过剩，这下子算是有了一个可以长期宣泄爱心的对象。"

就像施舍衣物那样，许剑对老吕头的友谊一直是施舍性的。他没想到，在后来那场命案中，这个小人物的友谊对破解案情起了最重要的作用。

对那场命案的破解同样起到重要作用的还有另一个江湖朋友，虽然他的作用是间接的。他叫胡明山，是商界的草莽英雄，从拉板车起家，如今手下有一个实力雄厚的房产公司，很有几个臭钱。特车厂医院的新大楼就是他承建的，来来往往，和许剑成了熟人。

有一次许剑在医院路边和人闲聊，老胡开着别克君威过来，停住，摇下车窗，和许剑打招呼。他说宝贝儿子生病了，特意带儿子来特车厂医院，找名医杜医生看过，开的红霉素等一大堆药，每天打点滴退烧消炎。这会儿儿子刚输过水，他接儿子回家。老胡不说杜名医，许剑还不在心，一说他反倒引起了注意。这位杜名医是厂医院的一个宝货，经常有医学论文在国外刊物上发表，在本地甚至全省医学界都小有名气。但他日常应诊的本事太臭，不是一般的臭，臭到能出人命，所以知道内情的医院家属绝不敢让他给自家孩子看病。许剑对此曾颇为纳闷，杜医生的论文他倒是无缘拜读，但既然能在国外频频发表，国外的学术腐败不像国内这样凶，那些论文总有可取之处吧。但看杜医生平素腹内空空，真无法想象他怎么能屙出一个个金蛋。

他没对老胡说杜医生的坏话，只是说："让孩子下车，我再看看。"

孩子下来了，眼泪汪汪。许剑看看孩子颊唇黏膜，上边有点状白色的柯氏斑，摸摸耳后有淋巴结，就说：

"老胡你别给儿子打吊针了，回去吧。麻疹。只要加强护理就行，再这么折腾，反倒折腾出毛病来。"

老胡还不大信服，许剑说："你这次尽管信我，名医只能看大病，这种小病就适合我这庸医看。"

孩子很快痊愈了，胡老板杀上门去，把杜医生臭骂一通。老胡是民间语言大师，这次疼子心切，自然不会轻饶杜医生。他骂杜医生是"西洋骡子球，管看不管用"，以后这几乎成了杜医生公认的绰号。骡子的那玩意儿很雄壮但不能生育，说"西洋骡子"则暗指他用洋文发表论文。好在胡老板小事莽撞大事精明，没把背后的许剑给卖出去，要不然许剑就难和杜医生相处了。过后老胡给许剑送来两瓶茅台，许剑笑道："礼重啦，礼重啦，常见的小病，你给我一元钱的挂号费就行。"老胡说："太轻太轻，你这次不说救我儿子一命，至少是免他一场大难，两瓶茅台算个球哇。"

又一次在酒桌上相遇，他很急迫地把许剑拉到一边，说他这次刚到南方出了一趟远门，回来后，胸前长出来成串的红泡，灼灼地疼，是不是性病？许剑说："不用说你又去拈花惹草了，对吧？"他咧着嘴笑道：

"那是少不了的，我三天不能没女人。我知道现在鸡子们性病太多，惹上个艾滋病更是要命。可是，不让我碰女人，还不如杀了我。"

许剑先夸他"不畏生死，天下第一伟丈夫"。然后让他撩起衣服，看看他的胸前，说：

"把你的狼心放到狗肚里吧，这不是性病，是带状疱疹，俗名蛇串疮，又叫缠腰龙，是病毒性疾病，同你旅途劳顿和南方湿热有关。相当疼，但不算大病，病情如何发展与人的体质有关，按你的身体不会出大问题。不过你也要抓紧治，如果让它在身上长了一个对圈，也很要命。"

后来果然很快痊愈。这两次的病都不算是疑难病症，但胡老板从此把许剑看成天下第一神医，到处卖力揄扬，以至于许剑墙内开花墙外香，在外边的名声远远大于他在职工医院的名声。不时有厂外的患者慕名来找"许神医"，而且一问，准保是直接或间接听了胡老板的揄扬。许剑不能不佩服这家伙的能量。

那天许剑回家，宋晴说："你今天没开手机？胡老板把电话打到我那儿了，说找你有事。"两人正说着，胡老板的电话来了，说他知道了一个"天底下最好的钓鱼地儿，咱们一块儿去，就是远一点，来回得两天时间。"

许剑问在哪儿？他含含糊糊地不肯说，只是说："反正坐我的车去，路途一切由我安排，你就甭管了。"又交代："只你一个人，嫂子不要去，因为我得带着老九，她已经跟我去过一次，玩得很尽兴。"

许剑一时没听转，问什么老九？他得意地说：

"算是你九弟妹吧，我半年前挖到手的妞儿，漂亮极了，前八个跟她没法儿比。哪天我带她让你见见。"

这下许剑明白了他不让宋晴去的原因。这人虽然大大咧咧，实际在要紧处心细如发，否则也做不成这么大的生意。这次他带的是相好，而宋晴是正牌夫人，他怕宋晴不愿与这样的女人为伍。那会儿许剑突然萌出一个想法："也许我能带着小曼？"

这个念头只是一闪而过，马上被自我否定。许剑绝不敢像胡老板这样张扬。而且老胡的那张嘴巴许剑是知道的，如果让他知道小曼的事，第二天全市都会知道。许剑只是说：

"最近太忙，等我有空儿吧。"

这些天他确实忙，正是和情人如胶似漆的时刻，能够凑出来的空闲时间都花到小曼身上了。

他没想到，胡老板说的"钓鱼地儿"竟然远在400多千米之外的汉水上游，他不肯明说，是怕许剑嫌远不去。他们最后终于去了，不过已经是两年之后，是21世纪的2001年了。那时，许剑认为坚如磐石的婚姻已经破裂，他被宋晴赶出了家门；曾同他如胶似漆的小曼也咫尺天涯，陌如路人；而胡老板与老九这对露水情人倒安安稳稳地苟合着。

命运就是这样的作弄人。

命运也会成全人。正是在汉水上游那个偏僻的山坳里，许剑无意中得到解读那个命案的钥匙，几乎可以说是天意了。

第三章　众生相

　　曹院长许诺的答谢宴请很久之后才落实。原因是他一直想说通许剑把仝局长请来。曹院长打算在本院开拓法医业务，这当然得在公安局有硬关系。他想借许剑来打通这个路子。但许剑这次坚决不答应。他说：

　　"院长你别难为我啦！上次也就是冲你的面子，我才厚着脸皮求他。以后就是我儿子犯事被抓，我也没脸求他了。"

　　曹院长看他确实是天性如此，不再难为他，只好退而求其次，通过胡老板邀了仝宁的夫人出席。胡老板的公司叫"金达房产开发有限责任公司"，股东中有郑孟丽的父亲，股不多，五六十万吧。明眼人一看就知道，这是胡老板送的干股，或者叫权力股，不出钱，只分红，当然也不能把股份换成现金带走。所以胡老板出面邀她，她总要给个面子的。

　　这个星期六，曹院长打电话给许剑："宴会就定在今晚了，在金都饭店的金爵厅。小许我没邀你夫人，因为今天席上有胡明山，那个狗日的，一张口就是黄段子，小宋是水晶瓶里开的花，别让他熏坏了。"他补充道，"仝局的太太很忙，说好只在席上待一会儿，酒过三巡就要离开。"

　　许剑想这是局长太太的做派吧，她能有多忙？听说仝宁当正局后把她调到博物馆，基本是挂名，上班不上班都是一份死工资，不至于忙到连一次酒席都坐不到头吧。他没有说这些，只是和院长开玩笑：

　　"院长，我早说过你别请了，把这个钱折成我们科的分红就行。"

　　"一码是一码，你别给我往一块儿搅。"

　　晚上他坐着院长的车到了金都。金爵厅相当豪华，面积很大，还辟有一个密室。屋里摆着一套三张真皮沙发，巨大的餐桌上摆着纯银餐具，头顶是大型水晶吊灯。四个高挑个儿的小姐一溜儿排在旁边，穿着分岔很高的旗袍，个头和模样都是精心挑选的，活像四胞胎。

除了仝夫人，其余的客人大都到齐了。今天这一桌共有十人，除仝夫人、曹院长、许剑、胡明山外，还有曹院长的娘家二舅薛法医，一个干枯的老头，看样子可不止58岁，穿着很古板，中山服怕是有20年了。这老头显然不会来事，属于家乡话叫"料姜石"——岗坡地中常有的表面粗糙的石头的脾性。按说许剑帮他出了力，今天又是专门的答谢宴请，作为受惠者，他该主动向许剑做点表示吧。但曹院长为两人介绍时他只是挤出笑容，和许剑握了手，没有说一个谢字。大概他认为那是他院长女婿的面子，他只用感谢外甥女婿吧。

其他五人虽然都穿便衣，但大都是本市蜇龙区公检法系统的，特车厂归属这个区管辖。其中有区法院经济庭李庭长、区公安分局经警队王指导员、刘队长，区检察院反贪局的张科长，一位姓万的律师，都是曹院长经常打交道的人。曹院长说：

"局长夫人马上就到，咱们先入席吧。老胡，你安排座位。"

许剑历来讨厌类似的酒场，因为席间座次都是按官职严格排序的，比梁山泊的座次还要严。他这个内科主任，又属于没实权的技术职位，向来只能分到"白日鼠"白胜那个末座。他倒不在乎上座末座，讨厌的是排座位时的等级森严和假意谦让。他甚至偏激地对朋友说：什么时候中国酒场的座次等级被淡化，中国社会才有希望。这会儿他非常自觉地占据了最下的座位，说：

"不管你们咋排，我坐在这儿就不动了。"

这是许剑惯用的、预防尴尬的老招式，但今天老胡不依，死拉硬拽地把他推到主人旁边，说：

"今天咱们不论官位，只论贡献。你们几个庭长队长的得委屈一点儿，有啥不是，算在我老胡头上。今天曹院长是主人，仝局夫人是主宾，下边就轮上我许哥。曹院长二舅这件事，全凭许哥一个电话，一个电话就把事儿办妥啦。透个底吧，许哥是仝局的铁哥们儿，少年时过命的交情。他还是特车厂有名的神医，远近谁不知道？就拿我那次得'缠腰龙'来说……"

许剑忙打断他："老胡你省省吧，别叫我脸红啦。你别吹了，我坐这儿还不行吗？"

大概是"仝局铁哥们儿"这个官职也有震慑力，其他几个都愉快地接受了老胡的安排，坐定了。曹院长喊过服务小姐，简单地交代：

"就上388元的鱼翅粥吧，其余由你们安排。做好准备，等主宾到后马上上粥，她今天有事不能多停。"

小姐出去安排了。许剑乍一听院长的安排，有点纳闷：这么高档的饭店竟然有388元的廉价包餐？多亏他没问，也就没有出丑。后来知道是每碗388元，一桌3880元，其他饭菜就属于饭店赠送了。

不一会儿，饭店导引小姐满脸笑容地推开门，左臂平举，引着一位女士进来。满桌的主人客人都站起来到门口迎接。这是许剑多年不见的郑孟丽，按年龄算她已经41岁了，但保养得很好，身段窈窕，面部皮肤光滑细腻。一身穿戴都是名牌，虽不张扬，但打眼一看便是一个词：精致。从头发、皮肤到穿戴，没有一个细节不到位。

老胡同她最熟，咋咋呼呼地迎上去：

"欢迎欢迎。今天咱不称局长夫人，那太外气，俺们都称你'局嫂'吧，仝局的夫人自然就是局嫂啦，你比我们年轻也是嫂子。你说对不对？现在请局嫂入席。"

郑孟丽笑着坐上主宾位。老胡做介绍：

"这是特车厂职工医院曹院长，如今那儿也是股份制了。平时都说我是企业家，那是瞎蒙的。我那营生，叫几个臭苦力，拎两把瓦刀就能整。曹院长才是真正的企业家，高技术的，他的医院光设备几个亿，有些设备比市中心医院都先进。局嫂你眼光高，你说这是不是真正的企业家？"

郑孟丽和曹院长握手："久仰。"

曹院长说："我们医院已经彻底与工厂剥离，归到地方了。以后少不了麻烦局嫂。"

郑孟丽忙说："我家老仝从不许妻子干政，忙是帮不上的。不过你以后到我家，我一定热情招待。"

曹院长笑道："这不就是最大的帮忙嘛。我这儿先谢了。"

轮到介绍许剑，他先把手伸出来："郑姐你大概不认得我了，我可认得你。咱们是前后届的同学，你是前一届的校花，男生们尤其是低届男生们向来把你视为天人。"他补充道，"我知道你与宋晴比较熟，她是我爱人。"

"啊哈，小宋的爱人？那是我后一届的校花，原来让你给摘走了。你是……"

"噢，忘了说名字了，我叫许剑，现在在曹院长手下当医生。"

郑孟丽思索片刻，平淡地说："是的，许剑，我想起来了。"

事后许剑回忆，从此刻起郑姐的面容就变冷了，但当时大家都没注意到。老胡又把刚才的吹嘘重复了一遍，当他说到"仝局的铁哥们儿，一个电话就把事摆平了"，郑孟丽扭回头，淡淡地对曹院长说：

"看看，你哪儿还用麻烦我，以后有事找小许就行嘛。"

曹院长听出局长夫人的不快，一时有点语塞。席上众人都朝老胡看，认为老胡那句话说得不妥。只有许剑能猜出她不快的真实原因：恐怕与仝哥和自己的特殊关系有牵连。看来郑姐已经知道仝宁当年诸位金童的名字，这会儿是在吃醋。他机敏地接过话头：

"甭听老胡瞎吹，他的话能信？开平方还得再除以2。我与仝哥二十几年没见面了，上次他到医院视察时偶然碰上，说了两句话，当时曹院长在场，就非逼着我找仝哥说情。我当时就说过，只此一次，下不为例，下次就是我儿子犯事蹲笆篱子也没脸找仝哥。不信你问问曹院长。"

老胡粗中有细，体会到这里可能有情况，忙说："对对。事成之后曹院长想答谢仝局，小许死活不去邀请，后来才让我出面，邀你当仝局的代表。"

郑孟丽的表情释然了，没有再多说。老胡又继续介绍其余六位客人，他们全是公检法系统的，但郑孟丽不认识的居多。曹院长暗地里有些失望，在邀请仝局出席的打算落空后，他特意托老胡把仝夫人邀来，以便为以后的走动埋下伏笔。但一圈客人介绍下来，这位局嫂有多深的水，曹院长已经心中有数了，按眼前的情形看，这位局嫂的确不大干政。果真如此，今天的宴请就收不到实效。

大家入席，酒过三巡，说了一些闲话。曹院长很精明，没敢在席上提对许剑的感谢，只是反复感谢局嫂的光临。但郑孟丽一直神情落寞，对席间的交际心不在焉，弄得酒席气氛一直调动不起来。她时不时转过目光，对许剑瞟一眼，弄得许剑如坐针毡。鱼翅粥上来了，每人一小碗米饭，上面撒了一层鱼翅，吃起来味道儿倒不错，不过也就那么一两口。郑孟丽用小口吃完粥，随即站起身：

"真对不住，我不能终席了，非常抱歉，不过我事先对主人告罪过。"

主人说："对，局嫂事先说过的，您忙，请先走吧。来，大家再敬局嫂一杯。"

郑孟丽干了最后一杯，翩然而去。大家把她送到楼道口后止步，曹院长和老胡则一直把她送到楼下。回来的路上曹院长颇为摇头，他没想到这位局长夫人竟是如此"不开面"，全没有领导太太的风度，弄得整个宴会跟着她冷场。看来今天邀她出席是一大失策。回到酒席上，曹院长鼓动道：

"仝夫人走了正好，有她在，场面气氛烘不起来。现在该老胡显本事了，我给介绍一下，老胡是民间文学大师，黄段子专家，正在编纂'酒场黄段子全集'，下一届诺贝尔文学奖已经内定是他了。老胡，这会儿没有女士了，把你的牛黄狗宝都掏出来吧。"

老胡看看墙边四位美貌小姐："谁说没女士？这四个都是不长茶壶嘴的。不过她们久经沙场，早就有免疫力了。你们说，"他问四位小姐，"我说得对不对？"

四个小姐只是笑，为首的一个说："先生你们只管讲，我们耳朵不好使。"

"那我就开始了。今天席上有三个医生，我就单讲医院的段子吧。"

段子一：有个公主得花痴病，闹得后宫夜夜不安。皇帝请来最有名的太医，开了药方后又写出药引：壮士三千。皇帝从虎贲御林军调来三千虎狼之士交到后宫。果然公主立即痊愈了。皇帝高兴，到后宫探望，见墙边卧着三千人，个个赤身裸体，半死不活，有出气没进气。皇帝惊问这是为何？太医禀报："我主不必惊慌，这些只是拔尽了药力的药渣。"

段子二：有一个乡里老倌去大医院看病，医生开了检查单，护士小姐交代他去验血、验大小便。老倌惊问："咽谁的？"护士抢白："当然是你自己的啦。"

老倌出去折腾很久，回来向护士求情："大妹子，我知道到医院就得听你们的话，我强忍着把血也咽啦，尿也咽啦，就剩下屎太臭，咋咽也咽不进去。"

段子三：这回不是乡里老倌，是乡长。乡长去大医院看病，医生开了检查单，乡长转一圈没找到做检查的地方，回来问护士："妹子，到处找不到13超室啊。"护士没好气，说："啥子13超，是B超！"乡长看看，是个B字，就是中间分开了，乡长也气，拍打着申请单和护士理论："妹子你看看，你的B岔得多开！"

段子三中的"B"字，当然是用重音念的。满桌大笑，说第三个段子最好，画龙点睛，标准的欧·亨利笔法。许剑没笑，扭头瞄瞄四位小姐，她们个个眼观鼻鼻观心，神情自若，笑容不泯，果然是见惯不惊了。

没怎么笑的还有薛法医，饭菜一上来，他就全神贯注于吃了。刚才他吃完鱼翅粥，还把小碗递给小姐，说：

"这碗粉丝不错，小姐再来一碗。"

小姐给窘住，红着脸看主人。曹院长对小姐摆摆手，回头说："二舅，后面的饭菜多着哩，别一下吃撑了。"

下一道菜是大闸蟹，薛法医对其特别钟情，旁若无人，饕餮大嚼，跟前很快堆了一堆蟹壳。客人们都顾及主人的面子，不把目光往他那儿溜。那会儿许剑想，这么强壮如牛的人，若逼人家提前退休真的可惜了。他当时绝对想不到，恰恰因为他帮薛法医保住了工作，给此后那桩牵连到自己的凶杀案添了几许波折，也算是自作自受吧。

席上宾客各自贡献了一两个黄段子，只有曹院长和许剑推说不会。院长自然不是不会，但这是他的御人之术，今天招待的是自己的部下，又是个多少带点书生气的家伙，主人不得不"绷着点儿"。酒足饭饱后他对许剑说：

"酒席后是余兴节目，跳舞，唱歌，按摩。我看你也不爱此道，咱俩先告退，别扫了大伙儿的兴。"

老胡诚心劝许剑留下开开洋荤，但许剑执意离开。他仍坐院长的车回厂，路上院长说：

"今天全夫人明显不高兴，都怪老胡那货，满嘴胡沁，嘴上没个把门的。"

关于这个话题许剑不好多说，轻描淡写地说："没事吧。我看后来她已经释然了。"

院长又开了一会儿车，沿路的霓虹灯在车窗里闪过。他忽然问："听说上学时小郑追仝局追得很苦，还为他割过腕？"

许剑不由扭头瞟他一眼，院长在专心开车，脸上时明时暗，闪动着窗外的灯光。他想，也许院长已经了解了仝宁年轻时的怪癖？院长为人极精明，交游也广，他只要想打听，绝对能打听出来的。这么说，当时他那么笃定许剑能"拿下"仝宁，大概是冲着自己的"金童"身份吧。许剑无法证实这个揣测，也无法排解心中的腻歪。他冷淡地说：

"听说是吧。二十几年前的事，我已经记不清了。"

院长马上转了话题："今天席上你也看见我二舅的德性了吧，向来是这样，上不得台面的货。不是你嫂子每天在耳边絮叨，我真懒得管他的事。"

许剑笑了，淡淡地刺道："那人挺实诚的，就是吃相贪一些。可以理解嘛，这个年纪的人，都经过三年饥荒。"

院长大笑，然后把话题扯到医院里的琐事上了。

回家后戈戈又是已经入睡。这些天许剑事头多，包括和小曼的幽会，好多个晚上都不能与戈戈照面。他到戈戈住室里亲亲孩子，出来对妻子说了宴会上的情况。宋晴问：

"郑姐还漂亮不？"

"漂亮，和你一样漂亮。不过人家的打扮你就没法子比了，全身名牌包装。毕竟经济实力不同啊。"他叹息一声，"宋晴你亏了，你俩是前后两届的校花，你也该嫁个局长市长什么的。如今一朵鲜花插到牛粪上。"

"各安天命吧。人家说身子弱的人不敢用人参大补，福薄的人不敢撞大运。我这人命薄，有你这堆牛粪已经满意了。喂，你看郑姐和仝宁的关系还正常吧，他俩结婚前可闹得够份儿。"

"看她的表情，应该还可以吧。别忘了，仝哥今非昔比了，就冲着局长太太的荣耀，郑姐也会安心过下去的。"

"所以实际她比我苦。我不羡慕她。"她忍不住打一个哈欠，"好了，睡吧，我已经困透了。"

许剑草草冲洗一下，上床熄灯。宋晴很快入睡，许剑喝酒后有点兴奋，睡不着，仰卧在床上，有关郑姐的回忆在眼前闪现。当年这位校花成熟得早，早在初中就开始了对高中生仝宁的进攻。那场攻坚战可以说相当惨烈，因为仝宁向来对所有女孩子冷若冰霜，洋洋不睬，不少女孩子久攻不下，因爱生恨，最终离他而去。

但郑姐的进攻一直没有中断。说句刻薄话，中国的不少女孩儿有些贱气，男人越冷她越热乎，认为这才算是有男人气魄，这是中国大男子主义社会特有的病态审美吧。郑姐的父亲是公安系统高级别的干部，她在家里是多少人捧着的小公主，但在仝宁这里却能放下身价，为仝宁洗衣服，织毛衣，训练后为他跑出去买冷饮，等等。做这一切还不算难，最难的是仝宁并不买账。许剑曾亲耳听见仝宁厌烦地抢白郑孟丽：

"说过不让你洗我的衣服，你干吗还洗？我最讨厌女生动我的东西！"

当时郑孟丽脸上白一阵红一阵的，忍着没掉泪。

那几届学生大都知道这场长达十年的痴恋，对她很同情。要知道，郑孟丽可不是嫁不出去的丑姑娘，追在她后面的男生有一个加强排呢。到仝宁高三时，郑姐的进攻终于有了阶段性效果，相对于仝宁对其他女孩的冷淡无情来说，郑孟丽是他唯一可以接受的、交往比较多的女孩。甚至她为仝宁洗衣服、收拾卧室时，仝宁也不再拒绝。别小看这一点，这对郑孟丽来说，已经是很大的恩典了。

这个转机与两家的父母有关，郑父和仝父原是公安战线的老战友，郑母和仝母也是多年老姐妹，他们乐于看到儿女辈缔结良缘，一直热心为他俩撮合。

曾有一段时间，大家认为两人的关系已经基本定了，郑姐也一直以仝宁的未婚妻自居。但后来在两人中间闹了很大一场风波，而风波的起因却是那样不可思议。事情发生在仝宁大学毕业前探家时的一次同学聚会上，当时郑姐是大一学生。这个聚会许剑没有参加，他同仝哥早就分手了，事情经过是听一位同学沈英说的。

那次仝宁在蓝鲸饭店请客,共有四桌,男生女生分桌而坐,男生喝白酒,女生喝红酒。宴会气氛很热烈,男生们都喝晕乎了,说话高声大气的;女生们也喝得差不多,个个眸子闪亮,面若桃花。不知怎么开始的,有几个女孩撺掇小郑:敢不敢当众吻吻仝宁,如果敢吻,两人的关系就是铁板钉钉了,签字盖章了,以后谁也不许再对仝宁想入非非,否则就是人民公敌,全民共诛之。

郑孟丽在酒精的帮助下显得非常勇敢,说:"那有什么不敢的,你们看着吧。"她来到男桌,站到仝宁背后,回头笑着看看女桌的同学,忽然抱住仝宁的脑袋,在他脸颊上实实在在地吻了一下!女桌的众人哄堂大笑,接着男客们也开始笑,但众人的笑声忽然齐斩斩地断了——仝宁跳开去,脸色唰地变了,极端厌恶地喊:

"你干什么!你在干什么!"

他推开小郑,掏出手绢——带香水的整整齐齐的手绢用力擦孟丽刚刚吻过的地方,那种极端的而且是下意识中流露出来的厌恶感,让在场的每个人都感到心寒。心寒,齿冷,不寒而栗,这是后来沈英讲述时所用的词汇。她说"关键是那种下意识啊,下意识中流露出的厌恶才最令人心寒啊。"受到如此侮辱的郑孟丽呆若木鸡,惊得大张着嘴,刚才的笑容还残留在脸上。在场的其他人也大都是同样的尊容。几秒钟后,郑孟丽放声大哭,穿过人群跑了。

两位女同学急忙去追她,其他人低下头,不愿与仝宁的目光相碰。宴会最终不欢而散。

小郑回家后就拿修眉刀割了腕。那会儿她家里没人,幸亏两位同学脚跟脚地闯进来了,发现她睡在床上,鲜血已经染红了半边床单。两个女生吓得大哭,惊动了邻居,立即喊来医生扎住伤口,派车送到医院。由于抢救及时,小郑没有生命危险,逃过了一劫。不过这还不是悲剧的结尾。郑孟丽的父母赶去医院探望女儿,大骂仝宁的刻薄无情,说:

"闺女呀,这是好事,早点知道他是这样一个怪物,咱们离他远一点。"

病床上的郑孟丽不语不动,因失血过多的脸色和病床罩单一样惨白,两条泪河始终在脸上流淌。她不吃饭,父母和同学怎么劝说也不行,医生给输葡萄糖、白蛋白,她把针管拔掉。郑父明白了女儿的心思,虽然万般不愿,也只能屈从女儿的意愿。他通过内部电话找到省城的仝宁父亲，老泪纵横地说：

"仝厅长，我来求你了，为女儿我来求你了。按说像仝宁这样绝情的东西，跪地求我，我也不要他当女婿。但女儿就认准了他，我有什么办法？仝厅长你说该咋办吧，终不成要闹出人命？"

仝父大为震惊，连夜坐车赶回家。他是凌晨四点到的，当即把仝宁喊醒，关上门，在里边停了三个小时，不知道说了些什么。第二天一大早，仝宁阴沉着脸出现在医院。守护的沈英知趣地躲出去，把两人关在病房里。过一会儿郑母来送饭，沈英挡住她，悄声说：

"仝宁在里边，让他们单独谈谈吧。"

郑母流泪说："冤孽，前世的冤孽啊。"

然后她默默坐到病房外的凳子上，心神不宁地听着里边的动静。没人知道两人谈了什么，十几分钟后，屋里的郑孟丽突然放声大哭，哭得撕心扯肺。沈英吃惊地站起来，郑母反倒拉她坐下，放心地说：

"好了，她总算哭出来了，哭出来就好了。"

果然，半个钟头后仝宁出来，躲着郑母的目光，低声说：

"伯母，孟丽要吃饭。"

郑母擦擦泪把饭送进去。这顿饭是仝宁喂小郑吃的，沈英后来对许剑的描绘十分真切。她说那会儿屋里的气氛极为压抑，四个人，包括郑母都不说话。四对目光全都互相躲着，形成目光的真空，那种真空实在可怕，坟墓里的死人醒来所感受到的死寂，就是这个味道。仝宁坐在床边默默地喂，小郑机械地吃，她的脸色仍然死白死白，不时有泪水涌出来，那不像是吃饭，倒像是临终的仪式。沈英说她十分佩服小郑的刚烈，佩服她对爱情的执着，但确实怀疑，以这种代价强争来的爱情值得不值得。

沈英最后说了一句话："我很可怜小郑，她算是硬抢了一具十字架背到身上，一辈子逃不脱了。"

此后仝郑两人正式确立了恋爱关系。随着时间推移，割腕事件留下的创痛渐渐平复。奇怪的是，儿辈的婚事历尽波折终于成了，两个亲家公却从此断了来往。郑父是断交的主动者,他念念不忘为女儿求情的那次屈辱,对仝宁的乖戾更是耿耿于怀。虽然劝不转女儿,但他是抵死不愿再看见仝家父子了。好在两个亲家母比较随和,常来常往,维持着两家的关系。

仝宁当上刑侦队长后,两人终于要结婚了,那年仝宁29岁,郑孟丽26岁。接到喜帖后,两边的熟人都有如释重负的感觉,不过他们马上就会知道,还远远不到吁口气的时候哩。

婚礼定在十月金秋,仝父因工作忙,不能从省城赶回来,也许是有意躲避婚礼上部下的送礼。但他身为公安厅副厅长,袍泽遍家乡,再加上仝宁又是很有希望的政治明星,谁不捧场?所以婚礼办得非常隆重,市局和各分局的正头儿全都参加了。

新娘漂亮得炫目,眸子湿润明亮,光彩照人。典礼上刑侦队的兄弟们可着劲儿闹腾,逼两人亲嘴、踮起脚尖吃苹果、喝交杯酒。还摩拳擦掌,准备在闹新房时来点更厉害的。新娘羞得满脸通红,实则心里非常亢奋,甚至感激这些起哄者。说来不会有人相信,她和仝宁恋了十年,竟然从没有肌肤相接的经历——只有那次单向的亲吻还引发了割腕事件。从那之后,虽然两人正式确定了关系,但一直小心地避免肉体接触。近十年的压抑,已经让女人的欲望憋到了临界点,只等婚礼这把火来点燃了。

仝宁则一直神色平静。宴会快结束时,仝宁对满屋宾客出人意料地宣布,新邑县有一个案子很急,他不能把婚礼进行完了。然后点了几个部下,叫他们马上准备,要连夜驱车赶到县里。新娘的身体突然僵硬了,眼睛的光焰在刹那间熄灭。来贺喜的宾客也给弄得一头雾水。那会儿市局正头儿参加完仪式已经走了,尚未离开饭店的人大都不了解情况,他们私下里嘁嘁:"什么急案?没听说这个县里有什么急案子啊。"但仝宁还是和妻子简单地道别,带上队员们走了。郑孟丽强自镇定,到门口送别丈夫,但眼中的惨然是没法掩饰的。

后来知道,新邑县里案子当然是有的,那时正是动乱时期,哪个县里少得了案件?但也不是非得连夜赶去。这个消息传出去,公安局里颇有人讥讽仝宁是政治上的作秀,说他秀得太过,太矫情,想在政治上求上进是件好事,也不能让妻子新婚第一夜就守活寡呀。

血祭

没人知道，他的决定只是缘于对男女之事的畏恶。这种性怪癖也许来自基因，也许来自童年经历。他在混沌未开时被上帝施咒并加了封印，等他长大成人、有了自主意识后，这个"自我"已经固化，再也无力改变了。婚礼中郑孟丽含情脉脉的目光一直追随着他，仝宁在她眼里只看见三个字：性渴望。他的恐惧感越来越浓。一个无法避开的前景在等着他：宾客们总是要走的，只留下他和这个女人。他们将脱去衣服，赤身相对，上床，干那一套令人厌恶的、把姑娘变成女人的动作。这回他无法再推托了，他们已经结婚，按照这个病态世界的游戏规则，夫妻不干这事绝对是不能原谅的。

婚礼的气氛非常火爆，而他的厌恶和惧意也逐渐积累，冲破了临界点。于是他突然宣布了那个决定。当然他知道，对于一位政治上很成熟的刑侦队长来说，这是一个非常幼稚的决定，甚至可以说是荒唐。父母、妻子和局领导都会暗生疑窦，肯定有人认为他是在作秀。关键是，这并不是根本的解决办法，躲得了初一躲不了十五，他不可能在县里住一辈子吧。

但尽管这样，他还是这样做了。没有什么能超过他对男女性事的恐惧，能躲一时就躲一时吧。

以后他从县里回来过几次，都是匆匆来去，过家门而不入。局长不高兴地打电话催他："小仝啊，县里的事忙完没有？你是市局的刑侦队长，要尽早回来主持全局呀。"仝宁只好回来了，但直接把行李搬到了办公室。

新婚妻子独守了半个月的空房。这半个月她是如何熬过来的，就不用细说了。不管内心如何痛苦，她一直努力扮演大度的妻子，打电话问丈夫的安好，托人给他送去换洗衣服和小菜，托同行的同事照顾他的起居。这一天，她又打电话到新邑公安局问候丈夫，接电话的马局长惊讶地说：

"仝队长两天前已经回去了呀。你还不知道？"

郑孟丽的心突然沉落，耻辱、痛苦和恐惧齐齐袭来。那边觉察到不正常，忙笑着说：

"小郑你别生气，这家伙就这个德性，工作狂，一定是刚回去又碰上一个急案，忙起来，连新婚妻子都忘了。不像话，我这就打电话骂他个狗东西，赶紧回家负荆请罪。"

她努力镇静自己，说："老马你别打电话，我没事，警察的妻子都是这个命，和他结婚前我就做好了心理准备。"

放下电话，她再也止不住眼泪，一个人哭了很久。她几次拿起电话，想对丈夫问罪，但最终没有打，而是跑回娘家了。自打割腕事件以后，郑母对女儿与仝宁的关系一向心存警觉，她熟知那是个地雷阵，不定哪天会响起一声爆炸。但这次可能是"婚姻"所带来的安全感，她未免放松了。她已经听说女婿婚礼未完就到县里办案，心想那是公事，没放到心上去。现在眼睛红肿的女儿突然回娘家，郑母心中的警觉马上给唤醒，连忙问："咋了？仝宁这次又咋了？"郑孟丽半掩半露地说，结婚至今，仝宁还没与她同房。郑母气急败坏地骂：

"傻闺女呀，你真是傻闺女，'婚后不能同房'这种大事当天就该对妈说，你竟然等了半个月！仝宁一定是生理上有病！过去只想着他性格古怪，不对，一定是生理上有病！"她痛心疾首地说，"也怪我，全怪我，早知道他是个怪物，我咋这样大意呀。"

郑母当即去找仝宁的父母。至此，仝宁的性怪癖才正式浮出水面。仝宁的父母够糊涂的，儿子在他们面前长到29岁，29年来他们竟然毫无觉察！甚至在那次割腕事件中，仝父也没认识到事情的本质原因。这次他开始认真对待了。

仝父再次从省城回北阴，先是进行了一番详尽的调查。这是老公安的强项了，他找齐了当年儿子手下的金童，像许剑、贾小刚、刘凤旭、何明国、齐焕生、邱力、剧洪等。许剑不知道别人如何回答，反正他对这位当父亲的是实话实说。最后他说：

"仝哥是个好人，他干那些事是因为有病，身不由己。我不怪他。"

那位当父亲的很感激："孩子，谢谢啦，难得你这么宽容。"

尽管没有直接来往，但许剑一直远远地关注着仝哥的情况。听说他后来被父亲带到省城，找到一个性学权威治疗，但具体情况不明。多少年后，许剑在网上无意中看到一篇论述同性恋的文章，他本是随便浏览，但文章中列举的鲜活细节一下子引起了他的注意，也唤醒了他少年的记忆。这篇文章的作者姓易，是许剑母校的教授，皮肤病权威。许剑上学时听说过他的名字，但没上过他的课。易教授在业余时间研究"少数派性取向"，包括同性恋、双性恋、单姓恋、易性癖等，是这个领域的国内先行者之一。可能是过于先行的缘故，他的观点在当时中国社会中显得很异端，在国外学术界又显得太陈旧，后来到底没弄成气候。易教授很有自知之明，在文章中自嘲："我是一个承上启下的失败者。"

比如易教授认为：

一、同性恋是客观存在，与民族文化传统无关，所有民族和种族中都有大致一致的比例，为3%～5%。中国的同性恋有4000万左右，放到世界上俨然一个中等国家了。哺乳动物中也有同性恋，国际著名学者黑伯乐说，人类的同性恋不过是继承了哺乳动物的传统。

二、同性恋首先来自先天异常，包括大脑结构和染色体异常。比如，男性染色体中发生SRY基因突变，或女性染色体中发生Wnt-4基因突变，都可能产生性倒错。其次与个人经历密切相关，出生18～36个月这个时期最重要，但此后的青少年时期也不可忽视。

这些观点与西方学术界是一致的，但易教授的另一些观点就明显陈旧了，比如对同性恋的评价。易老师认为同性恋不具有社会必需的繁衍能力，应该属于病态，它就像先天心脏病或兔唇一样，应该努力用医学手段矫正。中世纪欧洲教会用火刑或绞刑对待同性恋者，德国法西斯杀害了30万同性恋者，以粉红色三角作为其标志，在很长时间内将"鸡奸"视为刑事罪。易老师反对社会对同性恋的歧视或迫害，但同样不赞成西方现代社会对同性恋的纵容。而在国外，早在1973年，美国医学界已经达成"同性恋非病"的共识，把它从《精神疾病诊断与统计手册》中剔除；欧美有大量的同性恋组织，不少地方法律已经承认同性恋合法。西方大公司邀请职员参加晚会时的标准用词已经不是"可携带家属"，而是"可携带重要他人"。在中国，2001年出版的《中国精神障碍分类与诊断标准》第三版也首次将同性恋剔除。

还有，西方学术界认为：治疗一般不能使同性恋者变为正常人。但易教授认为这是不对的，并列举了他对一个病人的成功疏导。易教授恪守职业道德，对病人的姓名、籍贯、职业等一概细心地隐去，但他无法隐去病状的细节。正是那些鲜活的细节，使许剑毫不怀疑那个病人是谁。

易教授说：该病人的性取向主要不取决于遗传因素——其上几代无同性恋，而无疑与其幼年经历有关。国外资料上说，在军营和牢房等性别失调环境中长大的男性容易成为同性恋，该病人幼年就生活在军营里，而且其同龄伙伴全是女性，所以他在军人中备受宠爱，经常被叔叔们拨弄"小鸡鸡"，说：再过18年又是一个好兵！该病人自诉说，从那时起他就体味到生殖器被触弄时的快感，并终生不能自拔。

许剑立时想到了新邑劳改农场那位豪爽阳刚的大胡子陈叔叔。

易教授说：这位病人相当特殊，他从未参加过同性恋团体的活动，所以其性行为没有任何人为的传授，纯属无师自通。他喜欢比他小几岁的同性，因为对这些人他可以扮演比较强势的角色，这种心理趋向可能源于童年时期对"阳刚叔叔们"的依恋。他从未采用肛交、口交这类同性恋者最惯用的行为，而一般是玩弄性伙伴的生殖器，或在对方身上摩擦自己的生殖器，直到对方或自己射精。

许剑于是回忆起那个农场的夜晚，想起深夜时分仝哥对他和贾小刚干的勾当。

易教授说：他对这个病人进行了比较成功的疏导，方法是兴趣转移加建立恐惧。他和病人进行了长期的谈话，知道他在宦途上比较得意，而且本人有强烈的入仕愿望。于是他向病人强调，如果仍坚持同性恋，他会是怎样一个人生结局。让病人信服这一点非常容易，因为社会上类似的悲剧太多了，比如某某因对未成年人鸡奸被判刑，刑期长达七年。易教授坦率地对病人说："你年轻时的行为，离判刑已只有半步之遥了，因为性伙伴多是未成年人，性行为也并非自愿。"易教授说，这位病人其实对法律很通晓——只有在这儿，他隐约透出了病人的职业——所以，他的当头棒喝对病人起到了足够的震慑作用。

易教授对病人说：改变性取向当然非常痛苦，是终生的痛苦。但和上述悲剧相比，那种痛苦至少是可以忍受的。他建议病人努力说服自己，把性兴趣转移到妻子身上。心理疏导的同时又合并小剂量抗精神病药物治疗，氯丙嗪 25 毫克每日三次口服，头五天合并氟哌啶醇 5 毫克睡前肌注。治疗效果令人满意，一个月后，病人反省说自己这些年的行为不可思议，也非常危险，承诺一定按医生的嘱咐办。此后，他与妻子有了说得过去的夫妻生活，还生了一个可爱的女儿。病人对年轻男孩的嗜好从那之后完全收敛了，他本人在仕途上一帆风顺。

比比仝宁的今天和门老师的悲剧，许剑比较信服易教授的观点，"以心理疏导加药物治疗同性恋"应该是负责任的做法，而国外对同性恋的过度纵容则未免哗众取宠不负责任。不过在多少年后，当许剑得知那个被精心守护的婚姻最终破裂，那时他才叹道：易教授的药方并不完美啊。

许剑同小曼的私情维持了一年，在这期间没有引起外界的任何注意。这多半归功于他当医生的冷静。他非常谨慎地安排着和小曼的幽会，比如从不使用厂里的电话和相熟的出租车。当小曼过于忘情时及时地敲打敲打，幽会后尽量消除可能引起妻子怀疑的物证。小曼非常听话，她真的爱上许剑了，完全断绝了同以前几个情人的关系，一心一意当许剑的第二夫人。

也要怪宋情的迟钝。虽然许剑小心地隐藏着行踪，但一年时间不可能不露出一点儿蛛丝马迹。宋晴浑然未觉，继续幸福地照料着爷儿俩。她的幸福感太浓了，让她沉醉其中，失去了女人应有的警觉。

倒是戈戈看出了爸爸的变化。这小子是个天才，或者说是个福将，大大咧咧憨憨乎乎的，但经常无意间一指点中事情的死穴。一天晚上他喊着：

"爸，这些天你怎么老有事！你好长时间没给我讲故事了。"

过去他睡觉前许剑常常要给他讲一个故事的，已经成了惯例。许剑忙说："好的好的，今天我没事，给你讲吧。"儿子睡到床上，他讲了一个济公和尚从井里运做佛殿大梁的巨树的故事。戈戈很不满意，说："你今天没用心讲，你的心跑哪儿去了。"

讲故事时妻子也偎在孩子床头，他不由得心虚地看看妻子，还好，妻子没有在意儿子的话，只是说："戈戈睡吧，你爸也该休息了。"

这晚许剑和宋晴干了那事,是他主动的。他怕宋晴也像戈戈那样说:"你这些天怎么从没主动?你的心跑哪儿去了?"不过干的时候不大有激情。在经历了同小曼的欢爱后——她是非常有激情的,非常野性,任何动作都愿意配合——同宋晴的做爱就显得太平淡。他只有仍把她想象成小曼,劲头儿才会足一些。

事后宋晴仍然非常满足,搂着丈夫的脖子笑眯眯地看着他。许剑不免内疚,但老实说来,这样的内疚感也是有额度的,一年下来,内疚感已经被磨平,所剩无几了。

宋晴是个母性强烈的女人。她体内的雌性荷尔蒙浓度一定远比别的女人高——许剑又想起张上帝的语录:雄鼠只要被注射了雌性荷尔蒙,就会忙不迭地衔草作窝,完全一副好母亲的派派。她不仅把母性之爱撒播于家内,还常常延伸到全人类。她最爱看《知音》杂志上的煽情故事,看到动情处就毫不吝啬地赔上眼泪。读到关于悲惨家庭的报道,宋晴就忙忙地寄钱。寄的数额不大,许剑也从不干涉,一直到她寄给某失学女孩的钱被其父做了赌资,她才不那么积极了,这要感谢记者的追踪报道。所以许剑很佩服《知音》的主编,主编大人知道天下有众多爱心过剩的女人,把刊物的市场定位做得非常准确。

她还曾把母性之爱播撒给她的一个表哥,一个家住山区县城的、只在少年时见过几面的表哥。话头得扯远了,不过这和后边的事有关联,不说不行。14年前,就在他俩结婚半年前,从宋晴老家西川县紫关镇来了一位不速之客,二十六七岁,小分头,衣着打扮比较土,说话带着西川县口音的艮劲儿。长得还算俊秀,人比较内向,举止带点娘娘腔。他这个模样在市区的繁华中蛮扎眼的,他也清楚这一点,局促得手脚都没处放。

客人进屋时,宋晴一脸茫然,对来客没一点印象。等客人用乡音介绍了名字,宋晴才高兴地说:

"是德昌表哥?想起来了,我想起来了。"

他热情地倒茶看座,留饭留宿。可能某些因素起到麻醉作用,两人才见面时宋晴的陌生还有来人的土气,让许剑放松了对一位年轻雄性应有的嫉妒——按说这可是雄性最重要的本能之一啊。他以表妹夫的身份殷勤招待,陪他逛了市里的名胜,还在白云酒家宴请了一次。德昌表哥在这儿安安稳稳地住了一个星期,宋晴一有空就陪他聊天,聊老家,老家的山,老家的水,老家的人,聊得兴高采烈一往情深,煽得那个局促的男人也健谈起来。

这是宋晴母性强烈的又一个表现,就是对故土的眷恋,和对亡母的眷恋。她在紫关镇只长到四岁半,之前生母已经去世,埋在家乡的一个小山包下。宋晴11岁时曾单独一人回乡扫墓,坐长途车去西川,出了汽车站,她没向任何人打听,径直向母亲的墓地奔去,就像一只小狗崽,一路嗅辨着往日的记忆,竟然顺利地找到了。很庆幸那时紫关镇还没有大兴土木,景物还保持着她童年的回忆:一坏圆圆的土丘卧在青青的山坡上,土丘上面长满了萋萋青草。墓前一块很粗糙的石碑,默然对着坡下的江流。宋晴在亡母坟前大哭一场,这才擦干眼泪,到街上找亲戚。

宋晴与许剑相识后,不止一次谈起这段经历。许剑也挺佩服的:她四岁半就离开了家乡,一个四岁半的女孩,怎么能保存如此清晰的记忆?只能说是她的天性使然,换成他肯定记不住。现在看着宋晴同陌生表哥聊得这样热络,许剑不由想起那句俗语:亲劲儿撑着哩。

殊不知后几天两人的谈话内容已经悄然改变。原来,这位仁兄是奉父母之命来向宋晴求婚的,在老家那儿,姨表通婚仍是天经地义。想想很好笑,他,或者他的父母,仅仅凭着一点亲缘关系,就认定大城市的漂亮姑娘会嫁给他?初来时表哥很自卑,不敢开口,但宋晴发自内心的热情鼓起了他的勇气。恼人的是,这一切都瞒着许剑悄悄地进行,直到那人走后很久他还蒙在鼓里。

宋晴当然不会答应他。但这位娘娘腔的仁兄很痴情,回家后还一封接一封的求爱信。终有一天,一封长长的情书被许剑无意中发现了,连同宋晴尚未发走的回信。回信上说:

德昌表哥:
很感激你的情意,但我已经再三说过,这是不可能的。我和许剑从初中就认识,经过这么多年,已经心心相印,不可能拆开了。绝不是说你配不上我,也绝不是嫌你土气,嫌家乡穷,绝不是的。我虽然只在家乡生活四年,但对家乡的一切都有极深的感情,家乡的山水,家乡的亲戚,还有我妈的坟墓。在我心目中,家乡的一切都是世界上最好的,是我心中保留的一块圣地。俗话说,这是血脉里的亲劲儿赶着哩。我希望我们永远是好亲戚,好朋友,也希望你和许剑成为好朋友。我俩已商定在半年后结婚,到时候一定给你发请帖。

表哥,忘了我吧,天底下好姑娘多的是,我衷心祝愿你,早日找到属于自己的幸福……

回信倒是光明磊落的,但基本上是"还君明珠双泪垂,恨不相逢未嫁时"的感伤格调。

许剑极为恼火,"妈的这人真不是东西,来这儿和我称兄道弟,暗地里却打我老婆的主意!"对宋晴的回信也恼火,她信中虽然是拒绝,但这种拒绝未免过于爱心洋溢。更恼火自己太颟顸,对眼皮下发生的阴谋竟然一无所知。一怒之下,许剑给那边回了一封信。他说:"你来北阴向宋晴求婚我不怪你,因为那时你还不知道我们的关系;但在知道情况后还缠着我的未婚妻,就太厚颜了。希望你自重。"

他没有使用信封,而是用的明信片,有意让他单位的人看见。

他明人不做暗事,信发走后冷冷地通知了宋晴,宋晴大为震惊:

"你怎么能做这样的缺德事!我表哥非常内向,在学校里不大有人缘。你这封明信片会害死他的!"

"咦,是我缺德还是他缺德?那次在白云酒家宴请他,咱俩的关系已经亮明了,他还死皮赖脸地缠着你。所以,我这完全是正当防卫,我要是一声不吭才算是没血性呢。你也不用为他担心,这样厚脸皮的人怎么会被害死呢。再说,这事从根子上说完全怪你。你不该一直瞒着我,如果你当时就拉上我当面回绝他,他绝不敢这么死缠。哪怕你不告诉我,只用给他个冷冰冰的断然拒绝,他也不会这样蹬鼻子上脸。宋晴,请再读一遍你的回信吧,你他妈的爱心是不是太浓了点,太廉价了点!"

宋晴大哭一场,几星期不与许剑说话。不过这次釜底抽薪很有效,那边再没有来信了。过几周后宋晴平静下来,开始主动找许剑说话,商量结婚买家具的事儿,毕竟那事她做得有输理之处。

许剑也不再生气了。细想想,宋晴对表哥的关爱并非一见钟情,更非曾有私情。那完全是基于她的天性,基于她过剩的母爱。过后她曾苦恼地解释,说她从来没给表哥半句许诺,但看着他可怜兮兮的样子,实在不忍心给一个冷冰冰的断然拒绝。说到底,是因为这是家乡来的表哥啊。许剑相信她说的是真的,当然这一点也让他心中忐忑:一个几乎没有交往的表哥,她竟然如此情深意厚。她的爱心太过充盈,以后会不会再播撒给其他男人呢。

那时许剑绝想不到,这位表哥不久便精神失常,而且久治不愈。最后竟然失踪了,据说是落水而亡。而且——也许他的精神失常同那张明信片真有关系!许剑为此懊悔不已,这是后话。

暑假快结束了,今年戈戈小学毕业。一件头等大事摆在父母面前:开后门让他上重点中学。

特车厂是大厂,有正规的厂子弟学校,分小学部、初中部和高中部。而且学校条件好,教室宽敞明亮,配有暖气和空调,各班人数也比较正常,一般在40人以内。比比市内,各重点学校的每个班能多达八九十人,甚至过百。学生们写字时都养成一手在前一手在后的习惯,只有这样才能挤得下。酷暑天气,90人挤在一间教室,头上几只旧电扇悠悠地转,那境况和工业化大养鸡场一样悲惨。

虽然如此,特车厂的父母们挤破脑袋把孩子往市内转学。原因当然在于升学率。特车厂职工比较有钱,有钱的子女难免娇惯,所以学生普遍吃不了苦,连老师也吃不了苦。但目前中国的考试方法不注重灵性,只讲究熟练,吃不得苦中苦的就当不成人上人。许剑打心眼里不想让儿子经历这样一个苦难的青少年时代,但为孩子着想,又不得不狠心这样做。"因为,"他对戈戈说,"只有让你从这个独木桥上玩儿命挤过去,到达起飞的平台,才可以获得自由,以后你愿意怎么飞就怎么飞,我们决不会再干涉。"

总之一句话,不管许剑的思想多么放达,他的行为证明他终究是一个庸人。他很清醒地、非常不情愿地,同其他思想僵化的父母一道,加入了去重点中学的开后门大军。

开后门拉关系是许剑夫妻最大的弱项,别人都难以理解,认为他俩为人随和,所干工作都是同人打交道。虽说特车厂与地方上来往不多,但两人都是本地人,同学亲戚也不在少数,这事能难住他们?但两人天生腻歪这件事,不到万不得已不愿开口求人。而为儿子找学校自然就属于万不得已之首。

许剑很早就做了准备,找到世伯高校长,他是重点初中十五中的副校长,可惜已经退休两年。高世伯很热情,说:

"这件事包我身上啦,虽然我已经退休,介绍个把学生还是有把握的,现今的李校长是我老部下,关系很好。"又说,"转学的流程我清楚,你下手过早没用处,等快开学时你来,我带你直接去见老李。来时你不必带礼物,有我介绍用不着那东西。等把事情办妥后,送礼不送礼,那就是你们之间的事了。"

按高世伯说的时间,开学前夕,他带着许剑在一家宾馆里找到李校长。在临开学的敏感时段,重点学校的校长一般不敢露面,都是藏到什么地方遥控。关系浅的请托者连校长的面都见不着。高世伯在宾馆后的凉亭找到了李校长,此刻已经有三个人围着他,想来是为同一个原因吧。高世伯让许剑在远处等着,自己走过去,加入到人堆中。时间一分一分地过去,直到晚上11点,高世伯仍没过来,这时许剑心中已经打鼓了。11点半,四个人影散开往这边走,凉亭上只留下一个人,估计是那位李校长。过来的四人走散后,高世伯没走到许剑面前又重新杀回去,在凉亭那儿耗了半个小时。他终于回来了,找到许剑,脸色阴得能拧下水:

"今年很难办,教育局严令控制班级人数。李校长确实也为难,我们四个都是教育上的老人,磨了他半天,他一个不敢答应。我真他妈想拂袖而去,想想不能误了戈戈,又一个人折回头磨他。这次我朝他发了火。我说,'这是老高最后一次求你，你明白说答应不答应吧。'最后他总算答应了，但让咱们晚转两个月，避避这个风头。"他长吁一口气，"他是真作难，但说到底，也是我人走茶凉啊。"

高世伯非常歉疚，因为开始把话说得太满，耽误了许剑的事。许剑更歉疚，心想为自己的事，逼得高世伯舍着老脸求人，心里颇不是滋味儿。所以，他实在不好意思再往下追问——这事到底有几成把握，李校长会不会食言。如果两个月后李校长食言，那就麻烦了。

回家后他同妻子反复商量，最后决定还是等高世伯的消息吧，不再另外托人了。实在不行，让戈戈先在厂子弟学校上一学期再转学。

几天前小曼来过一次电话："许哥我又想你了，再约个时间吧。"许剑说："这几天不行，正在为戈戈办转学呢，这可是天字第一号的事情。"小曼很理解，几天没来电话。这天她又打来电话：

"许哥，戈戈的事情办得咋样？"

许剑说了那晚的艰辛。小曼说："许哥，我这几天也在帮你打听。我有一个很好的朋友奚秋英，在十五中教历史，今年正好是一年级的班主任。你那边托人既然不顺利，我去找秋英说。"

许剑感激她的情意，真的很感激，因为一般来说，这样的露水情人不会去关心另一个女人的孩子。他说："谢谢你了，不过我那位高世伯是信得过的人，不会出什么岔子。只不过晚转学两个月，我们就等吧。"

他不想让小曼管这件事。因为这样一来，小曼势必渗进同妻子的关系中去，甚至他不得不同小葛打交道。事情办成后他总得答谢小曼吧，答谢宴席上宋晴和小葛肯定要参加吧。四个老将一照头，麻烦就来了。许剑想尽量避免这些横的关系，还是那句话，他不想睡了小葛老婆后还与人家称兄道弟。

但时隔不久，许剑下班回家后，小曼急煎煎地把电话打来了。一看是小曼的电话，许剑不免埋怨她的莽撞，便躲到凉台上接。向那边窗户望去，他能看见正在打手机的小曼的身影。小曼说：

"许医生，"她没喊许哥，肯定也估计到许剑这会儿在家。"我已经问了我的朋友秋英，她说让戈戈明天就去上学，手续随后再办。不是还要交5000元择校费吗？她说你们先别交，能赖就赖过去，过去有先例。"

许剑非常吃惊："什么？这么容易？"

"她是班主任，难道做不了一个学生的主？校长也不敢得罪班主任。"

"那她也该先给学校打招呼啊。这样的私下行动怕不保险吧。"

"自古撑死胆大的饿死胆小的，戈戈先去占住位置，还能把他撑出来？"

这正是许剑的担心。他遇事惯走正道，连开后门也用走正道的办法去走。不怕一万就怕万一，万一戈戈去十五中上几天课之后再被赶出来，这边的子弟学校也上不成了，那样岂不麻烦。另外一个因素是：尽管小曼说的条件非常有诱惑力，他还是不愿让情人牵连到自己正常的家庭生活中。

他犹豫的时间太长了一些，小曼那边生气了，口气硬硬地说：

"许医生怕是有别的担心吧，我是野地里烤火一头热吧。"

许剑被逼到这份上，只有一咬牙答应："好，就听你的。我替儿子谢谢你啦。"

从内心讲，虽说有上述种种顾虑，他确实也不愿放过这样难得的机会。这是儿子的大事，比其他任何利害考虑都更重要。那边笑了，压低声音说：

"用得着跟我客气？咱俩谁跟谁呀。"又提高声音，"你吃完饭就随我去见她，咱们趁热打铁，今天就把事办成。"她又补充一句，"千万别带礼，在她那儿用不上送礼。"

许剑还没从惊讶中走出来，就带着那副傻傻的表情从凉台上回来。宋晴随意问道："谁的电话？打这么老半天。"

"说来你不会信，昨天我诊病时同病人聊天，聊到如今给儿子办转学的难处。一个病号，就是咱前楼那个姓池的姑娘，主动说，她的一个朋友正好是十五中的一年级班主任，她去说说看。刚才她来电话，竟然一切办妥，连5000元择校费也省了！她让我吃完饭就去见班主任。"

他基本说的是实情，只是对有关小曼的内容撒点谎。宋晴也把眼睛瞪得溜圆，经历了此前的艰难，这个结果实在是过于圆满，她同样不敢相信：

"真的？这么容易？"

许剑也直摇头："是啊，我也不敢相信。不过也许是真的，咱们原先找的人是校长，校长虽然有权，但要照顾的头头脑脑也多。班主任只要认准了帮谁的忙，应该说话算话。"

他匆匆吃完饭，开上摩托，捺响了前楼二单元301的门铃。小曼风风火火地下来了，一蹁腿跨上他的后座，手里还拿着未吃完的包子。这是两人第一次在公开场合并肩出入，心中都有一种说不出的感觉，怪怪的，痒痒的，类似甜蜜吧。摩托开出特车厂的势力范围后，小曼突然圈住他腰部，头伏在他肩上，柔软的胸部紧顶着他的后背。许剑顿觉一团烈火从后背上烧起，血液都被烧沸了。他双手握紧车把，控制着车身不晃，身体没有额外的动作，就这么静静地响应着小曼的柔情。他担心这样过于亲昵的动作被熟人撞见，想劝小曼坐好，又不忍心。还好，小曼很快放开他，在后座上坐端正了。

赶到十五中已经是整一点，许剑担心那位老师已经午睡，现在天很热，睡觉时肯定只穿小衣，贸然拜访不合适，他说要不等到上班再说吧。小曼说："没关系啦，我同她非常要好，就是她情人在家我也敢闯进去。"她去敲门，里边应了一声，但开门的时间显然超出了正常的延误。门开了，门后的女人与小曼年龄相当，可能略大两岁，长得很齐整，尤其是肤色好。一双弯眉带着自来笑，带着柔柔的暖意。长发略有些凌乱，穿一件色彩艳丽的束腰连衣裙。屋里还有一个男的，穿着长裤和背心，客人进来后，他仅简单地点点头，便自顾钻到卧室中，关上卧室门。许剑在同主人寒暄时，瞥见小曼在他身后同女主人大做鬼脸。

奚老师同小曼说得完全一样："没关系，让你儿子明天来就行，择校费暂不交。"许剑从第一眼的感觉里，知道这人热心外向，是个可以信赖的人。但为慎重，还是委婉地说：

"是不是把有关手续先办一办？还有，择校费该交就交，别为这点钱让你为难。孩子能稳稳当当来这儿上学是最重要的。"

奚老师明朗地笑了："别担心，你听我的就是。能省的钱为啥不省，实在省不过去再交不迟。凡事都要看关系厚薄，你的事若办不好，小曼能饶我？她昨天给我下了死命令，说你是他最好的朋友。"

许剑回头看看小曼，小曼半是得意半是害羞地笑了。许剑心头一热，在这位陌生人面前也多少有些脸红。奚老师看出这一点，快活地大笑起来。

他们谈妥了有关孩子上学的几点细节，有点狼狈的许剑赶紧撤退。送客人走时那男人没露面，奚老师送他们下楼。许剑发动摩托车时，瞥见两个闺中密友仍在低声喊喊。摩托开出学校，许剑回头说：

"回去上班还早，小曼我请你吃冷饮吧。"

他们来到附近一家冷饮店，要了两客果味冰琪淋。店里这会儿没有其他顾客，两人躲到店角落里坐定。许剑坐下就问：

"小曼你一直在同奚老师做鬼脸，搞什么鬼？"

他原想那两位闺中密友是在悄声谈论自己，但小曼的回答出乎他的意料："我在打趣秋英呢。知道屋里那个男人是谁吗？"

"怎么，不是她丈夫？"

"是她丈夫，但两年前离婚了。孩子判给男方，是个男孩，那家三代单传，秋英不忍心把孩子夺过来。"她补充道，"而且两人不可能复婚，那男的已经又娶了。"

许剑拉长声音："噢——"

"不过她和前夫关系仍然很好，男的经常来，到这儿蹭顿饭，换换衣服，聊聊天，帮她干点力气活儿，秋英都由他的意。而且，秋英对我说，即使男的想要点女人的温暖，她也给他。"

许剑又"噢"了一声。无疑，刚才开门时的过久延误，就是正在给他温暖了。

"秋英说，在她再婚前，她不用为谁守着自己的身体；如果哪天再婚，就会谨慎了，至少说，再要'给他温暖'时就要谨慎了。"

小曼说到这四个字，忍不住笑。许剑虽说已经陷入婚外恋，但就其本质来说，在男女关系上还是比较守旧的。现在，见奚老师这么"现代"——把本来不正当的婚外情，处理得这样温馨，这样从容淡定，许剑从心里挺佩服她。可是——

"为啥要离婚？看他们离婚后的相处，婚姻应该很美满。"

"那就不知道了，总之是缘分吧。"

许剑思忖一会儿，忍不住问："小曼，你把咱俩的关系捅给她了？"

小曼矢口否认："没有没有，我绝对不会告诉任何人。"她低下头，不好意思地承认，"不过这次帮你开后门，我把她砸得很结实。她因此猜到了咱俩的关系，我也没认真否认。我和她之间不说假话。"她担心地看看许剑，"许哥你没有生气吧。"

许剑没有责备她。"听她说话的口气，我能猜到她知道，否则不会这样尽力。小曼，真不知道该咋样谢你。"

"咱俩谁跟谁呀。"她轻声笑着，"再说，你知道——该咋谢我。"

许剑想起"尽心""尽力"的老话，心中一荡，没说话，在桌面上找到小曼的小手，用力握了一下。他看看时间，该走了，忽然他想到一件事：

"噢对了，有件事我早就打算问你，听说你曾捆了焦副厂长一耳光，有这事吗？"

小曼瞪大眼睛："你怎么知道？"

"那看来是确有此事了。"

小曼点头："是的，可我从来没告诉任何人啊。"

"天下没有不透风的墙。可能是某位打扫卫生的大嫂撞见了吧。"

小曼想了想，肯定地说："不是打扫卫生的，是送纯净水的一个女工。那天我打了姓焦的耳光后正赶上她敲门，是我开的门。不过她不应该看见啊，也许，那会儿姓焦的还在捂着脸？"

许剑笑了："可能是吧，说不定脸上还有五指印呢。"

小曼说了那天的情形。是焦副厂长亲自打电话，让小曼到他的办公室去一趟，而在往常，厂长的指示都要通过办公室人员传达。她知道那是个老色鬼，去时心里已经有所准备。果然，焦厂长只是随便问了她的工作，暗示她如果想调到办公楼也是可以的，小曼只是听，没有接他的话。然后焦厂长笑着说：

"小池，我可听到你不少风言风语啊。当然，那是个人隐私，领导不会管的，你以后多注意吧。"

这时他走过去关了门，回过头，搂住小曼就亲。小曼恨恨地说：

"许哥，说句不要脸的话，这辈子我从没打算立贞节牌坊，但我自己看上的男人我才跟他睡。他一个老骚胡子（公羊）算啥东西！最让我恼火的是，他先敲打我的作风问题，然后就搂住我硬上弓，莫非他认为捏着我的短处，我就任由他作践？瞎了他的狗眼！那会儿我啥也没想，抡圆了胳膊给他一下。他没料到我敢这样，一下子给打蒙了。"

"后来给你穿过小鞋没？"

"他敢？！他要敢，我就彻底不要脸一次，站厂门口把他的事抖搂抖搂。"

许剑拍拍她的小手："真没想到你有这样的勇气。"

在两人的交往中，小曼一直是柔媚入骨的女人，绝对属于"藤缠树"那种类型。但在这件事上显出了她刚烈的一面。不过，人的思维非常奇怪的，没有踪迹可寻，在这件"正面"的事情中，许剑忽然联想到了小曼"不正面"的那个传闻——曾掴过自己丈夫的耳光。那么，也许那个传闻同样是真的？虽说她即使掴了，也是掴许剑的情敌，他没必要打抱不平，但他还是无法克服心中的不快。他自嘲道，也许这是雄性阶层的敌忾之心吧。

当然他不会煞风景地和小曼提起这事，他说："时间不早了，咱们赶快回厂吧。"

宋晴仍然圆瞪双眼，不敢相信"天外飞来的横福"已经到手。正在打电脑的戈戈从书房蹦出来，连声追问："爸，转学办成了？不用再等两个月了？这是真的？"这两天戈戈一直在听爹妈谈自己的转学，颇知其中的艰难。妻儿的惊喜让许剑心里非常得意，更打心眼里感激小曼。

在全家人的惊喜中，戈戈安安稳稳地到十五中上学了。后来李校长曾逮住奚老师大发雷霆，他说："小奚你又不是今天才当班主任，怎么干事不讲一点路数，不讲一点规矩！你有关系要照顾，给领导说一下，领导不会不通情理的，哪能自作主张！都像你这样，学校不全乱了？"挨训时奚老师只是笑，说："怨我怨我，是我不懂规矩，校长别生气，下不为例。"李校长也就见好便收了。之后为戈戈补办了正式的入学手续，择校费最终也给赖下来。许剑拿这笔钱为奚老师买了一条白金项链，他不敢直接送，知道奚老师肯定不收，就先说通小曼，托小曼送去。小曼最终强使闺中密友收下了这份礼物。

戈戈的事办妥后，宋晴一直催着丈夫到饭店答谢小曼。许剑没办法推托。依情理推断，如果小曼帮了这么大的忙却不去感谢，那才让人觉得不正常。于是，许剑一直力求避免的"四个老将照面"的局面终于出现了。还好，没有他预想的那样难堪。

这次宴请戈戈没去，他已经被套上笼头，现在得上晚自习了。宋晴给了他一些钱，让他在学校附近的小吃店吃晚饭。

四人包了一辆出租来到"草原小肥羊"火锅城。是小曼坚持吃火锅，她说这样最实惠，而且"最有家庭气氛"。对这次许家的答谢，小曼没有半句推辞，相反倒是非常热切。上出租车后，她和宋晴融洽得像亲姐妹，一口一个"晴姐"。宋晴几次要表示道谢，都让她一口堵回去：

"晴姐再说这些就生分了，小事一桩，咱们都别再提它。"

她是借机来实现她对许剑说过的愿望：近距离结识"和她特别投缘"的宋晴。许剑冷眼看着她的热切，心想这个女人的心思实在是天下最难解的谜。许剑这边一直尽力逃避和情人的丈夫正面接触，而小曼却"贼心不死"地想和情人的妻子亲近。这算咋回事呢。

小肥羊的铺面很大，广场似的，里面热气腾腾，那是上百个火锅的热气汇成的。穿着蒙古服装的姑娘们轮流为各个桌子唱赞歌，献奶茶，琴师拉着马头琴伴奏。他们四个找了一个靠窗的座位，点了一大堆下锅的菜。攀谈中宋晴说：

"小葛，咱俩还是紫关镇同乡呢。不过我离开家乡早，四岁半就走了。现在家乡也没亲戚了。"

从上出租车到现在，小葛一直腼腆地笑着，目光老是盯着脚下。这时他抬起头看宋晴一眼，又低下头："是，我听小曼说了。"

宋晴问了家乡的情形。紫关镇自古是中原名镇，地处交通要道，所谓"鸡鸣听三省"的地方，有不少人文景观。宋晴问得很热络，而小葛一直很局促，低着头，目光不大与对话者正视，问一句答一句。他脸上汗津津的，不知道是因为窘迫还是因为火锅的热度。这个样子，连一旁旁观的许剑都替他着急。许剑少年时也有过类似的心路历程，那时刚刚对异性有了某些"不光明"的欲念，又总觉得姑娘们能一眼看透自己的龌龊，所以和异性谈话时爱脸红，眼光不敢直视对方。但一般来说，只有那些冷艳逼人的异性才会让他这样，而且随着男人的成熟，这段青涩尴尬的时期很快就过去了。小葛倒好，今年36岁，早就是已婚男人了，竟然还走不出这个幼稚期。这种男人确实很少见。

何况这会儿他的谈话对象又是宋晴，一位很有亲和力的、大姐姐式的异性，按说不该给他造成这样大的心理压力。

后来小曼告诉他，小葛一向这样，不大敢和异性搭话。他和小曼谈恋爱时是这样，对异性同学或同事也是这样，不过，由于他的学业或工作业绩一向非常优秀，女同学或女同事们并不认为他是害羞自卑，反倒说他是清高，不与凡人搭话。

许剑不想让小葛再受折磨了，就把话头从宋晴那里接过来："小葛你记得不，其实咱俩认识最早呢。"

他回忆了当时在医院救治伤员的情形，话题就从小葛的晕血原因，转到北阴市那场最有名的车祸。许剑说，这事他比较清楚，因为他是亲历者，那年他六岁，已经记事了。那天在体育场开二七造反派夺权誓师大会，操场上挤了几万人，密得像麦苗一样，还不断有人进场。比较强势的各群众组织都乘卡车来，满满当当一车人，入眼尽是柳条帽和红袖章。

说起那场车祸，首先要说体育场的地理位置，它傍着老城的护城河，正对着老城西门。老城地势高，从西门过来是一路下坡。事情就出在这里。当市运输公司造反派的一辆大玛斯开过来时，刹车忽然失灵，这辆满载人员的重车就在司机死命的喊叫中，顺着那个坡道一路冲到人群里。车轮下顿时鬼哭狼嚎，血肉横飞，一直到这辆重车的动能被死人消耗完，它才不甘心地停下来。

许剑摇摇头说："当时的情景那叫一个惨！我跑去时伤者已经抬走，送医院抢救了。十几个死人横七竖八躺了一地。地上浸透了鲜血，空气里是浓烈的血腥味儿。在场的群众都恨哪,拉下司机就打,把他的眼珠都打流血了,后来警察赶来,强行把司机救走了。后来司机被判了无期,'文化大革命'后才减刑。"

其他三人都听得很专心,小葛不大窘迫了,接着说:"我就是从这群死人中扒出来的。那时我不到两岁,不怎么记事,只能记得周围一片红乎乎的血光。很长时间,只要一见红色我就抽搐。"

宋晴说:"你大姐真不易呀,没结婚就带着一个两岁的堂弟,又被赶到县里。那些年的日子一定很苦。"

小葛眼圈红了:"是的,我现在对爹妈没一点印象,她就是我妈。"

说完这句话,他不由得看看妻子。小曼立即顶回来:"你看我干什么?我对大姐有哪点不尊重?她就是太多事,咱家之间所有的叨叨事,都是她挑起的由头。"她对许剑夫妇说,"我知道小葛大姐是个好人,对小葛有恩,但她为人太霸道,兄弟已经是快四十的人啦,事事她还非要出头做主。叫我看,要是行得通,她巴不得替兄弟上床。"她红着脸说,"该打该打,嘴一松,粗话就出来了。晴姐你别笑话,俺们常和赖皮工人打交道,整天听粗话,已经麻木了。"

听妻子敲打着自己的大姐,小葛没敢反驳,只能沉默。许剑和妻子互相看看,知道小曼和小葛大姐之间有严重的不愉快,就把话头岔开。

在吃饭中,小曼对丈夫照顾得很周到,比如时不时提醒小葛,"你下的粉皮儿已经煮到火候了,快吃吧。"比如喊服务小姐添一份茼蒿,说小葛最喜欢吃青菜。快结束时又要了手擀面,说小葛吃火锅,最后一定要来点面食。今天小曼是被请一方,一般说吃请者不大好意思要这要那的,但小曼一点不生分,而且她对小葛的关照做得很自然,很家常。

在其乐融融的气氛中,许剑很难抑住内心深处的不快。并不是小曼对丈夫的亲昵激起了情人的嫉妒,不是的,许剑自认还没有这样褊狭。但这让他回忆起小曼在幽会时说过的话:"别提我丈夫,败兴。"又说:"我怕生个孩子像他。"那是相当冷厉的评价,与眼前的亲昵绝对贴合不到一块儿。那么,哪个态度是真的?哪个是假的?不管哪个真哪个假,反正至少有一个是假的。

小曼能把假感情玩得如此炉火纯青，让许剑开始心存惧意。往常的交往中，他总认为两人是藤缠树的关系，小曼对他有很重的心理依赖。但今天看来，他是不是自视过高而对小曼过于轻视了？

这次宴请后，两家开始有了往来。宋晴对小曼的印象不错，说小曼虽然名声不佳，实际是个心地豁达的热心人，对人不能求全责备。戈戈也喜欢上了漂亮的小曼阿姨，路上见了她总是亲亲热热地打招呼。他知道，要不是这位小曼阿姨，自己不一定能上十五中呢。

只有许剑对事态发展越来越担心，他心中有鬼啊，害怕某一个不起眼的小裂缝会溃掉千里之堤。

第四章 命　案

俗话说怕处有鬼，许剑担心的事很快就应验了。

而且来的方式完全在许剑的意料之外。

初秋的一个夜晚，秋老虎的淫威还没过去。这天是星期五，是他同小曼相识一周年。他本来安排了一次幽会，但被公事冲了，一位来医院讲学的教授要走，科里设宴送行。小曼得知幽会改期时很有些失落，她已经抱足了劲儿要好好"庆祝"一下呢。但这是公事，她没有多说，同意把幽会日期推到第二天。

许剑在酒席上喝得多了一点，回到家已经 10 点钟。进门后见戈戈一人呆坐在客厅等他，这是很少见的。许剑说："戈戈你怎么了，这会儿还没睡？"戈戈胆怯地指指大人的卧室，那儿的门关着，悄悄说：

"我妈哭了，哭得可厉害了。"

许剑头中轰的一声——宋晴发现了自己和小曼的秘密？他勉强说：

"这是为啥嘛，女人就爱哭。戈戈你赶紧睡，我去劝妈妈。"

招呼戈戈睡好后，他关紧儿子的房门——避免儿子听到一会儿的吵闹声，忐忑不安地推开主卧室门。宋晴靠床坐着，脸上泪痕已干，但是面容惨白。她抬头看了丈夫一眼——天，这是什么眼神啊！充满了鄙夷不屑，甚至是仇视，与她平时幸福的眼神绝不能同日而语。

这绝不是妻子看丈夫的眼神。

许剑知道完了，这下肯定完了。但还硬着头皮说："你怎么了？发生什么事了？"

宋晴从牙缝里说："你干的好事！"

他继续硬着头皮："我干的什么事？你得说明白。"

宋晴把一封信推过来："你自己看吧！"

许剑接过来，一张信纸在手中重如千斤。这些年来，电话方便，还有e-mail和QQ，他家几乎不再收到信件。今天这封信一定不同寻常。可以肯定这封信绝不是他写给小曼的，他从没在她那儿留下任何书面证据，在这点上许剑很谨慎。那么，有人写匿名信揭发他和小曼的事儿？

他飞快地扫视了信的内容，浑不是那么回事！原来是宋晴老家表姨夫的来信。信中说她的表哥14年前，就是从宋晴这儿回去后，就慢慢精神失常了，不过老家一直没有向宋晴说透。最近她表哥病情加重，一月前突然失踪了。不得已之下通知宋晴，如果发现表哥的踪迹，请尽快通知老家。

许剑把心放到肚里，接着是深深的内疚。宋晴的表姨夫是一个很谨慎的人，不用说在他内心里是把儿子精神失常的责任划到宋晴和许剑头上的，从字里行间能看出这个意思。但他没有挑明，14年来也从没有对这边兴师问罪，只是在迫不得已的情况下才通知他们。

想起14年前那张明信片，想起宋晴的预言："你会害死他的！"内疚感如潮水般把许剑淹没。一个人，一个男人，怎么会这样脆弱？一张明信片就会让他精神失常？早知道这种后果，当时再恼火再冲动他也不会寄明信片。许剑低声说：

"咱们赶快帮助找找吧。没准儿……他会来这儿找你。"

宋晴尖利地说："用不着你的伪善。你为什么不提那张明信片？自己干过的缺德事，这么快就忘了？不可想象，14年来我同这么阴险的人生活在一起。"

虽然非常内疚，非常理屈，但这齐齐射来的三颗子弹——伪善、缺德、阴险——还是把许剑惹火了，他冷笑道："宋晴，这就是你对丈夫的评价？我承认那件事做错了，但那时年轻，一时冲动。我愿意做任何事来弥补我的过错。但后果毕竟已经铸成了，终不成我自杀去谢罪？"

许剑还想说："正是你那时的多情黏糊害了他，是你给了他虚假的希望。当时你如果快刀斩乱麻，哪会有后来的事！"但他压住火气，没有说出口，毕竟这事他的理亏多一些。"算了，不说这些了，明天我就到附近、到各县去打听，或者在报上登一个寻人启事。"

宋晴冰冷地说："我自己会去，用不着你帮忙。"

这时许剑扫到桌上还有一叠信纸，拿来看时宋晴并没有阻止。是宋晴给表姨一家的回信，它一定是在极度的情绪宣泄中写的，信纸上明显有泪痕。信上说："姨夫姨妈我对不起你们，对不起表哥。我想不到，自己的处事不当害了他的一生。表哥太可怜了，我一定要走遍天涯海角寻找他，找到以后我会把他接到这儿，我一人出家当姑子也要养他一辈子。姨夫姨妈，我说到就能做到。我要用后半生来赎我的罪。"

纵然平时熟知宋晴过剩的爱心，这封信也让许剑的忍耐超过了极限。一：信中把表哥精神失常的责任完全揽到了她实际是许剑的头上，实际上，这边最多只能算是诱因。二：她竟然要同丈夫分手，甚至扔下孩子，用后半生去侍奉一个几乎素不相干的人。

许剑冷冷地说："很好，很好。你的决定非常高尚。我和戈戈看来在你心中没什么分量。你想怎么做就怎么做吧。"

他重重地摔上门，走了。

一个人在外边游荡了很久。马路上的出租车老过来揽客，不胜其烦，他就溜达到小巷里，又从那儿踱到水塘边。虫声如织，蛙声如鼓。想起宋晴问他青蛙叠对儿的事儿就像在昨天，自己心里难受得厉害。他知道宋晴的怒火其实缘于她的过分高尚，她的过分自责，和她过于强烈的母性。她是个好人，在物欲横流的世界上，这样的好女人非常难得的。

但许剑仍然不能忍受。伪善，缺德，阴险，没想到能从她嘴里听到这样的评价！她对一个陌生人的情意超过了对丈夫儿子的爱！她要用后半生去侍奉一个花痴！当然她这个决定是一时冲动，无法真正实现，但即使这样，守着这么一个爱心外向的女人，也难免心头作疼。

心里憋得厉害，他掏出手机，犹豫着拨通了小曼的手机。已经11点15分，她丈夫肯定睡在身边，那个已经同许剑有过正常交往的丈夫，那个许剑一直对其存着内疚的人。许剑从来没有这样鲁莽过，但酒力加上郁怒，这会儿他就是忍不住。小曼在手机中喂了一声，许剑说："是我。"那边儿马上听出他的声音，急急地问：

"怎么了？有什么急事？"

他小声说："小葛……"

小曼坦然说："他在另一间房里，没关系，你说吧。真的没关系。"

原来他们是分床而居，而且——她的口气十分坦然，看来她确实没把丈夫放到眼里。

许剑说："我知道不该这时打电话，但我实在忍不住。我想你，我想这会儿就见到你。"

小曼飞快地说："没问题，马上就去。这会儿你在哪儿？"听见她大声喊："玉峰，我一位朋友得急病，她丈夫打来的电话，我得去帮忙。"然后对话筒说："等着，我马上到。"

许剑摁断电话，不由摇摇头：小曼的谎话真是张嘴就来呀，女人说谎算得上本能吧。十几分钟后，冷清的马路上跑来一个急匆匆的身影，清脆的皮鞋声敲击着深夜的寂静。许剑的眼睛湿润了。这次深更半夜打电话，让她离开丈夫来会情人，是近乎无赖的要求。但她竟然应召而来，确实让许剑感动。

他们是因为肉欲走到一起的。许剑非常迷恋她，但恐怕说不上是爱情，也谈不上敬重。但这会儿，她在许剑心里已经有了妻子般暖乎乎的感觉。

他们在大街上用力搂抱亲吻，舌头在对方的嘴里搅着。小曼喘息中还仰起脸观察情人的表情，说：

"你真是想我了？没有别的事？我看你不高兴，酒也喝得不少。"

许剑不想把夫妻之间的龃龉抖到外边，含糊地说："没别的事，就是想你了。今天是咱们相识一周年啊。"

小曼很感动，问："咱们到哪儿，还去曼儿家？时间有点儿晚了。"

许剑说："不，这次咱们到四号楼去。"

四号楼在市委招待所，那是全市唯一的四星级宾馆。胡老板说过，对野鸳鸯们来说，其实那儿是最安全的地方，所谓灯下黑，警察扫黄从来不打搅那儿，没有尚方宝剑他们不敢去。"小曼，明天能安排得开吧，我想同你待上一夜再加一天。"

小曼很激动，说："能！没问题，明天是星期六，单位不加班，我男人那儿也没问题。许哥我也想和你待一整天，过去那几次时间太短。我早就盼着这样了。"

他们边走边聊，等到一辆出租车。出租车载上他们，打拐弯时，许剑似乎瞥到路旁的法国梧桐树后有一个男人的身影，不过当时没有太在意。到四号楼，他要了一套高档套间，一天1800元。小曼听到这个数字吓了一跳，低声对许剑说：

"太贵了，太贵了，换一个普通间吧，咱们干吗花这个冤枉钱？"

许剑说："小曼你不要管，过去一直让你受委屈，今天补偿一下。"

柜台小姐满面笑容地划了卡，办了手续，说：

"先生，太太，这边请。"

这个称呼让他俩相视而笑，小曼很得意很受用的样子。还是四星级宾馆的小姐档次高啊，那个野鸡旅馆的曼儿妈虽然也很殷勤，但绝对想不到使用"先生""太太"这样的尊称。他们来到自己的房间，导引小姐一离开，许剑就把"请勿打扰"的牌子挂到门外，回身与小曼扭到一起。

房间很漂亮，客厅非常大，迎面桌上是一个花篮，里边有九朵红玫瑰，两朵红百合，两朵天堂鸟。这种插花寓意着"爱心永远"。一个铜鹤嘴里吐着青烟，香气幽清，茶几上放着新鲜的进口水果。卧室的双人床已经开过，卫生间里有一个宽大的双人浴盆，没有放水，浴盆里撒着几十瓣紫红色的玫瑰。小曼觉得很新奇，与许剑扭在一起还不忘四处浏览着，嘴里啧啧称赞：

"这儿真漂亮，真雅致。这就是啥子总统套房吧。"

许剑笑道："哪里，总统套房咱们是住不起的，这种房间在北阴只能算中上等。"

他当医生的钱包不算饱满，在小曼身上没花多少钱，小曼从没计较过。不过显然她对今天的房间更喜欢。听着她孩子气的称赞许剑觉得钱花得不冤。

他们放了热水，很快把衣服剥光，跳进浴盆中。也许环境确实有助于情绪，或者许剑是把在妻子那儿的失落和愤懑化为男性之力了。他今晚的进攻分外雄健，在浴盆里疯过，又到床上、沙发上去疯。凌晨两人乏了，还是舍不得睡，许剑熄了灯，拉开窗帘，让小曼赤身在窗前走动，而他坐在地板上观赏。衬着熹微的晨光，她的裸体诱人极了。

实在乏透之后他们搂抱着入睡，一觉醒来已经是上午11点。许剑从她颈下抽出胳膊，说："小曼，我去买早点，不，应该说是午饭了，咱们就在屋里吃。"

小曼慵懒地睁开眼，问："这儿是几点结账？"

许剑想，"她还在心疼我的钱包呢，不愿让我多掏半天的宿费。"他说："我问过了，是下午两点结账，你不用着急。等咱们吃完饭还能乐一阵子。"

他在走廊中意外地碰见胡老板，短裤拖鞋，赤着上身，手里拎着一包小食品。他说：

"咦，许神医，你咋也在这儿？"

许剑急忙说："我来开一个医疗事故鉴定会，昨晚就住在这儿，承办方出血。"胡老板没有多疑，因为在他心目中，许剑一直是柳下惠的角色。他喜滋滋地说：

"来，许哥，正巧碰见你，让你见识见识我的老九。"

胡老板不由分说把许剑拉到他的房间，也是许剑住的那种高级套房。卧房门开着，一个年轻女子下身穿一件小得不能再小的内裤，上身穿着十分宽大的男式白衬衣，应该是老胡的吧，只系了下边的扣子，没有穿乳罩，酥胸半露。她正盘腿坐在床上吃零食，看着电视。看见情人领着另一个男人进来，她只是坦然地向客人微微点头，又把目光转到电视上。

她的打扮让许剑有点尴尬，进也不是退也不是，胡老板把手中的吃食扔给情人，说："老九，这就是我常说的许哥，许神医。来，见过许哥。"

老九没有动，再度点点头，说一声："许哥好。"

她的声音珠圆玉润，非常撩人。许剑仓促应一声："老九你好。"话出口才意识到"老九"这个称呼的含义，心想自己太莽撞了，如今的现代女子，没有哪个愿意被称做九姨太吧。这个名字老胡喊得，自己不能喊。但老九并没有着恼，坦然受之。

血祭

胡老板领许剑回到客厅坐下，得意地说："怎么样，是个害人精吧。"

许剑点点头。没错，这女子的容貌极为出色，尤其是她的皮肤，宛如羊脂美玉雕就，通体白润光亮，没一点瑕疵。小曼的身体已经够诱人了，但与她相比还是逊色不少。而且她年轻，只有二十二三岁的样子，她的鲜艳晃得许剑睁不开眼睛。

也许更要命的是，她看起来十分清纯明净，清纯得像荷叶上的露珠；但显然又是个随时能接纳任何男人的荡妇。她集纯洁和放荡于一身，能让任何男人立时口干舌燥，心跳加速。

胡老板硬拉许剑进屋，就是想在他身上验证那个害人精的杀伤力。他大笑道："怎么样，你也被迷上了吧。我知道你会被迷上的，见了她不动心的男人一定是太监。"他隔着茶几俯过身，但说话的声音并不小，"许哥喜欢，今天我让给你。"

许剑面红耳赤："你胡说什么！"老胡的话太无耻，纵然许剑并不自诩高尚，这个建议仍远远超过他的道德底线。不过他不想让胡老板觉察到自己的鄙视。这些年的交往中他总结到一条经验，那就是把自己装扮得比实际坏一些，则和老胡这类人相处起来比较轻松。于是他放缓语气，用玩笑口吻说：

"对这个小妖精我是垂涎欲滴啦，但再好也是你的人，朋友妻不可欺嘛。"

胡老板嘻嘻笑着说："这个妖精算不上我的妻，甚至算不上我的妾。俗话说一分价钱一分货，这个货色好，价钱也贵，连老弟我的钱包也不能养活她。给你实说吧，是我们四个哥们儿共同包的。"

他扳着指头算：一个是平顶山某银行杜行长，一个是六德公司张经理，一个是市政府何处长，再加上他，基本是一轮一个月，轮上谁谁养她。"所以嘛，你睡她一次算不上欺我的妻。加个塞儿罢了。许哥，我可是真心相让，就看你有没有胆。这会儿就让她伺候你，行不？"

虽然熟知胡老板的好色，但这么四人共用一个女人的做法还是让许剑恶心，尤其是他还有她此时的坦然。许剑回头看看卧室里的老九。老胡说话声音很大，她不会听不到。但她丝毫不以为忤，这会儿与许剑目光相接，还远远抛过一个微笑。

"也许她对自己不讨厌，对这种游戏很感兴趣呢。"许剑心想。

她的笑容并不淫荡，甚至可以说很灿烂很明朗。唯其如此，许剑对这个女人心怀畏惧。他站起来低声说：

"谢谢老胡你的好意啦。不过我不行，我这人讲卫生。"

许剑回到自己的房间，小曼穿着三点式在卫生间洗漱。许剑从背后默默搂着她的腰，他的下体坚硬而灼热。小曼感受到了，回过身，把情人的头围在她双乳之间。小曼在他心目中的最初印象也是一个荡妇，但与那位老九比，简直是天使了。根本的区别是：小曼的偷情只是自然本性的宣泄。虽然为正统道德所不容，毕竟是大自然赋予的本能。

而老九则是拿美色来换取奢华和金钱。

一个只是纵欲，一个则是卖淫。

小曼感觉到了情人的欲望，小声问："是不是还想要我？时间还来得及。"

许剑摇摇头。他知道这会儿如果同小曼做爱，心中想的肯定是另一个女人，一个他十分鄙视的又念念不忘的女人。那他未免太无耻了。同妻子做爱时想的是情人，同情人做爱时想的是妓女。

未免太无耻了。许剑冲个凉水澡，泼熄了欲火。

服务小姐们很知趣，只要门上那块"请勿打扰"的牌子不取下，一直没人来打扫卫生，没人打扰情人的清静。他俩在这儿一直缠绵到下午两点的退房时间。自他俩相好以来，这是唯一的一次时间从容的欢爱，俩人都恋恋不舍，小曼临走时眼眶红红的，不说话，使劲掐许剑的胳膊。

俩人打了一辆出租回厂，许剑照例在离厂区五百米处下了车，让司机把小曼送到厂门口，他则步步回家。这是俩人偷情以来的惯例，以免别人看到他们在一起。慢步步行的速度大概是一千米七八分钟，五百米是三四分钟，所以，小曼到家的时间充其量比许剑早五分钟。

这个计算并非无意义。当那个命案发生后，这个时间差的长短对小曼的有罪与否至关重要。

当然，当时许剑根本想不到会有什么命案。太阳是那么亮，天空是那样蓝，周围的氛围是那么正常，他同小曼的欢爱是那么令人回味，怎么会有什么命案忽然插入其间？根本不可能。

但它还是来了。

他目送出租车载着小曼向厂门口开去，开始想到宋晴。昨晚那些烦乱的心绪被搁置了15个小时，这会儿它又哗哗地冒顶了。许剑心乱如麻，对那位表哥的内疚和怜悯，对宋晴的恼怒和心疼，对今后婚姻的担心，一切的一切，在他心里横七竖八地叉成一堆儿。

许剑开门时发现防盗门没反锁，许剑立即松了一口气。看来宋晴在家，没把她离家出走的决定付诸行动。宋晴果然在家，在床上蒙头大睡。戈戈没在家，不知野到哪儿玩去了。饭桌上摆着一碗许剑爱吃的烩面，还有一双筷子。烩面用塑料袋罩着，还稍有热度，显然是宋晴为丈夫留的。看见这副碗筷，许剑知道风暴已经过去，宋晴昨天的狂怒是一时冲动，现在她已经多少清醒了。她这副碗筷既是对丈夫的关心，也含着示好的意味。许剑已经在宾馆里吃过，没有动碗筷，来到卧室，想消弭两人之间的生涩。他想两人很快就会和好，然后商量寻找表哥的办法。

他坐到床边，小心地把手搭到妻子背上。宋晴没有响应，但也没有拒绝。许剑思忖着第一句话该怎么说。就在这时手机忽然响了，是小曼。声音十分慌乱，带着哭声：

"许哥你快来，小葛他……你快来！"

许剑的第一反应是她丈夫得了急病，比如脑溢血或心脏病。他说："你不要慌，我马上到！"来不及再和宋晴交代，转身出门，百忙中还到药盒里取出一瓶硝酸甘油。宋晴听到了电话，在床上仰起身子询问地看他，脸上依稀有泪痕。许剑在门口简短地说："前楼有急诊！"便急步下楼。

他跑到前楼中间单元，按响301的门铃。他曾说决不进小曼的家门，但今天是特殊情况，由不得他了。楼宇门咣通一声打开。他气喘吁吁跑到二楼时，金加工车间的刘师傅正好开门撞见他，忙问：

"许医生，咋了咋了？"

他指指三楼说："有急病！池小曼打电话让我来。"

他事后非常庆幸能撞见刘师傅,她是一个有力的证人,洗脱了许剑的嫌疑。小曼家的门已经打开,虚掩着,他闯进去后第一眼看见,小曼竟然只穿着那身三点式!他心头猛地一惊:"小曼怎么拿这身打扮来见我?让别人看见肯定会怀疑。"

但那会儿没顾上让她先穿衣服。她面色惨白,手哆哆嗦嗦地指着卧室。屋里,那个男人赤着身子,只是歪歪扭扭地穿一条三角内裤,面色死白,姿势怪异地仰面躺在床上,一条腿半落在床下。从这个姿势看,像是被别人拖到床上的。许剑赶紧试他的鼻息,呼吸已经完全停止。这不是病人,是个死人。实际上许剑在试他鼻息之前就知道了,死人身上都有一种难以形容的死亡气息,凭直觉就能知道。

许剑的头嗡一声涨大了,觉得口干舌燥。鉴于他和小曼的私情,他真不该贸然闯进这件命案中,或者说,小曼真不该把情人拖进丈夫的命案中。这事做得真够蠢了,他俩的私情很可能因此而暴露,以后会平添多少麻烦!

许剑摇摇头,赶走这些自私的想法。"小曼是在难中啊,在这方寸大乱的时刻,她不找我找谁?既然来了,我得尽医生的职责,也得尽许哥的情分。"许剑一边在心里为她辩解,一边继续检查死者。先翻看瞳孔,已经散光了。又摸摸尸温,尸温稍有下降,所以死的时间不长。许剑声音沙哑地问:

"到底是怎么回事?"

小曼哭着说:"他上吊。"

"自缢?"

许剑看着她,心脏向下沉落。昨天深夜他把小曼从丈夫身边唤走,今天这个男人就自杀,这恐怕不是巧合。他忽然想到,昨晚两人坐上出租后曾瞥见梧桐树后有一个男人身影,身形与小葛相似,会不会那就是小葛?也许这位丈夫对突兀的半夜电话生疑,在后边跟踪小曼,然后眼睁睁地看着妻子和情夫搂抱着上车。生性懦弱的他不敢制止妻子,只能走上绝路。

许剑想,"这么说是我害了他?我刚刚害了宋晴的表哥,被妻子骂做伪善、阴险和缺德。今天又害死了情人的丈夫。我简直成丧门星了。"

惊恐欲绝的小曼体会不到情人的自责,她领许剑到卫生间门口,指指左边墙角，那儿有一根直立的水管，在离地面一人多高的地方安有一个钩子，钩身较粗，表面电镀，比较精致，用螺栓和U型卡固定在管上。许剑的第一印象，这是挂拖把用的，但显得过于坚固，位置也稍高一些。现在，钩子上面松松地挂着一条绿色尼龙晾衣绳，挽成圆形的绳套。小曼说：

"就在那儿。就用那个上吊的。"

手指颤抖着指着这个绳套。

就在这一刹那，许剑的警觉突然醒了，从自责和对小曼的怜悯中迅速跳出来。警觉的苏醒是因为——这条绳子！它相当细，从外观上就能看出其质地比较硬。他努力探过身摸摸，为了保持现场，他不想走进卫生间。没错，绳子确实很硬。这就不对头，大大的不对头。许剑虽不是法医，但作为医生多少懂一些法医知识。上吊的人颈部会留有缢沟，这条绳子又细又硬，所造成的缢沟应当非常明显，会引起一定程度的表皮脱落和皮下出血，死后发生皮革化，颜色呈黄褐色或暗褐色。但刚才检查死者时没发现这些征象啊。

他从卫生间门口退回来，转过去再检查一遍尸体。没错，死者脖子上没有任何可见的缢沟。这不正常。

不过眼结膜上有散在性出血点，这倒是缢死的征象。还有，他记得法医书上介绍过，如果死者刚死就被解下来，绳痕也有可能消失。但……他不相信能消失得这么彻底，这样细而坚硬的绳子不会不留下一点缢痕。

也许……他并不是自杀？

许剑知道不少案例，凶手把受害人闷死，或让受害者服安眠药后伪装自缢。法医学上说，如果是死后才挂绳，由于不再有流通的血液在这儿遇阻，就不会有明显的缢痕。但这种假设也与尸体征象有矛盾，因为尸体到现在还有温度。许剑检查了死者的口鼻，从表观上看不到闷死或服药的迹象，这只有等尸体解剖、做胃容检查时才能最终确定。

如果不是自缢，那事情就复杂了。许剑并不是怀疑小曼，但绳子的疑点是明摆着的，无法逃避。万一小葛之死有猫腻，那么死者的妻子，一个四处红杏出墙的风流女人，就甭想干净了。不管怎样，许剑从心理上悄悄拉大了同小曼的距离。才看到死人时他很紧张，但那是为小曼着急，那时的心理角度完全是站在情人这边的。现在，他迫使自己从那个位置抽身，站在"外面"来思考问题。

他想小曼不可能同凶杀有关。最有力的证据是：小曼是被自己临时拉到宾馆，而不是她约的自己，这就排除了事先安排谋杀的可能性。但是……如果早有预谋？

如果早就精心安排好一切，她也有足够的时间——在许剑睡熟或出门买小吃的时段，在宾馆里打电话指挥某个杀手，来实施事先策划好的谋杀。虽然这种推理稍显迂曲，但不能完全排除。想想小曼平素无意中流露的对丈夫的极端鄙夷，甚至因为"怕生个儿子像他"而拒绝生育，尤其是想想那次在火锅店吃饭时小曼对丈夫的"款款深情"，谋杀的可能并非没有。

那就太可怕了。

这样的心机就太可怕了。

许剑默默地检查着，推理着。这会儿他一直没正面看小曼，只是时不时悄悄地瞥她一眼。小曼亦步亦趋地跟在身后，紧张地盯着许剑的表情。也许她的紧张是因为怕谎言穿帮？许剑无意中触到她的身体，皮肤凉沁沁的，非常光滑。但这会儿引不起他的快感，反倒像是碰到了蛇的身体。许剑下意识地离她远些，问：

"小曼你为什么要把他拉到床上？这是破坏现场啊你知道不。"

小曼哭了，哽咽得没法儿说话："我那时……完全……昏了，只想……抢救他。"

许剑暗暗摇头：救人也不需要拉到床上啊，放到卫生间地板上就行。许剑想，"其实我也在破坏现场啊，我刚才既然已经看到死人，就不该随她到卫生间，在卫生间门口留下我的脚印。这样会给自己惹下麻烦的。好在我及时清醒，没有进到要紧处。昏了一次头，从现在开始不能再昏了。"许剑果断地说：

"从现在起再不能乱动，我打110喊公安。"

是一个女警接电话，说："请保护现场，警察马上就去。"放下电话，许剑想了想，又给厂保卫部打了电话，值班人也是那句话："保护现场，我们马上就去。"

电话打完，两人一时无话。许剑这时才再度注意到她穿着三点式。一个三点式的性感女人，伴着一具面目扭曲的死尸，这种对比让他心头发冷。小曼一直在发抖，当然是由于恐惧，而不是天冷。许剑到客厅沙发上捡来她的衣裙，递给她，让她穿上。小曼机械地穿着，泪水不时涌出来。

想想世事变得真快，如果现在是在幽会的四号楼，许剑会帮她穿衣服，还会把她搂到怀里，舔干她的泪水。但这会儿完全不可能了。许剑对她已经有了很深的猜忌。

小曼家的大门紧锁着，许剑回忆着是谁锁的门？想了想，是他自己，他进来时看见小曼只穿着三点式，下意识中顺手把门带死了。这会儿他走过去把门打开，也把他同小曼的距离拉开了。他说：

"公安很快就要来了，肯定要对你进行询问，你抓紧时间回忆一下，理理思路。"

这句话里隐含着一层意思："如果小葛的猝死中真有猫腻，你就抓紧时间把谎话编圆。这是作为情人的最后一个忠告，以后你就好自为之吧。"

她感觉到了情人的疏远，悲凉地抬头看看他，说："许哥，许医生，谢谢你接我电话后这么快就赶来。给你添麻烦了。我回家前是一个人到大统百货购物来着，我今天一直在那儿。"她补充一句："我不会连累任何人。"

许剑苦笑，没有接她的话。她是在向情人做出承诺，但许剑不想留下"订立攻守同盟"的口实。而且，如果这里面真有猫腻，她怎么可能不拉上自己？她不就是想拉上自己做她的"不在现场"的人证吗？许剑岔开话头说：

"我想警察们该来了吧。"

从那之后他们就没有再交谈。小曼孤独地缩在卧室里，盯着死者，泪水从眼眶里漫溢出来。直到警察来前的十几分钟内，她的泪水一直不断线。她的哀痛看起来十分真诚。不过……也许此时许剑的心理比较阴暗，想想平时她对丈夫的鄙夷，她与情人幽会时的欢乐，她对小葛说过的那些刻薄话，总觉得她此时的悲痛中作秀的成分太大。

许剑也盯着死者，含着怜悯和悲凉。一条生命就这么去了。他曾经是从死人堆里爬出来的顽强生命啊，曾是全厂屈指可数的优秀工程师啊。他现在已经不是"人"，不是生命体，只是一堆人形物质。很快他就会腐烂、分解，回归泥土，与普通的泥土和元素并无任何不同。这堆物质作为一个"人"时所具有的独特情感、爱憎、悲欢、经历也从此化为乌有。

他到底是自杀，还是他杀？许剑很想知道，昨晚在出租车上看到的那个身影到底是不是小葛。现在死无对证，只有上帝知道了。

警车呼啸而来，接着是杂乱的脚步声上楼。

特车厂的保卫科长领着两个公安，是辖区派出所的，他们说奉命前来保护现场，市局的人马随后就到。两个公安没有进第一现场卫生间，只是在大门口拉上隔离纸带。这时楼道里的住户已经被惊动，门口围了七八个人。二楼的刘师傅也在，在人群后伸着头，急不可耐地小声喊："小许，许医生！"许剑装着没听见。

几分钟后市局的人马到了，由一位姓孔的刑侦队长带队，来人中有位头发花白的老法医——那不是曹院长的娘家二舅嘛。薛法医今天穿着警服，一脸的责任心。许剑打了一个招呼，对方没理睬，自顾开始工作。看来他完全没有认出许剑，这个帮他保住法医工作的人。一位女技术员先对屋里拍照，又猛劲抽鼻子，闻闻现场有没有异味。薛法医和女助手开始做初步尸检，另外几个人用放大镜和铝粉检查指印。

孔队高大威猛，说话却慢声细语，与他的外貌很不相配。他是询问组的，首先把许剑喊到书房里询问。许剑认识他，他父亲是许剑的中学班主任，毕业后许剑时不时去探望老师，与老师全家都见过面。按说孔队长也该认出许剑的，但可能在这个场合应该避嫌，他没有露出认识的样子，笑着说：

"许医生，你是除死者妻子外第一个到现场的，又是报案人，说说情况吧。别急，好好回忆回忆，说详细点。"

许剑完全如实地叙述了全部过程，只是没提他对尸体征象和缢绳的怀疑。问完后，孔队长很随便地说：

"你说你上楼时见到一位邻居？"

"对，二楼202室的刘师傅，金加工车间的。"

书记员做着记录，孔队长也在自己的本子上做了一个记号。他又问："你说你接电话时刚刚回家，是到哪儿去了？"

"从市委招待所四号楼回来。"许剑说，"昨晚我同妻子吵架了，吵得很凶，我赌气在那儿订了房间。"

"啊，是这样。"

他的一个助手退出去，许剑听见他在客厅打电话，大概是在向四号楼证实。随后他回来同队长耳语一阵，队长点点头，忽然问许剑："昨晚你同一个女人在一起？"

许剑犹豫片刻，决定暂不坦白。昨晚他们很谨慎，没有碰到熟人。虽然服务员见过他的女伴，但估计不会有人联想到小曼。当然，在发生这桩命案后，他俩的私情最终很难守住，但他至少要等小曼承认后再说。过早承认与小曼的私情，只会使情况复杂化——警方对这个报案者兼情夫一定会死盯不放的。许剑摇摇头说：

"没有，就我一个人。"

孔队长不快地说："我们不关心你的隐私，但说出实情对你有好处。你昨晚是一个人还是俩人，能瞒过四号楼的服务员？请你考虑。"他补充一句，"我们会对你的隐私保密。"

听他的口气许剑倒放心了，他肯定怀疑许剑昨晚是去偷情或嫖妓，但并没想到那个女人就是池小曼。他的追问是出于好心，想让许剑说出过硬的人证，彻底洗清他的嫌疑。许剑当然不会轻易改口，即使改口他也无法供出一位莫须有的妓女。他再次摇头：

"不，没有。"

孔队长没有再坚持。有刘师傅的证明，他们对许剑并未生疑，这些询问都是例行程序。从这之后他的询问明显转了方向。他似不在意地问："你来时，那根晾衣绳仍挂在那个铁钩上？你详细说说你当时见到的情况。"

许剑看看他。他的目光很平静，但许剑知道，关于这条绳子两人有同样的怀疑。这不奇怪，那个疑点非常明显，连半瓶醋的许剑都能想到，警方当然会想到。许剑说：

"是的。池小曼曾带我看了现场，那根绳子当时就挂在那里，同现在的样子一样。池小曼指着绳套说，死者就是用它上吊的。但我及时想到要保护现场，没有进去。"许剑笑着说，"你们可以检查，我的脚印只到门口为止，里边绝对不会有的。"

孔队长示好地说："例行询问，例行询问。好吧，你可以离开了，以后需要时再跟你联系。记着，你所看到的一切情况都不能向任何人透露，否则会对破案不利的。"

"我懂。我保证不泄露。"

"还有，许医生，谢谢你报案。"

"不客气，公民的义务。"

许剑离开房间时，看见小曼在另一间屋子里接受询问。从门外只能看到她的背影，不知道她是否慌乱和恐惧。他向那个背影瞥了最后一眼，在心中长叹一声，走出房间。打此刻起，他同小曼的关系就被割断了。此后很长时间，无论是她被监视居住，还是被解除监禁后恢复上班，许剑都再未同她有过实际接触，直到一年之后。

楼道中挤满了围观的邻居，许剑从人群中挤过去，二楼的刘师傅急忙拉住他，低声问："真的死了？咋死的？"他对第一个问题点点头，对第二个问题摇摇头，表示无可奉告。

楼下也挤满了人。出了楼门，抬头看看对面四楼自家的阳台，铝合金窗户拉开了，宋晴在那里探着身子，关切地往下看。许剑向她摆摆手，提前让妻子放心。等他回到家，宋晴已经打开门迎接他。她多少有点紧张，说公安已经找过她了，是来了解两点情况：一、昨晚夫妻两个是否吵过架；二、去池小曼家之前，许剑是否当着宋晴的面接了池小曼的电话。

"我都如实回答了。我说昨晚夫妻确实吵了架，起因是老家一个亲戚的事。又说池小曼打电话求救时我也听见了，你临跑出门，还回头在药柜中拿了一瓶急救药。我对他们说，我相信丈夫，他绝对不会牵连到什么谋杀案中。许剑你别担心，你只是运气不好，偶然被牵连进去。你也不用后悔，作为一个医生，听到有急病怎么能不去呢？何况还是小曼来求。"

许剑苦笑着拍拍她的脸，亲一下，搂紧她坐在沙发上。妻子的信任让他汗颜。当然他没去杀人，但却是这个女疑犯的情夫，而且这个秘密很快就会露出水面，他真不知道，那时该如何面对妻子明澈的目光。不过，这桩突发的命案让夫妻之间的裂隙不经意间就抹平了，也算是不幸之中的幸事吧。许剑说：

"我不担心，这都是例行询问，并不是针对我。不过，以后你可不要说什么'谋杀案'，究竟是自杀还是谋杀，还远没有定论呢。"

宋晴有点不好意思："我也是听大家哄传的，有人还咬定与小曼有关。"

宋晴的担心也就到此为止，她确实不担心丈夫会犯罪，也不相信丈夫应个急诊就会被牵连进去。此后她一直为小葛惋惜：那么好的人，那么优秀的工程师，怎么说走就走呢。当年的汽车都没轧死他，今天却无声无息地死了，人的命啊。又替小曼惋惜，说她丈夫死了，又死得不明不白，小曼肯定要受一场磨难了。那天下午两人没再出门，不时到阳台上看看前楼。下边的人群一直没散，警察出出进进，警车到晚上才走。

晚饭前，戈戈高声喊着"妈！爸！"气喘吁吁地跑回家。他已经听说了几乎所有的情况，不过他的兴趣点集中在死人身上：

"爸你今天是不是第一个见到死人的？是不是上吊？舌头伸出来了吗？电影中的吊死鬼都是伸着红舌头。爸你见了死人害怕不害怕？今晚能不能睡得着？"

许剑说："当然能睡着，爸爸当了十几年医生，死人见得还少吗？"戈戈钦佩地说：

"爸爸你真行，真勇敢！"

晚饭后，门铃响了。是一个中年女人，50岁上下，短发，很干练的样子，面色惨淡，眼角挂着泪痕，说话时而是西川口音时而是北阴口音。她自我介绍说她是葛玉峰的大姐，得到警方通知，刚从县里赶来。许剑夫妻心想：这就是那个从死人堆里扒出小葛的大姐了。宋晴忙让座，斟上茶水，说：

"大姐你歇口气。大姐，事情既然已经出了，你要想开呀。"

这位大姐非常悲伤，但眼中更多的是怒火。她直截了当地说：

"许医生，我和公安谈过话就直奔你这儿了。人家说你第一个到现场，你对我说说当时的情况。我知道俺家小三儿死得冤。我早就说过，小三儿一定会被这个狐狸精害死！"

纵然许剑自己对小曼也有怀疑，但葛大姐的武断仍使他生出反感。他淡淡地说："大姐你这话说得过早了，是自杀还是他杀并没有定论。现场看不出他杀的迹象。"

宋晴看看丈夫，也小心地解劝："是啊，没人说是谋杀。"

"你们不知道内情。我家小三儿太窝囊，在家被那个狐狸精呼来喝去，不当人待。我在小三儿家亲眼见过池小曼扇他的耳光，气得再不登那个家门。还有，你们厂谁不知道，池小曼在外边有成群的相好？小三儿一定是被那个狐狸精害死的！结奸夫害本夫！"

想起幽会时小曼对丈夫的鄙夷，许剑对葛大姐的话有同感，不好为小曼辩白。而且，葛大姐的话证实了那句传言：小曼确曾掴过丈夫的耳光。这未免过分了，一个妻子这样做太过分了。

而且他在葛大姐面前不免心虚：自己也是她说的"成群的相好"中的一个啊。当然葛大姐这会儿并没有怀疑许剑，否则她不会来这儿。

不过总的说，这位大姐处事太偏激："不拿丈夫当人"确实可气，但和"谋杀丈夫"绝不可以画等号。许剑想，她是乍然听到爱弟——毋宁说是她的儿子——的死讯，正在悲愤之中，偏激一点可以原谅。许剑耐心地说：

"葛大姐请你原谅，我真的不能告诉你现场情况。我离开现场前，警方再三告诫我一定要守口如瓶，因为，如果小葛万一死于他杀，那么泄露出去的任何情况都对破案不利，凶手知道后会预做准备。我想你会谅解的。"

葛大姐不甘心，但没法子反驳许剑的理由，沉着脸一时无话。宋晴及时插进来：

"葛大姐你吃饭没？你听到噩耗就从县城里赶来，一定没来得及吃晚饭吧。我这就给你做。"

葛大姐说："不用麻烦了，这会儿我哪能吃得下。"宋晴说：

血祭

"那可不行,事情已经出了,你要保重自己,不能把身体拖垮,办丧事要忙几天呢。大姐你和许剑接着聊,我去煮一碗鸡蛋挂面。"她又补充一句,"大姐在我家别客气,我也是紫关镇人,咱俩是近老乡呢。"

她到厨房去了。戈戈从书房出来,这孩子知道待客的礼貌,悄悄拉拉爸爸的衣角,小声说:

"我作业已经做完了,想看电视,行不?"

电视是在客厅,这会儿当然不能看。许剑背着葛大姐向他摇摇手,回头对葛大姐说:"大姐你先坐,我把儿子安顿好。"然后把儿子领到书房,打开电脑,在网上找到一部他爱看的电影。等许剑回到客厅时,葛大姐正在无声地痛哭,用手支着额头,泪水汹汹而下,肩膀猛烈地抽动。她听到许剑的脚步声回客厅了,不想让主人看到她情绪失控,转过脸迅速擦干泪水,哽声说:

"我到现在还不信这是真的,活蹦乱跳的大活人,说没就没了!前天他还给我打电话呢。"

她深重的悲痛让人心酸。许剑只能笨拙地安慰:"大姐,我知道他是你一手带大的,你们姐弟感情很深,但人死不能复生,你一定要节哀。"

她的泪水擦干又涌出来:"许医生,你说我咋向他死去的爹娘交代呀。这么好的孩子,从小就命苦,老天没眼,老天没眼!"

她说小三儿爹娘被汽车轧死的时候,她就在旁边。那次全市性的群众大会,她也跟着街道居委会去了,和小三儿爹妈,就是她的堂叔堂婶,坐在一块儿等着大会开始。出事前她还抱了一会儿小三儿。她比小三儿大15岁,一向很疼这个小不点儿兄弟。后来有人喊她打扑克。她把小三儿还给小婶就过去了。那时谁想到会有一场大灾祸?随后那辆车就冲过来,碾过人群,离她不到两米。她吓傻了,呆呆地看着一地的死伤者。忽然她听到小三儿的哭声:"妈妈!妈妈!"她从梦魇中醒来,冲进死人堆中抱出那个血孩,扒开衣服查看伤口,没有,小三一根汗毛都没掉,身上的血全是爹妈的。小三儿抱出来时,他爹妈还在地上蹬弹,不久就断气了。那天她一路大哭着,把可怜的小三儿抱回家。

从此小三儿就由她家抚养。那一段她没工作,所以小三儿一直是她一手

333

带大的。后来全家被下放到紫关镇，仍是她带小三儿。

她对许剑说："论辈分我是他姐，论亲情我是他妈。许医生不怕你笑话，我当姑娘时就有一个不好听的绰号，叫葛大奶子，紫关镇上都知道。为啥奶子大？让小三儿吸的，小三儿玩的。他嚼我的奶嚼到五岁！"

她说，小三儿的爹妈是老来得子，对儿子比较娇惯，两岁还没断奶，晚上总是嚼着妈的奶头才能入睡。那天小三儿受惊太重，吓出毛病了，外面稍有动静就抽搐。到晚上扯着嗓子嚎，哭得几乎断气。她只能抱着小三儿，一个劲儿在屋里悠着哄着。小三儿在她怀里找奶头，找不到就哭。闹腾到半夜，她咬咬牙，掀开衣服，把乳头塞进去。小三儿嚼着姐姐的空奶头，这才抽咽着睡着了。从那之后就成了习惯。后来小三儿大了，不嚼奶头了，但总要两手捧着奶子才能入睡。一直到五岁才给他"摘奶"。

好不容易把他拉扯大，供他上了大学，又张罗着为他办了婚事。"池小曼还是我托人给他介绍的，我真是瞎了眼，把这种贱女人塞给他，说来是我害了小三儿！是我害了小三儿！"

许剑小心地问："大姐，你说你见过池小曼抽丈夫的耳光，是亲眼见的吗？"

他知道问这个问题不合适，一个和葛家没什么关系的男人，凭什么对这种事感兴趣？但他一直想证实它的真实性。葛大姐说：

"我没有亲眼见，也跟亲眼见差不多。几年前我来他家时，两人刚吵完架，小三儿脸上有明显的五个指头印。我气得要和池小曼理论，小三儿抵死不让。从那天起，我再没登过那个家门。"

许剑迟疑片刻："大姐，有句话不知道我当讲不当讲。"

"你说。"

"你家小三儿是不是有什么短处捏在妻子手里？否则他干吗在她面前这么低三下四。大姐你别生气，我是瞎猜，弄清这一点，对破案也许有帮助。"

大姐坚决地说："不会。小三儿的人品我知道，不偷不摸，不赌不嫖，不抽烟不喝酒，没有不三不四的朋友，为人腼腆，见了姑娘就脸红。他能有什么短处？他就是太懦弱，被这个狐狸精迷上了，被她降住了，攥在手心。算

血祭

来是小三儿上辈子欠她的！"

也许当姐的对弟弟的评价过于溢美，但许剑想她说的基本是实情，符合他平时对小葛的印象。特别是经过那次宴请后，他对小葛的为人又多一层了解。关于这一点许剑实在想不通：小葛应该说是一个比较优秀的丈夫吧，为什么小曼对他如此鄙夷，而小葛在妻子面前如此……低贱。剩下的只有一个原因：也许小葛不能行男女之事，所以在妻子面前抬不起头来。依他的性格——腼腆、懦弱、见了姑娘就脸红，这是很有可能的。

但这件事许剑曾问过小曼，小曼否认了，她没必要在这点上说谎吧。

宋晴把饭做好了，香喷喷的鸡蛋挂面。葛大姐还是说不想吃，在宋晴再三劝说下，勉强吃了一碗。吃完饭她不顾宋晴的坚决劝阻，非要自己洗碗。从这件小事上可以看出，她是个很责己的人。宋晴问她住处安排了吗？她说安排了，就在厂招待所。她已经决心在这儿打持久战，非要弄清小三儿的死因后再走！

她还说，已经要求警方对尸体做解剖，要彻底查明死因，为小三儿申冤！

许剑和宋晴互相看看，心照不宣。这下子池小曼麻烦了。不管她在丈夫之死中有没有猫腻，但有了葛大姐这样一个锲而不舍的对头，她今后的麻烦大了。

电话响了，许剑拿起听筒，是一个慢声细语的男人语调："许医生吗，我是孔大军，刑警队的。死者的大姐这会儿是不是在你家？"

许剑说："是的，她来这儿打听当时现场的情况，不过我遵照你们的交代，什么也没有透露。"

孔队长说："你做得对，谢谢。你告诉她，请她这会儿到池小曼家，池小曼一定要见她。我这会儿也在这儿。"

"是不是……尸体解剖的事？葛大姐刚刚还在说这事。"

孔队长略略迟疑，答道："对。"

许剑把电话递给葛大姐："刑警队孔队长的，请你去池小曼家，小曼要见你。"

葛大姐接过电话说："孔队长，我不想见她，有什么话让她在电话中说吧。"

孔队长劝了两句，但葛大姐执意不去，那边只好把电话交给池小曼。在池小曼通话前，葛大姐不知出于什么心理，先摁下免提键，于是宋晴和许剑也成了听众。小曼声音沙哑地说：

"大姐……"

乍一听到她的声音，许剑心头猛一荡。算来他们分手只有半天，但风云突变，弄得好像过了半个世纪。他怕妻子和葛大姐注意到他的情绪动荡，还好，她们都在专心听电话，无暇他顾。电话中小曼说：

"大姐，小葛有这样的不幸，我也很难过。可能大姐对我有误解，日久见人心，事情终究会清楚的。我只想说一句：在小葛的猝死中，我没有任何牵连。人死了，就不要再折腾他了，让他落个囫囵尸首。大姐，最好不要对他做尸检了，请你考虑考虑。"

许剑暗暗摇头，心想小曼这些话实在欠考虑。既然小葛的猝死中有这样明显的疑点，葛大姐怎么会因她的几句话就放弃尸检？别说是她，就是警方也不会同意，刑法上有规定，对有疑点的猝死者，警方有权决定是否尸检，根本不必征得家属的同意。小曼坚持不做尸检，只会加重大家对她的怀疑。

连许剑这会儿也加重了怀疑：小曼为什么明知不可为也要坚持？也许她知道，只要一尸检就真相大白？

葛大姐在回话前努力平静了情绪，说话的语调比较平和，但话语比剃刀还锋利："池小曼，谁想折腾死人？小三儿这辈子太可怜太窝囊，死了还不能落个全尸。不过做尸检是为你好，是想证明你的清白，要不人言可畏，结奸夫害本夫是嘴边上的话。你不用劝我，我的主意不会变的，究竟做不做尸检，由公安决定吧。"

那边沉默一会儿，幽幽地说："我料到你不会听我的劝，我只是尽尽心。小葛在九泉之下不会怨我了。那就做吧，那就解剖吧。孔队长说做尸体解剖必须有家属在场，我不敢去，就麻烦大姐你去吧。"

"好，我去。"葛大姐挂了电话，从牙缝里说，"哼，做贼心虚。"

许剑和宋晴互相看了一眼，对这个话题不好说什么。

已经10点了，戈戈已经睡下，葛大姐几次说她该走了，说着说着又留下来。今天的噩耗太突然，把她的方寸全弄乱了。她只想能有人听她的倾诉。宋晴很理解她的心情，柔声劝着：

"不急不急，时间还早呢。和我们说说话，你心里也会好受些。大姐你一定要节哀。"

葛大姐说她这辈子最悔的事，就是为小三儿介绍了这么一个妻子。那时小三儿已经小三十了，因为太内向，一直没有谈对象。她急了，辗转托人介绍。后来一个老街坊介绍了池小曼，葛大姐带着小葛与女方见面，见面后姐弟俩都很满意。可惜知人知面不知心哪，一步走错，铸成终生的悲剧。为这事她和那个街坊都吵翻了，想想也不怨那人，婚前池小曼的名声还可以，谁能想到她是这样一个破鞋呢。

她说："俺们姐弟感情很深，小三儿一直到十岁时，只要跟我出门，总是要牵着我的手，邻居都说我半是姐，半是妈。后来就是为了这个狐狸精，姐弟俩基本断了来往，因为我实在不愿看小三儿受凌辱，立誓不登池小曼的家门。说来是我害了小三儿，是我害了小三儿！"

她的泪水又突涌出来。宋晴听得很动感情，眼圈红了又红。葛大姐肯定也感受到了听话人的共鸣，与宋晴说得十分交心。许剑想起宋晴对他表哥过于深重的内疚，心想这两个女人倒是有某种相像。

11点，葛大姐走了，她的来访弄得许剑心情烦躁，想出去散步，宋晴说：

"这会儿散步？已经11点了。你要去的话，我同你一道。"

许剑知道她的用意。不管许剑算不算嫌疑人，反正公安调查过他，在这微妙时刻，她要用妻子的信任为丈夫撑起一道屏障。许剑谢绝了，说：

"戈戈在家，你照看他吧，我想一个人转转。"

许剑倒不怕被牵连进命案中去，真的假不了，假的真不了，公安总不会把杀人罪硬栽给不相干的人。他怕的是这桩命案使他的私情曝光，到时候宋晴如何受得住？曝光几乎是肯定的，因为小曼若不供出与情人的幽会，就无法证明她不在现场。她倒是许诺过"决不会连累你"，但在警方的逼问下，这种许诺肯定靠不住。

所以，为宋晴着想，这一段时间她不宜太招摇，否则等丈夫的私情曝光时，她会很尴尬。

今天是新月之夜，细细的 C 字形的月牙儿在白云中穿行，繁星如豆。小叶杨的树梢在夜风中摇摆。各幢家属楼的窗户大部分黑着。许剑目光忧郁地盯着这一扇扇黑黝黝的窗户。此时此刻，窗户后面有多少对男女正在干着男女之事？其中是否有并非夫妻的偷情者？一定有。虽然只是臆测，但许剑相信会是这样。这是两性人类的本能，与一百年前、一千年前甚至一百万年前并无不同。

人类只是把露天野合改为卧室里的做爱，把公开的群交改为隐秘的偷情。

文明进步了，人类自以为进入自由王国了。其实不然，人类仍然只是一群提线木偶，身后永远有束细线被上帝牵着。

就如他迷恋于小曼的肉体而放弃理智。

下意识中，他踱回小曼的楼下。小葛之死所激起的骚动还未平息，虽然夜色已晚，楼下仍有一小群人在谈论此事。公安已经撤走了，只留下两名女警住在小曼家里，说是怕小曼自杀，保护她。因为下午死者的大姐曾带着五六名亲属在楼前大闹一番，跪求公安为她们做主，为屈死的小葛申冤。她没有说凶手是谁，但谁都知道那是冲着池小曼。

当然，警方的用意不光是保护，也含着软禁小曼的意思，小葛命案中的蹊跷太明显了，警方怕她逃跑或串供。

许剑是除死者妻子外的唯一在场人，鉴于自己在本案中的角色，他不好去人群中扎堆，仅同熟人点头问好，径直走过去。有人喊着"许医生，许医生！"追了过来。是二楼的刘师傅。这次多亏她，为许剑进入现场的时间做了有力的旁证，要不警方不会这么轻易放过他。他说："刘师傅你有什么事？"刘师傅说：

"许医生，公安找过我，调查你进池小曼家的时间，我照实说了。"她还加了一句，"我还说，过去从没见你来过。"

许剑轻描淡写地说："不奇怪。这是公安的惯例：报案人的嫌疑得第一个排除。不过我还是要谢谢你，至少省了我不少口舌。"

她表情严重地说："许医生我跟你说，小葛肯定是被池小曼害死的！"

血祭

　　许剑抑住不快说："刘师傅，人命关天的事，可不能乱说啊。公安局还没定性呢。你可别学小葛的大姐，她太偏激，由着性子闹。那种闹法会把事情弄糟的。"

　　"不是池小曼害死的，也是被她气死的。许医生，你不知道这个娘儿们有多浪，她平时敢穿着奶罩内裤到楼道里的垃圾口倒垃圾！啧啧，那是什么衣服啊，奶罩只盖住奶头，内裤只能兜住沟沟，她愣敢出门！我男人和我都撞见过。还有，小葛不在家时，常有年轻男人来找她，关上门一待就是半天，你想那能干啥好事？我早就盯上她啦。"她得意地说，"碰上可疑人来，我就从猫眼里侦察，从他进屋一直监视到他离开。告诉你吧，她有几个相好，都是哪几个，我知道个八八九。"

　　许剑立刻想起自己"决不进小曼家"的决定，不由暗自庆幸。

　　"许医生，就在你进池小曼家前两分钟，我男人还撞见她出来倒垃圾，还是那身打扮，真不要脸！"

　　许剑身上一激灵，问："你说就在我来前两分钟？"

　　"对。"

　　"你……告诉公安了吗？"

　　"没有。说这干啥，她不嫌丢人，我男人还嫌晦气呢。"

　　许剑笑了："你说得对。其实我进屋时她还是这身打扮哩，是我请她先把衣服穿好。不过，当时人命关天，我想她是吓傻了，一时的失态，就没有在意。"

　　他告辞刘师傅走了，表面若无其事，心中却在激烈翻滚。在此之前，他对池小曼有猜疑，但只是浅浅的猜疑。知道这个细节后，心中的怀疑陡然加重了。

　　因为刘师傅不知道，许剑却能断定，池小曼刚才肯定不是倒垃圾！

　　他和池小曼坐一辆车回来，在厂门五百米外分手，他步行，小曼坐出租到厂门口。满打满算，小曼只会比他早到家五分钟。在这段时间内她要脱去外衣，再发现丈夫的死亡，然后打电话给医生……这些过程再紧凑也要五分钟时间。她哪里还有闲心去倒什么垃圾？

既然不是倒垃圾,那就只有一种可能:毁灭罪证。她把某件东西匆忙扔进垃圾筒里了。

警方太疏忽,竟然没想到检查垃圾箱。

许剑不知道自己该如何做。如果她真是本案的策划者——不可能是直接凶手,三五分钟内她不可能杀死一个人,再说死亡时间显然在她回来之前——那就应该去揭发,这是公民的义务。再进一层说,如果事实果真如此,那她打一开始就是把许剑作为一个棋子,她的脉脉温情都是为阴谋服务的,又何必留恋她呢。

但她……毕竟与许剑有过肉体之欢,许剑下不了这个狠心。

他在林荫道上踱了很久,因为心事重重,下意识中又踱回到原地。天已经黑定,闲聊的人群已散去。小曼家开着灯,大概是卧室灯,是温馨的粉红色。小曼此刻在干什么?在想什么?那两位监护的女警对她严厉不严厉?这些温情的想法像雪堆的融水一样悄悄渗出来,许剑知道,他不会去揭发小曼了,绝对不可能。

从中午到现在,许剑心里的天平一直在剧烈摇摆。小曼是有罪,还是无罪?小葛之死的疑点太明显了,但他一直有一个模糊的感觉,那就是:如果把目光的焦点对准"事",则小曼大可怀疑;如果把目光对准"人",则小曼不大像是阴谋中人。

他想起两人离开四号楼前,小曼还在操心着招待所几点结账,不想让情人多花一天宿费;她在洗漱时小声问:"你是不是还想要我一次?"如果那时她刚刚遥控指挥过一桩杀人行动,怎么会有这样的闲心?还有,在她刚才同葛大姐的通话中,也流露出一种只可意会的凄凉无奈,这不像杀人凶手的心态。

除非她是天字第一号的冷血杀手,兼天字第一号的假面演员。

不可能的。

但刘师傅透露的这个细节又让天平剧烈地摆过去了。这个倒垃圾的行动太可疑,简直无法为它找到什么解释。现在基本可以肯定,她在丈夫的死亡中肯定扮演了一个不光彩的角色,如果不是主谋,至少也是被动的知情者。她在刻意掩饰什么秘密。

许剑不由打了一个寒战。这个貌似浅薄的女人其实很复杂。女人太可怕，尤其是当你对她们多少怀着轻慢之心时。

包括那位爱好从猫眼里侦察邻居的刘师傅。

许剑久久盯着小曼卧室中粉红色的灯光，下了一个决心。他不忍心揭发小曼，但至少要设法弄清真相，否则他也太憨傻了，一任情妇摆布。

回到家，他仍没走出这些思绪，脱衣上床时显得神情恍惚。很久之后他才觉察到自己的失神，也觉察到宋晴在怀疑地看着他。糟糕，妻子已经生疑了。她这人虽然从不多疑，但绝不是傻瓜。只要她动了疑心，把事情的前前后后联系起来，很快会嗅到丈夫的偷情。

不过许剑不想解释，有点破罐子破摔的打算。他想，反正和小曼的私情肯定会暴露，又何必处心积虑骗妻子于一时呢。

他简单地说一句："不早了，睡吧。"就面向床外睡下。宋晴也悄无声息地睡了，若在平常，妻子睡前总要和丈夫叨叨一会儿枕边话的。许剑怅然想道，上一次因表哥引起的冷战刚刚结束，恐怕又要开始一场新冷战，这在两人14年的婚姻中从未有过啊。

好长时间许剑睡不着，强忍着不敢翻身，生怕惊动妻子。他一直在思索刘师傅提供的线索，决定明天就去检查小曼楼道的垃圾箱，但如何实施比较作难。绝不能让别人看见，尤其不能让刘师傅看见，那会引起怀疑的。他甚至想找清垃圾的民工买一身行头，打扮成清洁工人，但大热天的，总不能用墨镜和口罩把脸全捂上吧……老吕头！他忽然想起，老吕头因年龄太大，已经不在装修队里干了，现在承包了家属区的垃圾清运。可以找他帮忙，不显山不露水就把事情办了。

对，就这样，明天一早就去找他。

第二天早上，宋晴起床做早饭，许剑仍躺在床上。忽然听见前楼有哧啦哧啦的声音，在清晨的寂静里，这个声音传得很远。过了一会儿他突然悟出，这是清垃圾的铁锨擦地声啊。赶紧到阳台上往下看，实在巧，老吕头已经来了，正在前楼的第一个楼道清垃圾。他想老吕头可真是自己的及时雨啊，竟有这么巧的事。细想也不稀奇，垃圾是每周清一次，所以今天他碰上老吕头的可能性不小于七分之一。他穿上运动服,做好准备,从窗户里盯着老吕。老吕头清扫完了第一个垃圾箱,来到二单元,到楼洞内拿钥匙,开垃圾门——特车厂的垃圾箱平时都锁着,钥匙挂在楼道里——他瞅准时机飞快跑下去。等他跑到前楼的二单元,老吕头刚开始装垃圾。

他说:"老吕头,来得早啊。"

老吕说:"不早,这几天天热,趁早上凉快干活。许医生,你跑步啊。"

"你来得正巧,我昨晚倒垃圾可能把一个信封也倒掉了,里边有几十块钱呢。"

老吕疑惑地说:"许医生住这儿?我记错了,还以为你是住对面那幢楼。"

许剑吃一惊,没想到老吕记得自己的地址,在他的印象中,从没有和老吕在新家附近照过面,家里送他旧衣服都是带到医院再送他。不过许剑知道,大凡不识字的人,在这方面的记忆力是惊人的,也许他偶尔撞见过许剑或者是宋晴,就记住了。

事到如今,许剑只有硬挺。各栋家属楼都一模一样,想来老吕头不可能记得太准。许剑说:"你记错了,我就住在这儿。"

老吕说:"那好办,我帮你找,你也盯着。"

他一锨锨把垃圾铲出来,仔细翻检后倒垃圾车里,许剑不错眼珠地盯着,一边用余光扫着楼洞。这会儿他很怕二楼的刘师傅下来撞见,依她福尔摩斯式的敏感,她有可能把小曼倒垃圾和许剑检查垃圾箱这两件事联系起来。还好,她一直没有露面。另有两位住户下来散步,许剑主动打了招呼,说:"我正和老吕头聊天呢,这位老吕头说话真风趣。"

一箱垃圾很快清完,没有任何可疑的东西。许剑松口气,发觉这其实正是他盼望的结果,他心里的那具天平又荡回去不少。老吕头很遗憾,似乎没找到失物是他的责任,说:

"要不,把车上的垃圾倒出来再扒一遍?许医生,没关系,再扒一遍也用不了半个时辰。"

许剑忙说:"不用了,可能是我记错了,也就是几十块钱,算了算了,我还要锻炼呢。"

血祭

他同老吕告别，绕一个圈跑回家，宋晴已经把牛奶和馒头摆到餐桌上了。

公安局在厂保卫科设了临时办公室，每天忙着传唤证人询问，做笔录。这桩命案像是自杀，但有明显的疑点，听说全局长专门听过案情汇报。尸检所对死者做了解剖，验尸结果没有公开，但许剑估计没发现问题，否则公安们不会这么波澜不惊。公安对小曼申请了监视居住。小曼一直足不出户，被两个女警保护着，或者说是软禁着，买菜买油这类杂事都是女警在干。两位女警都很年轻，也许是职业习惯，也许是同这儿的人生疏，她们进进出出都面无表情，不大同凡人搭话，在特车厂这个社交群体中显得"格涩"。

自从许剑在心理上为小曼脱罪后——当然他的脱罪过于草率，免不了一厢情愿的成分——他对小曼的担忧和怀念就不可抑制。她这些天受着怎样的煎熬？面对着两个机器人一样的女警，她受到怎样的心理压力？她的精神是否濒于崩溃？

不知道。

许剑算是真正体会到了什么叫"咫尺天涯"。

中午，宋晴做饭时，他仍然点上一支烟，到阳台上去，悄悄观察对面的动静。仍能在小曼的客厅或厨房的窗户里看到她的身影，不过现在衣着整齐，不再是过去的三点式了。他想这个细节也有象征意义吧：小曼飞扬佻脱的个性已经被外在力量紧紧地束缚住了。

有时，那边的她也抬头向这边望，两双目光穿透两层玻璃在空中对撞。这样的精神交流只能使许剑的心里越来越沉重，想来她也一样。

许剑生来不是做间谍的材料，无法做到喜怒内敛，从阳台上回屋后，常常不能完全走出忧思。连戈戈都注意到了，说："爸你这几天老是心事重重的样子！是不是被死人吓的？"戈戈说这话时许剑看看宋晴，她对儿子的话似乎没有反应，继续忙着家务。但许剑知道这是假象，她这些天已经非常敏感了，所以她的平静显得更为可怕。

早上翻昨天的晚报，看见宋晴在上面登的寻人启事：

"今有一男子失踪，40岁，身高1.70米，长形脸，说话带西川县口音。

神经不正常。有报实讯者酬谢一万元,有送到者酬谢两万元。联系地址:本市特车厂职工医院许剑。"

启事上注的是许剑的名字,但提供的手机号却是宋晴的。

按家里的习惯,在一般家务事上由主妇做主。但真要碰到大事,许剑不问,宋晴也要向丈夫讨主意,她在心理上对丈夫有依赖。如今她一个人悄没声地办了,办后也不向许剑知会一声。这对夫妻关系而言是一个危险信号。

许剑看完报纸后没吱声,宋晴知道丈夫看见了,同样没吱声。这些无声的行为语言已经算是冷战了,两人都能感到家里的氛围越来越紧张。许剑为此痛苦,但根本不想释解它——仍基于那点破罐子破摔的心理,也许明天他和小曼的私情就暴露啦,在此之前去修补夫妻关系有什么用呢。他倒宁愿维持这样的冷淡,可以把夫妻摊牌的时刻尽量往后推。否则,等到私情暴露的那天,他的任何掩饰都会显得过于虚伪。

小曼的情人一个个"落网"了,不知道是小曼坦白出来的,还是警方明察暗访的成果,或者,得益于刘师傅的揭发。共有四人,氧气车间的朱云龙,车队的邵强,计量室的孙工,还有一个是厂外的业余篮球队员,经常到特车厂打比赛。这四人中倒有三个属于蓝领阶层,但四个人有一个共同特点:年轻,体格健壮,相貌很"男人"。

小曼找情人不关心地位和金钱,只看重他们的性吸引力。

四个人依次被唤进那间临时办公室,老老实实地坦白了他们和小曼的不正当关系,然后灰溜溜地出来。这些天,在这些人家中都发生了或公开或隐蔽的战争。最惨的是司机邵强,脸上被妻子抓得鲜血淋淋,出车时只得用纱布盖上。但四个人都提供了不在现场的确凿证据,而且他们与小曼的关系至迟在一年前就断了。许剑想起小曼一年前说的话:"我和你好上后再不会同任何男人来往。"她真的没有骗自己!这样他们就从嫌疑人圈子里解脱出来了。

现在,小曼情人中只余下隐藏最深的一个。

许剑。

在他提心吊胆的等待中,日子一天天过去,已经10天了。那么,至少在这 10 天里，小曼顶着巨大的压力，一直信守着对情人的承诺。这让许剑心生感激，也觉得自己特不是东西。好歹是个男人，怎么能躲到一个弱女子的后面，让她独自荷受痛苦呢。现在应该为她站出来，提供她不在现场的证明。但想起宋晴和戈戈，想到这个坦白将使家庭破碎，许剑没敢真的去做。

警方的口风很紧，不知道他们掌握了多少对小曼不利的证据。但这些不利证据肯定很有力度，否则他们不会把小曼盯得这样死。其实，即使据许剑这个外行看来，小葛之死也有不少疑点。一年后，也就是许剑洞悉了此案的真情并向仝宁披露之后，仝宁让他看了当时对小曼询问的笔录，证明他的猜测不错。

在以下的询问笔录中，小曼撒了一个大胆的谎话：为了填上 15 个小时的时间空当，她没有承认半夜 11 点出门，而说是早上 9 点离开家。因为她何时离家只有小葛能证实，而死人是不会说话的。

笔录的问话者是孔队长。笔录前几行是套话，无非是询问姓名职业、被询问者保证如实陈述等内容。笔录的尾部和内容关键处都按着红色的指印，几张记录纸上红鲜鲜的，给人以触目惊心的感觉。

……

问：请说说今天你都干了什么，有什么人证明。

答：今天是星期六，早上我们睡懒觉，9 点才起床。我想上大统百货去买一套高档内衣，我丈夫不去，我就自己去了。

问：出门时碰见熟人了吗？

答：似乎没有。

问：一个也没有？再好好想想。

答：我想不起来。

问：往下说。

答：我在百货商场转了很久，那套内衣太贵，要 999 元，再加上我已经有了一套，就没有再买。后来我一直在商场转，中午就在商场五楼的餐饮部吃了饭……

问：吃的是什么？

答：很简单，就吃了一碗馄饨。

问：逛商场时见没见到什么熟人？或者，有没有购物发票之类的物证？

答：没有碰见熟人，也没有买东西。

问：接着讲。

答：我两点坐出租回家，在厂门口下的车。到家大概是2点20分。

问：回来时碰见什么熟人了吗？

答：没有。星期六，那会儿人们都在午睡，路上人很少。

问：往下说。

答：开门时门没有反锁，我想小葛肯定在家。进了门，先脱去外衣扔到客厅沙发上，又到卧室，没见小葛。我想他也许出去了，去的地方不远，所以门没反锁。可是我又看见他的外衣长裤扔在卧室里。我喊了两声，没人应。我见厕所门虚掩着，心想他可能在里面吧，推开门，就见小葛吊在暖气管上……

问：他当时是什么样子？

答：他……只穿一条内裤，身体歪斜着，低着头，脚在地上拖着，但没有离地。

问：你当时做了些什么？说详细点。

答：我记不清了，我吓呆了。只记得我把他从绳子上解下来，抱到床上，摸摸没有气，就赶紧给许医生打电话。

问：你一个人把他从卫生间抱到床上？

答：嗯，我一个人。

问：你把他从绳子上解下来时，还不知道他是否断气，对吧。那你为啥不在卫生间就地抢救，而要抱到床上？

答：我……不知道，我当时吓呆了。

问：据你讲的情况，你丈夫是自杀。你能不能谈谈自杀动机？你们近几天吵架了吗？

答：没有。

问：你家有没有什么特殊的事件？

答：没有。

问：据我们了解，死者葛玉峰工作非常优秀，是厂里有影响的人物。与同事们相处也很好。他为什么自杀？一个人绝不会无缘无故就寻死的。

答：我……真的不知道。

问：我要问一个比较尖锐的问题，希望你能如实陈述。你做过伤害丈夫的事吗？

答：我没有伤害过丈夫……这是我个人的隐私。

问：个人隐私如果同时可能是凶杀案动因的话，那就不能向警方隐瞒。我再问一句，你与其他男人有没有婚外性关系？比如，邵强？

答：……是的。

问：还有谁？请你不要存幻想。你需要我一个一个指出来吗？

答：……还有氧气车间的朱云龙，计量室的小孙，孙则海……还有摆长有，是市业余篮球队的。我对不起小葛，他肯定是听说我有情人，气不过自杀了。

问：你的情人还有谁？

答：没有了。真的没有了。

问：昨晚你是否是同某个情人约会？

答：没有。我说过了，昨晚我一直在家。

问：好，再回头想想，你今天进出家属区是否碰到过什么熟人。你离开家属区时是早上9点，正是家属区人最多的时候。你家离厂门口有二百多米，走这么长的路，没碰见一个熟人？我们调查过，9点那会儿有几个住户在楼下聊天，但他们不记得见过你。还有，你在公共场合转了整整一个上午，也没碰见一个熟人？回到家属区时是下午2点，虽然这会儿路上人少，也不至于碰不见一个熟人啊。

答：我就是没碰见！我就是没碰见！信不信由你们了。

……

笔录看到这里，连许剑都替小曼捏一把汗。孔队长很聪明，抓住这段可疑的时间空白，还有死者的自杀动机，步步紧逼。小曼虽然咬牙硬挺，但可以想象到，她已经被逼得汗流浃背，到最后情绪显然已失控。她当然无法提供人证，在这段时间里，她正和许剑在四号楼的房间里颠鸾倒凤呢。但小曼的叙述中至少有一段是真实的，即她是下午2点返回特车厂家属区的。偏偏在这段时间里她确实没碰见一个熟人！她的运气太糟了。

在这次询问中，当问到她的婚外恋时，她先是不承认，很快改口，轻易地供出了四个情人。许剑能揣摸到她的动机：急于为丈夫之死找个说得过去的原因。当然，以一个仓库保管员的智慧，又怎能和老公安们抗衡呢。她的谎话漏洞连篇，简直不可卒读。

不过，不管怎样难熬，她确实没供出许剑。许剑读至此处，不免百感交集。

自那次在现场被询问过后，许剑再没被传唤过，这让他多少有点庆幸。有一天下午许剑回家，一打开门，戈戈嗖的一声从他屋里蹿出来，小声说：

"爸，妈妈又哭啦。"

许剑看着他胆怯的样子，于心不忍。这几天夫妻之间的冷战把戈戈夹在中间，苦了孩子。别看戈戈平常大大咧咧的，其实内心很敏感，这两天说话小心翼翼的，让当爸的看着心疼。他温言安慰：

"戈戈你别担心，你去做作业吧，我去安慰你妈。"

宋晴半倚在床头，眼眶红红的，神色倒还平静。许剑问她怎么了，她没说话，用下巴指指桌子。桌上有一封开口的信，他抽出信纸：

小晴甥女：

告诉你一个不幸的消息，你表哥已经死了，死在家乡的丹水中，可能是失足落水，也可能是自杀。尸体是在下游几十千米处发现的，县公安局通知我们去认尸，已经确认无疑。他的丧事昨天已经办了。

我和你姨妈都很难过，不过事已至此，只有认命。说句狠心的话吧，这对你表哥也是个解脱，他这一生太窝囊了，生不如死。

> 小晴，死生由命，怪不得别人。你不要太难过，太自责。代我问全家好。有空带戈戈来山里玩。
>
> 四姨夫
> 2001年10月15日

许剑心里难过，眼前闪出那人14年前的模样：清秀，瘦弱，举止有些局促，但他看宋晴的目光异常炽热。许剑那时太迟钝，与他相处的两天中没有发现异常，事后回想起来，那人对宋晴的痴恋是非常明显的。也许他在走向丹水时还念叨着宋晴的名字……太痴情了，他与宋晴的相处，满打满算不到一星期的时间，一个星期的单恋害了他的一生。男女之情竟有这么大的魔力？想想也不能全怨他，宋晴那时确实是个害人精，人漂亮，正当妙龄，鲜艳晶莹，又是天生的豁达性格，不知道对外人设防。再加上她对老家事物的眷恋，所谓爱屋及乌，这些因素凑在一起，足以让一个年轻男子陷入其中不能自拔。

其实，异性间的吸引力只是上帝为完成两性繁衍所设的一个诱饵，一个手段。他在生物基因中设了几条性程序，弄了点性激素，就诓得亿万生物为追逐异性而疯疯癫癫。在人类这儿，这个游戏被冠以"爱情"的名字，更是发展得登峰造极，从中生出诸多悲壮来。想来上帝在云端看着自己的成绩肯定会掩口失笑……许剑歉然说：

"给四姨家寄点钱吧，一万够不够？"

宋晴平静地说："你不用管了，我来处理。"

"好吧。你再休息一会儿，今天我做饭。"

许剑到厨房里拾掇了几个菜。饭菜摆好后，宋晴已在卫生间梳洗过，坐到饭桌前。戈戈今天反常地安静，看看爸，再看看妈。今天没有家庭冲突，俩大人相敬如宾，妈妈也不哭了。但在他的小脑瓜里，可能看出两人之间有些不正常。许剑敲敲他的脑袋，让他专心吃饭。许剑想，不管怎么说，表哥已经去了另一个世界，宋晴心中的伤痕会慢慢平复，夫妻之间的冷战也该翻过去了。

但有一个前提：他与小曼的私情不被曝光。否则下一次就是热战了。

手机响了，是一个比较陌生的号码。"你好许剑，我是仝宁。"

是他？许剑已经把仝局长的号码忘了。"仝局长，你好你好。局长找我有事吗？是不是我的杀人嫌疑还没有排除？"

仝宁在电话里笑："少酸文假醋的，这儿不是办公室，没有仝局长，还用老称呼。"

"好吧，仝哥。薛法医那件事还没谢你呢。我那次真是让我们院长逼到墙角了。以后……"

"以后有事尽管说，只要我能帮上忙。"

许剑笑："好说好说，先谢谢了。仝哥找我有事吗？"

"没什么事。这么多年没见面，想找你聊聊。明晚来我家吧，我叫你嫂子做几样家常菜招待你，她的厨艺还可以。"

许剑默然，知道这次邀请肯定同小葛之死有关。如果只是叙旧，他肯定会同时邀请宋晴和戈戈的。仝宁这次亲自出马，一定是想利用老关系了解一些情况，把案件的调查向前推一下。

仝哥又聊了几句，问了家人好，道了再见。许剑收了机，见妻子一直注意地听着刚才的通话，便说：

"是仝宁。邀我明天去他家。"

"没邀我？"

许剑看看妻子："按说他该邀请你的，你和郑姐又是老熟人。可能是他疏忽了吧。"

当然不会是疏忽。夫妻两个都很清楚这一点。这个话题过于微妙，两人都佯装无事，直到睡觉都不去提它。

仝宁的电话在许剑心中激起了涟漪，毕竟他们曾有过那段不寻常的交往，它在少年的心灵历程上留下了终生的刻痕。婚后他没有对宋晴讲过他和仝宁的"那种"关系。其实，在那件事上他没有任何责任，但他不愿告诉妻子，宁可让它烂在肚里。

在心理上他把那件事看得太重，认为它算得上童男的失贞。

晚上他睡不着，回想往事。宋晴背朝丈夫安静地躺着，不过也没睡着。仝宁这次邀请丈夫而不邀请妻子，肯定不正常。也许明天许剑吉凶未卜？她终于忍不住，翻身过来，柔声说：

"许剑，你睡不着，是不是有什么话要对我说？你说吧。"

许剑完全洞悉她的心思，不由失笑："宋晴，你是不是怀疑我和小葛的死有牵连？怕我明天一去不回头，让我事先留下遗言？你的关爱让我感动得涕泪交加，不过你是神经过敏了。明天绝对没人敢抓我，放心睡你的觉吧。"

宋晴相当难为情——她觉得自己把丈夫想得太坏了。便转过身，放心地睡了。许剑在这边直摇头，心想："女人的心思啊，她既为我担心，那就是怀疑我与小葛的死真有牵连，怀疑我与小曼不干净；既然如此，她就该恨我恼我，但又免不了为丈夫担心……这个弯弯绕实在是太复杂太迂曲了。"

宋晴是个不存心事的人，不一会儿就响起平稳的鼻息声。

第二天晚饭前，许剑如约来到公安局家属院。新公安局是一幢富丽堂皇的大楼，是仝宁当上局长后一手操办成的，其建筑水平在全省的公安局中名列前茅。大楼后家属区环境十分优雅，金黄色琉璃瓦凉亭，宽敞的停车场，大面积的草坪，草丛中卧着动物雕塑。这套建筑总括起来要上亿元的资金，看到这些，他不由佩服仝宁的才干。

一辆米黄色POLO从他身边开过去。等他找到仝宁的家，郑孟丽刚刚泊好那辆POLO，从车中出来，手里拎着采买的食品。她点头打了招呼：

"小许你来得早。老仝打电话说，临时有会议耽误了，一会儿就回来。"

她刚才做美容去了，现在，每天她都要在美容院里消磨半天。店老板小林说："郑姐难怪你生了小孩还这么漂亮，原来你年轻时是北阴的市花啊。"郑孟丽笑问是谁嚼舌头。小林说："只要是那个年龄段的人，谁不知道！他们说，那时候男人们去歌舞团看演出，实际是为了看你。"郑孟丽叹息一声：

"韶华难留啊。已经是半老徐娘了。"

小林笑了："你半什么老啊，现在正当年。我准备拿你的靓照来打我的美容广告哩。"

郑孟丽高中没毕业就被招到歌舞团，后改为京剧团，那时她的确是剧团的台柱子，北阴第一美女，经常演小常宝、方海珍、吴青华等主角。唱京剧样板戏是那时的政治时髦，其实北阴市有很强的地方戏曲传统，像宛梆、越调、大调曲子都称得上民族瑰宝。但那时玩政治的人不重视这些老古董，而他们硬扭出来的京剧团却是长不大的瓜蛋儿。等到政府拨款干涸后，京剧团一蹶不振，团员们连生活费都没着落。好在那时她已经逮着仝宁了，丈夫仕途顺利，她也被调到博物馆干一个闲职，上班不上班都行，每月的800元工资只够她做美容。有些下岗的同学见她，羡慕她命好，她平和地说：

"哪家都有本难念的经。"

说这话时她是居高临下的，但仔细想想，这话确也适用于自家。家家都有难念的经啊。

今天仝宁交代她招待许剑，让她的心绪一下子变坏了。这么多年来，仝宁已经和他手下的金童断了来往，现在怎么又接上头了？仝宁说与工作有关，那为什么不到局里，非要在家里招待？但尽管心情很坏，她还是照丈夫吩咐，准备了饭菜。

她打开防盗门，把许剑让进屋。屋里是楼中楼错层结构，面积很大，有300平米左右，装饰也相当豪华。迎面一个精致的巨型鱼缸，养着几条硕大的金龙鱼。墙角的一株南方铁杉绿意浓郁，树梢顶着天花板。许剑称赞着：

"郑姐你家里真漂亮。女儿呢，上学还没回来？"

郑姐客气地让他坐，斟上热茶，说："女儿在省一中，只有假期才能回家。"

"哪可是全省有名的重点高中啊。郑姐你好福气。"

"我那个女儿比较争气。你呢，是儿子还是丫头？几岁啦？"

"儿子。今年上初一。"

"学习挺好吧。"

"马马虎虎。那小子和我是一个秉性，得过且过，不上不下，学习不耽误玩。"

"我半年前见过宋晴，小晴还是那样靓，不亚于当校花时的漂亮。"

"她哪比得上郑姐你哨。"这句话是拍女人的马屁，也是真心话。两个女人都漂亮，但宋晴是平民化的，而当过演员又用名牌服装包装起来的郑姐是贵妇式的美，两人不可同日而语。"你俩是前后两届的校花，但她那朵花插到牛粪上，你这朵花被供到水晶瓶里了。"

这个自贬的比喻让郑孟丽抿嘴一笑，随即眼里掠过一丝阴云。水晶瓶——这个比喻其实暗合了她的处境。她丈夫就像躲在水晶瓶里：冷冰冰、硬邦邦、可望而不可触。婚后，就是仝宁到省城治病之后，两人有过一段相对满意的性生活，郑孟丽也很快怀孕生子，安心适意地当上家庭主妇。但自此之后，仝宁就变成了中性人，非常难以近身。他的行为方式倒是很符合上帝的节约型设计——让动物只在繁殖期有性欲。可郑孟丽不是动物，是女人，女人时刻渴望男人的爱抚。但对郑孟丽来说，"男人的爱抚"是过于奢侈的字眼。

只要一想这些，她就无法排除内心的屈辱。有一次郑孟丽随意翻看《西游记》，《西游记》当然不是煽情小说，但其中一个女性角色竟让她哭了一场。就是那个与阉过的狮妖做了三年夫妻的王后，孙悟空让太子问她房事如何时，她哭道：三载之前温又暖，三年之后冷如冰。枕边切切将言问，他说老迈身衰事不兴！

没有谁比她更理解王后的悲切。

仝宁也有热情，但全用在当年的"金童"身上，已经耗尽了。想到这些，她不由变得冷淡，对眼前的许剑产生了敌意，两人的闲谈也变得滞涩。

许剑敏锐地发现了她的晴转多云。经过上次宴会的接触，他对郑姐的乖戾已经有心理准备。他佯做不知，照样有一搭没一搭地聊着，尽量搜来一些话题，以避免冷场。

已经快七点半，仝宁还没有回来，许剑有点耐不住了。搜刮来的话题少油没盐，后来干脆冷场。郑姐不说话，眼睛可没闲着，老是盯着许剑上下打量。她发现40岁的许剑一点不嫌老，神清气爽，风度偶傥，依稀可见当年的"金童"风采。她突兀地问：

"你和仝宁交往最亲密的时候，是在初中吧。"

"对，二十几年前。"

"你们那时都是十三四岁？"

你们？许剑看看她，这个"们"字在这儿用得有点突兀。郑姐补充说：

"像你、贾小刚、刘凤旭、何明国、齐焕生、邱力、剧洪、纪扬、刘作宾。"

许剑暗暗吃惊。郑姐列举的都是当年仝宁麾下的"金童",一个也没漏。这下子可以肯定了,她确实知道丈夫的怪癖,而且了解很深。不过许剑吃惊的并不是她知道这些,而是她今天为什么无端提起这个由头。一般来说,这是应该为亲者讳的东西,何况都是过眼烟云了。

只有一个解释:嫉妒。做了十几年深宫怨妇的郑姐是把当年这群金童当成情敌了。多年来闻名不见面,今天总算来了一个,让她有了近身肉搏的机会。

嫉妒能让一个女人丧失理智。

许剑内心中颇为感慨。郑姐当年在他们这几届男生中很有人缘,漂亮,对爱情执着,尤其是她眉峰中老是锁着淡淡的忧郁,追仝宁而得不到的忧郁,这样的忧郁气质特别能打动小男生的心。但今天的见面再次令他失望,她远非男生心目中"那个"郑孟丽,简直已经神经质了。

时间真是法力高强的巫师啊。

不管怎样,他还得装糊涂。"是啊,我、贾小刚当年都是十三四岁。你说的其他人我不认识,他们都是谁?"

孟丽看看他,许剑一脸真诚。郑孟丽没有回答。

有开门声,郑姐立即起身迎过去,接过仝宁的外衣、帽子,从鞋柜中拎出拖鞋。这一切做得熟练而自然。如果不是刚才那场令人不快的谈话,许剑会以为这是一个琴瑟和睦的家庭。仝宁边脱衣边对许剑说:

"抱歉抱歉,会议耽误了一个多小时。孟丽你快炒菜吧,小许肯定饿了。"

孟丽说:"早就备齐啦,一会儿就得。"步履轻快地走进厨房。

仝宁和许剑先聊了一会儿,无非是两人分手后的情况。他对许剑了解甚详,知道他妻子、儿子的名字,甚至知道宋晴不久前在报纸上登的寻人启事,还问:"失踪者找到了没有,用不用警方帮忙,需要的话我可以给西川县局打个招呼。"谈话时许剑再次想到,时间真是法力高强的巫师,20年过去,仝宁不是当年的仝哥了。他的举手投足都带着平和的威势。当年他身上的"女人味儿"已经完全消失,就像化入朝阳的雾霭。

郑孟丽把饭菜摆好,喊他们入席。席间郑姐像是变了一个人,与许剑洽谈甚欢，对丈夫更是照顾得无微不至。有一个细节许剑印象颇深，吃完饭，仝宁刚放下碗筷，郑姐就把牙签盒推到他手边，仝宁漫不经心地抽了一根，显见已经习惯了妻子的侍候。

不知怎的，许剑总觉得郑姐的殷勤有作秀的成分，是让外人看的。

饭后仝宁说："走，咱俩到书房接着聊。"进了书房，仝宁关好书房门，与许剑隔着小茶几坐下。许剑知道正题要开始了，心想不如我先把话头提起来：

"仝哥，能不能透点内幕，葛玉峰的死到底是不是自杀？公安局已经调查十天了。"

仝宁笑道："你让我当局长的泄密？"

许剑笑嘻嘻地说："老朋友这儿，你就泄一点吧。"

有敲门声，郑姐进来，端着一个托盘，上面有两杯绿茶。仝宁停止了谈话，等她把茶杯放到花几上离开，起身再次把门关好。他先问了一个不相干的问题：

"许剑你当医生有多少年了？"

"1983年毕业，有十七八年了。"

"有没有碰到疑难杂症，一点儿也摸不着头绪的那种？"

"当然有哇，不久前一个姑娘无名高烧，我治好了，也不知道病因。"

"葛玉峰的死——就是我碰到的疑难杂症。"他直率地说，"老朋友前我不怕露怯，也不妨吹吹牛。我这个公安局局长当得不算差劲，坐上这把交椅之后，基本没有留下未破的积案。但这一次把我难倒了。已经听了下面两次汇报，还是心中没数。葛玉峰的死肯定有猫腻，池小曼在其中必然做有手脚，这不必怀疑。但要断定池小曼有杀人嫌疑，证据也远远不够。我今天喊你来，就是想听听你的意见，毕竟你是第一个到案发现场的人。"

许剑紧张地盯着公安局局长。他不是为自己担心，而是为小曼捏一把汗。他想这会儿必须站出来了，否则自己也看不起自己：

"仝哥，听说池小曼一个很大的嫌疑是：她拿不出不在现场的证明？"

"对。至少那天上午，即受害者死亡时，她不能证明自己的去向，这是很不正常的。甚至头天晚上她是否在家，在家干什么，都没有旁证。她很顽固地坚持这个谎言，但根本无法自圆其说。"

许剑苦笑："仝局长你不必再追查了，这段时间我完全可以证明。"

"你？"

"我。从头天深夜11点半到第二天下午2点，我们一直都在一起。"他想想，还是加了一句不必要的解释，"偷情，你知道的。"

"是吗？"仝宁表情平静地问，"我记得案卷中说，那天中午你们大致是同一时间到家。"

"对，我们坐同一辆出租回厂，在离厂门口五百米处才分的手。"他敏感地问，"你是不是已经知道了俺俩的私情？我是以常理猜度——既然注意到这个细节，公安不会不往下追查的。"

仝宁笑了，未置可否。许剑说得不错。孔队长一开始没查到在四号楼那晚许剑身边的女人是谁，也没想到她就是池小曼，是仝宁前天听汇报时发现了两人回家时间的巧合。以后就很容易了，四号楼服务员轻易辨认出池小曼的照片。可惜，知道这一点并没使案情有根本性突破。"往下说吧，说详细点。"

许剑详细叙述了那天的全过程，仝宁听得很认真，在一些细节上反复追问。最后许剑说："仝哥我知道自己错了，我那会儿对公安隐瞒了一些实情。不过我想如果当时一坦白，就会把报案人、死者情敌还有作案时间全搅在一块儿，肯定会引得警方把注意力全集中在我身上。再者，宋晴也饶不了我。所以……"

"你的心理可以理解，但确实做错了，绝不能向警方隐瞒真情。这会儿你可要实话实说，不能再克扣。"

"仝哥我已经全倒出来了，一点儿也没保留。我不能保证池小曼的清白，但可以保证，从头天晚上11点到第二天中午2点25分这15个半小时内，我们一直在一起。坐出租返回特车厂后，我们在厂门外五百米处分手，她坐车到厂大门口，我步行回家。至多五分钟后，她就打电话喊我过去，我想这五分钟不足以杀死一个人吧。"

仝宁插问："你说的五分钟，是你到家后五分钟，还是你们在出租车那儿分手后的五分钟？这是不一样的。如果是前者，那实际时间还要加上你走这段路的时间。"

"在出租车分手后五分钟，接她电话时我刚刚进屋，都没来得及和宋晴说一句话。"

仝宁思索片刻问："你们在四号楼时一直在一块儿？"

"一直。只有上午11点钟我出去买早点，碰上胡明山，就是金达房地产开发公司老板，郑姐认识这个人。胡老板拉我到他的房间里聊了一会儿，时间不长。总的说，我和池小曼分开不足15分钟。也许她在这15分钟里打过电话，遥控某个情人去暗杀她丈夫？我想可能性不大。噢，你可以查查那时宾馆的电话记录，还有她手机的通话记录。"

仝宁点点头。他们已经查过了，没有发现那段时间有通话记录。这正是仝宁困惑之处。许剑的证言符合局里此前的调查。由于有胡明山这个人证，完全可以排除许剑与池小曼合谋作案的可能。但是，池小曼有了不在现场的过硬证据，她的其他疑点该怎样解释？暂时还只能存疑。

仝宁考虑一会儿，又问："你刚才说是深夜11点打电话约池小曼出来，池小曼也立即答应了？她丈夫那时正睡在身边吧。"

许剑敏锐地察觉，纵然和仝宁相熟，但他对自己的证言并未完全采信。实在说来，这段"半夜呼情人"的情节的确不合人之常情。许剑没有多解释，简短地说：

"色胆包天，男女情热时是顾不上后果的。"

不知道仝宁是否认同这个解释，但他点点头，不再追问。许剑看着他的表情：沉稳，冷静，喜怒不形于色，心想这些年中仝哥真是修炼得臻于化境了，难怪他从心理上不认可自己和小曼的疯狂。但许剑在心中揶揄地想："你自己呢？你当年对我和贾小刚干那事时考虑后果了吗？"

"许剑，明天你恐怕要到公安局去做个正式笔录。我想你知道这段证词的分量。"

"我知道我知道。"他苦笑着说，"如果不是怕宋晴……我早该坦白。我保证，这段证词完全真实。"

"很奇怪，池小曼为什么一直不供出你这个证人？要知道，这对她的脱罪至关重要。"

"她想保护我。她在情急中把我拉到了死亡现场，很后悔。在警方到现场前，她对我做过许诺，说她决不把我牵连进去。不过那时我已经对她有了戒心，就没应声。"

仝宁微微一笑，认为这种解释过于天真。他说："你放心，宋晴那儿我们会对你保密。"

"算啦，保不住的。"许剑苦笑道，"老实说我从不相信公安的保密。你们的口风那样紧，但好多内幕还是传出去了，像池小曼的四个情人，现在全厂谁不知道。仝哥，其实决定向你坦白时我也下决心向宋晴坦白。长痛不如短痛，要不遮遮掩掩的倒是一笔钩肠债。很可能她不会原谅我，那我也认了，谁让我犯贱呢。"

仝宁笑着用手指点他："荒唐鬼，守着宋晴这样好的女人，你还偷情。看宋晴咋惩罚你吧。"

许剑只有苦笑："我知道自己荒唐，但是不行，那个尤物把我的魂勾走了。"他叹息着，"你说得对，宋晴绝不会轻饶我，她是个老派人，眼里容不得沙子。"

有人敲书房门，随即门被轻轻扭开，郑姐轻手轻脚地进来，低声问：

"老仝，你们用不用换茶水？"

许剑笑着说："不用，我们聊得热乎，茶还没顾得喝呢。"这时他绝对想不到，仝哥竟立时拉下脸，冰冷地说：

"我们正在谈工作，不喊你，你莫要打扰。你不知道我的规矩？"

郑姐很尴尬，讪讪地退回去，关上房门。临出门时她向许剑瞥了一眼，那目光可以说十分怨毒。

这个场面弄得许剑也跟着尴尬，不知道该说什么好。仝宁平静地说：

"来，咱们继续聊吧。莫理她，从来没个眼色。"

按说妻子来给客人换茶水是很正常的，是主妇的待客之道，仝哥的过度反应实在出乎许剑的意料——刚才他还在佩服仝哥的"喜怒不形于色"呢。最后许剑终于悟出原因：郑姐的本意恐怕不是换茶水吧，她是不放心仝宁和当年的"金童"待在一块儿，哪怕就在她的家里，哪怕只隔着一道书房门。她还是嫉妒啊，极度的嫉妒，极度的心理扭曲，常人已经无法理解了。

而仝宁之所以发脾气，是因为熟知她的乖张心理。

许剑不免暗自摇头。像郑姐这样风声鹤唳地活着，实在太累。其实她并不真切了解这些"金童"与仝宁的关系。那并不是同性恋，只算是仝宁单方面的狎行。这些金童长大后都对仝宁抱着微妙的敌意，至少说是防范心理吧。所以，认为年已40岁的自己还会与仝宁旧情复燃，实在太可笑了。

有关案情的事仝宁没再多问，两人又聊了一会儿往年旧事。许剑走时郑孟丽没有露面，出于礼貌，许剑对卧室里喊一声："郑姐我走了。"里边应了一声，人没有出来，声音中似乎带着哭声。这个刹那，许剑真可怜她，也可怜仝宁。

从仝宁家出来是9点多，许剑不想立即回家。他决定一回家就向宋晴坦白，这些话实在难以出口，但长痛不如短痛，否则等宋晴从别人嘴里听到这段私情后，更不会原谅他。他该来一次壮士断腕，为这段疯狂画个句号，不能再沉湎其中了。但这场谈话最好等到戈戈睡熟之后，他不想让儿子用鄙夷的眼光看爸爸。

他来到和小曼第一次约会的"伊人"咖啡厅，要了一杯咖啡，独自啜饮着打发时间。回想起一年来的风风雨雨，直如隔了一个世纪。正如许剑早就担心的，他的生活已经被这场婚外情搅得七零八落，而且这场大乱肯定还没有到终点。

直到现在他也不敢保证池小曼是清白的，她身上还有几个不小的疑点，无法得到解释。但不管她到底是魔鬼还是天使，至少许剑说出了自己该说的话，担起了自己该担的责任，心里放下一块石头，也觉得自己像一个男人了。

有一点可以肯定，不管池小曼能否脱罪，自己与她之间肯定没戏了，再也不会有床笫之欢了。在他和宋晴谈话之前，这是他必须事先做出的决断，必须做出的牺牲，否则他没脸求得宋晴的宽恕。偷情一般都成不了正果，在与小曼情热之中他一直对此很清醒的，只是没想到结局来得这样快。

他扫视着咖啡厅，这儿的顾客大多是男女成对，其中定会有不少是情人吧。据一种说法，在咖啡厅的顾客群中，恋人加情人占有过半数的比例，因为真正的夫妻一般不再需要到这里来寻找浪漫。许剑用怜悯的目光冷眼旁观这些情人们，看他们秋波暗送，手足勾连，肌肤相接，看着上帝在冥冥中扯动他们身后的细线。他们都处于他和小曼的早期阶段，正在狂热地品尝着偷情的甘甜，不知道其后的苦涩。

旁观者清啊。

尤其是身为过来人的旁观者。

尤其是有了上帝目光的旁观者。

10点半钟他回到家，先到戈戈屋里侦察。戈戈果然已经睡熟，许剑把他的小屋门细心关好，来到主卧室。宋晴像往常一样，穿着睡衣倚在床边，打着毛衣等丈夫，许剑一进屋，她就用询问的目光看他，她对公安局局长的约见仍然担着心呢。许剑拉把椅子坐在她对面——自惭形秽，不敢像往常那样挨着她，搂着她。没等她发问，便竹筒倒豆子，如实坦白了所有的情节，包括与池小曼的初识、第一次偷情、那晚和妻子吵架后的幽会、同仝哥的谈话等，一直说了近一个小时。

这段奸情对宋晴不啻是晴天霹雳，虽然前段有所觉察，但还不足以形成确凿的怀疑，不足以打破她对丈夫根深蒂固的信任。不过，虽然心里很震惊，她听丈夫陈述时竟然一直很平静，连手中的毛衣都没停打。许剑不禁对妻子生出一些惧意来。他想："如果我俩调个个儿，是她突然向我坦白有一个热恋中的情夫，有这么一段疯狂的奸情，我能不能撑住表面上的平静？肯定不行。"

最后许剑说："我已经全部坦白了，没有一点隐瞒。我知道我的罪过不是几句道歉能弥补的。宋晴，无论你怎样决定，我都没怨言。我只向你保证，今后绝不会和小曼，我是说池小曼，再有任何来往。"

他等着宋晴发落。但宋晴闭口不谈丈夫和小曼的奸情，也不说对丈夫如何处置。她不停地打着毛衣，过了很久，只说了一点：

"你做得对，我是说你到仝局长那儿洗刷池小曼的嫌疑做得对。一个男人应该担起自己的责任，否则我会看不起你。"

又说："池小曼宁可背上杀人嫌疑，顶着那么大的压力，至今不交代与你的关系，我倒挺佩服她的侠肝义胆。"

许剑很尴尬，不知道她这句话是真心还是讽刺。考虑到她平时过剩的爱心，也许她对小曼的宽容评价是真心的。他说：

"我没法为自己辩解，只希望你给我一次改错的机会。我保证……"

宋晴打断他的话头，干脆地说："说这些还太早，等池小曼的案子结了再说不迟。不过……从今天起，是你睡沙发还是我睡沙发？"

许剑红着脸说："是我，当然是我睡沙发。"

他把被褥枕头抱到沙发上，在那儿一直睡到被宋晴赶出家门。晚上常常睡不着，一支烟头在黑暗中明明灭灭。这段时间宋晴也睡不好，深夜还能听见她在大床上辗转，小解也比往常频繁得多。小解时她应该能看到这边的烟蒂明灭吧，但她没有说过一句话。

每天早上，许剑得早早把被褥枕头抱回大床上，然后到外边跑步来打发时间。他不想让戈戈看到两人分睡。好在戈戈大大咧咧惯了，一直没有注意到这一点。有时半夜他起来小便，来回要经过客厅，但他睡眼惺忪的，从没发现沙发上睡着一个人。白天，当着戈戈的面，宋晴照常和许剑说话，当然只说那些不得不说的话。戈戈一出门她就冷下脸，把嘴封死。所以戈戈不在家时，家里冷寂得像一座千年老墓。

许剑心甘情愿地受着妻子的冷落。谁让他犯贱呢，活该。

第五章　子阴之西

　　两天后，公安局派驻特车厂的人员，包括"保护"池小曼的两位女警，全部撤出了。对葛玉峰之死的调查走进了死胡同，那次仝宁约见许剑也没能解开这个死结。葛玉峰的死肯定有猫腻，池小曼身上也有无法解释的疑点，这几点共识一直没动摇。但随着调查的深入，警方发现越来越难把疑凶的身份锁在哪个人身上，比如：池小曼。

　　尸检没有发现问题。许剑想起，小曼曾恳请葛大姐不要解剖尸体，那时所有人都怀疑她的动机。但既然尸体没问题，也许她确实是为死者考虑，想让丈夫落个全尸？她为此甚至不怕加重警方对她的怀疑？

　　虽然有种种疑问，但按照"无罪推定"的原则，此案还是按自杀结案了。

　　葛大姐自然不能认可这样的结果，又来厂里哭闹了两次，还到公安局大门口跪地求愿。但她提不出有力的理由，最多只是把池小曼的"偷汉"公开化了，弄得特车厂人人皆知。葛大姐在哭闹中还说了一些过头话：公安局局长一定吃贿赂啦，办案人员被那个狐狸精迷住啦。这些过头话弄得原来同情她的人也烦了。她第二次来哭闹时，厂保卫科强制性地把她劝走，并警告说："有什么疑点尽可向公检法反映，不能这样毫无根据地胡闹，再闹的话，就要定你扰乱治安罪。"

　　满腔冤屈的葛大姐来许剑家，放声大哭，她说公安局是草菅人命，不明不白地就结案了。她不会就此罢休，要到省里、到北京去告状。小三儿不能死得不明不白！

　　她不知道，她这第二次来访使许剑何等尴尬。虽然葛大姐还不知道他与小曼的奸情，但至少宋晴已经是知情人，许剑无法在妻子面前再摆出一身清白的样子。所以，对她的哭诉，许剑只有哼哼唧唧地应付着，尴尬得无地自容。宋晴倒是一直在真诚地解劝，说：

"大姐你要相信公安局，他们不会草率对待命案，既然已经按自杀结案，肯定是有理由的。"

宋晴很给丈夫面子，没把他的偷情捅出来，甚至没在话语间敲打他。尽管这样，他在两个女人面前已经汗流浃背。葛大姐感觉到了许剑这次的应付暧昧，不满地瞥他一眼，恼火地走了，从此再没来过许剑家。

许剑想，"她总有一天会听说我与小曼的奸情，那时，这位性格刚烈行事偏激的大姐会如何对待我？"

因为种种耽搁，小葛的丧事在他死后二十天才举行。丧事办得相当隆重。厂领导对他的横死很惋惜，工厂从此少了一个重量级的设计师。厂里组织200多人参加了在火化场举行的追悼会，焦副厂长代表厂长去了。池小曼没去，按北阴的民俗，未亡人是不能参加葬礼的。多亏有这个民俗，工厂不用夹在其中作难了，因为葛大姐肯定参加追悼会，池小曼如果也参加，势必引起冲突。葛大姐怎么可能和一个害死爱弟的狐狸精并排站在亲属行列中呢。

许剑夫妻都参加了追悼会。水晶棺里，曾经被解剖的那具身体做过整理，经过美容，看不出什么不妥。死者肤色红润——当然是美容效果，就像在安详地睡觉。哀乐低回，重浊的鸣炮声捶着吊唁者的心房，葛大姐哭得死去活来。由于在追悼会前工会干部的工作做得很细，很到位，在追悼会上葛大姐没有说什么不逊之言。然后，水晶棺被推到火化间，吊唁者戴的小白花一朵朵扔回到吊唁大厅门口的竹篓里，小葛的身体变成高大烟囱的一缕轻烟。

许剑夫妻在和葛大姐等亲属们握手致哀时，眼泪都没能憋住。出门时宋晴低声自语道："死人堆里扒出来的一条命啊，就这么走了，连个儿女都没留下。"就在这个刹那，许剑突然想起小曼的那句话："我怕生个孩子像他。"在吊唁大厅感伤的气氛中，他不由对小曼产生一丝……不说是敌意，至少是谴责吧。

丧事后不久，池小曼恢复上班了。

于是许剑在下班的人群中又能看见那个背影，那个既熟悉又陌生的背影。说它陌生，是因为池小曼失去了往日跳荡的活力，这种活力是只可意会不可言传的东西，但每个男人都能感受到它。现在，她的"精气神儿"一下子被抽干了，显得僵硬呆板。许剑心中苦涩地想：一个女人的心境竟能如此地影响她的魅力啊。

人流中的小曼是条孤独的鱼儿，人们用复杂的眼光看着她，经过这件事，她在特车厂已经太出名了。经常有人指着她的背影窃窃私语："哎，这就是池小曼，有四个情夫，害得男人上了吊，是谋杀也说不定。"池小曼不同旁人打招呼，只是默默走路。

许剑跟着池小曼走回家属区，她在这段路中一直没回头，但似乎能看到背后。人流逐渐分散，消失在各个楼道中。快到她的宿舍楼时，只剩下许剑和她，她停下来，等许剑走近，低声说：

"谢谢你去作证。"

然后她回头就走了。

只有这六个字，和一瞬间的对视。这声感谢让许剑感慨万千："其实该我感谢她啊，在十几天的讯问中她顶住重重压力，没把我供出来，甚至不怕加重她的嫌疑，这对一个弱女子来说，真是不容易。"

晚饭后宋晴说："戈戈你出去玩吧，我和你爸谈点正事。"

许剑知道家庭审判要开庭了。连戈戈也看出风头，同情地看看爸爸，一声不响地出门。后来许剑才知道，宋晴已经提前和儿子郑重地谈过话，让儿子对爹妈的离婚做好心理准备。戈戈毕竟是个男孩，又一向心大，虽说心里难过，也没难过到哭天抹泪的地步。而且当妈的向他暗示了，离婚后还有重归于好的可能。戈戈打心眼里认为他们肯定会和好的，爸爸和妈妈怎么可能永远分手呢。

儿子走了，宋晴对丈夫说："池小曼的案子已经结了，咱俩的事也该处理了吧。"

许剑吃吃地说："你的意思……"

"离婚吧。"

她很平静，唯其如此，许剑知道这是她深思熟虑的结果，没有转圜的余地。他深知妻子的脾性，平时开朗豁达，不计小节，但内心深处有些东西是不能损伤的，一旦过了那道线，她就会非常固执，甚至不可理喻。但许剑还要做最后一次努力：

"宋晴，我……"

她打断丈夫的话："不必说了，我知道你的意思，我也不会不给你机会，毕竟14年夫妻了，这14年间夫妻感情很深，"她苦笑道，"至少我认为是这样。我从来没有疑心过我丈夫会同别的女人搅到一起。我在《知音》上看过很多家庭变故，从没想到这事儿会摊到我头上。许剑，你在和池小曼疯时，想没想到对我的伤害？还有对孩子的伤害？你平时很有责任心，那会儿责任心到哪儿去了？"

许剑脸红透了，半句话也说不出来。宋晴说：

"我想这样吧，离婚时财产和儿子可以暂不分割，等我心头的创伤平复后，也许咱们还能复婚。"

许剑看看她，心里发疼，夫妻14年，没想到会有这样艰难的一场谈话。怨谁？怨自己。这会儿扯什么雄性的本能不起作用了，埋怨造物主也于事无补。不过他也多少放下心来，显然，宋晴坚持的离婚只是象征性的，是一个仪式，是对丈夫所犯过错的一次公开判决。可以肯定他们不会就此分手。他小心地说：

"既然这样，我们不要办离婚手续，先分居一段，行不？"

他确实不愿离婚，即使是暂时的也不愿。只有在快失去时，他才知道自己对妻子是多么珍视。为什么不在开始就认识到这一点呢？除了对妻子的眷恋，还有一个考虑：那样一来很多东西就公开化了，包括他与小曼的私情。仝宁很守信，至少到现在为止，这个秘密在厂里还不为人知。他希望能把它包在家庭的帷幕内，在家里无论怎样赎罪他也认了。

"不行！离婚手续一定要办！"宋晴突然激烈地说，泪水也突涌而出。她察觉到自己的失态，背过身擦去眼泪，平静一下，说："手续一定要办，否则我无法对自己交代，无法对戈戈交代，无法对外人交代。还有一点，"她微带嘲讽地看看许剑，"离婚后你就自由了，可以对等地在我和池小曼之间做选择。你也可以选择她。"

365

许剑知道多说无益，说："好，按你的意见办。宋晴，你要相信我，我会做出正确的选择。"

他在厂区附近租了一小套住房，把简单的行李搬过去。新房子什么都没有置买，没有电视、电话、空调、洗衣机，甚至窗帘他都懒得安。这只是一个很短暂的狗窝罢了，终归要搬回去。老房子的钥匙宋晴还让他保留着，换洗衣服仍放在宋晴这儿，需要换洗时回来，把脏衣服留给宋晴，她会不声不响替丈夫洗净。许剑吃饭一般到小吃店，有时也回宋晴这儿蹭一顿。从表面看，他俩之间的相处仍像没离婚一样。但是不能在家里过夜，这一点宋晴是决不通融的。

这天回家——宋晴的家，只有戈戈在家。戈戈严肃地说："爸，你一个人住在外边，可要经得起考验啊，可不能再和小池阿姨来往了。"

许剑讪讪地说："放心吧，爸已经痛改前非了。喂，你妈妈说过没有，考验期是多长？"

"说过，三年。"

"这么长！"他吃惊地说，"好儿子，求求你妈，把刑期缩短一点。"

"可以。在妈那儿我说话还是有分量的。"戈戈痛快地说，"不过也不能太短，最少得一年半吧，要不教训不深刻。"

许剑说："你这混小子，落井下石啊。"戈戈说："不，我站在绝对公正的立场上，对谁都不偏不倚。爸爸这回确实是你错了嘛。下回要是我妈错，我也这样对待她。"

许剑照他后脑勺上狠狠给了一巴掌，骂他："妈的快闭上你那张臭嘴。我宁可多受两年刑，也不愿你妈犯同样的错。"

真的，想到宋晴同另一个男人搅在一起，就如自己同小曼那样床上床下地疯狂，许剑的心头就如刀剜一样。所以……男人真不是东西。

现在，他和池小曼都成了自由之身，从法律上说，没人干涉两人的私情了。但许剑自打和宋晴离婚后，或者说，自打他在心中许下对妻子的承诺后，压根儿没想到要重新接纳小曼。有时自己都觉得许剑这家伙太绝情寡恩，昨

血祭

天还情深如火，今天就把人家抛脑后了。是那样疯狂的一场大火，如今烧过去了，只留下一片白地。夜晚独居一室，当男人的欲望之潮逐渐高涨时，有时也盼望池小曼会突然来敲房门。但不管怎么说，他一直克制住自己，没同小曼来往，连电话也没打过。

小曼只打来过一次电话，就是在他和宋晴正式离婚之后。听到情人的声音，许剑心中忽然一酸，说：

"小曼你不要再说感谢的话，那让我无地自容。我去公安局太晚了，早该去为你作证。实际上倒是该我感谢你才对。"

"不用感谢我，我做过的许诺当然要兑现。"

"但做到这一点真不容易呀，我知道你受的压力，背着杀人的嫌疑，每天面对警方的监视和询问，葛大姐又在楼下闹。你太难了。"

那边顿了一下，肯定是在流泪，下边的话带着哽咽："反正那些难处已经过去了。许哥，我今天才听说你离婚了。真是抱歉，让你和宋姐走到这一步。"

"过去的事不要再提了。"许剑犹豫片刻，觉得还是该把话说透，"我这边没事，宋晴并没把门堵死，我们有可能复婚，不，肯定会复婚。问题是你那边。小曼，小葛不在了，你还年轻，没有孩子，不能一辈子独身啊……"

"许哥你别说了，我不会再嫁人，一辈子不嫁人了。"

许剑心里犯嘀咕，她是不是在暗示要等自己？不，不能再给她任何虚假的希望，必须用快刀斩断。虽然这样做似乎太无情，但这是为她负责。未等许剑想好措辞，小曼凄伤地说：

"许哥，我忘不了咱俩相好的日子。但咱俩的缘分也尽了。小葛死了，他在天上看着我呢。我只有用后半生来赎罪。许哥，再见。"

小曼挂了电话，从此再没同许剑联系过。

与宋晴离婚转眼一年，又是秋天了，拂面的西风和打旋的黄叶带着萧索的凉意。这段时间，一下班许剑就厚着脸皮往"宋晴家"跑，吃饭基本是在这儿吃的，空闲时间基本是在这儿耗的。他实在不愿再回那个冷冷清清的狗窝，甚至对同事交往也没了兴趣。失去才知道珍惜，现在他知道，即使一个很平凡的家也是一个男人的掩体，是母亲的羽翼，是受伤了可以躲起来舐伤口的地方，何况那是个原来相当不错相当温馨的家呢。

这种感受他通过戈戈透露给宋晴。宋晴看来很感动，不管前夫在家待到多晚也不撵他走。她心上的伤口显然也在顺利平复。这中间戈戈的态度起了很大作用，这孩子很懂事，常常有意无意在妈妈面前显示对爸爸的亲热，透露对爸的思念。他还偷偷告诉爸爸，已经劝过妈妈几次了，求她缩短刑期，妈妈并没有激烈反对。"所以嘛，黑暗即将过去，光明就在前头，再坚持最后几步吧老爸。"

但是，不管现在两人相处已经多么融洽，复婚之前他甭想在这儿过夜，这是决不通融的，这是妻子对他惩罚的象征。所以，温馨之后，他照例懊丧地返回他的狗窝。

这天回家，门口蹲了一个人，背靠着门。"喂，你找……是老吕头啊。"

老吕头笑嘻嘻地站起来："许医生，我好不容易打听到你的新家，在这儿等个把时辰啦。"

许剑打开门，请他进去。拉开灯后，老吕头打量着屋里："哟，你这个窝够艰苦的，啥家具都没置买。"

许剑说："我懒得买，这是暂时的窝，我还巴望着早一天和宋晴复婚呢——我和宋晴离婚了，你知道吧？"

"知道。你俩都是这么好的人，咋会过不到一块儿哩。不过不要紧，要不了多长时间就会破镜重圆，这个我拿得准，你就信我的话吧许医生。"

屋里没有沙发，许剑说："你坐床上吧，我去烧水给你泡茶。我这儿平时连开水都没得。"老吕头拉着他说："许医生你别忙，我不喝茶，你坐下来我对你说件正事。"许剑也在床上坐下，心里忖度着他来有什么事，既然在门口等了个把时辰，肯定是比较关紧的事。老吕头没扯闲话，直截了当地说：

"许医生，我给你带来一件东西，说不定对你有用。"

他从怀里掏出一个软塑料袋，打开，从里面掏出一只乳罩，一件女人的丁字裤，还有一团软布绳。许剑给弄得啼笑皆非，他把这些东西拿来干什么？莫非认为自己也有收集女人亵物的癖好？老吕掩不住得意，说：

"你看看，仔细看看。知道这些东西从哪儿来？——是死人那天，我从池小曼家的垃圾箱里捡的。"

死人那天！池小曼家！许剑立时收起笑谑，知道这事得认真对待。他拎起乳罩和丁字裤看看，没有什么异常。再抖开那团布绳，它柔软而结实，一端是单绳，大约两米长；另一端挽成一个绳套，是死结，绳套中央部分挽有两个相当大的绳疙瘩，相距大约一掌宽。这个绳套让他一激灵，立时联想起葛玉峰的上吊，想起现场那根细而坚硬的尼龙绳。他那时曾断定，细尼龙绳和死者脖子上的缢沟很不一致，警方也是同样的看法。如果是这根软布绳就对了。但为什么绳套中还有两个绳疙瘩？没人会特意找一根带疙瘩的绳子上吊的。还有，上吊者一般都是把绳子结成一个单环，像这样一端是单绳、一端是绳环的还不多见。

还有，乳罩和内裤是谁的？恐怕不会是小曼的，若是她的，她干吗匆匆忙忙扔到垃圾箱里？或者这是小葛情人的衣服，两人正幽会时被小曼发现，于是惹小曼动了杀机——许剑自嘲地摇摇头，抛掉了这个过于迂曲的推理。这种推理把简单问题更复杂化了，因为现场勘察和邻居的证言中并无第三人的任何踪迹，而且，这个假设也不符合小曼和小葛的性格。

许剑百思不得其解，问老吕头："你怎么发现的？记得你一打开垃圾箱我就赶到了，没发现这个包包啊。"

老吕头有点脸红，不过还是实言相告："你赶来前，第一锹我就扒到了这包东西，它就搁在垃圾的最上面。一看是女人的东西，我就麻利揣怀里了。你知道我……嘿嘿，有这个毛病。我揣得很快，你没看见。"

原来如此。当时许剑可能仅仅晚去了一秒，一秒之差让这个秘密多埋藏了一年。老吕头难为情地说：

"许医生我早就想问你了，一直张不开嘴。你说我为啥有这个毛病？我知道做这种事是发贱，惹得大伙儿看不起。我也下决心不干，不瞒你说，为了下决心，我用刀把几个指头都割过很深的口子。可是，一看到那些玩意儿，特别是女人才脱下来的暖乎乎的玩意儿，我就迷了，血往头上冲，就像在梦游,不知不觉就又干了。干过之后悔得不行,可下次还是管不住自己。"

许剑说:"这种毛病叫恋物癖,不少男人都有,女人中也有但少得多。可能与你当二茬子光棍有关,多年的性饥渴造成的。"

"能治不能?"

许剑叹口气:"很难。可以药物治疗,但那是辅助的,关键还是心理治疗,要看你的自控力。"许剑笑他,"你这把年纪,积习已深,恐怕难改了。也不算啥大毛病,以后再干时注意点,别让你两个儿媳妇逮着就成啦。"他把话题引到正路,"老吕你说说,为啥想到把这玩意儿给我送来?"

老吕头狡黠地眨眨眼:"那天你说丢了一个信封?你要不骗我说是信封,只说丢了一件东西,我肯定当时就把这包包给你看。后来我才知道,你家根本不在这个楼道,这是池小曼家的楼道。这么一想我就明白啦,你当时找的不是钱,而是和案子有关的什么物证。"

他得意地看着许剑,那意思是说:别看老吕头一辈子窝囊,脑袋瓜可不糊涂哩。许剑笑着说:

"看不出来,这儿还有一个老福尔摩斯。知道福尔摩斯吗?那是英国一个有名的侦探。不过,你该把这物证送公安局,干吗送我这儿来?"

"送公安局干啥,死的已经死了,案子也结了,老辈说的好,多一事不如少一事。这些真要是池小曼的罪证,我就积点阴德吧。不过我想你可能用得着。我前不久才听说——大伙都在传,说你和池小曼相好,宋晴就是为这事和你离婚的。许医生,我要是说得不对,你可别见怪。"

"我不见怪,你没说错。"

"所以我想,把这东西给你,不定你有啥用处哩。到底有啥用处我想不出来,但既然当时你特意去找,一定有用处吧。"又说,"我特意等了一年,现在风平浪静了,这包东西可以给你了。"

"谢谢,难为你替我操心。其实也没啥用处,那天我去他家看急诊时,瞥见她往垃圾箱扔了件东西,我只是想知道她扔了什么。"他没说是刘师傅的揭发,又有意轻描淡写地说,"早知道是这些破玩意儿我就不找了。"

他和老吕头聊了一会儿,把两瓶四特酒硬塞给他,这是胡老板来这个

"狗窝"看望许剑时留下的。老吕头不要,许剑说:"你拿着吧,孬好算我点心意。老吕你以后常来坐坐,我一个人也寂寞。"老吕头挟着酒瓶走出门,又回头交代:

"早点和宋晴复婚,那是个好女人,心善,度量大,她不会一辈子和你记仇的。"

老吕头走了,许剑又细细研究他带来的东西。乳罩和女人内裤比较低档,肯定不是小曼用的东西。和小曼交往一年来,许剑知道她对亵衣的档次特别讲究。小葛虽然收入较高,终究是工薪阶层,富不到哪儿去的。所以小曼虽然讲究穿戴,但大部分外衣并非名牌,唯独内衣全是名牌货。那么,这些低档内衣究竟是谁的?像葛玉峰这样的男人也有一个窝囊相好?

最令人不解的是那根带绳环的绳子。小曼在那么紧张的时间内还匆匆把它扔到垃圾箱里,所以不必怀疑,它一定与葛玉峰之死有关。但那两个绳疙瘩是干什么用的?

其实这还不是最大的疑问,最大的疑问是:池小曼为什么要匆匆地销毁物证。她的动机是什么,她和葛玉峰的死到底有什么关系。

这些疑问许剑一个也回答不了,唯一可以断定的是:这包东西中肯定包含着葛玉峰之死的秘密,解读了它,案件的真相也就大白于天下了。对于这个案件,不管内行外行都认为它有猫腻,有深藏的秘密,这包东西更坐实了这种推测。

回想这几个月来,他怀疑过小曼,又在心中和行动中为她脱了罪,现在时间已经过去一年了,事情风平浪静了,警方已经按自杀结案了,他的看法反而又转回到起点。如果池小曼在小葛之死中真的做有手脚——几乎可以肯定这一点了,至少她是个深度的知情者;如果她做有手脚却是那样坦然自若——许剑又想起那点细节,她在四号楼乍一醒来,慵懒地问,房间是几点结账;她在卫生间洗漱时小声问:"你是不是还想要我一次?"那……太可怕了。

这个女人让许剑不寒而栗。此后,当他在下班的人流中找到池小曼的背影时——这是他和小曼唯一的接触,从她身上看出了蛇一般的阴森。

其后的日子里，一有空他就琢磨那几样东西。反正他孤家寡人住这狗窝里，连电视都看不成，有的是时间。但他的私人研究一直没有进展。有时他真想把这包东西交给仝宁，让公安局的专家们来一个会诊。当然只是想想而已，不会付诸行动。关键是：这包东西是否是小曼有罪的证据，或者正好相反？如果是前者……他不忍心去害一个与自己有肉体之欢的女人，虽然这可能是农夫对蛇的怜悯。

时间一天天过去，他的研究还是没有进展。他想这个秘密很可能要永远埋在地下了。没想到，胡老板帮他解开了这个谜。

那个星期六，他正在狗窝里睡懒觉，手机响了，是胡老板约他去钓鱼。他说：

"知道你近来心绪不佳，跟我出去，找个好地方散散心，就是两年前我提到的那个钓鱼的地儿……少他妈推三阻四，赶紧收拾一下，10分钟后我去接你。喂，这回我还要带上老九，你是不是也带个相好？比如那个池小曼，听说也是个害人精，带上让老弟见识见识，也让她和老九交个朋友。噢对了，这会儿她在不在你床上？给我说实话，在不在你床上？"

许剑没好气地说："少放屁，自打离婚后，我和池小曼根本没见过面，连电话也没打过。"

那边顿了一下，大笑："真的改邪归正了？那你离婚离得太冤了。不过许哥，你的话我已经不敢相信了，过去你正经得像柳下惠，谁想到暗地里也有相好？那次在四号楼你骗得我好苦，道貌岸然的，说是开医疗鉴定会。后来警察找我作证，我才知道隔墙就藏着你的相好，我那天咋不知道到你屋里看看呢。好好，不说了，快准备吧。"

10分钟后，一辆别克在楼下按喇叭。许剑空手下了楼，胡老板开着车，右侧坐着老九，衣着暴露，裸着整个后背，穿得就像过盛夏。虽然秋老虎还有些余威，但大多数人已经穿上秋天衣服了。时髦女子就爱打这个时间差，在别人不敢暴露时她去暴露，更能吸引众人的眼球。她向许剑嫣然一笑：

"许哥好。"

"老九你好，你真漂亮。"

许剑一直不知道老九的真正身份。不久前听胡老板一位熟人说，她其实是四号楼的服务生，因为靠上几个大佬，宾馆经理从不让她上班，白发一份工资，只用她隔三差五，领着情夫们开几次高级套房就行了。那人叹息道："各人有各人的活法，你看现在那么多女工，累死累活，一个月只有三四百元，有些护士一月才180元！再看老九……各人有各人的活法，老天注定的。"

老九问："许哥，小曼姐呢，你不是说要带她一块儿去吗？"

"莫听老胡放屁，我根本没说。"他在后排坐定，问胡老板，"到底去哪儿？"

胡老板不答话，专心地开着车。一直把车开出城，他才说："去一个远地方，来回得四天，你用手机向医院请假吧。"

"四天？那不行！你开什么玩笑，医院里有多少事啊，事先又不给我打个招呼，我连牙具毛巾都没带。快停下快停下。"

"谁开玩笑？帐篷都带上了，两顶，有你一顶。许哥，医院离开你四天，天会不会塌？不会。地球会不会转得慢一点？不会。人活一辈子，该玩就玩，该乐就乐，别老拿个套子把自己套住。"

然后吹嘘这次去的绝对是一个好地方，能钓鱼，能玩，还安排有特别节目，保准能有一个"绝对独特"的经历。老九也笑着敲边鼓，说："那儿真是个好地方，许哥你不会后悔的，你看我都去过一次了，这次还去。"许剑只好认了，用手机向曹院长请假。曹院长很恼火，数落着：

"许剑你可是个科主任啊，这么挑子一撂就走，你也敢向我请假！你啥时变得这样浪荡？你敢去，年底我扣你全部奖金。"

"院长你冤枉我了，我哪敢浪荡，是老胡硬生生把我绑架来的。"

老胡一只手掌着方向盘，一手抓过许剑的手机："老曹，不怪许哥，是我的主意，我硬把许哥从被窝里拽出来的。要扣钱你别扣他的，从我的大楼承建费里扣吧，你还欠我几百万呢，光利息就够你扣了。依我说，你这个当头头的不知道关心部下，许哥家里出这么大的事，也不让他出来散散心？按说，连我这趟汽油钱也得你出。"

曹院长对付不了老胡，气哼哼的，最终准了许剑的假。

许剑原想给宋晴也说一声，但当着老九，他不想给已经离婚的前妻打电话，也就算了。

汽车迤逦向西北开去，后一段路基本是溯汉水而上。随着山路的曲曲弯弯，一条白水不时映在左边的窗玻璃上。江水还算清澈，据专家们讲，汉水已经是我国大河中唯一没有污染的河流。

天色苍茫时，汽车离开汉水，沿一条不知名的山涧扎进山里。胡老板介绍说："这儿出木材，扎成木排向下游放，扎排前要剥树皮，树皮中藏的虫子掉进水里，所以这儿的鱼特别多，肥，而且属于特傻的那种，见钩就咬。所以嘛，许哥你别担心钓鱼本领臭，明天一定大有收获。"

他们找一块比较平坦的地方，借着月光扎好帐篷。老胡带的都是单人帐篷，睡两个人有点儿紧张。许剑说："我到车上睡吧，这种小帐篷你们俩咋能睡？"胡老板嘿嘿地笑着说："没事，我俩单独出来也只带单人帐篷，我和老九是叠着睡的，省地方。"老九笑着捶他一拳，两人厮搂着挤进帐篷里。

山里的夜晚真静啊。银色的月光透过帐篷的布缝洒进来，外面是洪荒时代的松涛水响。不过许剑做不到心静无波，另一座帐篷里不时传来甜腻腻的骂俏声，凶猛的喘息声，还有动物般的折腾声，弄得许剑命根儿处也难受。他想那一对真是天下最快乐之人。古人说人生识字忧患始，不如改为：人有道德痛苦始。当他和小曼纵情于原始欲望时，那个不识趣的家伙——道德——不时来横插一脚。他最终狠心抛弃情人，回到法定妻子这边，就是这玩意儿干涉的结果。

说到底，他不能抛却道德的禁锢。

而胡老板这对男女就能彻底抛弃。所以他们是彻底的快乐，动物般的快乐。

清晨，许剑在啾啾的鸟鸣声中醒来，见老九已经起来，仍是那身短打扮，在空地上做健美操。他问，老胡呢，老九朝旁边努努嘴，原来老胡就在她身边不远，一棵树下，撅着个白屁股拉屎，可能是便秘，鼻腔中吭吭地用着劲。

拉完屎他命令老九：

"做鱼饵吧，就按上回教你的。"

昨天吃饭时胡老板什么也不吃，水也不喝，尽啃干馒头。许剑问他怎么成了清教徒，他说这是准备鱼饵呢，是上次来这儿钓鱼时一个渔友教的绝技。许剑当时没明白是怎么回事。原来他啃了两顿干馒头后，拉出来的屎都是一团一团金黄色的干屎，再适当地分一分，就成了鱼饵。老九倒是不嫌臭，兴致勃勃地把这活儿干完。许剑嫌恶地说：

"用这种鱼饵钓的鱼，你能吃下去？"

胡老板撇着嘴："啧啧，就你干净？告诉你，世上没有绝对干净的东西，你吃菜吧，菜要浇大粪；你吃猪肉狗肉吧，猪狗都吃屎；连你自己肚子里，还装着半人高的大粪哩。哼，假道学。"

老九扑哧一声笑了，她是笑最后那句话：半人高的大粪，这种新鲜话只有老胡能想出来。他说得对，不管是谁，哪怕是老九这样精致的女人，在半人高的地方——大肠中也装有大粪啊。许剑有点恼火。这种粗鄙俚俗的歪理你很难驳倒它，而且——它确实说出了一些世间的真相，虽然这真相连着污秽。见许剑着恼，胡老板嘿嘿笑了：

"开玩笑开玩笑。钓到的鱼都要放生，来这儿就是玩，谁真的吃它。"

他们赶到一个河湾钓鱼，这儿离汉水主流不远，时间早，放排工还没来干活，水面上漂着几块昨天扎好的木排。不过场面比较清淡，看来山里的林木被砍伐殆尽了。按胡老板的经验，两人把挂了特殊鱼饵的鱼钩顺木排缝隙小心地垂下去。木排下河水很深，大约有三米吧。要说胡老板的绝招儿真是灵，钓鱼大有收获，有草鱼、鲤鱼，最多的是扁身体的鲳鱼。它们对胡老板的屎橛子情有独钟，不顾死活地咬钩。中午他们的水桶都满了。

胡老板欣赏一会儿战果，让老九把桶里的鱼全部放生。

午饭后胡老板说下午不钓鱼了，另有好玩的地方。"许哥，这回你跟我来，绝对不虚此行。"许剑不知道他葫芦里卖什么药，笑着说：

"我既然被你骗来，一切随你安排吧。"

他们把帐篷、钓具收拾到汽车里，汽车停在便道旁，锁好，然后步行爬山。山路很静，路上只有一次听见远处有人声，但没碰见一个人。一个小时后，眼前出现一个山中湖泊，静静地卧在林木葱茏中。池水异常清澈，水平如镜，映着四周彩色的石壁。水底有几个泉眼，可以看见泉水鼓涌而出。胡老板说：

"怎么样？这是七仙女洗澡的宝地，是我上回来发现的。快脱呀。"

转眼之间，这对男女就脱得精赤条条，跳到水里。池水肯定有些凉，胡老板嘴里唏唏溜溜的，一边催许剑：

"快脱呀，快脱呀。"

胡老板体形臃肿，游泳姿势也不雅，但老九活脱脱一条美人鱼，体形修长，凸凹有致，皮肤白皙，泳姿也好，像是受过专门训练的。这会儿她用的是自由式，两条修长的手臂不紧不慢地在空中划一个圆弧后入水，身后留下一道浪花。她很快游到对岸，回来时用的仰泳，清澈的水流漫过乳峰，从小腹那儿淌下去，露出黑色的隐处。与老九结识以来，她在许剑的印象中总是和某种污秽联系在一起，但这时许剑觉得，清澈的山水已经荡涤了她身上的污秽，美人与仙境相得益彰。

湖边有一条小路，石面被踩得光光的。从这个迹象看，这儿并不是人迹罕至之地，也许一会儿就会有路人经过。但他们游得从容自若。老实说，此时许剑对这对男女满心艳羡之情，很想学学他俩，在山野之地放纵一下，但他就是鼓不起这个勇气。记得哪本书上说，心理学家们做实验，让成人被试者暂时抛弃世俗的规则，尿到自己裤子上。在实验室的特定环境中，世俗的规则已经失效，但强大的心理束缚控制着他们，无论膀胱怎样憋胀，就是尿不出来。许剑此时也是这样的心态。后来他下了水，但没有脱下那块儿遮羞布。

老九见许剑下水，高兴地喊："你们来追我，看你们谁能追上我！"

她甩着双臂领先游走了，许剑和老胡在后边追。老九确实游得漂亮，清澈的潭水中只看见快速摆动的两条玉腿。一直到潭的对岸，许剑才超过她，率先摸到石壁，也就差那么一臂长的距离。回头看看，老胡才游了一半距离。老九娇喘吁吁地停下，与许剑并排靠在石壁上，兴高采烈地说：

"许哥你游得真好！我没想到你这么专业。在大学里，同班的男同学没一个能追得上我。"

这是第一次听说她上过大学。许剑问："你是哪个学校毕业的？什么专业？"

但老九显然后悔提到这个话题，简单地回答："没毕业，我只上了一年就休学了。"

许剑看看她，没再追问。八成她是因生活放荡被学校除名吧，他想。老九已经转了话题："许哥，听老胡说你妻子，是叫宋晴吧，年轻时非常漂亮，是学校的校花，对不对？"

许剑笑着说："现在也不差呀，不过我只能称她前妻了。"

"你的那位情人，叫小曼的，听说也很漂亮，是不是？"

"没错，当然比你要逊色了。"

老九回眸一笑："哟，许哥很会奉承人哩。"

话说到这儿，已经有点调情的味道了，且不说这场谈话的特殊背景——对方是个一丝不挂的绝色美女。两人说话时她隐在水中，只露出肩部以上，但清澈的水中她的胴体纤毫毕现。紫色的蓓蕾近在水面，水中的浮力使乳房更为浑圆。近来许剑已经发现了老九对他的态度变化：在许剑刚刚进入她和胡老板的圈子时，虽然她也言笑晏晏，但目光中其实没有许剑的存在，许剑只是一个没有性别的空壳子人。最近变了，她常常有意无意和许剑套瓷，对他秋波闪亮。许剑想，"她当然不会看中我瘪瘪的钱袋，只能是看中了我的男性魅力。"想到这里，不免有些得意。

打住。许剑在心里骂自己，记吃不记打的东西，伤疤还没好哩，就忘记疼了。其实他知道，同她的调情只会是游戏，不可能发展成实战。即使没有妻子离婚的教训，许剑也不会和她上床的。他能和小曼偷情，但决不会招惹老九这样的女人，虽说这有点五十步笑百步的可笑，但这点他拿得准。

胡老板追过来了，狗爬式游得惊天动地，水花四溅。许剑和老九都喊叫着为他鼓劲。忽然听见老九轻声说一句：

"你看这头猪。"

仅仅五个字，让许剑听出她对老胡砭入骨髓的轻蔑，而且，在对老胡的

轻蔑中,她是想把许剑引为同道的,也许这是她和许剑建立亲昵关系的第一步。许剑默然片刻:

"老九你说什么?我没听清。"

老九是个冰雪聪明的人,飞快地扫了许剑一眼,立即领会出他话中的冷意。她这句话唤醒了许剑对这个女人的鄙视。胡老板并不是情操高尚令人敬重的伟人,骂他一句没什么了不起,相信交际圈子中不知有多少人骂他。但别人都骂得,唯独老九不能骂。她是自愿受胡老板的供养,用美色换取老胡的金钱。这是她的职业,那么她骂人就未免缺乏职业道德。许剑倒是从未把胡老板引为知己,但老九这种行径激起了男人的敌忾。

老九非常机灵,立即把那句话轻松地转成一个玩笑,大声喊:"看你这头大胖猪!胡哥,你是狗爬式还是猪爬式?"

胡老板总算坚持着游到池壁,停下来,气喘如牛,断断续续地说:"不管是狗爬还是猪爬,反正掉到水里淹不死就成。你看,我一口气也游了200米吧。"

许剑笑笑,把这页翻过去,以后也没对老胡提过。不过,从这以后,老九和他的关系又恢复到原来的状况。那个女人非常彻底地关了两盏目光之灯,不再对许剑秋波闪亮了。

还好,裸泳时一直没有行人打扰他们。两个钟头后,三人爬上岸,穿好衣服。胡老板兴致不减,说:

"还有节目哩,还有高潮哩。许哥,看你假惺惺假道学的样子!这辈子你就不想尝尝裸泳是什么滋味儿?一次都不尝?许哥,你们这种人哪,活得太累,我都替你累。下个节目,你可别扫我的兴头。"

许剑不知他说的"高潮节目"是什么,笑着答应。胡老板领着他们继续爬山,边走边说:

"深山里头有一个老剃头匠,没有90岁也有80多岁了。他通晓旧社会剃头匠的全套把式,你去试试,管保伺候得你舒舒服服。我已经试过一次了。"

许剑只是笑,不愿扫他的兴头。一个剃头匠能有什么新鲜招式,值得跑几百公里?如果这就是他说的高潮节目,那未免太乏味了。他说:

"八九十岁的人,你两年没来,他不一定在世呢,说不定咱们去扑个空。"

"他没死，活得蛮硬朗呢。我上次来过之后，已经介绍了两个朋友来，一个月前还有人来过。"

一个小时后，他们来到一个小山凹，这儿窝着个比较大的村子，村口有几抱粗的柿子树和野核桃树，有几十户人家，竹篱茅舍，一只黑狗在竹篱后对他们摇尾巴。胡老板熟门熟路地来到一家，自己打开院子的柴门，进去。屋里有一个老人坐在石凳上，穿着白色无袖对襟上衣，银发银须，连寿眉也是白的，确实是高寿了。身体很硬朗，颇有点童颜鹤发仙风道骨的味道。院中有一个剃头挑子，式样古老，只在旧日的电影中见过。一头是个铜盆，盆里的水热气腾腾，看来他刚刚还在干活。挑子的另一头放着各种工具和细磨石，一块荡刀布浸透了黑色，那样子就像用了100年了。胡老板大声说：

"老师傅，老人家，还记得我不？两年前我来过！"

老人眼神和耳朵都不大好使，没有认出他，憨憨地笑着。东屋里一个老太太闻声出来，说："是来剃头的吧，你们三位请坐。都是山外人吧。"

老太太也是满头白发，牙掉了，瘪着嘴巴，看模样比老头年纪还大。许剑以为她是剃头佬的老伴，后来才知道是他大儿媳。胡老板掏出100元钱，对老头大声说：

"你上次给我剃过头，用的全把式，我给了你100元，你记得不？"

老人立即想起来了，高兴地点头说："记得，记得。你姓胡，对不对？"

不用说，剃一次头给100元不是每天都能碰到的事。胡老板说："我这个朋友今天慕名前来，你还得把全把式都使出来，把他伺候舒服，给，这是100元！"

老人说："放心吧，全把式，一样也不落。"他便开始做准备。许剑看他的挑子上只有剃头刀，没有理发推子，对胡老板说："咋，要给我剃光头？"

"对，对，剃光了才爽意。我上次从这儿回去时就刮光了，你不记得？"

许剑略为犹豫。在他的人际圈子里，刮个光瓢未免另类。但他不想扫老胡的兴头，心想刮光也好，回去吓唬宋晴，就说她再不准复婚自己就当和尚。

老剃头匠今天兴致很高，对老太太说："老大家的，回屋把我的德国刀拿来，今天是贵客。"老太太一扭一扭地进屋，少顷喜眯眯地捧着一个包包出来。剃头匠把包打开，露出一把寒光闪闪的剃刀。他夸耀道：

"这是德国货，双人牌的，世界上最好的剃刀，是60年前一个山西商人送我的，当年我给他剃过头，他说只有我才配用这样的好刀，还说这把刀值400马克呢。"

许剑看看刀子，上边确实是德文商标，老头并非吹牛。老头先磨刀，边磨边介绍说："磨刀也有讲究，正磨七下，反着磨一下，这叫紧七口，磨出来的刀最锋利。"磨完又在荡刀布上使劲荡了几下，然后伸出舌头，拿刀刃在舌尖上划拉，说老剃头匠都是这么试刀锋的，舌头觉得涩了就是磨好了，发滑就是不利。他用舌尖舔刀刃时许剑真替他担心，怕他一失手把舌头割破。他想真是奇了，不知哪代剃头佬最先发明这种怪办法。肯定是中国剃头佬发明的，德国人虽说会造好刀，怕是想不到这种试刀锋的办法吧。

磨完刀开始操练。他的刀技纯熟，刀子也确实好，随着刀子轻快的移动，一绺绺头发掉下来。剃完，洗罢，刮脸，接着是他的"全把式"：掏鼻孔，剪鼻毛，掏耳朵，还把许剑的眼皮翻过来，用刀把的端部在内眼皮上摩。凉森森的感觉划过内眼睑时，许剑心想这下糟了，要是在这儿传染上红眼病或沙眼，岂不是自找倒霉。不过他不想拂胡老板的好意，强忍着心里的腻歪没有拒绝。胡老板不知道他的想法，还在旁边一个劲夸说：

"知道不，这一招能清热败火，非常灵验。旧社会剃头都有这道工序。"

许剑想，他的全把式到此该结束了吧，原来不然，高潮还在后边呢。胡老板兴致勃勃地说，"下边该给你'掐老鱼儿'了，这是过去剃头匠的绝招，传子不传女，现在没人会。"许剑问什么是"掐老鱼儿"，老胡说，"一弄你就知道了，就这么一掐，你就会晕过去，晕那么两三分钟，比你睡一夜还解乏。特别是身上那个'美'劲儿，比你干了女人还美！"

他这么一说许剑来了点警觉性，从理发椅上欠起身问："什么什么，要晕过去？"

老剃头匠把他摁下去，慈祥地说："别怕别怕，只用在你额头上这么一拍，就醒了，不妨事。"

许剑不好在他们面前太露怯，一横心等着他来掐，心想这百八十斤今天就交出去了。胡老板巴巴地交代：

"老师傅，你得让他多晕一会儿，非得晕到他下边有动静。我们千里迢迢，来一趟不容易哩。"

老人笑着答应。老太太适时地离开了，老九兴致勃勃地抿着嘴笑——后来许剑才知道老太太为什么要回避，和老九为什么笑。剃头佬开始"掐老鱼儿"了，右手拇指和食指熟练地摁在许剑的颈上。作为医生，他知道那是两处颈动脉窦，也开始悟到所谓的"掐老鱼儿"是怎么回事了。这时一片黑云漫过他的意识，伴随而来的是全身的慵懒和舒坦，恍惚的适意持续着，小腹处一股热流开始勃勃地跳荡着，向阳物那里冲去。在它的冲击下，阳物坚硬如铁。热流鼓胀着，急于寻找缺口狂喷而出。他紧张地等着这一刻，等着从基因深处迸发出来的快感。但他的神志还保持着一定的清醒，非常担心这一刻的到来——当着三个人六双眼睛，如果真的射精，未免太不雅了……

额头上被重重地拍了一下，黑云退去，头脑清醒了。刚才恍惚中的经历还历历在目，他立时顺下目光向自己的下身看去，没错，那儿硬邦邦的，裤子被顶得凸出来，所幸还没有到堤坝冲溃那一步。这个样子够让人难为情了，更让人难为情的是，胡老板和老九都巴巴地望着那儿。胡老板贼忒嘻嘻地笑着，老九的目光中充满了纯洁的好奇。不用说，他俩上次都见识过"掐老鱼儿"的效果，这会儿正在做再次的验证呢。

胡老板连连追问："许哥怎么样？舒服不舒服？舒服不舒服？"

身上确实舒坦，尤其是下身处，但他羞于正式承认。忽然想起大学时老师讲过的一个实验：科学家教会了小白鼠用前爪按一个按钮，每按一次，就有电流刺激它的快感中枢，引起非常强烈的性快感。于是小白鼠不吃不喝，也不再发情，每天按压不止，直到熬得形销骨立。想想自己刚才的反应，人和小白鼠又有什么区别呢。

他解嘲地说："这没什么稀奇，你所谓的'掐老鱼儿'——应该是'掐老晕'吧，实际是按压颈动脉窦造成暂时性的大脑缺血，它能引起性快感，在医学上叫'自淫性窒息'。不过我过去只是在书上看过，这是第一次亲身体验。"

老胡高兴了："啧啧，还是读书人啊，能叫出'掐老鱼儿'的官名，今天没白让你来。"又对老剃头匠说，"老师傅你也记住，'掐老鱼儿'的大名叫'子阴性之西'！你掐了一辈子，也不知道这个洋名字吧。"

老头也高兴，咧着没牙的嘴巴，说："剃头师傅一代一代口传的东西，原来也上书啊。还是念书人聪明，上知天文，下知地理，连剃头佬的事也知道。这个什么'子阴之西'不好记，先生你拿笔写下来，我要记下它。我也念过两年私塾。"

许剑照他吩咐，掏出笔，让老大媳妇找张纸。老太太作难地说："纸？俺家可没有。"她在屋里扒了一会儿，真的找不到一张。许剑说甭找了，他在自己的通讯录上撕下一张，写上这五个字。老头不认得其中的"淫"字和"窒"字，许剑教他念了两遍，解释了其中的含义。老人记下了，把纸片叠好，郑重地放到褂子口袋里。

胡老板又掏出100元钱，让老人把全套活儿在他身上再来一次。做后他连呼："真舒服，真舒坦。"他撺掇老九也试试，老九倒是无所谓，作势要往理发椅上坐，老剃头匠忙不迭地摇手：

"不作兴给女人做的，不作兴给女人做的。"

老胡和老九这才作罢。

夜里他们仍在帐篷里过夜，那边一对儿照旧疯一阵，睡了，隔着帐篷能听到老胡的鼾声。许剑睡不着，心中忽忽若有所失，总觉得今天的经历让他忆到了什么，但究竟是什么，一时想不起来。也许是"自淫性窒息"这点知识的由来？这个名词今天他顺口说出来了，其实他对它相当陌生，那是久埋在记忆深处的东西，也许是在医学院上学时偶尔浏览到的。自从进了职工医院后，医生已经退化成医匠，每天尽是那么些常见病和熟药方翻来倒去，说句刻薄话，开一般的药方只用走小脑不用过大脑。长期刻板的工作让他麻木了，僵化了，像"自淫性窒息"这类比较冷僻的知识早已佐饭吃了。今天是特殊的体验偶然唤醒了它。

不，他的忽忽若有所失不光是因为它，还有别的什么东西。是什么东西呢？是什么呢？许剑在苦苦思索中进入梦乡，梦乡中仍是苦思绵绵。忽然眼前闪出一个绳环，在他头上慢慢摇荡着，这分明是小葛上吊的绳环，绳子搭在暖气管上的吊钩上，绳环下方结有两个绳疙瘩……他猛然醒来，瞪大眼睛望着黑暗。

就是它了，就是它一直在自己的意识边缘游荡，自己终于把它抓住了。

自从老吕头送来那包东西后，许剑一直在琢磨那个绳环，百思不解。它看来是小葛上吊用的，但为什么要结两个绳疙瘩？现在他豁然醒悟：那两个绳疙瘩的距离和位置正好能顶住两处颈动脉窦，所以，小葛既不是自杀也不是他杀，而是在自淫，自淫时意外地窒息而死。

果真如此，小曼的嫌疑就完全排除了。她不仅不是杀人疑犯，相反是一个可敬的女人。没错，她确实是一个深度知情者——不是对凶杀知情，而是对丈夫的性怪癖知情；她在现场也的确做了手脚。但目的只有一个：保守丈夫那见不得人的隐私。

这一年她处境如此艰难，还不忘全力维护两个男人——丈夫和情人。但自己在这段时间为她做了什么？只为她做了不在现场的证明，即使这件事也做得太晚了。更多的，是对她无端的猜疑和妖魔化，不久前自己还说这个女人可怕呢。

许剑在心里痛骂自己自私、无情、瞎眼，混蛋一个。他真想立时赶到小曼家中，跪在她脚下赔罪。

他几乎一夜没睡，第二天一早就把胡老板喊醒，说："我不在这儿玩了，你马上把我送到能坐火车的地方，我有急事要去省城母校。"胡老板问他什么事，许剑含糊地说：

"是为池小曼洗冤。"

胡老板奇怪地问："洗冤？公安不是按自杀结案了嘛。"

"案是结了，不过有诸多疑点一直没澄清，群众舆论也多认为小曼有罪，连我都有怀疑，一直到昨晚我才把这个案子理清了。这要多亏你的这次山中之行，激发了我的灵感，简直是天意。现在我要赶到省城去查一点资料，等有结果我详细告诉你。"

胡老板笑着揶揄他，重情之人哪，一日夫妻百日恩哪。"老九你多向许哥学学，多会儿我要是蹲了笆篱子，你也出力往外掏我，别他妈屁股一拍六亲不认。"他考虑片刻，"送佛送上西天，我把你送去吧，也就多绕150千米路。走，现在就走。"

老九有点不乐意中断游玩，但也没反对，只是淡淡地刺了一句："许哥，小曼给你当情人，真有福啊。"

他们匆匆吃了早饭，开始返回。许剑歉然说："老胡，给你添麻烦了。不过这麻烦是你自找的，看你下次还拉不拉我出来。"又说，"看来我真得学开车，下次出来，跑远途时也能替替你。我主要是认为学开车没用，我这辈子甭想当有车阶级。"

老胡说："你别给我哭穷，你当主任的，多少吃点药品回扣就够你买车了。"

许剑哼了一声："我说句话你爱信不信，我行医十几年，吃点病人的请，收点小礼，都是有的，但从没吃过一分钱的药品回扣，那是昧良心钱，昧良心的事我不干。我和宋晴都是这个德性，改不了啦。"

前座上的老九扭头看看他，仍是那种淡淡讥刺的语气："许哥的职业道德让人敬佩呢。"

"多谢夸奖。如今这世道，坏就坏在各个行当不讲职业道德，卖羊肉的注射阿托品，绑票的得钱还撕票，贪官们贪了钱不办事，妓女们收了嫖金还设连环套。"注射阿托品后羊就干渴，猛劲儿喝水，羊肉能多出斤两，但对食用者有害。

老九横了他一眼，脸上闪过一波怒气。许剑猛然悟到自己的话不妥，伤着她了。他这番调侃其实完全不涉及老九，关键是老九的自我认定——她把自己划在妓女这个圈子内，所以她认为许剑是报复昨天那点不愉快。许剑佯做不知，把话题扯开，说：

"路上没事，我给你们讲讲那个猝死的小葛吧，就是小曼的丈夫，他的一辈子够坎坷的。"

他讲了小葛的大姐如何把小葛从死人堆里扒出来，如何带大，让小堂弟噙着自己奶头睡觉等等。老胡对这些经历比较有共鸣，听得很热乎。按老胡的说法："别看我年纪比你小，也是苦水中泡大的。"老九没有听，一直冷漠地盯着窗外的风景。到中午时，许剑的困劲儿上来了，在后座上眯了一会儿。等他再度睁开眼，远远看见一道拱门跨街而立，上面书有三个大字，因为距离还远，暂时看不清楚。他带着睡意问一句：

"到了哪儿？这个拱门？"

"有名的紫关镇啊，拱门上写着呢。"

"紫关镇？这是紫关镇？"

"有啥大惊小怪的，到省城就得路过这里嘛。这是你老婆的老家，你没来过？"

"没有来过。"他原来是有可能陪宋晴来的，但自从有了她表哥那档子事，许剑心里虚，以后从不提陪妻子探家。"我刚才讲的小葛的大姐就在这镇上啊。老胡你找个地方停车，正好也到吃饭的时间了。既然到了这儿，我想拜访葛大姐。"他对老胡解释，"小葛的性怪癖肯定与童年经历有关，我想做个深入的了解。"

前面就是紫关镇有名的青石古街，两侧都是清代民间商业建筑风格，翘檐雕饰，古色古香，房门都是旧式的长条木板门，白天抽掉，晚上再装上。房屋多是进出几层院落，两边厢房对称，都有一堵两米长的封火硬山，高低错落。老胡找地方把车停好，许剑下去打听葛大姐的住处。打听起来相当困难，关键是许剑只知她姓葛，不知道她的名字、职业、街道。他只能对乡人说，葛大姐有一个兄弟在北阴特车厂工作。这点情况与这儿关系不大，所以问了几个人都摇头。许剑开始觉得绝望了。老胡跟后边听了两次，说：

"许哥你甭问这些少油没盐的话，你站一边，让我问。"

许剑想，"你问就能问出来了？"但事实证明，老胡在这方面就是比他油，比他有办法。老胡找了一个50多岁的老头，问：

"大叔我找你打听个人。姓葛，女的，和你年纪差不多。"老头一脸茫然地摇头。老胡补充说，"她当姑娘时有个绰号，不大好听，叫葛大奶子。"

老头马上说："你是找葛玉芳啊，就在前边一拐弯，有个比较大的量贩，原来叫大姐量贩,后来改叫小三量贩。你拐弯就看见了。"

旁边有个人觉得很新奇,问老头:"葛玉芳年轻时有这么响的外号?"

老头叹口气:"这个外号你可别乱喊,积点口德。这娘儿们不容易啊,从北阴市下放到这儿时才十六七岁,带着一个两岁的孤儿堂弟,又当姐又当妈,那个小三儿是噙着她的奶头长大的。为啥当姑娘时就叫大奶子?不是被野男人摸大的,是让她弟弟吃大的。她后来供小三儿上了大学,是个仁义女人。"他问来人,"听说小三儿被他老婆害死了,现在破案没?葛玉芳也可怜,办了小三儿的丧事后,头发都白了。"

许剑简单地说:"不是他杀,是自杀,公安已经结案了。"

离开这个老头,胡老板自得地问许剑:"许哥怎么样,我问出来没有?"许剑夸他:"还是你行,凡事能抓住关键。这个绰号你还是听我说的,我怎么就没想到拿它来问呢?"老胡得意地大笑。

他们在拐弯的僻街上找到那家量贩,招牌上"小三"两个字确实是新改的。这两个字让许剑心里咯噔一下。明显这是为了纪念死者,但做生意的人都讲忌讳,让一个死者的名字当招牌,葛大姐不忌讳吗?那只能说,她对亡弟的情感压倒了生意人的忌讳。量贩规模不小,屋里有五六个营业员,门口设着收款机,柜台及店面布置相当正规,看来葛大姐是个很能干的人。这会儿她正向一个中年男人吩咐什么事,许剑他们三人进来,葛大姐眼尖,一眼认出许剑,忙向这边迎过来:

"许医生?你咋跑紫关镇来了?"

在心血来潮地决定拜访葛大姐之后,许剑实际已经后悔了——他不知道自己和小曼的私情是否已经传到葛大姐耳朵里。如果是,这个刚烈偏激的女人又会怎样对待他。如果被她揪住头发当街揍一顿,那才是自讨没趣,屎不臭挑起来臭。还好,从葛大姐的表情看,她还不知道这点隐情。虽说两人在最后一次见面中,因许剑的态度支吾而弄得不大愉快,她仍然热情地接待了许剑。

她的头发确实白多了,许剑心中涌起一股怜悯。他说:

"大姐,我们是到汉水上游钓鱼,顺路来拜访一下大姐。"

许剑又向她介绍："这是我朋友老胡，胡老板，和他的年轻太太。"听到"太太"这个称呼时，老九的目光得意地闪动一下。葛大姐说："已经到饭时了，走，中午我请客。"许剑没有谦让，四人来到附近一家中档饭店，葛大姐要了几样菜，又要了瓶赊店大曲。许剑说，"刚才和你说话的是姐夫吧，喊他一块儿来吃。"葛大姐挥挥手：

"那是个上不得台面的货，一辈子的窝囊废。不用喊他。"

许剑真诚地说："大姐你真能干，白手起家，捣鼓出这么大一摊生意，搁旧社会你就是大财主，紫关镇首富了。"

葛大姐叹口气："一家不知一家难。"她只说这一句就住口了，但停一会儿，还是忍不住把话说完，"我男人太窝囊，跟着我干这么多年，做生意还是两眼一抹黑，连个打杂的都不如，越干越添乱。他天生就是抡镢头刨红薯的，你能休了他？儿子又被俺俩惯坏了，今年才17岁，花钱像流水，一身名牌，光手机已经换了四个。他只知道老娘手里有几个钱，不知道这些钱是没有根的，量贩一天不开门，钱就断了流。再说，我俩老了一没退休金，二没医保，难保不碰上个天灾人祸？这些话我再三对儿子讲，他是油盐不进。没救了，这孩子没救了。"她又说，"我也就是找你们诉说诉说，在乡邻亲戚面前我不说，嫌丢人。"

老胡笑嘻嘻地劝她："别担心，老天爷饿不死瞎家雀，说不定你家公子的前程比你还大，不用为他操心。"

许剑见过不少这样的二世祖，心想她儿子还没扯上男女之事吧，如果学会嫖娼养情人，那她的钱才不够花呢。兴许她儿子已经到这一步了，只是当妈的不好意思说。他犹豫片刻，还是坦率地说：

"你说他有17岁？虽说晚了些，还能改，关键看爹妈能不能下狠心。下狠心让他受三年苦，性子就扳过来了。"

葛大姐没想到许剑说得这样直，很深地看了他一眼，沉思着说："小许你说得对。我好好想想，也许真得下狠心。唉，我身边连个可商量的人都没有，可惜我家小三儿又走了。"

酒席上聊到宋晴，葛大姐说："该让晴妹一块儿来嘛，回来看看老家。只

是近年大兴土木,她妈的坟只怕是不在了。"许剑不想提起与妻子离婚的事,转了话题:

"大姐,我实际是专程为小葛那事来的,想到省城查点资料,也想拜访你,了解他的童年经历。他的案子公安已经结案,结案时还有一些疑点。这些疑点我想我已经弄清了。"

大姐急急地问:"是吗?你弄清了什么?"

许剑委婉地说:"大姐,我想你的意愿也是弄清小葛猝死的真相,确凿的真相,让死者能闭上眼,并不是一定要把池小曼怎么样。我说得没错吧。"

"当然。若不是池小曼干的,我能硬安到她头上?我只是怀疑她,她不肯和小三儿生儿女,又招惹那么多野男人,结奸夫害本夫是按常理猜度。我知道,那次我去你们厂里时,心里难受,行事过头了点。"

说到小曼的野男人,老九非常迅速地瞥了许剑一眼,老胡倒是佯装没听见。许剑的脸上微微发烧,继续说:"据我新掌握的资料,恐怕小葛之死确实和池小曼无关。他是死于一种隐秘的性怪癖,这种怪癖很可能与他的童年经历有关。大姐,饭后能不能抽出一点时间?我想和你单独谈一会儿。"

葛大姐很吃惊,点点头说:"好的。"

饭后,许剑让老胡和老九去本镇的各个景点参观,像白浪宫、法海寺、一脚踏三省的界碑等。葛大姐很热心,打手机唤来丈夫,让他带着参观。她则和许剑坐在这个雅间里谈了两个小时。许剑谈得非常直率,除了自己与小曼的私情及与宋晴的离婚,什么都说了。他说,虽然他还要到省城再查一些资料,但估计就是这个结论了。这番谈话有效地消除了葛大姐对小曼的敌意,她伤感地叹息着:

"我真没想到小三儿有这种怪毛病,最后竟死在这种病上。我把他从小带大,咋就没注意呢。也没想到池小曼那个风流女人还会护着男人。唉,都是命啊。"

许剑辞别葛大姐,晚上赶到了省城,老胡说可以在省城等许剑一天,明晚还坐一辆车回去。许剑见老九不乐意,便坚决推辞,说:"查资料这种事说不准时间,你们别等我,我自己坐火车回去就行。"老胡便与他告别,连夜驱车回家了。告别时老九坐在前排座上自顾用耳机听音乐，没有同许剑说再见。

许剑当天在省城住下，第二天一大早就赶到母校图书馆。图书馆还没开馆，十几个学生在门口排队，有双肩背着背包的女生，也有戴着深度眼镜的男生，他们手里都捧着书，边看边等。有一些人还带着干粮和瓶装水，肯定是准备在馆里泡一天。

许剑坐在台阶上默默地看着这些学生，总觉得里边有葛玉峰的身影。小葛也曾在大学生活过，也曾在图书馆里一泡一天；也曾有过这样那样的人生设计，有过这样那样的憧憬；也曾在走进社会后展现了自己的才华。但他正当生命力最活跃的时候却很草率地离开了人世，只是因为一种不足为外人道的怪癖。

许剑从前天梦悟真相开始，直到今天，对葛玉峰滋生出强烈的怜悯。回想起两年来他接触的人，不管他们的人品和性格如何，都是活生生的人，他们的血肉之躯是饱满的：老胡、老九、葛大姐、小曼、老吕头、曹院长甚至郑孟丽……唯独葛玉峰非常干瘪，没有可供回忆的素材，只是一个符号。其实他也是一个活人，也有七情六欲悲喜苦乐。只是他太内向，把所有的情绪和感情都紧紧关闭了，而那种性怪癖恰恰和这种极度内向密不可分。

他这也算是来世上走了一遭？许剑真可怜他。

图书馆开门了，排队的人鱼贯而进。医大图书馆没有对社会开放，已经毕业的学生是没法进去的。当然许剑可以找熟人借个证，不过那样太麻烦，来回折腾一次，两个小时就进去了。好在把门的老同志似曾相识，他磨叽一会儿，把身份证押上，最终获准进去。18年没来，图书馆进步多了，尤其是添置了检索系统，大大方便了查资料。许剑按照管理员的指点，到检索台的电脑中输入"自淫性窒息、性快感、颈动脉窦"这些关键词，很快找到了需要的资料。资料复印也非常方便，对外营业的复印室就在楼上，管复印的大嫂十指翻飞，非常麻利地工作着，把一项枯燥的活变成了艺术。两个小时后他满载而归。

自淫性窒息死

一、概述

自淫性窒息死指以窒息的方式进行反常的性行为时造成的意外死亡。亦称性窒息死，其中因缢颈而窒息死者也称性缢死。性窒息是性欲倒错（性行为变态）的一种表现。主要见于男性青少年。其中多数人性格内向、孤僻、腼腆，甚至见了女性就脸红，但为了满足性欲，他们却在无人的处所，采取某种手段使自己处于缺氧窒息状态，以产生性快感。如果进行过程中预防措施失控，自己又无法摆脱，即可造成意外的死亡，比如因绳结变紧、座椅倒下、脚下滑脱等原因导致绳套勒紧而不能自救。在各种窒息手段中，以缢颈为最多，其他还有闭塞口鼻、用塑料袋罩住头部等。

这种性窒息活动又分为几种，如果喜穿女性衣着、做假乳房、梳女式发型等，称异性服装癖；如果喜用绳索捆绑自己，称自淫虐癖；如果摆放镜子或相机自拍进行自我欣赏，称自淫癖或自爱癖；如用橡皮、女性衣物、女性毛发等在阴茎处进行性活动，称淫物癖。

二、尸体现场特征

为便于独自进行有准备的反常性行为，现场都选在无人干扰的隐蔽场所，时间多在夜间。有时能在现场找到过去多次进行反常性行为的一些痕迹和物证，如悬挂绳索的摩擦痕迹，隐藏的吊钩等，有的在现场还摆放着女性衣着、化妆品、妇女头发、月经带、乳罩等。

一般情况下死亡现场平静，无动乱及他人介入的迹象。尸体前方的地面或床面上常有射精的痕迹。性缢死者常用软绳索做成较松弛的绳套，其自缢的体位，用手或下肢直立就能解除压力。有的在身旁可见碰倒的坐椅或在地面上有蹬滑的痕迹。自缢死以前位缢死者较多，采用这种体位时头向前倾，面朝下，双手可比较方便地触摸生殖器。膝部常屈曲，双足多着地，但不负载体重。

因活动隐蔽，尽管可能多次进行反常性行为，但亲友多不知情。

三、尸体征象

半裸或裸体，有的穿女性衣着，带乳罩、假乳房、梳女式发型并擦粉、描眉、涂口红。阴茎常用手帕或布包裹，其上可见泄出的精液。

除具备机械性窒息死的一般征象外，性窒息死根据手段的不同而各有不同的局部征象。如缢颈者常有典型的生前缢沟，有的在绳索下垫有柔软的毛巾等物。有时死者身上有捆绑的绳索，状似他杀，但仔细观察就能发现，其捆绑和打结的方式均可自己完成。

四、法医学鉴定

就尸体本身所见，如缢沟、窒息征象等与自缢并无不同，因而比较难以区分，认定为性窒息主要是根据现场勘查、调查，及了解死者反常性行为的表现。

……

这些资料足够解开许剑心中的疑问了。资料中唯一欠缺的，是小葛自淫时的独特手段——使用结两个绳疙瘩的绳圈。这种带绳疙瘩的绳圈肯定比光绳优越，它在保证两处颈动脉窦受压的前提下，不压迫气管，自淫时比较舒服。许剑尽可能广泛地查阅，没有发现提到这个细节的资料。这么说，这是小葛的专利，是他灵智忽来的发明。完全有可能，作为一个优秀的工程师，小葛一向有发明才能，只可惜这回用错了地方，最终因这种怪癖送了命。

许剑忆起来，这些书在大学时确实浏览过，只是时间太长，几乎全忘却了。对于一个职工医院的普通医生来说，这不算太丢人，因为他们的确用不上这些知识。但是薛法医呢？一个法医总该记着这些知识吧，那位老先生的水平真不敢恭维。

而许剑是搬起石头砸自己的脚，砸自己情人的脚。正是他帮那位贪吃善忘的老先生保住了工作。

不过公平地说，也不能全怪他。关键是池小曼清除了现场的重要物证，如乳罩、女人内裤、软布绳及地上的精液，还不忘给死者套上他本人的内裤。

书上说过，自淫性窒息死与一般的自缢很难区分，主要根据现场勘查，但小曼已经把现场伪装过了，地上的精液都用水冲过了。她做得很彻底，但时间仓促，难免在另外的方面留下一些马脚。比如说，她没考虑到细而坚硬的绳子与死者颈上的缢痕不一致。这些破绽恰恰把猎人的注意力引到她身上，让警方偏离了正确的方向。

仝宁的破案能力在这儿碰卷刃并不奇怪，因为上报的案宗中没有这些至关重要的物证，巧妇难做无米之炊。警方最大的疏忽或失职，是没有检查垃圾箱——但当时谁能想得到呢。

只有许剑得益于老吕头和胡老板的作用，正巧把几个因素全拢到一块儿，才有了这个发现。

他在学校又待了半天，拜访了一些老师，包括张上帝，然后赶夜车回家。睡在卧铺上他浮想联翩，这次在图书馆顺便复习了另外一些性变态的资料，真是千奇百怪。有的男青年用沥青搓成细条往阴茎口里捅，结果沥青断了，无法取出，不得不动手术；有的女孩子用铁头发卡子自淫，不慎掉到子宫里，又羞于找医生，直到子宫磨穿，几乎送命；等等。难道他们不知道这些行为的危险性？但欲望高涨时，理智就退化了。刻薄地说，在那个瞬间里，他们退化成了动物，只遵从动物的本能——但动物们又哪有这样乖戾怪诞的性行为？

人类中的性怪癖林林总总，比如性指向障碍有：同性恋、恋物癖、自恋癖、乱伦、恋童癖、恋尸癖、恋老人癖、恋兽癖等；性偏好障碍有：异装癖、露阴癖、窥阴（淫）癖、摩擦癖、施虐癖、受虐癖、口淫癖、肛淫癖、排粪（尿）淫癖、窒息淫癖、梦幻淫癖；性身份障碍有：性别交换癖（易性癖）、双性恋；如此等等，心理系学生光是背单词也得耗半天。动物中也有某些癖好，如同性恋、乱伦、恋童癖（黄山猴就有这种贵恙）等，但总的说来，人性还是比动物性丰富多了，要不咋称得上万物之灵呢。

卧铺里熙熙攘攘，广播里正在播相声《小偷公司》，几个旅伴听得傻哈哈地笑。在许剑的记忆中，这列火车上10年前就爱播这段相声，10年后的人照样为它傻笑。趁着没有熄灯，他把复印资料摊在上铺床上反复阅读。很可惜，今天他有一点疏忽，只顾复印这几本法医学的内容而忘了记下作者。他觉得很遗憾，因为他越看越对作者敬畏。作者们在书中详细列举了种种性怪癖，这每一条怪癖表现在现实生活中时，都连着一段销魂，一段癫狂，连着一个人一生的痛苦甚至横死，连着多少亲人的哀痛。但在教科书里，它们仅浓缩为干巴巴的一条叙述，冷静，简约，惜墨如金，无喜无怒。能做到这一点，已经不是凡人了。他们是上帝，至少是具备了上帝的目光，高踞在云端之上，平静地观察分析凡人的可笑癖好，还有，造成这种癖好的物理原因。

手机响了，是一个完全陌生的号码。在火车车厢的嘈杂声中，他辨出一个女人的声音："是小许吗？我是你郑姐。"

郑姐？许剑迅速把自己的人际圈子过了一遍，想不起这个人。正要问"你是哪位郑姐"，好在他及时想到了：是仝宁的夫人，郑孟丽。在潜意识中，他一向把这位贵妇人排除在交往圈子之外，没想到她会主动打来电话。他说：

"郑姐你好。你声音稍大一点，这边很乱。"

电话里声音大了一些："小许，我想找你聊聊，你今晚有时间吗？"

"郑姐我正在火车上呢，你听这周围的嘈杂。不过明天下午就赶回去了。正巧，我明天本来就打算到你家去，我这次是专程到省城母校那儿查资料，为池小曼那案子，就是特车厂那桩案子，所有疑点我都弄清了，我得向仝局汇报。"

那边顿了一下："不，我想和你单独谈谈。"

许剑心中咯噔一下。郑姐主动打电话已属不正常，避开仝宁谈话更属不正常。许剑立即联想到自己的"历史污点"，料定郑姐的谈话与此有关。他心想摊开也好，省得郑姐风声鹤唳的，他都替郑姐累。他笑道：

"那好那好，我也正想找郑姐聊聊呢，郑姐你20年前就是我心中的偶像了，我一直盼着能当面表达我的仰慕。"

他想用玩笑来冲淡这件事内蕴的阴暗，郑姐没有响应这个笑话，仍淡淡地说："那我明天到火车站接你吧，我知道车次。我开一辆米黄色的POLO，在停车场等你。"

"好，不见不散。"

电话打完车厢就熄灯了，许剑把复印资料整理好，塞到牛皮袋中。先想了一会儿明天与郑姐的谈话，然后又把思路转回到小葛身上。在火车单调的哐通声中，他两手枕着脑袋，久久地仰望天花板。实际上他的眼光穿透天花板，望穿了万年的时空。他把今天所得的资料、与葛大姐的谈话内容、过去小曼透出的有关小葛的点滴情况，再加上平时对小葛的观察，逐一合并、搅拌、澄清，然后，他觉得可以勾画出小葛完整的一生了。

葛大姐自从在死人堆里扒出小三儿后，就把这个苦命孩子放到心中最首要的位置，绝不比自己后来的儿子低，更远远超过自己的丈夫。她天生就强烈的母性经了那次刺激，突然膨胀，长出一个大树瘤。这个心结终生不会改变了。

找对象时她没敢挑剔，只提一个条件：要把小三儿带上，养大。一个男人答应了这个条件，于是成了她的丈夫。在婚礼上，五岁的小三儿好像看出他的生活要有大变动，目光胆怯，始终拉着大姐的手不丢。新娘手里拉着一个孩子，这事够尴尬的，好在镇上人都知道小三儿的来历，没人笑话新娘。晚上年轻人来闹房，已经困乏得要死的小三儿就是不睡，非要等着大姐。他怕大姐突然消失，以往的晚上，他必须挨着大姐的胸脯才能睡着啊。闹房的人走了，新郎急煎煎地等着妻子。但葛大姐歉意地让丈夫等等，先来到小屋，陪小三儿睡下。小三儿把手伸到大姐怀里，脑袋靠在胸脯上，闻着熟悉的气味，摸着两个肉团团，这才放心地睡了。

这期间新郎到小屋来了两次，葛大姐都示意他再等等。终于小三儿睡熟了，葛大姐赶紧回到婚床上，新郎急不可耐地干起了男女之事。那晚新郎要得很贪，最后一次是在凌晨，丈夫正在上边驰骋，妻子忽然察觉到异常：在熹微的晨光里，床边多了小三儿的身影。小三儿先是惊呆，随后大哭，用小手拉姐夫，打他的光屁股，哭喊着：“不许欺负我姐！不许你这样！"

男人被打断好事，难免气恼。葛大姐只好赶紧推开丈夫，穿上内裤衬衫，抱小三儿到小屋，哄他睡下。直到小三儿再次睡熟，她才回到大屋，让丈夫把中断的事情做完。

婚后，葛大姐同丈夫的关系一直不冷不热。那是因为夫妻生活中多了一个"第三者"，男人埋怨她心里只有小三儿，把男人放在偏僻角落里。公平地说，丈夫说得不错，这对丈夫是不公平的，但她无法改变自己的施爱顺序。

小三儿长大了，不再馋大姐的咪咪了。他非常腼腆，不爱疯闹，不爱和男孩儿们玩打仗。倒是常和小女孩们坐在地上，文文静静地玩抓子儿。邻居总是夸："看你家小三儿多乖！多文静！"葛大姐的丈夫则看不上他，说他太文弱，长大不会有什么出息。

那时没人知道，他一生的悲剧就种在他的腼腆天性中。

小三儿八岁那年，23岁的大姐带他去河里洗衣服。那时镇上的女人们都到河里洗衣，说河水是甜水，洗出来的衣服白净。女人们挎上篮子，带着棒槌，来到河边，在现成的圆石头上搓啊捶啊，洗完衣服立即晾在石岸上，等回家时衣服也干了。那天葛大姐正洗着，看见小三儿身上的衣服也脏了，就让他把衣服脱下来洗，顺便给他洗个澡。但八岁的他已经知道羞耻，死活不脱衣服。大姐没客气，抓住他三下两下剥光，捺到水里，开始在他头上打肥皂。他不敢反抗，气得号啕大哭。旁边一个大嫂说：

"看你这个当妈的，娃儿已经大了，知道羞臊了，你干吗非要逼他？"

大姐笑着说："谁是他妈？我是他大姐。他爹娘死了，我一直带着他过，也算是他半个妈吧。"

大嫂也笑了，说："你看我这嘴，该打该打。我正想呢，哪有这样年轻的妈？哟我想起来了，他就是那个从死人堆里扒出来的小三儿吧，镇上人常说叨，你这当姐的真不容易呀。"

那天小三儿哭得非常痛，非常顽固，直到衣服干了，穿上，他还在猛烈地抽咽。大姐奇怪地问他：

"咦，今天咋回事，洗个澡值得你屈成这样？"

她不知道，那时小三儿已经有"大人心思"了。他已经知道大姐是姐，不是妈。既然是姐，自己的鸡鸡就不该让她再看见。还有，大姐捺下他的脑袋打肥皂时，他看见了她领口中的乳房。白润，柔软，紫红色的乳头顶着薄薄的衬衫。那是他心目中的母爱，心目中的至高无上。他真想还能摸着它们，

395

亲着它们，枕在肉团团中睡觉。那会儿他馋得立马想伸出手……但他知道这是不对的，是罪恶的。那不是妈的奶子，是姐姐的。他已经懂事了，以后永远不能再亲近它们了。

这些心结悄悄结在心中，永远不能向任何人诉说。

大姐的爱非常强大，用她的翅膀时时刻刻护住他，她有了自己的孩子后，对小三儿的偏爱也没减弱一分。供他上学，为他安排工作，替他介绍对象……

大姐的爱纯洁无私，可是，她的爱过于强大了。

由于这种无时不在的强大，他从小对异性充满敬畏。女性在他心目中是神秘、强大、纯洁的代名词。从小到大，他不敢接触除大姐外的异性，看见她们就脸红，尤其是进入青春期后，当他对女性有了"卑鄙的欲念"之后，他更加自卑。有时正在和某位女同学说话，突然会对她的胸脯或臀部想入非非，这时他会面红耳赤，垂下目光，无地自容。这种情况日甚一日，以致到最后，他和异性连普通交谈都非常困难。

但他的情欲却不因他的内向而关闭，那是上帝种在基因中的，是人类最强大的本能。随着年岁的增长，体内的欲望悄悄成熟了。由于他的极端孤僻，体内的欲望没有一点办法释解和转移，危险地积累着，有时甚至达到狂暴的程度。上大二时，一次很偶然的机会中，他发现用手指捻压颈动脉窦会带来性快感，这太好了，因为这个方法完全不涉及异性，绕开了他对异性的恐惧。他很快耽迷于此，用自己的聪明逐步改进自慰的方法，一直达到专业化水平。从手指捻压，发展到使用绳套自缢，制作和购买了绳套、挂钩、乳罩、女人内裤等各种器具，制订了自缢的各种保护性措施。其中一步很实用的小改进，是在绳套上按照两个颈动脉窦的距离挽了两个绳疙瘩。

大学宿舍不是很私密的空间，所以这个爱好相当危险，稍不注意就会被同学们发现。一旦被发现，他咋有脸面继续待在大学里？但他无法止步，十分钟的危险能带来那么强烈的快感，这种刺激像毒品一样让他迷恋。他非常小心地安排着自淫的时间，幸运的是，在大学里一直没人发现他的秘密。

后来他结婚了。从见到小曼的第一眼他就迷上了她。小曼是个好女人，是个非常"女人"的女人。他一会儿听不到她的声音就像掉了魂。他对小曼言听计从,恨不能把小曼捧在手心里,含在嘴中。不过两人中间一直嵌着一枚危险的炸弹——夫妻性生活很不和谐。他满足不了小曼,小曼也满足不了他——小曼那迷人的、颤悠悠的肉体所带来的快感,比不上那根结了两个绳疙瘩的绳子!

然后小曼发现了他的秘密,当他从快感的晕眩中睁开眼睛时,看到小曼极度震惊鄙夷的表情!

……

小曼公然会情人去了。葛玉峰木然地回家,关上房门。在整整15个小时里,他不吃,不睡,不动,两眼呆呆地望着无物。不能再这样下去了。小曼的红杏出墙不能怪小曼,都怪自己。他要痛下决心,改弦易张,改掉自己的"淫贱毛病"。然后,他要同小曼来一个推心置腹的谈话,夫妻俩开始一种全新的生活。

他还应该像一个真正的男人,找到小曼的情夫,警告他赶快滚蛋,否则就要杀了他。昨晚的一瞥中,他发现小曼的情夫像是后楼的许医生。许医生有一个善良的妻子,宋晴。如果小曼的情夫真是许医生,他就要找宋晴去,让她把脱轨的丈夫紧紧拴住……

他想了很多很多。思潮起伏,胸中充满浩然的怒气,也充满对小曼的兽性欲望。这会儿他要抓住她,咬她,进攻她,占有她,把她撕巴撕巴吞到肚里。遍体鳞伤的小曼会痛苦又满足地喊:"你吃了我吧,我永远是你的,再也不会找情人了。"

如果小曼此刻在家,他会把这些想法付诸实施,可惜小曼没回来。夜色悄悄隐去,东边的天空慢慢变白。早起者晨练的脚步声在楼下响起来,太阳出来了,东方的彩霞来了又去了,太阳慢慢移到正南方了……小曼还是没回来。

他胸中的"硬"气慢慢变软,变弱,怒火慢慢熄灭,只余下凄然。他在床上躺不住了,在屋里来来回回地走,就像关在笼子里的老鼠。他竖着耳朵听楼道里的动静,盼着小曼的开门声。不过他等来的是一次又一次的失望。

中午 12 点，电话响了，是小曼的电话？他忙抓起听筒，原来是销售部的小何。小何说："有一台发往天津的特车，走在半路上车桥坏了一根，是轮边减速器的齿轮打了，现在那辆车窝在路上不能动，连拖都没法脱，葛工你看有没有办法？"

虽然此刻情绪灰暗，他还是认真回答了小何的问题，他说，那种车型是后双桥驱动，可以把损坏车桥的半轴抽出，这样就把它变成从动桥；然后把双桥的桥间差速锁锁死，就可以用剩下的那根驱动桥开上走。当然这属于过载，有一定的危险性，但去天津都是平路，没有大的上坡，应该能坚持到。只用注意在晚上进停车场、来回倒车时小心一点，方向不能打得太死。

小何非常高兴，简直是千恩万谢了。放下电话，小葛心中好过了一些。在专业领域中他一向如鱼得水，觉得自己是受人尊重的，是一个真正的男人。

他一天没吃饭，也不觉得饿。到了中午一点多，小曼还没有回来。刚才那片刻的明朗心情又弥散了，灰暗的情绪越来越浓，他到厕所小解，瞥见了暖气管上的挂钩，立时心中一荡。也许这是他这会儿唯一能做的事，用令人眩晕的快感来释解心里的郁闷悲伤……不，他已经下决心不干这种勾当了，他一定能兑现诺言，这样小曼就会原谅他，不再鄙视他，会张开她的身体迎合他……真的不能再干这种事了，要是没有这点毅力，连自己都看不起自己……

头脑里两个小葛在激烈地搏斗，而那具肉体则在厕所里出出进进。他眼神茫然。那种快感的诱惑力太大了，实在无法抵挡。他就像实验室里的小白鼠，至死都在按动那个连接它快感中枢的电键。

在近乎麻木的思维中，自淫所用的那一套行头被拿了出来。这会儿的小葛已经成了受程序控制的机器人，他脱光衣服，穿上乳罩和女人内裤，机械地把带有两个疙瘩的绳套挂在钩环上……

下午四点，许剑下了火车，在停车场找到那辆米黄色的 POLO。郑姐为他打开门，说：

"吃饭没？我请客。"许剑说已经在火车上吃过了。"那咱们到前边竹趣斋茶社吧。"

茶社很雅致，竹椅竹桌，竹子窗栏，墙上也都是以竹为题的国画。他们来到二楼，茶博士送来竹节形茶具，沏好。郑姐说："我们要谈话，你不用来招呼，有事我会喊的。"茶博士答应着走了，关上门。

郑姐今天穿一件鼠灰色的薄羊毛衫，箍出丰胸细腰，眉眼中仍是许剑熟悉的淡淡的忧郁。她先问："你说是去省城查找和池小曼有关的资料？"

许剑介绍了有关的详情，说小曼的疑点可以完全排除了。郑姐叹口气："那个姓池的女人能有你这样有情义的情人，也不枉一生了。"

许剑非常吃惊，根本想不到，郑姐会对他的偷情来这么一个绝顶正面的评价。小曼和他的关系名不正言不顺，这次为情人去四处奔波，一般人该骂他荒唐。他红着脸说：

"郑姐你千万别这么说，让我无地自容。我知道和池小曼相好太荒唐，但既然好过，这会儿也不能撒手不管。良心上说不过去。"

郑姐又叹息一声："不管怎么说，你是个好男人。"

许剑想，郑姐今天找他来无非是为那档子事，不如自己挑开吧："郑姐，其实你不找我，我也要找你。我想你也知道，我仝哥年轻时有一点怪癖。"他如实讲了当时的情形，一如他当年对仝宁父亲的坦白。他最后说："郑姐，在那之后我们真的断了来往，20多年来，就不久前通过一次电话，还是被我们院长逼的。"

郑姐对他的讲述似乎不感兴趣。她说："那些事不必说了，我已经没有兴趣了。"停顿，"小许我今天约你来，只是想告诉你，我已经和仝宁离婚了。说起来，就是你那次去我家之后，我下的决心。"

"什么？"许剑惊得眼珠子要掉出来，他绝对想不到郑姐能走到这一步。想想她从初中开始对仝宁长达10年的苦追，她在那次割腕后仍痴心不改，她在新婚之夜就守活寡……现在他们已经做了16年夫妻，有了女儿；何况，说句刻薄的话，在前两次见面中许剑觉得，郑姐的局长夫人做得蛮投入蛮有滋味呢。"郑姐，太意外了，我真料想不到。"

郑姐黯然说："这些年我已经没有了自己的交往圈子，连一个说说知心话的朋友也没有。想来想去，只有找你诉说诉说……说来20多年前我就把路走错了，那时幼稚，一失足掉到泥沼里，终生不能自拔。可以说，从认识仝宁后，我的人生目标只剩下一个：盯着仝宁，得到他，保住他。至于为什么要这样，我已经忘记了。许剑你想象不到，20多年来我守着一个什么样的男人，16年来我守着一个啥样的丈夫！他是个冰人，石人，从没有主动吻过我，搂过我，开一个夫妻间的玩笑。在他面前，我不能使小性子，不能撒娇，孤寂时没有男人的怀抱给我温暖。有时女人的欲望烧起来，也只能赔着小心，像乞丐一样求得他的施舍。这不是一天，不是一年，是16年，是无期徒刑啊！"她动了感情，眼泪无声地涌出来，漫溢在保养很好的面庞上。"许剑你说，这些心里话我能对谁说？女儿？爹妈？这会儿说给你听，我都嫌丢人，嫌我自己没有尊严。"

许剑又一次吃惊，没想到郑姐的怨愤这样激烈，更没想到她会把这些隐秘的感情倒给外人。他小心地劝道："郑姐你尽管把苦水往外倒。我能理解，也不会在任何人面前多嘴。其实仝哥也是个好人，我看得出，他一直在努力做一个好丈夫。"

郑姐激烈地说："这才是问题的根儿啊。他有做一个好丈夫的理智，却没有当男人的本能。他身体深处是讨厌女人的，理智上又不得不接受。看着他努力克制对女人的厌憎，勉为其难地尽丈夫的本分，我都替他难过，更替自己难过。"她摇摇头，痛心地说，"离婚这一步我打算多少年了，一直下不了狠心。除了考虑女儿，主要是太顾面子，你知道，我为得到仝宁吃过多少苦，如果最终离婚，那是我整个人生的失败。现在我想通了，我干吗非守住那个目标，这一生我总得为自己活几天。我知道自己已经很神经质了，再在这个牢狱里熬下去，非彻底发疯不可。说句不要脸的话，离婚后哪怕找个露水情人，我也能尝尝男人的温暖，这一辈子也算做了女人！"

许剑很同情她，也替她担心。从她的情绪看，仍是相当神经质的。对于一个年过四十的女人来说，这种情绪相当危险，因为她已经输不起了。许剑非常为难，既不想劝郑姐复婚——从内心讲他认为郑姐下此狠心是对的，长痛不如短痛，这种一辈子的守活寡比死都难受；另一方面，他也不敢为郑姐打气，因为她的离婚意味着生活上的巨大落差。已经当惯了官太太的女人，能真的从头开始过苦日子吗？他委婉地提醒：

"郑姐，我能理解你，非常理解。但是，也要考虑到孩子，考虑到今后的生活啊。"

"我早做好打算了。女儿跟着我但由仝宁供养，上学看病什么不用我操心。我自己大不了苦一点，800元工资足够我生活了。这辆车我马上要卖掉，靠我的死工资养不住它。顺便说一声，这几天你帮我打听一下，看有没有人想买二手车。"

话说到这份儿上，许剑知道她是真下决心了。他突然想起郑姐拥有的金达房产的几十万股份，也许郑姐对这份财产还抱有幻想？他知道自己不该提，因为这件事认真追究绝对是行贿受贿，但他还是说出来了，想提早帮郑姐打消不切实际的幻想。

"郑姐我知道你在金达有点股份，那东西指靠不住。其实老胡这人蛮讲交情，但作为生意人，再讲交情也是有限的。"

生意人的钱也有数，不可能把几十万花在一个已经无效的关系身上。郑孟丽知道他的意思，但这个问题太敏感，她不愿谈，只是含糊地说："我知道，我有心理准备。"

许剑也不再说了。他想，像郑姐这样的身份离婚前也许已得到足够的补偿。他只是白操心，皇帝不急太监急。他衷心地说：

"郑姐我理解你。我真心祝你找到自己的幸福。你今天说的话，对外人我会守口如瓶。以后欢迎到我家去，有什么心结找宋晴聊聊，我那个女人心善，也非常善解人意。"他自嘲地说，"我说这话有点厚颜，这会儿宋晴只能算是我的前妻。不过，我俩很快就要复婚了。"

郑姐眼中掠过一波阴影，许剑立即想到，最后这句话恐怕不该说，对刚离婚的郑姐又是一次刺伤。他忙说："郑姐再见，我今天有好多事要办，晚上还要去找仝哥。"

两人站起来握手，在楼梯口分别。

出门看看表，已经6点多，他打了出租，急急地去找宋晴。刚把钥匙捅到锁孔里，门自动开了。宋晴拉开门看见是他，立时拉下脸，恶声恶气地说：

"你干吗还来这儿？这四天你大概找了一个好饭点儿吧，有人陪吃陪喝陪睡吧。"

宋晴过去从不说这样粗俗的话，这会儿恶语相加，证明她这几天确实急眼了，想许剑了。所以，受了这顿抢白，许剑心中反倒很熨帖，很想立即把她搂到怀里亲热一番。他笑着说：

"对不起对不起，是胡老板临时抓我去的，简直是绑架，没来得及通知你。戈戈呢？"又悄声说，"你想我了，为啥不打手机？"

宋晴呸一声："谁想你？自作多情。"她看着许剑的脑袋，又好笑又好气地说："咋成光头啦？想去当和尚？"

许剑笑了："没错，本来确实打算用来威胁你，你再不答应复婚，我就真的出家。不过看形势发展，这个威胁用不着了。"

戈戈闻声从电脑屋里出来，看着爸爸的光头傻笑。许剑把儿子搂到怀里亲热一会儿，把在省城买的随身听给儿子，说：

"喂，你们已经吃过了？给我做饭吧，吃完我有正经事。"

戈戈去小屋玩随身听。在厨房和饭桌上，许剑对妻子细细讲了这几天的经历，说他手中这些资料完全可以证明池小曼的清白。"宋晴，自打和你离婚后，我和池小曼从来没见面，但我今天要去找她，把这些东西告诉她，也算是做一次了断。去前我先给你打招呼。你叫去我就去，不叫去我就不去。"他乖巧地加一句，"当然，你不会不通情理。知妻莫如夫，我知道你心善。"又说，"然后我去找仝哥，这些情况应当让公安知道。"

宋晴一言不发地听着。听许剑说完，冷冷地说："你是在睡梦中忽然想通的？真真是朝思暮想、情深义厚了。"

许剑尴尬地说："宋晴，希望你理解……"

她微微一笑，打断许剑的话："去吧，你去吧。我哪敢不让你去，你已经把套子提前下了，不让你去，我不成了不通情理的泼妇？"她又平和地评价，"这件事你做得还像男人，有点责任心。做人就该这样，哪怕是对一个露水情人。"看许剑有点脸红,她抿嘴一笑,突兀地问,"今晚睡哪儿?"

许剑一愣,有点恼火:"你别信不过人,我找她是为了尽最后的责任,决不会再和她……"看到宋晴眼里是笑意而不是冷厉,许剑忽然想到另一层意思,试探地问,"我今晚回来住行不行?你问的是不是这个意思?"

宋晴骂一声"厚脸皮",没有回答许剑的话。不过许剑知道,冰河已经解冻,这个家答应接纳他了。他心中大喜,趁宋晴不防突然亲她一下,喜笑颜开地说:

"你等着我,我把事办完,尽早赶回来。"

他先赶回自己的狗窝,拿上老吕头给他的那个包包。屋里几天没住人,更显得死气沉沉,弥漫着潮闷的气味。临走时他以告别的目光看看狗窝,心想大概可以和它永别了吧,流放生涯要提前结束了。拿上包包后他返回厂家属区,来到前楼二单元,叩响小曼家的门。屋里隐约传出整齐的吟哦声,门开了,吟哦声随之中断。许剑惊讶地发现满屋全是人,有四五十个,把客厅挤得满满的,都是五十岁以上的妇女,人人坐在小板凳上,手里摊着一本书。来开门的小曼手里也有一本书,许剑扫视到封面上的书名:圣经。他忽然想起,听说小曼已经信"主"了,看来所言不虚。

现在厂里很有些人信教,大多是年龄大的妇女,是处于社会底层的人。人总是需要精神支撑的,她们对今生的幸福已经失望,便把希望寄托在神迹和缥缈的信仰上,其中过于狂热的那些人甚至生病不吃药,而相信耶稣的显灵。医生中常常聊起这种情况,颇为感慨。不过教徒中男性和年轻人很少,今天在场的教徒中小曼就是唯一的年轻人。

小曼对许剑的造访很惊讶,惊定之后默默示意:今天不适合谈话。许剑在几十双眼睛的盯视下也很尴尬,毕竟他与小曼的关系不大光明,又是在晚上来到情人家中,在别人眼中肯定又有卑鄙目的。许剑本想告辞,又想到这会儿坚决不能走,真要一走,那他的"卑鄙目的"就要被坐实了。他低声说,但有意让别人听见:

"小池,我有重要的事情对你说,我在省城查到的资料,和小葛之死有关。你看咱们是不是出去谈，还是另约个时间？"

小曼扭头看看一个中年妇女。屋里光线比较暗，许剑这会儿才认出她是医院的田护士长，那是个十二成的好人，是特车厂教徒的领头人，和许剑关系也很好。田护士长马上站起来，对大伙儿说：

"小曼今天有重要的事情，咱们换个地方，到我家去吧。"

一屋人立即起身，每人拎着自己的凳子，低着头鱼贯而出。许剑不免内疚，一再向大家致歉。教徒们都很客气，友好地向他点头示意。田护士长走过来时许剑说："真对不起，为我一个人，耽误你们这么多人。"她温和地笑笑："许主任你别客气。"

屋里只剩下两人了，隔着茶几坐在沙发上。墙上有小葛的遗像，黑色镜框框住平静的面容。小曼垂下目光，一语不发。许剑心酸地打量着她，心想短短一年竟会有这么大的变化。她不再是那个摇曳生姿、欲望横溢、活力飞扬的尤物了，而是被一袭黑衣紧紧禁锢的修女，以诵经和赞歌安慰麻木的心灵。

想想她对许剑的大胆挑逗，想想那一段疯狂的情爱，真是恍如前生啊。

许剑没有寒暄，直截了当地说："小曼，我已经确认了，在小葛的意外死亡中你是完全清白的，喏，这是物证。"

他把那个塑料袋拿出来，小曼的脸色唰地变了，震惊地问：

"你从哪儿弄来的？你怎么能……"

"你不必把我看成巫师。说穿了很简单，你扔到垃圾道中的这包东西，并没有送到垃圾填埋场，清垃圾的老吕头拾到给我了。"他叙述了老吕的淫物癖，自己当时对垃圾箱的检查但没有透露刘师傅的揭发，老吕头对此事入木三分的分析，还有自己被"掐老晕"后在山中夜晚的顿悟。"小曼，那晚我终于想通了，小葛不是自杀，而是在自淫时意外缢死。这条软布绳是小葛自淫用的，这套女人内衣也是小葛在自淫时的穿戴，我说的对不对？"

小曼撑不住了，泪水猛然涌出。她哽咽着，肩膀猛烈抽动。刹那间，往日的情意涌出来，许剑下意识地伸出手，想把她搂到怀里，但半道停住了。他柔声说：

"小曼，我知道你心中很苦。你极端厌恶小葛的性怪癖，不把他当人看，怕生个儿子像他而拒绝生育，去别的男人那儿寻求刺激。但其实你还是爱他的，所以小葛猝死后，你认为是自己害了他，你要赎罪，要保护他的名声，宁可自己被怀疑成杀人疑凶。我说的对不对？"

许剑又说："小曼，我对不起你，曾有一段时间我也把你看成恶女人，看成谋杀亲夫的疑凶。我那时的冷淡一定伤你很深。小曼，把事情的前后经过都对我说说吧，心里憋的苦水向外倒倒，就畅快了。"

在许剑的抚慰下，小曼止住啜泣，叙述了这件事的前前后后，实际述说了她的一生。许剑怜悯地听着，依稀看见她身后那束不可见的提线。与小葛、仝宁这些人相比，她的提线还是很正常的。只是，在不该抖动的时候，小曼两三岁的时候，上帝的某个手指不经意间弹动了一下。这不经意的一下影响了她的一生。

小曼说，有一点她一直羞于告诉别人，她的情欲打小就比别人强。那始于一次童年经历，不，应该说是幼年经历。是两岁，还是三岁？记不清了，那个年龄应该形不成稳固的记忆吧，但她对这件事确实有朦胧的记忆，由此也能印证那件事对她的影响。

记得是一个夏天的晚上，大人把她放到席上玩，她穿着兜肚，光着屁股在席上翻腾。玩耍中无意挤压两腿，觉得非常舒服，是那种说不出来的舒服。这个偶然的小动作便自此启动了她体内的某个开关。以后她常常下意识地重复它，逐渐成了固定的爱好，从幼年做到童年，一直延续到进入青春期。可能是这个长期爱好刺激了她的超常发育，上初中时她就不大敢和同学去澡堂洗澡，因为她发现，自己的胸脯比同学们丰满，阴唇也似乎大得多。十五六岁时她的性欲已经很强了，夜里常被漫地而来的欲火烧得不能入睡，连夹腿的老办法也不行了。熬不住，她无师自通地学会了以揉压输卵管来自慰。

这个心病无法向任何人说，包括妈妈。小曼只能暗地里苦恼，老天为啥让她生来就是个淫荡女人呢。

技校毕业后她就工作了，在特车厂的劳保库。和她同库房的顾大姐豪爽泼辣，满嘴黄话，是全厂有名的"夜壶嘴儿"。只要哪阵子库房里没男的，她就高声大嗓地说自家床上的事。比如：

"我男人要是出长差，回来的头天晚上，我非得验验他那里头满不满。要是不满，保准是泼洒到外头啦，老娘饶不了他。"

顾大姐又说："有一天我困得很，男人嬉皮笑脸地非要缠我干事，好，老娘是好惹的？那晚我抖擞精神，逼他上了一次又一次。中间想收兵卷旗？没门。只这一夜下来，就把他整治成'食气'（北阴土话，指小孩吃得太多而得病）啦，见我挨身就躲。"

库房的女人们听得笑出了眼泪。小曼和大家一道大笑，同时一团蓬蓬的阴火从下边升起，烧得她坐卧不宁。听着顾大姐的疯话，小曼真想马上去找个男人疯一疯……不过很奇怪，虽然有这么强的性欲，甚至自我定位为"淫荡女人"，其实在婚前她一直没有放纵过自己。她把情欲艰难地关闭着，盼着早点结婚，与自己的男人去疯。

后来别人介绍了小葛。头次见面，小曼就相中他了。那是个好人，为人实诚腼腆，心眼好，有礼貌，长得眉清目秀，工作也不错。从他的目光中，小曼也感受到了自己的震慑力，心中暗自得意。小葛只扫了她一眼，脸立时红透了，以后再不敢抬头看她，可是又老想偷偷看一眼。相亲那天他几乎说不成话，从头到尾都是小曼和陪同而来的葛大姐在聊。

这个腼腆的大男孩令她怦然心动。对方也很满意，包括陪同相亲的葛大姐。婚事很快定了。

小葛那时已经是工程师，分到两室一厅的房子。两人忙了十几天，把房子装修好。最后那天，他们清理完垃圾，细心打扫了屋子，准备第二天安窗帘、进家具。晚上九点，看着像鸡蛋壳一样清爽的小窝，净如镜面的瓷砖地面，两人心里都很高兴，舍不得马上走。小葛看见墙角有几处小污迹，便重新脱了上衣，用抹布仔细擦拭。小曼站在后边，看着他的光背，看着这具虽然不强壮但也筋腱清晰的男人身体，心中的火腾地烧起来，这把火烧得这样猛，把她的整个身体都烧融了。她不假思索地扑过去，用力箍住小葛的后背。小葛一下呆住，很长时间没动静，他分明从小曼拥抱的力度上感受到了她的情欲。他嗫嚅着说：

"外边看见……还没安窗帘……"

小曼仍不管不顾地紧抱着他。后来，两个就这样拥抱着移到灯开关旁，关了电灯。小葛掰开小曼的手，把自己的上衣铺在瓷砖地面上，小心地把小曼放倒，除去她的衣服。

小曼对许剑凄然说："你可以想象得到，我是怎样盼着后边的癫狂。但那次做爱，我一生的第一次做爱，却非常平淡。小葛知道自己做得不好，非常自卑，嗒然若丧。我想可能是他太累了，装修房子够折腾人的。我没有埋怨，把他搂在怀里安慰：'没关系，你累了，等结婚那天咱们再疯。'"

新婚之夜有了第二次，这一次同样淡而无味。他并不是阳痿，而是没兴趣，有点迫于无奈不得不干的味道，根本谈不上激情。

小曼没有埋怨他，也不好意思请教医生，就自己看了一些医书。书上说丈夫的性能力与心理因素关系很大，妻子的埋怨和鄙视只会加重病情。小曼对他好言抚慰，到顾大姐那儿讨来各种偏方为他进补，可惜一直不见效。这事弄得她郁郁不乐，心中烦躁。没想到这辈子碰上一位软塌塌的丈夫，根本无法慰解她的饥渴。

说到这儿小曼激动起来，说，"如果真是这样我也认了，嫁鸡随鸡，从一而终，不管怎样，总算有个男人在身边，解不了渴也能润润口，我并没有打算去找野男人。但后来我发现，原来他的性欲很旺，只不过是指向别的地方！"

不久她发现，这位对夫妻房事没啥兴趣的新婚丈夫有时躲在厕所里，闩上门鼓捣半天。作为新婚妻子，小曼不好追问，只把疑惑埋在心底。有一天她半晌偶然回家，发现厕所里有动静。这次厕所门没锁死，她悄悄推开一条缝，往里一看，大吃一惊，里面咋会有一个半裸的女人！再仔细看，她几乎气死和羞死。原来那不是什么半裸女人，正是她的丈夫。小葛赤着身子，戴着乳罩，一条女人内裤扒到膝盖上，正在玩弄生殖器。地上还摆着一面镜子，肯定是为了自我观察。

小葛做得很投入，丝毫没有发现门外的窥视。接下去的举动让小曼大吃一惊：他把一根有绳环的绳子套在暖气管铁钩上，再把脖子套进绳环里。小曼开始以为他是想上吊，几乎喊出来，但随后发现这根绳子并没有在铁钩上拴死，而是搭在铁钩上，绳端挽在他的右手中。小曼按住心跳，看他如何往下做。葛玉峰用右手拉住绳子，身体慢慢沿墙滑下去，这样身体的重量就挂在绳环上了。

小曼其实完全不了解"自淫性窒息"的知识，但从小葛的神情中猜到了八八九九。小葛的身体软塌塌地挂在绳环上，右手则拉紧绳子，这样就达到片刻的窒息和晕厥，由于人体内部的某种连锁反应，导致精液狂喷而出，产生极度的快感，其阈值远远超出正常的性行为。同时，晕厥之后他的右手自动放松了，颈上的压力随即消除，人也就清醒过来了。

这一连串程序做得非常熟练，达到专业化水平了。

在那位自淫者处于晕厥状态时，小曼惊慌地冲进去救人。但这时小葛的全套程序已经完成，瘫坐在墙根，地下一摊精液，脖子上挂着松松的绳套，脸上那种极度过瘾的神情实在令人作呕。他闭着眼，久久沉浸在快感中。等他睁开眼，猛然看见妻子就立在面前，极度震惊极度鄙夷地瞪着他！这一瞬间的对视彻底改变了两人的生活。小曼说，从那时起，葛玉峰作为一个男人在她心目中已经彻底死了。旧日的池小曼也死了，新生了一个荡妇。既然自己的丈夫是这么一个东西，她干吗要为他守住自己的身子？

那会儿小曼照丈夫脸上啐了一口，哭着摔门而去。当天她就找了司机邵强。邵强的工作是在各个库房里倒货，和小曼接触较多，早就垂涎她的美貌，一直在向她献殷勤，但小曼除了由着他说几句风话外，没让他得过手。这次她只用飞过去一个眼风，邵强就欣喜若狂地把她带到家里。小曼说，那也是她第一次尝到真正的性爱。

此后她也做过认真努力，想挽救与小葛的婚姻。她和小葛有过一次苦口婆心的谈话，把他用于自淫的女人内衣和绳套剪碎，铁钩也卸掉，扔到垃圾箱中。她还捺住心中的厌恶，主动让丈夫做爱。但是不行，别看他自慰时雄赳赳的样子，一挨着妻子就阳痿，比过去更不如。弄到最后总是惹得小曼失去耐性，把他臭骂一顿，赶下床去。

几个星期后，她发现丈夫在厕所里重操旧业，所有的行头悄悄配齐了。小曼气疯了，冲进去，噼噼啪啪扇他的耳光，骂他：

"你怎么这么贱,不可救药,身边放着女人你不上,非要干这种淫贱勾当。你就不怕哪次失手卡死你!?"

小葛抱着头,一声不敢吭。没多久正好小葛的大姐来了,看到兄弟脸上有手印,气疯了,非要问小曼,葛玉峰做了什么丢脸事。小曼说,自己怎么能告诉她实情?葛大姐又逼着小葛还手揍小曼,他当然不敢。葛大姐哭着走了,从那以后,小葛的大姐就与他们断了来往。

小曼从此心死了,与丈夫分床而睡,再不让丈夫近身。欲火烧来时她就找别的男人,并且一发不可收拾。极度自卑的小葛不敢反抗,在妻子的鄙视冷淡中,他更加耽迷于自慰癖好。

小曼流着泪:"许哥,我为啥这样命苦啊,这辈子摊上这样一个男人。实际上小葛是个好人,人长得俊秀,对我又温柔又体贴,我在他心里分量很重,这一点我非常清楚。他挣的钱比我多得多,自己舍不得花,给我买首饰和名牌衣服从不怜惜。后来我出去找情人,他都知道,但他一直很宽容。想起他的这些好处,我真不忍心欺负他。可是,只要一想起他戴着乳罩、穿着女人内裤、射精时龇牙咧嘴的样子,我就从生理上厌恶。你说一个好好的男人,一个看起来儒雅俊秀的男人,为什么会变成这副不男不女的样子?我一直不怀孕,就是怕生个儿子长大了像他。"

许剑叹息道:"小曼,实际上小葛命更苦,他才是真苦啊。"

造物主真会作弄人。他是一个伟大的设计师,为了完成两性繁衍,他在万千生物的基因中嵌入了性程序,让公母、雌雄、男女们在快乐的震颤中完成两性的交合,让实用目的和精神享受水乳交融,这真是绝顶完美的设计——但他为什么还要弄这么多旁门左道的东西?像自淫性窒息、同性恋、淫物癖等。许剑尤其不明白,为什么颈动脉窦受压后男人会产生超值的性快感,按说那地方与性程序毫不相干嘛。进化论说生物各器官都是用进废退的,但颈动脉窦这儿怎么会进化出性效应?而且,让性快感如此贴近死亡,这是上帝工作中的重大疏忽,还是他居心叵测有意为之?

这么说吧,并不是小葛"主观上"要这样干,不是的,是他基因深处的某点程序异常迫使他这样干。他是上帝的一个提线木偶,身后两根线绞在一块了，于是世上就多了个性怪癖者，进而造成一对男女终身的不幸。

小曼哭着说是她害死了丈夫。因为她平时只要发现丈夫干这事，就啐他，掴他的耳光，弄得小葛非常怵她。那天中午她回来后，正在自淫的小葛一定惊慌失措，不小心把绳子卡在铁钩上了，结果自淫变成了自杀。

许剑劝解她："不是这样的，事实上几分钟后我就赶到了，发现小葛的尸温已经下降，也就是说，小葛至少是一个小时前死的，这点法医也做过认定……"

小曼打断许剑的话，执拗地说："反正他是我害死的！如果我平时不是这样鄙视他，能对他温柔一点，劝他早点去看病，他肯定不会对自淫这样着迷，弄得送了命。我还咒过他，'哪次失手卡死你！'谁想真的失手了。归根结底，是我害死他的！我还不给他生儿子，弄得葛家断了香火。"

许剑唯有叹息，心想她说得并非全无道理，如果她能对丈夫多做心理疏导，也许不会造成这个悲剧。当然也不一定，这类性怪癖常常非常顽固，外人的疏导不一定有效，易教授的方法最终也没能挽救仝宁的婚姻嘛。根据资料，有性怪癖者很多是高层次的知识分子，应该有强大的理智，但理智也不足以改变本能。

这个风流女人实际心眼厚道，对丈夫的猝死和无后很自责，负罪感很重。他想起那天在事发现场，小曼望着丈夫的尸体默默垂泪，泪水漫溢而出，几乎不断线。那时他还以为小曼在作秀，真是误解她了。她的悲痛确系发自内心。所以她痛定之后，决心为丈夫守住那个见不得人的秘密，并把这个责任神圣化了，变成她后半生的唯一目的。

但她的负罪感过于深重。从某种程度上说，丈夫死后的小曼也走火入魔了，和郑姐一样。

许剑详细询问了当时的情形，与他推想的一样。那会儿小曼发现丈夫已死，方寸大乱，赶紧把丈夫解下来，抱到床上，而后给许剑打电话。这些动作都是很盲目的，属于下意识的反应。但她随之镇静下来，知道丈夫已经不能复生，现在最要紧的是保住他的名声。此后她的所作所为就有了非常明确的目的性。她迅速扒下丈夫身上的乳罩和女人内裤，连同自淫布绳一块儿塞到塑料袋里，扔到垃圾道中；把手边能找到的一根普通晾衣绳挽个绳套，挂在那个挂钩上；又把丈夫在卫生间留下的精斑冲净擦干。这一切都是在三分钟内完成的，即许剑接电话—下楼—跑到后楼—上楼这段时间。在许剑推开虚掩的房门时，她刚刚把小葛的男式内裤套到尸体上。

许剑进来后看到一个惊慌失措的小女人，但这并不是真的，至少不完全是真的。实际上她非常果断，有机变，在刹那间定出了目标，就矢志不渝地完成它。

天色暗了，月光从窗户里洒进来。

许剑已经看到小曼暗淡的未来。丈夫死了，没有儿女，她又陷于极度的负罪感中，肯定不会再婚。那么，她将在自责自虐中慢慢变老，变成一个外貌枯槁内心也枯槁的老妇。

许剑心疼地说："小曼，你不要太苦自己，不要太自责。你对小葛的死没有任何责任，要追究责任只能怪上帝，那个老家伙造人时的一点疏忽害了小葛的一生。"

小曼恼火地说："许哥你不要说这些渎神的话。"

许剑这才想起来，小曼已经信"主"了，便摇摇头，中止了对上帝的指责。他尽其所能劝道：

"小曼，你必须尽快走出小葛之死留下的阴影。你还得活下去，不能拿你的后半生来赎罪，为一桩并不存在的罪责赎罪。小葛如果在天有灵，看着你这样自苦，他也会难受的。"

小曼凄声说："谢谢你许哥，我会记住你的话。"

但许剑看出来，她并没有把这些话听进去。又聊了大约一个小时，许剑叹息一声，拿起桌上的那包东西，起身准备告辞。小曼说：

"许哥，这包东西留给我吧，我在小葛灵前烧化。"

"不行，我要让警方看看，彻底洗净对你的怀疑。"

小曼激烈地反对："许哥你别去公安局！我不想让别人知道小葛的丑事，至于我身上的嫌疑，我早就不在乎了。"

许剑看着她明亮湿润的眼睛，冲动之下把她一把搂在怀里。小曼吃一惊，用力抗拒，但许剑抱得更紧。这时，小曼强撑的外壳哗然破碎，驯顺地伏在旧情人肩上，肩膀猛烈地抽动，泪水很快湿了许剑的衣服。

夜色在两人的拥抱中加重，窗户里映着前楼的灯光。小曼啜泣着说："许哥，只要有你一个人理解我，不把我当成贱女人，坏女人，我就知足了。"

许剑喃喃地说："你怎么会是贱女人坏女人呢，不，你是心地纯洁的天使，你比任何男人都干净。可惜……"

他心里说："可惜我已经对宋晴做过承诺，否则我会爱你疼你，还要把你娶回家，与你偕老一生。"他们默默地拥抱了很久，许剑在小曼肩膀上默默地看着黑镜框中的小葛，小葛也默默地看着他们。后来小曼把许剑推开，说：

"有你理解我，我就知足了。你走吧，我知道宋姐会让你复婚的，祝你们幸福。"

从小曼家出来是晚上8点，对面楼上宋晴家的窗户亮着灯。他没回家，出厂门要了辆出租，直奔仝宁家。是仝宁开的门，乍一见许剑，他愣了一下：

"是许剑？请进。"

仝哥今晚的神情有些惨淡，不用说，这是刚刚离婚引起的感情波动。不过在客人面前，仝宁很快就把表情调整成公安局局长应有的平和。亢奋之中的许剑没有太在意，急急地说：

"仝哥你还记不记得特车厂那桩案子？当时虽然按自杀结案，但留有很多疑点。现在，我把它彻底查清了，池小曼的嫌疑也彻底洗清了。我有了有力的物证——其实我早有了物证，但昨天才找到有力的解释。"

仝宁立时来了精神，笑着说："别慌别慌，咱们到书房慢慢谈。"

在书房里，许剑给他看了那些东西：乳罩，女人内裤，带绳疙瘩的绳套，还有在医大复印的关于自淫性窒息死的资料。这些过硬的资料一下子摆在面前，够他消化一阵子的。仝宁读着复印资料，眉头越皱越紧，最后懊恼地承认：

"许剑，我想你的解释是对的。你抓住了这个案子的'七寸'，一通百通，所有疑点都清楚了。可惜我当了这么多年公安局局长，竟然没想到'自淫性窒息死'这种可能，薛法医也一直没提起过，这老糊涂，我该打他屁股。"

许剑干笑着："说起这事，那是我自找的。谁让我当时为这个贪吃善忘的老家伙求情呢，我搬起石头没砸着自己，结果砸到我情人的脚上了。"

仝宁笑笑，没接这个茬。许剑说：

"其实也不能全怪他，关键是小曼把现场的物证都清除了。你们真正的疏忽是忘了检查垃圾箱，这可是法医学现场勘验必走的程序。"

仝宁点点头："大军是疏忽了，一个丢脸的错误。"他仔细翻弄那几样东西，说，"其实我的直觉也是对的。我推测葛玉峰不是简单的自杀，其中必有蹊跷，必有一只黑手，这个推测没错。但我绝对想不到，这只黑手竟然来自……"

"上帝！"许剑抢先说出来。

他看看许剑。"对，你说得很深刻，是上帝。其实，很多罪犯和涉案者都有异常人格，是天生的，或者如你所说是上帝造成的，他们的心理不能以常情猜度。以后破案时我会时刻记住这一点。"

许剑摇摇头："你说得还不完全，其实正常人格者的背后也有上帝之手啊。我们大部分行为不是自主决定的，而是由基因决定的，像性冲动、对性伴侣的独占欲、嫉妒心、私心、母爱等都来自冥冥中的指令。"

仝宁笑着说："正常的上帝之手就不归我管了，那是伦理学家们的事。当公安局局长的，只用管异常人格的犯罪心理。"

许剑笑了："当然，你说得对。那些事你是管不及的，老天爷都管不及。他算不上好的管理者，你看他在人世上留下多少残缺。仝哥，池小曼不愿公开这个物证，想保住丈夫的隐私，是我再三劝解她才同意的。所以，希望警方一定为她保密。"

仝宁说："我们会尽量保密，这个案子已经按自杀结案，虽然当时下这个结论比较勉强。现在我要把这些物证补充到档案中，并且作为一个典型案例让刑侦人员学习，开拓他们的视野，尤其是法医们。薛法医这个老家伙，我会让他牢牢记住这个教训。还有，以后在现场勘察中，检查垃圾箱决不能疏漏。"

他说:"谢谢你啦许剑,你今天的指点让我茅塞顿开。今天是外行教育了内行。"

"我该做的事已经做完了,我该走了,该回家了。"许剑得意地说,"告诉你,我已经刑满释放了。就在刚才,在我来这儿之前,宋晴已经答应接纳我了。"

"是吗?"

"没错。我早料到会有这一天,我们俩感情很深,可以说14年来已经融合在一起了,哥哥身上有妹妹,妹妹身上有哥哥,如果硬要分开,只会留下两个残缺不全的人。"

"祝贺你,以后可别再犯错了。"

仝宁说这话时表情惨淡。许剑看看他,叹息一声:

"仝哥,我今天下车后见到郑姐了。你们怎么走到这一步了呢?仝哥,如果你不反对,我去当和事佬吧,或者我叫宋晴去劝她,她可能比较听得进。"

仝宁摇摇头:"走了好,一了百了。结婚16年了,我对女人从来没感觉。许剑,我很羡慕你,羡慕你和宋晴的感情,甚至羡慕你和池小曼的私情。我不行,我一直捺着生理上的厌恶和孟丽过日子。"

这是两人交往史中,仝宁唯一稍稍涉及到自己性怪癖的一段话,也可说是他真实的内心独白。许剑不由对郑姐再度生出同情。16年来她一直守着这样的丈夫,难怪她会变得病态。他没有认真劝仝宁,因为从内心讲,他认为两人的分手未尝不是好事。聊了一会儿,他站起来准备告辞,仝宁声音低沉地说:

"别急着走,难得来一趟,陪我多聊一会儿吧。"

虽然归心似箭,许剑没好意思走。他有点可怜仝哥,刚刚经历了婚变的仝宁不再是八面威风的公安局局长,而是一条孤独的狼,独自藏在角落里舔自己的伤口——还不能让别人看见。实际上,他的一生都是非常孤独的。许剑想起与他重逢的第一面中,仝宁给他一个秘密手机号。也许,那时他就打算找青少年时的朋友说说心里话?许剑重新坐下来,说:

"好啊,只要仝哥有时间,咱们就多聊一会儿。仝哥,前些天我在公园里碰见了劳改农场的陈场长,他已经退了,满头白发,在公园里遛鸟、打太极,精神得很。不过他没认出我。"

"对,他是前年退的。我还记得咱们在劳改农场吃瓜的情景,一晃25年了。"

"我也没忘,这辈子就那次吃瓜吃得最爽!以后再没吃过那样甜的甜瓜。那天咱们每人吃的不下20斤吧,记得吃完瓜,走路都晃荡,就像大肚子婆娘。"

"还有在林荫道上骑蒙古马,在水渠捉鱼,在堰塘洗澡。"

"还有,晚上在堰塘堤上露宿,脱得光溜溜的对着月亮嚎叫。"

说到这儿许剑心中突然咯噔一下。这句话勾起了他的一点新回忆:当年,三个男孩赤身在席上疯闹,他的小鸡鸡接触到仝哥光滑的皮肤时,有一种说不清道不明的快感。那时,从他内心讲,是希望这种快意的接触持续下去的。不久前他读过社会学家李银河对同性恋群体的一份调查报告,说好多同性恋都有这样的经历,青少年时碰到一位年纪较大的"同志",尝到了同性接触的快感,从此便走上这条路,终生不改。

他不免为自己庆幸。虽然也有类似的经历,但他最终没走上这条路。为什么能逃过这一劫?是自己体内的雄性基因足够强大,还是仝宁当年的引导过于笨拙?不可能知道了。不过,不管怎样,他庆幸自己有一个正常的人生,没有遭遇仝宁等人的痛苦。

两人又聊了近一个小时,回忆了往年的交往和熟人。但他们慢慢感觉到这场谈话不大顺畅,因为回忆中嵌着太多忌讳:当年仝宁的狎行、酒席上郑孟丽亲吻之后仝宁的失态、郑孟丽的割腕,等等。要想谈透,除非把某个疮疤捅破,但至少在仝宁这边似乎没有这个愿望。许剑不想继续这场谈话了,壁钟敲响10点时,他起身告辞。

离开仝宁家他就急急回家,简直有点急不可耐。当了一年的孤魂野鬼,今天总算是有家可回了。到家已经10点半,宋晴开了门,淡淡地说:

"你这么晚来，有什么事吗？"

他涎着脸说："你答应过的嘛，你答应让我回来，我就回来了。"

宋晴扬起眉毛："是吗？我说过这话？我怎么不记得？好吧，不管说没说过，天这么晚，不赶你走了，你还睡沙发吧。"

许剑只是笑："这怎么可能呢，你既然答应我回来，我是决不会再睡沙发了。"

宋晴骂一句："厚脸皮。"然后便去为他准备洗浴的衣服了。许剑到戈戈屋，儿子已经睡熟了，还是像往常那样，怀里抱一只长毛狗。许剑在他脸上亲一口，出来说：

"以后不能让他再抱着长毛狗睡觉，已经是初中生了，再这样下去会发展成恋物癖。"他忽然失笑，"宋晴你知道不，这混小子简直是臭嘴巴，臭极了。"

宋晴说，怎么啦？许剑就把那天儿子的话说了一遍，"宋晴，我说真的，我犯错还不打紧，万一你犯同样的错，比杀我都厉害。我知道说这话很不要脸，但这是真心话。"

许剑说的确实是真心话。在他的潜意识中，男人本来就不算干净，再添一两道污秽也不打紧。但宋晴在他心目中一直是无瑕白璧、白雪公主、水晶女人。如果在她身上添一道污秽，他在心理上真的难以承受。这句"不要脸的真心话"看来很讨宋晴的喜欢，她撑不住，绽开一丝笑纹，又马上把笑纹抹平，继续摆出一张冷脸。

不过她透了一句："戈戈等你等到10点，刚刚入睡。"

"这么说，对我的大赦已经通知儿子了？"宋晴在镜子前卸妆，许剑从背后搂住她，"谢谢你老婆，谢谢你的宽容。"

宋晴没回应，也没撑拒，两人在镜子中看着对方，体味着夫妻拥抱的感觉，这种感觉已经久违了，一串电火花在两人之间跳荡着。两人的肌肉都张紧了。宋晴从许剑怀中挣出来，说：

"快点去洗澡吧。"

浴罢回卧室，宋晴已经为他铺好被子，还按老习惯为他沏了一杯热茶。

他甩掉浴衣仰卧到床上，惬意地长叹一声，心想有家的感觉真他妈好啊。身下硌到一个硬物，他抽出来，还是那把匕首，他说：

"宋晴，这玩意儿从此可以收起来了，有我在家，你就有靠山了。"

"哼，大言不惭。"宋晴说，半倚着身子看他，忽然撂一句，"戈戈睡前还说过一句话呢。"

"什么话？"

"他叫我对你说，只有再一，没有再二。"她补充道，"别以为是我教的，这是戈戈的原话。"

许剑脸上发烧，说："行啦行啦，别让我难为情啦！我再不会犯错了。不过宋晴你记住，你连'再一'也不许有。你只要有'再一'我立马杀了你，再去自杀。听见没有？"

宋晴也不为已甚，微笑着把这页翻过去，命令道："说说吧，你到池小曼和仝宁家的情况。"

许剑如实讲述了全过程，连他最后同小曼的那次拥抱都说了。他说："这并不是旧情复燃，但她太可怜了，我实在忍不住抱了她。"宋晴对小曼没有什么敌意，说：

"小曼摊上这样一个男人怪可怜的。还有，郑姐也挺可怜，守着一个冷冰冰硬邦邦、一辈子暖不热的男人。"又说："你过去说对郑姐印象不佳，我倒是佩服她离婚的决断。她总算扔掉了局长太太的宝位，把自己解放出来了。"

"是啊，难道仝哥不可怜？他天生厌恶男女之事，一辈子尝不到女人的妙处，自己活得像只孤狼，还把郑姐逼成了神经质。还有，小葛不可怜？他干那些事并非他'自己'的意思，而是某种比理智更强大的力量，最终还害他送了命。所以嘛，我们该知足，这辈子不求富不求贵，只要生而是一对正常的男女，就是造物主的莫大恩典。所以，"许剑掀开她的毛巾被，"咱们干吗还浪费时间呢？"

宋晴又骂一句："厚脸皮。"但她的身体已经开始迎合了。许剑惊喜地发现，她其实早就做了准备。她身上穿一套精致的黑色性感内衣，正是小曼穿的、宋晴曾抵死不让买的高档货。无疑她是特意买的，今晚是特意穿的，为了庆祝与丈夫的重温旧情。许剑十分欣喜，立即剥掉她的内衣，开始进攻。宋晴也抛弃了假装的冷漠，与丈夫一同唱和风浪。

俗话说久别胜新婚，这次做爱按说应该是十分酣畅的。经过一年多的熬炼，两人都已经是干柴烈火了。宋晴非常配合，她紧搂住丈夫，指甲陷进他背部的皮肤。但许剑没料到，最后的结局浑不如他所愿。近年来经历的几档子事把他心里塞得太满，失去了往日单纯的心境，云雨中竟然也心神不属。宋晴脱下的与小曼穿的一样的黑色高档内衣扔在枕边，他抑制不住地老去瞄它。看着它，他不由想起小曼迷人的肉体，而小葛竟然把这样性感的女人撂到一边，偏要躲在厕所里干那种"淫贱勾当"。他想起，漂亮的郑孟丽在酒席上突然吻了仝宁，那会让别的男孩幸福得发晕，但仝宁却像被蝎蜇一样变颜失色……

种种不可思议的行为，只是因为他们身后的提线断了几根，或者扭结在一起了。

真得庆幸自己和宋晴是一对正常男女。

但这就值得庆幸吗？不管怎样，两人的身后还是有提线的，虽然是正常的提线。他和宋晴此刻的上上下下、进进出出，不过是按上帝的提动而抽搐而已。一大堆可笑忙乱的动作，一套已经运行千万年的成熟程序。

参透这一点，男女之爱也就索然无味。

想起张上帝的又一条语录。他说："科学其实非常可怕。为啥可怕？科学帮人类认识了自身，但一旦彻底认识自身，人类就会失去对生命的敬畏感，人就不是人了，是蛋白质机器了。"

在做爱中瞎想这些实在扫兴，但这些玄思非常顽固，一时无法驱走。经历了婚变的宋晴已经非常敏感了，她看出男人的片刻怔忡，立即冷冷地把他推下去，翻身给他一个脊梁。许剑知道她误会了，肯定认为他在做爱中想到了小曼。宋晴过去从不多疑小性，但这场婚变不知不觉也改变了她。

许剑很尴尬，夫妻之事只能凭感觉，是无法解释清楚的，越描则越黑。屋里是冰冷的静默，只有时钟嚓嚓作响。过了一会儿，宋晴披上睡衣去卫生间，许剑摸摸她的枕头，上边是冰凉的泪水，他更是心痛如绞。

厕所里好像有压抑的哽咽声，许剑在心中长叹："我他妈今年真是命犯太岁啊，一步走错，步步不顺，眼看已经到手的夫妻恩爱又要飞走了。"他下了决心，等宋晴回来后，要对她来个剖心沥胆的剖白，俩人好容易才破镜重圆，不能因为莫须有的原因，再陷入不明不白的冷战。

干等她不回来，许剑起来看看，发现她已经去沙发上睡了。

许剑来到沙发旁，站了很久，最后决定什么也不说。女人都是偏于感性的，不大可能真正理解他刚才的理性感悟，也就不会相信他的辩白；如果宋晴能理解——那会更糟。要是她从此看穿"天机"，对夫妻之事索然无味，岂不是害了她又害了自己？

那就让她误解自己好了，男人有义务保护女人的脆弱，不能让妻子变得心理灰暗。

不再解释，永远也不。

最终许剑一句话没说，怏怏地回到床上。他枕着双臂，久久不能入睡。眼前晃动着17岁的宋晴，问他："青蛙为啥一个背一个？"还有那次为宋晴家换水龙头，他突然搂住宋晴亲吻时，宋晴的震惊抗拒和惊定后火热的回吻。真想回到当年那种透明的心境，但……华亭鹤唳复可得乎？他和宋晴都不是当年的"我"了。

他在床上折腾到凌晨才眯了一会儿，醒来见宋晴已经回到床上了。这之后宋晴好像完全忘掉了夜间那点不愉快。她心平气和地喊丈夫吃饭，同他一块儿出门上班，一块儿带戈戈出去玩。几天后她同许剑办了复婚手续。此后仍然像离婚前那样，幸福地伺候着爷儿俩。他们和小曼不再有交往，但若是在路上邂逅，宋晴也能心平气和地同她聊几句。

家庭的小河经历了溃堤和两年的满地乱流后，又回归旧日的河床，平静舒缓地流着。不过许剑知道，妻子心中的裂痕并未完全平复。老昌头说他们一定会破镜重圆，他没说错，镜子是圆了，但镜中留下一条细细的裂痕，怕是要保留终生了。